Dietlinde Schumy
Der Awarenfürst

SERIE PIPER

Zu diesem Buch

Reges Treiben herrscht am Stadttor, als Erich Dalpozza mit seinem Vater, dem Markgrafen von Friaul, nach Aachen an den Hof Karls des Großen kommt. Hier soll der junge Mann zum Ritter ausgebildet werden. Der anfänglich als »Junker vom Land« belächelte Erich entwickelt sich zu einem Meister der Waffenkunst. Er schließt Freundschaft mit Pippin, dem Sohn des Frankenkönigs, und verliebt sich in die leichtlebige Königstochter Rotraud. Als getreuer Frankenritter kämpft er für Karl den Großen, doch allmählich bekommt sein positives Bild des Herrschers Risse. Ein Spionageauftrag im Land der Awaren zwischen den Flüssen Donau und Theiß wird zu seiner härtesten Prüfung: Kann er seine Freundschaft zu Andoro Tej, dem Fürsten aus dem Reitervolk, verraten? Denn Karl der Große begehrt den Goldschatz der Awaren als letzen Schritt auf seinem Weg nach Rom, wo er sich zum ersten römisch-deutschen Kaiser krönen lassen will … Bilderreich und atmosphärisch dicht zeichnet Dietlinde Schumy eine atemberaubende Welt und läßt das Frühmittelalter in neuem Licht erstehen.

Dietlinde Schumy, geboren in Wien, war als Journalistin für Architektur und Bauwesen, Umwelt und Wirtschaft tätig und schrieb darüber hinaus für das Frauenmagazin Beauty. »Der Awarenfürst« ist ihr erster historischer Roman. Das Fachwissen dafür erwarb sie sich durch Fachliteratur sowie ihr derzeitiges Mediävistik-Studium an der Universität Wien. Daneben schreibt sie Lyrik und widmet sich der Aquarellmalerei. Sie lebt heute in Maria Enzersdorf bei Wien.

Dietlinde Schumy

Der Awarenfürst

Roman aus der Zeit Karls des Großen

Piper München Zürich

FSC

Dieses Taschenbuch wurde auf FSC-zertifiziertem Papier gedruckt. FSC (Forest Stewardship Council) ist eine nichtstaatliche, gemeinnützige Organisation, die sich für eine ökologische und sozialverantwortliche Nutzung der Wälder unserer Erde einsetzt (vgl. Logo auf der Umschlagrückseite).

Originalausgabe
März 2007

Umschlag / Bildredaktion: Büro Hamburg
Heike Dehning, Charlotte Wippermann,
Alke Bücking, Daniel Barthmann
Umschlagabbildung: Ken Welsh / Bridgeman Giraudon
Autorenfoto: Photo-Atelier Bichl & Prendinger, Mödling
Papier: Munken Print von Arctic Paper Munkedals AB, Schweden
Satz: EDV-Fotosatz Huber / Verlagsservice G. Pfeifer, Germering
Druck und Bindung: Clausen & Bosse, Leck
Printed in Germany ISBN 978-3-492-24913-3

www.piper.de

Widmung

In einer Zeit des Umbruches in Europa,
in der Ost und West sich die Hand reichen
zu einem Bündnis des Friedens und der
Freundschaft, hat es Aktualität und Faszination,
die Wurzeln, Gegensätze und Gemeinsamkeiten
dieser großen Kulturkreise aufzudecken.

Ich widme meinen Roman den
Menschen Europas, die im Begriff sind, auf dem
geschichtsdurchtränkten Boden ihrer Heimat eine neue,
gemeinsame Zukunft aufzubauen.

Dietlinde Schumy

Inhalt

Teil 1

Die Söhne des Frankenkönigs

Teil 2

Der Fürst der Steppe

Teil 1

Die Söhne des Frankenkönigs

1. Kapitel

In der Pfalz zu Aachen

Reges Treiben herrschte am weit geöffneten Stadttor von Aachen. Hochbeladen schwankten Bauernwagen durch die Torflügel, von trägen Ackergäulen gezogen. Marktfrauen bahnten sich mit kräftigen Armbewegungen ihren Weg durch die Menge, Obst- und Gemüsekarren hinter sich herziehend. Schrill riefen die Händler die Qualität ihrer Waren aus. Fröhliche Handwerksburschen zogen singend durch das Tor hinaus, um sich auf Wanderschaft zu begeben. Taglöhner drängten hingegen ins Stadtinnere, die beim Kirchenbau Beschäftigung fanden. Denn nun, im zweiten Drittel des achten Jahrhunderts nach Christi Geburt, hatte die klerikale Bautätigkeit in Städten und Gemeinden rasant zugenommen.

In den Mauernischen lungerten zerlumpte Bettler und lasen blitzschnell heruntergefallenes Obst und Gemüse von der Straße auf. Und immer wieder erschienen Gruppen von Soldaten, die in die Menge spähten, um für Ordnung zu sorgen. Gelegentlich blieben Reiter im Menschengewühl stecken und fingen zu schimpfen und zu fluchen an, was sie allerdings auch nicht schneller vorwärts brachte.

Zwei Reiter, die ein schwerbeladenes Packpferd mit sich führten, ließen sich durch die allgemeine Hast und Unruhe nicht anstecken. Sie schienen von weither zu kommen. Neugierig blickte der Jüngere der beiden immer wieder um sich, als sei er noch nie in einer so großen Stadt gewesen. Er war schlank und hochgewachsen. Ein dunkelbraunes Leinenwams bedeckte seinen Oberkörper, von einem breiten schwarzen Leibgurt mit bronzener Zierschnalle zusammengehalten. Die Lederscheide mit dem Kurzsax, einem einschneidigen Dolch, war daran befestigt, ebenso das Langschwert. Ungewöhnlich weit geschnittene Beinkleider mit Stulpen, Halbstiefel und ein schwarzer Plaid vervollständigten seine Reisekleidung. Sein Pferd, eine schöne Schimmelstute, tänzelte übermütig. Der Reiter ließ dem Pferd seinen Willen. Nur leicht ruhte seine Hand am Zügel, während er aufmerksam die Umgebung beobachtete. Nun wandte er sich seinem Begleiter zu und lachte in jungenhaft fröhlichem Spott. »Sieh dir die vielen Menschen an, Vater!« rief er aus. »Wie Ameisen wimmeln sie umher, als hätten sie Angst, etwas zu versäumen.«

Der Angesprochene blickte seinem Sohn in die Augen. »Die meisten von ihnen haben Arbeit, Erich«, sagte er ernst. »Es ist gottgewollt, daß der Mensch seine Arbeit verrichtet.« Der ältere Mann war ähnlich gekleidet wie sein Sohn, aber sein Umhang war aus aquamarinblauem Samt und mit Zobelpelz verbrämt. Er war groß und von kräftiger Statur. Man konnte wohl erkennen, daß die beiden Reiter Vater und Sohn waren. Sie ähnelten sich wie eine junge, biegsame Birke dem alten Baum mit seiner breiten Krone. Beide hatten dichtes, braunes Haar, gescheitelt und kinnlang. Das Haar des älteren Mannes war an den Schläfen ein wenig gelichtet. Eine hohe Stirn wies bei beiden auf rege Gedankentätigkeit hin. Doch während die Gesichtszüge des jungen Mannes feingezeichnet waren, wirkten sie bei seinem Vater breitflächig und ein wenig derb. Beide hatten eine mittelgroße gerade Nase, einen schön ausgeprägten Mund mit vollen Lippen und strahlendweißen Zähnen. Der ältere Mann trug einen dichten braunen Backenbart und einen schmäleren Bart an der Oberlippe, der jüngere war bartlos. Auch in der Farbe der Augen unterschieden sie sich voneinander. Während die Augen des Alten von tiefdunklem Braun waren, das fast schwarz wirkte und den Blick ein wenig stechend erscheinen ließ, zeigten die Augen des Jüngeren einen Mischton, nicht ganz grau, nicht ganz blau, eher, vor allem bei Lichteinfall, ein wenig ins Grünliche spielend.

Die beiden Reiter waren nun, eingekeilt in der Menge, durchs Tor geritten. Die Silhouette der Stadt Aachen erstreckte sich vor ihnen. Mehrgeschossige Bürgerhäuser breiteten behäbig ihre Fassaden aus. Zwischen den Häusern der Wohlhabenden duckten sich immer wieder die strohgedeckten Lehmhütten und primitiven Bruchsteinbehausungen der Armen. Auf der Fläche zwischen der Stadtmauer und den ersten Häusern wurde Markt abgehalten. Der junge Erich beobachtete voll Interesse das bunte Treiben. Doch plötzlich verdüsterte sich sein Blick. Mitten auf dem Platz stand ein großer Holzkäfig, in dem ein Mensch hockte. Es schien eine noch junge Frau zu sein. Sie bewegte sich nicht. Ein Wachsoldat mit Lanze und Schwert stand gleichmütig vor dem Käfig. Immer wieder traten Leute heran, beschimpften und bespuckten die Gefangene. »Was geschieht dort, Vater?« fragte der junge Erich erregt.

»Das ist der Pranger. Wer etwas angestellt hat, wird auf diese Weise der öffentlichen Kritik preisgegeben«, antwortete der Alte gelassen. »Komm, mein Sohn, wir wollen weiterreiten.«

Der junge Mann warf ihm einen ungläubigen Blick zu. »Dein Gleichmut erschreckt mich, Vater!« rief er aus. »Du kannst bei einer solchen Grausamkeit zusehen? Du unternimmst nichts dagegen?«

Der ältere Mann schmunzelte. »Ich war auch einmal so jung wie du«, sagte er. »Und genauso ungestüm. Ich wollte die Welt verändern. Statt dessen habe ich mich selbst verändert im Lauf der Jahre.«

»Vater«, sagte der junge Mann eindringlich. »Sie quälen Menschen und nennen es Gesetz.«

Der Alte lockerte die Zügel und lehnte sich behaglich im Sattel zurück. »Mein Sohn«, dozierte er und hob die Stimme ein wenig, »das Gesetz ist manchmal grausam. Aber es ist notwendig.«

»Notwendig!« Der junge Mann schrie es fast. »Sieh dir doch das arme Mädchen an. Was kann es getan haben, das eine solche Strafe rechtfertigt?«

»Es wird eine Ehebrecherin sein«, wandte der Alte ein. »Warum ereiferst du dich so für sie? Es ist doch nur eine Frau.« Der junge Mann starrte ihn an, als könne er nicht glauben, was er gehört hatte. Dann sprang er vom Pferd. »Erich!« rief der Alte im Befehlston, doch sein Sohn beachtete ihn nicht mehr.

Mittlerweile erwärmte die Frühlingssonne das Straßenpflaster. Bürger aus den umliegenden Häusern, Spaziergänger und reiche Nichtstuer bummelten über den Marktplatz. Viele blieben vor dem Käfig stehen und betrachteten die Gefangene wie ein seltsames Tier. Kinder warfen Steine in den Käfig oder rüttelten an den hölzernen Stäben. Eine alte Frau stand vor dem Käfig. Lange starrte sie auf das Mädchen, und ihre Züge schienen versteinert vor Haß. Dann öffnete sie ihren dünnen Mund mit den schwarzen Zahnstummeln und spuckte das Mädchen an.

»Du Hure!« schrie sie geifernd. »Hast so einen guten Mann und betrügst ihn. Und nicht einmal bereut hast du dein Verbrechen! Verrecken sollst du im Dreck, du ...« Bevor sie noch einmal ausspucken konnte, stand Erich vor ihr. Unwillig blickte die Alte an dem stattlichen jungen Mann hoch. »Verschwinde«, sagte Erich leise, aber scharf. Sie wollte aufbrausen, aber etwas an seiner Stimme lähmte sie. Verwünschungen murmelnd zog sie sich in die Menge zurück.

Der Soldat, der den Käfig bewachte, trat auf Erich zu. Er war noch jung und von einer rauhen Gutmütigkeit. »Das hättest du nicht tun sollen«, mahnte er. »Die Leute haben das Recht, jeden zu bespeien, der am Pranger steht. Das ist der Sinn dieser Strafe.«

Erich war ganz nahe an den Käfig getreten und spähte durch die Holzstäbe. Die junge Frau saß zusammengekauert in einer Ecke. Ihr Baumwollnachthemd war zerrissen. Notdürftig versuchte sie, mit den Händen die Blöße ihres Körpers zu verstecken. Lange, rehbraune Locken hingen ihr wirr ins Gesicht. Als Erich vor ihr stand, schob sie mit einer Hand ihre Locken aus der Stirn. Ihre Züge waren von einer sanften Schönheit, die Erich bisher nur von Madonnenbildern her kannte. Dunkelbraune Augen blickten ihn an, ein wenig mit Neugier, ein wenig mit Resignation. Dann, als hätte sie bemerkt, daß der junge Bursche ihr wohl keine Hilfe bringen würde, zuckten ihre Mundwinkel verächtlich. Als habe sie jedes Interesse an Erich verloren, ließ sie ihre Haarmähne wieder über das Gesicht fallen.

»Wer ist sie?« fragte Erich den Soldaten.

»Die Frau des reichen Sonneckers. Er hat sie beim Ehebruch ertappt.« Der Soldat grinste. »In seinem eigenen Ehebett, mit seinem Stallburschen. Ihn hat er gleich erdolcht. Sie wurde für fünf Tage an den Pranger gestellt, in diesem Käfig hier, so hat es der liebende Ehemann verordnet.«

»Was geschieht nachher mit ihr?« forschte Erich.

Das Lachen des Soldaten klang häßlich, voll Hohn und Schadenfreude. »Nun, ihr Mann wird sie wohl nicht mehr zurücknehmen. Wie wird sie schon enden? Als Magd irgendwo. Oder gleich als Dirne.«

Der Soldat schien sich sehr sicher zu fühlen. Er hatte seinen Helm gelockert und den Brustpanzer abgeschnallt. Mit einer blitzschnellen Bewegung zog Erich sein Schwert und hielt die Spitze dem verblüfften Mann an die Brust. »Schließ sofort den Käfig auf«, befahl er.

»Bist du verrückt?« wandte der Soldat ein, doch das Schwert seines Widersachers, das bereits seine Haut ritzte, ließ ihn verstummen. Er seufzte. »Weit wirst du nicht kommen«, murmelte er, als er aufschloß.

»Spar dir deinen Kommentar«, herrschte Erich ihn an. Dann half er dem Mädchen, aus dem Käfig zu klettern. Inzwischen hatte sich eine große Menschenmenge versammelt, die schweigend das Geschehen beobachtete. Plötzlich erklang Hufgetrampel. »Soldaten kommen!« Der Ruf gellte über den Platz. Bewegung kam in die Menschen. Erich gab der jungen Frau einen Stoß. »Lauf fort!« rief er ihr, die zögernd stehengeblieben war, zu. Immer noch stand sie da und strich sich mit der Hand über die Augen, als müsse sie sich erst besinnen, wo sie war. »Schnell!« drängte Erich, der mit seinem Schwert den Soldaten in Schach hielt. Der grinste hämisch. »Gebt lieber auf«, schlug er Erich vor. »Ihr habt kein Glück.«

Das Mädchen setzte sich in Bewegung. Schweigend machte die Menge ihr Platz und bildete eine Gasse. Da ertönte ein schriller Frauenschrei: »Verflucht sei die Hure!« Stimmengemurmel klang auf, drohend wurden Fäuste gegen das Mädchen erhoben. Und plötzlich, von irgendwoher, traf ein Stein ihre Schläfe. Die Gefangene stürzte zu Boden. Dunkles Blut sickerte aus einer Stirnwunde.

Die Berittenen waren herangekommen. Sechs Soldaten waren es, geführt von einem Hauptmann. »Was geht hier vor?«, herrschte dieser den Wachsoldaten vor dem Käfig an und sprang vom Pferd. Der Wachsoldat sprudelte, obwohl Erichs Schwert ihn immer noch in Schach hielt, seine Geschichte hervor. Erich stand wie gelähmt, als hätten die Geschehnisse ihn überrumpelt. Der Hauptmann wandte sich an ihn. »Darf ich um Euer Schwert bitten?« fragte er mit aalglatter Freundlichkeit. Erich reichte ihm wortlos die Waffe. »Nehmt ihn fest!« kommandierte der Hauptmann.

Erichs Vater hatte gespannt die Entwicklung der Dinge beobachtet. Nun, als er sah, wie die Soldaten mit einem Strick auf

Erich zukamen, gab er seinem Pferd die Sporen. »Halt!« rief er dem Hauptmann zu. Dieser runzelte unwillig die Stirn. »Wer seid Ihr, daß Ihr es wagt, eine Amtshandlung zu stören?« fragte er barsch.

»Ich bin Markgraf Dankward von Friaul, und dies hier ist mein Sohn Erich. Wir sind Gäste des Königs.«

»Gäste des Königs, so«, murmelte der Hauptmann. »Das ändert natürlich die Sachlage.« Er trat an das Mädchen heran, das immer noch auf dem Boden lag, und fühlte seinen Puls. »Sie ist tot«, stellte er fest. »Damit wäre diese Angelegenheit ohnehin erledigt.« Er gab Erich das Schwert zurück. »Ihr seid natürlich frei, junger Mann«, sagte er devot. »Aber als Gäste des Herrschers werdet Ihr es sicher begrüßen, wenn wir Euch bis zur Pfalzburg das Geleit geben.« Seine Soldaten bildeten einen Kreis um die beiden Reiter, und so geschützt kamen der Markgraf von Friaul und sein sehr nachdenklich gewordener junger Begleiter sicher und schnell zur Residenz des Königs der Franken. Im Hof der Pfalzburg stiegen die Männer von den Pferden. Der alte Markgraf ließ sich sofort zum Herrscher führen. Erich gab er den Auftrag, einstweilen für Quartier zu sorgen und die Pferde in den Stall zu bringen.

Kein Mensch war zu sehen im Innenhof der Aachener Pfalzburg. Träge dämmerte der Steinboden in der Mittagshitze. Gleich goldenen Pfeilen tanzte das Sonnenlicht über die Wasserfläche im kreisrunden Becken des zentralen Brunnens. Wie nicht anders zu erwarten gewesen, schmückte ihn ein Motiv christlicher Bildhauerkunst. Die steinerne Statue zeigte den heiligen Martin von Tours, wie er, zu Pferd sitzend, seinen Mantel zerschneidet und einem Bettler die Hälfte überreicht. Der junge Erich schöpfte Wasser aus dem Becken, ließ sich das kühle Naß über das Gesicht laufen. Dann hielt er Ausschau nach den Pferdeknechten, die sich aber nicht blicken ließen. »Wahrscheinlich halten sie gerade Mittagsschlaf«, murmelte der junge Mann. Er schickte sich an, die zwei Reitpferde und das Packpferd selbst in den Stall zu bringen.

In Form mehrerer Vierecke waren die Gebäude der Aachener Pfalzburg rund um die Königshalle und die Marienkirche angeordnet, verbunden durch einen doppelstöckigen Portikus und den beeindruckenden Torbau mit Wachturm. Genau gegenüber befanden sich die Stallungen. Erich öffnete die schwere Tür. Wärme, Pferdegeruch, der Duft nach frischem Heu schlugen ihm entgegen. Doch da war noch etwas. Jemand mußte im Stall versteckt sein. Da war ein unterdrücktes Kichern, ein leises Rascheln. Hier also hielten sich die Pferdeknechte auf! »Würdet ihr wohl die Güte haben, meine Pferde zu versorgen? Ich bin ein Gast des Königs«, sagte Erich mit Würde.

Eine helle Mädchenstimme antwortete mit einem fröhlichen Gelächter. Aus einem Haufen Stroh in der Ecke erhob sich eine Frauengestalt. Erich starrte das Mädchen an. Es trug das schlichte Kleid einer Bäuerin, mit weitem braunem Baumwollrock und weißer Leinenbluse. Ein ungezähmter Wust rotblonder Locken umrahmte ihr feines, zartes Jungmädchengesicht, wogte herab bis auf die Schultern. Ihre Beine und Arme waren bloß. Nicht nur ihre Beine und Arme. Bei näherem Hinsehen stellte Erich fest, daß die Bluse des Mädchens an der Brust geöffnet war. Weit geöffnet. Es schien die junge Bäuerin nicht zu stören. Sie sah ihn aus schräggestellten grünen Augen spöttisch an, kaute an dem Strohhalm zwischen ihren dunkelroten Lippen. Dann spuckte sie den Halm auf die Erde. »Ich werde Eure Pferde bestimmt nicht versorgen, mein junger Reitersmann«, sagte sie weich.

Erich wurde zornig. »Dann holt gefälligst jemanden, der sich darum kümmert«, ordnete er an.

Das Mädchen warf trotzig die Lippen auf. »Ich habe jetzt keine Zeit für Sklavendienste«, erklärte es selbstsicher. Ein eigenartiges Benehmen legte das Dienstpersonal der Pfalzburg an den Tag. Erich wußte nicht recht, wie er sich verhalten sollte. Schließlich war er Gast hier und noch zu unerfahren, um Befehle zu erteilen.

»Laß doch den Fatzken«, ertönte eine Männerstimme aus dem Heu. »Komm wieder her, mein Liebes.« Das Mädchen ließ sich ins Gras zurücksinken.

Da flog die Stalltür, die Erich nur angelehnt hatte, mit donnerndem Krachen gegen die Wand. Ein schwarzgekleideter Edelmann mit bleichen Gesichtszügen stand auf der Schwelle, zog sein Schwert aus der Scheide. »Komm heraus, du Dirne«, schrie er.

»Kaum lasse ich dich kurz allein, treibst du dich schon wieder mit meinem Stallburschen herum.«

Schlagartig überfiel Erich die Erinnerung an die Szene auf dem Marktplatz. Ohne es zu wollen, war er nun selbst mitten in ein Ehedrama geraten. Vielleicht konnte er hier das Äußerste verhüten. Er riß dem Neuankömmling das Schwert aus der Hand. Der starrte den jungen Mann an, als hätte er einen Irren vor sich. »Wer seid Ihr? Wie könnt Ihr es wagen, mir mein Schwert zu entwinden?«

»Ich bin ... Ich ...«, stammelte Erich. Und verstummte.

Die beiden anderen Akteure der Szene tauchten aus dem Heu auf. »Er ist ein Störenfried«, bemerkte der männliche Teil des Liebespärchens verächtlich. Etwas zu verächtlich für einen Stallburschen.

»Geht nicht zu streng mit ihm um, mein lieber Ehemann«, bat das Mädchen mit engelsreiner Unschuldsmiene. »Seht ihn Euch doch an. Er ist nur ein Junker vom Land, der keine kultivierten Sitten kennt. Vielleicht ist er auch nicht ganz bei Trost.« Etwas lief hier in die verkehrte Richtung. Vom unbeteiligten Zuseher war Erich unversehens zum Angeklagten geworden.

Der schwarzgekleidete Edelmann streckte die Hand aus. »Mein Schwert, wenn ich bitten darf. Draußen im Hof werdet Ihr Gelegenheit haben, Euer hitziges Temperament an mir zu kühlen.«

Sein Stallbursche brachte plötzlich von irgendwoher ebenfalls ein Schwert zum Vorschein. »Ihr werdet gegen zwei Gegner zu kämpfen haben«, schrie er. »Vielleicht wird Euch das lehren, Euch nicht in Angelegenheiten einzumischen, die Euch nichts angehen.« Erich seufzte, trat in den Hof hinaus, zog sein Schwert. Seine beiden Gegner schienen sich in einträchtiger Harmonie nur ein Ziel gesetzt zu haben: ihn zu demütigen. Allzu schwer war das nicht. Erich hatte sich bisher wenig mit Waffenübungen abgegeben. Seine Lieblingsbeschäftigungen waren Lesen und Studieren. Die beiden Männer hingegen waren ausgezeichnete Fechter. Der schlanke, hochgewachsene Edelmann handhabte sein Schwert mit unvergleichlicher Eleganz. Geschmeidig konterte er aus dem Handgelenk Erichs plumpe Angriffe.

Der Stallbursche kommentierte den Kampf immer wieder mit hämischen Bemerkungen. »Der ist doch kein Gegner für uns!«

kreischte er. »Sein Schwert hält er wie einen Prügel. Vielleicht ist er gar kein Adeliger, sondern ein Metzger.« Erich verpaßte dem Spötter einen Seitenhieb auf den Arm. Der ließ sein Schwert fallen, brach in lautes Jammern aus. »Auweh, ich bin getroffen! Auweh!« Erich senkte seine Waffe. Verletzen hatte er bestimmt niemanden wollen. Er trat auf seinen Gegner zu, streckte die Hand aus, um ihm zu helfen. Ein greller, stechender Schmerz traf überraschend sein Schienbein, ließ ihn zu Boden sinken. Sein Gegner hatte ihn mit aller Kraft getreten. Nun stand er breitbeinig da, hatte sein Schwert blitzschnell aufgehoben, grinste auf Erich herunter. »Habt Ihr wirklich geglaubt, ein Frankenritter wäre so wehleidig?« fragte er voll Hohn. Erich wunderte sich über die Haßgefühle, die in ihm aufstiegen. Er kannte den Mann doch nicht einmal. Trotzig blickte er dem Fremden in das von einem schütteren blonden Bart umrahmte Gesicht.

»Ihr seid in meiner Hand, wißt Ihr das?« sagte sein Widerpart sinnend. »Ihr kommt nie mehr vom Boden hoch, wenn ich es nicht erlaube. Ich kann Euch wieder treten, wenn ich will. Ich kann auch die ganze Burg zusammenrufen und Euch der Lächerlichkeit preisgeben.«

»Laß das, Ludwig«, wandte der zweite Kämpfer ein. »Du handelst nicht ritterlich.« Der schlanke, schwarzgekleidete junge Mann trat an Erich heran, machte eine Bewegung mit dem Kopf. »Steht bitte auf«, sagte er.

Erich stemmte sich hoch. Aus den Augenwinkeln bemerkte er, daß noch jemand Zeuge dieser Szene geworden war. Auf einer drei Ellen hohen Mauerkante des Verbindungsportikus zwischen den Zentralbauten und dem westlichen Torbau hatte es sich ein Beobachter bequem gemacht. Er trug ein knallrotes Leinenwams, das aussah wie das Gewand eines Spielmannes oder fahrenden Sängers, dunkelrote Beinkleider und schwarze Schnabelschuhe. In seiner Hand hielt er ein eigenartiges Musikinstrument. Es war keine der gebräuchlichen birnenförmigen Geigen mit nur einer Saite, sondern ein gewölbter Schallkörper aus Holz mit Griffbrett und sechs Darmsaiten.

Erichs Blick begegnete dem des Fremden auf der Mauer. Von einem hellen, leuchtenden Blau waren die Augen des Mannes. Etwas wie Ärger spiegelte sich in seinen hübschen, wie von einem Bildhauer modellierten Gesichtszügen. Seine Stirn war gerunzelt. Plötzlich schämte sich Erich, daß der Fremde ihn in dieser demütigenden Situation gesehen hatte. Wissen aus Büchern war wohl zu wenig, um in einer Großstadt zu bestehen.

Der Kampf ging weiter. Erich bemühte sich, die Schwerthiebe seiner Gegner zu parieren. Wohl mehr schlecht als recht, gestand er sich selbst ein. »Seht, wie sie kämpfen«, begann der Fremde auf der Mauer plötzlich zu singen. Wie spielerisch zupften seine Finger die Saiten des Instruments.

Zwei Recken aus edlem Stand
und ein fahrender Jüngling vom Land.
Hoch saust des Jünglings Schwert,
hoch in weite Fernen,
hoch zu den fernen Sternen,
als wollt' den Himmel es beschaun sich –
es kehret wieder, wie erstaunlich.

Und nun, Hephaistos gleich, dem Schmied,
verwendet er's zum Schlagen,
als schlüg' er Nägel in des Gegners Schild,
so hämmert er aufs Eisen ein wie wild,
ohn' Zaudern und ohn' Zagen.

Das Handgelenk des Jünglings, wie elastisch,
trägt er im Kampfe völlig unbewegt.
Es dürft' am Land die Mod' sein, wie er's trägt.
Als Trick vielleicht, um Alter vorzutäuschen,
um seiner Gegner Mitleid zu erheischen,
tut er, als hätte er die Gicht,
mit ländlich kecker List, der Wicht,
dieweilen heimlich er die Muskeln regt.

Vermutlich hätte Erich empört sein sollen, doch ihm saß das Lachen im Leib. Am liebsten hätte er das Duell unterbrochen und seiner Heiterkeit Luft gemacht. »Ihr da oben!« rief Erich zu dem Sänger hinauf. »Wenn Ihr schon unseren Kampf so rühmlich besingt, solltet Ihr die Ungleichheit des Kräfteverhältnisses erwähnen, zwei gegen einen.«

Der Fremde nahm den Ball an, den Erich ihm zugeworfen hatte. »Ungleich, so sind die Kräfte wohl verteilt«, hub er an zu singen, »ungleich im Kampfe wie im Leben.«

Zwei Hunde sind des flücht'gen Hasen Tod –
einem kann er noch entfliehn zur Not.
Zwei Ratten können einen Menschen fressen,
wenn sie nichts Bessres haben für ihr Essen.
Zwei Pferde können töten einen Mann,
der zwischen sie gespannt sich nicht bewegen kann.

Ungleich im Leben, ungleich in der Politik.
Zwei Gegner, die zugleich ein Reich bedrohn,
sie stürzen einen König auch vom Thron,
und nimmt der König sich zwei Frauen gar,
so braucht er keinen äußren Feind fürwahr.

Erich hatte, abgelenkt von den Worten des Sängers, nicht genug auf seine Gegner geachtet. Der dunkelgekleidete Ritter mit der stolzen Miene machte einen Ausfall. Sein Schwert ritzte Erichs Arm. Von der Ecke her ertönten stampfende Männerschritte.

»Die Wachmannschaft! Schnell fort, Karl!« rief der zweite der Kämpfer. Beide neigten leicht den Kopf vor Erich. Dann verschwanden sie hinter dem nächsten Gebäude wie ein Spuk.

»Was ist hier geschehen?« fragte der Anführer der Wachsoldaten streng. Fünf Männer hatte er bei sich. Sie hatten Erich umzingelt. Er steckte das Schwert in die Scheide.

Der Sänger sprang von der Mauer, trat neben Erich. »Mein Freund hat sich geschnitten, beim Reinigen seines Schwertes«, sagte er geschmeidig.

Der Wachsoldat schmunzelte und gab seinen Leuten einen Wink, zurückzutreten. »Beim Reinigen seines Schwertes. Soso«, murmelte er. »Ich hoffe, er mußte es nicht vom Blute eines Gegners reinigen. Ihr kennt das Gesetz.«

Der Sänger nickte. Mit den Augen verfolgte er den Abmarsch der Wachsoldaten. Dann wandte er sich Erich zu. »Ihr seid verletzt?« fragte er.

»Nicht der Rede wert«, antwortete Erich.

Der Fremde legte sein Musikinstrument auf den Boden, nahm das weiße Seidentuch ab, das er um den Hals trug, befeuchtete es beim Brunnen. »Ihr erlaubt«, sagte er und band das Tuch über Erichs Armwunde. Erich beobachtete ihn erstaunt. In der kraftvollen Geschmeidigkeit seiner Bewegungen, in der zielgerichteten Selbstverständlichkeit seines Handelns glich er einem Ritter aus edlem Geblüt. Das Gewand des fahrenden Sängers schien gar nicht so recht zu ihm zu passen. »Ihr seid wohl auf der Durchreise?« fragte Erich. »Kommt Ihr von weither?«

»Ich bin hier geboren«, antwortete der Fremde kühl.

Erichs Blick blieb an der Kappe des Fremden haften, die von der Feder eines wilden Vogels geziert war. »Ihr seht nicht aus wie ein Bürger der Hauptstadt des Frankenreiches«, sagte er.

»Oh, meine Uniform gefällt Euch nicht«, stellte der Fremde fest und lächelte. Sein Lächeln war warm, offen und herzlich. Grübchen bildeten sich dabei auf seinen Wangen. »Ich trage auch noch andere Kappen auf meinem Kopf«, fuhr er fort. »Schwere und leichtere. Gelegentlich auch die Narrenkappe. Damit gebe ich Gastspiele am Königshof.« Er nahm die rote Kappe ab, legte sie auf die Mauer. Sein kurzgeschnittenes, gelocktes Haar war von einem hellen, fast silbrigen Blond.

Erich reichte ihm die Hand. »Es ist mir ein Vergnügen, Euch kennenzulernen. Übrigens, wenn wir schon von Narren reden, was meinte der Wachsoldat mit: Ihr kennt das Gesetz?«

»Er meinte, daß das Duell verboten ist. Habt Ihr noch nichts vom diesbezüglichen Edikt des Herrschers gehört?«

Erich schüttelte den Kopf. »Ach, deshalb sind meine beiden Gegner wohl geflohen. Sie fürchteten die Strafe des Gesetzes.«

»Das glaube ich weniger. Sie hatten das Gesetz zu vertreten. Habt Ihr sie nicht erkannt? Es waren Prinz Ludwig und Prinz Karl, die Söhne des Frankenkönigs.«

Die Söhne Karls des Großen! Erich schmunzelte. »Die Szene im Stall war also gestellt«, sagte er. »Ich dachte mir schon, daß ich einer Schauspielerei aufgesessen bin. Es war wohl eine Ehre für mich, daß sie mich zum Kampf herausforderten.«

»Das tun sie mit jedem Neuankömmling. Es ist ein Spiel der Königskinder. Ihre Schwester hat auch mitgespielt. Prinzessin Rotraud. Sie war der weibliche Teil des Liebespärchens im Heu.«

»Dann hat mich ja fast die ganze Königsfamilie beehrt«, brummte Erich.

Der Fremde sah ihm in die Augen. »Sagt, wann habt Ihr angefangen, das Spiel zu durchschauen?«

Erich schmunzelte. »Beim Kampf« antwortete er. »Der jüngere der beiden Kämpfer focht zu gut für einen Stallburschen.«

Der fahrende Sänger blickte in die Ferne. »Dabei zählt Prinz Ludwig nicht zu den besten Kämpfern am Königshof«, murmelte er. »Es scheint, als wäre einzig seinem ältesten Bruder Karl die Freude am Kampf angeboren. Dafür artet sie bei Karl in lebensbedrohende Verwegenheit aus.«

»Aber hat der König nicht noch einen Sohn, Pippin, den zweitältesten und Liebling des Volkes?« wandte Erich ein.

Ein seltsames Funkeln glomm in den hellblauen, klaren Augen des Fremden auf. Dann sagte er leichthin, mit wegwerfender Handbewegung. »Ja, er soll noch einen Sohn haben.« Als wolle er seinen Gesprächspartner von diesem Thema ablenken, fuhr er fort: »Ich nehme an, Ihr seid hierhergekommen, um bei Hofe ausgebildet zu werden? Ich sehe, daß Ihr Langobarde seid.« Auf Erichs verwunderten Blick fügte er hinzu: »Die Langobarden können Ihre Abstammung nicht verleugnen. Sie verraten sich durch Ihre Gewandung. Ihre ungewöhnlich weit geschnittenen Beinkleider.«

Erich nickte. »Mein Vater, der Markgraf von Friaul, hat mich hergebracht. Er wird schon übermorgen in unsere Heimat zurückkehren.«

»Als Edelmann hättet Ihr Euch weigern müssen, gegen einen vorgeblichen Stallburschen zu kämpfen«, erklärte der fahrende Sänger. »Adelige schlagen sich nur mit ihresgleichen. Und vernünftige Menschen nehmen einen Kampf nur dann an, wenn sie sich ihres Sieges sicher sind.«

Erich zuckte mit den Schultern. »Es scheint, als hätte ich noch viel zu lernen in der Stadt des Frankenkönigs.« Mit einem leichten Lächeln studierte er die Gesichtszüge seines Gesprächspartners. »Aber ich glaube, wenn ich mir meines Sieges sicher wäre, würde ich nicht kämpfen.« Er hob das Musikinstrument des Fremden vom Boden auf, reichte es dem Sänger mit den Worten: »Ich habe ein solches Instrument noch nie gesehen.«

»Konntet Ihr auch nicht«, warf der Sänger ein. »Es ist eine Laute. Sie stammt aus Arabien. Der Herrscher hat sie einst aus seinen spanisch-maurischen Kriegsabenteuern mitgebracht.« Ohne Erichs erstaunten Blick zu beachten, fragte er: »Habt Ihr ein wenig Zeit? Ich hätte Euch gerne Aachen gezeigt. Meine Stadt.«

Die Hauptstadt des Frankenreiches war nun, am frühen Nachmittag, eigenartig menschenleer. Schwüle lastete über den Häusern wie eine Glocke aus Dunst. Schwüle, die einem den Atem raubte. Von der Pfalzburg weg führten sternförmig mehrere Straßen ins Innere der Stadt. Erichs Begleiter hatte just den schmalsten, holprigsten Pfad gewählt, der einem ungepflegten Maultierweg glich. Schweigend starrten Fassaden aus Stein und Mörtel auf die beiden Menschen nieder, die, Käfern gleich, zwischen ihnen umherzukrabbeln schienen. Pfad reihte sich an Pfad, Haus an Haus, Stein an Stein. Ein Meer aus Steinen, Holz und Sand.

Ein einsamer Stadtbewohner kam ihnen entgegen. Erich wollte schon aufatmen. Gottlob, es gab auch andere Menschen in Aachen. Da fiel ihm auf, daß der einsame Stadtbewohner betrunken war. Er setzte soeben an, eine Bemerkung über das ungepflegte Äußere des Mannes, das schmutztriefende Gewand, das fettverklebte Haar, den struppigen Bart zu machen, als sein Begleiter sagte: »Er ist kein typisches Beispiel der Spezies Aachener Bürger.«

Der Stadtbewohner schien sich sehr über den Anblick anderer Wesen der Gattung Homo sapiens zu freuen. Er breitete die Arme aus, taumelte auf Erichs Begleiter zu, umhalste ihn. Mit stoischem Gleichmut ließ der fahrende Sänger die Liebkosung des Betrunkenen über sich ergehen, versuchte nur, seinen Kopf abzuwenden, um der Schnapsfahne auszuweichen, die dem Mund des Mannes entquoll. Vergebens. Der trunkene Bürger Aachens drückte ihm schmatzend zwei Küsse links und rechts auf die Wangen. Dann zog er eine Flasche, die offensichtlich mit Fusel gefüllt war, unter seinem Gewand hervor. »Trinkt, junger Freund«, empfahl er dem fahrenden Sänger.

Der Angesprochene war von dem Angebot nicht sonderlich begeistert. Traurig starrte er auf den klebrigen, schmutzverschmierten Rand der tönernen Flasche, als stelle bei diesem äußeren Erscheinungsbild der Flascheninhalt keine Versuchung für ihn dar. Der trunkene Bürger Aachens schien sich entschlossen zu haben, kurzen Prozeß zu machen. Er bog den Kopf des Sängers nach hinten, drückte ihm den Flaschenhals auf die Lippen und schüttete den Inhalt der Flasche in sein Opfer hinein. Der fahrende Sänger spuckte, schüttelte sich, stieß den Fremden fort.

»Es muß Euch eine Ehre sein, daß ich Euch meine Flasche anbiete, ich, Meinhardus Thalern, bekannt an allen Fürstenhöfen des Abendlandes, geschätzt von König Karl und von seinen Söhnen«, verkündete der Aachener Bürger. Der fahrende Sänger richtete sich auf, blickte den Betrunkenen an. Ruhig, autoritär. Etwas wie Erkennen zeichnete sich auf dem Gesicht des anderen ab. Unbehagliches Erkennen. Und Ernüchterung. Plötzlich hatte er es sehr eilig, aus dem Blickwinkel von Erich und seinem Begleiter zu entfliehen. Er verneigte sich ehrfürchtig und verschwand schnell um die nächste Ecke. »Homo lupus hominis est«, murmelte Erichs Begleiter. Ungeklärt blieb die Frage, wer nun wessen Wolf gewesen war. Ein Apostel des Alkohols, der andere Menschen vergewaltigt, um ihnen seinen Fusel aufzudrängen, oder ein fahrender Sänger, der die eigenartige Macht hat, Betrunkene durch einen Blick seiner klaren blauen Augen zu ernüchtern.

Ohne noch ein Wort zu verlieren, ging der fahrende Sänger weiter. Erich blickte ihn von der Seite an. Tiefer Ernst überschattete das Profil des Sängers. Als fühle er sich persönlich dafür verantwortlich, Aachens schmutzige Unterwäsche einem Fremden präsentiert zu haben. Die Straße mündete in einen kleinen Platz, der von lebkuchenbunten Wohngebäuden umrahmt war. Vor dem Ziehbrunnen in der Mitte des Platzes hatte ein Musikant Aufstellung genommen. Sein weiter, dunkelroter Umhang war wie eine Decke um die Schultern geschlungen. Ein grauer Schlapphut verbarg sein Haar. Das flache Gesicht mit kurzer, breiter Nase, die dunkle Hautfarbe, die schwarzen Augen kennzeichneten ihn als einen jener Mischtypen, die man in weltoffenen Städten immer antrifft.

Der Musikant spielte auf einem eigenartigen Blasinstrument, das aus sieben ungleich langen Pfeifen zusammengesetzt war. Mit der Rechten schlug er gleichzeitig den Takt auf einer fellbespannten, mit Stricken umschnürten Trommel. Seltsam war der

Klang, den die Pfeifen erzeugten. Beinahe heiser. Als bliese jemand mit dem Mund über eine wassergefüllte Flasche hinweg. Dumpf hämmerte die Trommel dazu gleich dem pochenden Pulsschlag eines Herzens. Erichs Begleiter setzte sich auf den Brunnenrand neben den Musikanten, nahm die Laute von der Schulter und begann zu spielen. Zart, tastend erst, um die vorgegebene Tonfolge nicht zu stören. Dann stärker, freier. Der Klang der Laute paßte sich den beiden anderen Instrumenten an, unterstrich, betonte die getragene Grundmelodie. In den Pausen, die sich zwischen den einzelnen Tonmustern ergaben, jubelte die Laute, entfaltete Eigenleben.

Erich lehnte sich an eine Säule, die den Torbogen eines Hauses gegen die Straße hin abgrenzte, beobachtete die Musikanten, lauschte den Klängen. Sein Blick schweifte über die ehrwürdigen Fassaden der alten Häuser, die sich aneinanderdrängten, als suche eines beim anderen Halt. Es gab Häuser, die mit Wandmalereien, Mosaiken, Giebeln, Erkern, Pfeilern und Bögen geziert waren. Häuser neueren Stils reihten sich an, schlicht, zweckdienlich und von keinem bleibenden Wert. Und da waren auch einfachere Häuser, rohgezimmert aus Holz und Ziegelsteinen, herausgebrochen aus den Quadern antiker Relikte. Bunt zusammengewürfelt erschienen die Bauten Aachens. Als hätte Gott in eine Spieltruhe mit Steinen gegriffen, die Trümmer wahllos um sich verstreut gleich Zucker auf einem Kuchen.

Es schien, als habe die Musik der Stadt Leben eingehaucht, die Menschen aus ihren Schlupfwinkeln gelockt. Türen öffneten sich, Männer, Frauen, Kinder quollen daraus hervor, scharten sich um die Musikanten. Der Tag ging zur Neige, die Stadt erwachte. Ein Pferdewagen holperte die Straße hinauf. Der Kutscher sammelte in den Haustoren Kisten und Säcke mit Abfall ein. So also funktionierte die städtische Müllabfuhr.

Ein Trupp von Handwerkern fing an, auf der Fassade eines eingerüsteten Hauses herumzuklopfen. Der Ausrufer erschien, verkündete unter dumpfem Trommelwirbel die Neuigkeiten vom Tag. Die Bevölkerung Aachens bot dem Auge des Betrachters ein prächtiges Spektakel. Menschen aus aller Herren Länder füllten die Straßen der Pfalz. Hufgetrampel, Stimmengewirr, Kinderkreischen, Hundegebell. Vergebens stemmte sich die Musik dagegen an, verebbte, ging unter im Lärm der Stadt. Geldstücke klirrten zu Boden. Eine Spende für die beiden Straßenmusikanten, bevor man weiterhastete, seinen Geschäften nachging. Der Himmel würde einem die gute Tat lohnen.

Erichs Begleiter setzte die Laute ab, strich sich mit der Hand über die Stirn, als erwache er aus einem Traum. Ein kühler Wind war aufgekommen, wirbelte den roten Sand hoch, spielte mit seinen blonden Locken. Der fahrende Sänger blickte zu Erich hin, hob die Schultern in einer entschuldigenden Geste, als sei er unzufrieden mit sich selbst, weil er sich von der Musik hatte mitreißen lassen, weil er seinen Gast vernachlässigt hatte. Er stand auf, sammelte das Geld von der Straße ein, hielt die Handvoll Münzen seinem Musikantenkameraden hin. Keiner der beiden sprach ein Wort. Zwei Menschen waren sich in einer Sphäre begegnet, zu der nur sie beide Zutritt hatten. Nun trennten sie sich wieder, gingen ihrer Wege. Jedes Wort wäre banal gewesen. Der fahrende Sänger trat auf Erich zu. »Ich glaube, nun sollten wir etwas essen gehen«, sagte er schlicht.

2. Kapitel

Freundschaft

Die Kneipen überall in der Welt gleichen sich, äußerlich und innerlich, wie ein Kaltblutpferd dem anderen. Die Herberge von Aachen war da keine Ausnahme. Bevor Erich eine Bemerkung über die häßliche Fassade des Gasthauses machen konnte, dessen rußgeschwärztes, abbröckelndes Gemäuer sich beschämt zu dukken schien neben den stolz hochragenden Bürgerhäusern, hatte ihn der Sänger schon in den Innenraum gedrängt. An der Tür blieb Erich stehen. Der Geruch von gebratenem Schweinefleisch, angebranntem Fett, saurem Bier und dem Schweiß vieler Menschen schlug ihm entgegen. Am liebsten wäre er wieder umgekehrt, an die frische Luft geflohen. Seltsamerweise schien sich sein Begleiter in dieser Umgebung wohl zu fühlen. Nun ja, so seltsam war dies wohl auch wieder nicht. Schließlich war es sein Beruf, an solchen Orten zum Tanz aufzuspielen.

Sogar die Gastwirtsfamilie entsprach dem üblichen Schema: der Wirt fett und finsterblickend, die Wirtin ein hageres Knochengerippe. Das Gastwirtstöchterlein hingegen war lieblich wie eine Rose, verborgen in einem Dornendickicht. Das liebliche Töchterlein bekam kugelrunde Augen beim Anblick der beiden Neuankömmlinge und verneigte sich bis zum Boden. Das Knochengerippe von Gastwirtin setzte sein süßestes Lächeln auf, das es wohl einem zahnlosen Hofhund abgeschaut haben mußte. Der Wirt aber enteilte, nach einer Verbeugung in Richtung Tür, zu einem etwas erhöhten Tisch am Ende des Saales, direkt neben der mit Schweinsblase verkleideten Fensterluke, in der sich das dottergelbe Licht der untergehenden Sonne brach. Fünf Bauern saßen dort beim Essen. Der Wirt erläuterte ihnen irgendetwas in hastigen Worten. Sie blickten zur Tür, neigten den Kopf und räumten das Feld. Der Wirt beseitigte schnell alle Spuren ihrer Anwesenheit vom Tisch, legte ein weißgebleichtes Leinentischtuch auf, das mit nur zwei Flecken und zwei Löchern sicherlich das beste, wenn nicht das einzige im Haus war. Dann lud er die Neuankömmlinge zum Niedersetzen ein.

»Ihr hättet die Leute nicht vertreiben müssen«, sagte Erichs Begleiter zu dem Gastwirt.

»Oh, es sind Bauern auf dem Rückweg vom Markt. Es war ihnen eine Ehre, Euch ihren Tisch zu überlassen.«

Erich warf sich auf den lehnenlosen dreibeinigen Hocker aus Zirbenholz. Es störte ihn, daß sein Begleiter so freundlich mit dem Wirt umging. Dies sagte er auch. Ein feines Lächeln spielte um die Lippen des Sängers. »Ihr meint also, man hat den Tisch um Euretwillen freigemacht?« fragte er sanft.

»Aber natürlich«, erwiderte Erich etwas irritiert. »Es spricht für die Gastwirte und Bauern Aachens, daß sie einen Edelmann schon an seinem Auftreten erkennen. Es versteht sich von selbst, daß sich das gemeine Volk bei seinem Erscheinen zurückzieht.«

»Das gemeine Volk, so«, wiederholte der Sänger nachdenklich. »Vielleicht lernt Ihr es besser kennen, dieses gemeine Volk, die Bauern des Frankenlandes, wenn ich Euch ein kleines Lied über sie vorsinge. Eine Art Gebet. Das Gebet eines Bauern.« Er zog seinen Armstuhl näher zum offenen Kamin. Wie er so dasaß, die Beine übereinandergelegt, die Laute in den Händen, den Kopf zurückgelehnt an die Mauer, glich er dem Lichtgott Balder der germanischen Vorzeit. Balder, Sohn Odins und Friggas. Balder, Herr des silbernen Mondlichts, sanfter König der Nacht. Im rötlichen Feuerschein glänzte das hellblonde Haar des Sängers auf, als seien Funken darin eingewoben. Ein Schatten von Trauer lag über seinem feingezeichneten Profil, als er zu singen begann:

Herr, laß meines Tagwerks Mühn,
meine Sorge um das Feld
nicht an dir vorüberziehn.
Sieh auf meines Tagwerks Mühn.
Nimm mein Beten gnädig hin,
blick' mit Stolz auf deine Welt.
Segne meines Tagwerks Mühn,
meine Sorge um das Feld.

Erich war eigenartig berührt von dem schlichten Lied. Um seine Befangenheit abzuschütteln, sagte er: »Ein seltsames Versmaß.«

Der Sänger rückte seinen Stuhl vom Feuer weg, näher an Erichs Seite. »Es ist ein Triolett«, erklärte er. »Ein Spiel mit dem Reim. Paßt auf, ich beschreibe es Euch. Eine Strophe des Liedes besteht aus acht Zeilen. Die erste Zeile A kehrt unverändert oder in leichter Abwandlung als vierte und siebente Zeile wieder. Die zweite Zeile B stimmt mit der achten Zeile überein. Die dritte Zeile C und die fünfte Zeile D reimen sich auf die erste Zeile A, die sechste Zeile E reimt sich auf die zweite Zeile B. In der zweiten, dritten und allen anderen Strophen des Liedes geht das immer so weiter.«

Erich gab zu, daß er sich die Namen der einfachen griechischen Versmaße Jambus, Trochäus und Daktylus nur deswegen seit seiner Schulzeit gemerkt hatte, weil er sie und den glatzköpfigen kriecherischen Mönch, den sein Vater als Hauslehrer eingekauft hatte, eigentlich so schnell wie möglich vergessen wollte. Von einer derart komplizierten literarischen Konstruktion wie einem Triolett hatte er noch nie gehört. Etwas hochfahrend fügte er hinzu, das Erlernen der Pflichten eines Adeligen, der Kriegsmann, Landesherr, Arbeitgeber und Richter seines Volkes sein müsse, habe ihm keine Zeit für phantasievolle Spielereien mit der Dichtkunst gelassen. Er bereute seine Worte, kaum daß er sie gesprochen hatte. Gewiß wollte er seinen sympathischen Begleiter nicht kränken.

Der Fremde schwieg, blickte mit einem eigenartig weichen Lächeln in die Ferne. Dann wandte er sich Erich zu. »Ihr meint also, es ist eine Schande für einen Krieger und Landesherrn, sich mit schöngeistigen Künsten zu befassen?«

Erich fühlte sich betroffen durch den Blick dieser klaren, hellblauen Augen. Er schämte sich, ohne recht zu wissen, wofür. »Aber es ist doch Zeitvergeudung«, stieß er hervor.

»Zeitvergeudung. Aha. Kriegerische Waffenübungen aber, die sind keine Zeitvergeudung.«

»Der Kampf ist doch unsere Pflicht. Dafür leben wir«, sagte Erich. Plötzlich wurde ihm bewußt, daß er wiederholte, was sein Hauslehrer ihm eingetrichtert hatte, als er noch ein Knabe war.

In den Augen des Fremden flammte etwas wie Zorn auf. »Dafür? Dafür leben wir?« Er griff nach seiner Laute, schlug die Saiten an. Hart. Grell.

Und wir zogen in den Krieg,
Karl, Ludwig und auch ich.
Wir erfochten Sieg um Sieg,
Karl, Ludwig und auch ich.
Und wir schlugen alle tot,
Karl, Ludwig und auch ich.
Blutig war der Himmel rot,
blutig war die Erde rot,
und die Götter weinten.
Dann starb Ludwig durch das Schwert,
weiter fochten wir zu zweit,
dann sank Karl von seinem Pferd,
auch mir selbst blieb keine Zeit.
Niemals fragt' ich, was ist Leben,
Leben, das mir Gott gegeben,
Leben, das ich andern nahm,
bis die Reihe an mich kam,
meine Zeit zu sterben.

Er ließ sein Instrument sinken. Sein Zorn schien verraucht. Es klang, als wolle er um Entschuldigung bitten, als er feststellte: »Es ist wohl leichter zu sterben, wenn man blind durch das Leben gegangen ist. Aber ich wollte Euch nicht in Euren Überzeugungen beirren durch meinen Gesang.« Wie kompliziert die Menschen der Pfalz Aachen doch waren, kam es Erich in den Sinn. Auch, wenn es sich nur um einfache, gewöhnliche Menschen handelte. Spielleute und fahrende Sänger zum Beispiel.

Zum Glück trat die Wirtin mit einem Krug Rotwein an den Tisch und ersparte Erich dadurch zu antworten. Er griff nach dem Krug, schenkte ein. Die Becher klangen aneinander.

»Auf König Karl«, sagte Erich. Und wunderte sich über die seltsame Wirkung, die der allgemein übliche Trinkspruch bei seinem Begleiter auslöste. Der Sänger setzte den Becher, den er schon an die Lippen geführt hatte, wieder ab, stellte ihn vor sich hin, starrte ins Leere. Hatte der Sänger den Trinkspruch auf den Herrscher nicht verstanden?

»Auf König Karl«, wiederholte Erich laut. So laut, daß man ihn auch an den Nebentischen hörte. Die Gespräche verstummten. Die Menschen standen auf, hoben ihre Becher. »Auf König Karl«, klang es durch den Raum. »Und auf seine Kinder«. Und alle blickten hinüber zu Erichs Tisch. Auch Erichs Begleiter hatte sich erhoben. Er sagte nichts, führte nur den Weinbecher an seine Lippen und trank ihn in einem Zug leer. Dann ließ er den Becher auf den Tisch fallen.

»Gebt Gott, was Gottes ist«, murmelte er, und eine eigenartige Bitterkeit war in seiner Stimme. Dann wich der unverständliche Trotz aus seiner Miene, machte wieder freundlicher Gelassenheit Platz. »Nun wollen wir aber auch den Menschen etwas geben und zum Tanz aufspielen. Ich muß mir das Abendessen verdienen. Ich habe kein Geld bei mir.« Er stellte den Weinkrug beiseite, setzte sich auf die äußerste Kante des Tisches, wandte sein Gesicht der Menge zu, griff nach der Laute, und begann zu singen:

Siehst du sie tanzen im silbernen Kleid,
unter den Füßen die Welt.
Blind ist sie gegen der Menschen Leid,
sie sieht nur, was ihr gefällt.
Sie ist die Göttin der Nacht,
die Menschen zu Narren macht. Jesabel.

Die Menschen schienen das Tanzlied zu kennen. Schon bei den ersten Klängen hatten sich einige Männer erhoben, vor den wenigen anwesenden Frauen verneigt. Nun fingen sie an, sich im Rhythmus dieses Rundtanzes zu drehen. Lauter wurde die Musik, schneller der Tanz.

Hast du an Liebe geglaubt?
Sie hat dir alles geraubt,
hat dich um dein Fühlen geprellt,
und um deinen Beutel mit Geld.
Sie tanzt und tanzt. Jesabel.

Siehst du sie liegen in deinem Gemach,
hörst du sie stöhnen ihr Oh und ihr Ach.
Blind bist du gegen die Welt,
hörst nur das, was dir gefällt.
Sie ist die Göttin der Nacht,
die Menschen zu Sklaven macht. Jesabel.

Hast du an ihren Körper geglaubt?
Sie hat dir alles geraubt.
Sie hat nun krank dich gemacht,
hat über dein Leiden gelacht.
Und wieder tanzt Jesabel.

Die Füße der Männer stampften auf dem Boden. Sie sangen, nein, sie grölten den Refrain mit. Jesabel, Jesabel, tönte es aus vierzig trunkenen Kehlen. Unbeteiligt, abwesend, einem Puppenspieler gleich, der Menschen nach seinen Fäden tanzen läßt, saß der Sänger da. Er ließ ein paar düstere Klangvariationen in die Melodie einfließen, als er die dritte Strophe anstimmte.

Siehst du dich liegen im eiskalten Sarg,
wo nun dein Körper verdorrt?
Sie, die den heimlichen Tod in sich barg,
hat dich verlassen, ist fort.
Sie ist die Göttin der Nacht,
die Menschen zu Leichen macht. Jesabel.

Du hast sie gehaßt,
du hast sie geliebt.
Es gibt keinen Gott,
der nun Frieden dir gibt,
denn immer noch tanzt Jesabel.

Erich hätte wetten können, daß es ein solches Lied sein würde. Der trübselige Inhalt paßte zwar nicht für ein fröhliches Tanzfest. Aber er paßte haargenau zu der verhaltenen Düsternis, die sich unter der geschmeidigen Oberfläche im Wesen des Sängers verbarg.

Die Leute schien das nicht zu stören. Sie schienen das Lied zu mögen. Und sie schienen auch ihn zu mögen, ihren Sänger. Als das Lied zu Ende war, improvisierte der Sänger einige Melodien auf seinem Instrument, die sich zum Tanzen eigneten. Erich beobachtete die Tanzenden. Da waren einige dicke Marktweiber in schmutzigen Schürzen, die sich im Arm junger Handwerksburschen wiegten. Drei Bauern hatten die dürre Gastwirtin in ihre Mitte genommen, pfiffen und grunzten mit der Musik. Die Wirtin kreischte schrill vor Lachen. Ihr Mann hämmerte mit dem Kochlöffel den Takt dazu auf den Boden eines Kessels aus Gelbguß.

Welch ein Unterschied zu den noblen, feierlichen Tanzveranstaltungen des Adels, wie Erich sie gewohnt war! Vermutlich hätte er angeekelt sein müssen. Statt dessen fingen seine Augen an, das bunte Bild zu genießen. Das Wirtstöchterlein hatte den kuriosesten Tanzpartner abbekommen. Ein Zwerg war es, nur etwas mehr als zwei Ellen hoch, in einem giftgrünen Jägergewand. Er wirbelte das Mädchen herum, verneigte sich vor ihr, küßte ihre Hände. In ständiger Bewegung war der kleine Mann, glitt hierhin, glitt dorthin, das Mädchen mit sich schleifend. Unwillen zeichnete sich auf dem Gesicht des Mädchens ab. Der Tänzer war ihr sichtlich lästig.

Ohne sein Spiel zu unterbrechen, sagte der fahrende Sänger: »Meine Freundin scheint mit ihrem Tanzpartner nicht zufrieden zu sein. Würdet Ihr mir die Ehre erweisen, sie zum Tanz aufzufordern?«

»Eure Freundin?«

Der Sänger deutete mit dem Kopf in Richtung des seltsamen Tanzpaares. »Ja. Das rosenzarte Wirtstöchterlein.«

Erich lachte. »Die schmachtet doch nur Euch an. Seht die glutvollen Blicke, die sie Euch zuwirft. Sie wird sich mit mir nicht zufriedengeben.«

Die Augen des Sängers wurden ernst. »Ihre Blicke gelten meinem Rang, nicht meiner Person«, sagte er, und eine eigenartige Härte war in seiner Stimme.

»Eurem Rang?« wiederholte Erich verständnislos.

Der Sänger schlug ein paar laute, schrille Akkorde an, die nicht zu der fröhlichen Musik paßten. Die Paare auf der Tanzfläche hielten inne, blickten verwundert nach ihm, tuschelten. Die Musik wechselte übergangslos. Wieder tönten beschwingte Melodien durch den Saal. Zufrieden fingen die Paare an, sich in dem Rhythmus zu bewegen, den der Musikant vorgab.

»Wußtet Ihr denn nicht, daß in Aachen die Spielleute einen hohen Rang einnehmen?« setzte der Sänger die Diskussion fort, während seine schlanken Finger über die Saiten glitten. Erich schüttelte den Kopf. Die hellen Augen des Sängers waren in die Ferne gerichtet, blickten durch Erich hindurch. »Der Spielmann trägt die Weltenscheibe in seinen Händen«, sagte er. Seine Stimme klang kühl, sogar etwas herablassend. Als betrachtete er das Getriebe der Menschen von einem erhöhten Podium aus. Durfte ein fahrender Sänger, der seine Kunst für Geld in Wirtshäusern darbot, so stolz sein? Der Sänger wandte sich Erich wieder zu. Seine Augen lächelten. »Seht Ihr nicht, wie ich mit ihr jongliere, mit der Weltenscheibe?«

Erich fühlte sich etwas benommen. Er konnte mit dem übergangslosen Wechsel in den Stimmungen des Sängers, dem sekundenschnellen Springen von Ausgelassenheit zu Schwermut nicht Schritt halten. »Also gut, ich werde mit dem Mädchen tanzen«, brummte er und stand auf.

Erich mußte zugeben, daß es schön war, sich mit dem leichten, biegsamen Geschöpf im Tanz zu wiegen. Ein Grashalm im Wind hatte mehr Gewicht als sie. Gerade hatte Erich angefangen, sich auf der Tanzfläche wohlzufühlen, da beendete der Sänger mit ein paar dröhnenden Akkorden das Spiel. »Schluß für heute, Leute!« rief er zur Menge hin. Die Menschen klatschten in die Hände, warfen ihm Geldstücke zu. Der Sänger verneigte sich, schickte sich an, das Geld einzusammeln.

Erich ließ seine Tanzpartnerin stehen, trat neben ihn, legte ihm die Hand auf den Arm. »Muß das sein?« fragte er.

Der Sänger richtete sich auf. »Es ist der Lohn für mein Spiel«, sagte er.

»Es ist unwürdig«, antwortete Erich.

Der Sänger warf ihm einen vorwurfsvollen Blick zu. Dann sprang er auf die Sitzbank. »Hört, Leute!« rief er. Alle Augen richteten sich auf ihn. »Mein Freund hier meint, es ist unwürdig, für gute Arbeit gutes Geld zu nehmen. Ich werde euer Geld daher einem würdigen Zweck zuführen und euch einladen. Ihr seid alle meine Gäste.« Er glitt von der Bank, leerte den Brotkorb aus und sammelte das Geld vom Boden darin auf. Dann überreichte er den Korb der Wirtin. Erich war etwas unbehaglich zumute. Sicherlich kostete das Gelage den Sänger nun mehr, als er eingenommen hatte. Aber was sollte ihn das kümmern! Jeder Mensch war seines eigenen Glückes Schmied. »Darf ich Euch auch einladen?« hörte er die weiche, klangvolle Stimme seines Begleiters neben sich.

Erich schüttelte den Kopf. »Ich habe etwas Geld bei mir. Für ein Abendessen wird es wohl reichen.«

Draußen, vor den Fenstern, war die Dämmerung der Dunkelheit gewichen. Immer noch saßen die beiden Männer am Tisch. Zum wievielten Mal die Wirtin den Weinkrug nachfüllte, wußte Erich nicht mehr. »Siehst du ihn nicht, den Zwerg Grigotto? Er tanzt über den Tisch«, sagte der Sänger. Etwas verunsichert klang seine Stimme. So, als habe er zu viel getrunken. Mit seinem Zeigefinger ahmte er die hüpfenden Bewegungen des unsichtbaren Zwerges auf dem Tisch nach.

Grigotto, der Faun,
wollt die Welt sich beschaun,
und fiel auf die Nase dabei.
Schmutzig war sein Gewand,
als im Dreck man ihn fand,
doch er sagte: 's ist einerlei.
Denn ich hab sie gesehn,
diese Welt wunderschön,
bevor auf die Nase ich fiel.
Hab die Menschen gesehn,
habe Gott auch gesehn -
und nun bin ich aus Ehrfurcht ganz still.

Die letzten Worte des Sängers hörten sich an wie »aus Ehrfurcht ganns schdill«. Er füllte seinen Weinbecher nach, verschüttete etwas von der roten Flüssigkeit über den Tisch.

»Wenn wir so weitermachen, werden wir den Heimweg nicht mehr finden«, mahnte Erich. Es war ihm wohl aufgefallen, daß der Sänger ihn mit dem vertraulichen Du angeredet hatte.

Sein Begleiter lachte auf. »Das Heim des fahrenden Sängers ist die freie Natur«, sagte er. »Sein Dach das Himmelszelt. Sein Bett das Gras des Waldes. Hier in der Stadt eignet sich auch ein Rinnsal dafür. Meinst du nicht, wir würden dort herrlich schlafen? Wie in Morpheus Armen?«

Verbrüdere dich niemals mit den unteren Bevölkerungsschichten. Plötzlich kamen Erich die Worte seines Vaters in den Sinn. Du verlierst dadurch den Respekt deiner Untertanen. Er runzelte die Stirn. »Wenn wir schon so vertraulich miteinander reden, sollten wir vorher unsere Namen kennen.«

Sein Begleiter bedachte ihn mit einem Blick voll Fröhlichkeit und Ironie. »Ach, habt Ihr Euch daran erinnert, daß man Euch gewarnt hat, Euch mit dem einfachen Volk zu verbrüdern? Nun, wie wollt Ihr von mir genannt werden, Sohn des Markgrafen von Friaul?«

Mit einer wegwerfenden Handbewegung wischte Erich alle Ermahnungen seines Vaters vom Tisch. »Ich heiße Erich«, sagte er. »Und du?«

Der Fremde verlieh seiner Stimme einen geheimnisvollen Klang. »Nenne mich den Niemand. Niemand, der Sänger von Aachen. Ein Spielmann nur, der seine Kunst für Geld verkauft.«

Eine Erinnerung tauchte im hintersten Winkel von Erichs Gedächtnis auf. Eine Erinnerung an den römischen Dichter Vergil und die Schilderung der Irrfahrten des Ulixes. Im Lateinunterricht hatte sein Lehrer ihn damit gequält. »Es hat sich schon einmal jemand als Niemand ausgegeben. Das war in der Höhle des Zyklopen.«

»Und dieser Jemand war der König von Ithaka«, vollendete der Sänger den Satz. »Man weiß doch nie, wer hinter einer Maske steckt.«

Es kam Erich vor, als sei ein Doppelsinn in diesen Worten verborgen. Auch wunderte er sich, daß ein Mann aus dem Volke die Werke Vergils kannte. Sein Begleiter hob den Weinbecher hoch. »Du hast recht, Erich«, sagte er. »Wir sollten nichts mehr trinken. Mein Glas ist noch halbvoll.«

»Glas? Es ist ein Becher aus Zinn.«

»Wenn du dir vorstellst, daß es Glas ist, verwandelt es sich in Glas. Rubinglas. Siehst du nicht, wie es glänzt im Licht der

Kerzen? Ich werde noch ein Triolett machen. Nur für dich. Zum Abschied.«

Mein Glas ist halbleer,
so wie ich konstatier'.
Trinke lieber nichts mehr,
denn mein Glas ist halbleer.
Wenn es voll doch noch wär,
was gäb' ich bloß dafür,
doch mein Glas ist halbleer,
so wie ich konstatier'.
Trinken macht keinen Spaß
aus dem halbleeren Glas.
Nein, es macht keinen Spaß
aus dem halbleeren Glas.

Mein Glas ist halbvoll,
ist das nicht wunderbar?
Ja, ich finde das toll,
mein Glas ist halbvoll.
Es ist so, wie's sein soll.
Ja, es ist wirklich wahr:
Mein Glas ist halbvoll.
Ist das nicht wunderbar?
Trinken macht so viel Spaß
aus dem halbvollen Glas.
Ja, es macht so viel Spaß
aus dem halbvollen Glas.

Halbvoll und halbleer,
sind nicht beide sich gleich?
Denn was wiegt für mich mehr,
halbvoll, halbleer?
Ich frag euch nun auf Ehr:
Bin ich arm, bin ich reich?
Halbvoll und halbleer,
sind nicht beide sich gleich?
Macht das Trinken nicht Spaß
aus dem halbleeren Glas?

Macht das Trinken nicht Spaß
aus dem halbvollen Glas?

Als sie das Gasthaus verließen, der Spielmann und der Sohn des Markgrafen von Friaul, waren sie Brüder. Eingehängt marschierten sie durch die schlafende Stadt. Laut hallten ihre Schritte auf dem Pflaster wider. Hoch über den schweigenden Mauern, den Dächern und Zinnen von Aachen glänzten Hunderte, Tausende von Sternen von einem samtdunklen Himmel. Im Hof der Pfalzburg, dort, wo er ihn aufgelesen hatte, lieferte der Spielmann seinen neugewonnenen Freund ab. Ehe Erich wußte, wie ihm geschah, stand er einsam und verlassen vor dem Brunnen im Burghof. Sein Gefährte bei dem nächtlichen Saufgelage, der fahrende Sänger, der Niemand genannt werden wollte, war und blieb für den Rest der Nacht verschwunden.

3. Kapitel

Brot und Spiele

Trompeten schmetterten metallisch schrill ihren Ruf der strahlend gelben Frühlingssonne entgegen. Zum Turnier, zum Turnier! Buntgekleidete Menschen strebten der Kampfstätte vor den Toren der Stadt entgegen. Männer, Frauen, Kinder. Alte. Junge. Keiner von ihnen wollte das Spektakel versäumen, das der Frankenkönig den Augen, Ohren und Geldbeuteln seiner Untertanen bot: das große Osterturnier von Aachen. Die Herausforderung zum Kräftemessen war an alle waffentragenden, kampffähigen Ritter des Frankenlandes ergangen, die nicht älter als fünfundzwanzig Jahre waren. Herausforderer waren die Söhne des Herrschers, der Kronprinz Karl, die Prinzen Pippin und Ludwig sowie der Sohn des Markgrafen von Friaul.

Auf dem Kampfplatz, dem freien Feld, das sich vor den Mauern der Stadt Aachen ausdehnte, waren hölzerne Sitzbänke und Tribünen errichtet worden. Das Oval der Arena war, einem griechischen Amphitheater gleich, von den emporsteigenden Sitzreihen eingegrenzt. Außerhalb des Kampfplatzes, an den Buden, Verkaufsläden, Kochstellen und Weinschenken, die bei jeder öffentlichen Veranstaltung im Freien emporschossen gleich Warzen auf der Haut, herrschte bereits reges Treiben. Laut rufend boten Verkäufer ihre Waren an, Menschen tratschten, feilschten, stritten. Streunende Hunde umkreisten die Buden, um nach heruntergefallenen Nahrungsbrocken zu haschen. Gelegentlich auch, um an den hölzernen Pfosten ihre Notdurft zu verrichten. Ein Wirrwarr verschiedenster Gerüche erfüllte die Luft. Der Duft, der jedes Volksfest kennzeichnet.

Langsam füllten sich die Ränge. Unten, auf den einfachen, rohgezimmerten Sitzbänken, hockten sich die Handwerksburschen, die Zimmerer, Schreiner, Bauern und Taglöhner hin. Der Eintrittspreis, den sie zu zahlen hatten, war niedrig. Mit umso mehr Lautstärke pflegten sie sich an der Veranstaltung zu beteiligen. Um Sitzplätze wurde gestritten, Bekannte wurden lauthals begrüßt, mitgebrachtes Essen wurde ausgeteilt. Irdene Bierbecher kreisten. Und die ersten Wetten wurden abgeschlossen.

Ein dicker Kaufmann, der sich sichtlich auf jede Art von Geschäften verstand, nahm die Wetten entgegen. Der Schweiß rann ihm übers Gesicht, troff in den schmutziggelben Kragen seines Wamses. Aber seine kleinen, in Fettwülste eingebetteten Augen glänzten vor Lust und Geldgier. Auf einer Schiefertafel notierte er die Einsätze. »Wer wettet noch auf den Turniersieger?«, rief er, und die Wettwilligen drängten sich um ihn.

Wenn es nach dem Stand der Gebote ging, versprach das Turnier keinen sehr aufregenden Ausgang. Es schien, als wären, zumindest hier, auf den unteren Sitzrängen, sich alle darüber einig, daß nur Prinz Pippin, der zweitälteste Sohn des Königs und Liebling des Volkes, als Turniersieger in Frage käme. Vereinzelte, zaghaft geäußerte Gegenmeinungen trugen Buhrufe und Rippenstöße ein. Wer tollkühn genug war, gegen Prinz Pippin zu wetten, konnte mit einer hohen Wettquote rechnen.

Ein bereits angetrunkener Bauer taumelte auf den Wettleiter zu. »Auf Prinz Pippin«, grölte er und malte ein Kreuz auf die Schiefertafel. Jeremias Tomlin, der Schreiner, schrieb der Wettleiter darunter. Quote eins zu zwei, Einsatz ein Solidus. Andere Wettlustige drängten hinzu. »Auf unseren Prinzen« oder schlicht »Auf Pippin« taten sie kund, als wäre der Name des Prinzen Schlachtruf für ein sieggewohntes Heer.

Ein Stadtbewohner in eleganter Kleidung trat hinzu. »Ich möchte eine andere Wette abschließen«, sagte er zu dem Wettleiter. Begierig zückte dieser seine Schiefertafel. »Quote eins zu vier, zwei Solidi auf den Friauler.« Böse Blicke trafen den Stadtmenschen, durchbohrten ihn. Der todesmutige Wetter grinste. »Was habt Ihr denn? Der junge Erich ist ein hervorragender Kämpfer.« »Unseren Pippin schlägt er nicht«, belehrte die einhellige Volksmeinung den widerspenstigen Einzelgänger. Ein einziger aus dem Troß der Pippingläubigen war nachdenklich geworden. »Er könnte ihn vielleicht schlagen«, wagte er es, das Ergebnis seiner Gedankentätigkeit laut zu äußern. »Aber er tut es nicht. Weil er dem Herrscherhaus sehr ergeben ist.«

»Bist du sicher, Bumpo?« fragte der Stadtmensch. »Erich von Friaul entstammt dem langobardischen Königshaus. Warum sollte er sich die Gelegenheit entgehen lassen, über die Karolinger zu triumphieren?«

»Er tut es nicht, sage ich dir«, erwiderte Bumpo, der Hufschmied. »Er und Prinz Pippin sind ein Herz und eine Seele. Der würde sich eher am offenen Feuer rösten lassen, bevor er seinem Freund etwas zuleide tut.«

»Ja, Erich von Friaul ist ein braver Bursche«, ertönte es ringsumher. »Auf den Friauler!« Und die Becher klangen.

Der betrunkene Bauer tanzte in eckigen Bewegungen zwischen den Sitzreihen umher. »Pippin wird Sieger, das ist doch klar, vor ihm im Dreck liegt der Feinde Schar«, intonierte er krächzend. Dann ließ er sich mit lautem Aufseufzen in den Schoß einer dikken Marktfrau fallen, rülpste und schlief ein.

Nobler und zurückhaltender verhielt sich die Besucherschicht, die in den oberen, mit Teppichen bedeckten Sitzreihen ihren Einzug hielt: das Großbürgertum von Aachen. Händler, Gewerbetreibende, Grundbesitzer und die Artifices, die den Dombau überwachten. Ihren Reichtum trugen die Männer und Frauen in pelzverbrämten Samtgewändern, in Goldketten, Perlenstickereien und wertvollen Armreifen zur Schau. Kalt waren ihre Mienen, ohne Leben ihre Gesten, hochfahrend ihre Sprache im Bestreben, sich vom einfachen Volk abzuheben.

Ungezwungener ging es auf den Tribünen zu, die dem Adel vorbehalten waren. Die Ritter und Heerführer hatten keine Angst, ihre Würde durch Natürlichkeit einzubüßen. Zudem waren sie den lässigen, freien Ton, der am Hof Karls des Großen herrschte, gewöhnt. Es kam ihnen gar nicht in den Sinn, sich Zwang anzutun um eines äußeren Scheines willen. Mit der Kühnheit hochgeborener Beurteiler wurden die anwesenden Damen gemustert. Ungeniert unterhielt man sich über andere Leute, spottete über Menschengesichter und seltsame Gewänder, lachte lauthals und sprach kräftig dem roten Wein zu, den Knappen in Pokalen ausschenkten.

Ein Trompetensignal verkündete schließlich das Erscheinen des Herrschers und seines Gefolges. Die Menschen erhoben sich von ihren Sitzen. Das Herz des Volkes schlug seinem König entgegen. Mit einem Lächeln auf den Lippen betrat Karl der Große gewohnt zielstrebig die Königsloge, blieb an der Balustrade stehen und wandte sich seinem Volk zu. Stille breitete sich aus.

»Ich begrüße alle, die zum Kampfspiel erschienen sind«, schallte die klare Stimme des Herrschers über den Platz. »Und ich befürchte, all jene, die nicht erschienen sind, werden es bedauern.« Lautes Lachen, vermischt mit Jubelrufen, belohnte diesen Scherz des Königs. Die Herolde, die vor der ebenerdig gelegenen Ehrenloge Aufstellung genommen hatten, regungslos auf ihren Pferden verharrend wie steinerne Standbilder, kreuzten nun die Spitzen ihrer Lanzen vor dem König.

»Das Turnier von Aachen möge beginnen«, sagte Karl ernst. In grellem, knatterndem Stakkato ertönte das Trompetensignal zur Einleitung des Festspieles. Während der Herrscher, seine Tochter Rotraud, die Edeldamen und Höflinge des Gefolges in der mit Samtbordüren verzierten Ehrenloge genau gegenüber der Kampfstätte Platz nahmen, erschienen die vier Herausforderer in der Arena.

Wie gewohnt ritt Erich auf seiner Schimmelstute neben Prinz Pippin an der Spitze des Zuges. Kronprinz Karl und Prinz Ludwig folgten. Karl ritt einen Apfelschimmel. Grünblau, mit Silber bestickt war die Pferdedecke, grünblau war auch der Umhang des Prinzen, auf dem das Wappen der Karolinger, der schwarze Adler mit ausgebreiteten Schwingen auf goldenem Grund, prangte. Stolz, unnahbar, hochmütig wie immer war die Miene des jungen Mannes.

Sein Bruder Ludwig präsentierte sich als der schwarze Ritter. Schwarz war das Pferd, schwarz war die Rüstung, weiß hingegen war sein Gesicht und fahlgelb sein dünnes Haar. Gekrümmt und würdelos hing er im Sattel, die Fersen viel zu hoch im Steigbügel. Als wollte Ludwig damit zum Ausdruck bringen, was er unter Lässigkeit verstand.

Prinz Pippin ließ sein heißgeliebtes Pferd, den zierlichen, tollköpfigen Goldfuchshengst Loge, tänzeln. Pippin neigte den hellblonden Kopf, als er an den Tribünen vorbeiritt, hob grüßend die Hand zu den unteren Sitzreihen hin. Die Jubelrufe schwollen zum Orkan. Pippin schien die Liebe seines Volkes in sich einzusaugen wie ein berauschendes Getränk.

Knapp drei Jahre kannte Erich den Kaisersohn nun schon, und dennoch war er immer wieder aufs Neue überrascht, wieviel Kraft Pippin aus der Begeisterung schöpfte, die ihm die einfachen Leute seines Landes entgegenbrachten. Erich sah den Freund von der Seite an. Das rote, mit dem karolingischen Adler bestickte Wappenhemd, das Pippin über der Rüstung trug, erinnerte Erich an ein anderes rotes Gewand an einem anderen Tag: das Gewand des Spielmannes von Aachen. Pippins hellblaue Augen leuchteten wie der Frühlingshimmel an diesem Morgen. Er ließ den Blick über die Volksmenge schweifen. »Panem et circenses«, sagte er mit seiner weichen, klangvollen Stimme. »Wir vier sind Auserwählte, Erich, weißt du es? Wir haben die hohe Ehre, unser Volk unterhalten zu dürfen.«

»Und dabei unsere Knochen zu riskieren«, brummte Erich.

»Angst, mein Freund?« spottete Pippin. »Du, der anerkannte Stratege der Waffenkunst, der kühle Techniker des Kampfes, fürchtest ein Turnier?« Erich sann über das Wort Fürchten nach. Die ganze Nacht schon hatte er das Gefühl einer eigenartigen Vorahnung, einer unerklärlichen Beklemmung gehabt. War es, weil ihm das Wesen des Krieges als zu ernst erschien, um im Spiel nachgeahmt zu werden?

»Es stirbt der Mensch, es lebt der Ruhm«, zitierte Pippin den Spruch, der als Motto für alle Ritterspiele diente.

Die vier hatten langsam, im Schritt, die Arena umrundet. Nun setzten sie die Pferde in Trab. Die harten Stöße der Pferderücken geschmeidig ausgleichend saßen sie im Sattel, als wären Pferd und Reiter ein einziges Wesen, einem Rhythmus unterworfen, einem Willen gehorchend. Die dritte Runde drehten sie im Galopp. Sechzehn Pferdehufe wirbelten durch die Arena, eine Staubwolke hinter sich herziehend. Dann, als hätte eine Mauer sie aufgehalten, hielten die vier Reiter vor der Königsloge an.

Langsam, in gleichmäßiger Bewegung senkten sie ihre Lanzen vor dem Herrscher, bis die Spitzen den Boden berührten. Die Reiter stiegen von den Pferden. Während Beifall diese Probe der Reitkunst belohnte, führten Knappen die Pferde weg. Die vier Männer nahmen in der Loge Platz, um den zweiten, den fröhlichen Teil des Turniervorspiels als Zuschauer zu genießen.

Während die Knappen auf den Tribünen Erfrischungen herumreichten, zog in die Arena eine ganz andere Gruppe von Akteuren ein: acht buntgekleidete Zwerge auf kleinen, gedrungenen Pferden. Eine umherziehende Reitertruppe war es, die für Geld Turnkunststücke vorführte. Selbstbewußt saßen die kleinen Männer auf ihren Pferden, verneigten sich vor den Zuschauern. Dann setzten sie ihre Reittiere in Galopp. Erich konnte nicht umhin, den Mut der Akrobaten zu bewundern. Sie standen aufrecht im Sattel, vollführten Kopf- und Handstände auf wirbelnden Pferdeleibern, schnellten durch die Luft von einem Tierrücken zum anderen, als wären sie schwerelos. Händeklatschen und Bravorufe ertönten. Die Zwerge beendeten ihre Darbietung in einem Wirbel von Menschenkörpern und Pferdeleibern. Dabei verstreuten sie pastellfarbenes Pulver, das sich langsam zu Boden senkte und den Sand lila, rosa und gelb färbte.

Dann ritt ein weiterer Mann in die Arena. Er war noch kleiner als seine Kameraden, maß höchstens zwei Ellen. Schneeweiß war sein winziges Pferd. Ein purpurroter samtener Königsmantel lag um seine Schultern, darunter trug er eine eiserne Ritterrüstung. Eine Krone, die glänzte, als sei sie aus echtem Gold, zierte seinen Kopf.

Der kleine Mann ritt vor bis zur Ehrenloge, neigte das Haupt vor dem Herrscher, wandte sich dann nach rechts, wo die vier Ritter saßen, die die Herausforderung zum Turnier erlassen hatten. In seiner Hand hielt der Zwerg ein kurzes, aber offensichtlich scharfes Schwert. Er vollführte ein Feuerwerk kreisender Bewegungen mit der Waffe, so schnell, daß das Auge kaum zu folgen vermochte. Dann faßte er die Spatha an der Schneide, hielt den Knauf dem zweitältesten Königssohn entgegen. Mit einem Lächeln hatte Pippin sich erhoben. Nun griff er nach der fremden Spatha. Der kleine Mann rutschte vom Pferd, zog sein eigenes Schwert aus der Scheide. Pippin sprang über die Balustrade, trat vor seinen seltsamen Gegner hin. Ernst blickte er den Winzling an, führte, das Anfangsritual eines echten Zweikampfes imitierend, den Knauf seines Schwertes an die Lippen. Ein heiterer Schaukampf begann.

Offensichtlich im Bemühen, dem kleinen Mann nicht weh zu tun, wehrte Pippin die Angriffe seines Gegners mit lässiger, träger Eleganz ab, ohne selbst aktiv zu werden. Der Winzling schien dies aber als Mißachtung seiner Person aufzufassen. Wütend funkelten seine Augen, als er auf den wesentlich größeren Gegner eindrang, das küchenmessergroße Schwertchen schwingend. Er wand sich zwischen den Beinen des Prinzen durch, griff ihn im Rücken an, schnellte wieder nach vor und hieb mit der Spatha nach den Beinschienen des Ritters.

Die Waffe des kleinen Mannes schien durch die Ringe der Rüstung hindurch die Haut seines Gegners schmerzhaft zu ritzen. Gelegentlich zuckte Pippin zusammen, als das Schwert des Zwerges in sein Kettenhemd biß. Schließlich machte der Prinz dem ungleichen Spiel ein Ende. Er warf seine Waffe in den Sand, griff blitzschnell mit beiden Händen nach dem Gegner, der sich krümmte wie ein Wurm an der Angel, und entwand ihm die Spatha. Dann hob Pippin ihn hoch in die Luft und trug ihn zur Balustrade der Ehrenloge. Unter allgemeinem Gelächter langte er über die Grenzwand und setzte den kleinen Mann samt seiner goldenen Krone und der eisernen Rüstung seiner Schwester in den Schoß. Rotraud versuchte, den Zwerg abzuschütteln, drohte gleichzeitig dem unbotmäßigen Bruder mit der Faust. Aber es gelang ihr nicht, das Lachen zu unterdrücken.

Der Zwerg riß erschrocken die Augen auf, wühlte sich aus den Falten des lila Seidengewandes heraus, die über ihm zusammengeschlagen waren. Eine Armbewegung der Prinzessin wischte ihn gleich einem lästigen Parasiten zu Boden. Hart plumpste er auf seinem Hinterteil auf, schnellte sofort wieder in die Höhe, verneigte sich, Entschuldigungen murmelnd, zehnmal vor den illustren Herrschaften und entschwand auf Nimmerwiedersehen zwischen den Beinen der Turnierbesucher.

Die Gauklertruppe führte den Sieger des Kampfes im Triumphzug an der Abgrenzung entlang. Sie hielten sich an den Händen, die Akrobaten und der Prinz des Frankenlandes in ihrer Mitte. Pippin beugte sich zu seinen Begleitern nieder, verneigte sich dann in Richtung des Publikums. Mit einer raumgreifenden Handbewegung deutete er auf seine kleinen Freunde, als wolle er damit sagen, daß sie die Helden dieses Schauspiels gewesen waren.

In dieser fröhlichen und kameradschaftlichen Stimmung begann der ernste Teil des Turniers. Beim Ausscheidungskampf des ersten Tages hatten die Königssöhne und Erich sich allen Rittern zum Kampf zu stellen, die es nach einem Kräftemessen mit den Herausforderern gelüstete. Ein Schwertkampf zu Pferd sollte stattfinden, Mann gegen Mann. Hieb und Stoß mit der Waffe waren erlaubt, nur der Stich verboten, um unnötiges Blutvergießen schon zu Beginn des Turniers zu vermeiden.

Von den Schiedsrichtern wurden neben der Gewandtheit in der Führung der Waffe auch die reiterischen Fähigkeiten bewertet. Sechsunddreißig Ritter hatten die Herausforderung zum Turnier angenommen. Junge Burschen aus gräflichen Familien waren es. Für viele bedeutete das Kräftemessen mit den Söhnen des Königs den ersten öffentlichen Auftritt. An ihren düsteren Mienen, den zusammengekniffenen Lippen, der trotzig stolzen Körperhaltung konnte man ablesen, daß sie entschlossen waren, ihren Mangel an Kampfeserfahrung durch Tollkühnheit auszugleichen. Wußten sie doch, daß Väter, Mütter und Verwandte sie von den Tribünen her beobachteten, begierig, ihre Söhne über die besten Schwertkämpfer des Frankenlandes triumphieren zu sehen.

Pippin betrachtete neugierig die ersten vier Gegner, die in die Arena eingelassen wurden. »Milchbärte«, urteilte er etwas verächtlich nach einem Blick in die jungen Gesichter, in denen Schüchternheit mit Kampfbegierde wetteiferte. Dann, als habe er sich entschlossen, seine Rolle als Volksunterhalter weiterzuspielen, ließ er seinen Hengst Loge mit allen vier Beinen zugleich in die Luft springen. Ein bläßlich aussehender, dünner junger Mann hatte sich den Prinzen für sein erstes Gefecht erwählt und näherte sich ihm ehrfürchtig. Vor den hilfeheischend aufgerissenen Augen seines farblosen Gegners entfesselte Pippin ein Feuerwerk an zirkusreifen Kunststücken. Wie ein Wirbelwind fegte Loge um den verdutzten Jüngling herum, wühlte mit den Hinterhufen den Staub der Arena auf und schleuderte ihn dem Gegner seines Herrn ins Gesicht. Pippin ließ sein Schwert kreisen, warf es in die Luft, fing es mit der linken Hand wieder, bevor der Gegner seine Waffe aus der Scheide herausgebracht hatte.

Endlich wagte der verstörte junge Mann einige schwächliche Schwerthiebe gegen den Schild des Prinzen. In einer Geste gespielten Zornes schleuderte Pippin Schwert und Schild zu Boden, ritt ganz dicht an seinen Gegner heran, langte hinüber und zog das Bürschlein aus dem Sattel. Der Jüngling lag fassungslos im Staub. Pippins flache Hand klatschte dem reiterlosen Pferd seines Gegners auf das Hinterteil. Aufwiehernd stob das Tier davon. Pippins Augen wurden ernst. Aus dem Sattel heraus streckte er seinem Gegner die Hand entgegen, half ihm, aufzustehen. »Macht Euch nichts daraus«, versuchte er den Geschlagenen aufzumuntern. »Als ich so jung war wie Ihr, habe ich auch noch Prügel bezogen in der Arena. Die Niederlage ist der beste Lehrmeister fürs Leben.«

Bei seinem nächsten Gegner brachte Pippin eine ganz andere Taktik zur Anwendung. Ein wohlbeleibter junger Mann war es, der plump im Sattel hockte, auf die Beute lauernd gleich einer Spinne in ihrem Netz. Der junge Mann hatte Pippins Kampfstil sichtlich studiert und sich vorgenommen, die blitzschnellen Angriffe des Frankenprinzen an einer Mauer stoischer Ruhe abprallen zu lassen. So siegessicher war er, daß er nicht einmal einen Helm aufgesetzt hatte. Seine festen Haare sträubten sich über seinem Kopf wie Schweineborsten. Pippin machte die Strategie seines Gegners im Nu zunichte. Statt wirbelnde Beweglichkeit zu entfalten, brachte er sein Pferd zum Stillstand. Seine Augen waren halbgeschlossen. Er gähnte sogar laut und vernehmlich, bedeckte den Mund nur flüchtig mit der Hand dabei.

Die unerwartete Lässigkeit des Prinzen brachte seinen Kampfpartner aus der Fassung. Verzweifelt versuchte er, seinen offensichtlich der Faulheit verfallenen Gegner zum Kämpfen zu reizen. Er ritt ganz nahe an Pippin heran. Verbissen hieb sein Schwert auf den Schild mit dem Wappen der Karolinger ein. Pippin rührte sich noch immer nicht. Sein Gegner kam in Wut. Rot lief sein Gesicht an. Um wenigstens das Pferd Pippins zu einer Reaktion anzustacheln, griff er in Loges Zügel. Dies war nun sogar einem schlafenden Prinzen zu viel. Pippin erwachte aus seiner beschaulichen Ruhe. Er packte sein Schwert mit beiden Händen an der Spitze, hob es hoch und hieb seinem Widerpart den Knauf über die borstigen Haare. Bewegungslos, hoch aufgerichtet, saß der junge Mann auf seinem Pferd. Dann, unendlich langsam, kippte er aus dem Sattel, schlug dumpf auf dem Boden auf. »Ruhe sanft«, murmelte Pippin. »Hat dir dein Lehrer in Waffentechnik nicht beigebracht, daß man immer einen Helm tragen soll?« Dann warf Pippin sein Pferd herum, wandte sich seinem dritten Gegner zu, der bereits eingelassen worden war und kampfwütig gegen den Prinzen anstürmte.

Es schien, als habe Pippin es plötzlich satt, sich mit dem angriffslustigen jungen Gemüse herumzuschlagen. Den Kampf gegen den neuen Gegner beendete er daher ebenso schnell, wie er ihn begonnen hatte. Das heißt, er ließ sein Pferd den Kampf beenden. Plötzlich, als der junge Mann ganz dicht vor dem Prinzen angelangt war, stellte sich Loge auf die Hinterbeine. Das Reittier des kampfwütigen Jünglings war offensichtlich genauso unerfahren wie sein Herr. Als der Kopf von Pippins Hengst so hoch über ihm auftauchte, drohend umflattert von der langen goldroten Mähne, als das fremde Ungeheuer laut wieherte und die blanken weißen Zähne fletschte, gab das Roß des Jünglings auf. Es verdrehte die Augen, scheute und warf seinen Reiter ab. Zum Glück bekam sein Herr gerade noch die Füße aus den Steigbügeln, bevor sein Pferd davonraste. Pippin verneigte sich in Richtung des jubelnden Publikums. Dann half er auch diesem Gegner auf die Beine.

Erich lag im Gefecht mit einem der jungen Grafensöhne, die am Königshof zu Rittern ausgebildet wurden, Gernot von Traun. Erich verstand sich mit dem jungen Mann gut. Gernot war ein treuer Kamerad. Manche Nacht hatte er mit Erich schon durchzecht. Offensichtlich war das in Aachen die beste Gelegenheit, einen anderen Menschen kennen zu lernen. Erich konzentrierte sich auf seinen Kampf, verlor Pippin etwas aus den Augen. Umso überraschter war er, als Pippin plötzlich auf seinem rotgoldenen Teufelspferd heranbrauste. »Der gehört mir«, schrie Pippin laut. Loge prallte mit dem Pferd Gernots zusammen. Das Pferd des Grafensohnes stieg hoch. Der Reiter verlor die Steigbügel, rutschte, immer noch die Zügel umklammernd, zu Boden. Sein Roß schleifte ihn ein kurzes Stück durch den Sand, als es davonraste. Benommen richtete sich der Grafensohn auf.

»Verzeih, Erich«, erklärte Pippin dem Freund. »Ich hatte noch eine alte Rechnung mit ihm zu begleichen. Er schuldet mir seit zwei Jahren Geld aus einer Wette.« Und dem geschlagenen Gegner rief er zu: »Nun sind wir quitt, Gernot. Du hast deine Schuld mit Zinsen zurückgezahlt.« Pippin sauste auf seinem tollköpfigen

Pferd in der Richtung davon, aus der er gekommen war. Als sei nichts geschehen, nahm er den Kampf mit seinem eigentlichen Gegner wieder auf, der verständnislos diese Einlage des Prinzen mitangesehen hatte.

Als nur mehr sechzehn zu besiegende junge Männer übrig waren, wurde auf Wunsch des Kronprinzen Karl eine Pause eingelegt. Pippin ließ für sich selbst, seine Brüder und Erich je einen Becher mit Rotwein heranbringen. Er trank auf die Schönheit aller anwesenden Damen. Dann bat er, die Turnierregeln ausnahmsweise zu durchbrechen und alle noch verbliebenen Angreifer gleichzeitig in die Arena zu schicken. Dies sei für die Herausforderer unendlich zeitsparend, tat Pippin kund. Die Meute der letzten Angreifer wurde eingelassen, wie Pippin es gewünscht hatte. Erich hatte alle Hände voll zu tun, um die Gegner abzuschütteln, die sich wie Kletten an ihn hängten. Pippin beendete den Kampf, wie er ihn begonnen hatte: in einem wirbelnden Finale aus donnernden Hufen, Schwertergeklirre, beeindruckenden Attacken zu Pferd, Scheinangriffen und verblüffenden Manövern. Seine Gegner bissen in den Staub, bevor sie die Kampftechnik des Prinzen durchschaut hatten.

Am Ende des ersten Turniertages hatten die Herausforderer alle ihre Feinde aus dem Feld geschlagen. Für den folgenden Tag wurden neben den Königssöhnen und Erich von Friaul sechs junge Ritter ausgewählt, die alle bereits Kampferfahrung aufzuweisen hatten. Dann sollte in einem Waffengang Mann gegen Mann in der Bahn mit Lanzen gekämpft werden, deren Spitzen jedoch, wie bei Schaukämpfen üblich, durch Stoffbälge abgedeckt waren.

4. KAPITEL

DIE PLÄNE DES KÖNIGS

Pippin betrat das kleine Turnierzelt mit dem Wappen der Markgrafen von Friaul. Er überfiel Erich sofort mit einer Frage, die einem Vorwurf glich: »Warum hast du die Herausforderung meiner Brüder angenommen? Du mußt nicht gegen beide kämpfen. Jeder Ritter muß sich nur einer Forderung stellen. So bestimmt es die Turnierordnung.«

Erich war gerade in sein Kettenhemd geschlüpft, hatte den weißen Überwurf darübergestreift, auf dem das Wappen seiner Familie eingestickt war, drei Rundtürme von Burg Görz mit dem grünen, von einem gezackten weißen Burgweg gespaltenen Hügel, dem darüberschwebenden Büffelgehörn, das die Tapferkeit und Kampfkraft der Markgrafen von Friaul symbolisieren sollte, und der herzförmigen, blutroten Wolke im orangefarbenen Himmel. »Meinst du nicht, daß es eine Selbstbestätigung für einen Untertanen ist, die Königssöhne zu besiegen?« fragte er sanft.

»Unsinn«, wehrte Pippin barsch ab. »Weißt du denn nicht, daß bei jedem Turnier einige Todesopfer zu beklagen sind? Junge Burschen, die sich zu viel zumuten?«

Erich blickte auf den Ring an seiner linken Hand herab, den Pippin ihm geschenkt hatte. Ein breiter Goldring war es, dessen Fassung in der Form der Königskrone der Franken gearbeitet war. Auf dem flachen, ovalen Amaldin, dem roten Halbedelstein aus dem Orient, war in feiner Goldschmiedearbeit das Wappen der Karolinger eingeritzt, der Adler mit ausgebreiteten Schwingen. Die gemeinsam durchzechte Nacht bei seiner Ankunft in Aachen kam ihm in den Sinn. Und der nächste Tag, an dem Erich zum ersten Mal an einer Sitzung des Kronrates teilnehmen sollte. Halb betäubt war er gewesen durch den Glanz, die prachtvolle Fassade des Königshofes. Hunderte von Menschen waren in der Thronhalle versammelt. Die Wappen aller Fürstenhäuser des Abendlandes, mit denen der Herrscher freundschaftliche oder verwandtschaftliche Kontakte unterhielt, und die Insignien der kirchlichen Würdenträger boten ein farbenfrohes Bild. Wie alle Flüsse sich im Meer vereinigen, so schienen die auseinanderlaufenden Interessen der germanischen Fürstenhäuser, schienen auch die Interessen des Klerus sich in der Thronhalle der Pfalzburg von Aachen wieder zu vereinigen in einer zentralen, dominanten Herrscherpersönlichkeit.

Das Auftreten Karls des Großen war von gelassener Souveränität. Erich hatte bisher gedacht, ein großer Herrscher müsse Unnahbarkeit ausstrahlen, um sich den Respekt seiner Untertanen zu sichern. Nun wurde er eines Besseren belehrt. Der König war hochgewachsen, sein Körperbau von einer drahtigen, zähen Geschmeidigkeit. Erich kannte, wie jeder Bürger des Reiches, das Antlitz des Herrschers von Münzen und Bildern. Das gelockte Haar und der Bart Karls des Großen waren, wie Erich nun feststellen konnte, von einem dunklen, rötlichen Blond. Die schmale, leicht gebogene Nase, der volle Mund, dessen schöngezeichnete Konturen Willensstärke ebenso auszudrücken schienen wie Feingefühl, die klaren blauen Augen vervollkommneten das makellose Bild einer kraftvollen Persönlichkeit, die in sich selbst ruht.

Der Herrscher trug seine Krone nicht in dieser Sitzung. Es hatte den Anschein, als mache er von äußeren Insignien seiner Macht nur ungern Gebrauch. Sein Obergewand, den berühmten venezianischen Mantel, hatte er lässig über die Schultern geworfen. Der goldbestickte tiefblaue Samtmantel war das einzige prunkvolle Kleidungsstück, mit dem der Frankenkönig sich immer wieder in der Öffentlichkeit zeigte. Sein langes Schwert mit goldenem Griff und Gehänge hatte der Herrscher abgeschnallt und an den Thronsessel gelehnt, als sei ihm die Waffe lästig. Mit übereinandergeschlagenen Beinen, das Kinn in die rechte Hand gestützt, saß der Herrscher in seinem schlichten Thronsessel aus weißem Marmor, beobachtete das geschäftige Treiben in der hellen, lichtdurchfluteten Halle.

Als Graf Dankward von Friaul und sein Sohn vor den sechs Stufen stehenblieben, die zum Thron hinaufführten, und das Knie beugten, hatte Karl der Große sich aufgerichtet, den beiden Neuankömmlingen an seinem Hof zugelächelt. Die Wärme, die Herzlichkeit seines Lächelns hatten Erich an etwas erinnert. Als sei ihm dieses Lächeln bekannt. Während er noch über dieses Rätsel nachsann, hatte Karl die beiden Männer in freundschaftlichen Worten begrüßt. Dann hatte er sich schnell erhoben. »Meine Pflichten hindern mich daran, an dieser Sitzung teilzunehmen«, hatte er verkündet. »Mitglieder des frankenfreundlichen Adels von Sachsen haben um eine Audienz ersucht. Sie werden sich nur kurz in Aachen aufhalten. Unsere Aussprache könnte dazu führen, zwei Brudervölker, welche die Geschichte zu Feinden gemacht hat, einander näherzubringen. Ich bitte daher den Kronrat um Verständnis, daß ich das Gespräch mit den Sachsen um eine Stufe höher gestellt habe in meiner Zeitplanung. Kronprinz Karl wird ebenfalls an dem Gespräch mit den Sachsen teilnehmen. Mein Sohn Pippin wird die heutige Sitzung leiten.«

Die Tür zum Thronsaal hatte sich geöffnet, und der fahrende Sänger, Erichs Zechkumpan aus der vergangenen Nacht, hatte den Raum betreten. Das rote Gewand des Spielmannes hatte er gegen die eisernen Beinschienen und das Kettenhemd eines Frankenritters vertauscht. Sein roter Überwurf war mit dem Wappen der Karolinger, dem schwarzen Adler auf goldenem Grund, bestickt. Er schritt schnell durch den Mittelgang, vorbei an den Fürsten, Edelleuten, Höflingen und kirchlichen Würdenträgern. Vor Erich blieb er kurz stehen. Der Schalk blitzte in seinen hellblauen Augen auf. Er machte eine geschmeidige Bewegung, als zupften seine Finger die Laute, lächelte dem verblüfften Erich zu. Dann stieg er die Stufen zum Königsthron empor, nahm den Platz seines Vaters ein und leitete souverän die Sitzung des Kronrates.

In den zweiunddreißig Monaten, die seit damals vergangen waren, hatte sich die Freundschaft zwischen Prinz Pippin und dem Sohn des Markgrafen von Friaul vertieft. Der Junker vom Land, als der Erich anfangs angesehen worden war, hatte sich zu einem anerkannten Fachmann in Waffentechnik entwickelt, dessen Rat selbst vom König geschätzt wurde.

Erich griff nach seinem Schwert, zog es aus der Scheide, fuhr mit dem Zeigefinger sanft über die flache Seite der Klinge. »Und du hältst mich für einen jungen Abenteurer, der sich im Turnier zu viel zumutet?« fragte er.

»Bisher hatte ich nicht diesen Eindruck von dir«, gestand Pippin. Er lehnte sich an den Tisch. Dabei fiel sein Blick auf ein

Stück verstaubten lila Stoffes. Er nahm das Tuch in die Hand. »Hat es damit etwas zu tun, Erich? Mit dem Tuch meiner Schwester?«

Erich grinste. »Deine Schwester hat es mir fast unmöglich gemacht, die Herausforderung ihrer Brüder abzulehnen. Du warst doch dabei, als sie zu mir sagte: Es ist üblich, daß ein Ritter beim Turnier die Farben einer Dame trägt. Hier ist ein Stück vom Stoff meines Kleides für Euch. Da Ihr ohnehin mit dem Staub der Arena nähere Bekanntschaft schließen werdet im Verlauf des Turniers, werde ich mein Tuch bereits jetzt darauf vorbereiten. Daraufhin bückte die schöne Rotraud sich, zog den Fetzen durch den Dreck und überreichte ihn mir mit höhnischer Miene.«

»Ich weiß nicht, woran es liegt, daß meine Geschwister sich immer wieder an dir reiben«, meinte Pippin sinnend. »Vielleicht ist es unsere Freundschaft, die sie uns nicht gönnen. Aber, Erich, du hast auch das Recht, dir einen Turniergegner zu wählen. Hast du dich bereits entschieden?« Erich nickte. Neugier glomm in Pippins hellen Augen auf. »Willst du mir nicht verraten, wer es ist?«

Erich wandte sich Pippin zu. »Nun gut«, sagte er. »Wir wollen es ganz offiziell machen.« Er griff nach seinem eisenbesetzten Lederhandschuh, warf ihn Pippin vor die Füße. Die Augen des Prinzen wurden ernst. Dann bückte er sich, um den Fehdehandschuh anzunehmen.

Auf der Zuschauertribüne summte es wie in einem Bienenstock. Der König erschien und gab das Zeichen zum Beginn der Kämpfe. Ein Trompetensignal leitete auch den zweiten Turniertag ein. Langsam verebbte der Lärm. Beim heutigen Kampf gab es außer der entschärften Lanzenspitze keine einschränkenden Bestimmungen. Es war also durchaus möglich, daß es Verwundete, ja sogar Tote gab.

Erich und die Königssöhne lehnten ganz vorne an der Abgrenzung, die Turnierplatz und Zuschauerraum voneinander trennte, und beobachteten den Beginn der Kämpfe. Es schien, als hätten die sechs Ritter, die nebst den Königssöhnen und Erich für den Kampf des zweiten Tages ausgewählt worden waren, beschlossen, den Turniersieg unter sich auszumachen. Sie hatten sich lediglich gegenseitig herausgefordert. Offensichtlich wich man jedem Kräftemessen mit den vier besten Streitern des Turniers aus.

Prinz Ludwig konnte nicht umhin, die Geschehnisse auf dem Turnierplatz zu kommentieren. Seine näselnde Stimme klang immer wieder an Erichs Ohr. »Seht den Dummkopf dort, den fettgefressenen Sohn des Grafen von Toulouse! Er schwingt die Lanze wie einen Prügel. Wenn er nicht achtgibt, wird er damit im Steigbügel hängenbleiben!« Tatsächlich! Als die Kämpfer aufeinander zugaloppierten, nur durch die Schranken der Kampfbahn voneinander getrennt, als sie die Lanzen aufeinander anlegten, verfing sich die Waffe des einen Streiters im Steigbügel. Mit donnerndem Krachen prallten Pferd und Reiter auf die Abgrenzung. Holz splitterte. Wie ein Todesschrei erklang das verzweifelte Wiehern des Tieres. Dann wälzten sich Pferd und Reiter im Sand. Der Reiter kam wieder hoch. Blut troff aus seiner Nase. Traurig blickte er auf sein Pferd nieder, das auf dem Boden lag, mit den Beinen um sich schlug. Das linke Vorderbein schien in der Mitte abgeknickt zu sein. Weiß ragte der Knochen aus dem Fleisch empor.

»Nun müssen sie das Pferd töten und den Platz reinigen. Das hält uns wieder unnötig auf«, ereiferte sich Prinz Ludwig. Erich wandte sich ab, als das Tier getötet wurde. Sein Blick begegnete dem Pippins. Der Freund war sehr schweigsam seit ihrem Gespräch in Erichs Zelt. Es schien, als kreisten seine Gedanken unentwegt um ein und dasselbe noch nicht gelöste Problem: ihren bevorstehenden Zweikampf. Erich lächelte Pippin zu. Es war das erste Mal, daß der Freund sein Lächeln nicht erwiderte.

Auch an dem nächsten Zweikampf hatte Prinz Ludwig einiges auszusetzen. »Seht doch den Bauerntölpel dort, den Sohn des Markgrafen von Pöchlarn. Dürr, bleich und dumm, das ist das Bürschlein. Sein Gegner wird ihn aus dem Sattel stechen, noch bevor er Atem geholt hat. Da! Schon ist es passiert! Wie er zu Boden plumpst! Wie eine erlegte Eidechse.«

Der Monolog Ludwigs schien Pippin ein wenig aufzumuntern. »Wir werden ja bald sehen, wie grazil du zu Boden gehst, wenn Erich dich aus dem Sattel sticht«, belehrte er den Bruder sanft.

Ludwig blickte Erich spöttisch an. »Das wird sich finden«, sagte er, und seine Augen krallten sich an dem Friauler fest. »Ich warte schon lange auf die Gelegenheit, deinem Liebling einiges heimzuzahlen, mein hochgeschätzter Bruder. Heute ist der Tag.« Pippin wandte sich seinem Bruder zu, sah ihn an. Ruhig, ernst. Etwas wie Trotz war in Ludwigs Miene, als er versuchte, dem Blick dieser klaren, hellblauen Augen standzuhalten. Langsam, ganz langsam drehte sich Pippin um und schaute wieder auf den Kampfplatz hinaus.

Der nächste Zweikampf endete schnell und tragisch. Der Aufprall der Lanze seines Gegners schleuderte einen fränkischen Baron aus dem Sattel. Er stürzte so unglücklich, daß er einen Schädelbruch erlitt. Als er vom Feld getragen wurde, war fraglich, ob er mit dem Leben davonkommen würde.

In zwei weiteren Einzelkämpfen traten die Sieger gegeneinander an. Schließlich war es Gernot von Traun, der den Ausscheidungskampf erfolgreich für sich entschied, der junge Grafensohn, den Pippin am Vortag in überraschendem Sturmangriff gefällt hatte.

Wie es seiner Gewohnheit entsprach, hatte Kronprinz Karl sich nicht an der Diskussion beteiligt, stand etwas abseits von der Gruppe, auf einen hölzernen Abgrenzungspfosten gestützt. Nun wandte er sich seinen Brüdern und dem Markgrafensohn zu. Er blickte Erich in die Augen. »Wollen wir den Anfang machen?« fragte er. Erich nickte. Die Knappen führten die Pferde der beiden Ritter in die Arena. Erich und Karl saßen auf, bewegten sich langsam zu ihren Plätzen in den Schranken. Drückende, bleischwere Stille lastete über dem Turnierfeld. Die fröhliche Atmosphäre des Volksfestes war atemloser Spannung gewichen. Die Herolde gaben das Startzeichen, die beiden Pferde galoppierten aufeinander zu, Erichs weiße Stute und der junge Apfelschimmelhengst des Prinzen. Die Ritter senkten ihre Lanzen zum Stoß. Da, plötzlich, scheute Prinz Karls Pferd, stieg hoch, schnaubte. Irgendetwas mußte das Tier irritiert haben, eine auffliegende Taube vielleicht. Karl hatte größte Mühe, das Pferd zu beruhigen. Erich hätte die unerwartete Gelegenheit ausnützen, den abgelenkten Gegner angreifen können. Er wäre sogar im Recht gewesen. Aber er tat es nicht. Mit gesenkter Lanze ritt er an Prinz Karl, der immer noch mit dem scheuenden Pferd kämpfte, vorbei. Er bot Karl einen zweiten Kampf an, aber der Prinz erklärte sich selbst für besiegt. Wenn schon nicht durch Waffengewalt, so doch durch das menschliche Verhalten des Gegners, ließ Prinz Karl wissen.

Kampfbegierig gleich einem geifernden Bluthund rannte Prinz Ludwig als nächster gegen Erich an. Auf seinem schwarzen Pferd donnerte er herbei. Erich ließ ihn kommen. Gelassen ritt er auf den Gegner zu, richtete die Lanze auf seinen Schild. Doch plötzlich, als Ludwig ihm schon so nahe war, daß er das Weiße in den Augen des Prinzen erkennen konnte, hob Erich blitzschnell die Lanze hoch, zielte auf Ludwigs Helm und stieß zu. Der unerwartete Schlag warf den Prinzen aus dem Sattel. Ludwig stürzte in den Staub, blieb besinnungslos liegen. Das Turnier wurde unterbrochen. Die Knappen halfen Erich vom Pferd, rieben die Stute trocken. Erich nahm den Helm ab, ließ sich den frischen Wind durch das Haar wehen. Pippin war nach hinten zu den Zelten geeilt, wohin man Ludwig gebracht hatte. Nun kehrte er zurück, stellte sich neben Erich. »Wie geht es ihm?« fragte Erich leise.

»Oh, der ist schon wieder auf den Beinen«, murmelte Pippin. »Mein Bruder Ludwig ist zäh wie eine Ratte. Den bringt so leicht nichts um. Er flucht in den höchsten Tönen auf dich. Er sagt, er hätte nicht damit gerechnet, daß du die normannische Finte anwenden würdest.«

Erich schmunzelte. »Auf den Schild zu zielen, aber im letzten Augenblick gegen den Helm zu stoßen? Das meinte er wohl?«

Pippin nickte. »Ludwig behauptet, daß diese Kampftechnik kaum ein Ritter in Frankenland beherrscht. Ohne es zu wollen, hat er dir damit ein großes Kompliment gemacht.« Pippin seufzte, als er sah, daß der Kampfplatz bereits gereinigt, die hölzernen Schranken ausgebessert waren. »Nun sind wir wohl an der Reihe«, sagte er mit Wehmut in der Stimme. Erich nickte. Pippin würde zum Gesamtsieger des Turniers erklärt werden, wenn er diesen Zweikampf erfolgreich beendete. Er wäre der einzige, der in keinem Duell besiegt worden wäre. Das Volk würde darüber jubeln, dachte Erich.

Die Kämpfer ritten gegeneinander an. Erich schien es, als habe sich die Zeit verlangsamt. Träge galoppierte sein Pferd dahin. Mit kühler Berechnung studierte Erich den Gegner. So, wie er es immer tat, bei allen Scheinkämpfen und Lehrduellen im Kriegsunterricht. Noch hielten beide Ritter die Lanzen aufrecht. Doch Erich glaubte bereits, eine Schwäche des Gegners entdeckt zu haben. Pippin hielt die Waffe viel zu locker in der Rechten. Die Pferde waren fast auf gleicher Höhe angelangt, die Ritter senkten die Lanzen zum Angriff. Da wußte Erich, daß er Pippin besiegen würde. Nicht so weich im Handgelenk, du hältst eine tödliche Waffe, keine Laute, wollte er dem Freund zurufen. Ein Zusammenprall, ein Lanzenstoß des Gegners mußte Pippin unweigerlich die eigene Waffe entreißen, ihn zu Fall bringen.

Erich rief Pippin nichts zu. Er warnte den Freund nicht. Doch als Pippin zum Stoß mit der Waffe ansetzte, ließ Erich Lanze und Schild sinken. Er sah, wie Pippin entsetzt die Augen aufriß. Der Prinz konnte die Bewegung seiner Waffe nicht mehr aufhalten. Pippins Lanze prallte auf Erichs Rüstung, hob den Reiter aus dem Sattel. Prasselnd brach die Begrenzungsstange entzwei. In einem Gewirr aus Metall, Leder und Holzsplittern schlug Erich auf dem Boden auf. Er spürte noch, wie ein stechender Schmerz seine Brust durchdrang. Dann fühlte er nichts mehr.

Erich schlug die Augen auf. Er lag in seinem Bett im Turnierzelt. Irgendwo im Hintergrund hantierten der Bader und einer der beiden Buchärzte des Königs mit Tiegeln und Salben. Pippin hatte Rüstung und Helm abgelegt, saß auf der Kante von Erichs Bett und beobachtete ihn besorgt. »Sag, bist du von allen guten Geistern verlassen!« rief er. »Wie konntest du deine Lanze senken und dich meinem Angriff schutzlos ausliefern?«

Erich versuchte zu lächeln. Es gelang nur schwer. »Das lila Tuch, dort auf dem Tisch. Könntest du es deiner Schwester zurückbringen? Könntest du ihr sagen, ich habe ihrem frommen Wunsch entsprechend den Staub der Arena gekostet? Und – es ist sehr schmerzhaft«, flüsterte er.

Die Zeltbahn wurde zurückgeschlagen, der Herrscher erschien. Erich versuchte, sich aufzurichten. Karl trat schnell an das Krankenlager, drückte Erich auf sein Bett nieder. »Würdest du uns allein lassen, Pippin«, sagte er zu seinem Sohn. Ein Lächeln milderte den befehlenden Ton seiner Worte. Pippin erhob sich von der Bettkante. Er griff nach dem verschmutzten lila Stoffrest auf dem Tisch, betrachtete ihn einen Augenblick nachdenklich und ging.

»Ich habe die Diagnose der Ärzte gehört, Erich Dalpozza«, eröffnete der König das Gespräch. »Zwei Rippen gebrochen, ein Sehneneinriß am Fuß, Prellungen, Gehirnerschütterung, Hautabschürfungen und Blutergüsse am ganzen Körper. Wenn man Treue zum Herrscherhaus durch empfangene Verletzungen nachweisen müßte, hättet Ihr für lange Zeit das Eure getan.«

»Euer Sohn hat mich im Kampf geschlagen, Majestät«, sagte Erich mühsam. Das Sprechen fiel ihm schwer. Bei jedem Atemzug brannte seine Brust wie Feuer.

»Es ehrt Euch, daß Ihr das sagt. Aber glaubt Ihr im Ernst, Euer Herrscher geht mit Scheuklappen durch die Welt?« Karls Stimme klang weich, fast verträumt. Er lächelte wieder. Es war Pippins Lächeln. Dann blitzte ein schalkhaftes Funkeln in seinen blauen Augen auf. »Euer Schachzug war von genialer Taktik, Erich Dalpozza. Wenn Ihr erreichen wolltet, daß Euer König sich in Eurer Schuld fühlt, so ist Euch dies gelungen. Das ist heute noch und war zu allen Zeiten die beste Voraussetzung für eine steile Karriere bei Hof. Daß Ihr Euch in Eurem Bemühen, das Gesicht meines zweitältesten Sohnes in der Öffentlichkeit zu wahren, in Lebensgefahr begeben habt, spricht für Euren persönlichen Mut. Ich weiß nicht, wie weit der große Turniersieger des heutigen Tages, mein Sohn Pippin, durchschaut, was Ihr für ihn getan habt.«

»Er hat mir Vorwürfe gemacht für mein Handeln«, berichtete Erich.

»Pippin fühlt sich Euch sehr verbunden, Erich Dalpozza. Er empfindet starke freundschaftliche Gefühle für Euch. Und er schätzt menschliche Bindungen höher ein als politische Schachzüge. Manchmal bedaure ich das.«

Der König beugte sich zu Erich nieder, legte ihm die Hand auf die Stirn. »Das Fieber wird bald vergehen«, sagte er. »Ihr müßt Euch beeilen, gesund zu werden. Ich habe große Pläne mit Euch.« Sein Blick fiel auf Pippins Ring an Erichs Hand, blieb daran haften. »Mein Sohn Pippin wäre ein guter Frankenkönig. Er hat viel Gefühl für die Menschen. Er liebt sein Volk, und das Volk liebt ihn. Sein Volk hat auch Grund, ihn zu lieben. Ich will Euch einen Vorfall erzählen«, fuhr er fort. »Ich weiß nicht, wie weit Ihr über die Finanzgebarung des königlichen Haushaltes informiert seid.«

»Ich weiß nur, was ich mit eigenen Augen zu bemerken glaube«, antwortete Erich.

»Und was glaubt Ihr zu bemerken?« fragte der Herrscher mit Ironie.

Erich schmunzelte. »Daß der fränkische Staatssäckel einem löchrigen Strumpf gleich durch chronische Leere glänzt.«

»Seht Ihr, das habe ich auch bemerkt«, antwortete Karl sinnend. »Die Merowingerdynastie hat dieses Problem auf ihre Weise gelöst. Sie hat das Volk mit Steuern und Abgaben belastet, um die Staatskasse zu füllen und die Finanzierung des königlichen Haushaltes zu sichern.«

»Ein nicht unüblicher Weg«, bemerkte Erich.

»Ja, nicht unüblich«, bekräftigte Karl. »Bei Heiden und bei Christen. Meinem Vater Pippin fiel auf, daß christliche Könige sich eigentlich anders verhalten müßten. Er hat aus Gewissensgründen alle Steuern und Abgaben abgeschafft. Die Karolinger sind zur Deckung der Kosten des Staatshaushaltes lediglich auf die Einkünfte aus ihrem Grundbesitz angewiesen. Und auf die Schätze und Reichtümer eroberter Völker.«

Der König setzte sich auf den Rand von Erichs Bett, blickte ihm mit verschmitztem Lächeln in die Augen. »Um die Pfalzkapelle in Aachen auszustatten, mußte ich das Andenken des großen Westgotenkönigs schänden und nach meinem Sieg über die Langobarden die Kirche San Vitale in Ravenna plündern. Theoderich im Himmel der Helden möge mir verzeihen. Doch dann berief ich mich auf den berühmten Ausspruch Christi: ›Gebt dem Herrscher, was des Herrschers ist‹, und versuchte in einer Sitzung des Kronrates, die Wiedereinführung von Steuern und Abgaben durchzusetzen. Meine Hofschranzen hatte ich bereits überzeugt. Sogar die kirchlichen Würdenträger. Da stellte sich mein zweitältester Sohn Pippin gegen mich. Mit Donnerstimme schleuderte er mir entgegen: Dann werde ich meine Güter an der Marne, das Erbe von meinem Onkel Karlmann, veräußern, um die Steuern aus meiner Tasche zu bezahlen. Und sollte das nicht reichen, verdinge ich mich auf den Feldern eines Klosters als Lohnsklave und führe mein Einkommen monatlich in die Staatskasse ab. Edler Vogt des Frankenlandes, hat er hinzugefügt, und das Wort Vogt stieß er so scharf hervor, daß es wie Blutsauger klang. Ich hätte es ihm tatsächlich zugetraut.«

»Was?« fragte Erich.

»Sich als Lohnarbeiter zu verdingen. Er versteht sich auf dramatische Inszenierungen, wenn sie einer guten Sache dienlich sind.«

»Aber wie ich sehe, war dieser Schritt nicht nötig«, sagte Erich.

»Nein. Ich habe das Volk nicht durch Steuern belastet. Ich habe mir den Frieden in meiner Familie erhalten. Und die gähnende Leere im Staatssäckel. Ihr könnt den Freundschaftsring meines Sohnes mit Stolz tragen.«

»Ich trage ihn in Demut vor dem Herrscherhaus«, sagte Erich.

»Macht Euch nicht kleiner, als Ihr seid, Sohn des Markgrafen von Friaul«, brummte Karl. »Die meisten Menschen sind zum Dienen geboren. Es gibt auch Könige und Fürsten, denen das Herrschen schwer fällt. Die Regierenden dieser Erde müssen imstande sein, Einsamkeit zu ertragen. Sie müssen imstande sein, Entscheidungen zu treffen trotz der Zweifel, die sie vielleicht fühlen. Und sie müssen imstande sein, mit der Angst zu leben, daß die Geschichte eines Tages über sie richtet und sie verurteilt. Ich glaube, Ihr könntet all das aushalten, Einsamkeit, Selbstzweifel, Schuldgefühle.«

»Ich werde das wohl nicht aushalten müssen«, sagte Erich. »Ich bin nicht zum Herrschen geboren. Wie Ihr wißt, bin ich mit dem Königshaus der Langobarden nur entfernt verwandt.«

»Entfernt? Euer Vater ist der Halbbruder des Langobardenkönigs. Desiderius hat außer seinen beiden Töchtern, von denen eine mit Herzog Tassilo von Bayern verheiratet ist, keine Kinder.« Karl lächelte. Diesmal war es nicht das weiche Lächeln seines Sohnes Pippin. Gleich spitzen Krallen in den Samtpfoten einer Katze war Härte in diesem Lächeln verborgen. »König Desiderius wird wohl auch keine Kinder mehr bekommen in dem Kloster, in das ich ihn verbannt habe.«

»Und meine Base Desiderata, die zweite Tochter des Langobardenkönigs, wird wohl auch keine Kinder bekommen«, murmelte Erich halblaut. »Sie hat es nie überwunden, daß Ihr sie nach einem Jahr Ehe verstoßen habt, damals vor über zwanzig Jahren, und eine andere geheiratet habt. Auch sie hat sich in die Obhut der Kirche zurückgezogen.«

»Die Ehe mit Eurer Base war einer meiner mißlungenen Versuche, die Völker nicht mit dem Schwert, sondern durch verwandtschaftliche Bündnisse zu befrieden«, bekannte der König reumütig. »Soviel zu Euren Worten, Erich Dalpozza, daß Ihr nicht zum Herrschen geboren seid.« In plötzlicher Lebhaftigkeit fügte er hinzu: »Meint Ihr denn, die Karolinger waren zum Herrschen geboren? Der erste unseres Geschlechtes, mein Urgroßvater Pippin, war Hausmeier am Hof des Merowingerkönigs Chlodwig. Nicht mehr als ein Verwalter. Und sein Sohn Karl Martell, mein Großvater, entstammte keiner ehelichen Verbindung, war ein Bastard. Dennoch ist er zum Ahnherrn eines Königsgeschlechts geworden. Denn mein Vater Pippin beendete die Schattenherrschaft der karolingischen Hausmeier an der Seite der Merowingerkönige. Er nutzte die Informationen, die seine Stellung ihm verschafft hatte, um König Childerich zu stürzen. Die Geschichte geht oft seltsame Wege.«

»Es sind die Wege der Menschen, durch die Geschichte geschrieben wird«, wandte Erich ein.

Karl nickte. »Die Wege der Menschen, durch die Geschichte geschrieben wird«, wiederholte er sinnend. Dann richtete der König sich auf, erhob sich von Erichs Krankenlager. Seine Stimme nahm den gewohnten Klang einer durch Lässigkeit gemilderten Autorität an. »Nun, dann werden wir ein wenig eingreifen in die Wege der Menschen, Erich Dalpozza. Ich ernenne Euch hiermit zum Hauptmann meiner Palastwache. Sobald Ihr genesen seid, werdet Ihr als Waffenmeister die Ausbildung und Führung der königlichen Truppen in Aachen übernehmen. Und die persönliche Unterweisung meiner Söhne in Kriegstechnik.« Weicher fügte der König hinzu: »Vielleicht könnt Ihr meinem Sohn Pippin etwas mehr Begeisterung für den ernsthaften Kampf beibringen. Obwohl ich gar nicht weiß, ob ich das möchte.«

Karl der Große wandte sich dem Eingang zu. Plötzlich zögerte er. »Das Königshaus der Langobarden hat also keine direkten Nachkommen«, sagte er, als habe er zu sich selbst gesprochen. Leise, aber dennoch hörbar. Dann ging er hinaus.

5. Kapitel

Für Recht und Ordnung

Im Thronsaal der Pfalzburg zu Aachen wurde heftig gestritten. Erich blieb stehen, als die schwere Eisentür aufgerissen wurde und drei Männer in den hinteren Gang zu den privaten Gemächern der Herrscherfamilie heraustraten. Es waren die Königssöhne Pippin und Ludwig und ein Fremder. Pippin lächelte Erich zu. Das Gesicht seines Bruders Ludwig war rot angelaufen. »Da uns der Herrscher des Saales verwiesen hat wegen unseres Disputes, werden wir ihn eben hier fortsetzen, Herzog Tassilo!« schrie er mit schriller Stimme.

Tassilo war also der Fremde, der Bayernherzog, der Eigenständigkeit des Denkens höher bewertete als Gehorsam und Untertanenpflicht. Tassilo, der sich in seinen Jugendjahren mit Waffengewalt dem Frankenkönig widersetzt hatte. Tassilo, der auch heute noch Befehle des Herrschers erst dann auszuführen geruhte, wenn sie ihm sinnvoll erschienen. Tassilo, der ein Traktat über die Freiheit des Willens verfaßt hatte. In lateinischer Sprache. Tassilo, von dem Karl der Große einmal gesagt hatte, er wäre ein Insekt, das ihm seinen Stachel immer wieder ins Fleisch bohre. Eines Tages werde er das Insekt wohl zerdrücken müssen, hatte der Herrscher hinzugefügt.

Herzog Tassilo von Bayern war ein stattlicher Mann. Seine aufrechte Haltung drückte Stolz, seine gemessenen Bewegungen Überlegenheit aus. Sein prunkvolles, goldbesticktes Wams, die mit Edelsteinen besetzte Scheide seines Schwertes, die samtenen Beinkleider, die Stiefel aus feinstem Leder mit den bronzevergoldeten Sporen des Frankenritters symbolisierten den Reichtum der Bayernherzöge. Die Gesichtszüge Tassilos waren eine eindrucksvolle Mischung aus Hochmut des Adeligen, dem Zurückhaltung anerzogen war, Lebenslust und Sinnesfreude des selbstbewußten Bürgers, der sich keinen Konventionen beugt, und Weltabgewandtheit des Intellektuellen. Seine hohe Stirn wies auf rege

Gedankentätigkeit hin. Die schmale Nase des Herzogs war kühn geschwungen, seine Lippen voll und schön gezeichnet. Er trug einen Oberlippenbart mit nach außen gebogenen Spitzen. Sein langes, schwarzgelocktes Haar fiel bis zu den Schultern herab. Das Erstaunlichste an Herzog Tassilo aber waren seine Augen. Sie waren von einem hellen, leuchtenden Blau, schienen gar nicht so recht zu dem dunklen Haar, zu den wettergebräunten Zügen zu passen. Dennoch beherrschten sie sein Gesicht mit einem Ausdruck kraftvoller Wärme, die von innen ausstrahlte.

Tassilo trat zum Fensterbogen. Er lehnte sich an die Wand. Sein Blick glitt flüchtig über Erich hinweg. Dann wandte er sich den beiden Königssöhnen zu, die sich vor ihm postiert hatten, ihn herausfordernd anstarrten, als wäre er ein Raubtier und sie hätten es zum Kampf gestellt. »Ihr glaubt, Euch über Eure Pflichten dem Herrscherhaus gegenüber hinwegsetzen zu können. Aber Ihr vergeßt, daß Ihr den Lehenseid geleistet habt, Herzog Tassilo«, stieß Ludwig zwischen den Zähnen hervor und eröffnete damit den Angriff.

Tassilo lächelte spöttisch. »Und Ihr meint, der Lehenseid verbietet selbständiges Denken, Prinz?« fragte er mit samtweicher Stimme.

»Ihr könnt denken, was Ihr wollt. Aber Euer Handeln hat in Einklang zu stehen mit dem Euch vom Herrscher erteilten Auftrag.«

»Ihr wandelt auf einem gefährlichen Pfad«, mischte Pippin sich in die Diskussion ein. »Habt Ihr keine Angst um Euer Leben?«

Tassilo machte eine wegwerfende Handbewegung. »Es gibt Dinge, die sind stärker als die Angst um das Leben«, sagte er verächtlich.

»Welche?« Pippin fragte es ruhig, ohne Emotionen.

»Neugier, beispielsweise«, antwortete Tassilo geschmeidig. »Vielleicht auch Liebe. Oder das Abenteuer.«

»Und Eure Sucht nach Abenteuern schließt landesverräterische Kontakte zum Feind ein?« Pippins Worte waren scharf wie ein blanker Dolch.

Tassilos Hand fuhr zu seinem Schwert. »Es hat noch niemand gewagt, mich einen Landesverräter zu nennen, Prinz Pippin«, sagte er, und seine Stimme klang hart.

»Dann nenne ich Euch so«, schrie Ludwig. »Wer mit dem Feind auf freundschaftlichem Fuß steht, hat das Vertrauen seines Herrschers verloren.« Ludwig hatte jegliche Selbstbeherrschung eingebüßt. Es schien, als habe er der Überlegenheit des Herzogs nichts entgegenzusetzen als hitziges Geschrei. »Es ist Landesverrat, wenn Ihr ohne Wissen Eures Herrschers mit dem Feind verhandelt. Es ist Landesverrat, wenn Ihr dem König nicht meldet, daß sich an den Reichsgrenzen Truppen des Feindes zusammenziehen. Und es ist Landesverrat, wenn Ihr mit dem Feind Handel treibt.«

Tassilo blickte dem Prinzen spöttisch in das vor Erregung gerötete Gesicht. »Es ist bekannt, daß ich nicht der einzige bin, der versucht, den sogenannten Feind zu verstehen. Sogar ein Mitglied des Herrscherhauses hat intensive Kontakte zu den Awaren unterhalten.«

»Wie könnt Ihr es wagen, eine Anspielung auf diese Lüge zu machen?« kreischte Ludwig.

Pippin sagte langsam: »Die Erzählung über Prinzessin Gisela ist durch nichts bewiesen. Es handelt sich um eine Legende. Und der König hat verboten, darüber zu sprechen.«

»Muß man Lügen und Legenden durch Verbote ausrotten?« fragte Tassilo ironisch. Erich wußte, worauf der Bayernherzog anspielte. Es hieß, eine Schwester Karls des Großen und seines Bruders Karlmann sei in jungen Jahren von den Awaren verschleppt worden. Die Franken hätten eine Streitmacht aufgeboten, um die Königstochter zurückzuholen. Aber Prinzessin Gisela sei freiwillig bei den Awaren geblieben. Aus Liebe zu ihrem Anführer. »Meine Kontakte zu meinen Nachbarn sind jedenfalls rein informativer Natur«, setzte der Bayernherzog fort. »Und soviel ich weiß, liegen wir im Augenblick nicht im Krieg mit den Awaren.« Bedächtig sagte es der Bayernherzog. Die Art, wie er es sagte, störte Erich. Es klang, als mache er sich über die fränkischen Königssöhne lustig.

»Seit wann bedarf es einer Kriegserklärung der Wilden, um sie als Feinde unseres Reiches anzusehen?« fragte Ludwig scharf.

Tassilo lachte auf. »Wilde«, murmelte er. »Gott erhalte den Franken ihre Überheblichkeit. Und den Söhnen des Königs ihre Verblendung.«

»Verblendung?« Ludwig stieß das Wort zwischen den Zähnen hervor. »Ihr behauptet also, wir sähen die Realität nicht?«

»Ihr seht, was Euer Vater Euch zu sehen erlaubt, Prinz Ludwig«, höhnte Herzog Tassilo. »Also ungefähr ein Zehntel von dem, was Karl selbst erkennt.«

Ludwigs Stimme klang gepreßt, als er antwortete: »Wollt Ihr damit sagen, die Söhne des Herrschers wären beschränkt?«

»Ich habe es gemeint«, antwortete der Herzog aalglatt. »Sagen wollte ich es nicht unbedingt.«

Ludwigs Hand fuhr zum Schwert. »Eine derartige Beleidigung ist nur durch Blut abzuwaschen. Ich fordere Euch zum Duell.«

Pippin legte seinem Bruder die Hand auf den Arm. »Du weißt, daß Vater das Duell verboten hat«, bemerkte er sanft. »Außerdem: Meinst du, daß ein Waffengang eine Argumentation durch Worte ersetzen kann?« Dann wandte der zweitälteste Sohn des Frankenkönigs sich dem Herzog von Bayern zu. »Wir wissen nun, wie Ihr über uns denkt. Aber, wie mein Bruder schon sagte, unterliegen die Gedanken eines Menschen keiner Kontrolle, solange er seine Pflicht erfüllt. Ihr reist heute noch nach Bayern zurück?« Tassilo nickte. »Ich nehme an, daß Ihr mit Euren Truppen dem Herrscher zur Verfügung steht, falls die Awaren das Reich erneut angreifen?«

Tassilo blickte durch Pippin hindurch. Seine Augen waren in die Ferne gerichtet. »Das werde ich wohl müssen«, sagte er leise.

»Komm, Ludwig«, wandte sich Pippin an den Bruder. »Vater hat uns befohlen, die Wachmannschaft zu inspizieren.« Ohne ein weiteres Wort verließ er mit Prinz Ludwig den Raum.

Der Herzog von Bayern richtete sich auf, trat vom Fenster weg. Es war, als kehrten seine Augen aus einem Land, in dem nur er selbst heimisch war, wieder in die Wirklichkeit zurück. Er blickte Erich an. »Nun, es wäre Euch wohl lieber, wenn Ihr das nicht mitangehört hättet, nicht wahr?« fragte er. Erich neigte leicht den Kopf vor dem Herzog, schickte sich an, in den Saal zu gehen. »Ihr seid der Sohn des Markgrafen von Friaul?« fragte Tassilo. Erich nickte. »Ich habe von Euch gehört«, sagte Tassilo bedächtig. »Ein Meister der Waffentechnik, der im Turnier alle Gegner aus dem Feld schlägt. Und der erklärte Liebling des Frankenkönigs.«

»Ihr haltet das wohl für einen Fehler?« fragte Erich.

Der Herzog lachte auf. »Ich sehe, Ihr habt die Diskussion vorhin aufmerksam verfolgt. Mit Euren Ohren. Und mit Eurem Verstand. Das gelingt nicht vielen.«

»Da ich die Diskussion aufmerksam verfolgt habe, werdet Ihr einsehen, daß ich nicht gerne in Eurer Gesellschaft ausharren will«, sagte Erich kalt.

»Oh, bin ich bereits verpönt? Fürchtet Ihr Worte so sehr, Liebling des Herrschers?« Tassilos Stimme sprühte Hohn.

»Es war von Euren Taten die Rede, Herzog Tassilo. Nicht von Worten.«

Tassilos Blick wurde weich. »Ihr seid noch sehr jung, mein Freund. Und Gott bewahre Euch davor, daß Ihr eines Tages verstehen lernt. Es ist besser, sich vor Erkenntnis zu verschließen in dieser Welt.«

»Ich verstehe einiges«, bemerkte Erich scharf. »Unter anderem, daß Ihr Kontakte zum Feind unterhaltet und dies sogar öffentlich zugebt.«

»Würdet Ihr es für würdiger halten, wenn ich meine freundschaftlichen Bindungen geheimhielte?« fragte Tassilo.

»Freundschaftliche Bindungen? Ihr wollt doch nicht im Ernst damit sagen, daß Ihr Euch den Wilden freundschaftlich verbunden fühlt?«

Für einen Moment war ein eigenartiger Glanz in Tassilos Augen. »Unter diesen Wilden, Erich Dalpozza, gibt es einen, den ich beinahe als meinen Sohn betrachte. Uns verbindet mehr als Freundschaft.«

»Aber«, fragte Erich voll Staunen, »wie wollt Ihr gegen sie kämpfen, wenn Ihr solche Gefühle für sie empfindet?«

Tassilo warf den Kopf zurück, als versuche er, etwas abzuschütteln, das ihn befangen machte. »Ehrlich gesagt, das weiß ich noch nicht«, flüsterte er. Dann betrachtete der Herzog von Bayern Erich mit ironischem Lächeln. »Nun, wollt Ihr nicht in den Thronsaal gehen, Liebling des Herrschers? Karl wird Euch vorführen, wie Politik gemacht wird.« Erichs Blick begegnete dem des Herzogs. Seltsam, in den blauen Augen Tassilos war kein Spott. Nur Wärme. Erich verbeugte sich vor dem Herzog. Für einen Moment preßte Tassilo die Lippen aufeinander. Dann wandte er sich zum Gehen. Weder Erich noch der Herzog ahnten wohl damals, wie schnell dahingesprochene Worte sich kristallisieren am grausamen Zwang der Realität.

Mit dumpfem Klang berührten die Hufe von Erichs Pferd den laubbedeckten Waldboden. Erich stand in den Steigbügeln, schmiegte sich flach an den Hals seines Tieres. Im Galopp jagte das Pferd zwischen den Baumstämmen hindurch. Erich wußte, daß diese Art zu reiten nicht ungefährlich war. Allzu leicht konnte der Reiter den Halt verlieren in einer unberechenbaren Situation. Aber diese Herausforderung liebte Erich, denn es war eine Herausforderung in der Stille, eine Kraftprobe mit dem Schicksal, die keines Publikums bedurfte. Das herbstbunte Blättergewirr lichtete sich, eine kleine Wiese kam in Sicht. Einige Pferde weideten dort. Sättel türmten sich auf dem Boden. Ein Weg, offensichtlich von zahlreichen Menschenfüßen ausgetreten, führte zu einem kantigen Felsen aus Urgestein, der am Wiesenrand aufragte, als habe die Hand eines Riesen ihn dorthin geschleudert. Ein kleiner runder Einschnitt klaffte darin. Der Eingang zu einer Felsenhöhle.

Erich band sein Pferd an den nächsten Baum und trat durch die Pforte im Gestein. Ein schmaler Pfad wand sich in der Düsternis, begrenzt von steil hochragenden feuchten Felswänden. Erich ging den Pfad entlang, folgte dem schwachen Lichtschein am Ende des Weges. Der Gang weitete sich. Eine geräumige Felsenkammer dehnte sich vor Erichs Blick aus. Einundzwanzig Männer hatten sich in der Höhle versammelt. Alle trugen knielange schwarze Umhänge über dem Wams. Fast alle hielten die blanken Schwerter in Händen. Auf einem einfachen Holztisch in der Mitte des Raumes lag ein Kruzifix. Zwei dicke Kerzen gaben ein wenig Licht, warfen die Schatten der Männer in grotesker Verzerrung an die Felswände. Prinz Karl stand hinter dem Tisch. Auch er trug einen schwarzen Umhang. Sein Schwert steckte in der Scheide.

Erichs Blick glitt über die Versammlung, haftete kurz an jedem einzelnen Gesicht. Er kannte sie alle, die Männer. Die drei Söhne Karls des Großen waren da. Auch die Grafensöhne Gernot von Traun, Hugobert Trissenhard, der junge Friedburger und andere. Daneben zwei Untergruppenführer der Palastwache. Einige der Lehrer waren anwesend, die Ausbilder im Schwertkampf, im

Nahkampf zu Pferd sowie der Reitlehrer. Und zu Erichs großer Verwunderung auch Alkuin, der englische Mönch, der die Palastschule leitete. Erich hätte diesem Mann des geschriebenen Wortes, dem Apostel der lateinischen Grammatik, dem priesterlichen Künder toter Weisheiten niemals zugetraut, einem kriegerischen Geheimbund anzugehören. Erich neigte leicht den Kopf vor Alkuin. Der Mönch blickte ihn sinnend an, ohne die Spur eines Lächelns.

Auch Pippin lächelte nicht. Langsam ging er um den Tisch herum, auf Erich zu. Keine Weichheit war in seiner Stimme, als er zu sprechen begann. »Wir haben dich hierher eingeladen, weil die meisten von uns der Meinung sind, daß du dich durch Treue zum Herrscherhaus, Tapferkeit im Kampf und Mut zur Wahrheit in Wort und Tat für eine Aufnahme in unsere Gruppe qualifiziert hast. Es gibt aber eine Gegenstimme. Sie hat das Recht, gehört zu werden.« Pippin schaute seinem Bruder Ludwig in die Augen. Mit ihren Blicken duellierten sich die beiden Königssöhne. Die Luft schien plötzlich von knisternder Spannung erfüllt zu sein.

Dann trat Ludwig vor, stellte sich Erich gegenüber auf, grinste den Friauler herausfordernd an. »Treue zum Herrscherhaus?« begann er mit seiner näselnden Stimme zu sprechen. »Ihr glaubt doch nicht im Ernst, daß ein Sproß des langobardischen Königshauses sich den Karolingern auf die Dauer beugen wird? Erich von Friaul ist doppelt negativ belastet. Auch mütterlicherseits hat sich Rebellenblut vom Großvater auf den Enkel vererbt. Treu ist Erich Dalpozza nur einem einzigen Menschen gegenüber, und das ist er selbst. Euch allen und auch meinem Vater hat er Sand in die Augen gestreut, um seinen Aufstieg am fränkischen Königshof zu sichern. Und wie wir wissen, hat er das auch geschafft. Als Kommandant der Palastwache hat er bereits große Macht in Händen.«

»Möchtest du zu diesem Angriff Stellung nehmen?« fragte Pippin den Freund. Erich schüttelte den Kopf.

Unbeirrt sprach Ludwig weiter. Grell zerrissen seine Worte die Stille. »Ich gebe zu, daß er tapfer ist, daß er gut kämpfen kann. Aber das zeichnet ihn nicht sonderlich aus. Alle Frankenritter sind tapfer. Die Schulung, die er am Königshof kostenlos genossen hat, muß ja wohl Früchte tragen.« Erich war es bisher nicht bewußt geworden, daß der Unterricht an der Palastschule in Aachen ihn zu einer Rückzahlung des Schulgeldes verpflichtete. Zu einer Rückzahlung, die ihn wohl lebenslang an das fränkische Königshaus kettete. Es ist etwas ganz anderes, wenn man sein Schwert freiwillig in den Dienst einer großen Persönlichkeit stellt. Jeglicher Zwang schmeckt bitter. Erich schnallte sein Schwert ab, legte es auf den Tisch.

Ludwig ließ ihn nicht aus den Augen. Er schien zu spüren, daß es ihm gelungen war, Erichs Stolz zu verletzen. Ein Lächeln der Befriedigung spielte um seine Lippen. »Da ich aber weiß, wieviel Wert mein Bruder seiner Freundschaft zu Erich Dalpozza beimißt, und da ich den Prinzen nicht enttäuschen will, bin ich bereit, der Aufnahme des Langobardensprößlings in die geheime Kampftruppe des Königs zuzustimmen. Unter einer Bedingung.« Ludwig genoß es, daß alle Augen voll Neugier auf ihm ruhten.

Erich durchbrach die gespannte Stille. »Und diese Bedingung wäre?« erkundigte er sich kalt, fast gleichgültig.

»Ihr wißt Bescheid über die Anklage gegen Herzog Tassilo?« fragte Ludwig. Erich nickte. »Ihr wißt also, daß die Awaren die Grenzen des Frankenlandes überschritten haben? Daß sie einige Dörfer in unserem Land überfallen haben? Daß sie mit ihrer Diebsbeute im Dunkel der Nacht verschwunden sind? Und daß der Verdacht besteht, Herzog Tassilo habe von dem bevorstehenden Überfall der Feinde gewußt und den Herrscher nicht in Kenntnis gesetzt?«

»Was hat das mit mir zu tun?« fragte Erich.

»Geduldet Euch. Dazu komme ich noch. Der Herrscher hat den Bayernherzog beauftragt, eine Strafexpedition durchzuführen, um die Awaren von weiteren Raubzügen abzuhalten. Für jeden toten fränkischen Bauern sollten zehn Wilde hingerichtet werden. Ein zu mildes Urteil in meinen Augen. Der Wert eines Franken gegenüber einem Awaren ist viel höher einzuschätzen.«

Erich vermied es, Ludwig anzusehen. Er starrte in die Kerzenflammen. »Herzog Tassilo hat es abgelehnt, die Strafexpedition auszusenden«, sagte er sanft.

»Ja«, schrie Ludwig. »Ein Vasall, der es gewagt hat, sich einem Befehl des Herrschers zu widersetzen. Geschmäht hat er meinen Vater sogar. In einem sechszeiligen Spottgedicht.«

Erich schloß die Augen, rezitierte langsam:

An den Herrn der Franken:
Um die Wilden zu bestrafen,
soll ich meinen Schwertarm dir leihn?
Nein, sag ich, und nochmals nein!
Wenn du plündern willst und morden,
Frankenkönig, tu's allein!

Ludwig grinste hämisch. »Erwartet Ihr, daß ich Euch nun applaudiere, weil Ihr Euch just dieses Gedicht eingeprägt habt, das der Herrscher nur ein einziges Mal im Kronrat verlesen ließ? Aber gerade Eure eigenartige Sympathie für den verräterischen Bayernherzog gibt Euch die Gelegenheit, meine Bedingung zu erfüllen. Tassilo soll beim Reichstag in Ingelheim vor Gericht gestellt werden. Wenn Ihr Euch freiwillig meldet, um den Trupp Soldaten anzuführen, der den Angeklagten aus seiner Burg abzuholen und vor seine Richter zu schaffen hat, will ich Eurer Aufnahme in unseren Bund zustimmen.«

Ohne Prinz Ludwig weiter zu beachten, wandte Erich sich Pippin zu. »Möchtest du, daß ich den Auftrag annehme?« fragte er schlicht.

Pippins Augen ruhten auf ihm. »Ich möchte, daß du zu uns gehörst, Erich«, bekannte der Prinz leise. »Wir sind nur eine kleine Gruppe, die Schwerthand des Königs. Ich weiß, daß unsere Absichten, unsere Ziele auch die deinen sind. Gleiche Pflichten, gleiche Rechte für das Volk und für seine Führer. Durchsetzung der karolingischen Reichsordnung. Strenge Ahndung jeglichen Vergehens gegen das Gesetz. Bekämpfung aller Feinde des Reiches Karls des Großen. Bedingungslose Treue zu Herrscher und Vaterland. Schutz und Sicherung einer christlichen Heimat für ein christliches Volk.« Pippin zögerte ein wenig, bevor er weitersprach. Dann hob er die Stimme. Klar, hell, laut kamen seine Worte. »Ein Land, für das es sich lohnt, zu kämpfen. Ein Volk, für das es sich lohnt, zu siegen. Ein Herrscher, für den man notfalls zu sterben bereit ist.« Unverwandt blickte der Prinz Erich an. »Ich weiß nicht immer, was du denkst, mein Freund«, bekannte er. »Aber ich weiß, daß du fühlst wie ich. Manchmal erscheint einem die Arbeit schmutzig, die man verrichten muß, um ein höheres Ziel zu erreichen.«

»Ich kann dich nicht zwingen, den Auftrag anzunehmen«, fügte Pippin nach einer Pause der Besinnung hinzu. »Aber, wenn du es nicht tust, wird die Gegenstimme meines Bruders Ludwig verhindern, daß du zu unserer Gruppe gehörst. Einer Gruppe, welcher der Herrscher vertraut. Beinahe blind vertraut, was bei meinem Vater eine Seltenheit ist.« Pippin hob den Kopf, straffte die Schultern. »Ich warte auf deine Entscheidung, Erich«.

Erich blickte langsam von einem der Anwesenden zum anderen. Tiefen Ernst las er in den Mienen, wie es der Aufgabe zukam, der sich diese kleine Gruppe verschrieben hatte. Stolzes Bewußtsein, auserwählt zu sein, mitzutragen am Geschick des Frankenreiches. Vor kurzem noch wäre es sein innigster Wunsch gewesen, einer solchen Gruppe angehören zu dürfen. Vor kurzem noch. Erich nickte Pippin zu. »Ich werde den Auftrag annehmen«, sagte er schlicht.

Prinz Karl zog sein Schwert aus der Scheide. »Ich muß Euch bitten, niederzuknien. Es ist nur eine schlichte Eidesformel. Der Eid wird auf das Schwert des Kronprinzen geleistet.« Die Männer stellten sich im Halbkreis hinter Prinz Karl auf. Die Spitzen ihrer Schwerter waren in symbolischer Geste auf Erich gerichtet. Erich kniete nieder, faßte nach der blanken Klinge von Karls Schwert.

»Ich schwöre und gelobe, mein Leben in den Dienst des Frankenreiches zu stellen, meine Kampfkraft dem Herrscher und seiner Familie zu leihen, meine persönlichen Wünsche, Vorstellungen, Ziele den Interessen der großen Gemeinschaft meines Volkes unterzuordnen, die im Frankenkönig ihre Verkörperung, ihren Mittelpunkt und ihre Sinngebung gefunden hat. Mein Denken, mein Leben und mein Blut weihe ich dem König der Franken.« Erich sprach die Eidesformel nach, analysierte gleichzeitig die Worte. Worte, die Fesseln waren. Hatte Karl der Große diese Eidesformel erfunden? Erich wollte Pippin nicht danach fragen. Er glaubte die Antwort zu kennen. Der Herrscher verstand es meisterlich, Menschen an sich zu binden. Die Männer traten einer nach dem anderen auf Erich zu, umarmten ihn schweigend. Ein Krug mit Rotwein wurde herumgereicht, aus dem alle gemeinsam tranken. Dann verabschiedeten sich Erichs neue Kameraden.

Als Erich die Höhle ebenfalls verlassen wollte, hielt Pippin ihn zurück. Der Prinz lehnte an dem einfachen Holztisch, hatte die Arme aufgestützt. »Du bist nicht mit dem Herzen dabei, nicht wahr, Erich?« fragte er.

Erich lächelte leicht. »Du weißt doch alles, was ich fühle. Also mußt du mich nicht danach fragen.« Wie um sich für die brüske Abweisung zu entschuldigen, fügte er hinzu: »Ich werde immer alles billigen, was in deinem Interesse liegt. Das brauche ich dir nicht erst zu sagen.«

Pippin seufzte. Nachdenklich sagte er: »Aachen hat eine seltsame Wirkung auf dich, Erich. Du merkst es wohl selbst nicht, wie sehr du dich veränderst. Von Tag zu Tag, von Stunde zu Stunde. Du wächst in einem Maß, wie ich es nie für möglich gehalten hätte. Wir alle hier am Königshof sind ein Teil unserer Stadt, leben, atmen mit ihr wie Luftporen im Gestein. Aber wir sind auch eingeschlossen, zementiert in den ewig gleichen Mauern, in den Fesseln unseres altgewohnten Denkens, in den Grenzen unseres vorbestimmten Lebens.«

Mit einer heftigen Bewegung stieß Pippin sein Schwert in die Scheide zurück. »Du bist anders, Erich. Du siehst uns vom Standpunkt des Außenseiters. Du bemerkst, was gut ist an uns. Aber auch, was schlecht ist, was fort gehört. Du sprichst nicht darüber. Aber du erkennst. Du speicherst in deinem Gehirn, was du siehst. Noch kann ich dich am Handeln hindern. Noch paßt du dich an. Hauptsächlich um unserer Freundschaft willen.« Pippin faßte Erich an beiden Händen, sah ihm tief in die Augen. »Handeln kann gefährlich sein, Erich. Der Sturm, den man entfacht, kann sich leicht gegen einen selbst richten. Kraft verpufft, wenn sie nicht verstärkt wird durch den Zusammenschluß vieler Menschen. Durch das gleichgerichtete Denken vieler Gehirne. Durch das übereinstimmende Fühlen vieler Herzen. Mein Vater hat mich diese Methode der Kraftverstärkung gelehrt.«

Pippin ließ Erichs Hände los, trat zwei Schritte zurück. »Kraft, aus Einsamkeit geboren, stirbt in Einsamkeit. Aber vorher, Erich, vorher zerreißt diese Kraft den Menschen.« Er blickte zu Boden. »Ich habe Sorge um dich. Weil ich dich liebe«, fügte er hinzu, leise, fast unhörbar. Dann wandte Pippin sich abrupt weg, ging schnell hinaus.

6. Kapitel

Das Ende eines Rebellen

Es war ein Sechstagesritt von Aachen nach Regensburg, dem Sitz der bayrischen Herzöge. Zehn Mann begleiteten Erich. Er hatte seine Gefolgschaft selbst ausgewählt. Einfache Soldaten waren sie alle, die ihren Dienst taten, ohne viel zu fragen, ohne viel zu denken. Sie hatten es als Ehre angesehen, mit dem Kommandanten der königlichen Truppe reiten zu dürfen.

Berge, Täler, Schluchten. Sumpfig war das Land. Hinweg über morsche Holzbrücken, die unter dem Gewicht von Pferd und Reiter ächzten, vorbei an bebauten Feldern, düster aufragenden Wäldern, mit Leben erfüllten Dörfern, mit Menschen erfüllten Städten führte sie ihr Weg. Die ersten zwei Nächte verbrachten sie in Herbergen, die dritte Nacht in einer kleinen, entlegenen Burg im hügeligen Grenzgebiet vor den bayrischen Bergen. Die Soldaten genossen es, sich von den Mägden verwöhnen zu lassen. Immer wieder neue Geschichten mußten sie erzählen aus der Hauptstadt Aachen. Wahre Geschichten, erfundene Geschichten. Wer fragte danach? Wie der Herrscher aussah, wollten alle wissen. Wie er sprach, wie er sich bewegte. Ob seine Söhne wirklich so tapfere Kämpfer und Helden waren, wie man überall behauptete. Die Soldaten gaben Auskunft, so gut sie konnten. Für einen Abend standen sie im Mittelpunkt des Weltgeschehens und sonnten sich in ihrer Rolle.

Erich ging bald nach dem Essen hinauf in die Kammer, die man ihm zugewiesen hatte. Lange saß er auf der Brüstung vor dem bogenförmigen Fenster, starrte hinaus in die Dämmerung, die sich langsam in Nacht auflöste. Vogelrufe, Tierstimmen durchdrangen die Luft. Der Wald, der hinter der Burg hochragte, schien von geheimnisvollem Leben erfüllt zu sein. In drei Tagen würden sie Tassilos Heimatstadt erreichen. Ob Herzog Tassilo ahnte, daß der Herrscher nun die Geduld mit ihm verloren hatte? Daß eine Truppe unterwegs war, um ihn zu verhaften? Vielleicht hatte Tassilo bereits die Flucht ergriffen, hatte das Frankenland verlassen. Erich glaubte nicht daran. Er kannte den Stolz des Bayernherzogs.

Die nächste Nacht verbrachten sie in einer Herberge, die übernächste im Wald. Den Soldaten schien dies nicht recht zu sein. Sie bedachten ihren Anführer mit ärgerlichen Blicken, als sie fröstelnd am schwach glimmenden Lagerfeuer ihr mitgebrachtes Brot verzehrten, ihren eingedickten Bohnenbrei aufwärmten. Welch kümmerliche Mahlzeit gegen die Braten, das Obst und Gemüse, den perlenden Wein und all die anderen Genüsse, mit denen man sie in der Burg verwöhnt hatte. Gemessen an der Vorstellung der Köstlichkeiten, die in den Unterkünften der Umgebung ihrer harrten, verblaßte bei den Frankensoldaten jedes Verständnis für einen Anführer, der allein sein wollte in den Wäldern des Bayernlandes.

Erst, als Erich die mitgebrachte Schnapsflasche kreisen ließ, wurden seine Männer gesprächiger. Sie fingen an, sich im Erzählen von Palastwitzen aus Aachen zu überbieten. Die meisten Witze kannte Erich bereits. Es waren harmlose, durchschnittliche Histörchen, denen eines gemeinsam war: Der Frankenkönig und seine Familie gingen siegreich aus allen Wirrnissen hervor, brachten alle Gegner zur Strecke, blieben von Spott und Hohn verschont.

»Kennt Ihr den?« fragte einer der Soldaten, ein noch sehr junger Frankenkrieger mit Namen Luitprand, der den Eindruck machte, als wäre ihm Gedankentätigkeit nicht so ungewohnt wie seinen Kameraden. »Zwei Ritter begegnen sich auf der Brücke über den Tiber. Der eine prunkvoll gekleidet, in goldenem Harnisch, mit edelsteinbesetztem Schwert. Der andere in der schmucklosen Rüstung eines fränkischen Soldaten. Der Goldene herrscht den anderen an: Ich bin Gott, Herr über Himmel und Erde, unterwegs zu meiner Kirche in meiner Stadt Rom. Wer bist du, der es wagt, mir in den Weg zu treten? Der andere antwortet: Ich bin Karl, ein schlichter Diener meines Volkes. Dann mache den Weg frei, schlichter Diener deines Volkes, bevor ich meinen Blitz vom Himmel rufe, um dich ins Wasser zu schleudern! Der andere Ritter blickt dem Goldenen gelassen ins Gesicht: Mein Vater und ich haben dir bereits den Weg freigemacht. Dein Vater und du? fragt der Goldene verächtlich. Wie wollt ihr mir den Weg freigemacht haben? Der schmucklose Ritter antwortet: Indem mein Vater Pippin und ich dir die Kirche und die Stadt Rom geschenkt haben.« Erich schmunzelte. Es hätte ihn nicht gewundert, zu erfahren, daß Karl der Große diesen Witz persönlich genehmigt hatte, bevor er in Umlauf gebracht wurde. Den Ruhm der Königsfamilie in den Hirnen des Volkes zu verankern, war offensichtlich jedes Mittel geeignet.

Einer der Soldaten, ein dicklicher, bärenstarker Bauernsohn mit derben Gesichtszügen und plumpen Händen, reichte Erich die Schnapsflasche. »Auf das Wohl des Herrscherhauses«, lallte er mit schwerer Zunge.

Erwartungsvoll blickten Erichs Männer zu ihm hin. Sie hatten ihn nun in ihre Runde aufgenommen, betrachteten ihn als einen der ihren. Ihre derbe, gutmütige Kameradschaft tat ihm wohl. Wie einfach wäre das Leben doch, wenn er Befehle mit ebenso gedankenloser Selbstverständlichkeit auszuführen imstande wäre wie sie. »Auf den Herrscher«, murmelte Erich, trank einen kleinen Schluck, reichte die Flasche weiter.

Einer der Soldaten stimmte ein Lied an, die anderen fielen ein:

Wenn uns in der Heimat ein Mädel auch lacht,
wir Soldaten ziehn in den Krieg.
Wir kämpfen bei Tag und wir wachen bei Nacht,
wir Soldaten ziehn in den Krieg.
Wir dienen dem Herrn, der zum Kampf uns bestellt,
wir streiten für ihn gegen Gott und die Welt,
wir Soldaten ziehn in den Krieg.

Wenn blutrot der Mond auf das Schlachtfeld erst blickt,
dann kehrn wir Soldaten heim.
Wenn der Feind geschlagen am Boden liegt,
dann kehrn wir Soldaten heim.
Wir dienten dem Herrn, der zum Kampf uns bestellt,
wir stritten für ihn gegen Gott und die Welt,
wir haben gesiegt, der Feind ist gefällt,
nun kehrn wir Soldaten heim,
nun kehrn wir Soldaten heim.

Die Melodie wurde aufgesogen von den Geräuschen der Natur.

Die Äste zerbarsten im Feuer. Es raschelte und knisterte in den Büschen, als glitten, krochen, schlichen Tausende von Füßen über den Waldboden. Viele Tiere erwachten nun, um auf die Jagd zu gehen.

»Gute Nacht«, wünschten Erichs Männer, hüllten sich in ihre Pferdedecken und streckten sich auf dem Boden aus. »Gute Nacht.« Erich saß lange am Feuer, beobachtete, wie die Flammen langsam herunterbrannten, in der Schwärze der Luft verglommen. Als er sich viel später auch niederlegte, konnte er nicht schlafen.

Regensburg war eine schöne Stadt. Mit ihren Türmen, ihren Brücken, ihren Giebeln, ihren prunkvollen Häuserfassaden lag sie eingebettet zwischen sanften Waldhöhen gleich einem glitzernden Kristall im Felsgestein. Etwas Weihevolles lag über der Stadt, die sich vor den Augen der fränkischen Soldaten im milden Gold der Abenddämmerung ausbreitete. Das bunte Treiben von Aachen, das Gewirr unterschiedlicher Menschen, verschiedenartigster Sprachen, die Harmonie zwischen Altgewohntem und Fremdländischem fehlte in Regensburg. Die Zeit schien einen ruhigeren Gang zu gehen in der Stadt der Bayernherzöge. Die Menschen bewegten sich gemessen, schritten würdig dahin, als wäre ihre Stadt der Wandelgang eines Klosters.

Die Fassade des Herzogshofes erinnerte von der äußeren Gestaltung her an die Pfalz zu Aachen. Doch der Fürstensitz war seltsam menschenleer. Ein einsamer Knappe empfing die elf Reiter unter dem bogenförmigen Haupttor, zeigte ihnen den Weg zum Stall. Erich ordnete an, daß die Soldaten im Stall bleiben und Wachen aufstellen sollten, bevor sie sich niederlegten. Er wollte keinen strategischen Fehler machen, sich keine Blöße geben durch zu großes Vertrauen. Es war nicht abzuschätzen, wie der Bayernherzog auf seine bevorstehende Verhaftung reagieren würde.

Der Herzog wäre im Speisesaal, informierte der Knappe den Anführer der fränkischen Truppe auf seine Frage hin und geleitete Erich durch unzählige Gänge, Türen, Zimmer, Säle. Kein Mensch begegnete ihnen auf ihrem Weg. Endlich öffnete der Knappe eine schwere, reich mit Schnitzereien verzierte Holztüre. Erich blieb in der Tür stehen, sah sich um. Der Speisesaal des bayrischen Herzogsitzes war von beeindruckender Schönheit. Marmorsäulen, mit Ornamenten ausgelegte bunte Steinfliesen, in Vierfarbentechnik mit Motiven aus dem Bauernleben gestaltete Fresken verwandelten den Raum in eine Farbenorgie aus gelbem und rotem Ocker, Weiß und Grün. Gegen die Pracht, mit der allein dieser Raum ausgestattet war, verblaßte die Residenz des Frankenkönigs in Aachen. Vier schwere, goldene Kronleuchter hingen von der Decke. Das sanfte Licht unzähliger Kerzen brach sich im Kristall der Weingläser, ließ das Tafelgeschirr, das aus purem Gold war, aufleuchten. Der ovale Holztisch war reich gedeckt, als gäbe der Herzog ein Gastmahl. Ein fröhliches Bild boten die Speisen. Doch es schien, als habe keiner der Anwesenden einen Bissen davon angerührt.

Der Herzog erhob sich von der Tafel, ging Erich entgegen. »Willkommen, mein junger Freund«, sagte er und reichte dem Friauler die Hand. »Ihr kommt gerade zum Abendmahl zurecht.« Nach einem Blick in Erichs Gesicht bemerkte Tassilo trocken: »Ihr seht allerdings nicht so aus, als wärt Ihr erfreut, mich hier vorzufinden. Ihr habt den Auftrag, mich vor das Gericht des Frankenkönigs zu bringen, nicht wahr?« Erich nickte wortlos.

Tassilo seufzte. »Habt Ihr erwartet, daß ich geflohen wäre?« fragte er.

»Erwartet habe ich es nicht«, antwortete Erich wahrheitsgemäß.

»Ich nehme es als Beweis Eurer Sympathie für mich, daß Ihr es gehofft habt«, stellte der Herzog fest. Er deutete mit der Hand in Richtung des Tisches. »Tretet näher. Ich möchte Euch mit meiner Familie bekanntmachen.« »Meine Gemahlin, Herzogin Luitberga.« Die Bayernherzogin war eine schöne Frau, großgewachsen, von aufrechter Körperhaltung, mit stolzen, unbewegten Gesichtszügen. Lang wallten ihre braunen Locken über das prunkvolle dunkelrote Samtgewand herab. Erich wußte, daß sie dem Königshaus der Langobarden entstammte wie er, eine Verwandte von ihm war. Der Herzog beobachtete ihn von der Seite, als er sich vor Frau Luitberga verneigte. Ob er wohl auch daran dachte in diesem Augenblick?

»Meine Tochter Cotari.« Das zierliche junge Mädchen, das links von der Herzogin saß, beugte den Kopf vor Erich. Aus großen, ernsten Augen, aus einem schmalen, blassen Gesicht sah es Erich an. »Cotari ist ein Awarenname«, erklärte Tassilo. »Er bedeutet Regenblume. Man kann mir also mit Recht zur Last legen, seit mindestens vierzehn Jahren Kontakte mit dem Feind zu unterhalten.«

Der Herzog bückte sich ein wenig, breitete die Arme aus. »Komm her, Theodo, mein Sohn«, rief er mit weicher Stimme. Ein etwa achtjähriger Knabe stand von der Tafel auf, lief auf ihn zu. Der Herzog schloß ihn in die Arme. »Begrüße den Gesandten des Frankenkönigs«, ordnete er an. Das Kind starrte auf Erich wie auf ein giftiges Reptil. Dann, ohne ein Wort zu sagen, rannte der Knabe zum Tisch zurück, verbarg sein Gesicht im Schoß seiner Mutter. »Verzeiht«, entschuldigte sich der Herzog. »Seine Ablehnung gilt Eurer Botschaft, nicht Euch selbst. Warum hat man just Euch mit diesem Auftrag betraut?«

»Ich habe mich freiwillig darum beworben.«

Der Herzog nickte, als habe er vollstes Verständnis für Erichs Entscheidung. »Wir sollten die guten Speisen nicht verkommen lassen«, sagte er. »Nehmt Platz, eßt und trinkt.« Er setzte sich, reichte Erich die Platte mit Fleisch, nötigte seine Familie, zu essen. Großen Appetit schienen die Frauen und das Kind nicht zu haben. In düsterem Schweigen schluckten sie einige Bissen hinunter. Dann erhoben sie sich, murmelten ein Abschiedswort und gingen. Erich und der Herzog blieben allein zurück. Erich starrte in das Feuer, das in dem marmorverfliesten offenen Kamin loderte. Die zerberstenden Holzscheite sprühten Garben tanzender Lichtfunken, bevor sie verkohlten.

Der Herzog trank einen Schluck. Die Flammen spiegelten sich in dem rubinroten Kristallglas. Tassilo drehte das Glas in seinen Fingern. Allein die Ringe an den gepflegten Händen des Herzogs stellten einen unermeßlichen Wert dar. »Ja, wir sind reich«, sagte der Herzog, als habe er Erichs Blick richtig gedeutet. »Die Agilolfinger sind ein altes burgundisches Fürstengeschlecht. Wir sind geboren, um zu herrschen. Mein Ahnherr Gundwald, der Herr von Asti, der die bayrische Herzogslinie begründete, war auch Stammvater des langobardischen Königsgeschlechts. Es war eine Mesalliance, als mein Vater Odilo eine Schwester des Frankenkönigs Pippin heiratete. Diese Verbindung hinderte ihn auch nicht daran, weiterhin Opposition gegen die Franken zu betreiben. Erst die verlorene Schlacht bei Augsburg im Jahr 743 machte meinen Vater und in der Folge auch mich zu Vasallen der Frankenkönige. Als ich in Compiègne mein Knie vor König Pippin und seinen Söhnen beugte, um den Vasalleneid zu schwören, ergab ich mich der Gewalt. Gemessen an den Mitgliedern alter Adelshäuser, wie es die Bayernherzöge sind, oder auch die Königsfamilie der Langobarden, ist Karl der Große ein Emporkömmling, ein Glücksritter. Daß Karl heute bereits die christliche Kirche beherrscht, spricht für ihn und für seine Fähigkeit, mit Macht umzugehen. Aber es adelt ihn nicht. »

»Ihr wißt, daß ich diese Eure Reden dem Herrscher melden muß«, sagte Erich langsam.

Tassilo sah ihm spöttisch in die Augen. »Meldet meine Reden nur ruhig. Fügt meinem Sündenregister bei König Karl noch einige schwarze Punkte hinzu. Es ändert nichts mehr. Er hat das Urteil über mich bereits vor langer Zeit gefällt.«

»Vor langer Zeit?« fragte Erich verwundert.

»Ja«, bekräftigte der Herzog. »Große Männer treffen ihre Entscheidungen nie aus einer Laune des Augenblicks heraus.«

»Das klingt fast so, als ob Ihr den Herrscher achtet.«

Der Herzog verzog die Mundwinkel. »Oh ja, ich habe eine Schwäche für Persönlichkeiten, die sich aus eigener Kraft emporarbeiten. Wir achten uns gegenseitig, Karl und ich. Das hindert uns aber nicht daran, uns zu duellieren. In einem intellektuellen Kräftemessen. Karl weiß sehr wohl, wer es ist, der an seinem Thronsessel sägt. Noch hält er den alten Adel im Zaum. Aber manchmal benötigt er Blutopfer dazu.«

»Blutopfer?« fragte Erich verblüfft.

»Was dachtet Ihr, welche Rolle Euer fränkischer Gottkönig mir zugedacht hat?« fragte Tassilo zurück. »Den Springer zu opfern, schmerzt nicht sonderlich. Seine Züge sind zu unberechenbar. Ihr spielt doch Schach, Erich Dalpozza?« Erich bejahte. Tassilo schwieg lange. Leise, fast widerwillig, fragte er dann: »Ihr würdet Euch durch nichts von der Erfüllung Eures Auftrages abhalten lassen, nicht wahr?«

»Ihr kennt die Antwort«, sagte Erich barsch. »Warum fragt Ihr?«

Tassilo nickte. »Ich habe bisher nie an Flucht gedacht«, sagte er langsam. »Flucht ist immer nur der allerletzte Ausweg. Denn sie kommt einer Selbstaufgabe gleich. Und einem Anerkenntnis der Macht des Gegners. Ich gebe zu, daß ich an etwas anderes gedacht habe, eine Art Flucht nach vorne.«

»Flucht nach vorne?« fragte Erich verständnislos.

»Ja. An den Kampf.«

Der Herzog lächelte wehmütig. »Aber ich trage die Verantwortung nicht nur für mich und meine Familie, sondern auch für mein Volk. Sollte ich meine Bayern noch einmal in den Krieg führen gegen das Frankenreich? Sollten sie sich aufreiben im Kampf gegen einen übermächtigen Gegner? Nur deswegen, weil ihr Herzog seinen Rücken nicht beugen kann unter das Joch der Karolinger? Leben und Tod eines Volkes sind eng verknüpft mit dem Schicksal seiner Führer. Sollte ein Fürst der Agilolfinger sein Volk mitnehmen in die Vernichtung?«

Er unterbrach sich, blickte zu Boden. »Ein tröstlicher Gedanke«, sprach er weiter. »Ein tröstlicher Gedanke, nicht allein sterben zu müssen. Ein tröstlicher Gedanke, in der Schlacht zu fallen, statt gehenkt zu werden. Fürsten fürchten einen schmählichen Tod. Aber, wie Ihr seht, habt Ihr mich nicht als Gegner in der Schlacht vorgefunden, sondern beim Essen.« Kühl, hochmütig klang seine Stimme. Unbewegt war seine Miene. Aber in seinen Augen strahlte ein kraftvolles, ruhiges Leuchten. Erich mußte an Kerzenflammen vor Kirchenaltären denken, die vor sich hinbrannten, als seien sie erhaben über die Stürme des Lebens. Als könnten sie nie erlöschen.

»Ihr nehmt doch noch einen Schluck vor dem Schlafengehen?« Die Stimme Tassilos riß Erich aus seinen Gedanken. Der Herzog nahm Erich das leere Glas aus der Hand. Er wandte dem Friauler den Rücken zu, als er das Glas nachfüllte.

Erich war müde. Müde und ein wenig traurig. Es war ein anstrengender Tag gewesen. Und eine schwere Aufgabe. Plötzlich wurde ihm bewußt, daß er sich schuldig fühlte gegenüber dem Bayernherzog. Schuldig, weil er seine Pflicht erfüllte. Tassilo reichte ihm das Glas, stieß mit ihm an. »Auf die Zukunft«, sagte er. Seltsam, daß er es sagte. Gab es eine Zukunft für den Herzog?

In einem Schluck trank Erich sein Glas leer. Da fühlte er, wie eine Art von Nebel in seinem Gehirn hochkroch, seine Gedanken wegfraß. Er starrte in seinen leeren Weinbecher. Ein grünschillernder, pulverförmiger Bodensatz klebte darin. Erich schnellte in die Höhe. Polternd fiel sein Sessel um. Verzweifelt versuchte Erich, die dumpfe Taubheit zu durchbrechen, die von seinem Verstand Besitz ergriff. Er faßte nach einem der spitzen Messer auf dem Tisch, taumelte auf den Herzog zu. Tassilo wich geschmeidig zurück. Voll Mitleid sagte er: »Ihr solltet nicht dagegen ankämpfen. Es ist kein Gift. Nur ein Schlafmittel.«

Das Messer fiel Erich aus der Hand. Er versuchte, sich am Tisch festzuklammern, doch er rutschte zu Boden. Im Stürzen riß er das Tischtuch herunter. Er hörte noch, wie das Geschirr neben ihm auf den Boden prallte, ehe die Schwärze in seinem Gehirn alle Empfindungen aufsog.

Erich erwachte, als der Morgen zu dämmern begann. Sie hatten ihn in eine der Kammern getragen, mit Stricken an das Bett gefesselt. Nach einiger Mühe gelang es ihm, mit den Zähnen den Knoten an seinem rechten Arm zu lösen und sich zu befreien. Die Tür zu der kleinen Kammer war, wie nicht anders zu erwarten, verschlossen. Erich warf sich mehrmals dagegen. Das morsche Holz gab nach. Die Tür brach aus den Angeln.

Das Schloß war menschenleer. Offensichtlich hatten der Schloßherr, seine Familie und das Gesinde in aller Eile das Gebäude geräumt. Die Erde im Hof, die feucht war vom Tau des Morgens, trug die auseinanderstrebenden Male von Pferdehufen. Im Stall fand Erich seine zehn Wachsoldaten in tiefem Schlummer vor, wirr durcheinandergewirbelt, als hätten sie keine Zeit mehr gehabt, ihre Gliedmaßen zu sortieren, bevor sie umfielen. Einer der Männer hielt einen großen Weinkrug umklammert wie einen Schatz. Erich nahm ihm den Krug aus den Händen. Bis auf den pulverförmigen grünen Bodensatz war der Krug leer. Erich stieß den Mann mit dem Fuß an. Der Schlafende gab ein verärgertes Knurren von sich. Dann drehte der Soldat sich auf die andere Seite, fing laut zu schnarchen an.

Wie leicht es doch war, einen Trupp fränkischer Soldaten auszuschalten, dachte Erich. Er sattelte sein Pferd, ritt auf die Straße hinaus, folgte ihr bis zur Stadtmauer. Außerhalb der Stadt entdeckte er im feuchten, lehmigen Boden noch frische Spuren von drei Pferden. Die Hufmale führten zum nahen Wald hin. Um irgendetwas zu tun, folgte Erich dem Pfad. Er hatte schon nicht mehr damit gerechnet, den Bayernherzog einholen zu können, obgleich sein Pferd im Galopp durch den Wald jagte. Da tauchten die Reiter in seinem Blickfeld auf. Tassilo hatte seinen Sohn vor sich auf das Pferd gesetzt, was ihn offensichtlich stark behinderte. Sein Pferd lahmte, als habe sich ein Fremdkörper in einem der Hufe verklemmt. Die Herzogin und ihre Tochter auf den anderen beiden Pferden kamen schneller voran, blickten sich aber immer wieder nach ihrer Familie um.

Tassilo schien den näherkommenden Hufschlag gehört zu haben. Er hielt sein Pferd an, stellte seinen Sohn auf den Boden. »Ihr seid zu früh erwacht, Erich Dalpozza«, sagte er, als Erich herangeritten kam.

»Wohin wolltet Ihr fliehen, Herzog?« fragte Erich kalt.

»Wohin wohl?« antwortete Tassilo bitter. »Im zivilisierten Reich Eures geliebten fränkischen Gottkönigs wartet der Henker auf mich. Welcher Weg steht mir da schon offen als der zu den Wilden?«

»Ihr wolltet Eure Familie zu den Awaren bringen?« Ungläubig vermerkte es Erich.

»Was erschreckt Euch daran so? Meint Ihr, die Awaren fressen kleine Kinder auf?«

»Was mich erschreckt? Wie tief ein Germanenfürst sinken kann aus Angst vor dem Urteil seines Herrschers, das er selbst heraufbeschworen hat.«

Die Herzogin war herangeritten. Tassilo wechselte einen Blick mit ihr, sprang dann vom Pferd, zog seine Waffe aus der Scheide. »Ihr wißt, daß ich mich der Verhaftung widersetzen werde. Hier ist niemand, der Euch helfen wird, Erich Dalpozza. Wenn wir kämpfen, trennt uns nur der Tod.«

Erich stieg ebenfalls vom Pferd. Die Herzogin wandte sich ihm zu. »Laßt uns doch gehen«, flehte sie. »Wir werden das Frankenland nie wieder betreten. Ihr entstammt der langobardischen Königsfamilie wie ich. Was gilt Euch ein Befehl des Frankenkönigs?«

Erich dachte an den Schwur, den er dem Kronprinzen geleistet hatte. An den Auftrag, den er zu erfüllen hatte. Als schlichter Soldat Karls des Großen. Als sein Schwertarm. Ein Schwertarm kämpft, aber er trifft keine Entscheidungen. Erich zog die Waffe. Der Herzog war ein starker Gegner. Seine Finten und unerwarteten Angriffe waren schwer zu parieren. Doch Erich fühlte, daß Tassilos Widerstand bereits gebrochen war. Immer wieder begegneten sich die Blicke der beiden kämpfenden Männer. Der kraftvolle Glanz in Tassilos Augen war erloschen.

Hufgetrampel erklang, noch fern, aber näherkommend. »Tassilo«, schrie die Herzogin auf. »Wir müssen weg!«

»Ich helfe dir, Vater!« rief Tassilos kleiner Sohn. Erich beachtete das Kind nicht. Zu spät erkannte er, daß das ein Fehler war. Ein schwerer Stein prallte gegen seine Schläfe und etwas explodierte in seinem Gehirn.

Als Erich erwachte, schmerzte sein Kopf zum Zerspringen. Er griff mit der rechten Hand nach seiner Schläfe. Blut blieb an seinen Fingern haften. Einer der fränkischen Soldaten reichte ihm die Hand. Erich erhob sich vom Waldboden. »Der Stein hat Euch gestreift. Ihr wart nur kurze Zeit bewußtlos«, erklärte der Soldat.

Mit dem Ärmel wischte Erich sich über das Gesicht. Ihm gegenüber standen die Wachen. Mit gezogenen Schwertern hielten sie den Herzog und seinen Sohn in Schach. Tassilos Hände waren gefesselt. Er beobachtete Erich schweigend, mit zusammengepreßten Lippen.

Sein kleiner Sohn starrte Erich aus großen Augen an, halb trotzig, halb angstvoll. Wie ein Tier des Waldes, das sich dem Jäger gegenübersieht. Erich ging zu dem Kind hinüber, bückte sich, sah dem Knaben ins Gesicht. »Du bist sehr tapfer, Theodo«, sagte er. »Ich werde mich noch lange an dich erinnern.« Er befühlte die immer größer werdende Schwellung an seiner Stirn. »Ich fürchte, mein Kopf wird sich auch noch lange an dich erinnern. Geh hinüber zu deiner Mutter.«

Erich wandte sich dem Bayernherzog zu. »Gebt Ihr mir Euer Wort, keinen Fluchtversuch mehr zu unternehmen, wenn ich Euch losbinde?« Tassilo nickte.

Erich löste den Strick an Tassilos Händen, legte ihm die Hand auf die Schulter. »Herzog Tassilo, ich verhafte Euch hiermit im Namen des Gesetzes. Ich muß Euch bitten, mir nach Ingelheim vor das Gericht des Königs zu folgen.« »Es tut mir leid«, fügte er etwas leiser hinzu.

Tassilo blickte ihm kurz ins Gesicht. Müdigkeit, Trauer, Resignation waren in seiner Miene. Er ging zu seiner Frau und seinen Kindern hinüber, schloß sie wortlos in die Arme. Die eigenartige, fast weihevolle Stille dieses Augenblicks wurde nur unterbrochen durch ein Aufschluchzen des Knaben. »Könntet Ihr dafür sorgen, daß meine Familie sicher zum Schloß zurückgeleitet wird?« fragte Tassilo. »Ich wäre Euch sehr dankbar.« Erich gab zweien seiner Männer einen Wink mit dem Kopf. Tassilo wandte sich ab, als seine Familie fortgebracht wurde. »Reiten wir, Erich Dalpozza«, sagte er, und seine Stimme klang rauh.

Drei Wochen später wurde Herzog Tassilo in Ingelheim am Rhein von einem Gericht aus Franken, Sachsen, Langobarden und Bayern zum Tod verurteilt. Die Anklagepunkte hatten für sich gesprochen: Der Herzog habe bereits im Jahr 763 während des Aquitanienfeldzuges das Heer König Pippins verlassen mit den Worten, er wolle den Frankenherrscher nie mehr von Angesicht zu Angesicht sehen. Der Reichstag hatte sich nicht gescheut, diesen seit langen Jahren vermoderten Hundeknochen als Klagegrund auszugraben. Aufgefettet wurde Tassilos verbale Henkersmahlzeit durch neuentdeckte Verbrechen des Bayernherzogs: nämlich seine Kontaktaufnahme mit den Awaren, was Tassilo allerdings schon bisher niemals abgeleugnet hatte, und die Beschuldigung, er habe einen Mordversuch an königlichen Vasallen verübt, die ihn verhaften sollten, was angesichts der Tatsache, daß er Erich und seiner Truppe nur ein Schlafmittel verabreicht hatte, maßlos übertrieben war.

Der Regen prasselte auf den Boden, hämmerte auf Häuserdächer, überschwemmte die Straßen und Plätze Ingelheims. Erich zog sich die feste Jacke über den Kopf, lief quer über den großen freien Hauptplatz zum Gefängnisturm hinüber. Vor dem Eingang blieb er kurz stehen, blickte an dem düsteren, quaderförmigen Gemäuer hoch, das drohend vor ihm aufragte. Winzige, vergitterte Fensterlöcher waren in die meterdicken Mauern eingelassen, die einzige Verbindung zur Außenwelt für die Unglücklichen, die dort gefangensaßen. Es fiel Erich schwer, sich das trübe Gemäuer als Aufenthaltsort des stolzen Bayernherzogs vorzustellen.

Das Innere des Turmes wurde durch Fackeln schwach erhellt. Drei Soldaten hielten am Eingang Wache. »Der Herzog erwartet Euch«, erklärte einer der Soldaten und führte Erich eine steile, unebene Steintreppe hinauf. In den Gängen, die von der Treppe abzweigten, reihten sich die schweren, eisenbeschlagenen Eichenholztüren aneinander. Das Hämmern des Regens auf dem Dach des Gefängnisturmes war das einzige Geräusch in der modrigen Stille. Der Soldat zog einen klappernden Schlüsselbund aus seinem Wams, schloß eine der Zellen im letzten Stockwerk des Turmes auf. Erich blickte sich in der kleinen Zelle um. Eine Strohmatratze auf dem Fußboden und ein wackliger Holztisch, auf dem ein Wachslicht brannte, bildeten das einzige Inventar.

Der Herzog kniete in einer Ecke des winzigen Raumes vor einem einfachen hölzernen Kruzifix, das an der Wand montiert war. Tassilo hatte die Hände gefaltet, die Augen geschlossen. »Man hat mich darüber informiert, daß Ihr um eine Unterredung mit mir gebeten habt, Erich Dalpozza«, sagte der Bayernherzog kühl, ohne sich umzuwenden. »Es scheint, als hättet Ihr mich erneut in einer strategisch ungünstigen Position ertappt.« Er erhob sich, stützte sich dabei auf den Tisch.

Erich war bemüht, sich das Erschrecken über den Anblick des Herzogs nicht anmerken zu lassen. Der kühne Herausforderer, der stolze Rebell gegen den Frankenkönig war binnen drei Wochen in der Blüte seines Lebens zum Greis geworden. »Man hat mir nur eine Viertelstunde Zeit gewährt«, erklärte Erich. »Aber ich wollte Euch nicht in Eurer Andacht stören.«

»Das ist wohl nicht mehr allzu wichtig«, erwiderte Tassilo. »Nun, junger Freund, welche Frage habt Ihr auf dem Herzen, die Ihr mir noch in diesem Leben stellen wollt?«

Erich schluckte. Plötzlich kam es ihm vermessen vor, diesen Mann, der an der Schwelle des Todes stand, nach der Rechtfertigung für sein Handeln zu fragen. Während des Prozesses hatte Tassilo zu allen Anklagepunkten geschwiegen. Nur einmal hatte er Graf Andulf, der als öffentlicher Ankläger fungierte, mit müdem Hohn in der Stimme gefragt: Meint Ihr, die Verbrechen, die man mir zur Last legt, auffetten zu müssen durch blumige Worte? Erscheinen sie Euch sonst zu dürftig, um das Todesurteil zu rechtfertigen, das der Herr über unsere fränkische Welt bereits fällte, bevor der Prozeß gegen mich begann? Es war nicht anzunehmen, daß Herzog Tassilo nun, in der Zelle, einem ihm fast fremden jungen Mann Erklärungen abgeben würde.

Erich suchte noch nach einer Einleitung, als Tassilo ihm zuvorkam. »Ihr fragt Euch, was mich zu meinen selbstmörderischen Kontakten mit den Awaren veranlaßt hat?« Erich nickte. Für einen Augenblick verschwand der Hochmut aus Tassilos Gesicht. Er lächelte Erich zu. »Ihr seid ein seltsamer junger Mann«, sagte der Herzog bedächtig. »Ihr solltet nicht so viel denken, so viel fragen und wissen wollen. Warum gebt Ihr Euch nicht zufrieden mit der Welt, in die Ihr hineingeboren wurdet?«

»Warum habt Ihr Euch nicht zufriedengegeben mit der Welt, in die Ihr hineingeboren wurdet?«

Der Herzog wandte sich ab, blickte an der kahlen grauen Wand hoch. »Ich war immer ein Abenteurer«, sagte er sinnend. »Ich habe gierig alles Neue in mich aufgesogen. Das Leben bedeutete eine einzige Herausforderung für mich. Die Grenzen von Karls Reich waren mir zu eng. Die Fesseln, die er dem Geist seiner Untertanen anlegt, wollte ich nicht tragen.«

Erich fuhr auf. »Der Herrscher hat seinen Untertanen Sicherheit, Recht und Frieden gegeben. Wie könnt Ihr da von Fesseln sprechen?«

Tassilo lächelte ironisch. »Verzeiht, wenn ich Euer großes Idol angeknackst habe. Ich war wohl zu neugierig für ein Leben in den Ketten des Friedens.«

Erich war immer noch erbost über den Angriff auf den Herrscher. »Zählt Landesverrat auch zu Euren fröhlichen Abenteuern?« fragte er höhnisch.

»Landesverrat!« Tassilo wiederholte das Wort langsam, beinahe weich. »Ich hoffe für Euch, daß Ihr sie niemals kennenlernt, die Awaren, diese grimmigen, bösartigen, mörderischen Feinde von Karls Reich. Und ich hoffe, daß Ihr ihn niemals kennenlernt.«

»Wen?« fragte Erich verdutzt.

»Den goldenen Kriegsgott der Awaren. Fürst Andoro Tej.«

Erich machte seiner Empörung Luft. »Ihr redet so, als ob Ihr immer noch nicht bereut, was Ihr getan habt!« rief er.

Tassilos linke Augenbraue hob sich verächtlich in die Höhe. »Bereut? Das einzige, was ich bereue, ist, daß ich vor Karl fliehen wollte. Es war meiner nicht würdig.«

Erich starrte ihn an. »Der Herrscher hätte Euch begnadigt, wenn Ihr Reue gezeigt hättet«, sagte er mit Bestimmtheit.

»Meint Ihr? Er hätte mich nie begnadigt. Männer, wie ich es bin, bringen sein ganzes Staatsgefüge ins Wanken. Tausende von braven, mittelmäßigen Bürgern zu regieren, fällt ihm nicht schwer. Männer, die selbständig denken, kann er aber nur durch eines binden: durch einen Treueid auf die Pflicht. Die Pflicht gegenüber dem Herrscher, gegenüber dem Vaterland. Und da Karl eine starke Persönlichkeit, ein Mann mit Charisma ist, merken auch die Denkenden unter seinen Untertanen nicht, wie ihr Geist manipuliert wird.« Tassilo blickte Erich an, ohne Spott, prüfend, beobachtend. »Ihr beispielsweise seid das Material, aus dem Karl der Große seine Soldaten schnitzt. Blinder Gehorsam ist etwas für Schafe. Euer Gehorsam ist diffiziler, denn er kommt aus dem Verstand. Ihr akzeptiert die Grenzen, die der menschlichen Freiheit durch die Staatsgewalt gesetzt werden. Ihr würdet niemals die Liebe über die Pflicht stellen.«

Erich fühlte sich betroffen durch diese Worte. Er spürte den Stachel der Mißachtung, der hinter ihrer klangvollen Fassade versteckt war. Und was hatte ein Gefühl wie Liebe mit der heiligen Pflicht gegenüber dem Vaterland zu tun? Er merkte, wie der Ärger in ihm hochkroch, bis er so zornig war, daß er den Herzog am liebsten tätlich angegriffen hätte. »Wenn führende Männer eines Staates ihre Pflicht gegen Herrscher und Vaterland verraten, darf es keine Gnade für sie geben«, stieß er hervor.

Tassilo nickte. »Ich gebe Euch recht«, sagte er.

»Dann verurteilt Ihr Euch selbst?« fragte Erich verwundert.

»Vom Standpunkt des Frankenreiches aus ja«, erklärte der Herzog. Tassilos Blick richtete sich auf das Kreuz an der Wand. »Dennoch, Erich Dalpozza, mutet Euch die Konstellation nicht seltsam an: ein christlicher Häscher, ein christliches Opfer? Wir beide knien vor dem gleichen Kreuz, Karl und ich. Wir beide müssen uns rechtfertigen vor dem gleichen Gott.« Er preßte den Mund zusammen, bis seine Lippen zu schmalen Strichen wurden. Dann sagte er mit Härte: »Pech für Karl, daß ich kein Wilder bin.«

Am nächsten Morgen, pünktlich bei Sonnenaufgang, wurde Erich vom dumpfen Klang der Trommeln geweckt, die die Urteilsvollstreckung ankündigten. Er trat ans Fenster, blickte auf den Hauptplatz von Ingelheim am Rhein hinunter. Noch war der Platz menschenleer. Bald würden sie herbeiströmen, die Neugierigen, um sich an dem Schauspiel einer Hinrichtung zu ergötzen. Essend, schwätzend und lärmend würden sie den Tod eines Menschen beglotzen wie eine Theateraufführung, Tassilos brave, mittelmäßige Bürger. Der Abenteurer, der frei von Fesseln sein wollte, würde sein letztes Abenteuer erleben. Erich schloß die Fensterflügel.

In der Sitzung des Kronrates am Nachmittag des gleichen Tages erfuhr Erich, daß Karl der Große die Hinrichtung im letzten Moment unterbrechen ließ. Er begnadigte den Bayernherzog zu lebenslänglicher Verbannung und ließ ihn ins Kloster Jumièges schaffen. Um zu verhindern, daß der bayrische Rebell je wieder störend den Weg des Frankenkönigs kreuzte, wurde Tassilo allerdings zuvor geblendet.

7. Kapitel

Die Liebe der Prinzessin

Erich lag angezogen auf dem Bett in seiner Kammer, starrte zur Decke. Er lächelte beim Gedanken an den vergangenen Abend. Er lächelte beim Gedanken an ein ebenmäßiges, etwas hochmütiges Frauenantlitz, an schräggestellte grüne Augen, einen vollen, schöngezeichneten Mund mit trotzig aufgeworfener Oberlippe. Er lächelte beim Gedanken an glänzende Locken, die über Frauenschultern herabfielen gleich den Blüten des Strauches, den man Goldregen nannte. Und bei der Vorstellung eines makellosen Frauenkörpers von geradezu klassischer Anmut, der sich unter einem erbsgrünen Seidenkleid abzeichnete.

Dabei hatte der Abend gar nicht lustig angefangen. Wieder einmal gab der Herrscher sein Bankett des Volkes. Das Bankett des Volkes war eine Erfindung Karls des Großen. Eine für Karl typische Erfindung. So etwas konnte nur ihm einfallen. Erich hatte schon Schwierigkeiten, die Volksverbundenheit von Karls Sohn Pippin zu verstehen. Für die Solidarisierungsideen des Königs mit seinen einfachen Untertanen fehlte ihm jegliches Einsehen.

Alle sechs Monate, meist zu irgendeinem besonderen Anlaß, veranstaltete der König der Franken ein Festmahl für sein Volk. Die Pfalzburg glich einem Bienenschwarm an solchen Tagen. Es wurde gekocht, geschrubbt, alles auf Hochglanz gebracht. Bedienstete hasteten geschäftig umher, ständig stand man jemandem im Weg. Bis dann, pünktlich nach Sonnenuntergang, die Volksmeute eingelassen wurde. Tag der offenen Tür nannte der Herrscher dieses Fest. Und er erlaubte seinen Untertanen, Einblick zu nehmen in sein Leben, in seine Arbeit. Das Volk machte gerne Gebrauch von dieser Möglichkeit. Die Gäste krochen überall umher gleich Maden auf einem alten Hühnerbein, lugten in jede Kemenate, beglotzten den ehrwürdigen Thronsaal, stolperten über den roten Webteppich im Arbeitszimmer des Herrschers. Mit

Augen und Händen schauten die Menschen, hinterließen die Abdrücke ihrer klebrigen Finger auf den frischgeputzten Möbeln. Dann wurden sie zum Festmahl gerufen.

Einer der Ritter, der an der Pfalzburg zur Ausbildung weilte, wurde für den jeweiligen Abend zum Haushofmeister bestellt. Heute war Erich dieses unglückliche Los zugefallen. Der Haushofmeister trug die Verantwortung, daß bei der Tafel alles klappte. Und er hatte selbst mit Hand anzulegen, beim Servieren zu helfen, das Volk zu bedienen. Zehn andere Ritter, die der Herrscher bestimmte, hatten dem Haushofmeister zu helfen. Das Gesinde, die Mägde und Knappen bei Hof, saßen währenddessen an der Tafel, ließen sich Speis und Trank munden und erheiterten sich daran, wie ungeschickt die Ritter sich anstellten bei der ungewohnten Servierarbeit. Der perfekte Rollentausch, ersonnen von einem, der seine Untertanen mit Liebe zu bezwingen suchte, durchgeführt von seinen wehrlosen Opfern. Er sei ein Diener seines Volkes, betonte Karl immer wieder an solchen Tagen. Allerdings bediente er sein Volk nicht selbst beim Gastmahl. Er saß bei Tisch, lächelte warm, plauderte gewinnend, war für die einfachen Menschen da. Ein Gott, der unter ihnen weilte. Ein Herrscher mit menschlichem Antlitz. Und sie beteten ihn mehr an als Gott im Himmel.

Daß just Erich die Rolle des Haushofmeisters zugefallen war, bot einigen seiner Neider willkommene Gelegenheit, ihr Mütchen an ihm zu kühlen. Erich wurde mit Beschwerden überschüttet. Dem einen war der Braten zu kalt, dem anderen der Wein zu warm. Dem Dritten war die zum Fleisch gereichte saure Milch zu sauer. Ein weiterer kritisierte, daß das eingemachte Geschleck und die Latwergscheiben zu süß seien. Fladenbrot wurde auf dem Tisch hin und hergerollt zum Beweis, daß es hart wie Stein sei. Obst wurde in den Händen zermantscht, um zu demonstrieren, daß es glitschig, weich und faulig wäre. In träger Geradlinigkeit des Denkens begriff das Volk natürlich nicht, welche hintergründige Folterung sich hier vor seinen Augen abspielte. Ein Ritter wurde zum Hanswurst gemacht. Das hatten die Menschen schnell erfaßt. Und vergnügt spielten sie das Spiel mit. Der Schalk blitzte in den blauen Augen des Königs auf, als er Erich beobachtete. Offensichtlich machte es ihm Spaß, den kühlen jungen Strategen der Kriegskunst in Nöten zu sehen. Haushofmeister beim Gastmahl des Volkes zu sein war wohl eine der von Karl ersonnenen Prüfungen, die erst nach dem Ritterschlag zu bestehen waren.

Erich troff der Schweiß vom Gesicht. Sein Blick begegnete dem von Prinz Pippin. Dessen Stirn war gerunzelt. Er kannte wohl das Spiel, das mit Erich gespielt wurde. Es schien ihm nicht zu gefallen. Es war das erste Mal, daß des Volkes Lieblingsprinz sich in Gegenwart seiner Anhänger nicht wohlfühlte. Sein Bruder Ludwig genoß es umsomehr, den Friauler demütigen zu können. Mit quengelnder Stimme brachte er eine Kritik nach der anderen vor, wiederholte immer wieder mit hämisch hochgezogener Augenbraue: »Ihr meint doch nicht etwa, eine gute Arbeit geleistet zu haben?«

Erich sah sich genötigt, dem Prinzen ins Gesicht zu schauen. Wie eine ins Lächerliche verzerrte Karikatur seines Vaters erschien ihm der Prinz. Er sah wesentlich älter aus, als er war. Seine bleiche, spröde Haut zeigte bereits die ersten Runzeln und Falten. Während Gesicht, Haltung, Gang und Sprache des Königs Straffheit, Elastizität, Zielstrebigkeit ausdrückten, war an seinem jüngsten Sohn, der ihm äußerlich sehr ähnlich sah, alles lasch, unecht, ohne Leben. Ja, leblos, so wirkte Prinz Ludwig auf Erich von Friaul. Wie eine hohle Maske. Ein Buch mit leeren Seiten. Eine Imitation. Vom ersten Tag an hatte Erich Abneigung gegen den jüngsten Königssohn empfunden. Dies hatte sich mit den Jahren in Aachen noch vertieft. Prinz Ludwig schien die Abneigung des Friaulers von Herzen zu erwidern. Er hatte es sich offensichtlich zur Lebensaufgabe gemacht, den kühlen, jungen Ritter aus der Ruhe zu bringen.

An diesem Abend wäre es ihm beinahe gelungen. Wie von selbst fuhr Erichs Faust in die Höhe, als Ludwig wieder einmal, wohl zum hundertsten Mal, an den Speisen etwas auszusetzen hatte. Da bemerkte Erich, daß Pippins klare, hellblaue Augen auf ihn gerichtet waren. Ernst sah Pippin ihn an, schüttelte leicht den Kopf. Erichs Hand sank herab. Er verneigte sich vor Prinz Ludwig, empfing ohne ein Wort der Entgegnung die Kritik, wollte sich abwenden.

»Ihr seid noch nicht entlassen, Sohn des Markgrafen von Friaul«, sagte eine seidenweiche Stimme neben ihm. Prinzessin

Rotraud, die rechts neben Ludwig saß, schien ebenfalls ihre Freude an dem Katz-und-Maus-Spiel zu entdecken, in dem Erich Dalpozza die Maus abgab. Erich fühlte sich unendlich müde. Mit einem ergebenen Seufzer wandte er sich der Prinzessin zu. Spöttisch waren ihre Lippen gekräuselt, als sie ihm ihr Weinglas hinhielt.

»Seid Ihr der Meinung, daß ein auf Hochglanz poliertes Glas so aussieht?« Erich konnte an dem Glas nichts entdecken, was dem Schönheitssinn einer Prinzessin zuwiderlaufen mochte. Die Prinzessin sprach weiter, mit kalter, hochmütiger Stimme. »Wißt Ihr, was ich mit einem solchen Glas mache, wenn es mir von einer Magd gereicht wird? Ich will es Euch zeigen.« Mit spitzen Fingern hob sie das Glas hoch. Dann ließ sie es auf dem Steinboden zerschellen.

Erich sah sie an. Etwas wie Traurigkeit mußte wohl in seinem Blick gewesen sein. Traurigkeit, Einsamkeit, vielleicht auch ein bißchen Anklage. Dann bückte er sich, um die Scherben aufzuklauben. Dabei erschien ein Stück ihres rechten Beines in seinem Blickfeld. Ein kleines Stück nur. Soviel das knöchellange grüne Kleid zuließ. Wohlgeformt war das Bein, schlank die Fessel.

»Laßt das, Erich Dalpozza. Steht auf. Ich will nicht, daß Ihr vor mir auf dem Boden herumrutscht«, sagte Rotraud plötzlich. Dann erhob sie sich von ihrem Sessel, bückte sich zu den Scherben nieder. Gemeinsam sammelten sie die Glassplitter ein, der junge Ritter und die königliche Prinzessin. War es Zufall, daß Rotrauds Hand dabei immer wieder seinen Arm berührte?

Erich erinnerte sich gern daran. Ihre Nähe hatte wie ein Zauber auf ihn gewirkt. Nichts war ihm mehr schwergefallen an diesem Abend. Und schon bald hatten seine Neider ihr boshaftes Spiel aufgegeben, das wirkungslos an Erich abprallte. Gab es da nicht ein Lied über rotgoldene Locken? Haar wie gesponnenes Gold, ein Mund, zum Küssen rot, ich hatte Liebe gewollt, doch sie brachte mir den Tod. Nein, dieses Lied paßte gar nicht auf Prinzessin Rotraud. Sie brachte Leben, nicht Tod.

Plötzlich wurde an Erichs Kammertür geklopft. Erich schrak aus seinen Gedanken hoch. Ein zweites Mal klopfte es, leise, drängend. Erich öffnete. Rotraud stand ihm gegenüber. »Nun starrt mich nicht an wie einen Geist«, murmelte sie in gutmütigem Spott. »Bittet man eine Dame nicht herein, wenn sie einen schon besuchen kommt?« Erich verschlug es die Sprache. Er machte eine vage Handbewegung zum Inneren seiner Kammer hin. Rotraud trat über die Schwelle, schloß die Tür. Die Prinzessin trug immer noch das erbsgrüne Festkleid, das so gut mit ihrem goldroten Haar harmonierte.

»Gebe ich Euch wirklich so viele Rätsel auf?« fragte sie, und ihre Stimme klang sanft wie das Schnurren einer Katze. »Eure Augen verraten, was Ihr denkt. Eine Mischung aus Unsicherheit, Freude, Hoffnung lese ich darin. Und noch etwas. Angst vor Enttäuschung ist es, glaube ich.«

Erich stand ihr gegenüber wie ein kampfbereiter Gegner, nicht wie ein Liebender. Seine Liebe war noch zu jung, um den Zweifel überwinden zu können. »Was seid ihr doch für seltsame Geschöpfe, ihr Männer«, spottete Rotraud. »Erst ersehnt ihr etwas, und wenn es eintrifft, fürchtet ihr euch davor.« Dann wurde ihr Gesicht ernst. »Ich will Euch aus Eurer Verwirrung erlösen, Erich Dalpozza. Ich brauche Eure Hilfe. Ich bringe den Verschluß meines Kleides am Rücken nicht auf, und meine Kammerzofe kann ich nirgends finden.« Sie kehrte ihm den Rücken zu, blickte ihm über die Schulter hinweg in die Augen.

Erichs Finger zitterten leicht, als er den Verschluß des Kleides öffnete. Das Kleid rutschte herunter, samtschimmernde Haut kam zum Vorschein. Die Prinzessin wandte sich um, lächelte schelmisch. Mit einer langsamen, trägen Bewegung zog sie ihr Kleid hoch, hielt es über der Brust zusammen. »Wie soll ich Euch nur danken«, sagte sie spöttisch. »Ihr habt mir zwar nicht das Leben gerettet, aber immerhin meine Nachtruhe.« Sie blickte zu ihm auf. Erst jetzt bemerkte Erich, wie zierlich sie war. Wie ein unschuldiges kleines Mädchen stand sie vor ihm, mit offenem Haar, das Kleid an sich gepreßt. Plötzlich stellte sie sich auf die Zehenspitzen. Ihre Lippen berührten die seinen, flüchtig zuerst. Dann, als fände sie Geschmack an dem neuen Spiel, legte sie ihre Arme um ihn. Das Kleid fiel endgültig zu Boden. Erich fühlte, wie sich ihr junger, weicher, warmer Körper an ihn schmiegte. Ihre Lippen verschmolzen mit den seinen. Abrupt raffte sie ihr Kleid an sich, warf ihm einen seltsam fragenden Blick zu und war verschwunden.

Von diesem Tag, von dieser Nacht an waren Erich und die Prinzessin unzertrennlich. Sie unternahmen stundenlange Ausritte durch das hügelige Bauernland vor der Stadt Aachen. Sie saßen nebeneinander bei Tisch, unterhielten und neckten sich. Rotraud ließ sich von Erich sogar in Waffenkunde unterrichten, erprobte selbst ihre Begabung, ein Schwert zu führen. Über der kleinen Welt, die sie sich gemeinsam schufen, vergaßen beide die große Welt, der sie angehörten. Aber die große Welt vergaß nicht auf sie. Erich bemerkte wohl, daß Pippin ihn immer wieder besorgt anblickte. Er wußte auch, daß Pippin nicht nur Angst hatte, den Freund an die Schwester zu verlieren.

Erich kannte den schlechten Ruf, in dem Prinzessin Rotraud stand. Es hieß, sie mache Jagd auf junge Männer bei Hof, und wenn die Jünglinge ihr rettungslos hörig waren, ließe die Prinzessin sie fallen. Meist endeten ihre Eskapaden damit, daß der betreffende junge Mann die Pfalzburg verlassen mußte. Erich wußte auch, daß man bereits über ihn tuschelte, spottete, höhnte. Jetzt sei er der Prinzessin eben in die Falle gegangen wie der reine Tor in der Artussage. Mochten sie doch tratschen und lachen! Warum sollte Erich nicht glauben, daß sich eine Frau um seinetwillen geändert hatte?

Fünf Monate lang ging alles gut. Dann kamen zwei lauwarme Oktobertage, die Erichs Glücksgebäude in höchste Höhe wachsen lassen und gleich darauf zum Einsturz bringen sollten. Rotrauds Reitstil wäre einem wilden Räuberhauptmann gut angestanden. Sie pflegte bei ihren morgendlichen Ausritten mit Erich voll Lebenslust durch die Wälder Aachens zu toben gleich einem ungezähmten Fohlen, umflattert von ihrer wehenden goldenen Haarmähne. Andere Damen des Hofes beschwerten sich bei Gemeinschaftsausritten unaufhörlich über die schmalen Pferdesättel, auf denen sie ihre bauschigen Röcke und Unterröcke kaum verstauen konnten. In gemessenem Tempo, nämlich im Schritt, folgten sie hinter dem männlichen Reitertroß nach, unter Jammern und Wehklagen über die Unbequemlichkeit des Reitens.

Rotraud hingegen schienen die Bewegungen ihres Pferdes Spaß zu machen. Immer wieder trieb sie ihren Fuchswallach Spero, den sanften Bruder von Pippins Hengst Loge, mit dem Gesäß und durch Zungenschnalzen zu schnellerer Gangart an und hob ihr Surkot so hoch, daß der tanngrüne, goldverzierte Brokatstoff lustig im Wind hinter ihr herflatterte. Mit ihrer weißen, von Bändchen auf der Brust zusammengehaltenen Cotte, mit dem haselnußbraunen Überjäckchen erschien sie Erich so wunderschön und wild wie die römische Göttin Diana. Nur Pfeil und Bogen fehlten, um das Bild der Jagdherrin zu perfektionieren. Rotraud brauchte wohl keine sichtbare Schußwaffe. Sie versendete unsichtbare Pfeile gleich dem Gott Amor und traf damit direkt ins Herz ihrer Opfer, dachte Erich und schmunzelte.

Plötzlich schreckte er aus seinen Phantasien hoch. Wo war Rotraud? Wie in weiter Ferne hörte er Pferdehufe dumpf über den von spitzen dunkelbraunen Baumnadeln bedeckten Waldboden galoppieren. Dann, plötzlich, ein heller Frauenschrei. Darauf Stille. Gespenstische Stille. Sogar das Zwitschern der Vögel war verstummt. Erich hetzte seine Stute zwischen den Bäumen hindurch. Atemlos und voller Angst erreichte er den Waldrand, wo eine kleine Lichtung das herbstbunte Blättergewirr durchbrach. Rotraud lag auf dem Wiesenboden, stöhnte leise. Ihr hellbrauner Fuchswallach Spero hatte sich neben seiner Reiterin plaziert, schaute Erich aus großen Augen unschuldig an und weidete. »Prinzessin Rotraud! Seid Ihr verletzt?« Erich sprang von seiner Stute.

»Es geht«, antwortete Rotraud sanft. »Könntet Ihr bitte meinen linken Fußknöchel untersuchen? Er schmerzt.«

Erich kniete neben ihr nieder, streifte behutsam ihre braungoldenen Halbschuhe von dem verletzten Fuß. Warum mußte sie auch immer ihre spitzen, leichten Damenschuhe tragen beim Reiten! Mehr als einmal hatte er sie deshalb gerügt, hatte ihr sogar Lederstiefel geschenkt. Sie hatte sich artig bedankt und die Stiefel, wohl aus Eitelkeit, nie getragen. Erich seufzte. Mit zarten Bewegungen fing er an, ihren Fußknöchel zu massieren. Verletzung war daran keine zu erkennen. Auch keine Schwellung. Und auch kein blauer Fleck. Rotraud sah ihm zu.

»Ihr habt Glück gehabt, Prinzessin. Es scheint nicht viel geschehen zu sein«, diagnostizierte Erich.

»Dem könnten wir abhelfen«, antwortete Rotraud lächelnd.

»Was meint Ihr damit?« fragte Erich verwundert.

Sie legte ihm in spielerischer Geste den Zeigefinger an die Lippen. »Pst«, machte sie. »Nicht fragen. Handeln.«

Was folgte, erschien Erich im Rückblick wie ein Traum, ein Traum, gesponnen aus pastellenen Farben und herbzarten Blumendüften, aus dem schmeichelnden Harzgeruch der steil aufragenden Nadelbäume, aus den saftigen Wellen des lockenden, herbstwindgestreichelten Wiesengrases. Rotraud ließ sich in das prallgrüne Gewoge zurücksinken. Ihre langen, rotblonden Locken kitzelten Erich in der Nase, als sie ihn zu sich niederzog, und verströmten einen eindringlichen Geruch nach wilden Rosen. Ihr Reitjäckchen war, offensichtlich beim Sturz vom Pferd, aufgeplatzt und gab den Blick frei auf den weiten Ausschnitt ihrer Cotte sowie den Ansatz zweier wohlgeformter zartrosa Brüste. Rotrauds Hände fingen an, die Verschnürungen von Erichs Wams zu öffnen. Langsam, kundig, zielsicher entkleidete sie ihm den Oberkörper. Dann küßte sie ihren Gefährten weich und zärtlich, zuerst auf den Mund, dann auf den Hals, dann auf die Brust. Ihre Zunge entzündete Flammen auf seiner Haut. Tiefer, immer tiefer glitt ihr Mund, während Erich sich fragte, warum er eigentlich wie ein Holzklotz dalag und Rotraud die Führungsrolle überließ. Noch bevor der Stich einer leichten Verärgerung darüber in sein Bewußtsein vordrang, entschloß er sich, zu handeln. Seine linke Hand tastete unter ihren weiten Reitrock. Er griff zu und bekam blanke Haut zu fassen. War es üblich, daß königliche Prinzessinnen unter dem Gewoge ihrer Röcke splitternackt waren?

Rotraud riß ihn aus seinen Überlegungen. Sie lächelte wissend und küßte nochmals seinen Mund. Besitzergreifend, wie ihm vorkam. Er kam nicht mehr dazu, sich darüber zu wundern, wie geschickt und schnell sie seine Beinkleider herunterstreifte. Denn ein unendliches Glücksgefühl weitete seine Brust und hätte wohl sein Wams gesprengt, wenn er nicht schon entkleidet gewesen wäre. Vorsichtig drehte er sich zur Seite, legte sich vollends auf das schöne Mädchen. Dies war sein einziger Beitrag zu dem Geschehen. Danach übernahm Rotraud wieder das Kommando. Offensichtlich verstand sie sich meisterhaft auf die Technik der Stimulation. Und während Erich in einer goldroten Wolkenseligkeit versank, half ihre rechte Hand mit wonnevoller Liebkosung seinem tastenden Suchen auf den Weg.

Später lagen sie, immer noch entkleidet, im Gras und blickten zum Himmel auf. Keiner von beiden hatte ein einziges Wort gesprochen. Erich streichelte zärtlich Rotrauds Brüste. Sie ließ es willig geschehen. Rotrauds Fuchswallach Spero hatte sich zu Erichs weißer Stute gesellt. Die beiden Tiere weideten friedlich im Gras, dicht aneinandergedrängt wie ein Liebespaar.

Der nächste Tag hatte begonnen wie alle Tage. Nach ihrem gewohnten Morgenausritt hatten Erich und die Prinzessin gemeinsam gefrühstückt. Dann hatte Rotraud Erich zugesehen, als er Waffenunterricht erteilte. Beim Mittagessen in der großen Halle waren sie nebeneinander gesessen, hatten geplaudert, gescherzt, sich zugelächelt, gemeinsam aus einem Glas getrunken. Dann hatte Erich sich verabschiedet. Der Nachmittag gehörte seinen Pflichten. Schließlich war er Kommandant der königlichen Truppen in Aachen.

Zum Abendessen war Rotraud nicht im Speisesaal erschienen. Erich hatte hastig ein paar Bissen hinuntergeschlungen. Schal hatte das Essen geschmeckt. Als fehle ihm die Würze. Als er nach einem einsamen nächtlichen Spaziergang durch die träumende Stadt noch einmal als Anführer der Palastwache eine kontrollierende Runde machte, blieb er plötzlich stehen. Sollte er Rotraud heute nicht mehr sehen? Sie fehlte ihm. Er sehnte sich nach ihrem duftenden Haar, ihrem kühlen, stolzen Gesicht, ihrer sanften Stimme, ihren neckenden Worten. Gab ihm seine Liebe nicht das Recht, Rotraud zu fragen, warum sie an diesem Abend, nach allem, was gestern geschehen war, seine Gesellschaft gemieden hatte? In einem plötzlichen Entschluß ging er durch den Hof hinüber zu den separierten Gemächern der Königsfamilie. Als Kommandant der Leibwache gehörte er zu den wenigen im Palast, die jederzeit Zutritt zum innersten Gebäude hatten. Erich drückte die Türklinke zum Zimmer der Prinzessin herunter. Die Tür war unverschlossen. Erich trat ein.

Rotrauds Kopf hob sich vom seidenen Polster ihres Himmelbettes, dessen grüne, fransenbesetzte Samtvorhänge weit geöffnet waren. »Rotraud, ich ...« begann Erich.

Noch jemand richtete sich im Bett auf. Erich starrte den Mann im Bett der Prinzessin an wie ein Gespenst. Im flackernden Schein der einsamen Kerze auf dem Nachttisch wirkte das hagere, bleiche Gesicht Prinz Ludwigs wie die Fratze eines Dämonen.

»Wie könnt Ihr es wagen, nachts ins Zimmer der Prinzessin zu kommen«, geiferte Ludwig.

»Ich hätte es nicht getan, wenn ich gewußt hätte, daß der Platz in Rotrauds Bett bereits besetzt ist«, antwortete Erich kalt.

Mit einem Satz sprang Ludwig aus dem Bett, griff nach seinem Schwert, das mit seinem Gewand über einem Stuhl lag. Ein Gefühl würgenden Ekels überkam Erich, als sein Blick über die Gestalt des nackten Prinzen streifte, über die fahle Haut seines Körpers, die kümmerlichen Brusthaare, die dürren Beine.

Rotraud schien die Komik der Situation nicht entgangen zu sein. Sie schlug die Bettdecke zurück und setzte sich auf, ohne ihre Blößen zu verhüllen. »Zieh dich erst an, Ludwig, bevor du dein Schwert ziehst«, regte sie an. Dann wandte sie sich Erich zu. »Ich möchte nicht, daß du das Geschehen mißverstehst«, sagte sie langsam.

Traurig sah Erich sie an. Wie unschuldig sie aussah mit ihren Engelslocken, ihrem herzförmigen Gesichtchen, ihren schimmernden grünen Augen. Mit einem letzten Blick nahm er Abschied von ihrem Körper, den er nur einen Vormittag lang gekannt hatte, von ihrer Seele, die er in dieser Nacht kennenlernte. »Ich wüßte nicht, was man mißverstehen könnte an einem so eindeutigen Anblick«, antwortete er.

Ludwig hatte sich endlich in sein Gewand hineingewurstelt, zog nun das Schwert. »Ich fordere Euch zum Zweikampf, Erich von Friaul«, schrie er.

Müde blickte Erich ihn an. »Wozu, Prinz? Ihr habt ja gesiegt. Ohne Waffen.« Er wandte sich ab. »Leb wohl, Rotraud«, flüsterte er. »Und angenehme Nachtruhe.« Dann trat er auf den Gang hinaus. Erich schloß die Tür hinter sich mit lautem Knall, lehnte sich einen Moment an den Türrahmen. Düster war der Gang zu den Kemenaten, düster und menschenleer. Die wenigen Fackeln flakkerten in trübem Rot, verbreiteten ein nahezu gespenstisches Licht. Gespenstisch wie die Szene, deren Zeuge er eben geworden war.

Plötzlich bemerkte Erich, daß der Gang nicht ganz so menschenleer war, wie er gedacht hatte. In der allerletzten Tür, am Ende des Ganges, stand Prinz Karl. Erich richtete sich auf, neigte kurz den Kopf und schickte sich an, zu gehen. »Wollt Ihr nicht einen Augenblick hereinkommen, Erich Dalpozza?« fragte der Prinz.

Die Kemenate des Thronfolgers war in geradezu spartanischer Einfachheit eingerichtet: ein eisernes Bettgestell, weiße Leinenbettwäsche ohne jegliche Stickereien und Verzierungen. Ein runder Holztisch mit einigen Sesseln. Keine Teppiche auf dem glatten Steinfußboden. Keine Brokatvorhänge vor den Fenstern. Keine silbernen Kronleuchter. Aber Bücherregale an den holzvertäfelten Wänden, in denen sich Folianten und Schriftrollen bis zur Decke hin stapelten. In einem mehrarmigen metallenen Kandelaber steckten einige dicke Kerzen aus Bienenwachs. Honiggelb tropfte das Wachs auf den Tisch.

Süßlicher Geruch erfüllte das Zimmer. An Weihnachten erinnerte der Duft, an Bäckereien und Lebkuchen. Prinz Karl lehnte sich an den Tisch, blickte seinem Besucher ins Gesicht. Wie hübsch Pippins älterer Bruder doch war, mußte Erich denken. Seine hochgewachsene, schlanke Figur wurde noch hervorgehoben durch den schwarzen Schlafrock aus Seidenbrokat, auf dessen Vorderseite ein goldener Drache eingestickt war. Das dunkle Haar, die großen schwarzbraunen Augen, die blasse Gesichtsfarbe gaben dem Antlitz Karls einen Ausdruck von vornehmer Würde, noch unterstrichen durch das schmale Oberlippenbärtchen. Bisher hatte Prinz Karl sich immer hinter einer Fassade von Unnahbarkeit versteckt. Erich konnte sich nicht erinnern, ihn jemals ausgelassen, fröhlich, lachend gesehen zu haben.

Schon oft hatten sie ihre Kräfte gemessen bei Kampfübungen und Ritterspielen, Karl, der beste und verwegenste Schwertkämpfer am Königshof, und Erich Dalpozza, der kühle Denker, der anerkannte Stratege der Waffenkunst. Doch nie waren sie sich menschlich näher gekommen. Die Worte, die sie miteinander gewechselt hatten in den mehr als drei Jahren, die Erich nun schon in Aachen lebte, vermeinte er an den Fingern seiner Hände abzählen zu können. Während Karls Bruder Pippin einem bezwingenden, alles überwälzenden Strom glich, der mitriß, was ihm in den Weg kam, war Karl ein See, einsam, still, tief. Aber Ströme atmen, pulsen, leben, mußte Erich denken. Seen sterben, wenn sie nicht durch Flüsse gespeist werden.

Nun huschte der Schatten eines Lächelns über Prinz Karls Gesicht. »Leider kann ich Euch keinen Rotwein anbieten«, sagte er. Klar und selbstsicher klang seine Stimme, paßte gar nicht zu der Zurückhaltung, der Unsicherheit in seinem Umgang mit den Mitmenschen. »Ich weiß, daß Ihr mit meinem Bruder immer gerne Rotwein trinkt.« Er deutete mit dem Kopf auf einen kleinen Tonkrug, der auf dem Holztisch stand. »Ich habe etwas süßen Met hier, mein Lieblingsgetränk. Wollt Ihr ihn verkosten?« Erich nickte. Der Prinz nahm zwei Metallbecher vom Regal, füllte sie. Dann setzte er sich an den Tisch, machte eine Handbewegung in Richtung des Sessels ihm gegenüber. Erich nahm Platz.

Es schien, als habe Prinz Karl sich noch nicht entschieden, wie er das Gespräch anlegen sollte. Dann entschloß er sich zur Offenheit. »Wir haben nie viel miteinander gesprochen«, sagte der Prinz. »Das ist schade. Man weiß im entscheidenden Moment nicht recht, wie man mit dem anderen umgehen soll.« Erich wartete schweigend. Karl sah ihm in die Augen. »Das mit meiner Schwester – Ihr habt es nicht gewußt?«

Erich schüttelte den Kopf. Karl seufzte. »Ich dachte, es weiß jeder hier bei Hof«, sagte er leise. Hart fügte er hinzu: »Ich dachte, es weiß jeder, daß meine Schwester eine Beziehung zu meinem Bruder Ludwig unterhält.« Seine großen dunklen Augen ruhten auf Erich. »Im Grunde haben wir alle vier, meine Schwester, meine Brüder und ich, das gleiche Problem. Es ist unser Vater. Es scheint, als habe sich seine Persönlichkeit in seinen Kindern aufgespalten. Wir haben einen Teil seines Charakters mitbekommen, jeder ein Stück von Karl dem Großen. Jeder ein anderes Stück. Und wir tragen unser Leben lang an der Last, daß keiner von uns ganz so sein kann wie er. Noch rebellieren wir gegen unser Schicksal. Und auch gegen den Herrscher.«

Eine der Kerzen war niedergebrannt. Der Königssohn blies sie sanft aus, steckte aber kein neues Licht in die Halterung. Die melancholische Weichheit, die plötzlich in seiner Stimme war, erinnerte an Pippins klangvolle Sprache. »Wißt Ihr, wie Euer Freund Pippin rebelliert? Er treibt sich in Spelunken herum, trinkt, verkleidet sich als Spielmann. Er behauptet, die Nähe des Volkes zu suchen. Das Volk honoriert es ihm auch. Es liebt ihn. Aber die Liebe seines Vaters, der viel zu sehr Herrscher ist, um seine Gefühle offen zu zeigen, kann ihm niemand ersetzen. Auch nicht die Liebe seiner Mutter, die zu früh gestorben ist.«

»Wir haben uns in einer Gastwirtschaft kennengelernt, Pippin und ich. Er hat dort zum Tanz aufgespielt«, erklärte Erich und lächelte in Erinnerung an seinen ersten Tag in Aachen.

»Des Herrschers jüngster Sohn, Prinz Ludwig, rebelliert auf andere Weise«, setzte Karl fort. »Er rebelliert durch Scheinanpassung. Er imitiert seinen Vater, wo er kann, ahmt ihn nach in Kleidung, Auftreten, äußerem Schein. Aber da er dem König nie gleichkommen kann, rebelliert er gegen ihn, indem er ihn karikiert und dadurch lächerlich macht.« Erich nickte verstehend.

»Ich selbst?« fuhr Karl fort, führte den Becher mit Met an seine Lippen. »Ihr kennt meine Art, mich zur Wehr zu setzen gegen mein Schicksal. Wir sind uns oft genug im Zweikampf gegenübergestanden. Im Kampf lote ich die Grenzen meiner Möglichkeiten aus.« Er starrte auf die Tischplatte. »Ich hege die Hoffnung, daß meinen Möglichkeiten keine Grenzen gesetzt wären. Es ist eine sinnlose Hoffnung. Ein wahnwitziger, gotteslästerlicher Gedanke. Ich werde dafür bezahlen müssen eines Tages.«

Erich wußte nicht, was er darauf antworten sollte. Es war eine seltsame Beichte im Halbdunkel der schlichten Kemenate. Als entblöße der Prinz seine einsame Seele, die er bisher sorgfältig versteckt gehalten hatte, vor einem Fremden. Ohne einen Widerhall zu fordern. Ohne Hilfe zu erwarten.

»Meine Schwester Rotraud hat das schlimmste Los von uns allen abbekommen«, sprach Karl weiter, »denn sie ist eine Frau. Die Gesellschaft versagt ihr, auf männliche Weise aktiv zu rebellieren. Und sie liebt ihren Vater mit einer abgöttischen, kindlichen, unerfüllbaren Liebe, einer Liebe, die sie zur Verzweiflung treiben muß. Ich kann mich nicht erinnern, daß der König ihr jemals über das Haar gestrichen, daß er ihr ein schmeichelndes Wort gesagt hätte, daß er mit ihr herumgetollt wäre, wie es andere Väter tun. Er, der mit seinem warmen Lächeln Völker bezwingt, glaubte, sein Gesicht zu verlieren, wenn er zärtlich wäre zu seinen Kindern.«

Karl stand auf, trat an das kleine Fenster der Kemenate, starrte in die Nacht. »Rotraud rächt sich nun«, sagte er bitter. »Sie rächt sich, indem sie ihre große Liebe, ihren Vater, betrügt. Mit jedem, der will. Wahllos. Ihre schlimmste Rache ist, was sie mit meinem Bruder Ludwig treibt, um meinem Vater das Gefühl zu geben, bei der Erziehung seiner Kinder versagt zu haben.«

Der schlanke junge Mann in dem schwarzen Seidenschlafrock wandte sich zu Erich um. »Ich weiß, daß Ihr meiner Schwester nicht gleichgültig seid«, fuhr er fort, und seine Stimme nahm wieder den selbstsicheren, harten Klang an, den sie am Anfang des Gespräches gehabt hatte. »Und ich gebe zu, daß ich sie gerne glücklich sehen würde.«

Erich war auch aufgestanden. Prinz Karl kam auf Erich zu, blieb vor ihm stehen, sah ihm in die Augen. »Man kann Rotraud helfen, glaube ich. Aber dazu ...« Er räusperte sich. »Aber dazu müßte man sie sehr lieben. So sehr, daß man ihre Vergangenheit vergißt. Und selbst dann gliche eine Verbindung mit ihr wohl dem Tanz auf einem Vulkan. Ich will Euch nicht fragen, ob Ihr dieses Risiko auf Euch nehmen wollt. Nicht heute Nacht.«

Erich verließ die Kemenate des Prinzen mit dem Gefühl, einen Freund gewonnen zu haben. Ersetzte dies nicht voll seine eingebildete Leidenschaft für eine leichtfertige Frau, der jegliche Würde, jegliches Verantwortungsbewußtsein fehlte?

Dieser Nacht folgten Tage, an denen Erich der Prinzessin aus dem Weg ging. Nicht, weil er die Begegnung mit ihr scheute. Sondern, weil sie für ihn nicht mehr existent war. Umso mehr schien Rotraud die Nähe ihres ehemaligen Gefährten zu suchen. Immer wieder tauchte sie in seinem Blickfeld auf, saß in der Zuschauerloge bei Waffenübungen, beteiligte sich an Gruppenausritten, an Jagdveranstaltungen, an Gastgelagen. Sogar der Unterricht in der Palastschule, den der englische Mönch Alkuin leitete und den Rotraud bisher gemieden hatte wie die Pest, schien der Prinzessin plötzlich Freude zu machen. Sie nahm in der vordersten Sitzreihe Platz, arbeitete sogar mit bei den Übersetzungen aus dem Lateinischen, beim Rezitieren altgermanischer Heldensagen, beim Studium der Geschichte des Frankenreiches. Immer wieder begegnete ihr Blick dem des Friaulers. Ein wenig Spott war in ihren grünen Augen zu lesen, ein wenig Kümmernis. Und etwas wie Angst. Doch immer wieder wandte Erich sich ab.

Erich von Friaul begann, die Einsamkeit zu genießen. Bei seinen morgendlichen Ausritten in die Umgebung der Stadt Aachen war er mit seinen Gedanken, mit seinen Gefühlen allein. Niemand konnte in sein Gehirn eindringen, niemand sein Herz verletzen. Er konnte sogar die Maske seines Stolzes fallenlassen, draußen, in der freien Natur, wo keine Menschen waren.

Eines Morgens, als die Knechte sein Pferd gerade wieder für einen Ausritt in den Burghof führten, stand plötzlich Rotraud da. Sie trug ihr braungrünes Reitgewand und den Männerhut mit der Pfauenfeder, der ihr so gut stand. Golden quoll die Mähne ihres dichten Haares darunter hervor. »Du reitest aus?« fragte sie kühl. Erich antwortete nicht. Er ergriff die Zügel, schwang sich in den Sattel. Rotraud legte ihre Hand auf den Hals des Tieres. »Ich wäre gerne mitgeritten«, sagte sie, und man merkte ihr die Selbstüberwindung an, die sie diese Worte kosteten.

»Ich reite allein, Prinzessin«, beschied sie Erich barsch. »Ich werde nie mehr in Eurer Gesellschaft ausreiten.«

Zorn blitzte in ihren Augen auf. »Sei vorsichtig, Erich«, rief sie. »Ich kann dich vernichten, wenn ich will.«

Erich blickte sie an, ruhig, gleichgültig. »Meint Ihr, ich wäre ein Mensch, den man mit Drohungen zur Liebe zwingen kann? Vielleicht seid Ihr es gewohnt, Männer zu erpressen. Ich bin es nicht gewohnt, mich erpressen zu lassen.« Er setzte sein Pferd in Trab. Ohne sich noch einmal nach ihr umzusehen, ritt er aus dem Hof, hinaus auf die Hauptstraße von Aachen. Doch ihr Bild, wie sie so dastand, trotzig, enttäuscht und wehmütig zugleich, wie ihr Mund sich kräuselte wie bei einem kleinen Mädchen, das weinen möchte, dieses Bild konnte er nicht aus seinen Gedanken verdrängen.

Immer noch war sie in seinem Gehirn, als er gegen Mittag von seinem Ausritt zurückkehrte. Etwas trieb ihn hinüber zu den Kemenaten der Königskinder. Im ersten Stock blieb er stehen, lehnte sich kurz an die Wand. Rotrauds Zimmer befand sich gleich neben der Treppe, wie er wußte. Einen Augenblick noch wollte er die Erinnerung an sie genießen, bevor er sie endgültig aus seinem Herzen riß. Die Tür zur Kemenate der Prinzessin öffnete sich, Rotraud stand auf der Schwelle. »Ich brauche Eure Hilfe, Erich Dalpozza«, sagte sie.

Erich richtete sich auf, wollte wieder hinuntergehen. Ihre Augen waren bittend auf ihn gerichtet. Bisher hatte er noch keinen Menschen im Stich gelassen, der ihn um etwas gebeten hatte. Was sollte schon geschehen, wenn er ihr den Gefallen erwies, in ihre Kemenate zu treten? Es war hellichter Tag, die Kammertür stand weit offen. Erich trat ein. »Was kann ich für Euch tun, Prinzessin Rotraud?« fragte er förmlich.

Blitzschnell schloß sie die Tür, lehnte sich dagegen, starrte ihn an. Erich fühlte sich unbehaglich. Wie einem Tier des Waldes war ihm zumute, das in die Falle des Jägers gegangen war. »Ich brauche dich, Erich«, flüsterte Rotraud und schloß die Augen.

Erst jetzt bemerkte Erich, daß sie sich umgezogen hatte. Sie trug einen dottergelben seidenen Morgenrock, der von ihren Formen mehr erkennen ließ, als er verbarg. Hatte sie im Ernst geglaubt, er würde noch einmal auf ihre körperlichen Reize hereinfallen? »Wenn Ihr keinen Auftrag für mich habt, bitte ich um die Erlaubnis, gehen zu dürfen«, sagte er kalt.

Sie stampfte mit dem Fuß auf. »Ich brauche dich, Erich«, rief sie. »Ich brauche dich, ich brauche dich.«

»Es tut mir leid, Euch enttäuschen zu müssen, Prinzessin. Ich brauche Euch nicht.« Mit diesen Worten ging er auf die Tür zu, in der Erwartung, daß Rotraud zurücktreten würde.

Sie stieß einen Schrei aus, der dem eines wilden Tieres glich. Mit beiden Händen zerriß sie ihren Morgenrock, zerkratzte mit den Fingernägeln ihre Haut. »Du hast es nicht anders gewollt«, stieß sie zwischen den Zähnen hervor. Fiebrig brannten ihre Augen. »Du wirst es noch bereuen, mich verschmäht zu haben.« Einen Blick voll höhnischen Triumphes warf sie Erich noch zu, dann fing sie gellend zu schreien an: »Hilfe, Hilfe, er tut mir Gewalt an. Zu Hilfe, zu Hilfe!« Erich starrte entgeistert auf die tobende Frau. In einer Gebärde, als wolle er sie beruhigen, streckte er die Hände aus.

Die Tür wurde aufgerissen. Vier Soldaten der Wache standen auf der Schwelle. Hinter ihnen erblickte Erich das Gesicht Prinz Ludwigs. Blanke Schadenfreude spiegelte sich in der Miene des Prinzen. Jubelnd wie Schalmeien am Ostersonntag klang seine Stimme, als er den Wachsoldaten befahl: »Führt ihn ab. Und werft ihn in den Kerker. Mein Vater wird darüber zu entscheiden haben, was mit ihm geschehen soll.«

»Müssen wir Euch fesseln, Erich Dalpozza?« fragte einer der Wachsoldaten. Achtung vor dem Vorgesetzten schwang in seiner Stimme mit. Seit Erich den Oberbefehl über die Truppen des Königs in Aachen führte, hatte er sich den Respekt und die bedingungslose Treue seiner Untergebenen erworben. Würden die Wachen einem Befehl Prinz Ludwigs gehorchen, wenn Erich nicht damit einverstanden war? Er beschloß, seinen Untergebenen das Dilemma einer solchen Entscheidung zu ersparen. »Ich komme freiwillig mit«, sagte Erich.

Als er in der Mitte der Soldaten auf den Gang hinaustrat, kam Prinz Karl die Treppe hoch. Mit einem Blick schien er die Situation zu erfassen. Er sah seinen Bruder Ludwig verächtlich von der Seite an. Dann wandte er sich Erich zu. »Kann ich etwas für Euch tun, Erich Dalpozza?« fragte er.

»Tun?« sagte Erich. »Nein danke, Prinz. Es gibt offensichtlich Momente im Leben, in denen uns das Gesetz des Handelns aus der Hand genommen ist. Die wir durchleiden müssen.«

Die Pfalzburg war nicht für die Verwahrung von Gefangenen eingerichtet. Im Keller hatte man allerdings für Notfälle drei kleine Räume als Gefängniszellen hergerichtet. In eine dieser Zellen wurde Erich nun gebracht. Prinz Ludwig versperrte eigenhändig die Tür hinter seinem Gefangenen.

Bis auf ein kurzes Bett mit einfachem Unterbau aus Brettern und einen winzigen, wackeligen Tisch war der Raum leer. An der brennenden Fackel, die Prinz Ludwig in die Halterung an der Wand gesteckt hatte, entzündete Erich den halb abgebrannten Kerzenstummel auf dem Tisch, blickte sich in dem düsteren, kahlen Raum um. Mit seiner ganzen Willenskraft kämpfte er gegen das Gefühl würgender Beklemmung an, das ihn umkrallte wie ein Schemen in der Düsternis. Welchen Sinn würde es haben, wenn er sich gegen die eisenbeschlagene Tür warf? Gefängnistüren öffnen sich nicht durch Schreien. Auch nicht durch gutes Zureden. Vielleicht öffneten sie sich durch Geduld.

Erich hockte sich auf der strohgefüllten Matratze, die das Bett zierte, nieder. Ein scharfer, ätzender Geruch ging von der Matratze aus. Offensichtlich hatte man sie mit einem Mittel gegen Wanzen behandelt. Erich fröstelte. Sein schlichtes, ungefärbtes Hemd mit langem Brustschlitz war für einen Ausritt in der Morgenluft gedacht gewesen, nicht als Sträflingsgewand. Und eine Decke wurde den Gefangenen zu Aachen offensichtlich nicht gewährt.

Plötzlich wurde die Zellentür aufgeschlossen. Der König trat ein. Erich sprang auf. Karl der Große sah müde aus. Dunkle Schatten lagen um seine Augen. »Bleibt sitzen, Erich Dalpozza«, sagte er. Erich setzte sich und wartete schweigend. Karl schien nach Worten zu suchen. Schließlich sagte er leise: »Beinahe möchte ich Euch um Entschuldigung bitten.«

»Es gibt nichts, wofür mein König sich zu entschuldigen hätte«, erwiderte Erich.

»Meint Ihr? Jeder Vater fühlt sich verantwortlich, wenn sich seine Kinder nicht so entwickeln, wie er es sich vorstellt. Oder wie es den Normen der Gesellschaft entspricht. Meine Gattin Hildegard ist früh gestorben. Ihre Nachfolgerin Fastrada war zu jung. Ich mußte meine Kinder allein aufziehen. Offensichtlich ist es mir nicht gelungen, meiner Tochter die Verhaltensweisen beizubringen, die einer Frau in unserer Gesellschaft anstehen.«

»Ich stehe unter Anklage, nicht Eure Tochter, Majestät.«

»Offiziell, ja.« Des Herrschers Antwort klang hart. »Es ist immer ein Unterschied zwischen einem tatsächlichen Geschehen und seiner öffentlichen Lesart.«

Sein Blick wurde weicher. »Meine Tochter hat mir schon immer Probleme bereitet. Ich hatte gehofft ...« Er unterbrach sich, sah Erich in die Augen. Dann vollendete er den begonnenen Satz. »Ich hatte gehofft, daß es Euch vielleicht gelingen würde, ihr gewisse Flausen auszutreiben. Ich hätte Euch als Schwiegersohn akzeptiert. Nicht nur, weil eine Verbindung mit dem langobardischen Königshaus politisch für mich von Vorteil gewesen wäre. Doch es scheint, als könne auch der Frankenkönig nicht alles erzwingen, was er erträumt.«

Der Herrscher hob den Kopf, trat zurück. »Erich Dalpozza«, sagte er mit klarer, kalter Stimme. »Ich werde Euch nicht vor Gericht stellen. Ich bitte Euch aber, den Hof zu verlassen und nach Friaul zurückzukehren. Dies auch, um einen Skandal zu vermeiden. Der Thronfolger von Byzanz hat um die Hand meiner

Tochter Rotraud angehalten. Die Vermählung wird schon im nächsten Halbjahr stattfinden.«

Der Herrscher wandte sich zur Tür. Über die Schulter hinweg fügte er hinzu, als sei es ihm eben erst eingefallen: »Noch etwas, Erich Dalpozza. Sagt Eurem Vater, er wird sich an einen neuen Landesherrn gewöhnen müssen. Ich werde meinen Sohn Pippin zum König von Italien krönen lassen.« Erich verneigte sich vor seinem Herrscher. Karl verließ die Zelle. Erich blickte ihm nach, und ein bitteres Lächeln spielte um seinen Mund.

8. Kapitel

In der Burg von Friaul

Die Schneeflocken glitten aus einem silbrigen Himmel nieder zur warmen, braunen Herbsterde. Die Konturen der Welt lösten sich auf, verschwanden hinter einem weißen Wirbel tanzender Punkte. Erich stand mitten unter der Görzer Bevölkerung vor den Stufen, die zur Kirche hinaufführten. Er versuchte, das Schneegestöber mit seinen Augen zu durchdringen. Seine Neugier war nicht geringer als die der Dorfbewohner. Dicht wie eine Decke aus Daunen fiel der Schnee mittlerweile vom Himmel, ließ die Konturen der Landschaft verschwimmen, fraß alle Geräusche auf. Wäre der überraschende Wintereinbruch schon früher passiert, die Gäste aus dem fernen Sachsenland hätten nicht mehr über den Paß gekonnt und die Hochzeit wäre im Schnee erstickt. Offensichtlich wachte der Herrgott aber über neuzuschließende Ehebündnisse zumindest bis zu dem Moment, wo die Paare sich vor seinem Altar unter den allgegenwärtigen Augen der Kirche selbst das Sakrament spendeten. Dann zog Gott wohl seine huldvolle Hand aus der Ehe zurück, überließ die Paare ihrem Schicksal. Der Gedanke, daß sein Vater ihn womöglich noch mit Halbgeschwistern ausstatten würde, stimmte Erich nicht gerade fröhlich. Das väterliche Erbe des Erstgeborenen würde dadurch zwar nicht geschmälert, aber Kinder bedeuteten Unruhe und die quälende Aufgabe ständiger Bewachung. Greller Lärm würde Erichs beschauliche Einsamkeit zerreißen, banale Sorgen würden in seine philosophischen Gedankengänge einbrechen. Der alte Markgraf von Friaul, der auf Freiersfüßen durch den Schnee seiner Jahre stapfte, war dabei, Erichs Heimatidylle unter seinen blankgewichsten Stiefeln zu zertrampeln.

Gleichmäßiges Schnauben von Pferden durchbrach die Stille der Erwartung, gedämpfter Hufschlag, Glöckchenklang. Schemenhaft zeichnete sich ein Schlitten im Flockengestöber ab, rutschte über das weiche Gemisch aus Schnee und Erde unter seinen Kufen. Dann hielt der Schlitten vor dem Kirchenportal. Erich trat zu dem Gefährt, neigte den Kopf vor den beiden Männern, die vom Wagen sprangen. Vater und Bruder der Braut mußten es sein, der sächsische Graf Thorismund und sein Sohn Egbert. Dann wandte Erich sein Gesicht der in Decken gehüllten Mädchengestalt auf der hölzernen Sitzbank zu. Er hatte seine neue Mutter noch nie gesehen. Auch sein Vater kannte die Grafentochter nicht, die er zum Traualtar führte. Es war eine der typischen Ehevereinbarungen gewesen, wie Adelshäuser sie schlossen, ausgehandelt zwischen den männlichen Familienmitgliedern, begossen mit Wein, besiegelt mit dem Jawort in der Kirche. Ein Mensch wurde eingekauft gleich einer Ware. Auf Treu und Glauben eingekauft. Denn die Ware durfte vorher nicht besichtigt werden.

Erichs geradliniges Denken hatte sich gegen diesen Menschenhandel gesträubt. Sein Vater hatte ihm klarzumachen versucht, daß diese Methode, Burg Görz eine neue Herrin zu geben, seinem Alter angepaßt wäre. Um lang zu suchen und herumzuflattern gebräche es ihm an Zeit. Und an Lust. Trocken hatte der alte Graf hinzugefügt, Erich hätte in den zwei Jahren seit seiner Rückkehr aus Aachen Gelegenheit genug gehabt, sich selbst eine Frau auszuwählen. Immer wieder habe er den Sohn darauf hingewiesen, daß eine Frau Wärme in die Burg bringen würde. Und daß er sich Enkelkinder wünsche. Aber sein Sohn, den das Leben in der Großstadt zu einem verschlossenen, mürrischen Bücherwurm mutieren ließ, dächte ja gar nicht daran, seinem alten Vater diese Freude zu machen. So müsse der Markgraf von Friaul eben selbst noch einmal in die glattgescheuerten Freiersstiefel schlüpfen, sein Festtagsgewand aus der Truhe holen und sich durch ein schlicht am Kirchenaltar dahingesprochenes Volo neues Leben einhauchen.

Und nun war sie also eingetroffen, die sächsische Grafentochter Gerlind, schlug die Decken zurück, in die man sie eingemummt hatte, stand auf, blickte sich um. Über dem bodenlangen Leibrock trug sie ein weißseidenes Surkot und den üblichen Reisemantel, einen offenen Schulterumhang mit einer zurückgeschlagenen Kapuze aus winterweißem Fuchspelz. Ein seidener Kruseler, besetzt mit gekrausten Rüschen, verbarg das Gesicht der Braut. Das eingekaufte Warenpaket blieb also zugeschnürt, dachte Erich amüsiert. Er reichte der Mädchengestalt seinen Arm, geleitete sie sorgsam über die glattgefrorenen Kirchenstufen.

Es war warm im Kircheninneren. Das goldflackernde Licht unzähliger Kerzen, das über die Heiligenfiguren, die Meßgeräte auf dem Altar, die Marmorfliesen irrlichterte, vertrieb die Winterkälte. Erich führte die Braut dem wartenden Bräutigam zu, nahm seinen Platz als Trauzeuge hinter seinem Vater ein. Während Weihrauchduft und einschmeichelnde Choralgesänge aus dem Hintergrund zum Altar hervorquollen, fiel Erich auf, wie unförmig der Rücken seines Vaters sich unter dem schwarzen Samtwams wölbte.

Der hagere Dorfgeistliche starrte Erich mißbilligend an, als schaue er direkt in seine Seele und entdecke dort Abgründe voll unheiliger Gedanken. Erich senkte beschämt den Blick. »Vis accipere hic präsentam ...« Der Pfarrer stieß die Worte der lateinischen Eheschließungsformel so scharf hervor wie einen Fluch. Hatte er persönlich etwas dagegen, daß sein Markgraf und Landesherr eine um dreißig Jahre jüngere Grafentochter aus dem fernen Sachsenland zum Eheweib nahm?

Wie Bärenkeulen bohrten sich die Beine des Markgrafen von Friaul in den Boden, fest verankert in den spiegelblank polierten klobigen Reitstiefeln. Die Bruoch aus lila Leinen blähte sich wie ein grellbuntes Zirkuszelt über dem markgräflichen Gesäß. Vielleicht würden heiligere Gedanken auf Erich einströmen, wenn er zur Kirchendecke hochsah. Erich hob den Blick wieder. Wie grau das Haar seines Vaters geworden war in letzter Zeit. Spröde gleich abgeernteten Grasstoppeln stachen die Haare unter dem pompösen Pelzbirett hervor, das über dem Haupt des alten Markgrafen thronte.

Fest, selbstbewußt, siegessicher stieß Dankward von Friaul sein Ja hervor. Eine Kampfansage schien es zu sein an alle, die an seiner Entscheidung etwas auszusetzen hatten. Der schmale, weißbekleidete Arm der Mädchengestalt neben ihm zitterte leicht. Der Pfarrer wandte sich der jungen Frau zu. Gerlind. Speerschlange. Was für ein seltsamer Name! Germanische Schildmaiden mochten so geheißen haben, die den Helden im Kampf voranritten. Man merkte, daß die Sachsen noch nicht lange der christlichen Glaubensgemeinschaft angehörten.

Lärm unterbrach die Zeremonie. Der Wind hatte das Kirchenportal aufgedrückt. Kopf an Kopf standen die Gestalten der Dorfbewohner auf den Steinstufen, starrten, staunten, verstummten ehrfürchtig. Die Braut wandte ihr Haupt zum Tor hin, schlug mit der linken Hand den Schleier vor ihrem Gesicht zurück. Gerlinds Züge waren fast zu herb für eine Frau. Kühle novembergraue Augen glitten über die Zuschauerphalanx hinweg. Eine zierliche, etwas spitze Nase streckte sich der Welt entgegen. Trotzig aufgeworfene Lippen signalisierten kämpferischen Selbstbehauptungswillen.

Gerlind blickte von der Zusehermenge weg, hin zu den Köpfen der Festbesucher. Jedes einzelne Gesicht studierte sie, als hätte sie endlos lange Zeit. An Erichs Zügen blieb ihr Blick haften. Plötzlich schwand die Härte aus ihrer Mimik. Sie lächelte seltsam weich, ein bißchen wehmütig, wandte sich dann dem Pfarrer wieder zu. »Volo«, sagte sie, und ihre klangvolle Altstimme stand im Widerspruch zu ihrer zierlichen Gestalt.

Als die Menge jubelnder Gratulanten das Brautpaar in wogenden Beifallskundgebungen ertränkte, als der Bräutigam die Gelegenheit benützte, um vom bloßgelegten Gesichtlein seiner neuen Frau Besitz zu ergreifen durch einen nicht enden wollenden Kuß, als die Ministranten ihre beuteheischenden Handflächen den Festgästen entgegenreckten, ging Erich langsam hinaus ins Freie. Er ließ die weißperlenden Schneeflocken auf seinem Haar, seiner Nase, seinen Lippen, seinen Augenlidern zerschmelzen. Mit der Zunge kostete er den Schnee. War es bloß Einbildung, daß er vermeinte, eine herbe Süße herauszuschmecken?

Wer seid Ihr, Erich von Friaul?
Den stolzen Sinn habt Ihr vom Edelmann,
den kein Gewittersturm erschüttern kann.
Dem Bauern gleich seid Ihr an Körperkraft,
der unermüdlich arbeitet und schafft.
In Euren Augen glänzt des Kaufmanns List,
der nur bedacht auf seinen Vorteil ist.
Doch Eure Seel ist sammetweich und zart,
wie es sonst nur bei Künstlern ist die Art.
Ihr könntet König sein und seid es nicht,
was für Bescheidenheit und Klugheit spricht.

Wer seid Ihr, Erich von Friaul?
Ich weiß, wie man so einen Menschen nennt:
Mein junger Freund scheint mir omnipotent.

Erich stützte beide Hände auf die Schreibtischplatte, lehnte sich in seinem Sessel zurück und lachte schallend. Gerlinds Lippen verzogen sich zu einem schelmischen Lächeln. Doch ihre kühlen grauen Augen blieben ernst. In ihrem schlichten dunkelblauen Leinenrock, mit der hochgeschlossenen weißen Bluse, unter der sich eine knabenhaft schlanke Figur abzeichnete, sah sie aus wie ein junges Mädchen, das sonntags zur Beichte geht. Erich bemerkte verwundert, daß ihr Haar kurzgeschnitten war wie bei einem Jüngling. Flachsblond und glatt lag es wie eine Kappe um ihr Gesichtlein.

Offensichtlich benutzte die Markgräfin von Friaul die Abwesenheit ihres Mannes, um ihr neues Reich, die Burg Görz, zu erkunden. Mit der hochherrschaftlichen Arbeitsstube hatte sie begonnen. Und sogleich ein selbstverfaßtes Gedicht auf ihren angeheirateten Stiefsohn rezitiert. »Wißt Ihr, wie das Leben einer Burgherrin auszusehen hat nach dem Gesetz?« forschte sie. Erich verzog die Mundwinkel, sagte aber nichts. »Ich will es Euch erzählen«, redete Gerlind weiter. »Ich fange mit der Nacht an. In der Nacht hat sie demütig im Bett ihrer Kemenate zu warten, bis der Burgherr sich bequemt, sie körperlich zu gebrauchen. Hernach hat sie zu ruhen. Das ist wichtig für den Fall, daß sie geschwängert wurde. Des Morgens hat sie – immer noch in ihrer Kemenate – dem Küchenpersonal die Anweisungen für den Tag bekanntzugeben. Hernach hat sie sich – immer noch in ihrer Kemenate – an den Spinnstuhl zu setzen und zu spinnen. Zu Mittag darf sie kurz in den Speisesaal hinuntergehen. Nachmittags darf sie sich eine oder zwei Freundinnen einladen – zu einem Arbeitsplausch in ihrer Kemenate. Abends hat sie zu beten – in ihrer Kemenate. Dann wieder Schwängerungsversuch und Schlaf. Tag für Tag, Jahr für Jahr, Jahrzehnt für Jahrzehnt. Dazwischen bekommt sie ihre Kinder, betreut sie – in ihrer Kemenate. Sie wird älter und älter – in ihrer Kemenate. Eines Tages stirbt sie – in ihrer Kemenate. Die Kammer wird neu adaptiert für die nächste Burgherrin. Die Kemenate der Burgherrin von Görz ist sehr klein.

Ich war noch nie im Gefängnis, aber ich könnte mir vorstellen, daß die räumlichen Verhältnisse dort großzügiger sind.«

Erich fragte: »Ist das der Grund, warum meine Herrin die Enge ihres neuen Daseins durchbricht und mich in meinem Allerheiligsten beehrt?«

Gerlind ließ den Blick durch den Raum mit seinen Seidentapeten, den roten Teppichen, den schweren alten Möbeln schweifen. »Euer Allerheiligstes, aha. Ich bin wohl im Sturmangriff in das Herz von Burg Görz vorgedrungen.«

»Ich bin nur Gast hier in der Arbeitsstube meines Vaters«, erklärte Erich. »Meine Bücher sind hier aufbewahrt.« Gerlind schaute zu den Wandregalen hoch, die mit Schriftrollen und Pergamenten vollgestopft waren. An dem Wappen der Burgherren von Friaul, das über dem Schreibtisch angebracht war, blieb ihr Blick haften. Und auf dem Spruch darunter, in großen schwarzen Buchstaben auf ein weißseidenes Wandbild eingestickt:

Der das heilge Banner führt,
der den Ruhm mir bringen wird,
der den Weg mir weist zum Sieg,
Gott der Schlachten, Held im Krieg,
der des Kampfes König ist
leite mich, Herr Jesu Christ.

»Stellt es nicht ein gewisses Wagnis für eine christliche langobardische Markgrafenfamilie dar, arianisches Gedankengut im Banner zu führen?« fragte sie mit der Andeutung eines Lächelns.

»Das langobardische Königshaus gehörte lange Zeit dem Arianismus an«, antwortete Erich. »Mein Vater und ich sind allerdings zum römischen Christentum übergetreten. Dies war eine Grundbedingung dafür, daß ich den Schulunterricht am Hof Karls des Großen in Aachen genießen durfte.«

»Ihr habt also einen Handel mit König Karl abgeschlossen, und der Preis war Eure Religion«, stellte sie fest.

Erich war die leise Verachtung in ihren ernsten grauen Augen nicht entgangen. »Es ist wichtig im Leben, eine Reihung der Wertigkeiten vorzunehmen«, sagte er, und seine Stimme klang zornig.

»Und Ihr scheint die menschliche Wertigkeit einer Ausbildung am Hof in Aachen höher einzuschätzen als die ideelle Wertigkeit des Festhaltens an Eurem Glauben.«

»Ich lebe in dieser Welt. Und außerdem, meint Ihr, man kann wirklich von Staats wegen kontrollieren, welchen Glauben ein Mensch hat?«

»Aha«, sagte sie. »Wie ich an Eurer heftigen Reaktion erkenne, habt Ihr Euch noch Sympathien für Eure alte Religion erhalten. Ein Jesus als Halbgott mit menschlichem Antlitz liegt den Abkömmlingen germanischer Helden wohl doch näher als die kalte, unnahbare, christliche Dreieinigkeit Gottes.«

»Wie kommt es, daß Ihr so gut über den Arianismus Bescheid wißt?« fragte Erich erstaunt.

Sie blickte ihn spöttisch an. »Habt Ihr vergessen, daß es eine Gemeinsamkeit zwischen den Langobarden und uns Sachsen gibt? Auch wir haben nicht ganz freiwillig das römische Christentum angenommen.«

»In den Augen der Kirche waren die Sachsen bis vor kurzem noch dem grausamen heidnischen Götzendienst verfallen. Aus ihren Göttern hat der römische Klerus Teufelsfratzen gemacht«, konterte Erich.

Sie blickte verträumt in die Ferne. »Odin, Freyja, Thor. Der sanfte Balder. Ihr kennt die Götter der Germanen. Ich gebe zu, daß viele von ihnen Götter des Kampfes waren. Das Leben der Germanen war Kampf um ihre Freiheit. Ein stolzes, kriegerisches Volk mit stolzen, kriegerischen Göttern. Ein Volk, das sich unter kein Joch in Demut beugt. Der christliche Sklavengott, der uns nun aufgezwungen wurde, wird unser Wesen verändern mit der Zeit. Und das liegt im Interesse der staatlichen und kirchlichen Machthaber.«

»Diese Machthaber, wie Ihr sie nennt, denken einen Schritt weiter als ihre Untertanen«, wandte Erich ein. »Die germanischen Völker müssen endlich zur Ruhe kommen, müssen in ihrem eroberten neuen Lebensraum verwurzeln. Die Zeit der Kriege geht zu Ende und damit auch die Zeit kriegerischer Götter.«

»Ein Reich des Friedens als Heimat für alle Germanen zu schaffen ist das erklärte Ziel Karls des Großen«, fügte er voll Überzeugungskraft hinzu.

»Ich gebe mich geschlagen«, bemerkte Gerlind spöttisch. »Vor den hehren Absichten Eures großen Gottkönigs zerfallen meine altgermanischen Götter und Kriegshelden zu Staub und Asche.« Sie ging zur Tür. Kurz wandte sie sich nochmals Erich zu. »Gibt es wirklich nichts, das Euch von Eurer Verehrung für den Frankenkönig abbringen könnte?«

»Wartet ein wenig«, sagte Erich. »Wollen wir unser intellektuelles Streitgespräch nicht mit einem Rundgang durch Burg Görz beenden? Ich hätte meiner Stiefmutter gerne mein altes, ehrwürdiges Zuhause vorgestellt.« Mit einem Schmunzeln fügte er hinzu: »Wer weiß, vielleicht begegnet Ihr den Geistern germanischer Helden in meiner christlichen Burg.«

War es wirklich Gerlind, die von Burg Görz Besitz ergriff? Oder hatten die kahlen Steine, die toten Möbel, die leblosen Dinge beschlossen, sich eine neue Herrin zu erobern? Das Skelett der Deckenbalkenkonstruktion im Rittersaal schien sich tief zur Erde zu neigen, als die neue Burgherrin eintrat. Die würdigsteifen rotledergepolsterten Armstühle, welche die riesige ovale Holztafel umrahmten, schienen sich der Frauenhand entgegen zu biegen, die sanft über ihre Lehnen strich. Wie ein kleines Mädchen auf Entdeckungsreise lief Gerlind über die Holzbretter des Fußbodens von Fenster zu Fenster, bewunderte die Aussicht auf das Dorf Görz mit seinen schneeschweren Hausdächern, auf die weißüberzuckerten Felder, auf die starrschweigenden Nadelwälder.

Vor dem schönen, ernsten Frauenantlitz auf dem großen Gemälde im Festsaal verhielt sie einen Augenblick den Schritt, sah zu Erich hoch. »Meine Mutter«, beantwortete er ihre nicht ausgesprochene Frage, öffnete die Tür zum nächsten Raum. Er studierte die Reaktion in ihren Zügen, als ihr Blick über die kahlen Wände glitt, über das erhöhte Podium mit der Landesfahne im Hintergrund, über die Bibel und die beiden dicken, grauweißen Wachskerzen auf der Tischplatte, über die vergitterten Fensterluken, über die Sitzreihen im Hintergrund und den Delinquentensessel mit den eisernen Handfesseln. »Was ist das?« fragte Gerlind tonlos. Ihre Fröhlichkeit war plötzlich verflogen.

»Der Gerichtssaal«, erklärte Erich. »Zentrum der Macht des Großgrundbesitzers. Der Frankenherrscher ist weit weg. Der Patron ist jedoch allgegenwärtig gleich dem lieben Gott. Das

Land rund um Burg und Dorf Görz ist in drei große Flächen aufgeteilt. Die erste wird vom Patron selbst genutzt, die zweite an bäuerliche Familien zur Bearbeitung gegeben, die dritte, unbewirtschaftetes Land mit Ausnahme der Wälder, die der Adel für die Jagd benötigt, dient der allgemeinen Nutzung. Die Bauern sind zur Ableistung von Arbeitstagen auf dem Landbesitz des Patrons verpflichtet, können sich aber für Geld und Naturalabgaben vom Frondienst befreien. Jagd und Fischfang bilden einen nicht unwesentlichen Teil der Ernährung des Bauern. Er hält die Nutzung der freien Natur für sein Recht. Da der Grundherr jedoch die Gebietshoheit und damit weitreichende Machtbefugnisse hat, ist es für die Bauern klüger, offenen Widerstand zu vermeiden. Einzig die Kirche verfügt über Druckmittel, die sogar den Patron in die Knie zwingen können.«

Erich war das schadenfrohe Aufleuchten in Gerlinds Augen nicht entgangen. »Die Kirche besitzt Macht über seine Seele«, fügte er sanft hinzu. »Sie kann den Kirchenbann verhängen.«

Prompt kam die erwartete Antwort: »Ach, er besitzt also doch eine Seele, der mächtige, ausbeuterische Grundherr?«

»Ja, Gerlind«, sagte Erich ernst. »Auch grausame Despoten, die sich vom Blut geschundener Bauern ernähren, tragen Seele unter dem Panzer aus Eisen, der sie abschirmt vor menschlichem Leid.« Er legte die flache Hand an seinen Magen. »Sie sitzt hier, die Seele. Und sie bestraft den bösen Despoten durch dumpfe Druckschmerzen, wenn er Unrecht tut.«

»Ich habe Euch verletzt«, konstatierte Gerlind.

»Verletzungen zu empfangen von den Lippen einer schönen Frau ist wonniglich für jeden rechten Ritter«, gab Erich zurück.

Ganz traurig war Gerlinds Gesicht plötzlich. Als schäme sie sich ein wenig ihrer kränkenden Worte. Wie ein Kind war sie. Natürlich in ihrem Fühlen. Frei von Künstlichkeit. Frei von Berechnung. Sie sprach aus, was sie dachte, sprach es aus mit dem Mund, mit den Augen, mit den Händen, mit dem Körper. »Was geschieht hier in diesem Zimmer, wenn der Herr Gerichtstag hält?« fragte Gerlind mit erzwungener Kühle.

»Ehen werden beschlossen. Grundbesitzverträge unterzeichnet. Grenzstreitigkeiten geregelt. Die Höhe der zu bezahlenden Abgaben ausgehandelt. Wenn ein Krieg droht, werden Truppen rekrutiert als Verstärkung für die Streitmacht des Markgrafen von Friaul. Es wurden auch Todesurteile gefällt in diesem Raum und die Strafe der Folter verhängt.«

»Wofür?« fragte Gerlind. »Für Ehebruch?«

Erich grinste. »Nein. Sünden gegen kirchliche Gebote unterliegen der Gerichtsbarkeit des Klerus. Der Folter verfallen Wilddiebe, beispielsweise. Als Abschreckung. Vagabunden, Bettler, Briganten stellen eine Gefahr für die dörfliche Gemeinschaft dar. Aus Furcht vor Strafe schrecken die Entwurzelten vor Angriffen auf Gut und Leben ihrer Mitmenschen zurück, hofft man.«

»Und die Todesstrafe? Wie oft hat er sie verhängt, Euer Vater?«

»Der Markgraf von Friaul ist zwar Inhaber der hohen Gerichtsbarkeit, in der Gerichtsordnung definiert durch die klärenden Bezeichnungen Stock und Galgen, Blutbann und Halsgericht. Mein Vater hat aber Delinquenten dieser Art fast immer an den Herrscher der Franken überstellt. Als ich noch ein Kind war, fällte mein Vater allerdings einmal ein Todesurteil über einen jungen Bauern, der das Volk zur Rebellion gegen den Patron aufstachelte. Er war sehr stolz, der Bauer. Mein Vater hat alle Foltermethoden, die ihm die Landesgerichtsordnung erlaubte, an dem jungen Mann ausprobiert, um seinen Willen zu brechen. Die gesetzlich anerkannten Foltermethoden sind folgende: nackt ausziehen, auspeitschen, auf die Streckbank legen, Daumenschrauben, Schnürung und Aufziehen. Dabei muß man sorgfältig darauf achten, daß der Gepeinigte bis zur Vollstreckung des endgültigen Urteils bei Kräften bleibt. Wer einmal Markgraf werden will, muß als erstes die Landesgerichtsordnung auswendig lernen. Ich habe mir das Recht, Menschen zu quälen und zu töten, bereits erworben.«

Gerlind schien sich entschlossen zu haben, jegliches Gefühl zu unterdrücken. »Blieb er bei Kräften, der Delinquent?« fragte sie.

Erich nickte. »Er hat nicht einmal gestöhnt trotz der Schmerzen, die er erleiden mußte. Schließlich war es wohl Wut über den Starrsinn des jungen Mannes, die meinen Vater zu seinem harten Urteil bewog. Ich habe zugesehen, als sie ihn im Burghof aufhängten. Kindlicher Forscherdrang war es wohl. Ich wollte alles wissen über das Leben, über das Sterben. Es war kein schöner Anblick. Das krampfhafte Zucken der Füße, als versuche der Körper des Menschen verzweifelt, Halt zu finden über dem Abgrund des Todes. Dann die Zunge, die aus dem Mund herausquillt, als stülpe sich das Innere des Gehängten anklagend nach außen. Ich war zwölf Jahre alt. Von diesem Tag an habe ich meinen Vater nicht mehr verstanden.« In Gerlinds Augen spiegelte sich die Qual eines Kindes wieder, das eben Zeuge eines Mordes gewesen war. Ihre Selbstbeherrschung war verflogen.

Erich warf den Kopf zurück, versuchte, seine Stimme unbeteiligt klingen zu lassen. »Und wie das so ist im Leben, wenn man einen Wolf tötet, kommen zwanzig, um ihn zu rächen. Heute gibt es mehr Rebellen denn je im Herrschaftsgebiet des Markgrafen von Friaul. Der Bauer entwickelt ein Bewußtsein seiner eigenen Identität.« Nach einem kurzen Blick in Gerlinds Gesicht fuhr er trocken fort: »Bevor die nordwindgrauen Augen meiner neuen Mutter nun aufstrahlen wie die Sonne, die durch die Wolken bricht, sollte sie bedenken, daß die Herrschaft des Adels über Bauern und Kleinbürger nicht nur Unterdrückung der Menschenrechte bedeutet. Es gibt eine Kehrseite. Der an Macht, aber auch an Wissen und an Charakterstärke seit Generationen überlegene Aristokrat stellt seinen Geist in den Dienst des Volkes. Er schützt die Schwachen mit seiner Kampfkraft, mit seinem Schwertarm, mit seinem Leben. Er ist geachteter Lehrer, Ratgeber, Freund. Die Freiheit, welche die italienischen Stadtstaaten sich erkämpfen möchten, wird sie ärmer machen, nicht reicher. Auf eigenen Beinen stehen bedeutet für die kleinen Leute, hinausgestoßen sein ins Leben. Selbst kämpfen zu müssen um das tägliche Brot. Raufen zu müssen mit Neidern und Betrügern. Das geradlinige Denken unserer Bauern, die zumeist nicht einmal lesen und schreiben können, ist leicht manipulierbar. Irgendwann wird ihnen klar werden, wie teuer sie ihre Freiheit erkauft haben. Doch dann ist kein Patron mehr da, der schützend den Arm über sie hält.«

»Sie sind erwachsen geworden«, rief Gerlind aus. Ihre Wangen glühten wie bei einem Kind zum Christfest.

»Wißt Ihr, wie weh Freiheit tut? Wißt Ihr, wie schwierig es ist, selbständig zu denken, wenn man es nicht gelernt hat?« Erich bedauerte es, ihre Illusionen zerstören zu müssen. Allerliebst sah sie aus mit ihrem vor Begeisterung strahlenden Gesichtlein. »Schon bald werden die Rebellen sich zurücksehnen nach dem warmen Schoß der gräflichen Familie. Vorher allerdings werden sie uns noch gehörig zu schaffen machen, die kleinen Leute, die in ihre Freiheit marschieren wie Schlachtvieh in den Tod.« Mit gerunzelter Stirn und zornbebenden Lippen war sie ganz besonders reizend. »Ihr würdet wohl gerne mitziehen in den Kampf gegen Euren eigenen Stand?«

Sie sah zu Boden, als suche sie Deckung vor seinen Augen. »Würde es Euch mir entfremden, wenn ich nun ja sagte?« fragte sie.

Erich schüttelte den Kopf. »Es paßte zu Eurem Wesen«, antwortete er. Dann löste er den Blick von ihrem Gesicht. »Offensichtlich unterscheiden sich die sächsischen Frauen von den übrigen Angehörigen ihres Geschlechts. Die sächsischen Männer unterhöhlen die Macht des Frankenherrschers, indem sie gleich lästigen Insekten immer wieder auf den Riesenleib des fränkischen Reiches einstechen, während die sächsischen Frauen die Herzen der Frankensoldaten im Sturmangriff erobern.«

»Ihr seid kein Franke, Sohn des Markgrafen von Friaul.«

Seltsam, daß sie ihn daran erinnerte. Seltsam, daß er es vergessen hatte. Seine Freundschaft zu Pippin, die Bewunderung, die er für Karl den Großen empfand, hatte in Erich die Erinnerung an seine Herkunft beinahe ausgelöscht. Die Erinnerung daran, daß er dem Volk der Langobarden entstammte. Einem Volk, das der Frankenkönig einst besiegt, unterjocht und gedemütigt hatte.

»Frauen gehören in die Küche«, sagte er mit belegter Stimme. »Ich will Euch den Weg dorthin weisen.« Gerlind war klug genug, auf seine barschen Worte nicht zu antworten. Erich nahm zwei der braunen, mit Kapuzen versehenen Umhänge aus Sackleinen vom Haken, legte Gerlind einen davon um. »Wir müssen über den Hof«, erklärte er. »Die Küche und die Speisekammer sind in einem der Nebengebäude untergebracht, im Gesindetrakt.« Gerlind nickte folgsam. Der weiche Schnee knirschte unter den Füßen der beiden jungen Leute, als sie über den Hof gingen.

Der große, helle Küchensaal mit der behaglichen Feuerstelle, deren gemauerter Rauchabzug und Gewölbe, deren hüfthoher Unterbau und die mit Kalk ausgekleidete Herdplatte von hohem Kochkomfort zeugten, schien Gerlind zu beeindrucken. »Bisher war eine Küche ein rußverschmierter kleiner Raum für mich, den man nicht so gerne jemandem zeigte«, bemerkte sie.

Erich schmunzelte. »Im Namen der Burgherren von Friaul bitte ich um Entschuldigung dafür, daß bei uns alles etwas weiträumiger angelegt ist. Wir müssen gelegentlich große Gastgelage veranstalten.«

Gerlind fuhr mit dem Zeigefinger über die blitzblank polierte Platte des riesigen Arbeitstisches in der Mitte des Raumes. »Entschuldigung angenommen«, tat sie kund und blickte mit schelmischem Augenaufschlag an Erich hoch. »Es scheint, als müsse ich mich in jeder Beziehung an andere Dimensionen gewöhnen auf Burg Görz.« In einer Geste plötzlicher Fröhlichkeit griff Gerlind nach einer der bodenlangen, gestärkten Baumwollschürzen des Gesindes, band sie sich um den Leib. Mit tänzelnden Schritten bewegte sie sich über den Steinboden, hob bald diesen Topf hoch, bald jene Schöpfkelle, guckte unter die hölzernen Bretter und Teller, hielt die Messer gegen das Licht. Aus dem großen, tönernen Weinkrug auf dem Tisch goß sie dottergelben Wein in einen Becher, überreichte ihn Erich mit einem tiefen Knicks. »Auf Euer Wohl, mein Herr«, sagte sie lachend. Erich nahm ihr den Krug und den Becher aus der Hand. »Auf Euer Wohl, Herrin«, antwortete er ernst und füllte einen zweiten Becher. Gerlind trank den Weinbecher auf einen Zug leer, warf ihn dann auf den Tisch, drehte sich im Kreis. »Eine solche Küche ist der Traum jeder Hausfrau«, rief sie. »Aber wo ist das Dienstpersonal, das sie bevölkert?« Mit einer metallenen Schöpfkelle trommelte sie laut auf den Boden eines Topfes und rief: »Gesinde, herbei!«

Müde, verärgerte Gesichter erschienen in der Küchentür. Am frühen Nachmittag war dem Gesinde von Burg Görz eine Ruhepause gegönnt. Die dicke alte Köchin war die erste, die in den Raum hereinwatschelte, ihre neue Herrin mit einem giftigen Blick bedachte. Der blaue Baumwollrock wölbte sich drohend über ihrem Bauch, die gestärkten Spitzen auf ihrer Haube standen Stacheln gleich angriffslustig in die Luft. Fünf zarte, halberblühte Küchenjungfern folgten im Kielwasser ihrer Kommandantin, dahinter drei schmächtige Burschen, die, wohl ihrer Zerbrechlichkeit wegen, zu Küchenhilfsdiensten abgestellt worden waren. Gerlinds Augen blitzten. Mit dem Kochlöffel in der Hand trat sie der Phalanx des aufgescheuchten Gesindes entgegen. »Es ist keine Zeit, zu schlafen«, befahl Gerlind. »Heute abend gibt es ein großes Gastmahl. Macht euch an die Arbeit, schnell.«

Die alte Köchin war klug genug, nicht sofort zu antworten. Sie blickte an ihrem jungen Herrn fragend hoch. Erich nickte ihr würdevoll zu. »Tu, was die Herrin befiehlt«, sagte er.

Gerlind hatte hinter einer halbverborgenen Tür die Speisekammer entdeckt. In dichten Regalen waren eingepökeltes Fleisch, Würste, Geflügel, Eier und Zutaten gestapelt. Gerlind langte nach einem Rebhuhn, warf es einem der Burschen zu. »Da, rupf es«, rief sie. Ein anderer der Knaben bekam einen Kranz Wurst umgehängt mit dem Auftrag, die Wurst in kleine Scheiben zu schneiden.

Bald waren die Menschen in der riesigen Küche mit Arbeit versorgt. Gemüse wurde geputzt, Suppe dampfte in großen Kesseln, Fleisch wurde auf Spießen über flackerndem Feuer gedreht. Geschäftiges Treiben herrschte nun anstelle der beschaulichen Nachmittagsruhe. Gerlind griff nach einem Weitling voll frischer Hühnereier, schlug die Eier in eine Schüssel, versprudelte sie mit Mehl.

»Zu einem richtigen Festmahl gehört auch ein Kuchen. Darf ich bitten, mein junger Herr?« Sie lächelte Erich zu, deutete auf einen Sessel. Gottergeben nahm Erich Platz. Sie band ihm eine weiße Schürze um, drückte ihm einen Rührbesen in die Hand. »Würdet Ihr den Teig schlagen?« fragte sie schelmisch. Die sächsische Grafentochter huschte zwischen den Töpfen umher, verkostete die Speisen, gab Anweisungen zur besseren Würzung.

Der Blick der alten Köchin hellte sich auf, als sie merkte, daß die neue Herrin etwas von ihrem ureigensten Handwerk verstand. Bald tauschten die Damen Kochrezepte aus, dirigierten gemeinsam den bunten Arbeitsreigen. Gerlind blieb vor Erich stehen, fuhr mit dem Finger in den Teig, kostete davon. »Hm. In Ordnung«, stellte sie fest. Dann, in plötzlicher Neckerei, schob sie dem sich sträubenden jungen Mann einen dicken Löffel Teig in den Mund.

Sobald es in der Küche summte und rumorte, als würde die Verpflegung für eine ganze Armee zubereitet, griff Gerlind nach Erichs Hand. »Kommt, Herr«, sagte sie heiter. »Wir haben den Takt angegeben. Nun funktioniert es auch ohne uns.« Sie rief einen fröhlichen Abschiedsgruß in den Raum.

Als die Küchentür ins Schloß fiel, als die beiden jungen Leute allein draußen im Arkadengang standen, bemerkte Erich lachend: »Ihr scheint mir eine Zauberfee aus dem Märchen zu sein, die Menschen aus dem tausendjährigen Schlaf aufweckt. Aber sagt, wofür habt Ihr diese Gewalten entfesselt? Mir ist nicht bekannt, daß wir ein Gastmahl geben. Wem wollt Ihr die Herrlichkeiten servieren, die nun auf Euren Befehl hin zubereitet werden?«

Gerlind blickte zu ihm auf. »Wem ich alles servieren will? Habt Ihr mir nicht erzählt, es wohnen die Geister germanischer Helden in Eurer christlichen Burg?« Verträumt war der Ausdruck in ihrem Gesicht. »Die Sonne wird bald untergehen. Ich wäre gern noch den Bergfried hochgestiegen.«

»Ein unbenütztes Verlies«, brummte Erich. »Eine gewundene Wendeltreppe in einem düsteren, schulterschmalen Gang. Schießscharten für die Bogenschützen in armdicken Mauern. Wehranlagen auf dem Erker. Was fasziniert Euch daran so?«

»Der Erker selbst«, war die Antwort. »Von dort oben muß das Abendrot über Görz ein zauberhafter Anblick sein.«

Mit einem theatralischen Seufzer verneigte Erich sich vor ihr. »Es soll geschehen, wie Ihr es wünscht. Meine Burg gehört Euch.«

Der Blick ihrer grauen Augen wurde ernst, seltsam undurchdringlich. Abrupt wandte sie sich ab. »Gehen wir«, sagte sie mit plötzlicher Härte.

»Eure Burg ist kein Wohnhaus, sondern eine im Boden verankerte Kampfmaschine!« rief Gerlind, als sie vom Bergfried aus über die Festungsanlage von Burg Görz hinwegblickten.

»Burgen sind weniger für den Kampf eingerichtet. Eher für den Schutz und für die Verteidigung der Bevölkerung«, erklärte Erich. »Die Torbauten mit den Wehrtürmen sind schwer erstürmbare Bastionen. Ein Angreifer müßte all diese Verteidigungsringe durchbrechen, um zum Palas vorzustoßen.«

»Der Burgherr kann also von seinem unerstürmbaren Schneckenhaus aus beobachten, wie der Feind sich im steinernen Torlabyrinth verläuft«, stellte Gerlind fest.

Erich lachte. »Wenn der Feind eine Maus ist, die in der Falle nach Speck sucht, mögt Ihr Recht haben. Wer eine Burg erstürmen will, versieht sich aber vorher mit den geeigneten Waffen.

Feuer beispielsweise ist eine tödliche Bedrohung, die eine Burg vernichten kann. Aber keine Angst, Gerlind. Wir sind wachsam. Die Augen der Burgbesatzung von Görz durchdringen die Nacht, um die Gefahr zu erspähen und das Leben der Markgräfin zu schützen. Im Palas drüben merkt man nicht viel von der Anwesenheit anderer Menschen in der Burg. Der Wohntrakt ist nur für den Burgherrn und seine Familie bestimmt. Aber in den Nebengebäuden sind dreihundert junge langobardische Adelige untergebracht, die der Markgraf von Friaul zu Rittern ausbildet.«

Offensichtlich war Gerlind aufgefallen, daß Erich herablassend die Mundwinkel verzogen hatte bei diesen Worten. »Ihr haltet wohl nicht viel von dieser Ausbildung?« fragte sie.

Erich strich sich das Haar aus der Stirn. »Für mich war die Ausbildung durch meinen Vater die niedrige Schule des Lebens«, antwortete er. »Ich war wohl einer der schwierigsten Schüler, die Dankward von Friaul je hatte. Junge Leute lernen nur schwer etwas von Menschen, die sie nicht achten.«

»Ihr habt ihm das Todesurteil an dem Bauernrebellen nie verziehen?«

»Ich verzeihe es keinem Menschen, wenn er sich nimmt, was nur Gott allein zusteht, Macht über das Leben seiner Mitmenschen.«

»Das ist aber die übliche Verhaltensweise der Herrschenden gegenüber dem Volk.«

»Nicht immer, Gerlind«, sagte Erich weich. »In Aachen, meiner hohen Lebensschule, habe ich einen Herrschenden kennengelernt, dem sein Volk nicht gleichgültig ist. Der es nicht ausbeutet. Der sich verantwortlich fühlt für das Glück seiner Untertanen.«

Ihre ernsten grauen Augen sezierten sein Gesicht. »Wenn Ihr mein Kind wärt, wenn ich Euch liebte, ich glaube, ich müßte eifersüchtig werden auf den König der Franken.« Sie wandte sich ab, blickte wieder hinaus in die Ferne. »Wie war Eure Mutter?« fragte sie leise.

Erichs Blick haftete auf ihrem schmalen Gesichtlein, das unter der dreieckigen Leinenkapuze versank. »Sie war eine leidenschaftliche, fanatische Reiterin, wie man mir erzählte. Und sie war gerne allein. Nach den beiden Gemälden hier in der Burg zu urteilen, war sie eine hochgewachsene, ernste Frau. Ich habe mir nur den Splitter einer Erinnerung an sie erhalten aus meiner frühesten Kindheit. Sanfte Hände, die über mein Haar strichen. Eine klangvolle, weiche Altstimme. Worte, liebevoll und klug zugleich, die mir die Welt erklärten. Ein Mensch, der Kraft ausstrahlte, Kraft zu handeln und zu erleiden. Ihr Hang zur Einsamkeit wurde ihr zum Verhängnis. Bei einem Reitunfall zog sie sich eine schwere Kopfverletzung zu. Als man sie im Wald fand, war es zu spät, ihr zu helfen. Ich war vier Jahre alt, als ich Halbwaise wurde. Heute reite ich genauso gern wie sie.«

»Euer Vater muß sie sehr geliebt haben, weil er sich erst so viel später wieder einer Frau verband.« Erich zögerte mit der Antwort. Bisher war es ihm nie in den Sinn gekommen, daß sein Vater überhaupt irgendjemanden geliebt haben könnte. Aus den tiefsten Schichten seines Unterbewußtseins drängte sich mit grellem Schmerz eine Frage empor zu seinem Gehirn. Hatte er in all den Jahren dem alten Mann Unrecht getan? Hatte er wissentlich übersehen, daß sein Vater Hilfe suchte bei einem Sohn, der ihn zurückstieß?

Erich stieß die lästigen Gedanken gewaltsam wieder zurück ins Unterbewußtsein. »Meine Mutter war niemals glücklich mit ihm«, erklärte er barsch. »Es war eine Zweckehe. Sie entstammte einer verarmten langobardischen Grafenfamilie. Ihr Vater hat gegen die Karolinger gekämpft, zuerst offiziell im Langobardenheer, das sich dem fränkischen Eroberer Pippin, dem Vater Karls des Großen, entgegenwarf. Später, als Norditalien von den Franken bereits besetzt war, inoffiziell, im Untergrund. Er wurde gefaßt und saß über zehn Jahre in einem fränkischen Gefängnis. Seine Frau und seine drei Töchter wurden von ihrer Burg verjagt. Um nicht zu verhungern, verdingten sie sich durch Lohnarbeit in den Schlössern der Reichen. So kam Mutter nach Görz. Als der Halbbruder des Langobardenkönigs sie heiratete, entließ Karl der Große ihren Vater aus dem Gefängnis.« Erich biß sich auf die Lippen. »Der Frankenherrscher hätte dies nicht tun müssen«, setzte er fort. »Dankward von Friaul ist kein legitimes Mitglied der langobardischen Königsfamilie. Er ist der Sohn einer Friedelfrau. Sein Vater hat ihn zwar anerkannt, aber von der Erbfolge ausgeschlossen. Der Markgrafentitel war ein Trostpflaster, mit dem König Desiderius seinem nicht standesgemäßen Bruder den Mund zustopfte. Burg Görz stand leer. Das Grafengeschlecht, das sie erbaut hatte, war ausgestorben. Der Name Dalpozza, den der neue Markgraf von Friaul und sein Sohn so stolz führen, ist der Familienname einer langobardischen Königsmetze.«

»Es fließt also Rebellenblut in Euren Adern, Sohn des Markgrafen von Friaul«, sagte Gerlind sanft.

Das Blut des Rebellen. Prinz Ludwig hatte einst davon gesprochen. Und das Blut eines illegitimen Königssohnes. Und das Blut einer Dirne. Sicher kannte man am Aachener Hof die Geschichte von Erichs Abstammung. Trotzdem hatte Karl der Große ihm immer Freundschaft erwiesen. Trotzdem hatte er niemals an Erichs Loyalität gezweifelt. Aber er hatte seinen Sohn Pippin zum König von Italien gemacht. Wie schnell es der sächsischen Grafentochter doch gelang, begrabene Kränkungen ans Tageslicht zu zerren.

Um sich abzulenken, fragte er: »Es wundert mich, daß eine Frau wie Ihr sich nicht schon früher einem Mann vermählt hat.«

Gerlinds graue Augen hafteten mit einem Ausdruck spöttischer Ironie an seinem Gesicht. »Was wundert Euch daran? Ich bin nicht schön. Mein Körper bringt keinen Dichter zum Schwärmen. Ich bin nicht weich und willfährig, wie man es von Frauen erwartet, die ihren Männern keine äußerlichen Vorzüge wie Anmut oder Reichtum anzubieten haben. Und ich entstamme einem Volk, das bis vor kurzem als heidnisch galt. Heidnische Frauen sind als Hexen verschrien bei den zivilisierten Frankenrittern.«

»Habt Ihr denn nie geliebt, Gerlind?« fragte Erich.

»Geliebt?« wiederholte Gerlind sinnend. Sie ging von ihm fort, trat ganz nah an die Mauer am Ende des Söllers heran. Erich stellte sich neben sie, legte in wohl unbewußter, beschützender Geste seinen rechten Arm um ihre Schulter. Schweigend blickten beide hinaus auf die Hügellandschaft von Friaul. Der Vollmond umhüllte das Land mit einem silbrigen Glanz, verlieh den Häusern, den dürren, rauhreifüberzogenen Feldern, den kahlen, schneebestäubten Waldbäumen zerfließende, unwirkliche, fast märchenhafte Konturen. In den zu Silber gefrorenen Wellen des Isonzo, der sich durch die Hügellandschaft wand wie ein glänzendes Band durch die Locken einer schönen Frau, spiegelte sich das Mondlicht. Gerlind spürte den Zauber dieses Augenblicks wohl ebenso wie Erich. Für einen Moment schien es, als neige sich ihr Körper ihm zu. »Ihr habt eine wunderschöne Heimat«, sagte sie leise, ohne ihn anzusehen.

Dann richtete sie sich auf, straffte die schmalen Schultern, blickte an ihm hoch. »Ihr wollt wissen, ob ich schon einmal geliebt habe?« fragte sie mit plötzlicher Härte. »Ihr sollt es wissen. Mein Bräutigam war der Sachsenkrieger Griffo.« Erich zog seinen Arm zurück, trat zwei Schritte von ihr weg. »Ich sehe, sein Name ist Euch nicht unbekannt«, bemerkte Gerlind spöttisch.

Griffo. Bester Freund von Graf Widukind. Zweiter Anführer der aufständischen Sachsen. In Verden an der Aller hingerichtet. Auf Befehl Karls des Großen. »In meiner christlichen, frankenfreundlichen Familie war ich schon immer ein schwarzes Schaf«, berichtete Gerlind trocken. »Die Tochter des Grafen Thorismund sammelte altgermanische Heldenlieder, statt Latein zu lernen und die Schicksale christlicher Märtyrer zu studieren. Der Tochter des Grafen Thorismund war das Leben des heiligen Severin ziemlich gleichgültig. Statt dessen freundete sie sich mit den aufständischen Sachsen an. Und verliebte sich in einen ihrer Anführer.«

Erich lehnte sich an die Mauer, beobachtete sie schweigend. Trotz ihrer Zierlichkeit war etwas Unbeugsames, Eisernes an ihr. »Ab diesem Moment war ich kein Handelsobjekt mehr für meine Familie«, sprach sie weiter.

»Kein Handelsobjekt?« fragte Erich erstaunt.

»Ja. Habt Ihr nie darüber nachgedacht, welchen Zweck die Töchter christlicher Adelshäuser zu erfüllen haben? Wir werden verkauft. An fränkische Fürsten und Grafen. Am besten dienen wir unserer Familie, wenn ein Mitglied des Herrscherhauses uns einkauft. Ein christlicher sächsischer Graf, dem es gelungen ist, seine Tochter an die Karolinger zu verschachern, braucht sich um seinen Grundbesitz keine Sorgen mehr zu machen. Er steht unter einem mächtigen Schutz. Ich habe meine Tochterpflicht nicht erfüllt. Im Gegenteil. Durch meine unwürdige Liebesbeziehung habe ich auch meine Familie in den Schmutz gezogen. Mein Vater und mein Bruder haben mir dies immer wieder gesagt.«

Ihr Blick wurde weicher. Leise fügte sie hinzu: »Noch dazu war Griffo nicht einmal ein Adeliger wie Graf Widukind. Er war ein einfacher sächsischer Bauer, der nicht einsehen wollte, warum er den Glauben seiner Väter verraten, sein Land öffnen sollte den Franken, die sich überall breitmachten, als gehöre ihnen die Erde und der Himmel. Den Franken mit ihren harten, grausamen Waffen. Den Franken mit ihrem harten, grausamen König. Den Franken mit ihrem harten, grausamen Recht. Abbio ist dem Recht der Franken zum Opfer gefallen.«

»Ich kenne Karl den Großen. Er ist nicht grausam«, sagte Erich langsam. Er mußte an Herzog Tassilo denken, als er diese Worte sprach. War es möglich, daß er sich irrte? Daß er nur ein Gesicht des Herrschers kannte, das Gesicht des väterlichen Freundes, des verehrungswürdigen großen Volkskönigs? Daß Karl einen rachsüchtigen Zug in seinem Wesen hatte, ein düsteres zweites Gesicht, das er nur seinen Feinden zeigte?

Verden an der Aller. Karl der Große hatte den Befehl gegeben, viertausendfünfhundert waffenlose sächsische Aufständische auf dem Kirchenplatz der Ortschaft niederzumetzeln. An einem einzigen Tag. Als Erich davon erfuhr, hatte er es zunächst für eine Übertreibung, für eine Halbwahrheit gehalten. Doch der Tatbestand wurde ihm aus mehreren zuverlässigen Quellen bestätigt.

»Dann glaubt Ihr also, der Massenmord an wehrlosen Kriegsgefangenen sei eine gerechte Strafe für alle Rebellen gegen König Karl?« fragte die sächsische Grafentochter.

Erich schüttelte heftig den Kopf. »Ich weiß nicht, welche Hintergründe den Herrscher zu dieser extremen Härte veranlaßt haben«, stieß er hervor.

Mit der Gelassenheit eines Menschen, der alle Stürme seines Lebens bereits hinter sich gebracht hat, sprach Gerlind weiter: »Meiner Familie jedenfalls kam diese extreme Härte des Herrschers sehr gelegen. Es waren die christianisierten, frankenfreundlichen sächsischen Grafen und Barone, welche die aufständischen Bauern und Kleinadeligen an den Herrscher auslieferten. Als der Frankenkönig seine Gefangenen abschlachten ließ, befreite er meinen Vater von der Last eines ungeliebten Schwiegersohnes. Und mein Vater konnte seine christliche weiße Weste behalten. Ich habe mir damals meine langen Locken abgeschnitten und den Schwur geleistet, mein Haar sollte kurz bleiben wie bei einer Sklavin, solange die Sachsen in Knechtschaft leben unter der Knute der Karolinger.« Gerlind trat dicht vor Erich hin. »Graf Widukind hat den Kampf aufgegeben. Er wollte nicht noch mehr Unheil über sein Volk bringen. Das Blutgericht Karls des Großen in Verden hat die Sachsenkriege beendet und ein stolzes Volk gebrochen.«

»Glaubt Ihr nicht, daß ein Leben in Frieden und Sicherheit im Schutz der großen fränkischen Völkerfamilie die Sachsen glücklicher machen wird als der sinnlose Kampf um ihre Eigenständigkeit?« fragte Erich.

»Ein Leben in Frieden und Sicherheit«, wiederholte sie höhnisch. »Meint Ihr, die Sachsen werden jemals vergessen, was ihnen von den Karolingern angetan wurde? Die Taufe Graf Widukinds war eine Posse, vor den Augen des Volkes vorgeführt. Wenn der Frankenkönig wirklich so klug ist, wie man von ihm behauptet, weiß er, daß Widukind ihm den Mord an seinem besten Freund, an viertausendfünfhundert seiner Kampfgefährten nie verzeihen wird.« Ein fanatischer Glanz war in Gerlinds Augen, als sie fortfuhr. »Wir Sachsen werden erst zufrieden sein, wenn die Macht der Karolinger gebrochen ist. Aber wir wissen, daß wir allein zu schwach sind für einen offenen Kampf gegen die Franken. Wir können nur abwarten, lauern, bis unsere Zeit gekommen ist. Und uns Verbündete suchen. Ich habe das auch versucht. Mit meiner Heirat hoffte ich, die Königsfamilie der Langobarden für die gerechte Sache der Sachsen zu gewinnen. Aber mein Ehemann ist alt und für idealistische Ziele nicht mehr empfänglich. Und sein jugendlicher, heldenhafter Sohn ist dem Frankenherrscher hörig.«

Sie blickte wieder in die Ferne, zum Fluß hin. »Viele Schlachten wurden hier geschlagen«, sagte sie leise. »Könige liegen begraben in den Wogen des Isonzo. Warum sollen die Hoffnungen einer kleinen, unbedeutenden sächsischen Grafentochter auf eine Befreiung ihres Vaterlandes nicht auch hier zu Grabe getragen werden?«

Das Mondlicht ließ die Konturen ihres Gesichtes weicher erscheinen, als sie waren. »Aber wer weiß«, fuhr sie fort. »Vielleicht erwachen meine Hoffnungen eines Tages wieder. Wie der schlafende König in dem alten gotischen Volkslied.« Mit klarer, heller Stimme begann sie zu singen:

Ein König ruht in Flusses Flut
in Rüstung, Schild und Speer.
Er schläft im Arm des Wassers warm
und mit ihm schläft sein Heer.
Ein Volk in Not ruft seinen Gott,
hat keine Freiheit mehr.
In Fesseln liegt das Volk besiegt.
Erwachen soll König und Heer!

Ein neuer Krieg nur führt zum Sieg,
wir bieten die Stirn dem Feind.
Droht uns der Tod, so will es Gott,
wir sterben im Kampf vereint.
Das Wasser rauscht, der König lauscht
dem Ruf einer späteren Zeit.
Er ist erwacht aus Todesnacht
und hat sein Volk befreit.

Erich fühlte, wie Zorn in ihm hochstieg. Zorn gegen Menschen, die über die Enge ihrer Landesgrenzen nicht hinausblicken konnten. »Ihr träumt, Gerlind«, sagte er mürrisch. »Euer König befreit Euer Volk nicht. Er schläft weiter. Weil er klug ist. Weil er weiß, daß niemand befreit werden muß im Reich Karls des Großen.«

Gerlind lächelte versonnen. »Seid Ihr Euch da so sicher?« fragte sie. »Seid Ihr Euch so sicher, daß er nicht kommen wird, der Held aus meinem Volk? Seid Ihr Euch so sicher, daß die Herrschaft der Karolinger ewig dauert? Erschreckt Euch die Vorstellung, daß dereinst ein schöner blonder Sachsenjüngling seinen Fuß auf das Haupt des letzten Frankenkönigs setzen könnte? Fürchtet Ihr, daß er Frankenblut als Sühne fordern wird für das Blut der Märtyrer von Verden?« Der Spott in ihren Augen war unübersehbar. »Vielleicht wird er größer sein als Euer verehrter Frankenkönig, Erich von Friaul. Vielleicht wird er auf Rache verzichten. Vielleicht wird ein Sachse verwirklichen, wovon Karl der Große träumte, und das christliche germanische Friedensreich begründen.«

9. Kapitel

Die Pest in Aachen

Die massiveisernen Stadttore von Aachen waren geschlossen. Geschlossen am hellichten Tag. Abweisend, bedrohlich ragte die Stadtmauer vor Erich auf. Er faßte seine Stute am Zügel, trat auf die Wachsoldaten zu. Sein Blick fiel auf einen hohen Scheiterhaufen, der in der sandigen Ebene vor der Stadt aufragte, einem Geschwür gleich, das ein Gesicht verunstaltet. Seine Augen hatten ihn nicht getäuscht. Es waren tatsächlich Menschenleiber, die man auf das Holz geworfen hatte. Leblose Gliederpuppen mit Wachsgesichtern. Fröhlichbunt leuchteten ihre Gewänder. Man verbrannte die Leichen mit allem, was sie am Leibe trugen, um die Ansteckung einzudämmen. Stand es so schlimm um die Stadt Karls des Großen? Die Toten auf dem Holzstoß schienen Erich hämisch anzugrinsen. Er wandte sich ab.

»Ihr solltet besser umkehren. Wer die Stadt betritt, darf sie nicht mehr verlassen. Solange nicht, bis die Seuche abgeklungen ist.« Ein junger Soldat hatte es gesagt, sich seiner Verantwortung sichtlich bewußt.

»Ich werde hier gebraucht«, antwortete Erich.

Interesse war plötzlich in den Augen des Soldaten. »Seid Ihr Arzt?«

Erich verneinte. »Der Herrscher hat mich an den Hof beordert.«

»Ach so. Es sind schon einige der hohen Herren hiergewesen. Der Befehl des Frankenkönigs gelte nun nicht mehr, haben sie gesagt und sind heimgeritten.«

»Für mich gilt der Befehl des Herrschers immer noch«, beharrte Erich.

»Wie Ihr wollt«, murmelte der Soldat. »Es ist Euer Leben.« Eine schmale Pforte im Stadttor wurde geöffnet, gerade groß genug, um einen Mann und ein Pferd durchzulassen. Mit sprödem Knall fiel die Tür hinter Erich ins Schloß. Erich zog die Schultern hoch. Unbehaglich war ihm zumute. Eisige Kälte kroch über seinen

Rücken. War es die Kälte der Angst, die ihn erzittern ließ an diesem warmen Sommertag? Er starrte die Pforte in der Stadtmauer an wie ein reuiger Sünder das Tabernakel, kämpfte gegen das Gefühl an, zu ersticken. Dann bemerkte er, daß seine Erstickungsangst gar nicht eingebildet war. Ein grauenerregender Gestank lastete über der Stadt, raubte ihm den Atem. Es roch nach Eiter, Tod, Verwesung. Menschenleer gähnten die Straßen ihn an gleich Höllenschlünden, die darauf lauerten, ihn in den Abgrund zu ziehen. Erich warf den Kopf zurück, als wolle er die Beklemmung abschütteln, die ihn beschlichen hatte. Er stieg auf sein Pferd. Die Hufe des Tieres, die aufs Pflaster hämmerten, zerrissen die lähmende Stille. So schnell wie heute hatte Erich noch nie die Pfalzburg erreicht.

Karl der Große erhob sich von seinem Schreibtisch, als Erich das Arbeitszimmer betrat. Erich beugte das Knie vor seinem Herrscher. Ohne diese Ehrenbezeugung zu beachten, schritt der König rasch auf Erich zu, reichte ihm beide Hände in einer Geste herzlicher Freundschaft. »Warum seid Ihr nicht an der Stadtmauer umgekehrt wie die anderen Würdenträger meines Reiches? Der schwarze Tod wütet in Aachen.« Die Züge des Herrschers verrieten Sorge, Anspannung, Übermüdung.

»Ich dachte, ich könnte Euch hier von Nutzen sein, Majestät.«

Der Herrscher verzog schmerzlich das Gesicht. »Gegen den Feind, der meine Stadt jetzt bedroht, nützt mir Euer Schwertarm nichts, Erich Dalpozza. Nun brauche ich keine Helden des Kampfes. Ich brauche Ärzte. Und Totengräber. Dennoch weiß ich Eure Treue zum Herrscherhaus zu schätzen. Man hat Euch sicher informiert, daß Ihr innerhalb der Stadtmauern bleiben müßt, bis die Epidemie vorbei ist. Ich kann das Risiko nicht eingehen, daß sich die Seuche von Aachen aus über mein ganzes Land verbreitet.«

»Ich habe es in Kauf genommen, hier festgehalten zu werden, als ich die Stadt betrat«, antwortete Erich.

Verständnis, Wohlwollen waren im Blick des Herrschers. »In solchen Zeiten der Prüfung gibt es viel zu tun. Ich werde Arbeit für Euch finden.« Etwas leiser fügte er hinzu: »Die Ärzte meinen, daß die Seuche bereits im Abklingen ist. Vielleicht könnt Ihr schon bald wieder heimkehren.«

Plötzlich wurde Erich bewußt, daß er Pippin nicht wiedersehen würde. Der König von Italien residierte in Pavia. Und Prinzessin Rotraud, die Verlobte des oströmischen Thronfolgers, weilte mit Sicherheit ebenfalls nicht in der kranken Stadt ihres Vater. »Ich hätte Prinz Karl gern begrüßt«, sagte er.

Die Miene des Frankenkönigs verdüsterte sich. »Er ist in seinem Zimmer.« Hart hatte die Stimme des Königs geklungen. Kalt. Wie Eis. Erich verneigte sich und verließ den Raum.

Nichts hatte sich verändert in Prinz Karls Kammer. Der einfache Holztisch mit einer brennenden Kerze aus Bienenwachs, das eiserne Bettgestell, die Bücherregale, alles war gleichgeblieben. Der schlanke, hochgewachsene junge Mann lehnte am Fenster, wandte Erich den Rücken zu. Er trug denselben seidenen Schlafrock wie damals, bei ihrem nächtlichen Gespräch vor zwei Jahren. Karl mußte gehört haben, daß jemand die Kammer betreten hatte. Er wandte sich aber erst um, als Erich ganz dicht neben ihm stand. Erich hatte erwartet, daß sich Freude und freundschaftliches Erkennen in Karls Gesicht abzeichnen würden. Aber die Miene des Prinzen blieb verschlossen. »Seid Ihr gekommen, um Aachen sterben zu sehen, Erich Dalpozza?« fragte er. »Wollt Ihr Euch unter die lebenden Leichen einreihen, die unsere Stadt bevölkern? Und den Königshof?« Erich reichte Prinz Karl die Rechte. Der Prinz reagierte nicht sofort. Dann streckte er seinen linken Arm aus, ergriff die Hand seines Besuchers. Erst jetzt fiel Erich auf, daß der Schwertarm des Prinzen leblos, wie tot herunterhing. Als habe er Erichs erschrockenen Blick nicht bemerkt, sagte der Prinz kühl: »Ihr werdet müde sein von der Reise. Eure alte Kammer steht Euch zur Verfügung. Wir werden uns später wiederbegegnen.«

Erich verstand, dass er damit entlassen war. Er wußte um die Gefahren, die ein Spaziergang in einem verseuchten Gebiet mit sich brachte. Dennoch hielt es ihn nicht in seiner Kammer.

Aachen glich einer Gespensterstadt. Jetzt, in der erdrückenden Abendschwüle, hatte sich der Gestank noch verstärkt, der den Häusern und Gassen entquoll. Der ätzende Geruch von gelöschtem Kalk vermengte sich mit Verwesungsgeruch. Faulende Abfälle, da die städtische Müllabfuhr nicht mehr funktionierte, Kot und Tierkadaver ergänzten die höllische Palette, die Erich entgegenbrandete. Er hielt sich den Arm vors Gesicht, bog schnell in eine der breiten Straßen ein, die vom Palast wegführten. Nach einiger Zeit hatte er sich an den Geruch gewöhnt. Um so schmerzlicher reagierten seine Augen und Ohren auf die Umgebung. Impressionen aus einer Stadt der Zerstörung überwältigten sein Fühlen, lähmten sein Denken. Die hochaufragenden Wohngebäude schienen von geheimnisvollem Leben erfüllt zu sein. Leben, welches das Licht des Tages scheute. Ein Huschen, ein Piepsen erfüllte die Luft, als wären tausend kleine Teufel in den Gängen, den Nischen und Mauerlöchern verborgen. Ratten, die Zwischenträger bei dieser Seuche. Wenn man der Krankheit Herr werden wollte, würde man als erstes die Ratten vernichten müssen.

Nur wenige Menschen hielten sich in den Straßen auf. Aus Angst vor Ansteckung versteckte man sich wohl in den Häusern. Gelegentlich drang der gellende Schrei einer Frau von den Fenstern auf die Straße, oder hilfloses Schluchzen durchbrach die Stille, wenn Männer, Frauen, Kinder ihren Verwandten entrissen wurden, wenn die Räumkommandos die Leichen auf die Wagen verluden. In Ochsenkarren wurden die Toten weggeführt. Der Räumdienst hatte den Auftrag, mitleidlos durchzugreifen. Die Leichen wurden eingesammelt, zu den Toren der Stadt gebracht und dort verbrannt. Die Männer des Räumdienstes mit ihren Wagen schienen die einzigen zu sein, die einer sinnvollen Aufgabe nachgingen in der sterbenden Stadt.

Erich hatte den Randbezirk erreicht, in dessen Spelunken und Lasterhöhlen sich der Abschaum Aachens verbarg. Früher hatte er immer einen weiten Bogen gemacht um diese Gegend. Nun aber hatte ein geheimnisvoller Forscherdrang von ihm Besitz ergriffen, der ihn weiter und weiter vorwärtstrieb, als könne er sich nicht satt sehen an den Todeszuckungen, in denen sich die Eingeweide Aachens wanden. Im Flackerlicht der Fackeln, die die Straßen spärlich erhellten, glaubte Erich, die schmale, hohe Silhouette eines Mannes erkannt zu haben, der zehn Schritte von ihm entfernt zielstrebig durch die Stadt eilte. Was machte Prinz Karl in dieser verrufenen Gegend? Neugierig geworden, folgte Erich dem Prinzen durch winkelige Straßen, menschenleere Plätze, Torbogen, einsame Hinterhöfe. Plötzlich standen sie vor einem grell angestrichenen Haus, aus dessen hellerleuchteten

Fenstern Musik, Stimmengewirr, Lachen und derber Lärm drang. Als sei er hier zu Hause, verschwand Karl schnell im Eingang. Erich seufzte und ging ihm nach.

Ein Gastraum, noch schmieriger als alle Gasträume, die er bisher kennengelernt hatte, empfing ihn. Männer, die den Tod durch Alkohol zu bekämpfen suchten, grölten ihm eine Begrüßung entgegen, die wohl die Kameradschaft der Verlorenen ausdrücken sollte. Prinz Karl schritt in zielstrebiger Hast die gewundene Treppe im Hintergrund des Raumes hinauf, die sich in der Düsternis verlor. Erich setzte sich an einen wackeligen Holztisch, bestellte einen Schnaps und wartete. Er hatte das Gefühl, als könne nur mehr das schärfste alkoholische Getränk die Keime wegspülen, die er in sich aufgenommen hatte. Um ihn herum wogte das Leben. Becher klirrten, Würfel klapperten. Einer der Anwesenden, ein grobknochiger Mensch in der Kleidung eines Handwerkers, taumelte zu dem erhöhten Podium in der Mitte des Raumes, kletterte hinauf. Er wandte sich seinem Publikum zu, als absolviere er einen großen Bühnenauftritt, und begann zu singen:

Stirbst Aachen du, wir schaun dir zu
und haben Freude dran.
Es jammert die Frau, es greint jedes Kind,
doch furchtlos ist der Mann.
Wenn der Becher kreist, wenn der Würfel fällt,
was kümmert uns der Tod?
Verläßt uns Gott in unsrer Not,
regiert Satan unsre Welt.

Mit täppischen Bewegungen hopste er auf der Bühne umher, fing an, sich auszuziehen, warf die abgelegten Kleidungsstücke ins Publikum. Die Betrunkenen balgten sich um die dreckigen Stofffetzen wie um die Unterwäsche einer schönen Frau. Der Mann auf der Bühne langte nach einem Krug Wein auf dem vordersten der Tische, schüttete sich unter allgemeinem Applaus das Naß über den Kopf. Langsam troff der Fusel über das Gesicht des Mannes, über die breite, nackte Brust, versickerte an der schmutziggelben Unterhose.

»Wir trotzen dir, Tod, wir bieten die Stirn«, schrie der Betrunkene in den Saal, riß sich die Unterwäsche vom Leib. Das Lachen verebbte. Still war es plötzlich, still wie auf einem Friedhof. »Die Pest« kreischte eine Stimme auf. »Er hat die Pest!« Die Menschen sprangen auf, stießen Gläser, Tische, Stühle um, hasteten zur Tür. Innerhalb von Minuten war der muffige Gastraum leer bis auf den Todgeweihten auf der Bühne, der sich in Zuckungen wand, stöhnend zu Boden sank, reglos dalag.

Auch Erich hatte die großen schwarzen Beulen auf dem Unterleib des Mannes bemerkt. Er blieb sitzen, beobachtete, wie der Wirt den Räumdienst hereinrief, wie der Mann abtransportiert wurde. »Wollt Ihr nicht auch die Flucht ergreifen?« fragte der Wirt. »Sie werden mein Gasthaus nun entgiften. Mit Ätzkalk. Ich werde es vorläufig schließen müssen.«

»Wohin kann man fliehen, wenn der Tod überall ist?« fragte Erich. Dann half er dem Wirt, das gebrauchte Geschirr, das vernichtet werden mußte, auf einen Haufen zu werfen. Als nach getaner Arbeit der Wirt ihn auf einen Schnaps einlud, als die beiden Männer mit traurigem Lächeln die Becher aneinanderstießen, kam Prinz Karl die Treppe herunter, blieb erstaunt stehen.

»Was macht Ihr hier, Erich Dalpozza?« fragte er.

»Was macht Ihr hier, Prinz Karl?« konterte Erich.

»Was alle hier machen«, war die Antwort. »Ich nehme an, Ihr wißt, was für ein Haus das ist.«

»Ich kann es mir denken.«

»Gut. Dann kommt mit. Ich will Euch jemanden vorstellen.«

Er ging, ohne sich nach Erich umzusehen, die Treppe wieder hoch, öffnete eine der zahlreichen kleinen Türen im oberen Stockwerk. Die Kammer sah genauso aus, wie man sich den Arbeitsraum einer Dirne vorstellt. Ein überdimensionales Himmelbett mit einladenden Kissen aus rotem Brokatstoff bildete das Zentrum des Raumes. Ein kleiner Tisch mit zwei Stühlen, ein Waschbecken, eine Truhe, ein Kasten waren um das Bett gruppiert. Das Bild eines nackten Amors, der mit seinem Pfeil auf einen Ritter in eiserner Rüstung zielte, hing an der Wand. Samtene Tapeten, ein dicht gewebter roter Teppich verstärkten die Atmosphäre von schwülstiger Sinnlichkeit, die der Raum ausstrahlte. Im Gegensatz zu der Wirtsstube war die Kammer jedoch peinlich sauber gehalten.

Auf dem Bett lag eine Frau. »Du bist zurückgekommen, Karl?« fragte sie, als die Tür sich öffnete. Dann fiel ihr auf, daß der Prinz nicht allein war. Sie erhob sich. Sie war noch sehr jung, fast ein Kind. Außer einem schwarzen Seidenschal trug sie nichts am Leib. Zerbrechlich wirkte ihr zierlicher Körper. Die Spitzen ihrer kleinen Brüste hoben sich kaum vom Leib ab. Ihr Gesicht war das einer traurigen Puppe, mit großen, dunklen, langbewimperten Augen, mit einem Stupsnäschen, mit einem kleinen runden Mund. Lange schwarze Locken umrahmten das hübsche Lärvchen.

»Darf ich bekanntmachen?« sagte der Prinz kühl. »Miriam, eine der Damen des Hauses. Der Sohn des Markgrafen von Friaul.«

»Entschuldigt«, murmelte das Mädchen, griff nach dem einfachen braunen Leinenkleid, das sorgfältig zusammengefaltet auf dem Sessel lag.

Erich setzte sich, sah ihr zu, während sie sich anzog. Für solche Frauen galten die Gesetze ritterlicher Höflichkeit nicht. Karl hatte sich an die Mauer gelehnt, beobachtete Erich schweigend. »Sie gibt mir das Gefühl, daß auch ein Krüppel ein Mensch ist«, sagte Karl plötzlich. Es war das erste Mal, daß er seine Verletzung erwähnte.

Das Mädchen nahm eine Karaffe mit Rotwein und zwei Becher aus dem Kasten. Sie blickte Karl mit demütiger Ergebenheit an. So, wie Hunde ihren Herrn ansehen. »Ich muß hinuntergehen zu dem Wirt«, sagte sie. »Sie werden bald kommen, um das Haus auszuräuchern. Man wird meine Hilfe brauchen. Ihr könnt noch hierbleiben, bis es so weit ist.«

Karl nickte ihr zu, lächelte, als sie den Raum verließ. »Ihr verachtet sie, nicht wahr?« sagte er zu Erich.

»Wie ist sie geworden, was sie ist?« gab der Friauler zur Antwort.

»Wie wird man schon, was man ist? Das Schicksal schlägt wahllos zu, formt den Menschen mit rotglühendem Schmiedehammer. Bei ihr war es die Armut, die sie aus ihrer Bahn riß. Ihr Vater, einer der Torfstecher, die am Stadtrand hausen, erkrankte schwer. Sie wurde mit dreizehn Jahren als Dirne verkauft, um die

Rechnungen für den Bader bezahlen zu können. Ihr Vater ist trotzdem gestorben. Nun ernährt sie ihre Familie, die Mutter, die Großmutter, drei kleine Brüder, zwei Schwestern.« Menschliche Not, menschliches Leid, das Sterben der kleinen Leute. Bisher hatte dies alles Erich kaltgelassen, hatte ihn weniger berührt als die Sorge um seine Hunde und Pferde. Nun, in dem samtgepolsterten Zimmer einer Aachener Hure, schämte er sich dafür.

Karl setzte sich Erich gegenüber an den Tisch. Als Erich nach dem Krug greifen wollte, winkte Karl ab, hob das Weingefäß mit seiner gesunden Hand, füllte mit etwas Mühe die Becher. Erich deutete mit dem Kopf auf Karls gelähmten Arm. »Wie ist es geschehen?« Die Kameradschaft, die ihn mit dem Königssohn zuletzt verbunden hatte, gab ihm wohl ein Recht zu dieser Frage.

»Wollt Ihr es wirklich wissen?« erkundigte sich Karl. Erich nickte. »Ihr wollt also wirklich wissen, was geschehen ist in der Schlacht am Süntel im Wesergebirge, in der des Königs Paladine, die Grafen Adalgis und Geilo, niedergemetzelt wurden, nebst vier anderen fränkischen Grafen und weiteren zwanzig Würdenträgern des Reiches? In der Schlacht am Süntel im Wesergebirge, in der auch des Königs ältester Sohn Karl gestorben ist?«

Überrascht blickte Erich den Königssohn an. Karls Miene blieb undurchdringlich. »Es ist eine Geschichte, wie sie nur der Teufel aufschreiben kann, mit blutigem Schwert in die Seele eines Menschen«, sagte der Prinz. »Und leider gibt es einen Helden in dieser Geschichte. Einen jämmerlichen Helden. Gleich der tragischen Witzfigur in einer alten griechischen Komödie. Das Heer der Franken, das sich den Sachsen am Süntel zur Schlacht stellte, hatte einen berühmten Führer.«

Erich versuchte, sich zu erinnern, was er über diese Schlacht gehört hatte. Eine bedeutende Anzahl fränkischer Soldaten war in dieser Schlacht von den Sachsen niedergemetzelt worden. Paladine, Grafen, Freunde Karls des Großen starben den Heldentod für ihr Vaterland. Zuletzt hätten die Franken gesiegt, wurde berichtet. Seltsam, der Name des Heerführers der Franken wurde nirgends erwähnt. »Einen berühmten Führer?« fragte Erich.

»Ja. Den Sohn des Frankenkönigs. Ich führte das Heer der Franken an. Ich war sehr selbstsicher damals. In einigen Scharmützeln hatte ich schließlich schon erfolgreich gegen die Sachsen gekämpft. Und sie waren ja nur Wilde in meinen Augen. Wie sollten sie dem Angriff meines schlachterprobten Heeres, meines überlegenen, kampfgeschulten, fränkischen Verstandes standhalten können? Ich machte die zwei schlimmsten Fehler, die ein Heerführer machen kann. Ich unterschätzte den Gegner. Und ich war so hochmütig, daß ich den Sieg für mich allein erringen wollte. Ich schlug die Ratschläge meiner älteren Vertrauten in den Wind.«

Der Prinz hielt den Blick starr auf die Tischplatte gerichtet, während er erzählte. »Es kam, wie es kommen mußte. Graf Widukind von Ittergau hat mich zweimal überlistet. Zuerst schmuggelte er Sachsenkrieger verkleidet in mein Lager. Die Sachsen waren dadurch über alle meine Angriffspläne informiert. Sie wußten auch, daß Graf Theoderich mit einer zweiten Streitmacht unterwegs war, um sich mit meinem Heer zu vereinen, und in zwei Tagen eintreffen sollte. Ich wollte nicht warten, wollte mit Graf Theoderich den Ruhm des Sieges nicht teilen. Gegen den Befehl meines Vaters griff ich die Sachsen sofort an.« Der Prinz seufzte.

»Und nun warf Widukind seinen größten Trumpf ins Spiel«, sprach er weiter. »Er floh mit seinem Sachsenheer. Vor meinen Augen ritten und rannten die Feinde um ihr Leben. Immer tiefer in das unwegsame Gebirge lockten sie ihre Verfolger. Die Falle schnappte hinter meinen Frankenkriegern zu. Als die Sachsen plötzlich kehrt machen, uns die Stirn boten, als überall auf den Berghöhen weitere Feinde auftauchten, die sich dort versteckt gehalten hatten, waren meine Franken verloren. Manchen gelang es, ins Lager von Graf Theoderich zu fliehen, der seinen Ritt beschleunigt hatte und bereits am Westhang des Gebirges Stellung bezog. Die anderen wurden ermordet.«

Mit leblosen Augen blickte Karl Erich an. »Der ehrenvolle Tod, den meine Männer in der Schlacht sterben durften, war mir nicht gegönnt. Graf Widukind persönlich nahm mich gefangen. Ich hatte versucht, ihn zum Zweikampf zu zwingen. Mit dem Schwert hatte ich ihn angegriffen. Aber seine Männer entwaffneten mich. Vielleicht ist Widukind nicht von Natur aus grausam. Er hat viele seiner Freunde verloren im Kampf gegen uns Franken. Vielleicht wären die Sachsen eines Tages auch ohne unsere Einflußnahme Christen geworden. Mit welchem Recht zwingen wir anderen Menschen gegen ihren Willen unseren Glauben auf? Unsere Gerichtsbarkeit? Unser Staatssystem? Unseren Herrscher?«

Karl senkte den Blick wieder, während er weitererzählte. »Widukind wußte, wer ich war«, sagte der Prinz leise, fast tonlos. »Seine Männer fesselten mich, warfen mich vor ihm in den Sand. Der Anführer seiner Todfeinde lag vor Graf Widukind im Dreck. Die traditionelle Geste der Unterwerfung. Es war noch auf dem Schlachtfeld. Rundherum lagen die niedergemetzelten Franken. Rundherum lagen auch die getöteten Sachsen. Die Sachsenkrieger schlachteten alle Franken ab, die noch lebten.«

Der Prinz unterbrach seine Schilderung, füllte seinen Becher neu. »Versucht lieber nicht, es Euch vorzustellen«, sagte er. »Es ist ein Bild von eigenartigem Reiz. Die Schönheit des Schmerzes könnte man das Bild benennen. Oder auch Inferno. Das Schreien von Verwundeten, die niedergemacht werden, klingt aus der Ferne wie Musik.« Immer noch war keine Wärme in Prinz Karls Stimme. »Der Boden, auf den sie mich geschmissen hatten vor Widukind, war getränkt von Blut. Dem Blut von Menschen, deren Leben in meiner Hand gelegen war. Für jeden Blutstropfen trug ich die Verantwortung. Jeder Blutstropfen würde ein Gewicht darstellen auf der Waage Gottes am jüngsten Tag. Ich habe geweint, als ich vor Widukind im Staub lag.«

Hastig sprach Karl weiter. »Ich habe geweint wie ein verlorenes Kind. Geweint um meine Toten. Geweint um die Männer, die vor meinen Augen starben. Dann habe ich Widukind angefleht, auch mich zu töten. Auf den Knien. Mit gefalteten Händen.« Karl hob seinen Weinbecher mit der Linken an den Mund, trank ihn in einem Zug leer. »Im Staub bin ich gekrochen vor Widukind. Er hat mit seinem Fuß in mein Gesicht getreten und hohnlachend gerufen: »Der Tod ist viel zu gut für den räudigen Sproß des Frankenkönigs. Wir werden ihm seinen geliebten Sohn, den berühmten Sachsenkämpfer, zurückschicken. Mit allen Ehren, die einem fränkischen Königssohn gebühren.«

Karl starrte auf die Tischplatte, wo einige Tropfen verschütteten Weines eine Lache bildeten. Mit dem Zeigefinger seiner gesunden Hand fuhr er in die Flüssigkeit, malte blutrote Kringel auf das Holz. »Die Sachsen mußten fliehen, da Graf Theoderich sie sofort angreifen würde, um den Tod seiner Landsleute zu rächen. Mich schleppten sie mit sich gleich einem erbeuteten Tier. In der Burg Graf Widukinds bei Hemfurt im Ederland vollendeten sie dann ihr tragikomisches Spiel mit einem lächerlichen Helden. Im Hof der Burg haben sie mich gefoltert, bei Fackellicht, zwei Stunden lang. Gepeitscht, getreten, geschlagen. Seltsam. Wenn Schmerzen zu stark werden, spürt man sie auf einmal nicht mehr. Ihre Gesichter, die im Feuerschein wie Teufelsfratzen grinsten, ihre fuselstinkenden Münder, ihre knochigen Hände, die auf mich einhieben ... Wenn ich schlafe, träume ich heute noch davon.«

Er blickte auf. »Ich habe Angst,« sagte er. »Angst davor, schlafenzugehen. Angst, alles wiederzuerleben im Traum. Sie haben den besten Schwertkämpfer des Frankenlandes in ein zitterndes Wrack verwandelt.« Er umklammerte mit der linken Hand seinen toten Schwertarm. »Schließlich haben sie mich zum Krüppel gemacht. Sie legten mich unter einen mit Steinen beladenen Pferdewagen, fuhren dreimal über meinen rechten Arm hinweg. Ich habe nichts gespürt.«

Karl warf den Kopf zurück. »Der Welt wurden die Einzelheiten der Schlacht am Süntel bewußt vorenthalten. In den Reichsannalen meines Vaters ist bloß vermerkt, daß Graf Theoderich die fliehenden Sachsen verfolgt und viele von ihnen niedergemacht hat. Schließlich waren wohl die Verluste auf beiden Seiten gleich groß. Der Herrscher hat den Sachsen daraufhin Friedensverhandlungen angeboten. Graf Widukind ist nicht in Aachen erschienen, aber er entsandte einen Trupp seiner führenden Männer. Sie brachten eine besondere Art von Geisel mit.«

Karl strich sich über die Stirn. »Ich kann mich nur mehr dunkel erinnern an die Tage, Wochen nach meiner Folterung«, erzählte er weiter. »Ich war in einem Zustand völliger Stumpfheit, als wäre mein ganzer Körper, mein ganzes Denken, meine Seele abgestorben. Als wäre ich ein toter, grauer Baumstumpf in einem knospenden Jungwald, ein Baumstumpf voller Würmer, voller Aas. Ich glaube, man hat mir etwas zu essen gebracht und meine Wunden verbunden. Da war auch ... Da war auch ein Mädchen, ein Frauengesicht. Eine Magd wohl in der Burg. Ich glaube, da war auch etwas wie Mitleid. Bei den Wächtern. Bei dem Mädchen.« Er lachte auf, herb, verzweifelt. »Vielleicht hätte mir das Mädchen sogar geholfen, mich befreit, wenn ich ...«

Er richtete sich auf. »Ich wollte keine Hilfe«, sagte er. »Alles, was mir geschah, war gerecht. Es war meine persönliche Hölle.« Plötzlich war wieder Leben in seinen Augen. »Ich hätte noch viel mehr leiden müssen« rief er. »Aber wie soll man leiden, wenn man nicht fühlt?« Seine Stimme nahm wieder den Ton nüchterner Berichterstattung an. »Ich habe erst wieder zu fühlen begonnen, als sie mich in der Thronhalle zu Aachen ablieferten, dem Herrscher vor die Füße warfen. Ich werde den Blick meines Vaters nie vergessen. Anklage war darin, eine Anklage, weil ich, der sein Heer in den Tod geführt hatte, lebte. Der König hat die Schmach, die man seinem Fleisch und Blut angetan hat, bitter gerächt«, vollendete der Prinz seinen Bericht. »Für die viertausendfünfhundert wehrlosen Sachsen, die er in Verden an der Aller schlachten ließ wie Vieh, trage ich ebenso die Verantwortung wie für den Tod seiner Paladine am Süntel. Es ist wohl eine Ironie des Schicksals, daß seither wirklich Frieden mit den Sachsen herrscht. Graf Widukind hat die Taufe empfangen, und die fränkische Heerstraße, der Hellweg, durchstößt seit der Unterzeichnung des Friedensvertrages durch die Sachsen bei Saltz an der Saale das Herz ihres Landes gleich einer todbringenden Lanze. Mein Versagen hat also meinem Vater doch noch Nutzen gebracht.«

Erich schwieg, als Karl seinen Bericht beendet hatte. Karl flüsterte: »Euer Schweigen ist ebenso beredt wie das seine. Der König hat kein Wort mehr mit mir gesprochen seit meiner Rückkehr. Wozu auch? Tote sind keine angenehmen Gesprächspartner für die Lebenden.« Bevor Erich einen Einwand machen konnte, war Karl aufgestanden und durch die Tür verschwunden. Er kehrte eine Woche lang nicht in die Pfalzburg zurück.

Erich ging den schmalen Pfad entlang, der zu den Behausungen der Armen führte. Eine wackelige Holzbrücke verband das Stadtzentrum von Aachen mit den schmutzigen Randbezirken. Der Herrscher selbst hatte Erich diesen Weg gewiesen. »Ihr seid verwundert, daß ich weiß, wo Karl sich herumtreibt«, hatte der König gesagt. »Meint Ihr nicht, daß ein Vater über jeden Schritt seiner Kinder Bescheid wissen sollte? Vor allem dann, wenn diese Kinder unglücklich sind? Franklin von Tours hat den Auftrag, ihm heimlich zu folgen, ihn vor allen Gefahren zu beschützen. Aber ich werde meinen Sohn wohl nicht vor der Selbstzerstörung bewahren können. Er glaubt, daß ich ihm sein Versagen in der Schlacht am Süntel nicht verzeihe. Doch es ist er selbst, der sich verurteilt, nicht ich.« Warm hatte seine Stimme geklungen, als er es sagte. Weich. Und ein wenig traurig. Warum, warum nur ließ er Karl niemals spüren, was er für ihn empfand? Ein einsamer Sohn, ein einsamer Vater. Und keine Brücke von einem zum anderen.

Als Erich die Holzbrücke zu den Aachener Randbezirken überschritt, war ihm, als betrete er eine andere Welt. Als ließe er die Grenze, welche die Oberwelt der Menschen vom Hades, von der Welt der leblosen Schatten abtrennte, hinter sich. Noch nie zuvor war Erich gezwungen worden, sich mit den düsteren Seiten einer Stadt auseinanderzusetzen. Nun konnte er den Kopf nicht mehr wegwenden, nicht mehr vorbeisehen an Schmutz, an Hunger, an Elend. Seine Füße versanken in Lehm, in Kot, in feuchter Erde. Es gab keine ausgebauten Wege mehr, kein Steinpflaster, keine Kanalisation. Windschiefe Holzhütten, gedeckt mit Stroh oder Schilf, waren aufgereiht wie Käfige schlachtbereiter Opferlämmer. Dicker schwarzer Qualm kam aus den lehmübertünchten Rauchabzügen, verdichtete die klebrige Luft. Der Nebel schlug sich auf Hauswänden und Bäumen nieder, drang auch in die Lungen der Menschen wie der giftige Säuredampf im Kabinett eines Alchimisten.

Erichs Blick fiel auf eine der armseligen Behausungen, vor der drei Männer des städtischen Räumdienstes mit einem Ochsenkarren warteten. Das mußte die Hütte sein, zu der Karl der Große ihn gewiesen hatte. Sie war noch schäbiger anzusehen als die anderen Unterkünfte, lehnte sich an die Nachbarhäuser, als würde sie zusammenstürzen, wenn man sie ihrer Stütze beraubte. Erichs Augen blieben an den hochaufgeschichteten Leichen im Ochsenkarren haften. Schwarzblau angelaufen waren die Gesichter, aufgequollen die Leiber der Toten. Wahllos übereinandergeworfen lagen sie in dem Wagen. Schnell stieß Erich die nur angelehnte Tür der Hütte auf.

Karl kniete vor dem Bett seiner Geliebten, hatte den Kopf in ihren Schoß gelegt. Erich warf einen Blick auf das fahlgelbe Gesicht des Mädchens, auf die geschlossenen Augen, die gefalteten Hände. Er legte dem Prinzen die Hand auf die Schulter. »Kommt, Prinz Karl«, sagte er weich. »Man ist in Sorge um Euch bei Hof.«

Karl blickte zu ihm auf. Totenblaß war sein Gesicht, von Tränen gerötet waren seine Augen. »Ja, nun werde ich wohl zurückkehren müssen in meine Welt«, antwortete er und erhob sich. Erst jetzt bemerkte Erich die Menschen im Hintergrund des Raumes. Die Familie des Mädchens hatte sich hier versammelt. Aus Augen, in denen kein Licht war, starrten die beiden älteren Frauen den Prinzen an. Die Gesichter der Kinder glichen denen früh gealterter Zwerge. Niemand von ihnen sprach, niemand bewegte sich. Karl blieb vor der Menschengruppe stehen. »Ich werde veranlassen, daß für euch gesorgt wird«, sagte er. Die Frauen sanken vor ihm in die Knie, versuchten, seine Hand zu küssen. Widerwillig schüttelte Karl sie ab, ging schnell zur Tür hinaus.

Als sie in die eleganten Bezirke der Stadt einbogen, blieb Karl plötzlich stehen, lehnte sich an eine Häuserwand. »Ist Euch nicht gut, Prinz?« fragte Erich besorgt. Karl antwortete nicht. Erich wandte sich höflich ab, als der Prinz sich übergab. »Es wird Euch bald besser gehen, wenn wir in der Pfalzburg angelangt sind«, versicherte Erich dem Prinzen.

Karl schüttelte den Kopf, verzog die Mundwinkel, als bereite die Bewegung ihm Schmerz. »Ihr solltet meine Nähe meiden. Ich glaube, ich habe mich infiziert. Ich habe die Pest.« Er sank zu Boden.

Sie trugen den ohnmächtigen Prinzen zur Pfalzburg zurück, Erich und der Graf von Tours, der von irgendwo aufgetaucht war, legten ihn ins Bett, verständigten die Leibärzte des Herrschers. »Wird er leben?« fragte Erich die beiden Mediziner nach der ersten Untersuchung »Er will nicht leben«, antworteten sie.

Einmal noch besuchte Erich den Prinzen in seiner Kemenate. Prinz Karls Gesicht war aufgedunsen, blauschwarz waren seine Lippen. Trotz der dicken Bettdecken zitterte er. Weit nach hinten gekrümmt lag er da, in schmerzerstarrter Verkrampfung, den Hinterkopf in die Kissen gebohrt. »Kann ich etwas für Euch tun, Prinz?« fragte Erich voll Mitgefühl.

Karl bemühte sich, zu lächeln. »Tun? Nein danke, Erich Dalpozza. Es gibt Momente im Leben, in denen einem das Gesetz des

Handelns aus der Hand genommen ist. Die man durchleiden muß.«

Drei Nächte später starb Prinz Karl, offiziell an der schwarzen Pest. Hinter vorgehaltener Hand wurde am Königshof gemunkelt, die Ärzte hätten bei Prinz Karl eine infektiöse Erkrankung des Gehirns diagnostiziert. Doch der König hätte der politischen Wirksamkeit den Vorrang gegeben vor der Wahrheit. In einem blumigen Traktat, verfaßt von Alkuin, wurden die Bürger des Frankenreiches informiert, daß auch des Herrschers geliebter Sohn Karl Opfer der Pestseuche geworden war. Und daß der Herrscher Tag und Nacht arbeitete, um sein Volk von der Gottesgeißel dieser Krankheit zu erlösen.

Erich blieb noch fünf Monate in Aachen. Er bemühte sich, zu helfen, wo er konnte. Es war viel zu organisieren in der Stadt, die nach Abklingen der Seuche langsam ihre Lähmung überwand. Der Herrscher zeigte sich Erich gegenüber von gleichbleibender Freundlichkeit. Die weitreichenden Befugnisse, die er Erich übertrug, bewiesen, welches Vertrauen er in seinen jungen Freund setzte. Erich bemühte sich, das Vertrauen des Königs zu rechtfertigen. Da ihm keine Hindernisse in den Weg gelegt wurden, wenn man von einigen Intrigenversuchen Prinz Ludwigs absah, die wirkungslos verpufften, entfaltete sich Erichs kreative Phantasie. Häufigere Müllabfuhr, mehr Sauberkeit in Wohnhäusern, Küchen, Gasthöfen, die Errichtung städtische Badeanlagen nach römischem Muster, ebenso aber strengere Gesundheitskontrollen bei Taglöhnern und Reisenden gingen auf seine Initiative zurück. Vor allem aber rief er eine großangelegte Kampagne zur Bekämpfung der Rattenplage ins Leben. Er hatte das Ziel des Herrschers zu seinem eigenen gemacht. Nie wieder sollte eine Seuche Aachen heimsuchen.

Erich verließ die Hauptstadt des Frankenreiches im stolzen Bewußtsein, seinen Beitrag geleistet zu haben zu ihrem Weiterbestehen. Er dankte Gott dafür, daß er ihm die Fähigkeit gegeben hatte, zu planen, zu schaffen, zu gestalten. Aachens schwerste Stunden hatten Erich das Ziel, den Sinn seines Lebens erkennen lassen: die schöpferische Arbeit im Dienste seiner Mitmenschen.

10. Kapitel

Das Sterben eines alten Mannes

Die Rutenhiebe klatschten auf den nackten Körper der jungen Frau. Wie ein gehetztes Wild lief sie durch die schmale Gasse zwischen den beiden Menschenmauern, blickte angstvoll an den Gesichtern hoch. Es waren keine Gesichter. Schadenfrohe, von Haß entstellte, geifernde Fratzen waren es. Der Hohn, das Lachen, die Schmähungen der Weiber waren wohl furchterregender für die junge Frau als die Hiebe der Weidenruten, die ihre Haut aufplatzen ließen. Sie preßte die Hände an ihre Ohren, schnellte durch die schmale Gasse zwischen den Zusehern wie ein an Land gespülter Fisch, der verzweifelt versucht, dem Tod zu entkommen. Mit einem Fisch hätten die Frauen vielleicht Erbarmen gehabt, mit ihrer Geschlechtsgenossin nicht.

Erich war froh, daß sich die Männer von Görz aus dieser Menschenhatz heraushielten. Sie standen etwas abseits, drehten verlegen ihre Hüte in den Händen, als sie den Sohn ihres Markgrafen erkannten. Pater Domenikus, der Landpfarrer, war unter ihnen. Als Erich ihn erblickte, wußte er, daß er der Gerichtsbarkeit der Kirche keinen Einhalt gebieten durfte. Er stieg vom Pferd. Da öffnete sich die Tür des gegenüberliegenden Hauses, Gerlind trat auf die Schwelle. Die Markgräfin trug eine Bauernkutte und einen braunen Leinenumhang und hielt einen geflochtenen Weidenkorb in Händen. Die Verurteilte hatte die Menschengasse halb durchquert, sprang, hetzte, stolperte um ihr Leben, geradewegs auf Gerlind zu. Erichs Stiefmutter stand wie erstarrt, riß fassungslos die Augen auf. Dann ließ sie ihren Korb zu Boden fallen, daß sein Inhalt, getrocknete Kräuter und Pillen, herausquoll. Sie lief der Verurteilten entgegen, schloß sie in die Arme. »Hört sofort auf!« schrie sie gellend, riß sich den Umhang von den Schultern, hüllte die nackte Frau darin ein. In schweigendem Groll starrten die Frauen ihre Landesherrin an, ließen die zum Schlag erhobenen Hände sinken.

Die Verurteilte nutzte die unerwartete Wendung. Mit einem raubtiergleichen Sprung brach sie aus der Kette ihrer Peinigerinnen aus, hastete auf den nahen Wald zu. Die Frauen gaben keinen Laut von sich. Sie wandten sich nur um, hetzten, einer gespenstischen Hundemeute gleich, hinter ihrem Opfer her. Einige Männer folgten johlend und lachend. In Gerlinds Augen waren Tränen. »Ist das Euer wunderschönes Friaul, in dem Menschen anderen Menschen so etwas Furchtbares antun dürfen!« schrie sie Erich zu. »Warum habt Ihr nicht eingegriffen?« Erich bückte sich, hob ihren Korb vom Boden auf, sammelte den verstreuten Inhalt ein.

Pater Domenikus war nicht mit den Menschenjägern fortgegangen. Er blickte Erich aus zusammengekniffenen Augen an. In seinem asketischen Rattengesicht zuckte kein Muskel. Langsam ging er auf Erich zu. »Ihr wißt, daß die Markgräfin die Zeremonie einer kirchlichen Verurteilung gestört hat?«

Erich beachtete ihn nicht. Er reichte Gerlind die Hand. »Kommt«, sagte er weich.

Gleich einer Kralle fuhr die zerfurchte Hand des Paters in die Höhe. »Es geht nicht an, daß der Adel sich in die Angelegenheiten der Kirche einmischt. Es geht nicht an, daß der Adel kirchliche Urteilsvollstreckungen stört«, wiederholte er laut. »Ihr wißt das, Sohn des Markgrafen.«

»Ihr habt uns in eine schwierige Lage gebracht, mich und meinen Vater«, sagte Erich leise zu Gerlind. »Der Gang durch die Bußgasse ist eine rechtmäßige Form kirchlicher Verurteilung für Ehebrecherinnen.« Dann wandte er sich dem Pater zu. »Ich weiß, daß die Kirche schnell bereit ist, zu verurteilen. Aber es steht mir nicht an, daran Kritik zu üben. Die Markgräfin bedauert, unwissend eine Urteilsvollstreckung gestört zu haben.«

»Mit dem Bedauern der Ausländerin ist diese Sache nicht abgetan«, gab der Pater zurück.

»Mein Vater und ich sind bereit, der Kirche ein Sühnegeld zu bezahlen, in jeder gewünschten Höhe«, sagte Erich kalt.

»Und wie wollt Ihr sühnen, daß die Fremde sich in Angelegenheiten unseres Dorfes einmischt? Wie wollt Ihr sühnen, daß sie behauptet, Kranke besser heilen zu können als der Bader? Wie wollt Ihr sühnen, daß sie unseren Frauen verrät, welche Waldkräuter Kinder verhüten?«

Erich warf Gerlind einen schnellen Blick zu. Ihre grauen Augen hielten stand, mit trotziger Offenheit. »Eine solche Anschuldigung müßt Ihr erst beweisen, Pater«, sagte Erich bedächtig.

Die Mundwinkel des Paters zuckten voll Verachtung. »Meint Ihr, der Kirche würde ein solcher Beweis nicht gelingen – in einem Hexenprozeß?« Erichs Hand fuhr zum Schwert. Der Pater legte ihm besänftigend die Rechte auf den Arm. »Beruhigt Euch, junger Herr«, sagte er. »Wir gestehen der Markgräfin aus dem fernen Sachsenland zu, daß sie unsere Sitten und Gebräuche nicht kennt. Wir geben uns mit einem Sühnegeld zufrieden. Der Klerus verlangt eine kleine Summe in bar zur Anschaffung von Glasfenstern für die Dorfkirche. Und die Freigabe der zehn Morgen Land, die zu unserer Pfarre gehören, zur ungeschmälerten Nutzung des Ertrages durch die Kirche.«

Erich wußte, daß Pater Domenikus aus bescheidenen Verhältnissen stammte. Seine Eltern gehörten einst zum Gesinde des Markgrafen Dankward von Friaul. Domenikus hatte Erichs Vater nie verziehen, daß er ihn erst aus Anlaß seiner Priesterweihe freigelassen hatte, nach wie vor den Zehent aus dem von Knechten bewirtschafteten Kirchengut beanspruchte und Domenikus mit einem kärglichen Stipendium abspeiste. Es war zu erwarten gewesen, daß der Pfarrer die Gelegenheit benützen würde, seine alte Rechnung mit dem Patron zu seinen Gunsten zu bereinigen.

Der Blick des Kirchenmannes glitt über Gerlinds Gesicht hinweg, verweilte auf ihrem schlanken, biegsamen Körper. Er fuhr sich mit der Zunge über die Lippen. »Vielleicht wäre es gut, wenn der Markgraf seine Gattin besser unter Aufsicht nähme. In der Fremde lauern überall Gefahren auf junge, unerfahrene Frauen.«

Erich wandte sich ab, hob Gerlind aufs Pferd und faßte die Stute am Zügel. Schweigend ging er neben der Reiterin her, den breiten Pfad entlang, der vom Dorf zur Burg führte. Als hinter einer Wegbiegung plötzlich Menschen auftauchten, die das fliehende Mädchen verfolgt hatten, als Erich die Verurteilte auf dem Boden liegen sah, fürchtete er schon, Gerlind würde sich wieder einmischen. Aber Gerlind bewegte sich nicht. Nur ihre Augen hafteten an der Gestalt auf der Erde, bis sie außer Sichtweite war. »Ist sie tot?« fragte die Markgräfin schließlich voll Mitleid.

Erich schüttelte den Kopf. »Sie wird sich wieder erholen.«

»Könnten wir – könnten wir sie nicht in die Burg aufnehmen?« fragte Gerlind.

»Nein. Sie wird zu ihrem Mann zurückkehren. Sie hat ihre Strafe bekommen und damit ist die Angelegenheit erledigt. Für sie und für ihn. Es gibt härtere Strafen für Ehebruch als den Gang durch die Bußgasse.«

»Das Herz eines langobardischen Adeligen ist wohl aus Stein«, sagte Gerlind resignierend.

Etwas wie Zorn war plötzlich in Erichs Stimme. »Haltet Ihr den Ehebruch für ein so harmloses Vergehen, daß er keiner Sühne bedarf? Meint Ihr, ein Adeliger müsse keine Strafe fürchten für ein solches Verbrechen?«

Sie sah auf ihn herab, lächelte weich. »Schuld, Strafe«, sagte sie leise. »Wie kann sich die Gesellschaft anmaßen, über Dinge zu urteilen, die nur zwei Menschen betreffen?«

»Es sind nicht zwei Menschen, Markgräfin. Es sind drei. Ihr vergeßt den betrogenen Ehemann.«

Es war dunkel geworden. Sichelförmig stand der Mond am Himmel. Die Stille der Mainacht hüllte die Landschaft ein, durchbrochen vom leisen Rauschen des Isonzo. »Wißt Ihr, worauf ich jetzt Lust hätte?« rief Gerlind aus.

»Hoffentlich auf kein neues Abenteuer«, antwortete Erich seufzend. »Ich habe Euch gerade erst den Klauen blutrünstiger Dorfbewohner entrissen. Welchen Minnedienst verlangt Ihr nun von mir?«

»Nur, daß Ihr Euch abwendet. Ich werde ein Bad im Isonzo nehmen.«

»Hier? Vor allen Leuten?« rief er erschrocken.

»Seht Ihr Leute?« fragte sie zurück. »Außerdem ist es schon dunkel genug für mein Vorhaben.« Wohl oder übel mußte Erich Wache halten, während seine Stiefmutter sich im kühlen Naß tummelte. Sie schien ihr Bad zu genießen. Gelegentlich rief sie ihm neckende Worte zu. Einmal mimte sie sogar mit lautem Gurgeln die Ertrinkende, mußte aber über ihren Scherz so sehr lachen, daß Erich gar nicht in Versuchung kam, sich zu ihr umzuwenden. Endlich hatte Gerlind ihren Sauberkeitstrieb befriedigt und entstieg den Fluten. Um der frischgebadeten Markgräfin eine

Erkältung zu ersparen, beschloß Erich, so schnell wie möglich zur Burg zurückzukehren. Das letzte Stück des Weges ritten sie daher beide zugleich auf Erichs Pferd. Die kühle, feuchte Haut von Gerlinds Armen, ihr nasses Haar, der Duft ihres Körpers verwirrten Erich ein wenig, als sie so vor ihm auf dem Pferd saß.

Plötzlich tauchte eine Gruppe von Zigeunern aus dem Nichts auf. Schausteller waren es, die aus Anlaß des Kirchweihfestes ins Dorf gezogen kamen, um mit ihren Darbietungen auf dem Jahrmarkt Geld zu verdienen. Erich ließ das Pferd langsamer gehen. Seltsame braune Gesichter starrten ihn an, aus Augen, uralt und jung zugleich. Hände wie aus dunklem Pergament reckten sich ihm entgegen in der ewig gleichen Gebärde bettelnder Unterwerfung. Zahnlose Münder murmelten unverständliche fremdländische Demutsworte. Frauen waren bei der Gruppe, gekleidet in lange, grobgewebte Kittel, schwarze, dreieckige Kopftücher ins Gesicht gezogen. Auch uralte Männer waren dabei, mit verkrüppelten Fingern, die dürren Greisenkörper in Fetzen gehüllt. Und Kinder. Junge Männer hingegen schien es bei der Zigeunergruppe nicht zu geben.

So dachte Erich jedenfalls. Da er jede Art von Bettelei verachtete, wollte er schon tatenlos vorbeireiten. Da traf ihn ein bittender Blick aus Gerlinds hellgrauen Augen. Er seufzte, zückte seinen Geldbeutel, drückte dem Bettelvolk einige Münzen in die Handflächen. Gerlinds dankbares Lächeln entschädigte ihn dafür, daß er gegen seine Überzeugung gehandelt hatte, die da lautete: Geld muß durch Arbeit verdient werden. Als er seinem Pferd die Sporen gab, als die Stute im Galopp auf die Burg zusprengte, bemerkte Erich, daß er sich geirrt hatte, was die jungen Männer in der Zigeunergruppe betraf. Ein schwarzgekleideter Bursche mit breitem Schlapphut stand etwas abseits von seinen Landsleuten, machte eine hohnvolle, ironisch übersteigerte Verbeugung in Richtung auf die beiden nächtlichen Reiter.

Gerlind schien aufzuatmen, als die düstere Gestalt des Zigeuners im Schatten der Nacht verschwunden war. »Wollt Ihr Eurem Pferd nicht seine Pegasus-Flügel umhängen, mein lieber Stiefsohn?« rief sie. »Noch mehr solche Begegnungen mit den Dämonen der Düsternis, und Ihr bringt statt einer frischgebadeten

Markgräfin ein angstschlotterndes Jungfräulein nach Hause, das sich zitternd in Eure starken Arme flüchtet.«

»Das müßtet Ihr mir erst beweisen, Markgräfin, daß Ihr der Arme eines anderen Menschen bedürft«, scherzte Erich. »Euer Zittern wäre wohl nur dazu da, um die Seele Eurer Bewunderer mit Ketten an Euch festzuschmieden.«

»Wenn Ihr mich schon als männermordende Hetäre einschätzt, warum sucht Ihr dann meine Nähe, statt mir auszuweichen?«

Darauf wußte Erich keine Antwort, fühlte sich wohl auch etwas überrumpelt durch die Fragestellung. Gekränkt murmelte er: »Wenn Ihr meine sorgende Nähe als Aufdringlichkeit betrachtet, werde ich die Begegnung mit Euch in Zukunft meiden, um Euch nicht zu betrüben.«

Gerlind konterte blitzschnell: »Wenn Ihr meine unbesorgten Worte als Beleidigung betrachtet, werde ich die Begegnung mit Euch in Zukunft noch mehr suchen, um Euch zum Widerstand zu reizen.«

Erich schmunzelte. Dann sagte er weich: »Es wird Euch nicht gelingen, mich zum Widerstand zu reizen. Ein Kämpfer verschwendet seine Kräfte nicht für häusliches Geplänkel.«

»Also kein Widerstand«, konstatierte Gerlind. »Ihr ergebt Euch mir demnach freiwillig auf Gnade oder Ungnade?«

»Was würdet Ihr wohl mit mir tun, wenn ich jetzt ja sagte?«

»Was ich mit Euch tun würde, mein junger Grafensohn? Ich würde schon etwas mit Euch anzufangen wissen. Mein Wort darauf.« Verzerrte die Nacht neben den Empfindungen auch reale Streckenabstände? Es kam Erich vor, als sei Gerlind plötzlich viel näher an ihn herangekommen, als schmiege sich ihr Körper an den seinen, folgend dem rhythmischen Auf und Ab des Pferdeleibes.

Als Erich seine Stiefmutter im Burghof vom Pferd hob, sagte er scherzend: »Ihr seid leicht wie eine Feder. Eine Nixe, die ich im Mondschein aufgelesen habe im Fluß. Ein Zauberwesen der Nacht.«

Er zuckte zusammen, als plötzlich sein Vater aus der Dunkelheit auftauchte. »Was hat das zu bedeuten?« herrschte der alte Markgraf ihn an. Sein Atem stank nach Fusel wie so oft in letzter Zeit.

»Deine Frau wollte unbedingt schwimmen gehen«, erklärte Erich fröhlich. »Mit mir«, fügte er hinzu, und das schmerzliche Aufglimmen in den Augen von Gerlinds Mann tat ihm eigenartig wohl.

Das Mädchen tanzte ohne Musik. Es tanzte mit bloßen Füßen im Sand des Burghofes von Friaul. Im dunkelgelben Licht, das aus dem Festsaal drang, zeichneten sich die Umrisse des Ziehbrunnens ab. Erich blieb stehen, sah der jungen Zigeunerin zu. Geschmeidig bewegte sich ihr Körper gleich einem Blatt, dem der Frühlingswind Leben einhaucht. Unter dem dünnen Stoffetzen konnte er die Umrisse ihres Körpers erkennen. Ihre braunen Beine wirbelten durch den Sand nach den Klängen einer unsichtbaren Kapelle. Plötzlich hielt die Tänzerin inne. Sie nahm etwas aus dem großen Korb, der neben dem Brunnen stand, wusch es, hielt es Erich hin. Erich erkannte, daß es Früchte waren. Die blutroten, herzförmigen Früchte des Frühlings. »Hier, Herr«, sagte das Mädchen, und eine seidenweiche Verlockung war in ihrer Stimme. Ihr langes, glänzendschwarzes Haar streifte seine Wange.

Er nahm die Früchte aus ihrer Hand, führte sie zum Mund. »Wie heißt du?« fragte er.

»Dunjyn. Es bedeutet: Staub, den man vergißt.« Erich sah ihr ins Gesicht, lächelte ein wenig. Ein seltsames Volk waren sie, die Zigeuner, diese Nomaden, von denen niemand wußte, woher sie kamen, wohin sie gingen. Immer wieder tauchten sie in den Städten und Dörfern der westlichen Welt auf, stellten sich bei Jahrmärkten zur Schau, verdingten sich kurzfristig in Gehöften und Burgen, stahlen wohl auch, wie man sagte, was ihnen in die Finger kam, bevor sie verschwanden, ebenso gespenstisch, wie sie gekommen waren.

»Werdet Ihr mir zusehen, wenn ich in der Burg auftrete?« fragte das Zigeunermädchen.

»Was wirst du uns vorführen?«

»Oh«, machte sie, zog die Mundwinkel nach unten. »Ich führe nichts vor. Grigonje wird etwas vorführen. Er wirft mit Messern.«

»Wer ist Grigonje?« fragte Erich.

»Mein – mein Bruder«, war die Antwort. Das Mädchen lehnte sich zurück, bis sein schwarzes Haar den Rand des Brunnenbekkens berührte. Unwirklich sah sie aus im lichtdurchwobenen Schatten der Nacht. Als hätte der Wind des Ostens sie herbeigetragen aus den Gestaden der Träume. »Gefalle ich Euch, mein schöner junger Herr?« fragte sie. Erich trat näher auf sie zu, beugte sich zu ihr hinab. Ihre schwarzen Augen glitzerten, ihr roter Mund lockte. Erich schloß die Lider. Etwas sauste knapp an seinem Ohr vorbei, prallte auf den Brunnenrand, klirrte zu Boden.

»Oh, verzeiht, Sohn des Markgrafen von Friaul. Mein Messer muß mir entwischt sein. Entflohen im Dunkel der Nacht. Wäre der Wurf gezielt gewesen, hätte ich besser getroffen«, hörte er eine Stimme voll von blankem Hohn sagen.

Erich schnellte hoch. »Das ist Grigonje«, flüsterte das Mädchen. Erich kannte den Zigeuner. Es war der gleiche, den er vor drei Tagen am Wegrand beobachtet hatte, als er mit Gerlind vom Dorf zur Burg hinaufritt.

»Dir bleibt nicht mehr viel Zeit für dein romantisches Abenteuer, Dunjyn«, wandte der Zigeuner sich an das Mädchen. »Die Stunde unseres Auftrittes ist gekommen.« Der Zigeuner hob sein Messer auf. Erichs Augen hafteten auf der Waffe. Der Zigeuner folgte dem Blick des Grafensohnes, stieß verächtlich die Luft durch die Nasenlöcher aus. Er drehte das blinkende Wurfgeschoß in der Hand, ließ es sanft durch die Finger gleiten, als spiele er mit einem Gespinst aus Seide. »Keine Angst«, sagte er schmeichlerisch. »Ich würde doch niemals bewußt eine scharfe Waffe gebrauchen gegen einen so hohen Herrn.« Er drehte sich abrupt um und verschwand.

»Sagtest du nicht, er wäre dein Bruder?« fuhr Erich das Mädchen an.

»Sind wir nicht alle Brüder – vor Eurem Christengott?« höhnte sie. »Grigonje ist mein Verlobter.« Erich wandte sich zum Gehen.

»Ihr habt wohl schon eine Geliebte hier in der Burg?« rief das Mädchen zornig.

Als Erich nicht antwortete, umklammerte Dunjyn seinen Arm. »Wartet!« rief sie. »Meine Mutter will Euch aus der Hand weissagen. Als Dank, weil Ihr und Euer Vater uns in dieser Burg aufgenommen habt für heute Nacht.«

Die Zigeunerin, zu der sie Erich führte, sah aus, als wäre sie steinalt. Runzeln hatten ihr Gesicht zerfressen. Sie nahm Erichs

Hand zwischen ihre kalten Finger. »Ich sehe ...« murmelte sie. »Ich sehe den Festsaal der Burg. Lichter. Fröhlichkeit. Dann – ein Streit. Euer Vater!« schrie sie plötzlich gellend auf. Sie unterbrach sich, hustete, fuhr fort: »Blut ist an Euren Händen. Euer Vater wird sterben heute Nacht. Der Tod hält Einzug in Eurer Burg.«

Erich zog seine Hand zurück. »Geht nicht, junger Herr!« rief die alte Frau beschwörend. »Geht nicht in den Festsaal. Hört auf mich.«

Erich blickte das Zigeunermädchen an, das neben ihm stand. »Ich habe Dunjyn versprochen, mir ihren Auftritt anzusehen«, sagte er sanft.

Geschirrklappern, Gesprächsfetzen, schrilles Gelächter schlugen Erich entgegen, als er die Tür zum Festsaal von Burg Görz öffnete. Kläglich bemühte sich ein fahrender Sänger, den Lärm mit der Melodie seines Saiteninstrumentes, mit seinem Gesang zu durchdringen. Die Stimmung im Saal war schon zu weit fortgeschritten, die Gesellschaft nicht mehr nüchtern genug, um den Betrachtungen des Sängers über reine ritterliche Liebe folgen zu können.

Dankward von Friaul griff nach einer gebratenen Ente, die auf einer silbernen Platte den Tisch zierte, warf sie über seinen Kopf hinweg dem Sänger zu, als füttere er einen Hofhund. »Hier, stopft Euren Mund mit diesem Vogel zu«, wies er den Sänger an. »Das Fett von Entenbraten soll die Stimme eines Sängers schmieren, heißt es. Euer quietschendes, schrilles Gesangsorgan hat eine solche Ölung bitter nötig.« Erichs Vater wischte seine Hände an den Beinkleidern ab, griff nach einem der großen Weinkrüge auf der Tafel, setzte ihn an den Mund. Sein Blick blieb an seinem Sohn haften.

Erich ging durch den Saal, vorbei an den schmalen Holztischen, an denen die Knappen saßen, die in der Burg ausgebildet wurden, hinauf zur festlich gedeckten Tafel des Gastgebers, an der die Edelleute aus der Nachbarschaft Platz genommen hatten. Der alte Markgraf nahm einen großen Schluck aus dem Weinkrug, knallte das Gefäß auf den Tisch zurück, daß die rote Flüssigkeit überschwappte.

»Oh, Ihr Leute, erhebt Euch. Mein Sohn, die Zierde dieses Festes, gibt uns die Ehre, den Saal zu betreten. Nun wird das bleiche Antlitz der Markgräfin wohl aufleuchten, nun wird wohl ein Lächeln ihre versteinerten Züge erhellen«, rief er. Mit seinen Fingern, die so dick und unförmig geworden waren in den letzten Jahren, griff er seiner Frau mitten ins Gesicht. »Hast du nicht gehört, mein Engel? Du sollst lächeln. Zeige ihm ruhig, daß du dich über seinen Anblick freust, meinem Sohn, der so jung ist wie du.« Mit einer täppischen Bewegung kniff er Gerlind in die Wange, als wolle er ihrem Gesicht eine Grimasse des Lächelns entlocken. Dann glitten seine Finger tiefer, krallten sich um ihren weißen Hals. Gerlind suchte Erichs Blick. Schicksalsergebene Wehmut war in ihren Augen. Leicht, ganz leicht nur lächelte sie ihrem jungen Stiefsohn zu. Dann drückte sie den Arm ihres Mannes von ihrem Hals weg, zog den Schleier über ihr Gesicht.

Ein Knappe eilte herbei, wollte Erich zu seinem Platz an Gerlinds linker Seite führen. Erich schüttelte den Kopf, setzte sich an einem der Nebentische nieder, mitten zwischen den fremden Menschen, die gekommen waren, um mit seinem Vater zu feiern. Er versuchte, nicht an die einsame Frau dort oben an der Tafel zu denken, die der Brutalität ihres betrunkenen Mannes ausgeliefert war. Er versuchte, zu übersehen, daß sein Vater ihn aus rotgeränderten Augen ununterbrochen anstarrte. Die Gäste schienen die knisternde Spannung zwischen dem alten Markgrafen und seinem Sohn erspürt zu haben. Die lärmende Fröhlichkeit verebbte. Man warf sich verlegene Blicke zu, tuschelte hinter vorgehaltener Hand.

Erich war froh, daß sich die Aufmerksamkeit von ihm abkehrte, als die Zigeuner in den Saal kamen. Ein hölzerner Sockel wurde hereingeschleppt, ein Rad daran befestigt, dessen Durchmesser mehr maß als die Körperlänge eines Menschen. Das Zigeunermädchen Dunjyn wurde mit Händen und Füßen an dem Rad festgebunden. Ein kleines Tischchen wurde dem Holzrad gegenüber aufgestellt, zwanzig blanke Messer nebeneinander daraufgelegt.

Dunjyn benahm sich, als sei mit der Vorführung keinerlei Gefahr verbunden. Neugierig studierte sie die Gesichter der Zuschauer. Als sie Erich erkannte, spitzte sie die Lippen wie zum Kuß. Gehüllt in einen schwarzen Umhang, den großen Schlapphut tief ins Gesicht gezogen, betrat Dunjyns Verlobter, der messerwerfende Zigeuner, den Raum, blieb neben dem Tischchen stehen, auf dem die Dolche ausgebreitet waren. Das Rad, auf dem Dunjyn festgebunden war, wurde in Bewegung gesetzt. Schneller, immer schneller kreiste die runde hölzerne Fläche, rotierte der Körper des Zigeunermädchens. Die Hand des Messerwerfers griff langsam, beinahe zärtlich nach seinem todbringenden Spielzeug. Eines der Messer bohrte sich neben Dunjyns linkem Bein in die Holzscheibe, das zweite genau daneben.

Der Zigeuner hatte die Körperumrisse des Mädchens mit seinen Wurfgeschossen eingerahmt. Mit seinem letzten Messer durchschnitt er den Strick, der Dunjyns Arme an das Rad fesselte. Dunjyn befreite ihre Beine von den Fesseln, sprang vom Sockel des Rades zu Boden, nahm ihren Verlobten bei der Hand. Die beiden Schausteller verneigten sich tief. Der alte Markgraf klatschte in die Hände, seine Gäste taten es ihm gleich. »Bringt zwei Sessel herbei für meine Freunde«, befahl Dankward von Friaul. »Sie sollen mir gegenüber an der Tafel sitzen. Ihre Kunst ist es wert, in allen Burgen des Frankenlandes vorgeführt zu werden.« Mit einem ironischen Grinsen in Richtung auf Erich nahm der Zigeuner an der Tafel Platz, ließ sich die Speisen munden, die vor ihn hingestellt wurden.

»Ihr müßt uns von den Sitten und Gebräuchen Eures Volkes erzählen«, ordnete der alte Markgraf an. »Sicher sind es wilde, barbarische Gebräuche.« Er kaute an seinem Braten. Sein Bart war verschmiert von Fett und Saft.

Der Zigeuner streifte den großen Hut von seinem Kopf, legte dem Mädchen an seiner Seite den Arm um die Schultern. »Oh, unsere Gebräuche unterscheiden sich gar nicht so sehr von den Sitten im zivilisierten Frankenreich«, sagte er langsam.

»So?« Der alte Markgraf schlürfte laut hörbar den roten Wein in sich hinein, wischte mit dem Handrücken seinen Mund ab und rülpste. »Dann berichtet uns doch, wie eine Eheschließung vollzogen wird bei den Zigeunern.«

Die schwarzen Augen des Zigeuners krallten sich an Erichs Gesicht fest. Erich spürte, daß eine unsichtbare Gefahr drohend auf ihn zukam. »Die beiden Menschen, die füreinander bestimmt sind, schwören sich ewige Treue, ganz wie bei den Christen«, erzählte der Zigeuner. »Sie schwören es vor dem Dorfältesten, vor allen ihren versammelten Verwandten. Ewige Treue, die nur der

Tod enden kann. Dann baden sie gemeinsam im Fluß. Das Wasser reinigt sie von allen ihren Sünden, wäscht alle Flecken, die ihr bisheriges Leben in ihre Seele gebrannt hat, fort. Ein weißes Pferd wird gebracht, die Liebenden steigen auf, reiten beide auf dem heiligen Tier zu ihrem Hochzeitszelt.« Verschlagen gleich dem auf Beute lauernden Kojoten war der Blick des Zigeuners, als er dem alten Markgrafen in die Augen sah. »Ihr kennt diese Zeremonie doch auch, Markgraf? Habe ich nicht erst kürzlich einen ähnlichen Brauch bei euch Franken beobachten können? Zwei Liebende, die nach ihrem Bad im Fluß auf einem weißen Pferd in Richtung der Burg davonritten?«

Dankward von Friaul sprang auf, stieß den Weinkrug um. »Borgt mir den Dolch, den Ihr im Gürtel tragt«, befahl er heiser. »Ich will Euch zeigen, daß der Markgraf von Friaul ebenso gut mit dieser Waffe umgehen kann wie Ihr.« Grinsend reichte der Zigeuner ihm das Messer. Erich erhob sich langsam, als sein Vater sich ihm zuwandte. Entsetzt starrten die Gäste auf das Messer in der Hand des alten Grafen. Wie immer in Momenten der Gefahr verstummte jegliche Empfindung in Erichs Gemüt. Mit eiskalter Berechnung verfolgte er den Weg, den das blinkende Wurfgeschoß aus der Hand des betrunkenen alten Mannes nahm. Im letzten Augenblick, als die Waffe auf seinen Kopf zuschoß, duckte er sich. Knapp an seinem Gesicht vorbei flog das Messer, bohrte sich in einen Wildbraten auf einer großen Platte, die ein Knappe die Stufen im Hintergrund des Saales heruntertrug. Der Knappe öffnete den Mund zu einem erschrockenen Ausruf, ließ die Platte fallen. Fleischstücke, buntes Gemüse und Obst rollten, purzelten, hüpften über den Steinboden der Halle. Entschuldigungen murmelnd versuchte der Knappe vergebens, das Essen wieder einzusammeln. Während sich die Spannung der Zuseher in einem befreiten Auflachen entlud, verließ Erich den Raum.

Erich richtete sich auf und strich die Bettdecke glatt, als Gerlind in seine Kammer trat. »Habt Ihr das in Eurer Schulzeit auch immer gemacht?« fragte sie mit zärtlicher Sanftheit.

»Was?«

»Euch schmollend mit einer Schriftrolle auf Euer Bett zurückgezogen, wenn eine sogenannte Respektsperson Euch angriff?«

Erich lächelte. »Nicht, wenn ich verdient hatte, was mir geschah. Heute habe ich es nicht verdient.«

Gerlind trat zu seinem Bett, breitete in einer rührenden Geste der Hilflosigkeit beide Arme aus. »Ich fühle mich dafür verantwortlich, daß Ihr leiden müßt um meines dummen Einfalls willen, im Fluß zu baden. Was kann ich tun, um es wieder gutzumachen?«

Erich strich sich das Haar aus der Stirn. »Es ist nicht Eure Schuld, Gerlind«, sagte er. »Der Keim des Zweifels, der Stachel des Argwohns bohrte sich wohl schon ins Herz meines Vaters am Tag seiner Hochzeit mit einer jungen Frau. Was macht er übrigens? Es war nicht gut, daß Ihr die Tafel verlassen habt. Er wird Euch suchen.«

»Euer Vater besäuft sich sinnlos. Ich habe Kopfweh vorgeschützt, um entfliehen zu können. Ich werde niemandem abgehen.«

Gerlind beugte sich zu Erich hinunter, warf einen Blick auf die Schriftrolle, die er in der Hand hielt. »Ach, Isoldes Liebestraum«, stellte sie fest. »Die Sage von der Königin, die ihrem alten Mann Marke die Treue bricht. Ihr seid gerade an der Stelle, wo der Dichter ihre langen goldenen Locken besingt, wie ich sehe.« Sie legte die Handflächen an ihr helles Haar. »Zum Glück wird sich kein Tristan in mich verlieben«, scherzte sie. »Ich bin nicht schön wie Isolde, und mein Haar ist kurz geschnitten.«

»Wenn man voraussetzt, daß die Liebe eines Mannes von der Länge des Haupthaares seiner Angebeteten abhängt, stimmt Eure These«, antwortete Erich. Er griff nach ihrer Hand, zog Gerlind auf sein Bett nieder. Sinnend betrachtete er ihre schmalen Finger. Dann führte er ihren Zeigefinger zum Mund, drückte einen Kuß darauf.

»Was macht Ihr?« flüsterte sie atemlos, und eine plötzliche, wilde Weichheit war in ihrem Gesicht. Er öffnete ihr Gewand. Liebkosend glitt seine Hand über ihren Körper. Sie ließ es geschehen. Er beugte sich über sie, küßte ihre zierlichen, festen Brüste, ihren Bauchnabel, ihre Leistenbeuge. Ihre Hände nestelten an seinem Gürtel, öffneten die Schnalle. »Komm, mein Liebster«, flüsterte sie. »Komm.«

Just, als Erich meinte, die Welt versänke in einem wogenden rosaroten Nebel des Glücks und nichts Irdisches könne mehr in den Frieden seiner Wolkenträume eindringen, zerriß ein donnerndes Krachen die seidenweiche Stille. Erich öffnete die Augen. Sein Vater hatte die Tür zu Erichs Zimmer aufgestoßen, gegen die Wand geschmettert. Finster sah der alte Mann aus, rachedürstend, furchteinflößend gleich einem geifernden Bluthund. »Also doch«, schrie der Markgraf. »Und ich glaubte schon, ich hätte meinem Sohn Unrecht getan, bin gekommen, um mich zu entschuldigen.« Er torkelte auf das Bett zu. Erich machte keinen Versuch, der Hand seines Vaters auszuweichen. Mit voller Wucht traf ihn die harte Faust des alten Mannes ins Gesicht, schleuderte seinen Kopf gegen die Wand. Benommen richtete er sich auf, tastete nach seinem Hinterkopf, fühlte klebrige Feuchtigkeit zwischen seinen Fingern. Ruhig blickte er dem tobenden alten Mann ins Gesicht. Etwas wie Verwunderung überkam ihn, daß Menschen sich so sehr verändern können in Augenblicken des Zornes.

Der Markgraf schien sich in seinen Grimm hineinzusteigern. Sein Gesicht war blutrot angelaufen, sein Atem ging stoßweise. »Du elender Verräter!« schrie er. »Verschwinde sofort aus der Burg, wenn du nicht willst, daß ich dich gleich hier erschlage.« Er hob die Hand erneut. »Dankward, nein!« rief Gerlind, fiel ihm in den Arm. Er schleuderte sie von sich. Da, plötzlich, erstarrte er mitten in der Bewegung. Ein Stöhnen entrang sich seiner Brust, wie ein uralter Baum stöhnt, bevor er, von Menschenhand gefällt, zu Boden sinkt. Der alte Graf faßte sich ans Herz. Totenbleich wurde sein Gesicht. Ein krampfartiges Zittern lief durch seinen Körper. Er wandte sich um. Wie gehetzt, mit angstvoll aufgerissenen Augen, versuchte er, die Tür zu erreichen. Auf halbem Weg brach er zusammen, blieb reglos liegen. Erich sprang aus dem Bett, kniete neben dem Gestürzten nieder. Worte drängten sich ihm auf die Lippen. Verzeih mir, wollte er dem Vater zurufen. Ich habe schlecht an dir gehandelt. Ich will es wieder gutmachen. Doch ein Blick in die gebrochenen Augen des Markgrafen zeigte ihm, daß es für Reue zu spät war.

Erich konnte die lärmende Fröhlichkeit im Saal nicht länger ertragen. Er ging hinaus auf den Gang, der von einigen düsteren Fackeln erhellt wurde. Es überraschte ihn nicht, daß Gerlind kurze Zeit später ebenfalls den Saal verließ, sich neben ihn stellte. »Der Tod eines Menschen als Anlaß zum Feiern«, sagte Erich. »Wie sie lachen, trinken, grölen. Als freuten sie sich, daß sie noch am Leben sind, daß das Schicksal einen anderen getroffen hat.«

»Diese Totenfeiern sind ein ursprünglich heidnischer Brauch«, erklärte Gerlind. »Ein schöner Brauch. Der Mensch stirbt nicht, er nimmt seinen Platz ein als Held im Himmel der Asen. Es gibt keinen Grund zu trauern.«

»Ein tröstlicher Gedanke«, antwortete Erich, »für alle, die daran glauben.«

»Es war nicht meine Absicht, Euch zu trösten.« Härte war plötzlich in Gerlinds Stimme. »Es war Zeit für den alten Mann, zu gehen. Es ist Zeit für Euch, seinen Platz einzunehmen. Die Verantwortung für die Menschen in Eurem Land zu tragen, das Amt Eures Vaters weiterzuführen und zu vervollkommnen, ist Eure Aufgabe. Ein erfülltes Leben wartet auf Euch.« Sie zögerte einen Moment. »Ich muß Euch nicht darauf hinweisen«, sprach sie dann weiter. »Ihr wißt es ohnehin. Euch stört nicht, daß der Graf gestorben ist. Euch stört nur, wie es geschah.«

Erich lächelte leicht. »Gibt es etwas, das man vor Euch geheimhalten kann?« fragte er.

»Ich lebe nur bereits etwas länger als Ihr«, antwortete sie ernst. »Und ich betreibe meine Studien schon ziemlich lange.«

»Eure Studien?«

»Ja. Meine Studien in Menschenbeobachtung. Junge germanische Grafensöhne sind ein interessantes Studienobjekt.«

Erich blickte zu Boden. Etwas gepreßt, wie unter einem Zwang, sagte er: »Ihr müßt Burg Görz nicht verlassen, Gerlind. Wenn Ihr wollt, könnt Ihr auch weiterhin hier leben.«

Sie trat ganz dicht an ihn heran, so daß er sie ansehen mußte. »Hier leben?« wiederholte sie kühl. »Und welche Funktion soll ich hier einnehmen nach dem Ratschluß des neuen Markgrafen von Friaul?«

Erich zuckte ein wenig zusammen, als sie ihn mit seinem ihm noch ungewohnten Titel ansprach. Er drehte ihr den Rücken zu. »Ihr wißt, daß mir das Gesetz des Staates und der Kirche verbietet, die Witwe meines Vaters zur Frau zu nehmen.«

»Wenn das Gesetz nicht wäre«, fragte sie sanft. »Würdet Ihr es dann tun? Würdet Ihr mich heiraten?«

»Ich würde Euch jetzt einen Antrag machen, in diesem Augenblick«, antwortete Erich. Sie schwieg. Als er sich ihr wieder zuwandte, sah er im flackernden Licht der einsamen Fackel, daß in ihren Augen Tränen glänzten.

Als schäme sie sich, daß er ihre Schwäche bemerkt hatte, wischte sie sich mit dem Handrücken über die Augen. »Ihr zwingt mich, Euch über noch etwas aufzuklären, mein junger Grafensohn«, sagte sie. »Ihr fühlt Euch mitschuldig am Tod Eures Vaters. Auch ich empfinde so. Ich habe Dankward die letzte Zeit seines Lebens nicht gerade versüßt. Ich habe ihm die Wärme nicht gegeben, die er durch die Heirat mit mir erkaufen wollte. Um meinetwillen hat er zu trinken begonnen. Wir beide, Erich, Ihr und ich, haben den alten Mann in die Einsamkeit getrieben. Meint Ihr, daß Schuldgefühle eine tragfähige Basis darstellen können für das Zusammenleben zweier Menschen? Außerdem, so stark bin ich nicht, um als einsame, alternde Witwe zuzusehen, wie der Burgherr von Görz, der mir nicht ganz gleichgültig ist, sein Glück findet mit einem schönen jungen Mädchen aus fränkischem Hochadel. Schüttelt nicht so ernsthaft den Kopf, mein junger Freund. Zweifellos wird dies eines Tages der Fall sein. Auch wenn Ihr es Euch jetzt noch nicht vorstellen könnt.«

Ungewohnt schüchtern war die Geste, mit der sie ihm die Hand auf den Arm legte. Eine kaum fühlbare Bewegung. Ein Windhauch. »Noch schlummert die Lebenskraft in Euch, Erich von Friaul. Noch stellt Ihr den Hunger nach Wissen über die vitalen Anliegen Eures Körpers. Eines Tages wird sich dieses Verhältnis umkehren. Ihr werdet Euren Hang zu intellektuell motivierter Einsamkeit eintauschen gegen das lebenszugewandte Glück, das Euch eine große Familie spendet. Ihr werdet die unterschiedlichsten Spielarten Eures Ichs entdecken im Wesen Eurer Kinder. Ihr werdet die Farbpalette ergründen, mit der die Natur zwei menschliche Wesen zusammenfügt zu einer gänzlich neuen, faszinierend anderen Form von Leben. Glaubt Ihr, ich könnte das so leicht ertragen? Eure Züge wiederzuentdecken in Euren Kindern? Eure Züge, gepaart mit der Persönlichkeit einer anderen Frau?« Sie hob ihr Gesicht zu ihm empor: »Ich reise morgen früh nach Sachsen zurück. Und Euren traurigen Blick nehme ich als Abschiedsgeschenk mit auf den Weg.«

Er nahm sie in die Arme. Ihr biegsamer Körper versteifte sich. Sie riß sich los. Mit der Hand strich sie ihm über das Haar, ganz leicht nur. »Willst du mir zum Schluß noch das Herz brechen, mein Held?« fragte sie wehmütig. Dann lief sie zur Treppe, die zu den oberen Gemächern führte, verschwand in der Dunkelheit des Ganges. Die Tür zu ihrer Kemenate fiel ins Schloß. Am nächsten Morgen verließ die sächsische Grafentochter Burg Görz. Erich sah sie nie mehr wieder.

Während des folgenden Jahres lebte Erich nur mit seinen Hörigen und Leibeigenen auf Burg Görz. Bereits im pestbedrohten Aachen hatte er tiefe Befriedigung empfunden, als er für das Volk arbeitete. Nun wiederholte, verstärkte sich dieses Gefühl. Seine Aufgabe als Arbeitgeber, Lehrer, Berater, milder Richter entschädigte ihn voll für seine persönliche Einsamkeit. Mehrmals erhielt er Einladungen, zu Empfängen, Festbanketten, Feierlichkeiten an den Königshof zu Pavia zu kommen. Jedesmal lehnte er ab mit dem Hinweis, unabkömmlich zu sein. Sogar die offiziellen Hoftage ignorierte er, händigte dem Botenreiter, der ihm die Einberufung überbrachte, nebst Essen und einem frischen Pferd für den Rückweg bereits die vorgesehene Geldbuße für Nichterscheinen aus. Er besuchte den Freund, der König geworden war, nicht einmal am Tage von Pippins Hochzeit. Dann jedoch, eines Tages, erhielt er die Ankündigung, daß der König von Italien eine Treibjagd in den Wäldern Friauls zu veranstalten wünsche. Gleichzeitig berichteten ihm seine Wachtposten, daß die Awaren sich in bedrohlicher Zahl an der Landesgrenze von Friaul zusammenzogen.

11. Kapitel

Treibjagd

Das Gesinde von Burg Görz hatte sich im Hof versammelt, um den König von Italien willkommen zu heißen. Erich hatte es nicht verhindern können. Er wäre lieber mit Pippin allein gewesen. Fast drei Jahre hatte er den Freund nicht gesehen. Drei Jahre. Und ein ganzes Leben. Die Zeit, die Erich in Aachen verbracht hatte, war zur fernen Erinnerung verblaßt. Erinnerungen haben ihre düsteren Seiten. Und ihre hellen. Pippin war ein Teil der hellen, schönen, sonnigen Erinnerungen an Aachen.

Von etwa dreißig Mann Gefolge begleitet ritt der König von Italien über die Zugbrücke von Burg Görz. Er trug ein schlichtes, dunkelbraunes Jagdwams, braune Beinkleider, hohe lederne Reitstiefel. Sein helles Haar war unter einer Kappe verborgen, die von einer biegsamen, leuchtendbunten Vogelfeder geziert war. Wie ein einsamer Farbtupfen wirkte die Feder vor dem Hintergrund des herbstdüsteren Gewandes. Knechte eilten herbei, um das Pferd des Königs zu halten, als er abstieg. Das Hofzeremoniell schrieb Erich vor, einen Kniefall vor seinem König zu tun. Die Vorschrift sagte zwar nichts darüber aus, wie sich der Markgraf von Friaul bei einem zwanglosen Jagdtreffen mit seinem König zu verhalten hatte, im allgemeinen wurde aber kein Unterschied gemacht zwischen formellen Einladungen und freundschaftlichen Begegnungen.

Sicher kannte Pippin das Hofzeremoniell. Sicher erwartete er, daß Erich vor ihm im Staub niedersank. Erich konnte es nicht. Er blieb aufrecht stehen, neigte bloß leicht den Kopf vor seinem König. Als habe Pippin diesen Bruch der Etikette gar nicht bemerkt, lächelte er sein warmes, herzliches Lächeln. Sein Blick streifte über die ehrwürdige Steinfassade der alten Burg, über die Rundtürme, die in drohender Gebärde gleich einer geschlossenen Faust zum Himmel hochragten, über die Burgmauer mit Zinnen, Wehrgang und Pechnase, über Palas, Kapelle und Bergfried.

»Burg Görz«, sagte Pippin weich. »Hier also lebst du. Oder sollte ich besser sagen, hier hast du dich verkrochen vor der Welt. Und vor deinen Freunden.« Pippin stieg vom Pferd, reichte den Knechten die Zügel, trat auf Erich zu. Eine ungewohnte Mattigkeit war in seinen Augen. Als trage er an einer Last, die zu schwer für ihn war. Ein Hauch nur seines alten, fröhlichen Spottes blitzte in Pippins Miene auf, als er fortfuhr: »Da der Markgraf von Friaul die Einladungen seines Königs immer wieder auszuschlagen geruhte, mußte ich hierherkommen, um dich wiederzusehen. Ich habe mich gedemütigt durch diese Geste, wußtest du das, Erich? Ein König kann seinen widerspenstigen Vasallen vor sein Angesicht zwingen. Wenn es sein muß, sogar mit Waffengewalt. Das Delikt, das du begangen hast, fällt unter die Sparte Untreue. Das fränkische Reichsgesetz sieht im gehäuften Wiederholungsfall dafür die Todesstrafe vor.«

Sein Fuß streifte einen der größeren, von der Burgmauer herabgebröckelten Steine. Mit der Stiefelspitze stieß er das Mauerstück weit von sich. Mit einem Blick in Erichs Augen bemerkte er trocken: »Ich sehe, du hast dir nun Steine zur Gesellschaft erwählt statt der Menschen. Glaubst du, die Steine dieses düsteren Gemäuers könnten dich weniger verletzen?« Pippin schloß den Freund in die Arme. Fest, ganz fest preßte er Erich an sich. Etwas zu fest. Etwas zu lang. Als suche der König von Italien Schutz bei seinem Untertanen. Dann ließ Pippin Erich los. Als sei nichts geschehen, trat er vor die Bediensteten von Burg Görz hin, die vor ihm niedersanken. Jedem einzelnen reichte er die Hand, für jeden hatte er ein freundliches Begrüßungswort. Bewegt, gerührt, ergriffen waren die Menschen.

Es war wie früher. Das einfache Volk jubelte dem großen Herzensverzauberer zu. Es war nicht wie früher. Pippin lebte seine Rolle nicht mehr. Er spielte sie.

Der Schall der Jagdhörner zerriß die Stille des Waldes. Verzweifelt versuchte das aufgestörte Getier zu entkommen, huschte, hetzte, kroch durch das raschelnde Laub. Unentrinnbar wurde das Wild eingekreist von der Meute der Hunde, sah sich den schußbereiten Bogen, den Spießen und Wurfspeeren der Jäger, den langen Jagdschwertern der Reiter gegenüber.

Wie die meisten Abkömmlinge vornehmer Adelsgeschlechter liebte Erich die Jagd. Das Wild aufzuspüren im Dickicht des Waldes, es zum einsamen Kampf zu stellen, war Abenteuer und Herausforderung für ihn. Ein Abenteuer, zu dem andere Menschen keinen Zugang hatten. Ein Kampf, der keiner Zeugen bedurfte. Aber nur dann, wenn die Möglichkeiten für Mensch und Tier ebenbürtig waren. Bei einer Treibjagd war das nicht der Fall. Die Tiere hatten keine Gelegenheit zur Selbstverteidigung. Sie wurden abgeschlachtet. Der Jäger wurde zum Metzger degradiert. Die hilflose Angst in den Augen der Tiere bereitete Erich Übelkeit. Die Tatsache, daß von atmenden Wesen bald nur mehr Hautfetzen, ausgeweidete Muskelstränge und blutbedecktes Laub übrigbleiben würden, ließ ihn am Recht des Menschen, den Tod über andere Lebewesen zu bringen, zweifeln. Er blickte zu Pippin hinüber, dessen Augen in eigenartiger Wehmut auf die Tiere im Zentrum des Kesseltreibens gerichtet waren.

Durch fröhliche Bemerkungen versuchte die Jagdgesellschaft, die Stimmung aufzulockern. Der alte Witz vom Treiber, der sich als Hirsch verkleidet, damit er von den Pfeilen seiner Jagdkameraden nicht mehr getroffen werden kann, kursierte ebenso wie der vom vorbeihumpelnden dreibeinigen Hasengroßvater mit durchlöcherten Lauschern, der den jungen Jägersanwärtern für Zielübungen dient und noch immer lebt.

Ekel stieg in Erich hoch. Das Schwätzen und Lachen der Menschen, das Keuchen und Seufzen der Tiere war ihm plötzlich zuwider. Er wendete sein Pferd, ritt von der Gruppe der Treiber weg, die anfingen, die Tiere einzukreisen, sich mit Gelärme und Stockgeklappere dem Wild näherten. Leiser wurde das Gelächter, die Menschenstimmen wurden vom Lebenshauch der Natur abgelöst. Sanft plätscherte der nahe Bach. Ein zarter Wind strich über die Gräser. Grillen zirpten, Vögel zwitscherten. Erich folgte dem schmalen Bach. Die Einsamkeit des Forstes nahm ihn auf, umschloß ihn mit einer Gebärde mütterlicher Wärme. Tief hingen die zarten Äste einer Weide in die Wellen hinein. Ihre länglichen Blätter lösten sich, wiegten sich auf der Wasseroberfläche, bevor sie sich niedersinken ließen in den Fluten. Bienen, Hummeln, Libellen umschwärmten das glitzernde Naß, strichen über die eidotterfarbigen Blütendolden hinweg, die das Bachbett säumten.

Erich hielt seine Stute an. Er hatte die Fährte eines Hirsches auf dem feuchten Moosboden bemerkt. Es war nur ein ganz leichter Eindruck gewesen. Als hätte der Hirsch versucht, Spuren zu vermeiden. Die Könige der Wälder waren kluge Tiere, die sich oft mit List ihren menschlichen Häschern entzogen. Wenn die todbringenden Zweibeiner aus den Städten in ihr Revier eindrangen, pflegten sich die Hirsche unauffällig zurückzuziehen. Sie folgten einem Bach- oder Flußbett, durchschwammen das Naß, um ihre Spuren zu verbergen, lagerten dann reglos in feuchten Mulden neben dem Bach, versteckt unter herabhängenden Ästen, und ließen seelenruhig die mordgierige Jägermeute an sich vorüberziehen.

Erich brach einen armlangen Zweig ab, befegte ihn, indem er die Rinde mit dem Messer entfernte, und legte ihn auf dem Boden aus. Der Hauptbruch mochte den Jägern als Warnsignal dienen. Nur kurz erwog er, weiterzureiten, den Frieden der Natur nicht zu stören. Das Jagdfieber siegte. Erich ließ seinen Blick über das Gewirr herbstbunter Blätter am Rand der kleinen Wiese schweifen. Irgendwo in dem rotgelbbraunen Laubgeflecht mußte der Hirsch verborgen sein. Waren da nicht einige der Blätter zerfasert, als habe sich etwas Hartes an ihnen gerieben? Langsam ritt Erich den Wasserlauf entlang, neigte sich weit im Sattel zur Seite, suchte mit den Augen den Boden ab. Da war die Spur. Zertretene Blätter, von Hufen niedergedrücktes Gras. Erich stieg kurz vom Pferd, legte seine Hand in die Fährte. Viereinhalb Finger breit. Ein Zehn- oder Zwölfender also. Über einer besonders undurchdringlichen Stelle im Blättergewirr tanzten unzählige Mücken und Insekten in einer Wolke schwirrender Bewegung. Zeichnete sich nicht der Schatten einer großen braunen Masse im Inneren des Blättergewirrs ab, einer reglos lauernden Masse? Es war gefährlich, den Hirsch allein und ohne Hunde zu stellen. Gar mancher Jäger hatte ein solches Wagnis mit dem Leben bezahlt. Erich griff nach seinem Hifthorn, setzte es an die Lippen. Der dumpf klagende Ton zersprengte die Stille. Sechsmal wiederholte Erich den Hornruf kurz hintereinander, das letzte Mal lauter und langanhaltender. Mit donnerndem Krachen brach der Hirsch durch das Gehölz, den Kopf hocherhoben. Er stand im besten Geweihalter, war sicher noch nicht vierzehn Jahre alt. Die überschüssige Kraft seines Körpers hatte zur Bildung eines prachtvollen zwölfendigen Geweihs mit gut ausgeprägten Stangen geführt. In panischer Flucht galoppierte das Tier am Bachbett entlang, versuchte, in wilden Sprüngen zu entkommen.

Fünfzehn Reiter der Jagdgesellschaft kamen herangesprengt, nahmen, umkreist von ihren Hunden, die Verfolgung des Wildes auf. Der König von Italien war bei ihnen. Er bedachte Erich mit einem seltsam forschenden Blick, bevor er sein Pferd neben das des Freundes lenkte, um dem Hirsch nachzusetzen. Am Waldrand stellten sie ihn. Der Hirsch wandte sich seinen Häschern zu, stand ihnen gegenüber. Ruhig, stolz. Bewegungslos witternd verharrten die Hunde vor dem Wild. Sie erhielten das Kommando zum Einspringen. Mit lautem Gekläff schnellten sie an den Läufen des Hirsches hoch. Der Hirsch senkte das Geweih zum Angriff, rammte es einem der lärmenden Vierbeiner in den Leib. Der geforkelte Hund purzelte winselnd ins Gras, aus einer Seitenwunde blutend. Bösartiger wurde das Knurren der Hunde. Das lautempfindliche Wild haßte Hundegekläff. Hirsche wurden durch Hunde so sehr in Wut und Raserei versetzt, da sie die nervtötenden Vierbeiner wahllos angriffen. Immer wieder kam es vor, daß Jagdhunde bei der Hirschhatz auf der Strecke blieben. »Pfeift die Hunde zurück«, befahl Erich. »Wir sollten ihm ihr Gekläffe ersparen. Er ist uns ohnehin schon ausgeliefert.« Widerwillig nur gehorchten die Hunde, als die Jäger sie kurz an die Hängleine nahmen.

Graf Wido von Spoleto, dessen Landbesitz an die Ländereien der Herren von Görz angrenzte, blickte zu Erich hinüber. »Wollt Ihr ihn erlegen, Markgraf? Als Jagdherr habt Ihr das Recht darauf.«

»Nein«, antwortete Erich, blickte zum König von Italien hinüber. »Ihr, Majestät?« Pippin schüttelte den Kopf.

»Der Hirsch ist freigegeben«, gab Erich bekannt. Etwas gepreßt klang seine Stimme. Er warf einen letzten Blick auf das Wild. Reglos stand der Hirsch da, den zackengekrönten Kopf hocherhoben. Abwartend, prüfend, witternd. Er schien zu wissen, daß seine Lage aussichtslos war. Dennoch schien er keine Angst zu haben. Hirsche fürchten sich nicht vor Menschen. Im Gegenteil. Es ist bekannt, daß die Könige der Wälder die Nähe der Menschen gelegentlich sogar suchen. Es war ein eigenartiges Bild. Das todgeweihte Tier, die Menschenmeute, die es fasziniert anstarrte, unfähig zu handeln. Nun, es würde nicht lange dauern, bis einer der Jäger den Hirsch auf die Decke legte. Ein schneller Tod für das Tier, ein Tod ohne Schmerzen, ohne Leid.

Plötzlich bewegte sich der Hirsch. In einer demütigen Geste knickte er die Vorderbeine ein, legte das Maul auf den Boden. Wie ein Aufschluchzen klang sein gequälter Schrei. Der König des Waldes ergab sich seinen Mördern. In die Enge getriebene Hirsche pflegen auf diese Weise ihre Unterwerfung zu demonstrieren. Erich wandte sein Pferd herum, pfiff seine beiden Wolfshunde zu sich, setzte die Stute in Trab und ritt davon, weg von den Menschen, tiefer in den Wald hinaus. Die Stimmen der Jäger, das Kläffen der Hunde verebbten, wurden aufgesogen von den Lauten der Wildnis.

Erich hatte sich an den Stamm einer alten Linde am Waldrand gelehnt, starrte über die Felder hinweg, die den Forst vom Bauernland abgrenzten. Seine beiden Wolfshunde Kastor und Pollux ruhten zu seinen Füßen. Er hatte wohl bemerkt, daß ein Reiter ihm in einigem Abstand gefolgt war, ein Reiter, der nun sein Pferd an den nächsten Baum band, neben ihn trat. Erich wußte, daß es Pippin war. Doch er wandte sich dem Freund nicht zu. Auch nicht, als Pippin ihn anredete. »Ich wollte dir sofort nachreiten, als du dich von der Gruppe der Jäger entfernt hast. Ich bin dann doch geblieben. Weil ich es einmal zu Ende erleben wollte, das Sterben. Es war ein schöner Hirsch, nicht wahr? Ein königliches Tier. Etwas angeschlagen zwar, geschwächt, aber dennoch stolz. Ein Tier, das nicht aufgibt.

Als der Graf von Spoleto seine Lanze in das Fleisch des Hirsches rammte, als rotes Blut aus der Wunde herausspritzte wie Wasser aus einer Quelle im Fels, als das Tier ächzte, langsam zusammenbrach, als sein Körper auf dem Boden zuckte, sich verzweifelt festklammernd an seinem verlöschenden Leben, da hatte ich plötzlich die Vision, ich wäre der Hirsch, durchbohrt von der Lanze des Jägers. Eine kleine Unaufmerksamkeit nur, ein Moment der Achtlosigkeit – schon hat der Tod den König des Waldes ereilt.« Pippin lächelte. »Es ist gar nicht so schlimm, Erich, das

Sterben«, sagte er. »Die Lanze steckt in deinem Leib. Du hast keine Schmerzen, überhaupt keine körperlichen Empfindungen. Die Zeit scheint sich verlangsamt zu haben. Wärme ist um dich. Wärme ist in dir. Verbundenheit mit der Natur. Mit den Tieren. Mit den Menschen. Da ist kein Platz für Haß, für Feindschaft.«

Mit Gewalt schien Pippin sich aus seiner weltfernen Stimmung loszureißen. »Man kann viel ablesen aus dem Blick der Tiere«, fügte er trocken hinzu. Es klang, als wolle er sich entschuldigen. Entschuldigen dafür, daß er sich selbst verloren hatte in einem verendenden Tier. »Etwas verwundert hat er ausgesehen, der Hirsch, als er zu Boden glitt. Seine laubbraunen Augen ruhten auf den Leuten, die ihm beim Sterben zusahen, die glotzten, schwätzten, lachten, lärmten, während er Abschied nehmen mußte von seiner geliebten Welt. Der Todesseufzer eines Hirsches gleicht dem letzten Atemzug eines Menschen. Es ist, als gäbe er mit der Luft, die er ausstößt, der Natur alles, was er von ihr erhalten hat, zurück. Es ist, als fordere das sterbende Tier die Natur auf, all die Dinge, die sein Dasein reich gemacht haben, weiterzuverschenken, andere Wesen damit zu beglücken. Es bleibt nicht viel übrig von dem Hirsch, wenn er tot ist. Eine starre Fleischmasse, die abgehäutet wird von den Knappen. Ein bizarres Geweih, das als Jagdtrophäe aufgehängt wird in der Burg von Friaul.«

Weich wie Samt war Pippins Stimme, als er weitersprach. »Du hättest verhindern können, daß der Hirsch getötet wurde. Du bist Herr dieses Landstriches. Der Hirsch gehörte dir. Du hast sein Leben nicht gerettet. Wohl, weil du wußtest, daß es seine Bestimmung war, zu sterben. Eine Jagd ist kein Erfolg, wenn die Meute Mensch kein Opfer findet, nicht wahr? Ebensowenig, wie eine Schlacht ein Erfolg ist, wenn kein edles Wild dabei sein Leben lassen muß. Der Markgraf von Friaul hat sich nicht entschieden, Leben zu retten. Er hat sich abgewendet und ist fortgeritten. Wenn er mit dem Leiden anderer Lebewesen konfrontiert wird, wenn er deren sanfte Bitte um Hilfe spürt, eine Bitte, die nur die Augen aussprechen, niemals der Mund, handelt Erich Dalpozza immer auf die gleiche Weise. Er zieht sich zurück, läßt den Dingen ihren Lauf. Vielleicht ist es das, was man Lebenskraft nennt.« Erich warf Pippin einen schnellen Blick zu. Kein Spott war im

Gesicht des Freundes, keine Ironie. Nur die Traurigkeit eines waidwunden Herzens spiegelte sich sanft in den Zügen des Königs von Italien.

»Ich habe mich gegen die Entscheidung meines Vaters gewehrt«, sagte Pippin mit plötzlicher Härte.

»Dagegen gewehrt?« fragte Erich. »Gewehrt, König zu sein?«

»Du hattest ältere Rechte auf die Krone von Italien als ich«, antwortete der Freund. Erich lächelte wehmütig. Die eiserne Krone von Italien, nach einer darin eingearbeiteten Reliquie, einem Nagel vom Kreuz Christi, benannt. In der Realität hatte er sich nicht vorgestellt, daß der zierliche Goldreif je sein Haupt zieren würde. Vielleicht in seinen Wunschträumen.

Erich wandte sich dem Freund zu, sah ihm ins Gesicht. »Pippin, ich habe nie wirklich damit gerechnet, daß dein Vater mich auf den Thron der Langobarden setzen würde.«

»Aber du hast mit dem Gedanken gespielt?«

»Es war der Herrscher selbst, der mich auf diesen Gedanken brachte.«

»Weißt du, was er einmal von dir gesagt hat, Erich? Du seist wie ein gutes Schwert, das man im Feuer formen muß. Vielleicht ist das der Grund, warum er dich von allen Menschen, die er liebt, am schlechtesten behandelt.«

Lange Zeit blickten beide schweigend ins Weite. »Mein Vater hat sich falsch entschieden«, sagte Pippin plötzlich. Erich warf ihm einen verwunderten Seitenblick zu, sagte aber nichts. »Weißt du, warum ich dir nachgeritten bin?« setzte Pippin fort. »Sie haben die Tiere nun zusammengetrieben. Jetzt beginnt das Schlachten. Ich bin fortgeritten, weil ich das nicht ertragen kann. Mir wird schon beim Zusehen übel. Die Awaren stehen an den Grenzen des Frankenreiches, und Italien hat einen König, der kein Blut sehen kann.«

»Du weißt, daß ich immer an deiner Seite kämpfen werde«, beeilte sich Erich zu versichern. Der Freund sollte nichts von der Betroffenheit merken, die Erich empfand.

»Brüder beim Wein, Brüder im Kampf«, sagte Pippin und lächelte mit geschlossenen Lippen. »Wie damals in der Nacht von Aachen. Erinnerst du dich noch? Ich habe mich dir sehr überlegen gefühlt in jener Nacht. Das Blatt hat sich bald gewandelt. Der

Junker vom Land hatte die besseren Würfel. Der Spielmann, der glaubte, die Weltenscheibe in seinen Händen zu halten, wird verlieren.« An dieser Stelle hätte Erich wohl dem Freund widersprechen müssen, aber er konnte es nicht. Nicht, weil ihm die Worte gefehlt hätten. Weil sie eine Lüge gewesen wären. Pippin schien keinen Einwand erwartet zu haben. Er lachte herb auf. »Diese Treibjagd heute – sie erscheint mir wie eine Analogie auf mein Schicksal. Das Wild bin ich, der Treiber mein Vater. Ein großer König. Eine starke Persönlichkeit. Der Druck seiner Stärke lastet auf seinen Kindern. Keiner von uns kann erfüllen, was er erwartet. Mein Bruder Karl ist als erster geflohen. Geflohen vor einem Leben im Schatten des Frankenkönigs. Geflohen vor einem Leben als Versager.«

»Ich war in Aachen um diese Zeit. Man sagte, Karl sei an der schwarzen Pest gestorben«, unterbrach Erich den Freund.

Pippin verzog die Mundwinkel. »Meinst du? Die Pest war es wohl, an der er gestorben ist. Aber die Pest, die in seinem Herzen saß seit der Schlacht am Süntel. Meine Schwester begeht auf andere Weise Selbstmord. Jeden Tag. Wer weiß, welches der Kinder des Frankenkönigs als nächstes die Flucht ergreifen wird. Vielleicht wird eines Tages Ludwig übrigbleiben auf dem Königsthron. Mein Bruder Ludwig, der wie eine Karikatur des großen Königs Karl wirkt und dennoch mehr Zähigkeit hat als wir alle. Mehr Zähigkeit, mehr Überlebenswillen. Und weniger Verantwortungsbewußtsein.«

In diesem Augenblick flog mit dem typischen fauchenden Gefahrenruf ein Rebhuhn aus dem Feld auf, stob mit lautstarkem Flügelschlag davon. »Wollen wir unsere Kräfte messen?« fragte Pippin und nahm den Bogen von der Schulter. »Wer von uns wird besser treffen?« Erich visierte das Ziel an. Die Spitze seines Pfeiles folgte dem auffliegenden Vogel. Dann schoß er den Pfeil ab. In spiralförmigen Kurven stürzte das Tier zu Boden. Die Hunde sprangen auf, um die Beute ihres Herrn einzuholen. Erich wandte sich zu Pippin um. Erst jetzt bemerkte er, daß der Freund gar nicht geschossen hatte. Pippin hatte den Pfeil wieder in den Köcher gesteckt, den Bogen umgehängt. Erich schnürte die Beine des erlegten Tieres zusammen und warf sich die Jagdbeute über die Schulter. Er band sein Pferd los.

Als er aufsitzen wollte, hielt Pippin ihn zurück. »Ich bin nicht nur um unserer Freundschaft willen heute zu dir gekommen. Erich. Ich muß dir eine Botschaft von meinem Vater überbringen.« Erich wartete schweigend. Zum ersten Mal, seit er Pippin kannte, schien der Freund nach den richtigen Worten zu suchen. Schließlich sagte er: »Der König der Franken sprach folgendes: Dies ist kein Auftrag, nur eine Idee. Das Frankenland benötigt einen Mann, der den Mut hat, für diese Idee sein Leben einzusetzen. Er wäre völlig allein, über Jahre vielleicht. Und auch nach seiner Rückkehr könnte der Herrscher sich wahrscheinlich nicht öffentlich zu ihm bekennen.« Tiefer Ernst lag über Pippins Gesicht. Er sah zu Boden.

»Was müßte der Mann tun?« fragte Erich.

»Er müßte bei den Awaren leben. Der Herrscher meinte, Informationen aus dem Mund dieses Mannes wären von entscheidender Bedeutung. Sie könnten möglicherweise sogar die Awarenkriege beenden.«

»Du identifizierst dich nicht mit diesem Auftrag?« fragte Erich ruhig.

Pippin hob den Blick, sah Erich geradewegs in die Augen. »Wie könnte ich das?« stieß er leidenschaftlich hervor. »Mein Vater schickt diesen Mann doch in den fast sicheren Tod.«

Die beiden Männer kehrten zu der Jagdgesellschaft zurück. Die Ausbeute der Treibjagd, drei Wildschweine, sechzehn Füchse, fünf Auerhähne und dreiunddreißig Hasen, hatte man auf dem Waldboden in Strecke ausgelegt, vorbereitet zum Abtransport. Nun war man gerade dabei, den Hirsch aufzubrechen. Wie es die Jagdsitte vorschrieb, wollte man dem König von Italien als höchstrangigem Jagdteilnehmer den abgetrennten rechten Lauf des Hirsches überreichen. Pippin zog die Oberlippe zwischen die Zähne, bedachte Erich mit einem flüchtigen Seitenblick und lehnte ab. In einer Erdmulde hatte man eine Decke aus Laub und Gras aufgeschichtet, den Hirsch mit dem Rücken daraufgelegt, die vier Läufe und den Bauch in die Höhe gekehrt. Bei der Gurgel beginnend wurde nun die Haut des Hirsches bis zu den Läufen aufgeschnitten, abgezogen und auf dem Laub ausgebreitet. Schließlich wurden Haut, Geweih, Lauscher, Schwanz und die Fleischteile auf die Packpferde verladen. Erich kannte seine

Pflicht als Jagdherr. Er ließ den mitgebrachten Wein ausschenken. Wein, gekeltert aus Trauben, die auf den markgräflichen Gütern in der Provinz Görz gereift waren. Von vollmundiger Weichheit war der Geschmack des gelben Weines. Als hätte man die pralle, reife Herbstsonne von Friaul in einem Glas eingefangen und verflüssigt. In einer Soße aus Wein, Fett und Gewürzen wurden über einem kleinen Feuer die Innereien des Hirsches erhitzt, die Glutpfanne anschließend herumgereicht. Fröhlich, wie die Jagd begonnen hatte, klang sie aus für die Gäste. Drei lange und zwei darauffolgende kurze Hornrufe verkündeten das Ende der Jagd. Der Zug der Jäger formierte sich zum Heimritt.

Seite an Seite ritten der König von Italien und der Markgraf von Friaul an der Spitze des Zuges auf die Burg Görz zu, deren Rundtürme in den Abendhimmel ragten. In einen seltsamen Himmel, ein Farbenspiel aus zarten Rosatönen, die sich über ein kräftiges Orange bis hin zum blutigen Rot verdichteten. Seite an Seite saßen sie auch am Kopfende der Tafel beim Gastmahl am Abend des gleichen Tages, der König von Italien und der Markgraf von Friaul. Seite an Seite. Und dennoch erschien es Erich, als wäre der Freund ihm ferner als je zuvor.

Pippin hatte nichts von dem gebratenen Wild, dem bunten Gemüse und Obst, den leckeren Beilagen und Soßen angerührt. Aber immer wieder mußten die Knappen seinen Trinkbecher nachfüllen. Er schüttete den Alkohol in sich hinein, als unterliege er einem Zwang, dem er nicht entfliehen konnte. Er redete nichts. Seine hellen Augen waren in die Ferne gerichtet, ruhten auf der Tischgesellschaft und blickten gleichzeitig durch sie hindurch.

Erich versuchte, all die Menschen mit den Augen des Freundes zu sehen. Nebst dem Gefolge des Königs hatte Erich vierzig Leute zum Gastmahl geladen. Ritter und Edle aus der Nachbarschaft waren es, mit ihren Frauen, halberwachsenen Söhnen und Töchtern. Keiner von ihnen hatte sich die Gelegenheit entgehen lassen, dem König von Italien persönlich vorgestellt zu werden. Pippin hatte die Vorstellungszeremonie geduldig über sich ergehen lassen, die Namen und Titel der Vorgestellten wiederholt, jedem die Hand gereicht, jedem ein Lächeln geschenkt. Ganz König war er gewesen, obwohl er immer noch sein Jagdgewand trug. Und Erich mußte daran denken, daß Pippin einmal zu ihm gesagt hatte, nicht die äußere Erscheinung mache einen König aus, nicht die Hülle eines Gewandes. Damals hatte Erich die Meinung des Freundes nicht ganz geteilt. Doch heute, als er beobachtete, mit welch schlichter, selbstverständlicher Würde der Freund mit den Menschen umging, mußte er sich eingestehen, daß Pippin wohl recht gehabt hatte.

Nun saßen sie alle an der großen, ovalen Holztafel. Feierlich gekleidet waren die Menschen, goldbestickt die Hemden und Umhänge der Männer, aus pastellfarbenen Seidenstoffen gewebt die langen Kleider der Frauen. Die Eßgewohnheiten der Gäste waren weniger kultiviert, hoben sich deutlich vom Festgewand, den gepflegten Bärten der Männer, den in Zöpfen hochgesteckten Haartrachten der Frauen ab.

Nachdem sich die erste, durch die Anwesenheit des Königs bedingte Scheu gelegt hatte, langten die Gäste kräftig zu. Sie griffen mit bloßen Händen nach dem gebratenen Fleisch und Geflügel auf den aus Fichtenholz geböttcherten Schüsseln und Tellern, rissen Stücke des Fleisches ab und kauten sie ungeniert. Laut hörbar schlürften die Männer Wein aus kupfernen Trinkbechern, verschütteten ihn teilweise über Tisch und Gewand. Ohne auf die beschwörenden Blicke ihrer Frauen zu achten, erzählten sie lauthals derbe Witze, hauten sich gegenseitig auf die Schulter oder stießen ihre Ellbogen den Sitznachbarn in die Seite. Es war ein buntes Bild voll Lebensfreude. Nur der König von Italien am Kopfende der Tafel schien davon nichts zu spüren. Die Einsamkeit des Herrschenden, von der sein Vater einmal gesprochen hatte, schien Pippin mit eisernem Griff umschnürt zu halten. Mit einem Griff, aus dem es kein Entrinnen gab.

Plötzlich stand Pippin auf. Alle Blicke folgten ihm. Der König gab einem der Knappen einen Wink, der daraufhin ein Musikinstrument herbeiholte. Erich kannte das Instrument. Die Laute des Sängers von Aachen. Pippin entfernte sich einige Schritte von der Tafel, ging zu dem steinernen Treppenaufgang, der zu den oberen Gemächern führte. Auf der dritten Stufe ließ er sich nieder, lehnte den blonden Kopf an die Wand, winkelte das rechte Bein an und stützte die Laute auf. Die Pose Balders, des Lichtgottes. Ein schöner, bleicher, trauriger Balder. War Balder nicht von einem Pfeil seines düsteren Bruders Höder getötet worden? Es hieß, mit Balders Tod sei alles Leichte, alle Heiterkeit aus dem Leben der Götter und Menschen geschwunden. Erich wußte nicht, wieso ihm diese altgermanische Sage plötzlich in den Sinn kam. Er verdrängte den Gedanken auch sofort wieder.

Mit seiner weichen, klangvollen Stimme begann Pippin zu singen:

Du bist verdammt zum In der Zeit bewegen,
in einer Spur, wo man kein Ende kennt.
Erscheint dir dies auch manchmal als ein Segen,
so ist es doch ein Fluch, der dich vom Gottsein trennt.
Es tropft die Zeit aus ihrem Stundenglas,
Vergangenes kehrt nie zurück.
Es tropft dein Leben, Stück für Stück.

Du bist verdammt zum Dich im Kreis zu drehen,
setzt deinen Schritt in ewig gleichem Trott.
Und wünsch dir nicht, die Zukunft je zu sehen,
der Kreislauf endet nur mit deinem Tod.
Es tropft die Zeit aus ihrem Stundenglas.
Vergangenes kehrt nie zurück.
Es tropft dein Leben, Stück für Stück.

Du bist verdammt zum Vor der Zeit zu sterben,
noch lang, bevor die Welt du hast erkannt.
Es ist, als nähmst statt Gläsern du zwei Scherben,
und einen Finger willst du statt der Hand.
Es tropft die Zeit aus ihrem Stundenglas.
Vergangenes kehrt nie zurück.
Es tropft dein Leben, Stück für Stück.

Ein halbes Jahr später, als nach einem langen, kalten, düsteren Winter ein neuer Frühling ins Land zog, fiel das Heer der Awaren ins Frankenreich ein.

12. Kapitel

Die Schlacht

Wie ein tödlicher Sturm waren die Awaren hereingebrochen, hatten die Grenzdörfer überrannt, die Bevölkerung niedergemacht. Der Markgraf von Friaul formierte seine Truppen zum Widerstand. Bereits als die Awaren begannen, sich an ihrer Landesgrenze zusammenzurotten, hatte Karl der Große Hilfstruppen nach Friaul entsandt. Franklin von Tours führte die Soldaten an, die aus dem fränkischen Stammland gekommen waren. Gernot von Traun war Erich von Austrien her zu Hilfe geeilt. Und der Sohn des Herrschers, König Pippin von Italien, war mit einem großen Heer vor Burg Görz erschienen, um seine Truppen mit Erichs Männern zu vereinen. Als Landesherr von Friaul und ehemaliger fränkischer Waffenmeister war Erich mit dem Oberbefehl über die gesamte Streitmacht betraut worden.

Ein endloser Zug von Flüchtlingen bewegte sich auf die Burg zu. Die Bevölkerung des Ortes Görz, die Bauern aus der Nachbarschaft, die Überlebenden aus den niedergebrannten Grenzdörfern suchten Unterschlupf in der Festung ihres Burgherrn. Einem Kriegslager glich Erichs Heim. Tausende von Menschen fanden Platz im Inneren des trutzigen Gemäuers und im Burghof, lagerten auf dem nackten Steinboden, in Gängen und Kellern, wärmten sich an schnell errichteten offenen Feuerstellen. Das Dienstpersonal von Burg Görz bemühte sich, die Schutzsuchenden zu verköstigen, zu umsorgen, zu beruhigen. Hier in der Burg wären sie sicher, betonten die Knechte und Mägde immer wieder. Die Awaren führten keine Kriege um Burgen. Ihnen ging es um den freien Durchzug ins Frankenland.

Und unser Dorf? Unsere Häuser, unsere Tiere, unsere Habe? Darauf wußte auch die Dienerschaft von Burg Görz keine Antwort. Wer konnte schon vorhersehen, wie der Kampf ausgehen würde? Aber ihr Herr sei ein tapferer Kämpfer. Und die Frankenritter an seiner Seite ebenfalls.

In der weiten Ebene vor der Burg trafen die feindlichen Heere aufeinander. Die Awaren hatten am Waldrand ein Zeltlager errichtet. Bewegungslos, lauernd hockten sie, auf ihre Steppenpferde geduckt, dem Frankenheer gegenüber.

Pippin war langsam auf seinem Goldfuchshengst Loge bis zur Spitze des Frankenheeres vorgeritten. Auf seinem Helm glänzte als Zier eine kleine goldene Krone, der eisernen Krone von Italien, einst Machtsymbol der Langobardenkönige, nachgearbeitet. Auf dem kostbar verzierten Wappenhemd aus leichter Leinwand, das über dem Panzer getragen wurde, war auf rotem Grund die Königskrone der Franken eingestickt. Pippin wendete sich um, blickte Erich in die Augen. Wie Pippin nun wohl zumute war? Erich kannte Pippins Abneigung gegen den Krieg. Aber er wußte auch, daß der Sohn des Frankenherrschers seine Pflicht erfüllen würde.

Pippin zog sein Schwert aus der Scheide, hob es hoch. »Möge der Herr uns beistehen in dem Kampf, der nun beginnen muß!« rief er den Soldaten zu. »Für Gott, Karl den Großen und Frankenland!« Im Galopp ritt er auf den Feind zu. Mit donnernden Hufen folgte das Frankenheer dem König. Als die feindlichen Heere prasselnd aufeinanderprallten, dröhnte es, als bräche die Erde auseinander in einer feurigen Explosion.

Was nun begann, war keine Schlacht. Es war ein Schlachten. Der Moloch Krieg war ausgebrochen aus seinen Ketten, stapfte unaufhaltsam über das Land, bediente sich der Menschen als Hilfskräfte bei seinem Zerstörungswerk. Freund und Feind schienen im Getümmel verschmolzen zu einem Leib, der sich in rhythmischen Zuckungen wand. Dort riß eine Wunde auf, da. Hier wieder. Ströme von Blut ergossen sich auf die Erde. Rot spritzte es hinweg über Harnische, Schwerter, Lanzen. Es haftete an Gesichtern und Händen. Das Blut derer, die jeder von ihnen erschlagen hatte. Schließlich sein eigenes Blut.

Erich blieb keine Zeit zu denken, als der Kampf begann. Er teilte Schläge aus, steckte Schläge ein wie in einem Rauschzustand. Sein Schwert führte die Bewegungen aus, als wäre es lebendig, angetrieben von einem höllischen Zwang zu töten. Das Schreien derer, die er erschlug, ging unter im Kampfgetümmel. Längst waren seine Ohren taub geworden gegen die Musik des Todes, die ihn umbrandete. Gleich Fratzen beim dörflichen Fest der Wintersonnenwende waren die Gesichter der sterbenden Awaren verzerrt. Zu tanzen schienen sie unter den Schwerthieben der Franken. In starrem Grinsen erfroren ihre Mienen, bevor ein Blutstrahl gleich einer Quelle aus ihren Mündern sprudelte.

Tod den Feinden des Frankenlandes, Tod den Feinden des Frankenlandes! Wie ein Schmiedehammer pochte dieser eine Satz durch Erichs Gehirn, immer und immer wieder. Er hieb auf die braunen Leiber der Feinde ein, als schlachte er Vieh.

Da gellte ein Schrei an sein Ohr, grell, nah, unentrinnbar. Luitprand Ogi, der Verwalter seiner Güter in Friaul, ein alter, treuer Freund der markgräflichen Familie, taumelte neben Erich zu Boden. Ein spitzes Wurfmesser ragte aus seinem Hals. Und dort! Der Mann, der unter den Schlägen zweier Awarenkrieger zuckte wie ein verwundetes Reptil, versuchte, auf dem Boden kriechend zu entkommen! Tamiko Ender war es, einer von den Jungmännern, die Erich auf Burg Görz für den Kampf ausgebildet hatte. Die Feinde zerstückelten seinen Leib. Röchelnd erstarb das kaum gelebte Leben des jungen Mannes.

Tod den Feinden des Frankenlandes! Tod den Feinden des Frankenlandes! Abscheu überkam Erich. Haß, Wut auf die Eindringlinge, die nichts zu suchen hatten im Land der Franken. Er rammte sein Schwert einem der Awarenkrieger in die Brust, sah dem Feind voll Trotz ins Gesicht, als er starb. Noch jung schien der Krieger zu sein. Die breitflächige Derbheit der Awarengesichter war noch nicht ausgeprägt bei ihm. Von einer fremdartigen Anmut waren seine Züge. Es schien, als wolle der Aware seinem Gegner den Triumph nicht gönnen, zu schreien, als er starb. Lautlos sank er vom Pferd, die dunklen Augen starr auf seinen Mörder gerichtet.

Tapfer waren sie ja, die Krieger aus dem Osten, die Frankenland überfallen hatten. In ihren einfachen ledernen Brustpanzern, auf ihren halbwilden, zähen Steppenpferden stürmten sie gegen die fränkische Kriegsmaschinerie an in einem für sie nahezu aussichtslosen Kampf. Was die Wilden wohl veranlaßt hatte, die Grenzen des Frankenreiches zu überrennen? Dort stürzte wieder einer der Wilden zur Erde. Ein Wurfmesser ragte aus seiner Stirn. Ein anderer, dessen Pferd getroffen worden war, versuchte vergebens, vom Boden hochzukommen. Die Frankensoldaten trieben ihre Reittiere erbarmungslos über ihn hinweg. In einem Gurgeln ertrank sein Schrei.

Tod den Feinden des Frankenlandes? Grell wie ein Blitz durchzuckte Erich ein Gedanke, ein Gedanke, den kein Krieger denken sollte. Die Feinde waren Menschen! Sie töteten wie die Franken. Sie starben wie die Franken. Sie hatten Gesichter, Münder, Nasen, Ohren, einen Leib, zwei Arme, zwei Beine. Nichts Unmenschliches war an ihnen. Mit welchem Recht töten Menschen Menschen? Er tötete weiter. Es war seine Aufgabe in dieser Schlacht. Aber sein Herz hörte das Schreien der Sterbenden.

Gerade hatte Erich zwei Feinde hintereinander abgewehrt, den einen mit der Lanze durchbohrt, dem anderen das Schwert in den Leib gerammt, da blendete etwas seine Augen. Eine Lücke hatte sich im Getümmel der Kämpfenden gebildet. Keine vierzig Fuß entfernt erblickte Erich einen Awarenkrieger, der sein Pferd blitzschnell herumgeworfen hatte und die Lanze hob. Einen seltsamen Awarenkrieger. Ein goldener Panzer bedeckte seine Brust, schwere, glänzende Reifen zierten seine bloßen Arme. Helm trug er keinen. Lang fiel sein glattes schwarzes Haar auf die Schultern herab. Der goldene Kriegsgott der Awaren! Erich mußte an die Worte Herzog Tassilos denken. Er wußte nun, wen er vor sich hatte.

Wie der Awarenfürst so auf seinem Rapphengst vor Erich hielt, die Lanze, deren Spitze gerötet war von Blut, hocherhoben, glich er einer Bronzestatue des römischen Kriegsgottes Mars. Und Erich mußte das Reiterkunststück des Awaren bewundern, sein Pferd blitzschnell vom Galopp zur vollständigen Ruhe zu bringen. Für einen Moment begegneten sich die Blicke der beiden Männer. Kampfesfreude las Erich in den dunklen Augen des Awarenfürsten. Ein entrücktes Lächeln spielte um seine Lippen. Seine Augenlider waren halb geschlossen. Der Aware wandte sich ab, richtete seine Lanze auf ein Ziel, nicht weit von Erich entfernt. Erich folgte mit den Augen der Richtung, in welche die Lanzenspitze wies. »Pippin! Nein!« schrie er und riß sein Pferd herum.

Der König von Italien hatte tapfer gekämpft. Die Awaren schienen zu wissen, wen sie vor sich hatten. Die Krone auf dem

Helm des fränkischen Königssohnes, das Wappen der Karolinger auf seinem Schild machten ihn kenntlich. Immer wieder hatten die Feinde versucht, den doppelten Ring aus Menschenleibern zu durchbrechen, mit dem die fränkischen Soldaten den König von Italien deckten. Nun schien Pippin erschöpft. Gerade hatte er die Angriffe zweier Awarenkrieger abgewehrt, die durch den Schutzring gedrungen waren. Für einen Moment nur schien er ausruhen zu wollen, um wieder Kräfte zu sammeln. Er wandte seine Brust dem neuen Feind zu, ohne die Gefahr zu erkennen.

Die Awarenkrieger hatten eine Schneise in den Ring aus Soldaten geschlagen, der den König von Italien umgab. Auf seinem schwarzen Hengst sprengte der Anführer der Feinde auf Pippin zu. Mit Wucht prallte die Lanze auf den Harnisch des Königs, bohrte sich in seine linke Seite. Erich kam gerade noch zurecht, um den Freund, der vom Pferd glitt, aufzufangen. Stille breitete sich über dem Schlachtfeld aus. In solchen Momenten ruhte der Kampf.

Erich kniete auf dem Boden, hielt den Körper des Freundes umfangen. Er löste den Helm mit der Krone von Pippins Kopf, legte ihn in den Staub. Die hellen Augen Pippins ruhten auf ihm. Er lächelte ein wenig, sein warmes, herzliches Lächeln, das so sehr dem seines Vaters glich. Dann schloß Pippin die Augen.

Erich ließ ihn zu Boden gleiten und stand auf. Mit einer Handbewegung gebot er seinen Männern, die Menschenkette aufzulösen, mit der sie ihren Anführer umgeben hatten. Er blickte an dem Awarenkrieger hoch, der reglos auf seinem schwarzen Pferd vor ihm verharrte. »Als Oberbefehlshaber der Franken fordere ich Euch zum Zweikampf, Fürst Andoro Tej«, sagte er, und seine Stimme klang wie zersprungenes Glas.

Für eine Stunde herrschte Waffenruhe. Die Toten wurden vom Feld getragen. Der König wurde in sein Zelt geschafft. Die begleitenden Ärzte kümmerten sich sofort um ihn. Dann formierten sich beide Heere, standen sich gegenüber. Zwei Mauern aus Stahl und Leder. Mit einem geräumigen, freien Platz in der Mitte. Dem Kampfplatz. Die Soldaten wußten, was der Zweikampf ihrer Anführer bedeutete. Die Entscheidung über den heutigen Tag. Vielleicht auch die Entscheidung über diesen Krieg. Auch Erich wußte das. Und es war ihm klar, daß der Zweikampf vermutlich mit dem Tod eines der beiden Kämpfer enden würde. Es war ihm gleichgültig. Sein persönliches Schicksal berührte ihn nicht mehr. Es schien ihm, als umklammere eine eiskalte Hand sein Herz, erdrücke jegliches Gefühl in ihm.

Der Anführer der Feinde wartete schweigend, bis Erich aufs Pferd gestiegen war. Erich griff nach seinem Schild, faßte die Zügel mit der linken Hand. Das Schwert ließ er stecken. »Den Morgenstern«, befahl er seinen Knappen. Die Burschen rissen entsetzt die Augen auf. Erich wußte, warum. Es war bekannt, wie gefährlich diese Waffe für den Feind war. Und auch für den, der sie benützte. Eine tödliche Macht schien von der mit dolchscharfen Spitzen besetzten Eisenkugel auszugehen. Erich drehte den Griff der Waffe in seiner Hand. Die Kettenglieder, an denen die Stahlkugel hing, rasselten gegeneinander. Nur wenige Frankenritter wagten es, diese Waffe im Zweikampf zu Pferd zu benutzen. Zu groß war der Radius, den der Kämpfer benötigte, um die Waffe zu schwingen. Gelang es dem Feind, den Arm mit der Waffe zu unterlaufen, gab es keine Verteidigungsmöglichkeit mehr.

Geschmeidig gleich einer Raubkatze wand sich der Aware auf seinem schwarzen Hengst durch den Sand, abwartend, lauernd. Erich hielt den Schild gesenkt, näherte sich dem Feind ohne jegliche Deckung. So, als liefere er seine Brust freiwillig dem Angriff des Gegners aus. Der Aware war zu klug, um wie eine Maus in die Falle des Frankenritters zu gehen. Statt anzugreifen, wich er zurück. Erich mußte zur Offensivtaktik übergehen. Er verfolgte den Awarenkrieger, den Morgenstern an der langen Eisenkette schwingend. Der Feind ließ sich eine Zeit lang über das Feld jagen, als sei der Zweikampf nur irgendein Spiel und kein blutiger Ernst. Dann brachte der Aware sein Pferd aus dem Galopp zum Stehen, duckte sich tief, um der kreisenden Stachelwaffe auszuweichen, und griff an.

Im Versuch, sein Pferd noch rechtzeitig herumzuwerfen, riß Erich den Zügel mit der Linken an sich. Etwas schrammte über seine Wange, glühendheiß oder eiskalt, er konnte es nicht unterscheiden. Schmerz fühlte er keinen. Doch er wußte, daß er getroffen war. Der Aware hob sein Schwert erneut, setzte zum tödlichen Stoß an.

Der schwarze und der weiße Pferdeleib berührten sich im Galopp, rieben sich aneinander. Erich konnte die Wärme spüren, die vom Körper des vollblütigen Araberpferdes ausging, das sein Gegner ritt. Nur mit dem Druck seiner Schenkel lenkte der Aware seinen Hengst, wich keine Handbreit von Erichs Seite. Er versuchte, sein Pferd in Erich hineinzutreiben, als wäre der Frankenritter ein feindliches Schiff auf hoher See, das es zu rammen galt. Das Donnern der Hufe, das Schnauben der Pferde waren die einzigen Geräusche während des Duells. Die Frankensoldaten, die Awarenkrieger schienen den Atem anzuhalten.

Nebeneinander stoben die Pferde dahin, als wären sie verschmolzen zu einem Leib. Nebeneinander saßen die Reiter im Sattel, trieben ihre Pferde mit dem Gesäß zu größerer Schnelligkeit an. Erichs Blick fiel auf das blanke Schwert in der Hand seines Gegners. Er konnte sein eigenes Schwert nicht ziehen, ohne die Zügel loszulassen. Im gestreckten Galopp wäre dies aber einem Selbstmord gleichgekommen. Der Morgenstern in seiner Rechten war nutzlos im Nahkampf. Hilflos fühlte er sich, dem Feind ausgeliefert. Seine einzige Möglichkeit war, die Bewegungen des Gegners mitzumachen, das rasende Tempo durchzustehen. Solange die beiden Krieger Seite an Seite kämpften, konnte der Aware nicht zustechen. Aber wie lange würde die Stute des Frankenritters, die von der Schlacht ermüdet war, aushalten? Schon entrangen sich stöhnende Atemzüge der Brust des Pferdes, schon bedeckte Schaum sein Maul. Das Araberpferd des Awaren dagegen atmete ruhig und gleichmäßig, als sei es gerade von der Weide gekommen.

Der Aware sah zu Erich herüber. Ein wilder Glanz war in seinen schwarzen Augen, als bereite das tödliche Kräftemessen ihm Spaß. Erich erwiderte den Blick mit der Ruhe eines Menschen, der mit seinem Leben abgeschlossen hat. Da strauchelte das weiße Pferd auf dem blutdurchtränkten, glitschigen Boden. Erich gab den Hals des Tieres frei, um dem Pferd zu ermöglichen, sein Gleichgewicht wiederzufinden. Dann riß er die Stute mit seiner ganzen Kraft am Zügel hoch. Warum stößt er nicht zu, dachte Erich dabei. Warum machte der Aware dem ungleichen Kampf kein Ende? Wollte er den waffenlosen Gegner quälen, der in seiner Hand war? Spielte der Aware mit ihm? War es das grausame

Spiel des überlegenen Jägers, der das verwundete, hilflose Tier eine Weile weiterkriechen läßt, bevor er ihm den Garaus macht? Oder gab es auch bei den Wilden so etwas wie Ehrgefühl, das sie daran hinderte, einen Gegner anzugreifen, der mit seinem Pferd zu kämpfen hatte?

Wieder rasten die Pferde Kopf an Kopf über den lehmigen Boden. Plötzlich mußte Erich an Gott denken, an Gott, der das Leben jedes Menschen vorausplante, der die Todesstunde jedes Menschen festsetzte. Wenn es ihm bestimmt war, in dieser Schlacht zu sterben, so sollte es hier geschehen. Jetzt. Sofort.

Erich hob seinen Körper aus dem Sattel, stellte sich in die Steigbügel, schmiegte sich an den Hals seines Pferdes. Durch Zuruf, durch Schenkeldruck spornte er seine Stute an. Und tatsächlich, langsam, ganz langsam löste sich der weiße Pferdeleib vom schwarzen Körper des Araberhengstes. Erich nützte die Gunst des Augenblicks. Blitzschnell, ohne Rücksicht auf Tier und Mensch, wendete er die Stute, schwang den Morgenstern. Der Gegner war überrumpelt. Ganz auf Angriff eingestellt, hatte er seine Verteidigung völlig vernachlässigt.

Abrupt unterbrach Erich die kreisende Bewegung der Stachelwaffe in seiner Rechten, brachte sein Pferd zum Stehen, ließ die Zügel los. Mit der Linken riß er sein Schwert aus der Scheide, bohrte es seinem Gegner in die rechte Schulter. Der Aware zuckte zusammen. Erich drehte den Knauf des Morgensterns in seiner rechten Hand. Rasselnd schlangen sich die eisernen Kettenglieder um den Schwertarm des Feindes.

Das Pferd des Awaren stieg hoch, der Reiter stürzte aus dem Sattel. Sein Schwert glitt neben ihm zu Boden. Noch im Fallen griff der Aware mit der linken Hand danach. Erich ließ den Griff des Morgensterns los, sprang vom Pferd, nahm das Schwert in die Rechte und trat auf den geschlagenen Gegner zu. Der Aware lag auf dem Rücken. Dunkles Blut pulste aus der schweren Wunde an seiner Schulter. Im Liegen, mit dem Schwert in der Linken griff er Erich an. Einen aussichtslosen, wahnwitzigen Kampf focht er, als wolle er sich nicht eingestehen, daß er verloren hatte. Daß er verloren war. Erich schlug ihm das Schwert aus der Hand. In hohem Bogen flog die Waffe durch die Luft, klirrte auf die Erde nieder. Die Augen des Awaren waren der Waffe gefolgt. Ein Lächeln bitterer Verzweiflung spielte um seine Lippen. Dann richtete er seinen Blick auf Erich.

Erich ergriff mit beiden Händen den Knauf seines Schwertes, zielte mit der Spitze seiner Waffe auf die Brust des Gegners, hob das Schwert zum Stoß. Ein letztes, kraftvolles Aufbäumen glühte in den dunklen Augen des Awarenkriegers. Dann, als ergäbe er sich in sein Schicksal, schloß der Aware die Lider.

Erich senkte sein Schwert. »Steht auf«, sagte er kalt. Der Aware öffnete die Augen. Langsam, wie betäubt erhob er sich. »Bringt ihn zur Burg Görz. Und nehmt sein Pferd auch mit«, rief Erich seinen Kriegern zu.

Er wandte sich zu der Front der Feinde um, die wie im Schock verharrt war. Aus den Augenwinkeln beobachtete er, wie acht seiner Soldaten den Gefangenen abtransportierten. Sie gingen nicht sehr schonungsvoll mit dem Anführer der Feinde um. Einen Strick warfen sie ihm um den Leib, schnürten ihn zu. Halb taumelte der Gefangene hinter seinen Häschern her, halb schleiften sie ihn durch den Sand. Den schwarzen Streithengst des Awarenfürsten am Zügel mit sich führend ritten die Soldaten in Richtung der Burg davon.

Mit einem Wutschrei erwachten die Awaren aus ihrer Erstarrung. Im Versuch, ihrem Anführer zu helfen, drangen sie in führerlosem, blinden Vorwärtsstürmen auf die Franken ein. Die Franken schlossen ihre dichte Verteidigungskette. Schild an Schild rückten sie gegen die Feinde vor, langsam, unaufhaltsam, tödlich. Der Angriff der Awaren zersplitterte an der Formation der Franken. Grashalmen gleich, die der Sturm vor sich hertreibt, stoben die Feinde davon.

Mitten unter seinen Männern kämpfte Erich. Als Glied einer Kette. Als Stein einer Mauer. Als Rad eines Wagens. Er tat, was die anderen taten, ließ sich mitreißen vom pulsenden Takt, in dem sich sein Heer bewegte. Einer von vielen zu sein, ersparte ihm das Denken. Und er wollte nicht denken. Nicht mehr an diesem Tag. Es schmerzte zu sehr.

13. Kapitel

Ein Gespräch im Keller

Als Erich die schwere Tür aus Eichenholz aufstieß, die in das Verlies im Bergfried von Burg Görz hinabführte, schlug ihm eiskalte, modrige Luft entgegen. Er war nicht oft hier gewesen. Als Knabe hatte er sich immer vor diesem Teil der väterlichen Burg gefürchtet. Eine gewundene, scheinbar endlose Steintreppe verlor sich in der Düsternis. Erich atmete tief ein. Dann nahm er mit schnellem Griff eine Fackel, die neben der Eingangstür angebracht war, aus ihrer Verankerung, entzündete sie an der mitgebrachten Kerze und stieg die Treppe hinunter. Laut hallten seine Schritte auf dem Steinboden, als er den schmalen Gang entlangging, der zum Kerker führte.

Solange Erich sich erinnern konnte, war der Kerker der Burg von Friaul unbenützt gewesen. Früher, als die Burgherren noch mit ihren inländischen Nachbarn in Fehde lagen, mochte es wohl vorgekommen sein, daß Gefangene eine Zeit lang dort schmachteten, bevor sie ausgelöst wurden. Einer, so hieß es, sei sogar in den Kerkermauern verstorben. Aber dies war in grauer Vorzeit gewesen, und die unheimlichen Geschichten hatten bloß die Phantasie des Knaben Erich erregt. Nun aber war es anders. Der Awarenfürst Andoro Tej saß tatsächlich im Kerker der Burg Görz gefangen und Boten des Frankenkönigs waren unterwegs, um ihn in die Hauptstadt Aachen vor Gericht zu bringen. Der Markgraf von Friaul war dem Herrscher verantwortlich für die sichere Verwahrung des gefährlichen Gefangenen. Die Inhaftierung des Anführers der Feinde konnte den Ausgang des Kampfes der Franken gegen die Eindringlinge aus dem Osten entscheiden.

Still war es nun wieder in der Burg. Als lebten nicht dreihundertfünfzig Menschen in dem alten Gemäuer. Die Knechte und Mägde hatten sich bereits zur Nachtruhe zurückgezogen, ebenso die Besatzung und die Knappen, die zur Ausbildung hier weilten.

Einsam drehten die Wachsoldaten ihre müden Runden. Immer wieder tauchten ihre behelmten Köpfe zwischen den schwalbenschwanzförmigen Zinnen des Wehrganges auf.

Die Bevölkerung der Ortschaft Görz war nach dem Abzug der Awaren wieder in ihre Häuser zurückgekehrt. Die Feinde hatten ihren Angriff abgebrochen, waren hinter die Landesgrenzen von Friaul geflohen. Aber Erich wußte von seinen Spähern, daß sie immer noch da waren, daß sie in den Wäldern verharrten, als warteten sie auf jemanden, der sie erneut zum Kampf motivierte. Diesseits der Grenze wachten die Frankensoldaten, bereit, die Heimat mit Blut und Leben zu verteidigen. Einen bunten Anblick boten die Zelte der Franken vor Burg Görz. Als seien die Ritter zum Jahrmarkt ausgezogen, nicht zum dramatischen Duell mit den Wölfen der Steppe.

Die Franken hatten ihre Toten begraben in der Ebene von Friaul, ihre Toten und die der Feinde. Den König von Italien hatte man nach Pavia gebracht. Erich hatte keine Nachricht erhalten, ob Pippin noch lebte. Die Mauern der uralten langobardischen Krönungsstadt hüllten sich in Schweigen über das Schicksal ihres jungen Königs.

Das Volk der Langobarden hatte seinem Markgrafen einen neuen Titel verliehen am Tag der Awarenschlacht. Dux, so nannten sie Erich seit seinem Sieg über den Anführer der Barbaren. Ehrfurchtsvoll hatten die Blicke der einfachen Leute auf ihm geruht, als er nach der Schlacht über die Brücke von Burg Görz ritt. Die Frankensoldaten hatten den Ehrentitel übernommen, von Mund zu Mund weitergetragen. Der Dux von Friaul war zu einem Helden des Awarenkrieges geworden.

Ein Held des Krieges. Erich zweifelte daran, daß er diesen Titel verdient hatte. Er hatte seine Pflicht getan. Er hatte seinen Freund gerächt. Aber in seinem Bewußtsein brannte der Wunsch, zu verstehen. Den Feind kennenzulernen. Mit ihm zu reden.

Die schwere gußeiserne Tür zum Verlies quietschte in ihren Angeln, als Erich sie aufschloß. Man hatte es für überflüssig erachtet, hier eine zusätzliche Wache aufzustellen, da der Kerker gut gesichert und der Gefangene außerdem gefesselt war. So brauchte Erich keine Störung zu befürchten. Er trat in den Raum und verschloß die Tür. Das Verlies war ein düsteres, feuchtes Loch ohne Licht und frische Luft, sichtlich geeignet, einen Gefangenen so schnell wie möglich vom Leben zum Tod zu befördern. Im Lichtschein der Fackel sah Erich, daß von den grauen Mauern Wasser heruntertropfte. Schwere Eisenringe waren an den Wänden angebracht, um Ketten und Folterwerkzeuge dort zu befestigen. Sie waren vom Rost zerfressen und ragten nun in bizarren Formen düster in den Raum.

Das stetige Geräusch des tropfenden Wassers, das sich auf dem Steinboden zu Rinnsalen sammelte und irgendwo in der Mauer versickerte, wurde immer wieder unterbrochen von hohem, schrillem Piepsen. Ratten! Schemenhaft huschten sie umher, ihre Augen leuchteten in der Dunkelheit auf wie Irrlichter. Dann verschwanden die Tiere in der einzigen kleinen Maueröffnung, durch die ein wenig Luft in den Raum gelangte.

Auf einem Haufen Stroh in der Ecke lag der Aware. Seinen goldenen Panzer hatte man ihm abgenommen, ihm einen schmutzigen Fetzen als Obergewand übergeworfen. Um seinen Hals lag ein Metallring, von dem Kettenglieder zu den Handgelenken herabführten. Sein rechter Fuß war an einer schweren Eisenkugel angehängt. Die verletzte Schulter des Awaren war verbunden, doch das Leinen war von altem, verkrustetem Blut bedeckt. Die schwere Wunde hatte den Gefangenen sichtlich geschwächt. Erich fühlte tiefes Mitleid in sich aufsteigen, als er sah, was aus dem goldenen Kriegsgott der Awaren geworden war: Ein einsamer Mensch, der seine bezwingende Kraft, seine machtvolle Ausstrahlung verloren hatte.

Andoro Tej hatte die Geschmeidigkeit seiner Bewegungen trotz seiner Verletzung nicht eingebüßt. Als der Markgraf von Friaul vor ihm stand, schnellte er in die Höhe. Nur die schwere Eisenkette an seinem Fuß und die Fesseln an seinen Händen hinderten ihn, seinen Gegner anzugreifen. Er lehnte sich an die Mauer des Verlieses und starrte seinen Kerkermeister an, als erwarte er, von ihm den Todesstoß zu erhalten.

Erich war gebannt von der Verzweiflung und dem Trotz in den schwarzen Augen des Awaren. Lange blickte er seinen Gefangenen an und ein seltsames Gefühl der Wärme und des Verständnisses überkam ihn. Schnell verließ er den Raum, um ein Becken mit Wasser und frische Leinentücher zu holen.

Als Erich in den Kerker zurückkam, lehnte der Aware immer noch an der Mauer des Verlieses. Abwartend, reglos. »Ich bin gezwungen, Euch wehzutun«, erklärte Erich. »Es tut mir leid.« Er nahm nicht an, daß Fürst Tej ihn verstand. Aber sicher spürte er die Aufrichtigkeit in Erichs Stimme, in seinen Gesten.

Erich steckte die brennende Fackel in eine der eisernen Halterungen an der Mauer. Er trat vor seinen Gefangenen hin, sperrte den Metallring an seinem Hals auf, löste vorsichtig die Ketten an seinen Handgelenken. Der Gefangene ließ sich kein Gefühl anmerken, als seine Fesseln zu Boden klirrten. Erich entfernte den alten Verband an der Schulter des Awaren. Dann zog er den Dolch aus seinem Gürtel, umwickelte den Griff mit einem Lappen, erhitzte die Spitze des Dolches in den Flammen der Fackel.

Langsam überzog sich das Eisen mit roter Glut. Erichs Hand umschloß fest den Dolch, krallte sich um den Griff. Er sah seinem Gefangenen in die Augen, zog die Unterlippe zwischen die Zähne. Dann, in raschem Entschluß, drückte er das glühende Metall gegen die Wunde des Awaren.

Der Steppenkrieger gab keinen Laut von sich. Er preßte nur die Lippen zusammen. Ansonsten war keinerlei Regung aus seinem hochmütigen Gesicht abzulesen. Seine Verletzung würde heilen, nun, da die Gefahr einer Eiterung gebannt war. Erichs Blick glitt über die Gestalt des Kriegers hinweg. Der Aware war kleiner als er, sein Körperbau beinahe zierlich. Doch die gefährliche Wildheit, die samtene Kraft einer gefangenen Raubkatze schien in ihm zu lauern, jederzeit bereit, zuzupacken, zu kämpfen, zu töten.

Der Markgraf tauchte eines der mitgebrachten Leinentücher ins Wasser, reinigte sorgfältig die Wunde seines Gegners. Ein zweites feuchtes Tuch legte er kühlend auf die verletzte Schulter des Awaren, begann, den Verband rundherum zu wickeln. Voll Erstaunen beobachtete ihn der Awarenkrieger. »Warum tust du das?« fragte er. Nun war das Erstaunen an Erich. Der Aware hatte die Sprache der Franken gesprochen.

Der Markgraf antwortete nicht. Er beendete zuerst seine Arbeit. Dann löste er die Eisenkette vom Fuß des Gefangenen und deutete auf das Stroh in der Ecke. »Wollen wir uns nicht setzen?« fragte er. »Ich habe Euch etwas zu essen mitgebracht. Und Wein.«

Er schmunzelte. »Der goldene Wein, der von meinen Gütern in Friaul stammt, wird wegen seiner Qualität sehr gerühmt. Vielleicht möchtet Ihr ihn verkosten.« Er hockte sich auf dem Boden nieder.

Der Aware blieb aufrecht vor ihm stehen und fragte verwundert: »Habt Ihr denn keine Angst vor mir? Ich bin nicht mehr gefesselt. Ich könnte Euch niederschlagen und zu fliehen versuchen.«

Wieder lächelte Erich. Bedächtig sagte er: »Ihr seid von Eurer Verletzung geschwächt und allein in einer Euch fremden Burg. Und ich bin bewaffnet, hellwach und gesund. Ich glaube, daß Ihr keine Möglichkeit hättet, mich zu überwältigen.« Erich blickte an seinem Gefangenen hoch und deutete auf seine seltsame Sitzgelegenheit. »Eßt und trinkt. Wir haben uns mit Waffen bekriegt, zu töten gewünscht, verwundet und gehaßt. Sollten wir nicht versuchen, uns näher kennenzulernen, solange wir noch Zeit dazu haben?« Andoro Tej blickte sinnend auf ihn herunter, und aus seinem bleichen Gesicht verschwanden die harten Linien, die sich um die Mundwinkel eingegraben hatten. Ein warmer Glanz erschien in seinen dunklen Augen. Dann setzte er sich neben seinem Kerkermeister in das Stroh, griff mit der Linken nach dem Tonkrug voll Weißwein, den Erich mitgebracht hatte.

Lange hockten die beiden ungleichen Männer nebeneinander auf dem Boden des Verlieses und unterhielten sich wie Freunde. Erich erfuhr viel von der Mentalität der Awaren, von ihrer Unrast, ihrem selbstgewählten Nomadentum. Und er erfuhr auch, daß der Awarenfürst Andoro Tej der Sohn einer fränkischen Prinzessin war. Es war die Geschichte einer eigenartigen Liebe in der Grauzone zwischen Krieg und Frieden zweier Völker. Die Awaren hatten eine Gesandtschaft unter der Führung des ältesten Sohnes ihres Khagan zu Pippin, dem damaligen König der Franken, nach Lippspringe gesandt. Ein Vertrag, der die Grenzen beider Nachbarvölker festlegen, ein friedliches Nebeneinander regeln sollte, war das Verhandlungsziel.

Der gesamte königliche Hofstaat war auf den Beinen gewesen, um den Einzug der Wilden zu beobachten. Der gesamte königliche Hofstaat hatte sich über das barbarische Aussehen der Fremden amüsiert, über ihre schwarzen, mit bunten Bändern geschmückten Zöpfe, ihre bernsteinfarbenen Gesichter mit den breiten Wangenknochen und den dunklen Augen, ihre halbnackten, muskulösen Oberkörper. Der gesamte königliche Hofstaat hatte sich über die Fremden lustig gemacht. Und natürlich auch König Pippins junge Söhne Karlmann und Karl. Nicht aber die Schwester der beiden, Gisela. Die junge Frau, halberwachsen erst, hatte nur Augen für einen Mann, den awarischen Königssohn. Der Fürst, der auf seinem schwarzen Hengst nach Frankenland geritten kam, dessen stolze Züge sanft wurden, als er die blonde Schönheit aus dem Westen erblickte, erschien Gisela wie ein Märchenprinz, der gekommen war, um sie zu freien.

Der Sohn des Awarenkhagan hielt tatsächlich um die Hand der Karolingerprinzessin an. Aber selbst Gold und Geschenke, die er dem König der Franken bot, konnten den Vater nicht bewegen, seine Tochter einem Wilden zur Frau zu geben. Wer weiß, soll König Pippin sich geäußert haben, der Heide hat womöglich neben ihr noch andere Frauen in seinem Harem. Die romantische Affäre schien beendet, als die Awaren nach ergebnislosen Verhandlungen abzogen. Es gab keinen Vertrag. Man hatte sich über die Reichsgrenzen nicht einigen können. Doch die Awaren nahmen mehr mit in ihre Heimat als ein Stück Pergament. In ihrem Gepäck führten sie eine fränkische Prinzessin mit sich, die beschlossen hatte, Heimat und Familie zu verlassen um ihrer Liebe willen.

Der König der Franken und seine Söhne versuchten mehrmals, Prinzessin Gisela zurückzuholen, drangen mit ihren Soldaten plündernd ins Awarenreich vor, zerstörten sogar den Ring, die kreisförmigen befestigten Anlagen rund um die gemauerte Stadt, in welcher der Khagan residierte, doch sie bekamen weder Gisela noch ihren Mann zu Gesicht. Der Khagan hatte sich mit seiner Familie in das Landesinnere zurückgezogen. König Pippins Drohungen, dem frechen Brauträuber den Kopf abschlagen zu lassen, wenn er ihn erwischte, verhallten ungehört in der unendlichen Weite der awarischen Steppe. Die gefangenen Awaren, die der König der Franken foltern ließ, um den Aufenthaltsort der awarischen Herrscherfamilie zu erfahren, schwiegen beharrlich. Gleich einem Riesenmund hatte die Tiefebene zwischen Donau und Theiß ein blondes Frankenmädchen verschlungen, um es wohl nicht wieder herauszugeben. Mit Haß im Herzen zogen die Franken ab. Neun Monate später gebar Gisela ihrem Mann seinen ersten Sohn Riorian. Eineinhalb Jahre danach kam ihr zweiter Sohn Andoro zur Welt.

Die Frankenprinzessin wurde nicht glücklich im Reich der Awaren. Als ihr Mann Khagan wurde, genügte ihm eine Ehefrau nicht mehr. Gisela war zwar nicht eine von vielen, sondern als Mutter seiner ältesten Söhne die Hauptfrau, aber eine christliche fränkische Prinzessin konnte sich wohl nicht mit dem Dasein im Harem ihres Mannes zufriedengeben. Von seiner Mutter hatte Andoro viel gelernt über die Franken. Ihre Sprache beherrschte er perfekt, von der fränkischen Dichtkunst verstand er mehr als so mancher westliche Klosterschüler. Sich die Kultur der Franken anzueignen, sei ihm allerdings noch nicht gelungen, bekannte der Awarenfürst in freimütiger Selbstkritik. Die instinktbezogene Unberechenbarkeit der Wilden durchbreche immer wieder die dünne, noch nicht gefestigte Oberfläche des von der Ratio geleiteten westlichen Verstandesmenschen.

Das Talglicht, das Erich von Friaul neben Wein und Brot auf den Boden des Verlieses gestellt hatte, war heruntergebrannt und noch immer sprachen die beiden Männer. »Warum hat es die Awaren nach Westen gezogen, um zu plündern, zu brandschatzen und zu töten?« fragte Erich.

Der Aware schwieg lange. Dann blickte er seinem Gegenüber ins Gesicht. »Ich glaube, es gibt zwei Gründe dafür«, sagte er. »Unser Lebensraum ist die Steppe. Ein herrliches Land für die Jagd und wilde Reiterspiele, aber kein gutes Land, um Frauen und Kindern eine Heimat zu geben. Darum gibt es auch nicht viele Frauen im Lager des Kriegshäuptlings der Awaren. Aber im Westen gibt es Frauen für uns. Schöne, gepflegte Frauen. Und Wein. Erlesene Speisen, traumhafte Reichtümer. Und Gold.« Seine dunklen Augen veränderten die Farbe. Sie wurden heller, als lodere ein Feuer in ihnen. »Gold.« Langsam sagte er es, genußvoll, als ließe er das Wort auf der Zunge zergehen. »Ich liebe Gold. Wißt Ihr, daß es ein Heiligtum für uns ist? Es übt einen starken Reiz auf uns aus. Es erregt uns. Wie der Kampf.« Seine Augen wurden wieder dunkel, seine Stimme hart. »Und das ist der zweite Grund, warum wir in den Westen kommen. Wir lieben den

Krieg. Eure wohlgeordneten, schlachterprobten Heere sind eine Herausforderung für uns. Jeder Sieg über die Franken ist ein Triumph. Wir werden immer jeden Kampf annehmen, der sich uns bietet.«

Andoros Blick war auf das Brotmesser gefallen, das neben den Speisen auf dem silbernen Tablett lag. Seine Augen verengten sich zu schmalen Schlitzen. Mit einer blitzschnellen Bewegung faßte er danach, sprang auf und setzte das Messer dem Markgrafen an die Kehle. »Wir Awaren verstehen uns auf das Geschäft des Tötens. Es geht schnell und ziemlich schmerzlos«, sagte er kühl.

Erich saß reglos, die Hände halb erhoben wie zu einer Abwehrbewegung. Er bemühte sich, nicht zu atmen. Die Messerklinge berührte seine Kehle, sanft, kalt, tödlich. Ob es wehtat, wenn einem die Kehle durchgeschnitten wurde? Man könne noch schreien, hieß es. Der Schrei bräche ab, wenn man an seinem eigenen Blut ersticke. Erichs Hals begann zu schmerzen unter dem scharfkantigen Eisen. »Die Besatzung von Burg Görz hat eine Kopfstärke von dreihundert Mann. Fünfunddreißig Mann versehen nun, in der Nacht, Wachdienst beim Wehrgang an der Mauer und vor der Zugbrücke. Ihr könnt nicht entkommen«, murmelte Erich, bewegte kaum die Lippen dabei. Der Aware zog das Messer drei Fingerbreit zurück. Erich schluckte. Wie ausgedörrt war seine Kehle. Tief, mit einem seufzenden Atemzug, saugte Erich Luft in seine Lungen.

»Ich gebe Euch Gelegenheit, Euch zu wehren!« stieß der Aware hervor.

»Ach ja?« erwiderte Erich sarkastisch. »Wer sagt Euch, daß ich mich wehren will? Vielleicht nimmt der Burgherr von Görz die Bedrohung durch seinen Gefangenen gar nicht ernst. Stoßt zu, wenn Ihr imstande seid, einen wehrlosen Menschen umzubringen.« Ein wildes, kaltes Feuer zuckte in den schwarzen Augen des Awaren auf. Dann verglomm das Feuer in seinen Augen. Ein bitterer, resignierender Zug erschien in seinen Mundwinkeln. Er ließ das Messer zu Boden fallen.

Erich erhob sich. Er fragte: »Was würde Euer Volk tun, wenn wir uns nicht mehr wehrten? Wenn wir den Angreifern kampflos Tür und Tor öffneten? Was würde der Reiterstamm der Awaren mit den Städten, Dörfern und Menschen des Westens anfangen, wenn sie ihm gehörten?«

Überrascht blickte Andoro Tej seinen Gesprächspartner an. »Was wir tun würden? Ich glaube, ein solcher Sieg wäre zu billig errungen. Die Reichtümer des Westens wären zu viel für uns, wenn sie keine Beute mehr darstellten, sondern ein Geschenk. Und die Frauen des Westens wären zu schön für uns.« Jetzt lächelte der Aware, bevor er weitersprach. »Wir würden im Volk der Eroberten untergehen.« Der Blick des Awarenkriegers fiel auf die blutrote Narbe an Erichs Wange. »Ihr habt eine Wunde davongetragen aus dem Kampf mit mir«, stellte er fest.

Erichs Augen blieben an Andoro Tejs rechter Schulter haften. »Ihr habt eine Wunde davongetragen aus dem Kampf mit mir«, gab er zurück.

»An meiner Wunde werde ich sterben«, sagte der Aware seltsam weich. Dann kehrte die kühle Klarheit in seine Stimme zurück. »Da wir schon bei diesem Thema sind, wäre es nun nicht an der Zeit, mich wieder anzuketten? Ich nehme an, man wird mich nach Aachen vor Euren Gottkönig bringen. Und der wird keine Milde walten lassen.«

»Ihr seid das Symbol der Awarenkriege«, antwortete Erich. »Und Ihr habt seinen zweitältesten Sohn schwer verwundet, wahrscheinlich getötet. Pippin. Er war mein Freund.«

»Ich bedaure es.«

»Was?«

»Euren Freund verwundet zu haben. Ich hatte auch einmal einen Freund. Einen Freund, der eigentlich mein Feind hätte sein müssen.« Für einen Augenblick umschattete Trauer die Züge des Awaren. Seine Stimme wurde hart. »Karl der Große hat ihn zum Tode verurteilt.«

»Ihr sprecht von Herzog Tassilo von Bayern.« Erichs Worte waren keine Frage, sondern eine Feststellung. Wie um das Verhalten des Frankenkönigs zu rechtfertigen, beeilte er sich, hinzuzufügen: »Tassilo lebt noch. Der Herrscher hat ihn in der Stunde der Hinrichtung begnadigt und in ein Kloster verbannt.« Erich wußte selbst nicht, warum er dem Awaren verschwieg, daß man Tassilo sein Augenlicht genommen hatte.

»In ein Kloster verbannt.« In der Stimme des Awaren war Verachtung. »Die Fesseln eurer Kirche für den Mann, der die Freiheit über alles liebte. Meint Ihr, daß er ein solches Leben lange ertragen kann?«

Erich schwieg.

»Habt Ihr Tassilo gekannt, Markgraf?« fragte der Aware.

Erich schüttelte den Kopf. »Ich glaube nicht, daß ich ihn gekannt habe«, sagte er. »Aber ich fange an, ihn zu verstehen.«

Erichs Blick begegnete dem des Awarenfürsten. Mit langsamer Bewegung strich sich Erich das Haar aus der Stirn. Dann, als habe er einen Entschluß gefaßt, legte er seinem Gefangenen in beinahe freundschaftlicher Geste die Hand auf den Arm. »Kommt mit«, sagte er.

»Wohin bringt Ihr mich?« fragte der Aware verblüfft.

Erich schmunzelte. »Es ist nicht immer der Kampf, der in die Freiheit führt«, antwortete er. »Manchmal genügt schon ein kleines Gespräch.«

14. Kapitel

Das Urteil

Einige Wochen später traf am frühen Morgen die Delegation aus Aachen ein. Erich stand, reisefertig angezogen, am geöffneten Fenster seines Arbeitszimmers. Er beobachtete, wie Andulf, Graf des Taubergaus und königlicher Sendbote, der die Delegation anführte, vom Pferd stieg. Fünfzehn Soldaten waren mit ihm gekommen.

Erichs Knappen nahmen die Gäste in Empfang, führten die Pferde in den Stall. Erich seufzte. Sein Blick glitt hinweg über den Burghof, der noch im Schatten lag, über den schmiedeeisernen Ziehbrunnen in seiner Mitte und den ehrwürdigen alten Lindenbaum mit seinen breitgefächerten Ästen. Weiter draußen, am Rand der Ebene, wo ein mit Nadelhölzern bewachsener Hügel hochragte wie der gezackte Schuppenkamm eines dahinkriechenden Riesenreptils, ging eben die Sonne auf. Eine bleiche, noch kraftlose Aprilsonne, die weder Licht noch Wärme spendete.

Wärme! Erich zog den aquamarinblauen, pelzverbrämten Samtmantel der Burgherren von Friaul, den einst sein Vater getragen hatte, enger um sich. Plötzlich war ihm kalt geworden. Er griff nach seinem Schwert, das auf dem Arbeitstisch lag, steckte es in die Scheide. Dabei berührte seine Hand das Medaillon, das ihm Andoro Tej beim Abschied überreicht und das er seither immer um den Hals getragen hatte. Erich hatte den Awarenfürsten in den Stall geführt, hatte eigenhändig den unvergleichlich schönen Rapphengst des Awaren aufgezäumt. Es wußte nun, daß das Pferd Ilhiz hieß, Steppensturm, und der Stolz des Awarenstammes war, ein Araberhengst mit dem kraftvoll gebogenen Hals, dem zierlichen Kopf dieser berühmten Rasse.

Es war ein eigenartiger Abschied gewesen im Stall der Burg Görz. Andoro hatte Erich zugesehen, während der Markgraf das Pferd aufzäumte. Nachdenklich war sein Blick, sogar etwas besorgt. Sicher war dem Awarenfürsten bewußt, daß das, was Erich tat, von seinem Volk geahndet würde. Mit einer plötzlichen Geste hatte der Aware das aus rotem Gold gefertigte, mit geheimnisvollen Runen verzierte Medaillon, das er an einem Lederband um seinen Hals getragen hatte, abgenommen. »Nehmt das, Markgraf«, sagte er. »Solltet Ihr einmal in Not sein, werden meine Leute die Gabe als mein Unterpfand erkennen und Euch zu mir führen.« Dann hatte Andoro den Kopf grüßend vor seinem Kerkermeister geneigt und war auf sein Pferd geglitten.

Der Burgherr von Görz hatte seine eigenen Wachen betrogen, hatte sie unter einem Vorwand zu den hinteren Kasematten geschickt. Wohlgefühlt hatte er sich nicht dabei. Aber wenn man ein Rad in Bewegung setzt, darf man sich nicht wundern, wenn es sich von selbst dreht. Erich hatte eigenhändig die Zugbrücke herabgelassen. Tief geduckt auf den Hals seines Pferdes war der Aware im Schatten der Nacht verschwunden. Andoro schien seine Leute erreicht zu haben. Noch in der Nacht nach Andoros Flucht zogen die Awaren endgültig ab.

Seither hatte Erich versucht, sich selbst Rechenschaft zu geben für sein Tun. Sicher, er hatte aus einem plötzlichen Impuls heraus gehandelt, als er Andoro freiließ und sogar die Burgbesatzung all die Tage belog, indem er vorgab, den Gefangenen wegen dessen Gefährlichkeit selbst mit Nahrung zu versorgen. Aber der Impuls war durch eine Botschaft des Frankenkönigs gesetzt worden, die ihm Pippin vor einem halben Jahr überbrachte.

In seiner herzlichen, etwas polternden Art betrat Graf Andulf, begleitet von den fränkischen Soldaten, Erichs Arbeitszimmer. Er begrüßte den Freund, indem er Erich kräftig auf die Schulter schlug. Dann schnallte Andulf das Schwert ab, warf es in den nächsten Sessel. Er rieb sich die Hände. »Kalt heute. Wir sind die ganze Nacht durchgeritten. Je früher wir nach Aachen zurückkehren, umso besser. Der Herrscher brennt darauf, dem Awaren den Prozeß zu machen. Er hofft, daß die Awarenkriege damit beendet sind.« Andulf lächelte Erich zu. »Wir bleiben nicht lange. Laßt uns nur etwas zu essen bringen, Markgraf. Und frische Pferde bereitstellen. Dann reiten wir sofort zurück. Und holt bitte den Gefangenen.«

»Das wird nicht möglich sein«, sagte Erich langsam.

Erstaunen zeichnete sich auf Andulfs Gesicht ab. »Lebt er nicht mehr?«

Erich schüttelte den Kopf. »Das ist es nicht. Ich habe ihn freigelassen.«

Der Reichskommissar starrte den Markgrafen an, als habe der Blitz neben ihm eingeschlagen. »Ihr habt was getan?« Erich antwortete nicht. Wie durch einen Nebelschleier hindurch beobachtete er, wie die Soldaten ihre Schwerter aus der Scheide zogen. Dann hob Erich die Augen. Auf der Hinterwand seines Arbeitszimmers blickten ihn von einem gemalten Tafelbild das Gesicht seines Vaters, des ersten Markgrafen von Friaul aus dem Geschlecht Dalpozza, ernst an. Was immer man seinem Vater auch vorwerfen konnte, er hatte seine Pflicht getan.

Erich nahm Abschied von seiner Burg, von seinem Leben. Ein letztes Mal saugte er mit den Augen die Schönheit seiner bisherigen Umgebung in sich auf. Das Arbeitszimmer mit seinen hohen Wänden. Die dunkelroten Brokattapeten. Die holzvertäfelte Decke. Die hohen Fensterbögen. Die mit Bleistreben unterteilten Fenster aus buntem Butzenglas. Die Bücherregale, die sich an den Wänden hochrankten wie Reben an einem Weinstock. Und seine Bücher, seine alten Pergamente und antiken Schriftrollen, die er immer gehütet hatte wie einen Schatz.

Auf seinen Schreibtisch aus dunklem Zirbenholz fiel durch das geöffnete Fenster das Licht des Morgens. Erichs Blick glitt über die rotgemusterten Webteppiche hinweg, blieb am offenen Kamin haften. Wie viele Abende war er hier gesessen, hatte im flackernden Feuerschein über den Sinn des Lebens meditiert. Der Sinn des Lebens! Nun, wessen Überleben in Frage gestellt ist, hat keine Zeit mehr für solche Betrachtungen. Erich zog sein Schwert aus der Scheide, übergab es dem Reichskommissar. »Hiermit stelle ich mich dem Gericht meines Herrschers«, sagte er.

Während der Reise nach Aachen bekam Erich die Einsamkeit dessen zu spüren, der die Gesetze übertreten hat. Graf Andulf redete, wohl aus Verlegenheit, kaum ein Wort mit ihm. In den Nächten, die sie in Herbergen zubrachten, lösten sich jeweils zwei Soldaten ab, um vor seiner Tür Wache zu stehen. Vorher hatten sie sich vergewissert, daß das Fenster in Erichs Kammer vergittert war. In Aachen angekommen, wurde er für sieben Tage in ein

Verlies im Palastkeller gesperrt. Nicht gerade bei Wasser und Brot. Es wurden ihm sogar erlesene Speisen und Wein aus der Hofküche serviert. Aber es schien, als hätte das Wachpersonal Anweisung, keine seiner Fragen zu beantworten.

Die Ungewißheit lähmte Erichs Denken. Dann, endlich, war die Geduldsprobe zu Ende. Dankbar vermerkte Erich, daß Graf Andulf den Wachen Anweisung gegeben hatte, ihm keine Fesseln anzulegen, als man ihn abholte. Andulf begleitete seinen Freund bis zum vorderen Eingang der Thronhalle. An der Saaltüre reichte er Erich die Hand. Besorgnis war in seinen Augen zu lesen, als er murmelte: »Viel Glück, Markgraf.« Erich holte tief Luft. Nach Frühling schmeckte die Luft. Nach Heiterkeit. Nach Tanz und Lachen. Als wolle sie ihn verhöhnen.

Mit einem hohlen Klang drehte sich das schwere Eisentor in den Angeln. Erich betrat die Thronhalle. Es war ihm nicht bewußt, daß er vergaß, das Tor hinter sich zu schließen. Das helle Licht des Frühlings ließ Goldfäden über den kühlgrauen Mosaikboden tanzen, als Erich durch die Halle schritt. Totenstill war es in der riesigen Halle trotz der vielen anwesenden Menschen. Neben dem breiten Mittelgang ragten steinerne Säulen empor, deren Kapitelle die Decke trugen. Zwischen den Säulen, Gesicht an Gesicht, standen die Höflinge, Edelleute und Paladine, alle einst Freunde und Kampfgefährten des Markgrafen von Friaul. Sie schwiegen, doch ihre Lippen formten das Wort Verräter, und Abscheu war in ihren Augen.

Im Vorübergehen begegnete Erichs Blick dem Prinz Ludwigs. Erich hatte erwartet, Schadenfreude, Triumph in den Augen des Prinzen zu erkennen. Aber da war nichts Derartiges. Ein Mann, der sich selbst vernichtet, war wohl für den Königssohn kein würdiger Gegner mehr.

Erich preßte den Mund fest zusammen im Bemühen, sich seine Furcht nicht anmerken zu lassen. Er kannte den König gut genug, um zu wissen, wie Karl Landesverrat in der Öffentlichkeit zu richten pflegte. Das Schicksal Herzog Tassilos stand ihm als Beispiel vor Augen. Würde der König sich seines Auftrages an Erich erinnern? Als der Markgraf von Friaul vor den sechs Stufen stand, die zum Thron hinaufführten, versuchte er, in den Augen des Königs zu lesen. Doch Karl mied den Blick seines ehemaligen Freundes.

Karl der Große, von Gottes Gnaden König der Franken, saß ein wenig vorgeneigt auf seinem Thron und stützte mit der Linken das Kinn auf, was er stets tat, wenn ein schwer lösbares Problem ihn beschäftigte. Er war in schlichtes, schmuckloses Schwarz gekleidet. Die edelsteinbesetzte Reichskrone wirkte auf Erich wie eine düstere, machtvolle Bedrohung. Das hochragende goldene Kreuz auf der Stirnseite der Krone glich einem Finger, der anklagend zum Himmel gereckt war. Mit einer heftigen Bewegung richtete der Herrscher sich auf. Seine Gesichtszüge hatten ihre gewohnte Heiterkeit verloren. Eine tiefe Falte hatte sich oberhalb der Augenbrauen eingegraben. Karl der Große ließ sich eine Urkunde reichen und tat so, als müsse er die Anklageschrift erst studieren. Erich wartete schweigend. Eine eisige Kälte stieg vom Steinboden der riesigen Halle auf, kroch an seinem Rücken hoch, bohrte sich wie ein spitzer Kristall in seinen Kopf.

Als der Herrscher zu sprechen anfing, war seine Stimme ungewohnt leise, aber voll Härte: »Markgraf Erich von Friaul, uns wurde berichtet, daß Ihr den Awarenfürsten Andoro Tej, einen der gefährlichsten Feinde unseres Reiches, der in Eurer Burg gefangensaß, freigelassen habt. Ist dieser Tatbestand richtig?«

Erich senkte unwillkürlich den Blick. »Ja, Majestät.«

»Warum?« Zum ersten Mal sah der Herrscher seinem jungen Freund, der nun als Angeklagter vor ihm stand, ins Gesicht.

Erich zögerte ein wenig mit der Antwort, doch dann formte er klar und deutlich die Worte: »Ich konnte nicht anders.«

Ein belustigtes Schimmern zuckte in Karls Gesicht auf, und eine Augenbraue hob sich in die Höhe. »So, Ihr konntet also nicht anders«, wiederholte der Herrscher, und ein spöttisches Lächeln spielte um seinen Mund. Dann, blitzschnell, umwölkten sich die Züge des Herrschers. Karl schnellte von seinem Thron hoch. »Er konnte nicht anders«, schrie der Herrscher in den Saal, und schrill hallten die Worte von den Wänden wider. Der König setzte sich nieder und versuchte, seine Erregung zu bezähmen.

»Erich Dalpozza, der Reichstag hat sein Urteil in Eurer Abwesenheit bereits gefällt. Ich sehe mich nach dieser Einvernahme gezwungen, auf mein Einspruchsrecht zu verzichten und mich dem Spruch des Gerichtes anzuschließen«, verkündete er mit belegter Stimme. »Ihr werdet in Acht und Bann getan und Eurer sämtlichen Güter für verlustig erklärt. In drei Wochen von heute an gerechnet müßt Ihr die Grenzen unseres Reiches verlassen haben, das Ihr nie wieder betreten dürft. Ihr wißt, daß ein Geächteter vogelfrei ist, jederzeit angegriffen werden kann und daß niemand ihm Hilfe gewähren darf. – Ich nehme an, Euch ist klar, daß dieses Urteil noch milde ausgefallen ist.« Erich nickte wortlos. Die Blicke der beiden Männer begegneten sich. In den Augen Karls waren Sorge und Trauer zu lesen. Der Abschied von einem Freund. Und noch etwas: Ganz leicht nur, fast unmerklich, neigte der Herrscher den Kopf in einer Geste auffordernder Zustimmung.

Erich beugte das Knie vor seinem König, wandte sich um und trat den Rückweg an. Er wußte, was es bedeutete, geächtet zu sein. Jeder Tag, jede Stunde konnte seinen Tod bringen. Lichtschein drang durch die weit geöffneten Torflügel der Thronhalle zu Aachen. Erichs Schultern strafften sich. Plötzlich sehnte er sich nach Wärme, nach Helligkeit, nach Leben. Schneller wurden seine Schritte, trieben seine Gedanken ihn dem Tor zu. Dann war die Halle zu Ende. Stolz und hochaufgerichtet trat der Markgraf von Friaul hinaus ins Licht der Mittagssonne.

Teil 2

Der Fürst der Steppe

1. Kapitel

Feuertanz

Ein seltsames Fest begann im Zelt des Awarenfürsten Andoro Tej. Die Luft im Prunkzelt des Awarenherrschers war schwül und von eigenartigen Gerüchen durchzogen. Es roch nach einer Mischung aus Leder, Essen, Körperschweiß und irgendwelchen Dufthölzern, die in Tongefäßen steckten und die Sinne benebelten. Weiche, bunte Teppiche bedeckten den Boden, die man einfach auf der blanken Erde ausgebreitet hatte. Zwei längliche, rohgezimmerte Holztische waren an der Zeltwand aufgestellt worden, von Bänken eingesäumt, auf denen dichtgedrängt, Kopf an Kopf, die Anführer der Awaren und bevorzugte Krieger hockten. Muskulöse Gestalten waren es, mit breitflächigen Gesichtern und grobknochigen Händen, gehüllt in primitive Kleidung. Wie die Tiere schlangen sie das gebratene Fleisch hinunter, lärmten dabei und unterhielten sich laut in ihrer kehligen Sprache. Das Tafelgeschirr stand aber in seltsamem Gegensatz zur derben Einfachheit der Tafelnden. Es war aus reinem Silber.

Plötzlich übermannte Erich ein Gefühl der Fremdheit, der Verlorenheit unter all diesen Menschen, die so anders waren als die zivilisierten Frankenritter. Er blickte zu Andoro hinüber. Die Freude, die sich auf dem Gesicht des Awarenfürsten beim Eintreten seines fränkischen Gastes gezeigt hatte, war verebbt. Die lärmende Fröhlichkeit seiner Krieger schien an ihm vorbeizubranden, ohne ihn zu berühren. Sein Blick war in die Ferne gerichtet, als ginge ihn das Gastmahl gar nichts an.

Der Yugrus der Tusseja hatte es sich in altrömischer Manier etwas abseits von seinen Kriegern auf einem mit seidenen Kissen bedeckten Ruhebett bequem gemacht, das auf einer aus Stein gehauenen Empore stand. Das Ruhebett wäre eines Kaisers würdig gewesen. Sein Gestell bestand aus purem Gold. Erich hatte verlernt, sich über den Reichtum zu wundern, den sein Gastgeber so selbstverständlich zur Schau stellte, als wären

Wandvorhänge aus Damaststoff, samtigweiche Teppiche, geziert mit Schlachtendarstellungen, edelsteinverzierte Spiegel und massivsilbernes Tafelgeschirr eine Selbstverständlichkeit in einem Nomadenzelt. Auch für Erich hatte man ein Ruhebett aufgestellt, neben dem des Awarenfürsten. Allerdings kein goldenes. Erich hatte etwas Mühe, sich daran zu gewöhnen, im Liegen zu essen. Mit einer Handbewegung nötigte der Awarenfürst seinen fränkischen Gast immer wieder, von den Speisen zu nehmen, die man auf einem Tischchen vor seinem Bett platziert hatte.

Andoro Tej trug einen langen, blütenweißen Seidenkaftan und weißseidene Pluderhosen. Ein schwerer, metallbeschlagener Ledergürtel mit einer kupfernen, in Form eines Drachenkopfes gearbeiteten Schnalle lag um seine Hüften, an dem die Schwertscheide und ein edelsteinbesetzter Dolch mit Goldgriff befestigt waren. Dieser Gürtel besaß Symbolkraft, wies seinen Träger als Heerführer und Fürsten aus. Ein ungegürteter Leib war ein wertloser Leib gemäß der hierarchischen Rangordnung der Awaren. Das Obergewand des Awarenfürsten war vorne geöffnet. Ketten aus rotem Gold bedeckten Brust und Arme des Fürsten. Ein ärmelloser langer Umhang aus Seidenbrokat, bestickt mit Runen und Tierornamenten, vollendete das Bild einer Prachtentfaltung nach byzantinischem Vorbild. Das schwarzglänzende Haar des Awarenfürsten fiel lang auf seine Schultern herab.

Erich wußte mittlerweile, daß der Mann, den er aus einem fränkischen Gefängnis befreit hatte, nicht nur Heerführer eines Barbarenstammes war. Andoro Tej trug den Titel Yugrus, und wenn der Markgraf von Friaul sich auch noch nichts Rechtes darunter vorstellen konnte, so fiel ihm doch auf, daß sein Gastgeber offensichtlich eine hohe Funktion im Reich der Awaren innehatte. Tusseja hießen sie, der Awarenstamm, der einem verbannten Frankenkrieger Unterschlupf gewährt hatte. Sie lebten in der Steppe, die sich zwischen Donau und Theiß ausbreitete, auf dem Rücken ihrer Pferde. Mit ihren Reittieren waren sie so verschmolzen, daß sie sich auf ebener Erde gar nicht wohlzufühlen schienen. Ein Dorf, aus primitiven Zelten errichtet, war ihnen Nachtlager, Wohnstätte der Frauen, Kinder, Alten. Eine dieser Behausungen hatte man Erich zugewiesen, eine Jurte in der Nähe des Häuptlingszeltes. Der Yugrus hatte den Flüchtling aus dem

Frankenreich gastfreundlich aufgenommen, hatte sich die Geschichte von Erichs Verbannung kommentarlos angehört, hatte nur mit dem Kopf genickt, als hätte er nichts anderes erwartet. Drei Wochen war es nun schon her, daß Erich von Friaul die Grenzen seines Heimatlandes verlassen hatte, das er gemäß dem öffentlichen Bannspruch seines Herrschers nie wieder betreten durfte.

Erich zwang seine Gedanken gewaltsam in die Gegenwart zurück. Er mußte versuchen, die Heimat vorläufig zu vergessen. »Eure Krieger bieten einen farbenfrohen Anblick, Fürst Tej«, wendete er sich an seinen Gastgeber.

Der Yugrus winkte einen der jungen Awaren heran, welche die Speisen servierten, ließ roten Wein in den Pokal seines Gastes füllen. »Ihr meint wegen der bunten Bänder in ihrem Haar?« fragte Andoro Tej. Erich nickte. »Die Farbschattierungen der Bänder in den geflochtenen Haaren meiner Krieger drücken den Rang aus, den sie in meinem Heer einnehmen«, erklärte der Fürst. »Nur den männlichen Mitgliedern der Herrscherfamilie ist es gestattet, das Haar offen zu tragen. Und den Unterfürsten, den Thugunen. Den Frauen natürlich auch.« Andoro schmunzelte. »Bei den Frauen soll das offene Haar Schönheit ausdrücken.«

»Und was soll das offene Haar bei den Männern ausdrücken?«

»Freiheit«, antwortete der Yugrus. »Bei den Fürsten der Awaren drückt das offene Haar die Freiheit des Geistes aus, der keinem Zwang unterliegt. Die Freiheit eines durch keine Fesseln eingeengten schöpferischen Gehirnes, zu schaffen für Volk und Land der Awaren.« Langsam wandte Andoro Tej sein Gesicht mit den hoch angesetzten Backenknochen, der schmalen, langen, geraden Nase, den feingezeichneten Lippen seinem fränkischen Gast zu. »Der oberste Heerführer der Awaren hat normalerweise nicht das Recht, sein Haar offen zu tragen. Er ist kein Fürst, sondern entstammt dem Volk, unterliegt also allen Zwängen, denen das Volk zu gehorchen hat. Der derzeitige Yugrus der Awaren stellt einen Ausnahmefall dar. Er entstammt der Regentenfamilie. Er wurde geboren, zu herrschen. Der Traum seiner Kindheit war Macht. Macht über andere Menschen.«

»Ich dachte, das Oberhaupt der Awaren sei der Khagan?« fragte Erich.

Andoro nickte. »Der Khagan ist der oberste Herrscher. Das Aushängeschild für das Volk. Aber mit dem äußeren Schein ist es nicht getan. Es muß jemanden geben, der das Land schützt, das der Khagan besitzt, der erobert, was der Khagan beherrschen will, der sein Leben im Kampf riskiert, während der Khagan repräsentiert.« Ein leichtes, etwas mutwilliges Lächeln zuckte über Andoros Gesicht. »Nach dem Überfall des fränkischen Königs auf die Hauptstadt des Khagan haben die Awaren die Notwendigkeit entdeckt, eine starke, immer verfügbare Streitmacht aufzubauen. Daher wurde ein Doppelkönigtum installiert. Der Yugrus ist Mitregent des Khagan. Er hat die Kampftruppen hinter sich. Während der Khagan sich als mystisch gottähnliche Herrscherfigur dem Volk präsentiert, goldbehängt und in Seide gehüllt, bildet der Yugrus seine Soldaten aus, zieht mit ihnen im Land umher, um seine Funktion als oberste Schutzinstanz des Volkes zu erfüllen. Der Yugrus ißt aus dem großen eisernen Kessel mit seinen Männern, schläft wie sie auf dem nackten, kantigen Felsboden. Während der Khagan sich in dreifachen Ringen von seinen Leibwächtern umgeben läßt, wenn er sich, was selten genug vorkommt, seinem Volk zeigt, besitzt und benötigt der Yugrus nur einen einzigen Schutz: die Achtung, die seine Männer ihm entgegenbringen. Und den Nimbus, den ein siegreicher Feldherr genießt.«

Die sehnigen Finger des Awarenfürsten glitten spielerisch über den Silberteller vor seinem Platz, zeichneten in sanfter Bewegung die runden Konturen nach. »Damals, bei unserem Gespräch in Eurer Burg, habe ich Euch bewußt verschwiegen, daß meine Funktion innerhalb der Hierarchie des Awarenreiches über die eines bloßen Heerführers hinausgeht. Der Markgraf von Friaul sollte nicht wissen, daß er den Yugrus der Awaren gefangengenommen hatte. Der König der Franken sollte nicht wissen, daß er ein regierendes Mitglied der feindlichen Herrscherfamilie zum Tode verurteilte. Nicht, weil ich mich vor der Folter fürchtete. Sondern, weil ich Eurem König nicht die Möglichkeit geben wollte, den Khagan zu erpressen. Es gibt ein Gesetz, dem sich alle Mitglieder der Herrscherfamilie der Awaren unterwerfen müssen: Das Leben eines Awarenfürsten darf niemals als Einsatz dienen im Spiel um die Macht. Es ist unsere Pflicht, eher uns selbst zu töten, als dem Feind zur Geisel zu dienen. Als ich Euch das Messer an die Kehle setzte während unseres Gespräches im Keller Eurer Burg, als ich so lange zögerte, da – ich hatte gar nicht mehr im Sinn, Euch umzubringen. Ich habe erwogen, die Waffe gegen mich selbst zu richten, wie es meine Pflicht gewesen wäre.«

Andoro Tej blickte seinem fränkischen Gast in die Augen. »Ich habe es nicht gekonnt«, fuhr er fort, und etwas wie Verwunderung war in seiner Stimme, Erstaunen, daß er, Herr über Leben und Tod seiner Männer, Schlachtengott der Awaren, Skrupel gehabt hatte, die Waffe gegen sich selbst zu richten. »Offensichtlich ist der Wille zu leben ein so machtvoller Antrieb, daß er sogar die Pflicht zum rituellen Selbstmord nach verlorener Schlacht zunichte macht.« Mit leichtem Sarkasmus fuhr der Awarenfürst fort: »Vielleicht – vielleicht wollte ich auch den berühmten Gottkönig der Franken persönlich kennenlernen, bevor ich starb. Schließlich bin ich mit Karl dem Großen blutsverwandt, auch wenn der Germanenfürst sich dieser Verwandtschaft wohl eher geschämt hätte.«

»Hättet Ihr es ihm gesagt?« fragte Erich.

»Daß ich sein Neffe bin? Ich glaube schon«, erwiderte Andoro mit sinnendem Lächeln. »Ich hätte mir die Gelegenheit nicht entgehen lassen, ihn vor seinem versammelten Volk lächerlich zu machen. Der große Beschützer und Schirmherr der römischen Kirche, blutsverwandt mit einem Ungläubigen, einem wilden, mörderischen Barbaren. Vermutlich hätte mir der Frankenkönig die Zunge herausschneiden lassen zur Strafe, aber man kann einmal gesprochene Worte nicht mehr zurückdrängen in den Schlund des Sprechers.« Er stützte das Kinn in die linke Hand, lächelte leicht. »Ihr seht also, Markgraf, was Ihr für Euren Herrscher getan habt, als Ihr mich freiließt. Ihr hättet Lob verdient, nicht Bestrafung.«

Auf einen Wink des Fürsten verstummten die Gespräche. Musik ertönte vom Hintergrund des Zeltes, gespielt auf einfachen Saiteninstrumenten, auf schrillen Blasrohren. Musik zum Tanzen. Flüchtig glitt Erichs Blick über die fünfundzwanzig Mädchen hinweg, die sich gleitend, schlangengleich bis zur Mitte des Zeltes vorwärtsbewegten. Ihre Körper wiegten sich im Rhythmus der Töne. Nackte junge Mädchen sind immer schön, ganz gleich, ob sie dem Volk der Franken entstammen oder dem der Awaren. Diese Tänzerinnen hier stellten bronzefarbene Haut zur Schau. Dunkles Haar. Schlanke Körper. Jugendlich straffe Brüste. Und ihr Gewerbe.

»Sie sind Tängri geweiht, dem Vater der Götter«, ertönte die Stimme des Awarenfürsten neben Erich. »Sie dienen Gott, wenn sie ihre Pflicht erfüllen. Es gibt nicht viele Frauen im Lager der Tusseja. Nicht viele verheiratete Frauen. Und meine Krieger sind Männer. Diese jungen Mädchen stehen ihnen zur Verfügung. Meinen Kriegern und meinen Gästen.« Er wandte sein Gesicht von den Tänzerinnen ab. »Sucht Euch aus, Markgraf, welche Euch gefällt. Sie wird Euch in Euer Zelt folgen nach dem Fest.«

Die Mädchen blieben stehen, verneigten sich tief vor dem Yugrus und seinem Gast. Sie wußten offensichtlich, welche Aufgabe sie zu erfüllen hatten. Es schien ihnen nichts auszumachen. Dunkle Augen blickten den Frankenritter an, halbgeöffnete Lippen lockten. Blutjung mußten die Tänzerinnen noch sein. Sicher war keine älter als fünfzehn Jahre. Kinder, denen das Leben die ersten Falten in die Seele ritzte. Angeekelt wandte Erich sich ab, als einige von Andoros Kriegern aufsprangen, die Tänzerinnen packten, zu ihrem Tisch zerrten. Das Gelage schien zu einem bacchantischen Fest der Sinnesfreude auszuarten. Frauenkörper wurden herumgereicht, als handle es sich nicht um Menschen, sondern um eine Ware, die man erwarb, verwendete, weitergab. Die Frauen ließen es zu, lachten schrill, als grobe Finger ihre zarten, nackten Körper befühlten, als man sie mit Wein anschüttete, als die Krieger sie zu sich niederzogen. Kühl studierte Andoro Tej die Gesichtszüge seines fränkischen Gastes. Er deutete mit dem Kinn in Richtung der Tänzerinnen. »Ihr müßt Euch beeilen mit Eurer Auswahl. Sonst kommen meine Krieger Euch zuvor.«

»Wir denken etwas anders über die Ehe im Westen, Fürst Tej«, antwortete Erich.

Eine Spur von Spott glitzerte in den schwarzbraunen Augen des Awarenfürsten. »Ich habe nicht verlangt, daß Ihr eines der Mädchen heiraten sollt, Markgraf von Friaul«, bemerkte er mit sanfter Ironie. Dann schnellte er von seinem Ruhebett hoch, rief seinen Leuten einen Befehl zu. Die Musik verstummte, die Mädchen verschwanden. Fürst Tej nahm den goldenen Pokal vom

Tisch, trank seinen Männern zu. Der Fürst drehte sich zu seinem Gast um. »Unsere Trinksprüche sind ebenso schlicht wie unsere Gefühle. Möge der Wein, gewonnen aus Früchten dieser Erde, uns beflügeln im Kampf und in der Liebe, so war der Wortlaut. Wein ist eine Kostbarkeit für uns. Da die Tusseja keinen Ackerbau betreiben, muß ich den Wein kaufen. Zum Glück bin ich reich genug, mich mit allem zu versorgen, was ich haben will, mit edlen Getränken, mit edlen Pferden, vielleicht auch – mit edlen Menschen. Man versüßt dem Yugrus der Awaren die Tatsache, daß das Leben eines Kämpfers nicht lange währt. Materielle Güter muß ich nicht entbehren.«

Er ließ sich auf sein Ruhebett zurücksinken. »Ich will den Trinkspruch erweitern«, sagte er, und ein fast feierlicher Ernst war plötzlich in seinen Zügen. »Möge das Land, das Euch aufgenommen hat, Euch zu einer Heimat werden, Markgraf von Friaul. Mögen die Menschen, die Euch Gastfreundschaft gewähren, Euch zu Freunden werden.« Erich antwortete nicht. Als er seinen Becher an die Lippen führte, hatte er das Gefühl, eine unbestimmte, irrationale Furcht griffe mit eisenharter Faust nach ihm, schnüre ihm die Kehle zu.

Auf ein Zeichen des Awarenfürsten verstummten die Gespräche, erloschen die Lichter. Die plötzliche Dunkelheit, die schwüle, süßlich duftende Luft lähmte Erichs Denken. Dumpf dröhnten Trommeln auf. Schrill wie der Schrei eines Raubvogels erklang ein Saiteninstrument. Zehn Awarenkrieger hatten sich in der Mitte des Raumes postiert, schwenkten in rasendem Wirbel Fackeln um ihre Köpfe. Das Gewittergrollen der Trommeln steigerte sich zu atemberaubendem Stakkato. Im Hintergrund des Zeltes erschien eine junge Frau. Mit halbgeschlossenen Augen trat sie vor. Die bronzene Haut ihres Körpers war von einem rosa Seidenschleier nur knapp verhüllt. Wie ein Mantel lag das blauschwarze, lockige Haar darüber, das bis zur Hüfte reichte.

Erich starrte das Mädchen an. Da wurde ihm plötzlich bewußt, daß Andoro ihn beobachtete, wohl schon längere Zeit. Verlegen griff der Frankenritter nach seinem Weinbecher und leerte ihn auf einen Zug. »Sie heißt Rinja«, hörte er die Stimme des Awarenfürsten neben sich leise sagen. Überrascht blickte Erich seinem Gastgeber ins Gesicht. Andoros Augen waren zu schmalen

Schlitzen zusammengezogen, seine Züge waren von gespannter Aufmerksamkeit erfüllt. »Wir sind Mann und Frau.«

Das Mädchen begann zu tanzen. In langsamen Bewegungen umkreiste die Tänzerin die Fackelträger, die abwartend dastanden. Wie eine Schlange wand sich Rinjas geschmeidiger Körper zwischen ihnen hindurch. Dann ergriff die Tänzerin eine der Fackeln, führte das Feuer ganz nahe an ihre Haut heran, ließ es gleichsam über ihren Körper gleiten, als bereite das Spiel mit den Flammen ihr Spaß. Achtlos warf sie die Fackel in den Sand, wo sie zischend erlosch. Mit der nächsten Fackel wiederholte die Tänzerin das Spiel. Die Musik wurde lauter und dröhnender. Trommelwirbel klangen wie Peitschenknall auf. Klagend schluchzte das seltsame Saiteninstrument.

Erich fühlte, wie eine ungewohnte Erregung von ihm Besitz ergriff. »Gefällt Euch der Tanz?« hörte er den Yugrus fragen. Er antwortete kühl: »Die Musik ist fremdartig. Woher kommt sie?«

»Es ist ein bulgarischer Tanz. Rinja ist Bulgarin«, erklärte der Yugrus. »Sie kam als eine Art Kriegsbeute zu mir. Als ich ihren Vater tötete.« Ohne Erichs erschrockenen Blick zu beachten, fuhr er fort: »Ihr Vater hieß Ontei. Er war Khan der Bulgaren. Die Bulgaren sind unsere Nachbarn. Von jeher haben sie unstillbaren Appetit auf Awarenland. Ich habe die Gier Onteis nach dem Land der Awaren für alle Zeit geheilt, indem ich meinen Dolch in seine Kehle bohrte. Er hatte anschließend die Ehre, an der Zeremonie der Verheiratung seiner Tochter mit dem Anführer der Feinde körperlich teilzunehmen.«

Erich runzelte die Stirn. Andoro blickte ihm in die Augen, freimütig und ernst. »Ja. Ihr habt recht gehört. Körperlich. Ich habe seine Tochter gezwungen, aus der polierten Hirnschale ihres Vaters auf das Wohl des Siegers zu trinken. Dann nahm ich meine weibliche Beute in Besitz.«

Erich starrte seinen Gastgeber ungläubig an. »Ihr habt sie genötigt, aus dem abgetrennten Kopf ihres Vaters zu trinken?« fragte er heiser.

»Was ist daran so erstaunlich«, gab Andoro zurück. »Eine Ehefrau hat die Bindungen an ihr Elternhaus abzubrechen und ihrem Mann nachzufolgen. Das Trinken aus dem Schädel des besiegten Feindes ist bei uns Brauch nach einer gewonnenen Schlacht. Nun gewann dieser Akt eine zusätzliche Bedeutung: Eine Verbindung, in Blut geboren, sollte gereinigt werden durch die lebensspendende Kraft des roten Weines. So dachte ich damals jedenfalls. Rinja ist meine Geisel. Die Bulgaren wissen, daß sie sterben muß, wenn ihr Volk mein Land wieder angreift. Sie haben es daher nicht mehr getan.«

Eine drückende Beklemmung kroch von Erichs Magen hoch, engte seine Brust ein. Wenn der Yugrus seine eigene Frau als Gefangene betrachtete, was hatte dann ein verbannter Frankenritter zu erwarten, dem die Rückkehr in seine Heimat wohl auf lange Zeit versperrt war? Er wandte sich von Andoro Tej weg, wieder der Tanzfläche zu. Seine Augen folgten den Bewegungen des Tanzes.

Plötzlich hielt Rinja inne. Die Musik verstummte. Atemlose Stille herrschte im Zelt. Zum ersten Mal während ihres Tanzes öffnete Rinja die Augen. Sie blickte Erich von Friaul an. Lange stand sie so, die schöne Fremde aus dem Osten, und langsam erlosch die feurige Glut in ihren bernsteinfarbigen Augen. Mild und milder wurde der Ausdruck ihres Gesichtes, ein sanftes Lächeln kräuselte ihre vollen, stolzen Lippen. Dann trat sie auf Erich zu, neigte den Kopf vor ihm, so daß ihr Haar den Boden berührte. Ihre Hand griff nach seinem Schwert. Sorgfältig zog sie es aus der Scheide und trug die schwere Waffe bis in die Mitte des Zeltes vor. Während leise, zögernd die Musik wieder einsetzte, vollendete Rinja ihren Tanz. Mit langsamer, kraftvoller Bewegung führte die schöne Tänzerin das Schwert des Frankenritters zwischen ihren Beinen hindurch. Dann ließ sie es zu Boden gleiten wie die Fackeln, die sie gebraucht und weggeworfen hatte. Ein Trommelwirbel beendete den Tanz und Rinja verschwand in der Dunkelheit des Zeltes. Die Lichter wurden wieder entzündet.

Erich blickte an Andoro hoch, der aufgesprungen war und fassungslos das Schwert des Frankenritters anstarrte, das im Staub lag. Die Züge des Awarenfürsten waren verzerrt vor Wut. Plötzlich wurde sich Erich der gefährlichen Lage bewußt, in der er sich befand. Langsam erhob er sich. Mit einer schnellen Bewegung glitt der Awarenfürst nach vor und hob das Schwert des Markgrafen auf. Er ließ die Schneide durch die Luft sausen. »Eine herrliche Waffe«, sagte Andoro, und seine Stimme klang sanft wie das Schnurren einer Katze, die mit der Maus spielt, bevor sie angreift. Die schwarzen Augen des Awarenfürsten saugten sich an Erich von Friaul fest. »Aber auch wir verstehen uns auf das Handwerk der Waffenschmiede«, fuhr er fort und reichte Erich das Schwert. Dann ließ er seinen goldbestickten Mantel zu Boden gleiten und zog sein eigenes Schwert. »Wollen wir nicht erproben, welche Waffenschmiede geschickter sind, die fränkischen oder die der Awaren?« Es gab für Erich keine Möglichkeit, dem Zweikampf auszuweichen, den der Aware forderte. Also fügte er sich in sein Schicksal.

Ein eigenartiger Kampf begann. Vieles war angedeutet, stilisiert, schien rituellen Regeln zu unterliegen, die Erich nicht kannte. Leise setzte die Musik wieder ein, die Tischgespräche wurden erneut aufgenommen, wohl um das Spielerische des Zweikampfes zu unterstreichen. Dennoch spürte Erich an der verbissenen Wut, mit der sein Gegner das Schwert führte, daß der Kampf für den Awarenfürsten weder Spiel noch Ritus war, sondern blutiger Ernst. Und zugleich wurde Erich noch eines klar: Wenn er den Fürsten besiegte, würde es keine Möglichkeit für ihn geben, in Zukunft bei den Awaren zu leben. Ja, er wußte nicht einmal, ob man ihn dann nicht sogar töten würde.

Plötzlich fühlte sich der Markgraf unendlich müde. Zukunft? Gab es eine Zukunft für ihn, hier unter Wilden? Er senkte sein Schwert. Andoro, der gerade zu einem heftigen Schlag gegen die Waffe seines Gegners angesetzt hatte, konnte die Bewegung nicht mehr aufhalten. Sein Schwert ritzte den rechten Oberarm des Markgrafen. Blut quoll aus der Wunde. Erich taumelte. Mit der Linken umklammerte er seinen verletzten Arm und blickte seinem Gegner in die Augen. Andoro stieß sein Schwert in die Scheide. »Ich begrüße Euch als einen meiner Vasallen, Markgraf von Friaul«, sagte er kalt. Seine Züge waren wie aus Stein gemeißelt.

Erich seufzte. Langsam wanderte sein Blick von dem Awarenfürsten zu seinen Kriegern, die in langen Reihen auf den Bänken saßen, aufgereiht wie Holzpuppen. Wie sollte er je einer von ihnen werden, Befehlsempfänger eines Nomadenherrschers, dessen Anschauungen und Lebensweise ihm nicht vertraut waren? Die Einsamkeit fiel Erich an wie ein körperlicher Schmerz.

Andoro schien zu erraten, was in Erich vorging. Er bückte sich und hob seinen Mantel auf. Plötzlich war wieder Leben in sein Gesicht zurückgekehrt, und in seinen Augen war nichts als aufrichtige Freundschaft und Verständnis. Als wolle er dem Markgrafen die Demütigung ersparen, als Vasall des Awarenfürsten einen Kniefall vor seinem neuen Herrscher zu tun, ging er schnell auf Erich zu, legte ihm in fürsorglicher Geste die Hand auf den linken Arm. »Ich werde dafür sorgen, daß Eure Wunde verbunden wird. Unser Heiler Intan Re ist ein hervorragender Wundarzt.« Ein Lächeln zauberte Wärme in seine Züge. Dann warf sich der Yugrus der Tusseja mit einer herrischen Bewegung den Plaid über die Schultern und verließ das Zelt.

2. KAPITEL

SCHLANGENKAMPF

Die Spitze des Pfeiles zielte auf Rinjas Kopf. Die Spitze eines Pfeiles. Die Spitze von dreißig Pfeilen. Die Metallenden der Awarenpfeile glommen bösartig in der Sonne. Rinja schrie auf, ließ den Tonkrug fallen, den sie auf dem Kopf gehalten hatte. In tausend Scherben zersplitterte das Gefäß. Wasser spritzte über Rinjas Beine, über ihr einfaches, braunes Leinengewand. Das Kleid einer schlichten Nomadenfrau, deren erotischer Zauber verloschen war im grellen Licht des Tages. Erich rannte zum Häuptlingszelt hinüber. »Fürst Tej!« rief er schon von weitem. »Das ist kein Spiel mehr. Hört auf!«

Erich hatte dem Kriegsspiel seit dem frühen Morgen vom Eingang seines Zeltes aus zugesehen. Barbarisch sah der Awarenfürst aus, der, nur mit schwarzseidenen Pluderhosen bekleidet, zu Pferd saß. Wild, voll fremdartiger Schönheit. Die schweren Goldketten über seiner Brust gleißten, als wären sie aus kaltem Feuer gesponnen. Bei jeder Bewegung Andoros konnte man das Spiel seiner Muskeln unter der Haut beobachten. Kriegsgott Mars unterwies die Menschen in der Führung seiner Schlachtwaffen.

Eine Gehorsamsübung stand auf dem Unterrichtsplan. Die Steppenreiter mußten dem Yugrus blind folgen. Auf seinem schwarzen Araberpferd sprengte Andoro über die Ebene, dem Lager zu, begleitet von dreißig seiner Kämpfer. Die Hufe der Tiere berührten kaum den Boden. Es war, als glitten, als flögen die Pferde ihrem Ziel entgegen. Abrupt stoppte der Yugrus, riß den Bogen von seiner Schulter. Seine Krieger taten, was ihr Anführer tat, kamen keinen Fingerbreit aus dem Sattel dabei. Verwachsen schienen sie zu sein mit ihren Pferden, mit dem Grasboden der Steppe, mit dem Yugrus. Als atmeten sie, wenn ihr Anführer atmete. Als kämpften sie, wenn ihr Anführer kämpfte. Als töteten sie, wenn ihr Anführer tötete.

Der Yugrus zielte, schoß den Pfeil ab. Lange, trichterförmig angeordnete Federn bewirkten ein durchdringendes, seltsam zischendes Geräusch, bevor der Pfeil des Awarenfürsten sich in sein Ziel bohrte. Einen Augenblick später spalteten dreißig weitere Awarenpfeile das gleiche Ziel. Auffliegende Wildgänse in der Nähe des Lagers waren es zuerst gewesen. Dann eines der halbwilden Steppenrinder, die von den Tusseja in einem Gatter etwas außerhalb des Lagers gehalten wurden. Einer der Jagdhunde des Yugrus folgte, der sich in der Morgensonne ausgestreckt hatte mitten auf dem Dorfplatz. War es noch ein Spiel, was da vor Erichs Augen abrollte?

Nun war das Ziel ein Mensch. Andoro Tej schien Erichs Ruf gehört zu haben. Er wandte seinem Gast für einen Moment sein Gesicht zu. Seine Augen ruhten in denen des Frankenkriegers, ruhig, fast gleichmütig. Dennoch war da eine Spannung, die sich festgekrallt hatte in seinem Innersten. Eine versteckte Härte. Eine samtweiche Grausamkeit. Der Schatten eines Lächelns glitt über Andoros Gesicht. Er lächelte mit zusammengepreßten Lippen.

Der Yugrus riß seinen Blick von dem des Franken los, spannte den Bogen. Marionettengleich ahmten seine Krieger jede Bewegung ihres Anführers nach. Erich blieb stehen. Das Mädchen vor dem Häuptlingszelt hob die Hände vor das Gesicht, als versuche es, sich zu schützen. Andoro schien die Erregung der Dorfbewohner, die Angst seines Opfers zu genießen.

Im letzten Augenblick hob Andoro den Pfeil fünf Fingerbreit an. Das Geschoß schnellte von der Sehne. Ein Pfeil, dreißig Pfeile bohrten sich knapp über Rinjas Kopf in die Wand des Häuptlingszeltes. Andoro senkte den Bogen, lehnte sich im Sattel zurück, nahm die Füße aus den Steigbügeln. Gemächlich ritt er im Schritt auf Erich zu, hielt vor seinem fränkischen Gast an. »Dachtet Ihr, ich wollte meine Frau töten?« fragte er, und ein schmeichelnder Unterton war in seiner sonst so klaren, kalten Stimme. Als Erich nicht antwortete, fuhr er fort: »Diese Kampfübung nennt man Riator, den singenden Pfeil. Die Krieger eines Awarenfürsten müssen auf jedes Ziel schießen, das ihr Anführer ihnen vorgibt. So erzieht man sie zu blindem Gehorsam. Einer meiner Ahnen hat nacheinander auf sein Lieblingspferd gezielt und auf sein Weib. Jeden seiner Krieger, der nicht mitschoß, ließ er töten. Als er auf das Pferd seines Vaters anlegte, schossen alle mit. Da wußte er, daß er sich nun auf seine Männer verlassen konnte. Beim nächsten Riator bohrten sich fünfzig awarische Kampfpfeile in den Leib seines Vaters. Sein Vater war der Awarenkhagan Beufflar.«

Erich blickte an ihm hoch. »Versucht Ihr, mich einzuschüchtern, Fürst Tej?« fragte er. »Ich wäre nicht ins Awarenland gezogen, wenn ich Awarenpfeile fürchtete.«

»Ein christlicher fränkischer Ritter reitet auch geradewegs in die Hölle, wenn er keine Wahl hat. So hat man es mir jedenfalls erzählt«, konterte der Fürst. »Übrigens – falls es Euch interessiert: Ich habe die Strafgerichtsbarkeit für die Tusseja reformiert. Diese alten Gesetze gelten heute nicht mehr. Der Yugrus ist nicht absoluter Herrscher über Geist und Körper seiner Untertanen. Er ist anerkannter Führer, geachteter Lehrer, Kamerad. Es gibt nur mehr einige wenige Verbrechen, die durch die Todesstrafe geahndet werden.«

Andoro Tej rutschte aus dem Sattel, faßte nach den Zügeln seines Pferdes. »Kommt mit mir, Markgraf. Ich möchte Euch etwas zeigen.«

»Was?« fragte Erich.

In den schwarzbraunen Augen des Awarenfürsten glomm ein seltsames Leuchten auf. Ein ungewohnter, warmer Glanz. »Ich werde Euch beweisen, daß das Leben eines Kämpfers nicht nur der Krieg ist. Daß auch im Herzen eines Söldnerführers, den man bezahlt, damit er tötet, Platz ist für Schönheit. Und Liebe.«

Andoro Tej führte seinen Gast zu einem Gebäudekomplex etwas abseits vom Zeltlager der Tusseja. Vier langgestreckte Bauten mit Flachdächern waren um einen Hof mit gestampftem Kalkmörtelboden gruppiert. Andoro band seinen Hengst an einem Haken an der Außenmauer fest, öffnete das Eingangstor des ersten Gebäudes. Erich blieb erstaunt stehen. Box reihte sich an Box, jede acht Ellen breit und lang. Peinlichste Sauberkeit herrschte in den Stallungen, den Futterkrippen, den Tränken. Den breiten Gang zwischen den Abteilen hatte man künstlich aufgerauht, um ein Ausrutschen der Pferde zu verhindern.

Beim Anblick der Araberpferde in den einzelnen Abteilungen verschlug es Erich den Atem. Ihm schien, als habe Fürst Tej die gesamte Schönheit des Morgenlandes, die Ästhetik und Grazie der edelsten Pferderasse der Welt in seinen Stallgebäuden zusammengezogen. Hundert Pferde mochten es sein, die hier zu Hause waren. Pferde, würdig, einem Gott zu gehören.

Andoros Augen ruhten beobachtend auf seinem fränkischen Gast. »Wißt Ihr, daß man in Eurem Gesicht lesen kann wie in einem Buch?« fragte der Fürst. »Meine Pferde machen Eindruck auf Euch, nicht wahr?«

Erich versuchte, seine Mimik zu beherrschen. »Es überrascht mich nur, solch herrlichen Tieren just hier zu begegnen«, sagte er kühl.

»Ihr meint wohl, in der Pfalzburg des Frankenkönigs würden sie sich heimischer fühlen als im schmutzigen Zelt eines Awarenfürsten?«

Erich bedachte seinen Gesprächspartner mit einem schnellen, forschenden Seitenblick. »Darüber zu urteilen, steht mir nicht zu. Und ich würde eine derartige Stellungnahme auch nicht abgeben, wenn ich es dürfte. Ihr solltet am besten wissen, daß ich mich nicht an den Wertmaßstäben der Allgemeinheit orientiere.«

Andoro Tej löste seine Augen von Erichs Gesicht, blickte zur Decke des Raumes hoch. »Verzeiht, Markgraf. Ich erzählte Euch bereits einmal, daß die gediegene Ausbildung in fränkischer Kultur, die ich während meiner frühen Kindheit durch meine Mutter erhielt, weder die unberechenbar hervorbrechenden Emotionen des Wilden zurückdrängen konnte noch die Selbstzweifel, die ein Steppenkrieger einem Vertreter einer so viel höher stehenden Zivilisation gegenüber empfindet.«

Erich sah zur offenen Stalltür hin. Dort draußen schlummerte das Zeltdorf träge in der Vormittagsschwüle. Eines dieser Zelte war seine neue Heimat. Es wäre ihm früher nie in den Sinn gekommen, daß sich seine Privatsphäre tatsächlich eines Tages in einer Pyramide aus grauer Sackleinwand abspielen könnte, deren Innenmaße neun mal neun Ellen betrugen. Er verzog die Mundwinkel. »Vertreter einer höherstehenden Kultur? Mein Kulturkreis hat mich ausgestoßen, Fürst Tej. Selbstzweifel zu haben, ist wohl in meiner Lage angebrachter als in der Euren.«

Andoro Tej antwortete nicht. Er öffnete die Türen von zehn Stallabteilungen. Langsam setzten sich die Pferde in Bewegung, kamen heraus auf den Gang. Weich war die Stimme des Awarenfürsten, als er leise auf sie einredete. Offensichtlich kannte jedes der Pferde seinen Namen. Offensichtlich verstanden sie die Liebkosung in den Worten des Fürsten.

Die Pferde beäugten den Fremden an der Seite ihres Herrn, mißtrauisch noch. »Sprecht zu ihnen, Markgraf«, forderte Andoro ihn auf. »Sie verstehen alles, was Ihr sagt.« Erich murmelte ein paar bewundernde Worte, hielt seine flache Hand in Richtung der Tiere, um ihnen zu beweisen, daß er keinen Angriff auf sie vorhatte. Kluge Augen registrierten jede seiner Bewegungen, samtige Pferdenüstern schnupperten an seiner Handinnenfläche. Dann schmiegte sich ein warmer weißer Pferdeleib in zärtlicher Geste an seinen Körper. Ein zweiter folgte.

»Sie fühlen, daß Ihr sie liebt«, konstatierte Andoro. »Wenn man mit diesen Tieren lebt, lernt man verstehen, daß eine Verschmelzung von zwei unterschiedlichen Lebensformen möglich ist. Daß es eine Verständigung zwischen Tier und Mensch gibt, die nicht auf der Sprache basiert. Mein Hengst Ilhiz ist die Krönung des Experiments, aus Mensch und Tier ein Überwesen zu schaffen. Ich wäre nichts ohne ihn. Und ich glaube, daß er in mir die Ergänzung seines Ichs gefunden hat.«

Erich lächelte. »Das erheitert Euch?« fragte Andoro. »Dafür gibt es keinen Grund. Ich bilde mir das alles nicht ein. Diese Tiere, die edelsten Pferde der Welt, besitzen Persönlichkeit. Ihr Stolz gleicht dem der Menschen. Aber unsere negativen Eigenschaften sind ihnen fremd. Sie kennen keine Arglist, keinen Haß, keine Feindschaft. Sie sind Splitter des Paradieses, ausgesetzt in der Welt, um den Menschen zu veredeln. Ihr schweigt?«

»Was könnte ich Euren Worten hinzufügen?« sagte Erich sanft. »Wenn ein Reiterfürst der Steppe von etwas so fasziniert ist, daß er zum Poeten wird, könnten die Einwendungen eines schlichten Frankensoldaten nur stören.«

»Reiterfürst«, wiederholte Andoro. »Ja, Ihr habt recht. Wir könnten uns ein Leben nicht vorstellen ohne unsere Pferde. Ihr seid übrigens auch ein ganz ausgezeichneter Reiter, wie ich festgestellt habe bei unserem Zweikampf in der Ebene vor Burg Görz.«

»Ich hatte noch nie Gelegenheit, auf solchen Pferden zu reiten, wie Ihr sie besitzt, Fürst Tej.«

»Ich gebe Euch Gelegenheit. Wann immer Ihr wollt. Nur wenige meiner Krieger haben das Privileg, auf meinen Pferden reiten zu dürfen. Meine Häuptlinge, die besten meines Volkes. Es ist eine Auszeichnung, in mein Nachrichtenübermittlungssystem eingebunden zu sein«, sagte Andoro.

»Welches Nachrichtenübermittlungssystem?« erkundigte sich Erich.

»Araberpferde sind schnell, ausdauernd, zäh«, erklärte Andoro. »Ideale Eigenschaften, um Nachrichten über weite Strecken zu befördern. Das Dorf des Khagan liegt fünf Tagesritte von hier entfernt. Mein Onkel übermittelt mir seine Aufträge durch Boten zu Pferd. Die Awarensiedlungen an den Grenzen des Landes leben in ständiger Bedrohung, müssen immer mit der Möglichkeit eines Einfalles der Nachbarvölker, der Bulgaren beispielsweise, rechnen. Ich habe einige meiner besten Krieger als Wachposten dort stationiert. Ihre Waffe ist die Schnelligkeit, mit der sie mich und die Tusseja verständigen können, wenn Gefahr droht. Die Schnelligkeit meiner Araberpferde. Weitere Posten sind über das ganze Land verteilt. Überall in der Steppe, in jedem größeren Awarendorf sind Tussejakrieger stationiert, denen meine Pferde zur Verfügung stehen.«

Als habe er das Erstaunen in Erichs Miene bemerkt, fuhr der Fürst trocken fort: »Es wundert Euch, daß Wilde über ein solches Nachrichtenübermittlungssystem verfügen? Wie sonst sollte der Anführer der Tusseja die Fäden in seiner Hand halten, an denen das Steppenreich der Awaren hängt? Ich habe Euch darüber informiert, daß die Überwachung und Kontrolle des Reiches nicht dem Khagan obliegt, sondern dem Yugrus. Es ist meine Pflicht, Bescheid zu wissen, was sich im Land des Khagan abspielt.«

Das Gespräch im Stall wurde unterbrochen. Draußen, vor dem Eingang, war lautes Rufen und Hufgetrampel zu hören. Andoro griff nach seinem goldbestickten Umhang, der an einem Haken an der Türe zu dem leeren Stallabteil hing, das offensichtlich seinem Hengst Ilhiz gehörte. Er richtete sich auf, warf sich den Mantel über den nackten Oberkörper. Eine eigenartige Spannung war plötzlich in Andoros Blick. Als mache sich sein Körper kampfbereit, ohne daß sein Geist es wollte.

»Was ist geschehen?« fragte Erich beunruhigt. »Wem gilt das Schreien?«

»Ich fürchte, mir«, antwortete der Awarenfürst. Mit sanften Worten nötigte er seine Pferde, in die Stallabteile zurückzugehen, verschloß die Türen. Dann wandte er Erich den Rücken zu, trat hinaus ins Freie. Erich folgte dem Fürsten. Vor den Stallungen hielt eine Gruppe von Reitern die Pferde an. Fremde Reiter waren es. Awaren, die nicht aus dem Dorf der Tusseja stammten. Erich wußte, daß am heutigen Tage Reiterfestspiele stattfinden sollten, an denen Krieger aus den umliegenden Dörfern teilnehmen würden. Dies waren wohl die ersten Gäste.

Erichs Blick fiel auf den Anführer der kleinen Gruppe. Eine stattliche Erscheinung war der junge Awarenkrieger, hochgewachsen, schlank, muskulös. Geschmeidig stählerne Kraft war in seinem Körper, hochmütiger Stolz in seinem Gesicht. Der junge Krieger war nackt bis auf seine Beinkleider und die weichen, riemenverschnürten awarischen Ledersandalen. Sein langes, offen getragenes Haar wies ihn als Fürstensohn aus. Er ritt einen kraftvollen dunkelbraunen Hengst mit ebenholzfarbiger Mähne und langem glänzendem Schweif, dessen Schönheit nur übertroffen wurde von Andoros Araberpferden. Goldbestickt war die nachtblaue Pferdedecke, goldene Beschläge glänzten an Sattel und Zaumzeug.

Erich warf dem Yugrus einen besorgten Seitenblick zu. Ganz ruhig stand Andoro Tej dem fremden Reiter gegenüber. Nur seine rechte Hand, die den Griff des Dolches in seinem Gürtel fast berührte, verriet innere Erregung. Erich vermeinte, die knisternde Spannung zwischen den beiden Kriegern körperlich spüren zu können. Der fremde Aware hob langsam die Lanze in seiner rechten Hand. Der Yugrus richtete sich auf, straffte die Schultern. »Bleibt hinter mir«, sagte er zu Erich. Dann trat er drei Schritte vor. Von spielerischer Lässigkeit war die Bewegung des Fremden, als er mit seiner Lanze auf die Brust des Yugrus zielte. Andoros Augen hafteten auf dem Gesicht des Kriegers, als versuche der Yugrus, mit der Kraft seines Intellekts die Gefahr abzuwenden, die ihn bedrohte. Ein hämisches Grinsen erschien im Gesicht seines Widerparts. Als berausche der junge Krieger sich an der Vorstellung, das Leben des Anführers der Tusseja in seiner Hand zu halten.

Erich wunderte sich, daß Andoro seinen Dolch nicht aus der Scheide zog. Schließlich war der Yugrus nicht ganz waffenlos. Doch es schien, als habe Fürst Tej beschlossen, diesen Kampf mit den Waffen seines Geistes zu führen. Immer noch starrte er seinem Gegner in die Augen. Langsam, ganz langsam senkte sich die Spitze der Lanze von der Brust des Yugrus weg zu Boden. Einen Fingerbreit vor Andoros Füßen bohrte sich die Lanze in die Erde, begleitet von drohenden Ausrufen des jungen Kriegers.

Erich verstand nicht, was der Fremde dem Yugrus zurief. Noch war die Sprache der Awaren ein kehlig grelles Kauderwelsch für ihn, das ihn an die Zischlaute angreifender Riesenschlangen erinnerte. Es würde ihm aber wohl nicht erspart bleiben, sich die Ausdrucksform seiner Gastgeber so schnell wie möglich anzueignen, wollte er nicht dauernd auf die Krücke von Andoros Übersetzungskünsten angewiesen sein. Unverkennbar war die stolze Herausforderung im Auftreten des jungen Awaren. Unübersehbar war auch die Wut in Andoros Gesicht. Der Yugrus bückte sich, zog die Lanze aus der Erde, schleuderte sie in Richtung seines Widerparts. Das Pferd des fremden Awaren bäumte sich auf. Der junge Krieger kam keine Spur aus dem Sattel. Er zwang das Reittier zu Boden nieder, fing gleichzeitig die Lanze mit der Linken auf. Laut lachte er, höhnisch. Dann wendete er sein Pferd, ließ es mit wirbelnden Hufen davongaloppieren.

»Wer ist er?« fragte Erich, als der Yugrus sich ihm zuwandte.

Eine Mischung aus Ärger, Nachdenklichkeit, wohl auch Bewunderung für den Mut des jungen Mannes spiegelte sich in Andoros Zügen. »Die erwachende Jugend«, sagte er. »Der Pfahl im Fleisch eines unbesiegbaren Heerführers. Rewal, Sohn des Häuptlings der Koe Wan, Enkel des regierenden Khagan der Awaren. Sein Schreien war eine Herausforderung zum Zweikampf. Rewal ist etwas aus der Art geschlagen, müßt Ihr wissen, Markgraf. Im Gegensatz zu seinem Volk, zu seinem Vater, der seine Waffen niedergelegt hat, um wie ein Bauer in seinem Land zu leben, liebt der junge Mann den Kampf. In ihm leben der Stolz, die Kühnheit des awarischen Herrschergeschlechts wieder auf. Gelegentlich überschätzt er allerdings seine Kräfte. Heute hat er sich als geschickt erwiesen in der Wahl seiner Waffe.«

»Wieso? Welche Waffe hat der junge Krieger gewählt?« fragte Erich.

»Eine etwas unübliche Waffe. Eine lebende Waffe. Schlangen«, sagte der Yugrus leichthin. »Eine bestimmte Schlangenart. Vipera berus heißt sie in der Sprache der Römer. Zwei bis sechs Ellen lang. Ein hübsches Tier. Grundfarbe beim Männchen grau, beim Weibchen braun. Das typische dunkle Rückenband dieser Gattung ist in Querstreifen aufgelöst. Am häufigsten trifft man sie in Steppengebieten und feuchten Niederungen an.«

Er hob die Augen, sah Erich ins Gesicht. »Hier also auch. Im Gebiet zwischen Donau und Theiß. Eine tödliche Waffe, von der Natur für den Menschen bereitgestellt. Die Kämpfer halten die Schlange hinter dem Kopf fest und versuchen, dem Gegner ihre Giftzähne ins Fleisch zu stoßen.«

»Aber – wo will Euer Neffe die Schlangen so schnell hernehmen?« fragte Erich.

Weich war der Ausdruck in den dunklen Augen des Awarenfürsten plötzlich. Wehmütig. »Wenn jemand auszieht, um einen König vom Thron zu stürzen, versorgt er sich bereits vorher mit den nötigen Waffen. Rewal hat seine Waffe mitgebracht. Der Sohn des Häuptlings der Koe Wan beschäftigt sich schon seit Jahren mit Reptilien aller Art. Er sammelt, beobachtet, züchtet die Tiere. Er ist Spezialist.«

»Ihr hättet einen solch ungleichen Kampf ablehnen können, Fürst Tej.«

Andoro nickte. »Ich hätte die Herausforderung meines Neffen, der noch ein Kind ist trotz seines prahlerischen Gehabens, ablehnen können, ja. Wißt Ihr, wieviel das Wort eines Kriegshäuptlings gilt, der zu feige ist, mit einer neuen Waffe zu kämpfen?« Erich senkte den Blick.

»Ich werde dafür sorgen, daß Ihr in das Dorf des Khagan gebracht werdet, falls ... falls es mir nicht gelingt, mich mit der Waffe meines Neffen anzufreunden. Der Rat eines fränkischen Heerführers wird sicher auch für meinen Onkel von großem Wert sein.«

Die gewohnte kühle Klarheit war in Andoros Stimme, die gewohnte stolze Selbstbeherrschung in seinem Gesicht. Doch seine Augen sprachen aus, was er fühlte.

»Ihr habt noch nie auf diese Weise gekämpft, Fürst Tej?« fragte Erich.

Andoro lächelte schmerzlich. »Als Rewal mir seine Herausforderung entgegenbrüllte, nannte er mich zwar eine Viper, deren schwärendes Gift unsere Familie verätzt. Er meinte, die Schlangen würden mich sofort als ihren Bruder erkennen, würden mir nichts tun. Er begäbe sich in Gefahr, nicht ich.« Andoro betrachtete seine schlanken, feinnervigen Hände. »Dennoch: Als Kind habe ich mich immer vor Schlangen gefürchtet«, vollendete Andoro den Satz.

Er zuckte die Achseln. »Immerhin kann man einen Schlangenbiß überleben, wenn man schnell genug vom Heiler versorgt wird. Intan Re wird am Rand des Kampfplatzes Aufstellung nehmen.«

Er kreuzte die Arme über der Brust, als versuche er, seinen Körper vor einer unsichtbaren Gefahr zu schützen. Dann warf er den Kopf zurück, breitete die Arme sogar wenig aus, als böte er seinen Leib dem Angriff des unsichtbaren Feindes dar. »Kein Schwerthieb, der meinen Körper zerfleischt«, fuhr er fort. »Kein Lanzenstich, der meine Eingeweide durchbohrt. Keine Streitaxt, die meinen Schädel spaltet. Der Körper des großen Kämpfers der Awaren wird unversehrt sein. Zwei winzige rote Bißspuren werden da sein, kaum sichtbar auf der Haut. Es heißt, man spürt nicht viel, wenn man gebissen wird. Eine feine Berührung nur. Keinen Schmerz. Manchmal stirbt der Mensch bereits am Angstschock. Das erspart ihm, die breitgefächerte Palette an Foltern auszukosten, mit der die Hölle das Opfer einer Giftschlange quält, bevor sie es erlöst. Es beginnt mit Magenschmerzen, Krämpfen, Durchfall. Schwerwerden der Zunge. Man kann nicht mehr sprechen. Nicht mehr schreien. Nur mehr stumm leiden. Fieber stellt sich ein. Starke Blutungen. Der Tod tritt dann ein durch Erstikken. Oder durch Kreislaufversagen. Oder durch innere Blutungen. Oder durch den Ausfall eines lebenswichtigen Organs, der Nieren beispielsweise.«

Er preßte die Lippen für einen Augenblick zusammen, sprach dann weiter: »Es gibt noch eine interessante Variante. Wenn man den Schlangenbiß überlebt, kann ein Zerfall des Gewebes eintreten. Dies macht dann eine Amputation notwendig.« Seine dunklen Augen ruhten auf Erichs Gesicht. Klar, offen war sein Blick. Er versuchte nicht, die Spur von Ratlosigkeit zu verbergen. Den Splitter Furcht. »Wäre etwas ganz Neues, nicht wahr? Ein Kriegshäuptling, dem man den rechten Arm abgeschnitten hat?« Andoro schlang seinen goldbestickten Umhang enger um sich, entfernte sich mit großen Schritten. Als hätte er es plötzlich eilig, die neue Kampfwaffe seines Neffen kennenzulernen.

Man hatte eine schmale Senke als Kampfplatz ausgewählt, eingegrenzt von kantigen Felswänden. Einen der Einschnitte in der Steppenlandschaft, in denen die Grasebene zurückwich, einem rauheren, steinigeren Boden Platz machte. Die Tusseja hatten oben, am Rand der Grube, Platz bezogen, hockten mit gegrätschten Beinen im Sand, unterhielten sich, versuchten, den Eindruck unbeteiligter Sorglosigkeit zu erwecken. Sichtlich wollten sie den Begleitern des jungen Herausforderers nicht zeigen, daß sie für das Leben ihres Häuptlings fürchteten.

Erich ließ sich ganz vorne auf dem Felsboden nieder. Die zwei Kämpfer hatten ihre Plätze eingenommen unten in der Grube. Andoro hatte seinen Mantel und seinen Goldschmuck abgelegt. Breitbeinig stand er da, Herablassung in seiner Haltung, beherrschte Kälte in seinem Gesicht.

Ein geflochtener Weidenkorb mit verschlossenem Deckel stand zwischen den Kämpfern. Der junge Herausforderer grinste seinen Onkel breit und verächtlich an. Geschmeidige Trägheit lag in seinen Gesten, als er zu dem Korb ging und den Deckel öffnete. Etwa drei Ellen lang war das Tier, das er mit Hilfe einer Holzgabel in seiner Linken aus dem Korb holte und auf den Boden warf. Das Tier lag reglos auf der Erde, den Kopf zwischen den Zacken der Gabel eingeklemmt. Ein Relikt aus der Vergangenheit. Aus einer Zeit, da gepanzerte Monstren über das Land krochen, da der nackte, wehrlose Mensch sich in Höhlen verbarg vor der Hölle seiner Umwelt. Eine Waffe Satans. Nun verwendete der Mensch sie gegen den Menschen.

Der junge Koe-Wan-Krieger faßte mit der rechten Hand schnell nach dem Hinterkopf des Tieres, hob die Schlange hoch. Er reichte seinem Onkel die Gabel, deutete mit seinem Kinn zu dem Schlangenkorb hin, als wolle er Andoro auffordern, seine Kampfwaffe herauszuholen. Der Yugrus zögerte, warf einen Blick zum Himmel empor. Als bäte der große Kämpfer der Awaren einen anderen, Mächtigeren um Hilfe. Dann senkte der Yugrus die Gabel in den Schlangenkorb. Das Teufelsduell begann.

Aus senkrechten, strichförmigen Pupillen starrten die beiden Schlangen sich an. Die vorgeschobenen Schuppenschilde über den durchsichtigen, geschlossenen Augenlidern ließen den Blick leblos erscheinen, starr. Als lauerten zwei Gnome der Hölle auf ihre Gelegenheit, zu morden. Die Schlangenkörper wanden sich in gleitenden Drehbewegungen.

Der junge Koe-Wan-Krieger umkreiste seinen Onkel wie ein Tänzer beim Jahrmarkt die Auserwählte seines Herzens. Furchtlosigkeit demonstrierte der Herausforderer. Überlegenheit. Ein Meister trieb seinen Scherz mit seinem angstgelähmten Opfer. Ein Meister, der seine unschlagbare Waffe souverän beherrschte. Immer wieder stieß Rewal den Kopf der Schlange in Richtung auf Andoros Körper, schrie seinem Onkel abgehackte Worte zu. Beschimpfungen wohl.

Andoro kämpfte lautlos, beschränkte sich auf die Verteidigung. Der große Krieger der Awaren befand sich auf der Flucht. Auf der Flucht vor einem schrecklichen Ende. Wie gebannt haftete der Blick des Yugrus auf den bösartigen, drohenden Pupillen der Schlange, auf der gespaltenen Zunge, die sich blitzschnell vorschob wie der tastende Fühler eines giftigen Gewürms, dann wieder zurückglitt in die Geborgenheit des Schlangenmaules. Es schien, als könne der Yugrus seine Augen nicht losreißen vom Anblick seiner Vernichtung. Andoros Bewegungen waren eckig, antriebslos, müde. Das Schlangengift schien ihn gelähmt zu haben, noch bevor es seinen Körper erreichte. Immer näher drängte der Herausforderer seinen Gegner auf die Felswand zu. Nur mehr eine Handbreit waren die Felsen von Andoros Rücken entfernt. Erich hielt den Atem an.

Kein einziges Mal hatte der Yugrus selbst angegriffen. Weit von sich weggestreckt hielt er die Schlange. Als sei ihm das lebende Giftschwert zu unheimlich, um es im Kampf einzusetzen.

Der junge Koe-Wan-Krieger lachte schallend auf, als er bemerkte, daß sein Onkel zunehmend in Bedrängnis geriet. Mit gespreizten Beinen stand er da, Triumph in seinem Gesicht, den

Tod in seiner Hand. Auf seinem muskulösen Oberkörper war kaum Schweiß zu erkennen. Der Kampf schien ihn nicht angestrengt zu haben trotz der Beweglichkeit, die er entfaltet hatte.

Andoro atmete schwer, keuchend. Schweißtropfen hatten sich auf seiner Stirn gebildet. In blitzschneller Bewegung ließ Rewal den rötlichen Rachen des Ungeheuers in seiner Hand vorschnellen, auf die Brust seines Gegners zu. In unterbewußter Abwehr warf sich Andoro zurück, prallte gegen die Felswand. Sah so das Ende aus? Erich sprang auf.

Andoro verlor das Gleichgewicht. Mit dem Rücken schrammte er über die Felsen, blieb im Staub liegen. Noch im Fallen schleuderte er das Reptil in seiner Hand weit von sich. Für einen Augenblick sah er zu Erich hoch. Die Trommeln, die das Kampfspiel begleitet hatten, setzten aus. Es schien, als stocke Andoros Kriegern ebenso wie Erich der Atem.

Rewal stand breitbeinig vor seinem Onkel. Langsam, ganz langsam hob er den Arm. S-förmig gebogen war der Körper der Schlange, weit aufgesperrt ihr fleischiger Höllenrachen. Der Oberkieferknochen, das Maxillare des Ungeheuers, war in Angriffsstellung gedreht, der durchbohrte Giftzahn zwischen den hellen Hautfalten aufgestellt.

Andoro wandte seinen Blick nicht von dem Tier. Das Zackenband auf dem Rücken des Tieres dehnte sich aus, zog sich wieder zusammen gleich dem Rhythmus unheilbringender Atemzüge. Rewal bückte sich zu Andoro nieder. Näher, immer näher kam der Schlund des Reptils an den Körper des Yugrus heran.

Geisterhaft, kaum zu sehen war die gleitende Bewegung, mit der Andoro einen flachen Stein vom Boden hochriß, dem Ungeheuer in den Rachen stieß. Die Schlange biß auf den Stein. Ihr grellgelber Giftspeichel spritzte über Andoros Handrücken. Die Kante von Andoros linkem Fuß traf Rewals Handgelenk. Mit einem Aufschrei ließ der junge Aware das Reptil fallen.

Andoro schnellte hoch, riß seinen Dolch aus dem Gürtel. Die scharfe Schneide trennte den Kopf des Reptils vom Körper. Andoro griff nach dem zuckenden Schlangenleib, schleuderte ihn Rewal mitten ins Gesicht. Er zischte ein kurzes, zweisilbiges Wort dabei. Es mußte wohl eine schmachvolle Beschimpfung gewesen sein, denn Rewal biß sich auf die Lippen, wandte sich ab. Als er am Grubenrand hochkletterte, begleiteten ihn die Schmährufe von Andoros Steppenkriegern.

Erich hielt Andoro den Arm hin, half ihm, aus der Grube zu klettern. Dabei fiel sein Blick auf eine helle, kreisrunde Narbe auf Andoros Brust. Wie ein Schriftzeichen sah die Wunde aus. Eine Rune, eingebrannt in den Körper eines Mannes, um anderen Menschen etwas mitzuteilen. Sonst deckte Andoro die seltsame Wunde immer durch seine Goldketten ab. »Eine eigenartige Verletzung habt Ihr da auf Eurer Brust, Fürst Tej«, bemerkte Erich.

Andoros Augen glühten auf in wilder Drohung. Dann senkte der Fürst die Lider. »Ein – ein Lanzenstich«, erklärte er. »Gut gezielt, aber kraftlos geführt. Jeder Krieger trägt die Narben aus seinen Kämpfen auf seinem Körper. Und in seiner Seele.« Er hob den Blick wieder, sah Erich ins Gesicht. »Das wißt Ihr doch, Markgraf von Friaul?« Mit einer heftigen Bewegung wischte er den Schlangenspeichel auf seinem Handrücken an seinen Beinkleidern ab.

»Soll ich den Heiler holen, damit er Eure Rückenverletzungen versorgt?« fragte Erich.

Andoro zog verächtlich die Mundwinkel herab. »Wegen der paar Kratzer wollen wir Intan Re nicht bemühen. Er könnte sonst meinen, sein Yugrus sei wehleidig geworden.«

Seine Augen ruhten auf dem Gesicht seines Gastes. »Sie machen nun Mittagspause, bevor die nächsten Spiele stattfinden. Übrigens – Ihr seid vorhin aufgesprungen, als ich ... als ich mich in einer ungünstigen Kampfposition befand. Es war wohl nur Neugier. Oder ... oder könnte es möglich sein, daß Ihr um mich Angst hattet?« Der Schimmer eines verschmitzten Lächelns war plötzlich in den dunklen Augen des Yugrus. Dann ließ er Erich stehen und verließ in stolzer, hochaufgerichteter Siegerpose den Kampfplatz.

3. Kapitel

Steppenritt

Erich ging zu seinem Zelt zurück. Er legte sein Hemd ab, wusch seinen Oberkörper in einem Eimer kalten Wassers, den die Frauen vom Fluß herbeigeschleppt hatten. Dann fing er an, den weißen Leinenverband von seiner Armwunde zu entfernen. Die Wunde hatte sich schon geschlossen. Luft und Sonne würden für die vollständige Heilung sorgen. Erich blickte überrascht auf, als Fürst Tej sein Zelt betrat. »Wie geht es mit der Wunde?« erkundigte sich Andoro.

»Sie schmerzt nicht mehr«, antwortete Erich. Dann fiel ihm ein, daß die Awaren den Schmerz verachteten. Es gab in ihrer Sprache nicht einmal einen Ausdruck dafür. »Wir Franken leugnen den Schmerz nicht gerade. Aber als Berufssoldat ist man doch daran gewöhnt. Sagen wir also, die Wunde behindert mich nicht mehr.«

Andoro nickte. »Das ist gut so. Ich wollte Euch nämlich einladen. Es wäre von Vorteil, wenn Eure Gesundheit wiederhergestellt wäre.«

»Meine Gesundheit wiederhergestellt? Wozu?« erkundigte sich Erich.

Seltsam unergründlich ruhten die schwarzbraunen Augen des Awaren auf dem Frankenkrieger. »Es folgt nun ein besonderer Teil des heutigen Festes, das Kasdrahan. Ein Ritual, mit dem unsere Burschen zu vollwertigen Männern erklärt werden. Für Euch ist es harmlos.«

»Ach ja?« bemerkte Erich sarkastisch. »Ich befürchtete schon, Ihr hättet mich auch unter Eure jungen Burschen eingereiht, die ihre Männlichkeit beweisen sollen.«

»Eine solch aktive Rolle habe ich Euch nicht zugedacht. Eher eine Opferrolle. Die jungen Bogenschützen benötigen ein Ziel.«

Erich schwieg, trocknete sich langsam, mit pedantischer Genauigkeit den Oberkörper ab. »Habe ich die Möglichkeit, mich dagegen zu wehren?« fragte er plötzlich.

Auf Andoros Stirn war eine steile Falte erschienen. »Niemand verpflichtet Euch zu dieser Mutprobe«, rief er. »Aber wie wollt Ihr hier leben unter meinen Leuten, wenn sie Euch nicht achten? Ein Awarenführer muß sich die Anerkennung seiner Leute täglich neu verdienen.«

Erich seufzte. »Sagt mir, was ich tun muß.« Mit müder Geste legt er das Handtuch beiseite.

Andoro lächelte ein wenig. »Wenn es Euch beruhigt, meine jungen Männer schießen niemals fehl. Es kann also gar nichts passieren.«

»Wenn es Euch beruhigt, meine Haut ist in Drachenblut gehärtet«, gab Erich zurück. »Ein Awarenpfeil kann sie nicht ritzen.«

Andoros Blick glitt von der Narbe an Erichs Wange hinab zu seinem rechten Arm. »Nein, ein Pfeil wohl nicht. Das bleibt dem Schwert eines Awarenfürsten vorbehalten.« Er reichte Erich das Paket, das er unter dem Arm getragen hatte. »Hier, damit Ihr wie ein Aware ausseht – bei Eurer Bestattung nach dem Kasdrahan.« Erich öffnete das Paket. Schwarze Pluderhosen waren darin. Ein fransenbesetztes, ärmelloses, dunkelbraunes Wildlederwams, von Schnüren auf der Brust zusammengehalten. Und ein zweischneidiger Awarendolch in silberner, edelsteinverzierter Scheide. »Nehmt es als kleine Entschädigung für Eure Schmerzen«, sagte der Awarenfürst. »Wir tragen den Dolch immer im Gürtel.« Erich bedankte sich nicht. Er schmunzelte nur, schlüpfte in das Lederwams, steckte den Dolch ein.

Andoro wirkte zum ersten Mal, seit Erich ihn kannte, verlegen, als er fragte: »Seid Ihr damit einverstanden, wenn die jungen Bogenschützen nun beginnen?«

»Bringen wir es hinter uns«, beschied ihn Erich schicksalsergeben.

»Ihr liebt derartige Spiele also wirklich nicht?« erkundigte sich der Awarenfürst.

»Ich liebe weder den Krieg noch seine Nachahmung im Spiel. Und ich kann mich nicht – und konnte mich niemals – mit einer passiven Rolle zufriedengeben. Im Spiel nicht und im Leben nicht.« Erichs Blick blieb an der dunkelgrauen Zeltplane der Jurte haften, die Andoro ihm zugewiesen hatte. »Allerdings muß ich mich nun wohl damit abfinden, daß andere über mich bestimmen.«

Es schien, als wäre der Awarenfürst zu stolz, um zu antworten. Dennoch mußten Erichs Worte ihn verletzt haben. Plötzlich stieß er hervor: »Wart Ihr denn so frei am Königshof in Aachen? Meint Ihr, das Land, das ein fränkischer Adeliger von seinem Herrscher zum Lehen erhält, das sogar vom Vater auf den Sohn vererbt wird, macht ihn zum freien Mann?«

»Nicht der Besitz, Fürst Tej«, antwortete Erich. »Auch nicht die Funktion in seinem Land oder die Stellung bei Hof. Aber die Möglichkeit, nach eigener Wahl sich in Freiheit zu beugen dem ersten Mann des Frankenreiches.«

»Sich in Freiheit zu beugen! Welch eine kuriose Illusion!« rief der Awarenfürst. »Der Freie unterwirft sich nicht einem anderen Willen. Er regiert. Und er ist stolz darauf.«

»Es kann auch stolz machen, zu dienen«, antwortete Erich leise.

»Zu dienen, wo man herrschen kann?« Der Aware fragte es in leidenschaftlicher Erregung.

»Zu dienen, wo nur einer herrschen kann, der Beste eines Volkes«, sagte Erich mit Bestimmtheit.

»Wenn Ihr die Wahl hättet, als Vasall Eurem Frankenkönig zu dienen oder gleichberechtigt als Freund und Vertrauter an der Seite eines Barbaren zu herrschen – was würdet Ihr wählen?« Andoro fragte es mit gespielter Gleichgültigkeit.

»Wenn ich die Wahl hätte, würde ich die Heimat vorziehen – und den Vasallendienst bei meinem König.«

Wie in bernsteinfarbigen Marmor gemeißelt waren die Züge des Awarenfürsten. Doch in seinen Augen glomm ein Funke kalten Feuers auf gleich einem Steppenbrand, der sich langsam entzündet. »Die Unterwerfung unter eine charismatische Führerpersönlichkeit kennzeichnet normalerweise schwächere Naturen, als Ihr es seid«, stieß der Awarenfürst hervor. »Es ist mir nicht klar, wieso König Karl einen Mann wie Euch entbehren kann. Straft man im Frankenland Sklaven für ihre Treue?« Geschmeidig hatte seine Stimme geklungen. Lauernd. Erichs linke Hand krampfte sich zur Faust. Er starrte dem Awaren ins Gesicht. Andoro Tej erwiderte den Blick, und in seinen Augen war Angriffslust zu lesen. Freude am Kampf. Der Wunsch, zu töten.

Erich blickte auf seine zur Faust geballte Hand nieder. Er sah zu, wie sich seine Finger langsam wieder öffneten. Fasziniert beobachtete er es. Wie etwas, das er bewußt noch nie erlebt hatte. Er strich sich mit der linken Hand über die Schläfe. »Wenn ich so frei wäre, wie Ihr anzudeuten beliebtet, Fürst Tej, würde ich Euch jetzt bitten, mein Zelt zu verlassen.« Wortlos wandte der Awarenfürst sich um, ging hinaus. Erich schüttete das Waschwasser auf den trockenen, nackten Steppenboden, über dem sein Zelt aufgestellt worden war. Still war es draußen. Wie zu Beginn eines dramatischen Spiels, bevor die Schauspieler auf der Bühne erscheinen. Er war bestimmt worden, einer dieser Schauspieler zu sein. Aber seine Rolle behagte ihm nicht.

Es war ein seltsames Geräusch, mit dem die Pfeile an Erichs Körper vorbeiflogen. Ein hohes, singendes Schwirren. Gleich einer Libelle im Sturzflug. Ganz ungefährlich klang es. Dann bohrten sich die Metallspitzen der Pfeile gewaltsam in das Holz. Ein dumpfer, harter Aufprall. Das Holz splitterte. Wahrscheinlich würde es anders klingen, wenn die Pfeile in menschliches Fleisch eindrangen.

Erich hatte sich an die von den Awaren aufgerichtete schmale Holzwand gelehnt, die Arme weit ausgebreitet. Ihm gegenüber hatte sich die Meute der jungen Awarenkrieger postiert. Pfeil auf Pfeil schossen sie in Richtung ihres lebenden Zieles ab, rahmten die Umrisse von Erichs Körper ein. Andoro stand mitten unter ihnen, die Reitpeitsche in Händen. Er vermied es, Erich in die Augen zu sehen.

Erich versuchte, den Weg der abgeschossenen Pfeile im voraus zu berechnen. Es gelang ihm nicht immer. Die kräftigen Strahlen der Nachmittagssonne blendeten ihn, raubten ihm die Sicht. Außerdem war er nervös, wie er sich selbst eingestand. Eine ungewohnte Spannung hatte von ihm Besitz ergriffen. Und das Gefühl einer hilflosen Wehmut. Sein Schicksal lag nicht mehr in seiner Hand, und ihm fehlte das Vertrauen, daß andere behutsam damit umgehen würden. Immer näher rückten die Pfeile an seinen Oberkörper. Immer höher stießen die eisenharten Geschosse zu seinem Gesicht vor. Seltsam, daß der Mensch sich auch an bedrohliche Situationen gewöhnt. Plötzlich fühlte sich Erich unendlich müde. Das singende Schwirren der Pfeile, das rhythmische Pochen der Metallspitzen, wenn sie ins Holz eindrangen, schläferte ihn beinahe ein.

Da warnte ihn plötzlich die Ahnung von einer Gefahr. Er blinzelte in die Sonne, betrachtete die verschlossenen Gesichter der jungen Awaren. Die Pfeile der Burschen hatten Erichs Hals einen Fingerbreit von der Haut entfernt umrahmt. Nun fingen sie an, präzise die Konturen seines Gesichtes nachzuzeichnen. Einer der Awaren war ängstlich. Erich hatte es schon zu Anfang am erregten Beben seiner Nasenflügel, am Zittern seiner Hände bemerkt, als er den Bogen spannte. Nervosität war verzeihlich für einen unerfahrenen jungen Mann. Sie war nicht verzeihlich, wenn er mit dem Leben eines anderen Menschen spielte. Der Pfeil schnellte vom gespannten Bogen weg, schwirrte auf Erichs Gesicht zu. Wind bewegte das Steppengras. Erich berechnete den Weg des Pfeiles, kalkulierte die mögliche Abweichung durch den Wind ein. Und erschrak. Als der Pfeil zwanzig Fingerbreit vor seinem Gesicht auftauchte, drehte er den Kopf blitzschnell zur Seite. Der Pfeil bohrte sich in das Holz, genau an der Stelle, wo eben noch seine Stirn gewesen war.

Andoro gab das Zeichen zur Beendigung des Spieles, trat vor den unglücklichen jungen Bogenschützen und hieb ihm seine Reitpeitsche quer durchs Gesicht. Der junge Aware legte seine Waffen vor seinem Häuptling auf dem Boden nieder, drehte seinem Volk den Rücken zu und ging in die Steppe hinaus. Blicke voll eiskalter Verachtung folgten ihm. Erich wischte mit einer Armbewegung die Pfeile aus dem Holz, wandte sich ab und ging zu seinem Zelt. Er spürte, daß Andoros Augen auf ihm ruhten. Doch er sah nicht zurück.

Am späteren Nachmittag begannen die Wettbewerbe zu Pferd. Delegationen aus allen umliegenden Awarendörfern waren zu den Festspielen gekommen. Es wimmelte von Menschen im Lager der Tusseja. Erich fühlte sich einsamer denn je zuvor. Einsam auch, weil Andoro ihm auswich seit ihrem Streit in Erichs Zelt.

Händeklatschen, Rufe der Anspornung bildeten die Hintergrundmusik für den ersten Kampf. Als Waffe diente ein langer, dünner Holzstab. Vom Pferd aus wurde auf Brust und Arme des Gegners eingestoßen, eingeschlagen, eingestochen. Wie bei einem westlichen Ritterturnier versuchten die Kämpfer, ihre Gegner durch Scheinangriffe zu ermüden. Ein Treffer auf den Kopf eliminierte den Angegriffenen. Soferne er danach nicht ohnedies ohnmächtig war und vom Feld geschleppt wurde gleich einem gestrandeten Riesenfisch.

Der Yugrus machte mit bei diesem Spiel. War dies seine Pflicht als Anführer der Tusseja, als großes Vorbild seines Kriegernachwuchses? Oder war es Andoros persönlicher Ehrgeiz, immer wieder zu beweisen, daß er der Größte, der Beste, der unschlagbare Kriegsgott war? Die Mittel, die der Yugrus einsetzte, um den Sieg zu erfechten, waren spektakulär. Um einen hartnäckigen Gegner, der trotz aller Schläge und Stöße nicht und nicht weich werden wollte, endlich zu Fall zu bringen, faßte er die Zügel seines Pferdes mit den Zähnen, damit er beide Hände für den Stockangriff freibekam. Der verdoppelten Kraft dieses Hiebes war der Feind nicht gewachsen.

Zum Glück stolperte Ilhiz nicht bei dieser gefahrvollen Übung. Zum Glück wurden Andoro die Zügel nicht aus dem Mund gerissen. Es schien fast, als bewege sich der schwarze Hengst besonders vorsichtig, besonders behutsam. Als wisse er, welches Risiko sein Herr auf sich nahm im Vertrauen auf seinen Hengst. Die ideale geistige Verschmelzung zwischen Tier und Mensch. So hatte Andoro sein Verhältnis zu seinem Pferd betitelt. Nun lächelte Erich nicht mehr über diese Worte.

Bei der nächsten Kampfübung gab es die ersten ernsthaften Verletzungen. Ein dicker, hölzerner Pfahl mit Eisenspitze mußte im gestreckten Galopp in den Boden gerammt werden. Dadurch wurden die Pferde abrupt angehalten. Natürlich blieben nicht alle Pferde sofort stehen. Reiter wurden aus dem Sattel geworfen, prallten auf den Boden. Einer der Steppenkrieger brach sich den Arm dabei. Ein zweiter wurde von einem Hinterhuf seines davongaloppierenden Pferdes an der Schläfe getroffen. Beim Anblick des dunkelroten Blutes, das breidick aus der Wunde quoll, sich mit dem Steppensand vermengte, wurde Erich übel. Er hoffte, daß der junge Krieger mit dem Leben davonkam.

Wie zu erwarten gewesen war, hieß auch bei diesem Bewerb der Endsieger Andoro Tej. Dreimal hatte er den Pfahl in den

Boden gerammt, war keinen Fingerbreit aus dem Sattel gekommen beim plötzlichen Stopp seines Pferdes. Andoro Tej befreite sich aus der Menge jubelnder Zuseher, die ihn umringte. Er kam auf Erich zugeritten, hielt dann aber an. Kurz, ganz kurz nur begegnete sein Blick dem seines fränkischen Gastes. Ein Schatten überlagerte das Lächeln des Triumphes in seinem Gesicht. Plötzlich hatte Erich die Empfindung, jemand klammere sich verzweifelt an ihm fest. Ein Mann, der in den alles verschlingenden Wogen seines Ichs ertrank. Die Last der fremden Seele war Erich zu unbequem. Verärgert wandte er sich ab.

Beim nachfolgenden Mannschaftsballspiel hoch zu Roß überließ Andoro erstmals, offensichtlich auch zur Überraschung der Tusseja, den Siegeslorbeer seinem blühenden jungen Kriegernachwuchs. Es hatte den Anschein, als betrachte der Yugrus sich selbst als Zuseher bei dem Spiel. Ein Zuseher, der den besten Platz innehatte, einen Platz mitten in der Arena.

Bei dem Spiel ging es darum, einen kleinen Ball mit einem langen Schläger aus biegsamem Weidenholz zu treffen. Pferd an Pferd kämpften die Spieler, versuchten, den Rivalen vom Ball abzudrängen, hieben ihre Schläger gegen die der Gegner. Spannend war das Spiel. Sicher auch gefahrvoll durch die Schnelligkeit der Aktion, die Hitzigkeit unbeherrschter Angriffe. Die Spieler umrundeten das lebende Reiterstandbild ihres Häuptlings mitten auf dem Feld, mußten Haken schlagen, mitten im Vorwärtsstürmen abbremsen, um dem Hindernis in der Kampfbahn auszuweichen, einem Hindernis, das halb Pferd war, halb Mensch. Doch keiner der Krieger wagte es, zu murren. Erich schmunzelte. Daß Andoro Tej keinen Sinn für Gemeinschaftsspiele besaß, war zu erwarten gewesen. Schließlich siegte Andoros Mannschaft. An diesem Erfolg hatte der Yugrus allerdings wenig Anteil.

Den Abschluß der Reiterspiele bildete ein Wettrennen zu Pferd, ein Ritt ohne Sattel und Steigbügel. Etwa dreißig Reiter nahmen daran teil, hatten ihre Startplätze in der mit feinem Turfboden bedeckten Rennbahn, die in weitem Bogen rund um das Dorf der Tusseja führte, bereits eingenommen. Die Krieger verharrten in regloser Erwartung, hatten ihre zierlichen Steppenpferde kurz am Zügel gefaßt. Siegesgewiß blickten sie in die Runde, stolzer Hochmut war in ihren Gesichtern, verächtliche Herablassung in ihren Gesten. Als wüßte jeder einzelne von ihnen mit Bestimmtheit, daß nur er allein als Sieger in Frage käme.

Fürst Tej war vom Pferd gestiegen. Seine Leute hatten Ilhiz vom Feld geführt. Nun stand Andoro den Wettkämpfern gegenüber, gehüllt in seinen goldbestickten schwarzen Mantel, den rechten Arm hocherhoben. Langsam, ganz langsam ließ er die Hand sinken. Das Rennen begann. Gleich Pfeilen von einer gespannten Sehne schnellten die Pferde nach vor. Ihre geschmeidigen Körper dehnten sich aus, krümmten sich wieder zusammen. Ihre Beine wirbelten über den Turfboden. Braune, schwarze, sandfarbige Mähnen flatterten im Wind. Die Reiter duckten sich tief über die Hälse der Tiere, schienen auf den Rücken der Pferde zu knien.

Andoro gab seinen Männern einen Wink. Man brachte Ilhiz herbei. Sattel, Pferdedecke und Steigbügel hatte man dem Araberhengst abgenommen. Erich konnte nicht umhin, die Schönheit von Andoros Hengst im Stillen zu bewundern. Der Hengst hob aufmerksam den Kopf. Seine Ohren stellten sich nach vor, als sein Herr nun auf ihn zutrat. Die Rennteilnehmer hatten die dritte Runde fast vollendet. Erich beschloß, das Schweigen beleidigten Stolzes zu durchbrechen. Da man ihn verletzt hatte, stand ihm das Recht zu, den ersten versöhnlichen Schritt zu setzen. Er ging zu Andoro hinüber. »Es ist nun zu spät, um Euch an dem Rennen zu beteiligen, Fürst Tej«, warf er ein.

Andoro blickte ihn sinnend an, lächelte dann leicht. »Im Gegenteil«, sagte er. »Ich habe noch eine Runde Zeit. Ich habe meinen Mitstreitern eine Vorgabe gewährt. Das Rennen wird über zehn Runden ausgetragen. Ich beginne meinen Wettkampf, wenn die anderen vier Runden vollendet haben.«

Erich zog eine Augenbraue hoch. »Bisher hatte ich nicht den Eindruck, daß es Euch Spaß macht, zu verlieren«, sagte er kühl.

Andoros Augen ruhten auf seinem schwarzen Pferd. »Ich kann nicht verlieren mit Ilhiz«, erwiderte er schlicht. Der Yugrus schwang sich auf den Pferderücken. Durch einen leichten Druck seines Gesäßes, eine kaum sichtbare Bewegung seines linken Beines gab er den Startbefehl. Aus dem Stand fiel Ilhiz in Galopp. Mit wirbelnden Hufen und flatternder Mähne jagte der Hengst auf die Rennstrecke zu.

Andoro Tej konnte wirklich nicht verlieren mit seinem Wunderpferd. In gelöster Bewegung glitt Ilhiz über den Turfboden, berührte die Erde kaum mit seinen schlanken Beinen. Der Reiter, der sich an den Pferdekörper schmiegte und die Zügel hingab, war fast nicht zu sehen. Ein schwarzer Schemen fegte an den anderen vorbei, holte mühelos Runde um Runde auf, setzte sich schließlich an die Spitze des Feldes und stürmte dem Sieg entgegen. Donnernder Applaus belohnte den Awarenfürsten.

Andoro ließ die Hochrufe seiner Krieger, die bewundernden Blicke der Festbesucher aus den Nachbardörfern gleichgültig an sich abprallen. Es schien, als sei ihm nur an der Anerkennung eines einzigen Mannes gelegen, seines Gastes aus dem Frankenland. Er kam auf Erich zugeritten, hielt vor ihm an. Eine stumme Frage stand in seinen dunkelbraunen Augen. »Ein göttlicher Ritt«, sagte Erich. »Ein göttliches Pferd.« Der Yugrus glitt vom Rücken seines Tieres, gab einem seiner führenden Krieger einen knappen Befehl. Ilhiz wurde abgeritten.

Andoro spielte mit seiner Reitgerte, hieb sie in einer Geste der Ungeduld gegen seine Stiefel. Als stecke immer noch zu viel unverbrauchte Kraft in ihm. Als gelüste es ihn nach weiteren Heldentaten. »Offiziell sind die Reiterspiele nun beendet«, erklärte er kühl. »Ich werde aber noch eine Vorführung veranstalten, speziell für einsame Frankenritter gedacht, die das Schicksal zu einem wüsten Steppenvolk verschlagen hat. Und die nichts mehr haben, was sie lieben und bewundern können – außer schönen Pferden.«

Mit der folgenden Darbietung hätte er zum umjubelten Volkshelden im Circus Maximus in Rom werden können. Zwei seiner weißen Araberstuten wurden in die Bahn geführt. Ihre Zügel waren miteinander verbunden. Im Schritt umrundeten die Stuten die Kampfbahn. Sie schienen zu wissen, was von ihnen erwartet wurde. Die Pferderücken waren bloß, ohne Sattel, ohne Decke. Andoro zog seine Stiefel aus. Von hinten sprang der Fürst auf das linke Pferd, ergriff die Zügel, stellte sich auf den Rücken des Tieres. Offensichtlich fand er mit bloßen Füßen besseren Halt, konnte leichter im Gleichgewicht bleiben, die Bewegung des Pferdes intensiver erfühlen. Dann trat er mit dem rechten Bein hinüber auf den Rücken des zweiten Pferdes. Die Pferde bewegten sich so gleichmäßig, daß man meinen konnte, sie hätten zwei Köpfe, aber einen gemeinsamen Leib. Der Mann auf ihrem Rücken paßte sich geschmeidig ihren Bewegungen an. Hochrufe seiner Steppenkrieger erklangen, als er über drei Hindernisse, Holzstangen in der Höhe von drei Ellen, die man eilig errichtet hatte, hinwegsetzte, dabei keinen Augenblick lang den Halt verlor. Wie immer beendete Andoro seinen Ritt, indem er seine Pferde vor Erich anhielt. Wie immer forschte er nach Anerkennung im Gesicht seines fränkischen Gastes.

Erich griff nach dem Lederriemen, mit dem die Pferde verbunden waren. Andoro sprang vom Rücken seiner Tiere auf den Boden. »Ihr sagtet, Eure Pferde stünden mir zur Verfügung, wann immer ich will«, erinnerte Erich seinen Gastgeber an sein großzügiges Angebot. Andoro schien etwas verblüfft zu sein. Offensichtlich durchschaute er Erichs Anliegen noch nicht. Erich straffte die Schultern. »Ich bitte Euch, sie mir zu leihen. Jetzt. Ich möchte die Übung auch probieren.«

»Markgraf!« Eine steile Falte war auf Andoros Stirn erschienen. »Diese Darbietung muß man lange Zeit vorher einstudieren. Außerdem ist Eure Armwunde noch nicht verheilt. Ihr seid nicht ganz gesund. Ihr dürft Euch keiner solchen Gefahr aussetzen.«

Erich lächelte leicht, blickte ihm in die Augen. »Nehmt Ihr Eure Versprechungen so schnell zurück, Fürst Tej?«

Andoro senkte den Kopf. »Bitte«, sagte er fast tonlos. »Ihr könnt meine Pferde benützen.« Schweigend beobachtete er, wie Erich aus den Stiefeln schlüpfte, sich auf den Rücken der linken Stute schwang.

Erich hatte Andoros spektakulären Aufstieg vermieden, hatte sich gemächlich auf dem linken Pferd zurechtgesetzt. Als er nun aufstand, versuchte, die Bewegungen des Pferdes auszupendeln, fingen die Schwierigkeiten an. Der Rücken des Pferdes wellte auf und nieder unter ihm gleich einer windgekräuselten Wasserfläche. Wenn Erich hinsah, wurde ihm schwindelig. Das schwankende Gefühl in seinem Gehirn besserte sich etwas, als er statt des Pferdekörpers die Gegend anstarrte. Doch wie sollte er den rechten Fuß hinüberstellen auf das andere Pferd, wo sich seine Zehen doch verzweifelt festgekrallt hatten im weißen Fell seines Reittieres? Es schien, als hätten seine Fußenden sich selbständig gemacht, als hätten sie beschlossen, sich durch keine Macht der Erde von ihrem Halt losreißen zu lassen.

Erich konzentrierte sich auf das zweite Pferd, versuchte, sich in seine Bewegungen einzufühlen. Langsam, ganz langsam hob er das rechte Bein, wollte es niederstellen auf dem Rücken des Pferdes. Doch da war nichts. Erich hatte das Gefühl, ein gähnender Abgrund öffne sich unter seinem Fuß. Die Impression eines weißen Fellgewoges war vor seinen Augen, als er den Halt verlor. Er ließ die Zügel los, empfahl seine Seele Gott. Durch die wärmende Dunkelheit hindurch, die ihn umfing, fühlte er schmerzhaft, wie er mit dem Rücken auf den Boden prallte. Als sein Hinterkopf aufschlug, überflutete grelle Schwärze sein Gehirn, drohte, sein Denken zu ersticken. Erich kämpfte gegen die Ohnmacht an. Und siegte. Mit der linken Hand befühlte Erich sein Genick, sann über die Hinterlist des Schicksals nach, die jeden reiterischen Fehler sofort als Beule auf dem Schädel des Reiters sichtbar werden ließ.

»Markgraf, ist Euch etwas geschehen?« Andoro lief auf Erich zu. Die Besorgnis in seiner Stimme tat Erich wohl. Er blieb im Sand liegen, schloß die Augen. »Markgraf!« Ganz nah war Andoros Stimme. Ganz weich. Gar nicht mehr hochmütig. Erichs rechtes Bein schnellte hoch. Der überraschende Angriff brachte den Yugrus zu Fall. Erich zog ihn vollends auf den Boden nieder, schlang seine Arme um Andoros Körper. Stahlhart fühlten sich die Muskeln des Awarenfürsten an. Als wären sie aufgeladen mit zusammengeballter Kampfkraft.

Etwas verwundert registrierten Andoros Steppenkrieger, daß ihr Anführer offensichtlich nichts Besseres zu tun hatte, als sich mit einem Frankensoldaten im Staub zu wälzen in freundschaftlichem Ringkampf. Andoros bloße Füße scharrten auf dem Boden im Versuch, Halt zu finden, sich aufzurichten, die Last von Erichs Körper abzuschütteln.

Welche perfekte Maschinerie der menschliche Körper doch ist, mußte Erich denken. Eine Maschinerie aus Muskeln, Sehnen, Adern unter bronzefarbener Haut. Geschaffen, zu zerreißen. Erich bekam den Nacken des Yugrus zu fassen, preßte Andoros Hals mit dem rechten Unterarm gegen seinen Oberkörper. Andoro keuchte. »Ihr werdet noch erreichen, daß ich anfange, mich ernsthaft zur Wehr zu setzen«, stieß er hervor.

»Ach, tut Ihr das denn nicht?« fragte Erich mit gespieltem Erstaunen, lockerte seinen Griff um den Nacken des Awarenfürsten.

»Habt Ihr nicht eben noch behauptet, Ihr liebt den Kampf nicht – auch nicht im Spiel?« Es machte Andoro Spaß, Erich an seine Worte zu erinnern.

Erich ließ den Gegner los, stand auf, klopfte sich den Staub aus dem Gewand. »Es sieht so aus, als würde ich mir hier in der Steppe langsam meine fränkischen guten Manieren abgewöhnen«, stellte er lachend fest. Andoro winkte eine der Frauen heran, ließ sich einen großen, mit Wein gefüllten Pokal kredenzen, reichte ihn dem Markgrafen. Erich leerte den Pokal zur Hälfte, gab ihn Andoro zurück. Ohne das Gefäß zu drehen, setzte Andoro es an die Lippen und trank den restlichen Wein aus.

Die dunklen Augen des Awarenfürsten ruhten nachdenklich auf Erichs Gesicht. »Soll das heißen, daß Ihr mir meine Bemerkung über Eure Stellung am Hof Karls des Großen verziehen habt?«

»Ich habe Euch nichts zu verzeihen. Ihr habt Eure Meinung geäußert, Fürst Tej. Ihr hattet das Recht dazu.«

Andoro schüttelte heftig den Kopf. »Nein!« rief er aus. »Es war anders. Ich wollte Euch wehtun. Weil Ihr mich zuvor verletzt hattet.«

Erich schaute ihm in die Augen. Andoro erwiderte den Blick mit einer stolzen, freimütigen Offenheit. Unwillkürlich blickte Erich zu Boden. »Auge um Auge, Zahn um Zahn«, murmelte er. »Nun, dann wären wir ja wieder quitt im gegenseitigen Wundenschlagen.«

»Hättet Ihr nicht Lust auf einen Ausritt?« fragte der Aware in plötzlicher, stürmischer Begeisterung. »Die rote Abendsonne in der Steppe ist das beste Heilmittel für Herzen, die vom gegenseitigen Wundenschlagen ermüdet sind.« Erich schloß die Augen. Das Bild der Hügellandschaft von Friaul stieg unentrinnbar in seinem Inneren auf. Das sanftgelbe Licht der untergehenden Sonne, die sich in den Wogen des Isonzo spiegelte. Die vielen einsamen Ausritte in der Heimat. Die geliebte, duftende Erde des Bauernlandes um die Burg Görz. Als er die Lider öffnete, bemerkte er, daß Andoro ihn beobachtet hatte. Ein wenig Traurigkeit war im Blick des Awarenfürsten. Und eine Spur von Angst. Als fürchte er, daß er etwas verlieren könnte, das noch gar nicht ihm gehörte. »Ich möchte gerne mit Euch ausreiten«, sagte Erich weich.

Zwei Pferdeleiber streckten sich, krümmten sich zusammen, streckten sich wieder. Im gleichen Rhythmus. Im gleichen Abstand. Ein schwarzer Pferdeleib. Ein weißer Pferdeleib. Das dürre braune Steppengras zersplitterte unter den hämmernden Hufen. Wie ein Ball aus Feuer hing die Sonne am Himmel, tauchte die Landschaft in ein seltsames Wechselspiel von gleißendgrellem Licht und düsterschwarzen Schatten. Es gab keine Farbabstufungen, keine Pastelltöne in der Steppe. Nacht, Tag, kalt, heiß folgten ohne verbindendes Intermezzo aufeinander. Andoro war hier zu Hause. Er und sein schwarzes Araberpferd schienen jeden Fingerbreit des trockenen Steppengrases zu kennen. Anmutig tänzelte Ilhiz über die Erdlöcher hinweg, die flinke kleine Nagetiere in den Boden gegraben hatten. Pfeilschnell flog der Hengst über die endlose Ebene. Andoro saß tief im Sattel, gab sich der Bewegung seines Pferdes hin. Er wandte sich Erich zu. »Das ist Freiheit!« rief er aus. »Spürt Ihr es nicht auch, Markgraf?«

In drohendem Dunkelrot verlosch die Sonne, warf mit ihren letzten Strahlen ein eigenartiges Muster aus hellen und dunklen Streifen über die Ebene. Als wäre die Steppe ein riesiges Gefängnis, von Gitterstäben eingegrenzt. Andoro trieb seinen Hengst näher an Erich heran, umkreiste mehrmals den Frankenritter. Erich ließ sein Pferd in Trab fallen, dann in Schritt. Er lehnte sich im Sattel zurück, nahm die Füße aus den Steigbügeln.

Die Bewegungen von Andoros Pferd verlangsamten sich, Galoppsprünge wurden durch Trabschritte abgelöst. Andoro hielt sein Pferd in einigem Abstand von Erich an, ließ es auf der Stelle traben. Diagonal paarweise hob Ilhiz die schwarzen Beine zu einem anmutig schwungvollen Tanz, federte weich ab, das Gewicht auf die Hinterbeine verlagernd. Ganz ruhig hielt sich sein Reiter, bestrebt, sein Pferd nicht zu stören durch ein Anspannen seiner Schenkel. Dann stellte sich Ilhiz auf die weit unter den Körper geschobenen Hinterbeine. Seine Vorhand hob sich vom Boden ab. Einige Schritte kam er in dieser Stellung auf Erich zu, als versuche sein Herr, den fränkischen Gast durch dieses Kunststück aufzuheitern.

Schließlich, als sei ihm diese Übung zu anstrengend gewesen, sprang Ilhiz mit allen Vieren zugleich hoch, streckte dabei die Hinterbeine in gerader Linie aus, als segle er durch die Luft gleich einem schwerelosen Wolkenschiff, einem Götterpferd, das fliegen konnte ohne Flügel.

Sanft landete der Hengst wieder auf der Erde, schüttelte die schwarze Mähne und wieherte. Sein Herr lächelte übermütig. »Ihr schleicht ja so langsam dahin, als wärt Ihr ein greiser Präriewolf, dem die Beute aus den Fängen geschlüpft ist!« rief er und klatschte mit der flachen Hand unerwartet auf den Hinterteil von Erichs Stute. Das Tier erschrak und stob davon. Erich hatte größte Mühe, seine Fersen in die Steigbügel zu bekommen und das Pferd zu beruhigen. Andoro lachte laut auf. In bogenförmigen Schlangenlinien pirschte er sich an den Friauler heran wie eine beutegierige Spinne an ihr Opfer.

»Ich kann mich nicht erinnern, Euch jemals so fröhlich gesehen zu haben«, rief Erich zu dem Awarenfürsten hinüber.

»Ich kann mich nicht erinnern, jemals so fröhlich gewesen zu sein«, konterte Andoro, warf sein Pferd herum und jagte davon, auf den breiten Streifen von Dunkelheit zu, der sich über dem Steppenboden ausdehnte.

4. Kapitel

Die Stimme des Blutes

Die Zeltbahn wurde zurückgeschlagen, Andoro trat in Erichs Jurte. Bisher hatte der Awarenfürst sich nie um irgendwelche Regeln der Höflichkeit gekümmert, wenn er, sei es bei Tag, sei es bei Nacht, das Zelt des Markgrafen betreten wollte. Erich hatte sich seufzend in die Tatsache gefügt, daß Fürst Tej offensichtlich das Zelt, dessen Einrichtung und ihn selbst als sein Eigentum betrachtete. Andoro war der Herr in diesem Land, Erich der Eindringling.

Heute aber war Andoro ungewohnt verlegen und unsicher. Er schien nach einem Gesprächsbeginn zu suchen. Der Fürst blickte sich in dem kleinen Zelt um. Erich hatte jeglichen Schmuck und Zierrat aus seiner Jurte entfernen lassen. Keine buntgewebten Teppiche bedeckten Boden und Bettstatt wie in den Zelten von Andoros führenden Kriegern. Keine goldverzierten Spiegel, keine blinkenden mehrarmigen Kerzenleuchter, keine seidenen Wandbehänge schmückten den Innenraum. Eine schlichte Bettstatt, ein kleiner Holztisch mit einigen Stühlen, ein einfacher eiserner Kerzenhalter, eine Truhe, das war alles, was Erich in seinem Zelt belassen hatte. Und auch diese Dinge gehörten ihm nicht. Sein Zelt glich einer Gefängniszelle. Er hatte es so gewollt.

Einen Augenblick haftete Andoros Blick an dem Kruzifix, das Erich über seinem Bett angebracht hatte. Neben dem Schachspiel auf dem Tisch, seiner Kleidung und seinen Waffen war es sein einziger persönlicher Besitz. »Es scheint, Ihr benötigt nicht viel, um Euch zu Hause zu fühlen«, sagte Andoro.

Erich lächelte etwas wehmütig. »Ihr habt Burg Görz nicht gekannt. Dort war mein Zuhause.«

Andoro schmunzelte. »Der Teil von Burg Görz, den ich kennengelernt habe als Gefangener, ist mir nicht sehr anheimelnd erschienen.«

Erich blickte seinen Besucher an, wartete schweigend. »Ihr wißt, Markgraf, daß heute das Fest der Jagdgöttin Imurz gefeiert wird. Ich wollte Euch dazu einladen«, begann Andoro.

»Ich hatte vor, mir das Fest anzusehen«, sagte Erich.

Andoro zögerte, bevor er fortfuhr. »Es gibt immer wieder Gelegenheiten für mein Volk, zu feiern. Feste für die Götter, Zeremonien für die Menschen. Zeremonien, durch die unsere Knaben zu Männern werden. Zeremonien, die Mann und Frau verbinden. Zeremonien für das Leben und für den Tod. Meistens werden diese Zeremonien der Menschen im Rahmen eines göttlichen Feiertages durchgeführt.«

Bisher hatte Andoro zu Boden gesehen, während er sprach. Nun hob er den Blick. Seine schwarzbraunen Augen ruhten auf Erich. »Es gibt auch eine Zeremonie, die Männer mit Männern verbindet.«

»Männer mit Männern?« fragte Erich.

»Gibt es im Frankenland kein Ritual, mit dem Freundschaft besiegelt wird?« gab Andoro zurück. Erich schüttelte den Kopf.

»Man sagt, die Bande einer Blutsbrüderschaft seien fester geknüpft als familiäre Bindungen. Das Blut des Freundes sei eine Kette für ewig«, sprach Andoro weiter. Schnell fügte der Yugrus hinzu: »Es ist nur eine Zeremonie. Eine barbarische Veranstaltung, wenn Ihr es so sehen wollt. Ein kleiner Schnitt wird in den rechten Arm geritzt, die Arme der Männer aneinandergelegt. In der Regel sind die beiden Freunde dabei allein.« Andoros Stimme klang kühl, als er fortfuhr: »Häuptlinge pflegen ihre Blutsbrüderschaften vor dem versammelten Volk zu schließen. Blutsbruder des Häuptlings zu sein, bedeutet, daß man den Schutz des gesamten Stammes genießt.«

Erich ging zu seinem Schachspiel, hob den schwarzen König hoch. Seine Finger spielten mit der glatten Figur aus Onyx. »Und ist es so?« fragte er. »Verbindet die Blutsbrüderschaft tatsächlich stärker als verwandtschaftliche Beziehungen?«

»Ich weiß es nicht«, gestand Andoro. »Ich habe bisher noch niemandem eine Blutsbrüderschaft angetragen.« Da Erich nicht antwortete, fügte er schnell hinzu: »Ein solches Angebot würde als hohe Auszeichnung betrachtet werden. Von ... von jedem Awaren.«

»Warum macht Ihr es mir, Fürst Tej?« fragte Erich.

»Weil Ihr mir das Leben geschenkt habt«, war die Antwort. »Weil wir uns kennengelernt haben, hier in der Steppe. Vielleicht auch ... vielleicht auch, weil ich Euch gerne enger an mich binden möchte.« Andoro wandte sich ab, als sei er verärgert. »Ich bin Ablehnung nicht gewöhnt. Es ist eine schmerzliche Erfahrung. Für jeden Awaren wäre mein Vorschlag eine Ehre gewesen.« Er straffte die Schultern, schritt auf den Ausgang des Zeltes zu.

»Wartet, Fürst Tej«, rief Erich. Er stellte die Schachfigur zurück, trat vor Andoro hin. »Er ist auch für mich eine Ehre«, sagte er einfach.

Die Fratze starrte Erich ins Gesicht. Ein riesiger, viereckiger Mund mit Zähnen aus Eisen. Düsterschwarze Augenhöhlen. Zerfurchte Wangen. Strohgelbe Haare, die wie Borsten vom Kopf abstanden. Bäng, bäng, bäng. Metall schlug gegen Metall. Klirrend zerriß der Lärm die Nacht, ließ Erichs Nerven vibrieren. Der Awarenkrieger mit der zwei Ellen hohen Holzmaske über dem Kopf verschwand, wurde von anderen vermummten Tänzern abgelöst, die Erich langsam umkreisten. Die fratzenhaften Masken waren Symbole für die Dämonen der Nacht, die aus Erichs Seele ausgetrieben werden sollten vor Beginn der Zeremonie. Gereinigt von allem Bösen mußte der Mensch sein, bevor er sein Blut mit dem seines Freundes vermischte. Erich warf einen Blick zu Andoro hinüber. Aus den hochmütigen Zügen des Awarenfürsten war keine Gefühlsregung abzulesen. Wie Erich hatte er sein Obergewand abgelegt, stand aufrecht da, die Beine gespreizt, die Hände in die Hüften gestemmt.

Die Krieger mit den hohen Holzmasken hatten einen geschlossenen Kreis um die beiden Männer gebildet. Nun öffneten sie die Menschenkette, um die Schar der Frauen durchzulassen. Diese rasselten mit irgendwelchen Klappern und stießen dabei Zischlaute aus. Plötzlich spürte Erich einen Schmerz auf seinem Rükken, leicht, aber dennoch fühlbar. Mit zusammengebundenen Weidenruten schlugen die Frauen auf die nackte Haut der beiden Männer ein. Als Strafe für die Sünden im bisherigen Leben. Andoro hatte Erich den Verlauf der Zeremonie in allen Einzelheiten erklärt. Damit sein künftiger Blutsbruder sich nicht aus

Unwissenheit danebenbenahm, hatte der Awarenfürst in einem seiner seltenen Anfälle von humorvoller Ironie hinzugefügt.

Das gesamte Lager hatte sich versammelt, um dem Schauspiel zuzusehen. Wie eine Armee nachtdunkler Schreckensgeburten standen die Awaren Kopf an Kopf aufgereiht. Im dumpfen Rhythmus setzten nun die Trommeln ein, lösten das grelle Klirren der Eisenplatten ab. Tängri, Tängri, Tängri murmelte die Menschenmenge und wiegte sich im Takt der Trommeln. Zwei von Andoros Kriegern traten vor ihn hin, knieten nieder, überreichten ihm auf einem Kissen einen Dolch mit goldenem, von Edelsteinen besetzten Knauf. Der heilige Dolch des Awarenpriesters. Andoro war nicht nur Kriegsführer, sondern zugleich auch Richter und Priester der Tusseja, was bedeutete, daß er kirchliche und weltliche Gewalt in sich vereinigte.

Andoro breitete beide Arme zum Himmel aus, streckte den Dolch in seiner Rechten dem Gott entgegen, den er anrief. »Tängri«, begann er mit klarer, beinahe singender Stimme zu sprechen. »Tängri, Vater der Götter, höre meine Worte.« Er hielt inne. Die Trommeln verstummten.

Gleich einer vielfingrigen Klaue hatte sich eine zerfaserte Wolke über das Gesicht des Vollmondes gebreitet. Geduldig wartete Andoro, bis die Wolke entschwand, seine Ansprache an Göttervater Tängri vor der mondbestrahlten Kulisse des Awarendorfes nicht mehr störte. »Zwei Männer stehen heute vor dir, die beschlossen haben, eins zu werden. Sieh in ihre Herzen. Sie sind rein. Ihre Körper wurden von den Sünden der Welt gereinigt. Segne ihren Wunsch, sich zu vereinigen in der Bruderschaft des Blutes.«

Göttervater Tängri schien sich einen Spaß daraus zu machen, die Zeremonie immer wieder zu unterbrechen. Nun ließ er eine düsterschwarze Wolkenformation auffahren, die gierig den bleichen Mond verschlang. Unwillen zeichnete sich auf dem Gesicht des Awarenfürsten ab. »Tängri! Verschließe nicht das Auge, mit dem du die Nacht durchdringst! Sieh hernieder auf deinen bescheidenen Diener und seinen Freund!« Offensichtlich war Tängri doch neugierig, wie die von seinem bescheidenen Diener veranstaltete Zeremonie weitergehen mochte. Er ließ einen kühlen Wind aufkommen, der die Wolkenbank hinwegpustete.

Andoro senkte die Arme, trat auf Erich zu. »Mein Bruder«, sagte er getragen. »Wir werden sein wie ein Körper. Wir werden sein wie ein Herz.«

Kein Muskel zuckte in Andoros Gesicht, als er den Dolch in die linke Hand nahm, einen senkrechten Schnitt in die Innenseite seines Schwertarmes ritzte, acht Fingerbreit oberhalb des Handgelenkes. Ungewohnt weich war sein Blick, als er zu Erich aufsah. »Gebt mir Euren rechten Arm, Markgraf, bitte«, sagte er leise. Erich verzog schmerzlich das Gesicht, als Andoros Dolch seine Haut zerschnitt.

Andoro legte die Schnittstelle an seinem Arm gegen Erichs Wunde. »Vater!« rief er zum Himmel empor. »Sieh herab auf unser Bündnis, geschlossen für die Ewigkeit. Segne unsere Freundschaft, die niemals enden wird. Die niemals enden kann, denn nach deinem Gesetz trifft der Fluch der Götter denjenigen, der die Ketten der Blutsbrüderschaft zerreißt. Nach deinem Gesetz löscht der Blitz deines göttlichen Zornes den aus, der seinen Blutsbruder verrät. Nach deinem Gesetz wird ewige Verdammnis verhängt über denjenigen, der das Leben des Blutsbruders bedroht.«

Über diese göttlichen Strafsanktionen hatte Andoro Erich nicht vorher informiert. Hatte er befürchtet, sein auserwählter Freund könnte von einer Partnerschaft Abstand nehmen, die dem Abtrünnigen die Schrecken der Hölle androhte? Andoro löste seinen Arm von dem Erichs, reichte ihm ein Stück weißes Leinen, um die Blutung zu stillen. Erich preßte den Stoffetzen auf die Wunde.

Andoro schien zu spüren, daß er den Freund ein wenig überfahren hatte mit seiner Zeremonie. Unsicher war sein Lächeln, als er Erich in die Augen sah und leise bemerkte: »Da du an Tängri nicht glaubst, kann er dich nicht bestrafen, wenn du mir die Treue brichst. Die Zeremonie ist ein Schauspiel für mein Volk gewesen. In Wirklichkeit steht kein Gott drohend hinter uns. Wir sind ganz allein, Erich. Nur du und ich. Allein, solange unsere Freundschaft lebt. Allein auch, falls sie eines Tages stirbt. – Ich wünsche mir, daß dies nie der Fall sein wird.«

Er griff nach Erichs Hand, ging mit seinem fränkischen Blutsbruder durch die Reihen seiner Krieger, zurück zum Lager der Tusseja. Tängri schien der Freundschaft eines Frankenkriegers mit einem Sohn der Steppe huldvoll gegenüberzustehen. Der Silbermond grinste prall vom Himmel, hatte die Schatten der Nacht aufgesogen.

Vermutlich hätte Erich nun die Stimme des fremden Blutes spüren müssen, das er in sich aufgenommen hatte. Vermutlich hätte er sich zu Hause fühlen müssen in der Weite des Awarenlandes. Aber er fühlte nur Leere. Und ein abgrundtiefes Heimweh.

Andoro führte seinen Blutsbruder geradewegs zu dem breiten Steinbau in der Mitte des Awarendorfes. Erich hatte sich schon oft gefragt, was in dem kegelförmig hochragenden Gebäude verborgen sein mochte, in dessen Wände eigenartige Runen eingeritzt waren. Tag und Nacht patrouillierten drei Wachen rund um den Bau. Erich hatte noch nie bemerkt, daß ein Aware den mit einem schmiedeeisernen Gitter verschlossenen Eingang je durchschritten hätte. Aber Erichs Stolz hatte es ihm bisher verboten, allzu große Neugier zu zeigen und sich nach der Bestimmung des geheimnisvollen Ortes zu erkundigen.

Andoro gab den Wachen ein Zeichen, den Eingang freizugeben. »Komm mit«, forderte er Erich auf, der stehengeblieben war. Der Yugrus schritt zielstrebig durch den schmalen Vorraum, sperrte eine schwere Metalltür auf, ließ Erich eintreten, entzündete die an der Wand befestigten Fackeln. Erich verharrte bewegungslos. Es gelang ihm nur schwer, seine Überraschung zu verbergen. Der große Raum war angefüllt, bis zur Decke vollgestopft mit Gold und Edelsteinen.

Andoro öffnete den Deckel einer der schweren, eisenbeschlagenen Truhen, die an der Wand aufgereiht waren, ließ eine Handvoll Goldmünzen durch seine Finger gleiten. Dabei wandte er die Augen nicht von Erichs Gesicht. Erichs Blick glitt über die Waffen in juwelenbesetzten, kupfervergoldeten Scheiden hinweg, die man über dem groben Verputz an der Wand des Zimmers montiert hatte, über die Perlenschnüre und Brokatstoffe, die auf den großen Tischen in der Mitte des Raumes gestapelt waren. Der Awarenfürst öffnete auch die anderen Truhen. »Der Goldschatz der Tusseja«, sagte er. »Deine Gastgeber sind ein reiches Volk.«

Erich trat an eine der Truhen heran, nahm eine der Goldmünzen zwischen die Finger. Das mit einem Lorbeerkranz gekrönte Gesicht auf der Vorderseite der Münze zeigte Kaiser Justin von

Byzanz. Erich entzifferte die Jahreszahl und las sie laut vor: »560.« Und die lateinischen Worte am Rand der Münze, neben dem Namen: »Dux honestus et imperator.«

Andoro schmunzelte. »Der glorreiche Feldherr und Kaiser war ein Feind der Awaren. Aber er überschätzte seine überragende römische Kriegskunst und verlor den Feldzug gegen die unzivilisierten Barbaren. Er büßte die befestigte Stadt Sirmium an die Feinde aus dem Osten ein und überlebte seine Niederlage nicht lange. Die Dämonenplage raffte ihn dahin. Auf dem Totenbett sollen ihm in seinem zerrütteten Gehirn awarische Steppenreiter erschienen sein, die mit teuflischem Grinsen seine Seele aus seinem Leib herausrissen und darauf herumtrampelten. Sein Nachfolger Tiberios versuchte es mit einer anderen Strategie. Er schloß sofort nach Amtsantritt Frieden mit dem Khagan der Awaren.«

Andoro blickte in die Ferne, sagte leichthin: »Der damalige Herrscher der Awaren war mein Ahnherr Bajan, der erste aus dem Geschlecht der Fürsten Tej. Der Frieden mit seinen wilden Nachbarn aus der Steppe kostete den Kaiser von Byzanz ein Jahrgeld von achtzigtausend Solidi. Mein berühmter Ahnherr ließ sich jeden Schwertstreich, den er nicht führte, vergolden. Die Münze, die du in der Hand hältst, stammt aus dem Friedenshonorar des Tiberios. Es kam noch mehr Gold dazu. Wie dir sicher bekannt ist, leben die oströmischen Kaiser nicht lange. Meist beendet Gifteinwirkung ihre Regierungszeit. Oder äußere Gewalt. Bajan hingegen wurde über sechzig Jahre alt. Jeder neue byzantinische Kaiser bedeutete einen neuen Friedensvertrag. Und neue Goldlieferungen an die Awaren.«

Plötzlich wurde Andoros Blick kalt. Eisig. Gleich einem Feuer aus Schnee. »Inmitten des Ringes, des Schutzwalles, der das Dorf des Awarenkhagans umgibt, sind unermeßliche Schätze gelagert. Was du hier siehst, ist nur ein kleiner Teil davon. Der Khagan bezahlt seine Kampftruppe, die Tusseja, für jeden Kriegseinsatz. Ein Fünftel des Goldes wird unter den Kriegern aufgeteilt. Das übrige gehört der Dorfgemeinschaft, wird hier gehortet und von der Allgemeinheit verwaltet. Abzüglich des Lohnes, den der Yugrus bekommt.« Etwas leiser fügte Andoro hinzu: »Nicht alles Gold, das du hier siehst, stammt aus den Schatztruhen des Khagan. Einen Teil davon haben die Tusseja selbst erbeutet.«

Erich riß seine Augen von dem Geglitzer in den Truhen los. Es kam ihm in den Sinn, daß er dieses Gold lieber nicht gesehen hätte. Das Wissen um einen solchen Schatz konnte Kriege eher auslösen, als sie zu verhindern. »Warum zeigst du mir diesen Schatz?« fragte er den Fürsten.

»Diesen Schatz wollte ich dir eigentlich gar nicht zeigen«, war die Antwort. Andoro schloß eine unauffällige Tür im Hintergrund des Raumes auf. Ein kleineres Zimmer kam zum Vorschein, ebenfalls mit Gold und Edelsteinen angefüllt. »Der Anführer der Tusseja besitzt einen privaten Goldschatz«, erklärte Andoro und deutete einladend auf die Kostbarkeiten. »Es ist zwar nicht üblich, daß man mit seinem Blutsbruder auch seinen Besitz teilt, aber ich möchte, daß du dir nimmst, was dir gefällt.«

Erich trat an einen der Wandschränke heran, sperrte die mit Schnitzereien verzierte Tür aus Ebenholz auf. Eine goldene Monstranz stand darin, vergoldete Kelche, mit kostbaren Steinen verziert, Kruzifixe aus schwerem Silber. Erich wandte sich zu dem Awarenfürsten um. »Wieviel Blut klebt an deinem Räubergold, Andoro?« Mit ernster Ruhe sagte es Erich.

Wut flackerte in den schwarzbraunen Augen seines Gegenübers auf. »Damit habe ich nicht gerechnet, daß du mir Vorwürfe machen würdest wegen meines großzügigen Angebotes«, rief Andoro.

»Womit hast du denn gerechnet?« fragte Erich sanft. »Hast du geglaubt, meine Freundschaft mit Gold bezahlen zu können?« Er verschloß den Kasten wieder, reichte Andoro den Schlüssel. »Oder meinst du, daß du für mich an Wert gewinnst durch deinen Besitz? Hier, nimm deinen Schlüssel, schließe deine Reichtümer ein. Vielleicht gibt es Menschen, die du damit kaufen kannst.«

Im Gesicht des Awarenfürsten war keine Gemütsbewegung zu erkennen. Er schloß die Lider, wohl, um zu verhindern, daß seine Augen aussprachen, was sein Mund verschweigen wollte. Plötzlich tat er Erich leid. Mit dem Rücken an der Wand schien Andoro andauernd gegen einen unsichtbaren Gegner zu kämpfen. Gegen einen Gegner, der bereits gesiegt hatte, der ihn bereits beraubt hatte. Mit Gold schien Andoro die Wunden zustopfen zu wollen, die sein imaginärer Feind in seine Seele geschlagen hatte.

Erich lächelte dem Yugrus zu. Weich, leise sagte er: »Du mußt mich nicht kaufen. Ein guter Händler kauft nicht eine Ware, die ihm bereits gehört.«

Andoro öffnete die Augen. Ein eigenartiger Glanz war in ihnen, fast wie von zurückgehaltenen Tränen. Hart, spröde, abweisend klang die Stimme des Awarenfürsten, als er antwortete: »Ein guter Händler weiß, daß eine Ware, die er nicht gekauft hat, ihm nie gehören wird.«

5. Kapitel

Das Fest der Lichter

Der feuchte Nebel stieg vom Boden auf und hüllte das Land ein. Schemenhafte Umrisse kahler Bäume ragten darin hoch wie Geisterhände. Erich stand am Ufer des großen Flusses, hielt sein Pferd am Zügel und starrte in die Wogen. Trüb war das Wasser an diesem Dezembernachmittag. Träge floß die Donau dahin. Woge um Woge brandete an das Ufer, prallte zurück, rollte weiter. In seiner gleichförmigen Bewegung glich der Fluß einem schuppentragenden Monstrum der Vorzeit, das zielstrebig über das Land kroch. Das Ziel eines Flusses war, das Meer zu erreichen, mußte Erich denken. Der Fluß wich keinen Fingerbreit von seinem Bett ab. Seltsam, daß Flüsse so genau über ihr Ziel Bescheid wußten. Und Menschen nicht.

Erich erschrak, als plötzlich jemand aus dem Nebel auftauchte. Dann erkannte er Andoro. »Verzeih, ich wollte dich nicht beim Nachdenken stören«, sagte Andoro geschmeidig. »Aber ich war etwas in Sorge. Du bist einige Stunden weggewesen.« Er stieg vom Pferd.

Erich riß sich gewaltsam aus seiner melancholischen Stimmung. »Ich wollte mir dein Land näher ansehen. Und deine Nebelgeister.«

Andoro schmunzelte. »Bist du ihnen begegnet, meinen Nebelgeistern?«

»Nein. Du bist bis jetzt der einzige«, sagte Erich und lachte.

»Aber sie sind hier überall.« Andoros Stimme war weich, beinahe träumerisch. »An Tagen wie diesen stehen die Geister Gefallener wieder auf, fechten ihren Kampf nochmals aus. In dieser Ebene wurde mein Volk erstmals überfallen, von dem Merowingerkönig Chlodwig. Der Boden ist von Blut getränkt, von dem Blut der Franken und der Awaren. Die Aggressoren waren Franken. Seit mehr als zweihundert Jahren sind die Aggressoren Franken. Ich bin der erste Kriegsherr der Awaren, der mehrmals die Landesgrenzen überschritten hat. Der die feurige Lanze der Rache ins Frankenland trug.«

Das Gespräch hatte eine unangenehme Wendung genommen. Erich suchte nach einem weniger brisanten Thema. »Ihr habt eine seltsame Religion«, sagte er. »Eine Religion, in der alles mit Leben erfüllt ist. Luft, Wasser, Feuer, Erde, überall wohnen Geister und Götter, die das Schicksal der Menschen beeinflussen.«

»Man muß nicht so schwer an der eigenen Verantwortung tragen, wenn man sie den Göttern des Schicksals zuschieben darf«, stellte Andoro fest.

»Glaubst du daran?« fragte Erich.

»An das Schicksal? Doch. Manchmal schon. An die Götter nicht.«

»Du betest sie an, deine Götter, obwohl du nicht an sie glaubst?«

»Als oberster Priester meines Volkes übe ich eine Symbolfunktion aus«, sagte Andoro. »Was ich persönlich glaube, ist meine eigene Angelegenheit. Wir unterliegen keiner so strengen Gedankenkontrolle wie ihr, die ihr ein Kind in der Krippe anbetet und eure Sünden öffentlich bekennen müßt.«

»Andoro, das Kind hat gelebt. Vor gar nicht so langer Zeit. Und es ist für die Menschheit gestorben.«

»Gestorben.« Andoro stieß das Wort zwischen den Zähnen hervor wie einen Fluch. »Es wurde getötet. Und im Namen dieses Kindes tötet auch ihr. Mit dem Segen eurer heiligen Kirche. Bruder mordet Bruder, Schwester mordet Schwester. Die Geschichte der germanischen Herrscherdynastien ist ein Blutbad, das Verwandte untereinander anrichten um der Macht willen.«

»Die Zeiten haben sich geändert, Andoro.« Erich meinte, sein Volk verteidigen zu müssen.

Andoro sah ihm in die Augen. »Glaubst du wirklich, daß es nun anders sein wird, unter deinem geliebten König Karl, den du immer noch achtest, obwohl er dich verbannt hat?« Der Hieb saß. Erich schwieg. »Warte erst einmal ab, bis der Nachfolgestreit ausbricht«, fuhr Andoro fort. »Auch ein großer Herrscher wie Karl kann sein Reich nur für kurze Zeit befrieden.«

»Was gibt dir das Recht, über uns so zu urteilen«, sagte Erich zornig. »Dir, der du ein Meister bist im Überfallen, Morden und Blutvergießen?«

Andoro wandte sich ab. »Siehst du mich so?« fragte er leise. »Vielleicht bin ich ein Meister im Überfallen, Morden und Blutvergießen. Aber ich stehe dazu. Ich verberge mich nicht unter dem Deckmantel einer Religion, die christliche Nächstenliebe predigt, während ihre Priester die Waffen segnen.«

Es sah aus, als wolle er fortgehen. Erich legte ihm schnell die Hand auf den Arm. »Ich wollte dir nicht wehtun, Andoro. Verzeih.«

Andoro lächelte. »Nun, ich bin auch nicht gerade sanft mit dir umgegangen.« Er starrte auf den schweren goldenen Ring mit dem Amaldin und dem karolingischen Wappen herunter. Pippins Ring, den Erich immer noch an seiner linken Hand trug. »Vielleicht bin ich eifersüchtig.«

»Eifersüchtig? Auf wen?« fragte Erich verwundert.

»Auf deinen König«, war die Antwort. Andoro blickte in die Ferne, über den Fluß hin zum anderen Ufer. Ein Licht fraß sich durch den Nebel. Zwei, drei Lichter. Überall glommen sie auf, bewegten sich auf die beiden einsamen Männer zu. »Das Fest der Lichter beginnt«, sagte Andoro weich.

»Fest der Lichter?« fragte Erich.

Andoro blickte ihn mit spöttischem Lächeln an. »Es ist Wintersonnenwende. Der Tag, an dem ihr die Geburt eures Herrn feiert, ist ein heidnischer Festtag. Wußtest du das nicht?« Weihnacht! Erich hatte nicht daran gedacht, daß heute der fünfundzwanzigste Dezember war. Das Fest von Christi Geburt. Und das Lichtfest der Awaren.

Mittlerweile war es dunkel geworden. Der Nebel hatte sich aufgelöst. Wie Feuertupfen schnellten die Lichter über das Steppengras, erst weit entfernt, dann näher, noch näher. Die Lichter krochen über das Wasser. Die Lichter kamen in stetigem Rhythmus vom Dorf herbeigeglitten. Fackeln waren es, Fackeln, die Menschen in Händen trugen. Reiter, die über die Steppe kamen, Flößer, die den großen Fluß zu Schiff übersetzten. Frauen, Kinder, die aus dem Dorf herannahten, einem noch unsichtbaren Ziel zustrebten. Der Awarenfürst stellte den Kragen seiner Jacke aus dem erdgrauen, schwarzgestromten Fell des Steppenschakals auf. »Nun sollst du sehen, wie Wilde ihre Feste feiern!« rief er in plötzlicher Lebhaftigkeit. »Komm mit!«

Langsam bewegte sich der Zug der Awaren vorwärts. Die beiden Männer reihten sich ein, mitten unter die anderen. Andoro ergriff auch die Zügel von Erichs Pferd und geleitete beide Tiere sorgsam. Niemand sprach. Hohes, nasses Steppengras bog sich unter den Tritten der Menschen. Die von der Feuchtigkeit des nahen Flusses durchtränkte Wiese, das Ziel ihrer seltsamen Reise, schien auf den ersten Blick nichts Besonderes an sich zu haben. Der hohe Holzstoß, den man in der Mitte der Wiese aufgerichtet hatte, wirkte auch nicht sehr mystisch. Erich hatte uralte heidnische Opfersteine erwartet. Riesige Götterstatuen aus Holz, zum Himmel hochragend und grell bemalt. Zumindest irgendwelche von Pfeilen durchbohrte Fetische, montiert an den Bäumen der Umgebung. Der Holzstoß auf einer simplen Wiese ernüchterte Erichs Verstand. Er sagte es Andoro.

Ohne die Spur eines Lächelns blickte Andoro ihn an. »Du befindest dich dennoch auf einem geweihten Ort, Erich«, sagte er dann. »Sieh zu dem Holzstoß hin. Das Holz liegt rund um einen Baumstumpf. Einen sehr alten Baumstumpf. Hier hat einst eine Hinrichtung stattgefunden. Die Hinrichtung eines Baumes. Metall hat den Baum von seinen Wurzeln getrennt. Das Eisen fränkischer Sägen.« Erich runzelte die Stirn, sagte aber nichts.

Andoro blickte in die Ferne, über die Wiese hinweg. »Meine Leute haben den Baum nie gekannt. Sie sind zu jung. Dennoch sehen sie ihn vor sich, wie er ihnen beschrieben wurde von ihren Eltern, von ihren Großeltern.« Der Yugrus wandte sich seinem Freund zu. »Aus der achtzehn Ellen breiten, steinharten Borkensäule seines Stammes entsprossen neun dicke Hauptäste, jeder fünfunddreißig Ellen lang, schmiegten sich an den Himmel, reckten ihm ihre Zweige mit den gefiederten goldenen Blättern entgegen. Die Weltesche wurzelte im Nabel der Welt, wuchs durch den Wohnsitz der Menschen, die sichtbare Erde, empor zum unsichtbaren Heim der Götter mit seinen siebzehn Himmelsregionen. Jeder unserer Hauptgötter ist Herr über eine Himmelsregion, in der sich sein Palast befindet. Unsere Götter besitzen Land gleich menschlichen Fürsten. Himmelsland. Du darfst darüber lachen.«

Erich lachte nicht. »Was ist mit dem Baum geschehen?« fragte er.

»Der Baum der himmlischen Götter fiel einem irdischen Gott in die Hände. Einem Gott, der ihn im Zeichen des Kreuzes tötete. Als König Pippin mit seinen Söhnen ins Awarenland zog, um Rache zu nehmen für den Raub seiner Tochter Gisela, hat er nicht nur den Ring des Khagan zerstört. Manche Einwohner der Zeltstadt waren hierher geflohen, hatten sich vor ihrem Heiligtum zu Boden geworfen, als hofften sie, die Wurzeln des mächtigen Baumes könnten ihnen übermenschliche Kraft spenden. Einige der Dorfbewohner ließ Pippin an dem Baum festbinden, um sie zu foltern. Als sie sich hartnäckig weigerten, den Aufenthaltsort der Fürstenfamilie zu verraten, ließ der Frankenkönig den Baum fällen.«

Andoro blickte zu Boden. »Man sagt, die Erde habe unter den Füßen der Franken gebebt, als die Weltesche niederstürzte. Der König soll schrill, krampfhaft gelacht, soll gerufen haben, eure Götter sind gestorben durch die Hand eines Franken. Euer Khagan wird den Himmelsbewohnern bald nachfolgen. Ein wenig wußte mein Volk damals schon von der Religion der Franken. Der König aus dem fernen Westen erschien ihm als irdische Verkörperung des leibhaftigen Satans. Die Kinder meines Volkes erschreckt man heute noch, indem man ihnen die Wiederkehr des gehörnten Baummörders ankündigt.«

Der Hauch eines mutwilligen Lächelns zuckte in Andoros Miene auf. »Sie haben ihn hingemalt, den fränkischen Teufel. Mit Hörnern und langem Feuerschweif. Ihn und seine Söhne. Die Felswände der Zuflucht, des geheimen Versteckes der Awaren tief im Osten, sind geziert von dicscm Wandschmuck. Was würde der Gottkönig der Franken wohl sagen, wüßte er von seinem Abbild und dem seines Vaters in einer awarischen Felshöhle?«

Er übergab Erich die Zügel der beiden Pferde, streifte seine Pelzjacke von den Schultern, nahm seinem Nebenmann die Fackel aus der Hand, trat vor den Holzstoß. Im Feuerschein leuchtete die Goldstickerei auf seinem schwarzen Seidenkaftan, tanzten Schatten über sein Gesicht. Er drehte sich zu den Hunderten von Menschen um, die sich auf der Wiese versammelt hatten, auf Decken im Gras hockten oder um das Feuer standen.

»Onei panho«, sagte er laut und feierlich. »Gott des alles vernichtenden Feuers, sei uns gnädig. Spende uns die Flamme, die unsere Körper wärmt, nicht zerstört. Spende uns das Licht, das unsere Welt erhellt, nicht verglühen läßt. Sieh, unser Feuer verschlingt auch den Stumpf des toten Baumes, der einst dein Wohnsitz war. Verzehre das Böse, auf daß wir neu erstehen in der Kraft der Reinheit. Verzehre das Tote, auf daß neues Leben quelle aus der Asche des Vergangenen.« Er legte die Fackel an den Holzstoß. Gierig zuckten die Flammen empor, fraßen sich knisternd durch den Untergrund.

Andoro kehrte zu Erich zurück. Verwunderte Blicke seiner Leute folgten ihm. »Ich glaube, ich habe sie enttäuscht«, sagte der Yugrus leichthin.

»Warum?« fragte Erich.

»Oh, meine Ansprache hätte länger sein müssen. Ich hätte noch andere Götter anrufen müssen. Den Luftgeist Aridian zum Beispiel, der die Flammen anbläst. Den Regengott Trissarhan, der stark genug ist, den Feuergott zu besiegen. Die Erdgöttin Nete, zu der alles, was verbrannt wird, zurückkehrt.«

»Und warum hast du sie nicht angerufen, den Luftgeist Aridian, den Regengott Trissarhan und deine Erdgöttin?« erkundigte sich Erich.

Andoro blickte zum Himmel auf. Die Kälte der Nacht hatte den Nebel aufgesogen. Voll und rund stand der Mond am Himmel. Zahllose Sterne glommen, als könne man sie mit den Händen greifen. »Warum ich sie nicht angerufen habe, meine Götter?« sagte Andoro hochmütig. »Hat mir nicht vor kurzem jemand erklärt, daß man nicht anbeten soll, woran man nicht glaubt?«

Von irgendwoher erklang plötzlich eine Melodie, wurde weitergetragen von Mund zu Mund. Instrumente, Stimmen fielen ein, bis der Gesang anschwoll gleich einer brandenden Flut im Sturm. Es mußte ein Lied in einem alten awarischen Dialekt sein, denn Erich konnte nichts verstehen. Gerade wollte er Andoro bitten, die Worte zu übersetzen, als der Freund zu sprechen anfing:

Fluß des Vergessens, nimm auf unsre Toten,
die namenlos kommen dir zu.
Fluß des Vergessens, trage sie weiter
in der Ewigkeit Ruh.

Wir sind das Feuer, das alles zerstört,
wir sind das Wasser, das alles verheert,
wir sind das Leben, geboren zum Tod.

Erde des Lebens, nimm auf unsre Toten
und trinke der Sterbenden Blut.
Erde des Lebens, laß sie vergehen
aus des Daseins verglimmender Glut.
Wir sind die Streitaxt, die alles zerschlägt,
wir sind die Kampfkraft, die Welten bewegt,
wir sind das Leben, geboren zum Tod.

Himmel der Götter, nimm auf unsre Toten
aus ihrem irdischen Grab.
Das Blut der Erschlagnen wasche der Regen
wie die Erinnerung ab.
Wir sind der Giftpfeil, der fliegt in der Nacht,
wir sind die Pest, die im Dunklen erwacht,
wir sind das Leben, geboren zum Tod.

»Das Blut der Erschlagenen wasche der Regen wie die Erinnerung ab?« wiederholte Erich. »Ihr vergeßt sie, eure Helden des Krieges?«

»Helden!« Andoro sagte es beinahe verächtlich. »Es ist ein altes Kampflied der Tusseja. Wir sterben nicht als Helden.«

Erich blickte den Freund überrascht an. Andoros Augen waren starr geradeaus gerichtet. Er hatte den Kragen seines Pelzes bis über den Hals hochgezogen, die schulterlangen Haare darunter verborgen. Schmal hob sich die bronzefarbene Silhouette seines Gesichtes aus dem festen, dichten Haar des Tierpelzes empor. »Aber ...« setzte Erich zum Sprechen an.

Andoro wandte sich ihm zu. »Weißt du, wie der Kriegshäuptling der Awaren ausgewählt wird? Es ist ein Ritual. Von den zwölfjährigen Knaben aus allen Awarendörfern werden die mutigsten, kämpferischsten ausgesucht und zu dem heiligen Platz in der Wüste Noef Khan geführt. Dort schlägt man das mystische Schwert des Kriegshäuptlings der Awaren, das sonst vom Khagan unter Verschluß gehalten wird, in einen Baumstumpf. Der Baumstumpf ist uralt, halb versteinert. Und das

Schwert unserer Ahnen ist sehr schwer, schon für einen Mann, umso mehr für einen Knaben. Das Kind, dem es gelingt, das Schwert aus dem Baum zu ziehen, ist erwählt, der neue Kriegshäuptling zu werden. Es ist der Wille der Götter, aber es ist keine Ehre. Weder für das Kind nicht noch für seine Eltern.«

In Andoros Augen flammte etwas wie Trotz auf. »Willst du wirklich wissen, wie es mit dem Kind weitergeht?« Erich nickte stumm. »Es wird seinen Eltern weggenommen. Jeder Kriegshäuptling hat die Pflicht, noch zu seinen Lebzeiten seinen Nachfolger auszubilden. Er muß sich damit beeilen, in der Regel leben die Kriegshäuptlinge der Awaren nicht sehr lange. Die Erziehung des Kindes erfolgt mit äußerster Härte. Weiche Regungen, Gefühle werden ausgemerzt. Es gibt nur Kampfübungen, fünfzehn Stunden am Tag. Keine Bindungen an andere Menschen, keine Spiele, keine Wärme. Statt dessen Pflicht, Disziplin, blinden Gehorsam, aus Angst geboren. Und Schmerzen.« Die dunklen Augen blickten durch Erich hindurch. »Das Kind, das einst Yugrus der Awaren werden soll, muß lernen, Schmerz zu ertragen. Also foltert man es. Für jedes kleine Vergehen. Für jede kleine Schwäche.« Eiskalt war Andoros Blick plötzlich. »Als ich einmal danebenschoß, da ... Sie haben mich aufgehängt. Mit dem Kopf nach unten. In glühender Sonne. Als ich stöhnte, band man mir einen Stein an der Zunge fest. Ich wurde ohnmächtig. Sie holten mich durch Peitschenhiebe wieder ins Leben zurück.«

Mit einer Offenheit, die keine Deckung mehr sucht, blickte Andoro Erich ins Gesicht. »Das ist keine Grausamkeit, Erich. Das ist Politik. Das Formen von Menschen für eine bestimmte Aufgabe. Nur, daß einsame Kinder selten etwas von Politik verstehen.« Er riß seinen Blick gewaltsam von Erichs Gesicht los. »Hunger. Durst. Kälte. Hitze. Eingesperrtsein in einer Holzkiste, deren Maße knapp der Körperlänge eines zwölfjährigen Knaben entsprachen. Sie haben mich allen Formen körperlicher Ertüchtigung, wie sie es nannten, unterzogen. Es dauert eine Weile, bis der Körper das Empfinden für Schmerz verliert. Zuerst – zuerst tritt die gegenteilige Reaktion ein.«

»Welche gegenteilige Reaktion?« fragte Erich kühl, versuchte, das Bild eines leidenden Kindes aus seinem Gehirn zu verdrängen.

»Du verliebst dich«, sagte Andoro weich. »Verliebst dich in deine eigenen Schmerzen. Du stürzt dich hinein in den Strudel deines Leidens mit der Wollust der Verzweiflung. Du wirst süchtig nach dem Schmerz. Manchmal habe ich absichtlich fehlgeschossen, habe es genossen, wenn sie mich zur Strafe hinter ein Pferd banden und durch das Lager schleifen ließen.«

»Hast du dich nicht gewehrt?« fragte Erich mit belegter Stimme.

»Gewehrt? Ein Kind, ausgeliefert seinen Erziehern? Ich hätte mich nicht wehren können. Ein einziges Mal habe ich es versucht. Ganz am Anfang. Sie banden mich nackt im Freien fest dafür. Da es strenger Winter war, fror mit meinem Körper wohl auch mein Wille zur Selbstverteidigung ein.« Er zögerte ein wenig, als sänne er über seine eigenen Worte nach, sprach dann weiter. »Eines Tages ist es vorbei. Du kannst keine Schmerzen mehr empfinden. Dein Körper ist taub geworden gegen das Leid. Der perfekte Kämpfer ist geboren.«

Spöttische Ironie zuckte plötzlich in Andoros Gesicht auf. »Dennoch – irgendetwas war fehlgeschlagen bei der Erziehung des Kindes, das einst der Sohn einer fränkischen Prinzessin gewesen war. Die Seele des Kindes war nicht taub geworden. Noch nicht.« Ein weiches Lächeln umspielte seine Lippen. »Als ich zwei Jahre in dieser Schule war, da ist mir eines Tages ein Tier zugelaufen. Eine weiße Ratte nur. Ein Epimys. Kein besonderes Tier. Mandjo Tin habe ich sie getauft. Bote der Götter. Ich habe sie versteckt gehalten. Sie war sehr gelehrig. Ich habe ihr einige Kunststücke beigebracht. Zum Ausgleich dafür hat sie mir immer einen Teil ihrer Jagdbeute abgegeben, kleine Heuschrecken, Frösche, Schmetterlinge. Sie hat wohl nicht gewußt, daß ich damit nicht viel anfangen konnte. Fast ein Jahr war Mandjo Tin bei mir. Ich habe mir eingebildet, sie wäre mein Freund.«

»Dann ist sie wohl nicht mehr gekommen?« fragte Erich.

»Nein«, sagte Andoro finster. »Es war anders. Sie haben das Tier bei mir gefunden. Sie haben mich gezwungen, Mandjo Tin zu töten.«

»Andoro, ich habe nicht gesehen, daß du einen solchen Jungen hier bei dir hättest, um ihn zum Kriegshäuptling auszubilden.«

»Sie haben keinen gefunden, der das Schwert aus dem Baumstumpf ziehen konnte. Ich habe dafür gesorgt. Wenn man die

Löcher des Baumstumpfes mit dem Harz der Waldföhre anfüllt, ist dies fast unmöglich.«

Andoro schwieg. Es schien, als verlöre er sich in seinen Erinnerungen. Dann verschwand die ungewohnte Sanftmut wieder aus seinem Gesicht. »Die Tusseja sind eine gekaufte Truppe von Soldaten«, sagte er hart. »Wir sind stark, weil wir in großer Zahl auftreten und für den Kampf ausgebildet wurden. Helden gibt es bei uns nicht. Wo sollten die auch herkommen? Wir haben nichts, was wir verteidigen könnten. Ein Held ist ein Einzelkämpfer mit einer starken Motivation. Meistens ist es Liebe zur Heimat.«

»Aber dieses Land, es ist doch deine Heimat, Andoro«, sagte Erich betroffen.

»Meine Heimat? Eine Heimat hast du, wenn du ein Stück Erde bebaust, mit deiner Familie dort wohnst, die Sprache deiner Nachbarn sprichst, das Leben deiner Väter lebst.«

»Und du empfindest kein Gefühl für dein Land hier zwischen Theiß und Donau?«

»Du mißverstehst die Funktion des Yugrus der Awaren«, sagte Andoro kühl. »Das Awarenreich ist unterteilt in Fürstentümer, die jeweils einem Stammesfürsten unterstehen. Diese Würde vererbt sich vom Vater auf den ältesten Sohn. Der Yugrus der Awaren wird vom Konserr, der Ratsversammlung der Stammesfürsten, eingesetzt. Er nennt eine Kampftruppe sein eigen, die er ausbildet und mit der er durch das Land reist als oberste Schutzmacht. Selbstverständlich sind einige Frauen bei seiner Truppe. Auch Kinder gibt es. Und nicht alle Männer, die ihm unterstehen, sind Kämpfer. Im Kriegsfall befehligt er die von den Stammesfürsten gestellten Kampfeinheiten. Aber er besitzt kein Land. Das würde ihn nur behindern bei der Erfüllung seiner Aufgabe. Der Kampf ist seine Aufgabe.«

»Aber hast du von deinem Vater denn kein Land geerbt?«

Andoro starrte auf den braunen Steppenboden nieder. »Mein älterer Bruder hat den persönlichen Landbesitz meines Vater geerbt. Die Reichtümer, die dem Herrscher gehören. Und seine Funktion. Riorian Tej wurde Khagan der Awaren. Nach ihm gingen der Besitz und die Krone meines Vaters auf meinen Onkel über.

»Nach ihm? Ist er denn tot, dein Bruder Riorian?«

Andoro lachte bitter auf. »Ja. Er ist tot. Du würdest sogar sagen, er starb als Held. Als er sich gegen einen Thronräuber zur Wehr setzte.«

»Andoro, gegen wen hat dein Bruder sich verteidigen müssen?«

Der Yugrus blickte ihm in die Augen, beobachtend, mit kühler Neugier. »Ahnst du es nicht? Gegen mich. Ich habe mit den Tusseja den Ring der Awaren, die befestigte Siedlung des Khagan, angegriffen. Ich habe Riorian gedroht, mit meinen Steppenkriegern seine gesamte Siedlung zu vernichten, wenn er sich mir nicht zum Zweikampf stellt. Um das Leben seiner Leute zu schonen, hat Riorian eingewilligt. Solche Führungskämpfe um die Macht kommen im Khaganat öfters vor. Die Entscheidung wird als Gottesurteil angesehen, um den Besten an der Spitze eines Volkes auszuwählen. Ich wußte daher, daß man mich nicht bestrafen konnte, wenn ich Riorian tötete.« Der Ausdruck in Andoros dunklen Augen wurde weicher. Fast etwas traurig. »Ich war kein menschliches Wesen, als ich meinen Bruder zum Zweikampf stellte. Ich war ein Rachegott. Erfüllt von Eifersucht, von Haß, vom Wunsch, zu vernichten. Meine Mutter hat mir Riorian immer vorgezogen.«

Andoro warf in einer heftigen Bewegung den Kopf zurück. Ein wilder, zornerfüllter Schmerz war in seinen Augen. »Alle haben ihn mir vorgezogen. Auch mein Vater. Mein Onkel. Mein Vetter mit seinem Stamm, seinen geliebten, sanftmütigen Koe Wan. Riorian hatte alle Fähigkeiten, die einen großen Herrscher ausmachen. Er war klug, ausdauernd bei der Arbeit, gerecht, mutig. Er lebte für seine Aufgabe. Das Volk verehrte ihn. Er war der Anführer, den sie ersehnt hatten. Ein neuer, großer König aus dem Geschlecht der Fürsten Tej. Ein veredelter Bajan, jung, strahlend, voll von Ideen für eine bessere Zukunft seines Landes.«

Andoro senkte den Blick zu Boden. Fast tonlos fuhr er fort: »Riorian konnte alles. Nur eines hat er niemals gekonnt. Auch nicht, als wir noch Kinder waren. Er konnte seinen kleinen Bruder im Zweikampf nicht besiegen. Ich wußte das, Riorian wußte das. Er kämpfte einen aussichtslosen Kampf, starb einen sinnlosen Tod. Sinnlos, weil auch Riorians Herausforderer sein Ziel nicht erreichte, der neue Khagan zu werden. Das Volk bestimmte meinen Onkel Jandor zu seinem Herrscher. Ich blieb, was ich vorher gewesen war, ein bezahlter Söldnerführer des Khagan. Meine Mutter hat nach dem Tod ihres ältesten Sohnes das Awarenland verlassen, ist in ihre Heimat zurückgekehrt. Sie wurde Äbtissin eines fränkischen Klosters. Bevor sie das Volk ihres Gemahls verließ, hat sie den Mörder ihres Lieblingssohnes verflucht.«

Andoros dunkle Augen ruhten auf Erich. »Riorian hat mich geliebt«, sprach der Awarenfürst weiter. »Er hat mich wohl als die Ergänzung seines Ichs angesehen. Ich besaß das, was ihm fehlte, die Kraft, zu zerstören. Seine Kraft war von anderer Art. Es war die Kraft, aufzubauen. Meine Kraft war stärker. Sie vernichtete sein Werk und ihn. Als er starb, hafteten seine Augen auf meinem Gesicht. Voll Verständnis. Frei von Anklage. Plötzlich brannte das blutige Schwert in meiner Hand wie eine Zunge aus Feuer, die meinen Arm einsog. Ich wollte es wegwerfen. Doch es klebte an mir, schien festgeschmolzen zu sein an meiner Seele. Ich war unfähig, meine Finger zu bewegen. Und irgendjemand, eine donnernde, körperlose Stimme, schrie mir entgegen, daß ich nicht wert sei, mich Mensch zu nennen. Ein Meister im Überfallen, Morden und Blutvergießen. Ich bin wohl wirklich, was du sagtest.«

Er wandte sich ab, trat aus der Reihe der Awaren. Langsam ging er fort, verschwand in der Dunkelheit. Erich ging dem Awarenfürsten nicht nach, sondern blieb bei den feiernden Steppenkriegern. Das Fest währte bis in die Nacht. Am Feuer wurde Fleisch gebraten. Es wurde musiziert und getanzt. Die Melancholie zu Beginn wich einer einfachen, ursprünglichen Fröhlichkeit. Überrascht stellte Erich fest, daß er sich wohlfühlte unter diesen Menschen. Immer wieder spähte er suchend in die Menge, aber Andoro kam nicht zurück.

Es war um Mitternacht, als Erich geweckt wurde. Er solle zu Fürst Tej kommen. In den Stall. Wärme, Pferdegeruch, der Duft des hoch aufgeschichteten Heus quollen ihm entgegen, als er die Tür zum ersten der drei langgestreckten Stallgebäude öffnete. Er ging die Stallgasse entlang bis hin zu der offenen Abteiltür im Hintergrund. Andoro kniete neben seiner weißen Stute Bejinfarn, Himmelslicht, die auf dem Boden lag, leise schnaubte. Der Fürst redete dem Pferd beruhigend zu, wischte ihm mit einem feuchten Tuch über das Maul. Kleine, wachsähnliche Tropfen auf den Zitzen der Stute kündigten an, daß die Geburt eines Fohlens unmittelbar bevorstand. Die Muskeln am Schweifansatz des Pferdes waren erschlafft. Andoro Tej blickte an Erich hoch. »Würdest du mir helfen?« fragte er. »Es ist nun soweit. Ich wollte nicht, daß meine Stute durch jemanden Fremden beunruhigt wird. Du und ich – wir können das wohl auch alleine schaffen.«

Die Stute bäumte sich auf, ließ einen Wehlaut hören. Die Haut des Fruchtwassersackes war geplatzt. Erich hatte noch nie eine Pferdegeburt miterlebt. Fasziniert beobachtete er, wie sich zwei schmale schwarze Vorderbeine nach außen schoben, eines etwas weiter vorne als das andere. Eine feuchte, verklebte Pferdenase, die eingebettet gewesen war zwischen den Beinen, streckte sich nun der Luft entgegen, als könne sie es nicht mehr erwarten, den Duft des frischen Heus im warmen Stall kennenzulernen. Die Stute atmete schwer, keuchend. Mit all ihrer Kraft schob, drängte, preßte sie das Fohlen in ihrem Leib hinaus ins Leben. Ein zierlicher Pferdekopf wurde sichtbar. Andoro reichte Erich ein weiches Tuch. »Könntest du dem Fohlen die Nüstern ausputzen?« bat er. Erich tat, wie ihm geheißen. Andoros Blick streifte über Erichs Gesicht. »Du mußt das Fohlen nun leicht beklopfen, damit du erkennen kannst, ob es atmet«, erklärte er. Das Fohlen atmete. Begierig schien es die Geräusche seiner neuen Umwelt in sich einzusaugen. Hungrig schien es zu sein. Hungrig nach der Welt.

Nun ging alles sehr schnell. Schultern, Körper, Hinterbeine des Fohlens glitten ohne Schwierigkeiten aus dem Becken der Mutterstute. Erschöpft sank die Stute zurück. Andoro streichelte beruhigend ihren Hals. Mit dem Kopf deutete er auf einige große Tücher in der Ecke. »Könntest du das Fohlen trockenreiben?« fragte er. »Das ist wichtig. Es regt die Blutzirkulation an.« Erich schaute schweigend auf die Nabelschnur herunter, die das Fohlen mit der Mutterstute verband. »Das macht nichts. Die Nabelschnur wird durchtrennt, wenn die Stute aufsteht«, erklärte Andoro.

Erich schrubbte den kleinen Pferdekörper ab, bemühte sich, das Fohlen nicht zu fest anzupacken dabei. Es kam ihm vor, als strahle die Wärme des pulsenden, eben erwachten Lebens, das er mit seinen Händen berührte, auf ihn ab, ließ ihn Sorgen, Einsamkeit, Heimweh vergessen. Wie unbedeutend war doch das Schicksal des Einzelmenschen gegen das Wunder des ewigen Kreislaufes von Vergehen und Geborenwerden.

Die Mutterstute erhob sich. Die Nabelschnur riß. Erich blickte das kleine Wesen an, das da vor ihm auf dem Boden des Stalles lag. Es war ein wunderhübsches, zierliches schwarzes Hengstfohlen mit einer schmalen, weißen Blesse. Das Fohlen strampelte, versuchte, auf die Beine zu kommen. Dann stand es, wackelig noch, aber tapfer. Vom Körper seiner Mutter angezogen wankte das Kleine auf sie zu und begann zu saugen.

Andoro stand auf. »Ich wollte, daß du ihr hilfst«, sagte er. »Die schönste Freundschaft zwischen einem Pferd und seinem Besitzer entsteht bei der Geburt des Tieres. Nun, wie willst du es nennen, dein Hengstfohlen?«

Etwas wie Rührung überkam Erich. Er schluckte, wandte sich ab, um Andoro seine Gefühle nicht merken zu lassen. »Es soll Onaris heißen«, flüsterte Erich. »Stern des Ostens.«

Während der folgenden drei Jahre widmete sich Erich ganz der Ausbildung und Dressur seines Pferdes. Es schien, als habe der Khagan beschlossen, seinem Neffen etwas Ruhe zu gönnen. Die Tusseja blieben in ihrem Hauptlager im Land der Koe Wan, dem weiten Steppengebiet, das sich bis zur Donau hin erstreckte, stationiert. Gelegentlich ritt der Yugrus mit einem Trupp seiner Krieger für einige Tage fort, um seiner Pflicht als oberste Schutzmacht des Nomadenvolkes nachzukommen, Streitigkeiten zu schlichten, Verstöße gegen die Stammesgesetze zu ahnden sowie den Tribut an Lebensmitteln, Schlachtvieh und Kleidung einzufordern, der seiner Kampftruppe bezahlt wurde.

Ansonsten hatte Andoro nicht viel zu tun in diesen Tagen. Er unterrichtete seinen Kriegernachwuchs in Waffentechnik, ging mit seinem fränkischen Freund jagen, schwimmen und fischen, unterwies Erich in all den Fertigkeiten, die ein Steppenbewohner braucht, um der Härte seiner Umwelt trotzen zu können. Erich lernte, den awarischen Kampfbogen zu spannen, die gefürchteten Flügelpfeile der Awaren mit ihren eisernen Spitzen in blitzschneller Folge auszusenden und mit jedem Schuß ein Beutetier zu erlegen. Er lernte, sich an ein feindliches Lager anzuschleichen, ohne auf dem Wiesenboden eine Spur zu hinterlassen. Er lernte, erlegte Beutetiere auszuweiden, Fleisch, Knochen, Krallen und Zähne für die Verwertung vorzubereiten. Er lernte, Wildpferde mit dem Seil einzufangen, ihren Widerstand unter den Willen des Menschen zu beugen. Er lernte sogar, wie man einen Stier im Nahkampf erlegt.

Bei dem Gedanken, daß seine neuerworbenen Fertigkeiten als Waldläufer seine Kenntnisse als Heerführer bereits übertrafen, mußte er lächeln. Doch immer wieder fragte er sich, was wohl geschehen würde, wenn er Andoro über den Spionageauftrag des Frankenkönigs unterrichtete.

Onaris entwickelte sich zu einem lebensfrohen, übermütigen Jährling, der auf den Weidegründen an der Donau umhertollte, als sei das Land, der Himmel darüber und sein geliebter menschlicher Herr nur um seinetwillen erschaffen worden. Als Zweijähriger trug er seinen langen, seidenweichen Schweif in elegantem Schwung gebogen, blickte mit seinem zierlichen Kopf, den warmen, bernsteinfarbigen Augen voll Stolz in die Welt und legte sich gelegentlich in kleinen Plänkeleien sogar mit seinem Vater Ilhiz, dem Leithengst, an. Als er drei Jahre alt war und Erich ihn zum ersten Mal sattelte und ritt, bedeutete dies einen Einschnitt im Leben des Pferdes, der das fröhliche junge Fohlen zum selbstlosen Gefährten seines Besitzers reifen ließ. Wenn der Markgraf von Friaul auf seinem schwarzen Hengst über das hohe, biegsame Gras jagte, hinein in die Einsamkeit der Steppe, hinein in den glühenden Sonnenball, der am Firmament hing gleich einer reifen, roten Weintraube, gelang es ihm manchmal, zu vergessen, daß er in der Fremde war. Doch abends im Lager, beim Anblick der verschlossenen, hochmütigen Awarengesichter, des düsterlodernden, rußenden Lagerfeuers, der kahlen, grauen Plachen seines Zeltes, fiel ihn die Wehmut an wie ein wildes Tier. Und die Verzweiflung darüber, daß er nicht wußte, wann es ein Zurück für ihn geben würde. Ein Zurück in die Welt der Franken.

6. Kapitel

Die Seuche

Seit sechs Tagen schneite es unentwegt. Es waren keine sanften Schneeflocken, die gleich silbernen Blumen vom Himmel tanzten. Es waren bösartige, spitze Eisprollen, die einem ins Gesicht stachen wie Speere eines unsichtbaren Feindes. Manchmal griffen sie nur vereinzelt an, diese Speere. Manchmal aber schienen sie sich zu sammeln, zum tödlichen Sturmangriff auf die ihnen ausgelieferten Menschen. Zur Zuflucht, hatte Andoro befohlen, als die ersten Krankheitsfälle auftraten. Wie müssen so schnell wie möglich die Zuflucht erreichen! Erich war nur ein einziges Mal in der Zuflucht gewesen in den vier Jahren, die er nun bei den Awaren lebte. Es war ein düsterer, unheimlicher Ort, dieses geheime Versteck der Awaren, die Felsenhöhlen weit im Osten, an der Grenze zum asiatischen Raum. Der Platz, an dem die Geister tanzten. Es schien, als verlöre die Realität hier an Bedeutung, als öffne sich das Tor zu einer anderen Welt. Die Awaren glaubten, daß ein Aufenthalt in der Zuflucht alle ihre Leiden heilen konnte. Das war wohl der Grund, warum Andoro sein Volk zu den Höhlen brachte.

Erich war schon lange vom Pferd gestiegen. Er ging an der Spitze des Zuges, führte Onaris am Zügel. Wie ein Heer namenloser Schatten kämpften sich die mit Tierfellen und Decken vermummten Gestalten durch das Schneegestöber. Niemand sprach. In langsamer, gleichförmiger Bewegung kroch die Menschenkolonne voran. Schnee knirschte unter Pferdehufen. Die Räder der Ochsenwagen, in denen die Kranken lagen, fraßen sich durch den eisigen Boden. Die Wagen befanden sich am Ende des Zuges. Dennoch war das Keuchen, Husten und Röcheln der Kranken überall zu hören. Andoro, der bei den Wagen gewesen war, kämpfte sich zu Erich durch. »Sie sterben!« rief er. »Es gibt schon zwanzig Tote. Mein Volk stirbt. Und ich kann nichts dagegen tun.« Erich hielt sein Pferd an. Der Zug stockte.

Der würgende Tod. Immer wieder trat die Seuche auf. Immer wieder raffte sie Menschen hinweg, Männer, Frauen, Kinder. Sie erstickten, wenn die dicken, gelbgrünen Beläge im Hals ihnen das Atmen unmöglich machten. Oder ihr Herz versagte, wenn Fieber und Fasten ihre Widerstandskraft gelähmt hatten. »Wir müssen die Toten verbrennen«, sagte Erich.

»Verbrennen?« Andoro fragte es beinahe erschrocken. Erich sah den Freund an. Andoro hatte sich in eine braune Pferdedecke gehüllt, ein Ende der hanfenen Matte über den Kopf gestülpt. Seine Lippen waren blau vor Kälte.

Erich nickte. »Ja«, bekräftigte er. »Verbrennen.« Er wußte, was sein Vorschlag für Andoro bedeutete. Die Awaren begruben ihre Toten wie die Franken. Versehen mit Waffen, Schmuck, Gold und Nahrungsmitteln traten sie die Reise in die Ewigkeit an. Feuer würde die Seele töten, ein Weiterleben im Jenseits unmöglich machen.

Erich zog seinen Mantel enger um sich. Es schien ihm, als kröche die Kälte des Bodens an ihm hoch, sauge alle Wärme aus seinem Körper. »Es ist eine Seuche, Andoro«, erklärte er. »Feuer reinigt. Es ist die einzige Möglichkeit, weitere Ansteckungen zu vermeiden. Wir müssen die Toten mit ihren Kleidern und ihrer Habe verbrennen.«

»Aber ...« Andoro zögerte. »Aber können wir sie denn nicht eingraben?«

Erich schüttelte den Kopf. »Wie willst du den Boden aufhakken?«

»Ja. Er ist zu hart.« Andoro schien gewillt, sich in das Unvermeidliche zu fügen. »Woher willst du das Holz nehmen, Erich?« fragte er leise. »Es gibt keine Bäume hier in der Steppe.«

»Von den Wagen«, sagte Erich mit Bestimmtheit. »Wie lange brauchen wir noch bis zur Zuflucht?«

»Drei Tage.«

»Wir werden ohne die Wagen weiterziehen.«

Es war eine harte Arbeit für die Männer, die Wagen zu zerhakken. Sie schichteten die Bretter zu einem hohen Scheiterhaufen auf. Etwas abseits wurde das Lager aufgeschlagen. Nun, da es Abend geworden war, hatte es zu schneien aufgehört. Die Menschen schienen aus ihrer Erstarrung zu erwachen. Sie hatten eines ihrer weiträumigen Zelte aufgerichtet, drängten sich darin zusammen, als suche einer beim anderen Wärme. An einem kleineren Feuer wurde Essen gebraten. Kinder spielten, Tiere lärmten. Das Leben erwachte in der Nachbarschaft des Todes.

Andoro hatte das Aufstellen des Zeltes, die Aufteilung der Essensrationen überwacht. Nun ritt er zu den Männern hinüber, die an dem großen Scheiterhaufen arbeiteten. Zusammen mit einem Awaren schleppte Erich eine der Leichen zu ihrem Begräbnisplatz. »Legt den Toten hin«, befahl Andoro, als er den Freund erblickte. Beinahe zornig hatte seine Stimme geklungen. Erich war froh über die Ruhepause. Er wischte sich den kalten Schweiß von der Stirn. Es war das erste Mal, daß körperliche Arbeit ihn so sehr anstrengte. »Du mußt diese Arbeit nicht machen, Erich«, sagte Andoro.

»Nein? Du hast allen deinen Männern befohlen, sich an der Arbeit an dem Scheiterhaufen zu beteiligen.«

»Was hat das mit dir zu tun?« fragte Andoro verständnislos.

Erich richtete sich auf. »Du scheinst zu vergessen, daß ich einer deiner Männer bin. Ein Vasall des Awarenfürsten Andoro Tej.« Andoro glitt vom Pferd. Er bückte sich, hob den Toten an. Gemeinsam trugen sie den starren Körper hinüber, legten ihn zu den anderen Leichen auf das Holz.

»Auwan ri!« Eines der Mädchen hatte die Worte geschrien. Nun kam es zu Andoro gelaufen und redete hastig auf ihn ein. Erich verstand nur vereinzelte Brocken von dem, was es sagte. »Eine der Frauen weigert sich, ihr totes Kind verbrennen zu lassen«, übersetzte Andoro. »Ich werde das klären.«

Die Frau hockte auf dem kalten Boden vor dem Zelt. Sie sah nicht auf, als ihr Fürst vor ihr stand, die Peitsche in der Hand. Sie wiegte ein vermummtes Bündel in den Armen, summte ein Lied. Andoro ließ die Peitsche durch die Luft sausen. »Gib die Leiche deines Kindes heraus«, befahl er. »Oder du bekommst die Peitsche zu spüren.« Die Frau reagierte nicht. Sie summte weiter vor sich hin. Der Yugrus hob die Hand mit der Peitsche.

»Andoro, nein!« schrie Erich. Der Fürst ließ die Peitsche sinken, blickte Erich fragend an. Erich trat auf die Frau zu, hockte sich neben sie nieder. »Dein Kind ist nicht tot«, sagte er leise in der Sprache der Awaren zu ihr. Die Frau hob den Blick, hörte auf zu singen. »Es ist nur sein Körper, den du in den Händen hältst. Ein toter Körper. Seine Seele lebt. Sie kann nicht zerstört werden. Auch nicht durch Feuer.«

»Auch nicht durch Feuer?« wiederholte die Frau fragend.

»Nein. Auch nicht durch Feuer. Wir müssen die Toten verbrennen, damit die Lebenden nicht angesteckt werden. Es ist nicht wichtig, was mit dem Körper deines Kindes geschieht. Seine Seele wohnt nicht mehr darin.« Die Frau wandte ihre Augen nicht von Erich. »Gibst du mir das Kind?« fragte Erich. Die Frau reichte ihm das Bündel. Dann stand sie auf, ging auf den Eingang des Zeltes zu und verschwand in der Menge.

Die Flammen des Scheiterhaufens erhellten die Nacht. Es waren etwa tausend Menschen, die sich in der Ebene versammelt hatten. Kopf an Kopf standen sie, unterhielten sich oder starrten ins Feuer, in dem die Körper ihrer Kameraden verglühten. Es war ihren Mienen nicht anzusehen, was sie empfanden. Aber Erich ahnte es. Er trat vor den Scheiterhaufen, wandte sich zu der Menge um, faltete die Hände. »Pater noster, qui es in caelis, sanctificetur nomen tuum, adveniat regnum tuum.« Es war sicher das erste Mal, daß die Awaren das Vaterunser hörten, in lateinischer Sprache. Alle Gespräche verstummten. »Fiat voluntas tua, sicut in caelo et in terra. Panem nostrum cottidianum da nobis hodie, et dimitte nobis debita nostra, sicut et nos dimittimus debitoribus nostris. Et ne nos inducas in temptationem, sed libera nos a malo. Amen.«

Laut und deutlich hatte Erich gesprochen. Nun fügte er in der Sprache der Awaren hinzu: »Herr, es sind deine Geschöpfe, die wir dir zurückgeben. Nimm ihre Seelen gnädig auf.« Er kniete nieder, machte das Zeichen des Kreuzes über seiner Brust. Andoro kniete ebenfalls nieder, und alle seine Leute taten es ihm gleich. Irgendjemand stimmte plötzlich ein Lied an, einen getragenen, melancholischen Singsang, eines der Totenlieder der Awaren. Laut und lauter wurde die Melodie, als andere Stimmen einfielen, übertönte das Prasseln des Feuers. Es war eine eigenartige Totenfeier, mitten in der Steppe in diesem eiskalten Winter. Eine Totenfeier, welche die Kluft zwischen zwei Kulturen überbrückte.

Am nächsten Tag brachen die Awaren das Zelt ab und zogen zu Pferd weiter. Sie wußten, daß es zur Zuflucht nicht mehr weit war, und das spornte sie zu größerer Eile an. Erich fühlte sich wie zerschlagen. Seine Glieder schmerzten, ohne daß er sich den Grund erklären konnte. Seit gestern hatte er nichts mehr gegessen. Beim Gedanken an Nahrung wurde ihm übel. Sein Kehlkopf brannte wie Feuer. Er schluckte, rang nach Atem. Ohne daß er es gewollt hätte, hielt sein Pferd an. Die Hand des Reiters hatte wohl am Zügel gezuckt. Erich konnte sich kaum noch im Sattel halten. Nur schlafen wollte er, schlafen. Warum sollte er nicht hier zurückbleiben, sich zu Boden sinken lassen und nie mehr aufwachen? Ein Hustenanfall schüttelte ihn. Andoro kam herangeritten, griff nach Onaris Zügeln, die Erich aus den Händen geglitten waren. »Was ist mit dir, Erich?« fragte er besorgt.

»Ich ... ich kriege keine Luft!« Erich schrie es fast. Er rutschte aus dem Sattel, spürte noch, wie sein Körper auf der steinharten Erde aufschlug. Dann versank alles in bodenloser Schwärze.

Feuer loderte hoch zum Himmel. Finger einer blutroten Hand, die gierig nach ihm griff. Das Feuer versengte seinen Körper. Es zerschmolz ihn von innen. Er fühlte Schmerzen wie Nadelstiche auf seiner Haut. Er wollte schreien, aber seine Kehle war wie zugeschnürt. Er konnte den Mund nicht einmal öffnen. Er hatte Angst, verbrannt zu werden. Ich lebe noch, ich lebe noch, hämmerte es in seinem Gehirn.

Dann hatte er das Gefühl, auf einem schwankenden Schiff zu sein, mitten im Meer. Die Wogen brandeten an der Schiffswand hoch, trieben ihr Spiel mit dem lächerlichen Gefährt aus Menschenhand. Er stand am Ruder, wollte das Schiff steuern, doch es gelang ihm nicht. Sein Körper gehorchte ihm nicht. Klatsch. Klatsch. Klatsch. Die Wogen prallten von der Schiffswand ab. Eine Woge überspülte das Deck. Erich spürte den Geschmack des Wassers auf seinen Lippen. Noch mehr Wasser drang in das Schiff ein, schwappte an Erich hoch. Ich werde ertrinken, konstatierte er. Das Steuer wurde ihm aus der Hand gerissen. Die Wogen schlugen über ihm zusammen. Ich bekomme keine Luft, dachte er. Ich bekomme keine Luft. Plötzlich konnte er die Arme wieder bewegen. Er zerteilte die Wasserflut mit seinen Händen. Ich will leben, schrien seine Gedanken. Ich will leben.

Dann war ihm, als ritte er an der Spitze eines Zuges von Menschen. Es war seine Aufgabe, diese Menschen zu führen. Sie vertrauten ihm. Es war ein schöner Tag. Die Sonne lachte vom Himmel, sein Pferd trabte munter dahin. Die Menschen hinter ihm sangen. Sie sangen ein seltsames, getragenes Lied. Ein Lied wie eine Totenklage. Es störte Erich, daß sie ein trauriges Lied anstimmten an einem so schönen Tag. Er wandte sich zu ihnen um. Und erstarrte. Schwarze Augenhöhlen blickten ihn an. Bleich leuchteten die Schädelknochen in der Sonne. Weiße Zähne grinsten aus lippenlosen Mündern. Er sprang vom Pferd, wollte fortlaufen. Da wuchs der Körper des Pferdes, wurde größer und größer. Wie ein Berg ragte das Tier über ihm auf. Seine Hufe donnerten neben ihm zu Boden, drohten, ihn zu zermalmen. Ich werde leben, dachte er dennoch. Ich werde leben.

Das Pferd löste sich in Luft auf, der Zug der Leichen verschwand. Ein Lichtstrahl blendete Erich. Er blinzelte. Mit dem Arm versuchte er, seine Augen gegen die Helligkeit abzuschirmen. »So, du hast dich also entschlossen, weiterzuleben«, sagte eine kühle Stimme. Erich öffnete die Lider. Das grelle Licht wurde schwächer, die schattenhaften Umrisse seiner Umgebung deutlicher. Er befand sich in der hinteren kleinen Höhle der Zuflucht, der Klause. Ein loderndes Feuer erwärmte die Luft. Erichs Hand strich über seine Liegestatt, befühlte die weichen, dichten Haare eines Tierpelzes. Man hatte ihn sorgfältig in Felle und Decken eingehüllt.

Andoro saß auf einem hölzernen Stuhl neben ihm, hielt ein Becken mit Wasser auf den Knien, ein sauberes, feuchtes Tuch in der Hand. Sein langes Haar war wirr und ungepflegt. Aber er lächelte, als Erich ihn ansah. Andoro stellte die Wasserschüssel zu Boden und stand auf. »Dann werde ich ja nicht mehr gebraucht«, sagte er und ging auf den Höhleneingang zu. Doch plötzlich schwankte der Yugrus. Es schien, als würde er zu Boden sinken. Mit den Händen stützte er sich an der Felswand ab, lehnte sich einen Augenblick dagegen. Dann straffte er die Schultern, richtete sich auf, als sei er unzufrieden mit sich selbst, weil er sich eine Schwäche anmerken ließ. Hocherhobenen Hauptes verließ er die Höhle.

Intan Re, der große Heiler der Awaren, war an Erichs Bett getreten. »Ihr wart fünf Tage ohne Bewußtsein, Markgraf«, sagte er. »Man hat Euch auf einer der Bahren hergebracht, die zwischen den Pferden befestigt wurden. Wie die anderen Kranken auch. Fürst Tej hat Euch die ganze Zeit über gepflegt. Er war mir eine unentbehrliche Hilfe. Doch er hat fast nicht geschlafen und gegessen. Er muß todmüde sein.« Der Heiler legte eine Hand unter Erichs Rücken, richtete ihn fürsorglich auf. »Trinkt das, Markgraf. Es ist ein kalter Tee aus Steppenkräutern. Er wird Euch guttun.« Erich trank das Gebräu in langsamen Schlucken. Es schmeckte bitter und schmerzte in seiner Kehle. Doch er fühlte, wie mit jedem Schluck das Leben in seinen Körper zurückkehrte.

Erich wehrte sich nicht dagegen, daß vor seinen Augen Bilder aus seinem früheren Leben erschienen. Die Ebene von Friaul im Glanz der Morgensonne. Ein Ritt durch das taufeuchte, saftiggrüne Gras. Die ehrwürdigen Mauern von Burg Görz, die trotzig zum Himmel ragten. Das warme Feuer im Kamin seines Arbeitszimmers. Erich schloß die Augen. Er schämte sich, daß er weinte. Aber er konnte es nicht verhindern.

7. KAPITEL

EIN SCHÄDEL ZUM TRINKEN

Der Aware stieß einen scharfen, knurrenden Laut aus. Geduckt schlich er näher, auf nackten Sohlen. Seine Füße waren leicht nach auswärts gerichtet. Erich kannte diese Gangart der Awaren. Andoro hatte ihn darin unterrichtet. Sie ermöglichte, jegliche Bewegung abrupt zu stoppen. Auf Tricks wie diesem beruhte die gefährliche Schnelligkeit der Awaren im Kampf. Erich hob das Schwert zur Verteidigung. Der Aware war flink mit der Waffe. Die Technik blinden Vorwärtsstürmens hatte er erlernt. Doch den harmonischen Wechsel von Angriff und Verteidigung, der den Krieg erst zu einem Spiel des Intellekts machte, hatte ihm niemand beibringen können.

Beinahe lässig wehrte Erich die Schläge des Gegners ab. Dabei glitt sein Blick über die anderen Awaren hinweg, seine Schüler, die im Halbkreis rund um die Kämpfenden auf dem Boden hockten, die Beine übereinandergeschlagen, die Arme über der Brust verschränkt. Gleichmütig waren die dunklen Augen in den breitflächigen Awarengesichtern auf den Frankenkrieger gerichtet. Teilnahmslos. Dennoch wußte Erich, daß sie jede seiner Bewegungen studierten.

Ein Luftzug streifte plötzlich seinen Nacken, ein schwacher Hauch in seinem Rücken, mehr zu ahnen als zu spüren. Der zweite Awarenkrieger startete seinen Angriff. Mit zwei harten Schwerthieben schlug Erich seinem ersten Gegner die Waffe aus der Hand, riß gleichzeitig mit der Linken den Dolch aus der Scheide und schnellte herum. Der Awarenkrieger, der sich von hinten an ihn herangepirscht hatte, stand reglos da, das Schwert erhoben. In einfältigem Erstaunen stand sein Mund halb offen. Die Spitze von Erichs Dolch zielte auf seinen Magen. »In einem ernsthaften Kampf würde dein Blut jetzt den Sand rot färben«, sagte Erich in der Sprache der Awaren. Der besiegte Krieger trat wortlos zurück.

Erichs erster Gegner nutzte die Unterbrechung. Mit einem Satz schnellte er zu seinem Schwert, riß es hoch. Die Kante von Erichs Stiefel traf ihn am Kinn. Der Aware blieb besinnungslos liegen. Etwas schlang sich von hinten um Erichs Hals, schnürte ihm wie eine eisenharte Klammer die Kehle zu. Erich ließ sein Schwert zu Boden fallen. Er versuchte nicht, den Würgegriff des Gegners selbst zu lockern. Statt dessen warf er sich nach vor, mit einer leichten Drehung zur Seite. Die Hände des Angreifers lösten sich. Der dritte Awarenkrieger, den Erich als Akteur für diese Kampfübung bestimmt hatte, plumpste über Erichs Schulter hinweg auf die Erde nieder.

Erich stand auf, klopfte den Staub aus seinem Gewand. Dann reichte er dem auf dem Boden liegenden Angreifer die Hand. Der sichtlich verwirrte Awarenkrieger klammerte sich an Erichs Arm fest wie ein auf den Rücken gefallener Maikäfer an einem rettenden Grashalm. Erich schmunzelte. Dann ballte er die linke Hand zu Faust, schlug sie dem Awaren an den Kopf. Der Krieger sank in den Staub zurück. Geduldig wartete Erich, bis seine beiden Gegner aus der Ohnmacht erwachten. Es dauerte nicht lange. Die Steppenkrieger hatten eine ausgezeichnete körperliche Konstitution. Als er seinem letzten Gegner erneut den Arm hinreichte, lächelte er über den mißtrauischen Blick des Awaren.

»Du mußt mir verzeihen«, erklärte Erich sanft. »Dies war Lektion Nummer eins. Für euch alle.« Er wandte sich den auf dem Boden hockenden Awarenkriegern zu. »Die erste Lektion heute lautet: Vertraue niemals einem Feind. Eigentlich wollte ich meinen Schülern aber etwas ganz anderes beibringen in dieser Unterrichtsstunde. Ein gut ausgebildeter Frankenkrieger ist jedem Awaren überlegen. Er kann drei, ja sogar fünf Awaren besiegen, die ihn gleichzeitig angreifen. Solange die Awaren nur ihren Mut gebrauchen, nicht ihren Verstand.«

Keine Regung war in den Gesichtern der Awaren zu lesen. Dennoch wußte Erich, daß er die Berufsehre von Andoros Steppenkriegern verletzt hatte. Umso empfänglicher würden sie für das sein, was er ihnen zu sagen hatte. »Nun werde ich euch zeigen, wie man mit Verstand kämpft, wie man die Kraft mehrerer Gehirne vereinigt zu einem unsichtbaren Schwert, zur Waffe der Kraftverstärkung durch Zusammenarbeit. Sprecht euch ab, wie ihr mich angreifen wollt. Ich gebe euch Zeit dazu. Seht, ich wende mich weg.«

Mit einer Mischung aus Vorsicht und Respekt beobachteten die Awaren ihren fränkischen Lehrmeister. Sie flüsterten miteinander. Erich hob langsam sein Schwert auf, blickte in die Steppe hinaus. Der feurige Glutball der Sommersonne schleuderte seine letzten rötlich schimmernden Speere über die Ebene, bevor er versank. Es war ein hartes Land, dieses Land der Awaren. Kampf schien hier die Losung zu sein für die Natur, für die Menschen, für die Tiere.

Plötzlich fühlte Erich eine würgende, erstickende Angst. Eine Angst, die wie ein Schatten anwuchs, nach ihm griff mit einer riesigen, schwieligen eisenharten Hand. Würde die Steppensonne alle Weichheit, alle Empfindsamkeit aus ihm herausbrennen? Würde er mit der Zeit genauso werden wie Andoros Krieger mit ihren starren, kalten Herzen? Sein Innerstes bäumte sich auf in einer wilden Welle des Hasses auf seine Gastgeber. Des Hasses auf Andoro.

Er sah zu Andoro hinüber, der etwas abseits von seinen Kriegern auf dem nackten Steppenboden hockte, seelenruhig aus einer kleinen Schüssel sein Abendmahl verzehrte. Der Yugrus lächelte seinem Freund zu, hob grüßend die Hand. Erich wandte sich ab. Nein, er war ungerecht gewesen in seinen blindwütigen, negativen Empfindungen. Er haßte Andoro nicht. Er haßte die Awaren nicht. Aber er fing an, sich selbst zu hassen wegen der schmerzenden Unzufriedenheit, die wie Säure langsam seine Seele zerfraß.

Die Beratung der drei Awarenkrieger schien zu Ende zu sein. Zwei von ihnen kamen auf Erich zu, zogen ihre Schwerter. Als sie ihn beide zugleich angriffen, bemerkte Erich verwundert, daß sie sich gegenseitig deckten, daß sie ihren Kampfstil aufeinander abstimmten. Die Awaren schienen die Notwendigkeit der Selbstverteidigung erkannt zu haben. Und das Geheimnis der Zusammenarbeit. Erich kam nicht mehr dazu, selbst anzugreifen. Nur mit größter Konzentration gelang es ihm, die Schwerthiebe seiner Gegner zu parieren. Als er den Würgegriff des dritten Awaren an seinem Hals spürte, wußte er, daß der Kampf entschieden war. Der Aware zog ihn zu Boden. Sein Schwert wurde ihm aus der Hand geschlagen.

Erich blieb im Staub liegen, blickte an seinen Gegnern hoch, deren Beine vor ihm aufragten wie Säulen. Einer der Awaren bückte sich, reichte ihm die Hand. Erich griff danach, schwang sich in die Höhe. »Ihr habt nun alle gesehen, wie die Kriegstechnik der Franken funktioniert, die uns unbesiegbar macht«, erklärte er. »Sie ist aufgebaut auf Zusammenarbeit. Es gibt keine Einzelkämpfer in den Schlachten der Franken. Es gibt nur eine riesige Kampfmaschine aus Tausenden von Soldaten, eine Kampfmaschine aus Fleisch und Blut.«

Erich strich sich das Haar aus der Stirn. »Damit ist der Unterricht für heute beendet«, sagte er. Er wusch sich flüchtig Gesicht und Hände in dem hölzernen Trog vor dem Häuptlingszelt. Dann hockte er sich neben Andoro auf den nackten Boden nieder. Rinja eilte herbei, reichte ihm eine Schüssel voll gekochtem Pferdefleisch, dem Hauptnahrungsmittel der Tusseja. Erich schüttelte den Kopf. Andoro stellte seine Essensschüssel nieder, sah Erich ins Gesicht. »Du siehst es als Verrat an deinem Vaterland an, wenn du meine Männer in Waffenführung unterrichtest?«

Erich starrte zu Boden. Dann antwortete er leise, bedächtig: »Wenn ihr die Kenntnisse, die ich euch vermittle, benützt, um Frankenland anzugreifen, ja. Aber ... vielleicht tut ihr das nicht mehr.«

Heftig stieß Andoro hervor: »Du mußt meinen Leuten diesen Unterricht nicht erteilen, Erich, wenn du es nicht willst.«

Erich lächelte schmerzlich. »Es ist das einzige, was ich euch geben kann. Womit sonst sollte ich dafür bezahlen, daß du mich hier leben läßt?«

»Du hast mir mein Leben geschenkt, Erich. Du mußtest dein Vaterland verlassen um dieser Entscheidung willen. Ich stehe in deiner Schuld.«

»Ich wollte dich nicht zur Dankbarkeit verpflichten, als ich dich befreite, Andoro.«

Die dunklen Augen des Fürsten ließen Erichs Gesicht nicht los. »Du hast es bereut, nicht wahr, Erich? Du würdest es kein zweites Mal machen?«

Erich antwortete nicht. Erst nach einer Weile sagte er: »Ich werde noch etwas für euch tun. Ich werde deinen Männern die Sprache der Franken beibringen. Und auch unsere Kultur und

Geschichte. Leider habe ich meine Bücher nicht mitgebracht. Es wird auch so gehen.«

Jetzt lächelte Andoro. »Du bist schlau, mein Freund. Du hoffst, daß wir euch nicht mehr bekriegen, wenn wir euch verstehen.«

»Das würde ich mir von beiden Seiten wünschen«, gab Erich zu.

»Deine letzte Unterrichtsstunde war auch für mich interessant«, sagte Andoro. Die Überheblichkeit war aus seiner Stimme, die stolze Verschlossenheit aus seinem Gesicht verschwunden. Aufrichtigkeit, Vertrauen war in seiner Miene. Ein Vertrauen, wie es Schüler ihrem Lehrer entgegenbringen. »Du hast uns demonstriert, wie gefährlich es ist, wenn viele Einzelgedanken sich zu einem großen Gehirn, zu einer gnadenlosen Kampfmaschine aus Geisteskraft vereinigen. Die Ausbildung, die ihr Franken erhaltet, ist tödlich für jeden Feind.«

Erich legte beide Hände an die Stirn, verbarg sein Gesicht darunter. »Ich bin kein Franke, Andoro«, sagte er. »Meine Vorfahren waren Könige von Italien. Mein Volk, die Langobarden, lebte mit seinen Nachbarn, den Franken, in Frieden. Karl Martell, der große Ahnherr der Karolinger, war ein treuer Freund und Waffenbruder des Langobardenkönigs Luitprand. Die Kirche hat mehrmals versucht, Karl Martell in einen Krieg gegen seinen Freund zu hetzen. Er hat aber die Stimme seines Herzens immer über die Fesseln seines Glaubens gestellt. Erst sein Sohn Pippin, der Vater Karls des Großen, hat den Krieg gegen die Langobarden begonnen.« Erich sah auf, direkt in die unergründlichen schwarzbraunen Augen des Awarenfürsten hinein. »Ja, Andoro. Ich entstamme einem besiegten Volk.«

»Und du hegtest nie Gedanken der Rache gegen die Franken?«

»Nicht in meinem Bewußtsein, Andoro. Der große Frankenherrscher hat mich gelehrt, das Interesse der Gemeinschaft über die Wünsche des einzelnen zu stellen. Franken, Langobarden, Bayern, ja sogar die Sachsen, gegen die wir mehr als dreißig Jahre lang Krieg führen mußten – sie alle entstammen einer großen Völkerfamilie, den Germanen. Wir sind Brüder von unserer Geburt her. Wir sind bestimmt für ein friedliches, freundschaftliches Miteinander, nicht für ein Gegeneinander in Blut und Mord. Und es gibt einen, den wir alle akzeptieren, der mehr ist als der Anführer eines einzigen Stammes.«

Erich griff nach seiner Essensschüssel, langte mit den Fingern nach den großen Fleischbrocken. Andoro reichte ihm einen Becher des scharfen Schnapses, den die Awaren aus Steppenkräutern brannten. Gelegentlich wunderte sich Erich, daß die Gewürze, mit denen seine Gastgeber ihre Speisen bereiteten, und die starken alkoholischen Getränke seine Eingeweide noch nicht versengt hatten. Er nahm einen großen Schluck aus dem Becher, spülte den Geschmack des Bratens hinunter. Und die Erinnerung daran, daß er Pferdefleisch aß. Er war es gewohnt, im Pferd einen Freund des Menschen zu sehen. Nicht ein Nahrungsmittel. »Die Langobarden haben immer gehofft, Karl der Große würde ihnen ihre Eigenständigkeit zurückgeben. Und einen der ihren zum König von Italien bestimmen.«

Erich wischte sich mit dem Arm den Mund ab. Immer noch fiel es ihm schwer, sich daran zu gewöhnen, daß die Awaren das Fett der Nahrungsmittel auf ihren Armen, ihrem Körper verrieben. Um die Haut geschmeidig zu machen, hatte Andoro ihm erklärt und sich gewundert, daß Erich seinen Körper mindestens zweimal am Tag wusch. Mit Wasser. Das austrocknete, statt einzufetten. »Karl der Große hat Italien als Unterkönigreich bewahrt. Er hat es nicht als Provinz in das Reich der Franken eingegliedert. Der italienische König untersteht nur dem Herrscher der Franken.«

Erich brach einen der langen, starken Grashalme ab, fing an, sich damit die Zähne zu reinigen. »Aber ihren zweiten Wunsch hat der Frankenherrscher den Langobarden nicht erfüllt. Er machte seinen Sohn Pippin zum König von Italien. Wohl, weil in der Königsfamilie der Langobarden kein brauchbarer Anwärter für diese Aufgabe vorhanden war.«

Erich registrierte den schnellen, etwas verwunderten Blick, den Andoro ihm zuwarf. Er registrierte auch das plötzliche Verstehen in den Zügen des Awarenfürsten. »Du warst mit König Pippin von Italien befreundet, nicht wahr?« fragte Andoro leichthin.

»Es war mehr als Freundschaft«, sagte Erich nachdenklich. »Wir waren wohl das, was du als Blutsbrüder bezeichnest. Obwohl wir niemals unser Blut miteinander vermischten. Obwohl er nicht dachte und fühlte wie ich. Obwohl ich nicht dachte und fühlte wie er.« Er blickte Andoro in die Augen. »Ich habe Pippin im Stich gelassen«, setzte er fort. »Als Pippin König von Italien wurde, als er meinen Rat, meine Freundschaft brauchte – da habe ich mich zurückgezogen, habe seine sanften, versteckten Hilferufe bewußt überhört. Mein gekränkter Stolz war mir wichtiger als die Not eines Freundes. Das ist meine Schuld, Andoro. Ich habe Pippin nur einmal wiedergesehen. Da war es schon zu spät für mich, ihm zu helfen.« Erich unterbrach sich, starrte schweigend zu Boden. Dann sprach er weiter, langsam, als erwäge er sorgfältig jedes Wort: »Er war nicht wie wir beide, Andoro. Er war kein Mann des Krieges, des Kampfes. Nur im Spiel hat er den Kampf akzeptiert, niemals im Ernst. Des Frankenkönigs zweitältester Sohn war ein Fürst des Friedens. Karl der Große hat geahnt, daß Pippin sein einzig würdiger Nachfolger wäre.«

Andoro riß seine Augen von denen des Freundes los. »Ich fange an, zu verstehen«, flüsterte er. »Du konntest deine Schuld an deinem Freund nicht wieder gutmachen. Denn ich habe König Pippin von Italien schwer verwundet, vielleicht sogar getötet.«

Erich antwortete nicht. Andoro stand auf. »Ich werde unser Lager morgen verlassen, Erich. Mit achthundert Kriegern. Die Bulgaren haben die Grenzen ihres Landes erneut überschritten, einige Awarensiedlungen überfallen und beraubt. Ich muß nach Osten gehen, um das Land der Awaren zu verteidigen. Ich werde dafür bezahlt, wie du weißt. Die Frauen, Kinder und die Alten werden hier zurückbleiben. Ich möchte, daß du das Kommando über unser Lager führst, während ich fort bin.«

Erich sah an ihm hoch. »Was wird aus Rinja? Andoro, du erzähltest mir einst, sie müsse sterben, wenn die Bulgaren wieder angreifen.«

Über Andoros Gesicht fiel ein Schatten von Melancholie. »Es ist unwichtig geworden, was ich einst sagte. Ihr Volk hat Rinja vergessen. Ob sie tot ist, ob sie lebt – es bedeutet niemandem mehr etwas.«

»Du läßt sie am Leben?« fragte Erich drängend.

Andoro zuckte die Achseln. »Sie ist doch meine Frau, nicht wahr?«

Erich erhob sich. »Du glaubst doch nicht im Ernst, daß ich hierbleibe, während du in den Krieg ziehst«, sagte er weich.

»Dein Leben ist mir zu wertvoll, um es in Gefahr zu bringen«, beschied Andoro ihn barsch, mit abgewandten Augen.

»Und wie soll ich hier leben, wenn deine Leute mich nicht achten?« fragte Erich. »Du hast das einst zu mir gesagt. Hast du es nun vergessen?« Als Andoro schwieg, sprach Erich weiter: »Ich bin dein Untergebener, Andoro. Behandle mich, wie du jeden deiner Krieger behandelst.«

Andoro ging zu dem schwach glimmenden Feuer, an dem das Essen zubereitet worden war, trat die Flammen mit den Stiefeln aus. Dann wandte er sich zu Erich um. »Wenn du morgen mitziehen willst in den Krieg für die Awaren, werde ich dich nicht hindern.« Beinahe feierlich klangen seine Worte.

»Danke, Andoro«, antwortete Erich. »Gib mir noch etwas von deinem Schnaps«, bat er dann, hielt Andoro seinen Trinkbecher hin.

Andoro runzelte die Stirn. »Ich schenke diesen Schnaps nur knapp vor einem Kampf aus. Jeder Aware bekommt einen einzigen Becher voll. Er hilft, den Gedanken an den Tod zu verdrängen, dieser eine Becher Schnaps.«

»Dann habe ich ein Anrecht auf zwei Becher, Andoro. Ich will den Gedanken an das Leben verdrängen.«

»Hast du nicht heute schon genug getrunken, Erich? Heute, gestern, vorgestern?« Erich starrte Andoro ins Gesicht. »Glaubst du, ich weiß nicht, daß Rinja dir einen großen Krug Schnaps ins Zelt gebracht hat?« Andoro sagte es ruhig, erwiderte Erichs Blick mit ernster Würde. »Wenn du dich unbedingt umbringen willst, dann tue es in der Schlacht gegen die Bulgaren. Dann hat dein Tod einen gewissen Wert – für die Tusseja.« Erich warf ihm den Schnapsbecher vor die Füße, griff nach dem Tonkrug, der neben dem Awarenfürsten auf dem Boden stand. Er war noch zu einem Drittel voll. Erich setzte den Krug an die Lippen und trank ihn in einem Zug leer. Andoro drehte sich um, ging ohne ein Wort zu seinem Zelt zurück. Erich sah ihm nach. Dann schleuderte er den Tonkrug zu Boden, wo er in tausend Splitter zerbrach.

Die Luft dröhnte. Unter donnernden Pferdehufen erbebte die Erde, schien zu zerplatzen und tausend Teufel auszuspeien. Teufel auf kleinen, drahtigen Steppenpferden. Teufel mit wilden, braunen Barbarengesichtern. Teufel, die ihren schrillen Kriegsschrei ausstießen, auf das Heer der Awaren zugaloppierten. Andoro hatte die Tusseja in der klassischen römischen Schlachtordnung aufgestellt. Dreihundert seiner Krieger waren in der vordersten Reihe postiert, hielten die Metallschilde nach innen gekehrt, knieten auf dem Boden. Hinter ihnen warteten die jungen Bogenschützen, bereit, die schweren Pfeile mit den Metallspitzen von den Sehnen schnellen zu lassen. Die Elite von Andoros Steppenkriegern verharrte im Inneren des Verteidigungsringes. Die todbringende Menschenlawine rollte heran. Die Augen von Andoros Kriegern waren auf den Yugrus gerichtet.

Andoro hielt den rechten Arm hocherhoben, blickte zum Himmel empor. Die Wolkenbank, die sich über die Sonne geschoben hatte, rückte langsam nach Westen ab. Schon zuckten vereinzelte gelbe Lichtpfeile am zerfaserten Rand des Luftgebildes auf. Der Feind hatte die Sonne im Rücken. Erich wußte, worauf Andoro wartete. Die Spannung, die kurz vor Kampfbeginn fühlbar wurde, ließ seinen Magen revoltieren. Nicht ohne Grund fasteten die Frankenkrieger am Vortag einer Schlacht. Es rächte sich nun, daß Erich sich nicht rechtzeitig an diese Gepflogenheit erinnert hatte. Jetzt! Der Glutball der Sonne brach hinter den Wolken hervor. Andoro lächelte Erich zu, senkte den Arm. Die Krieger in der vordersten Reihe drehten ihre Schilde um. Die Sonnenstrahlen brachen sich auf den blankpolierten Metallflächen, wurden zurückgeworfen. Das Heer der Awaren war plötzlich von einer gleißenden Lichtmauer umgeben. Die Feinde waren irritiert, geblendet. Pferde wieherten auf, stürzten, Menschen schrien. Wieder hatte sie funktioniert, die Finte, mit der schon hebräische Heere in vorchristlicher Zeit den Sieg errungen hatten.

Erich hatte Andoro von dieser Kampfstrategie berichtet. Er hatte Andoro auch auf den ungenügenden Körperschutz seiner Krieger aufmerksam gemacht. Der Yugrus war den Hinweisen seines Freundes gefolgt. Seine Krieger trugen nun Panzerhemden, die den Rüstungen der Franken nicht unähnlich waren, spitze Helme mit Nasenschutz und schwere Schilde. Aus halbwilden Barbaren, die in selbstvernichtender Ziellosigkeit gegen den Feind anrannten, war unter dem Einfluß eines fränkischen Heerführers die gefürchtete Kampftruppe der Panzerreiter der Steppe geworden.

Andoro gab den Bogenschützen das Zeichen zum Angriff. Mitten in das Getümmel der verwirrten Feinde jagten die Awarenpfeile, bohrten sich in Menschenkörper und Pferdeleiber. Die Gegner schlugen um sich, als versuchten sie, einen Hornissenschwarm abzuwehren. Ein zweiter Teppich aus Pfeilen schwirrte auf sie zu, hüllte sie ein. Erich klappte das Visier seines Helmes herunter, zog sein Schwert aus der Scheide. Die Tusseja gaben ihren Pferden die Sporen. Vernichtend gleich einem Wüstensturm brachen die awarischen Panzerreiter über den geschwächten Gegner herein. Die Bulgaren verteidigten sich mit dem Mut des in die Enge getriebenen Raubtieres. Der Yugrus der Awaren war das Hauptziel der gegnerischen Angriffe. Die Bulgaren gönnten Andoro keine Atempause. Für jeden Feind, den er tötete, schienen zwei neue aus dem Boden zu wachsen.

Erich war von der Seite des Freundes abgedrängt worden. Schwerthieb auf Schwerthieb teilte er aus mit der unterbewußten Gewohnheit des geübten Kämpfers. Die Schlacht hatte ihre eigene Dynamik entwickelt. Erich spähte über das Menschengewirr, suchte den goldenen Brustpanzer des Freundes. Und erschrak. Andoro war hart bedrängt, hatte sich zu weit vorgewagt, war nun eingekeilt von der Menge der Feinde. Vergeblich versuchten seine führenden Krieger, sich zu ihm durchzukämpfen. Ilhiz war fast bewegungsunfähig in dem Menschengewirr. Andoro konnte seine Hauptwaffe, seine reiterischen Manöver, nicht einsetzen. Er verteidigte sich gegen zwei Krieger, die ihn von der Seite her angriffen, als plötzlich der Anführer der Bulgaren heransprengte, seine Lanze hob zum tödlichen Stich.

Mit drei blitzschnellen Schwerthieben wehrte sich Erich gegen zwei Feinde, die auf ihn eindrangen, spaltete dem einen den Schädel, hieb dem anderen den rechten Arm ab, bevor er ihm den Fangstoß gab. Dann riß er seinen Bogen von der Schulter, spannte ihn, zielte. Der Pfeil mit der Metallspitze bohrte sich in den Rücken des Bulgarenführers.

Andoro nützte die unerwartete Wende seines verlorengeglaubten Kriegsglückes. Sein Schwert zuckte zweimal hernieder. Die beiden Bulgaren, die ihn bedrängt hatten, wälzten sich im Staub. Andoros Krieger hatten sich endlich zu ihrem Häuptling durchgeschlagen. Einer von ihnen trennte mit seinem Schwert den

Schädel des getöteten Anführers vom Rumpf, spießte das blutige Haupt auf die Lanze des Bulgaren, hielt es hoch. »Der Sieg ist unser«, schrie er über das Kampffeld. Die Feinde warfen ihre Pferde herum, stoben in regelloser Flucht davon. Die Awarenkrieger wollten den Fliehenden nachsetzen, aber Andoro gebot, das Töten zu beenden.

Die Bulgaren hatten nur ihre Toten zurückgelassen. Und die Erinnerung an einen sinnlosen Kampf. Andoros Krieger feierten ihren Sieg zusammen mit der Bevölkerung der nächstgelegenen Awarensiedlung. Ihr Anführer war nicht unter ihnen. Erich stahl sich vom Lärm des Festes weg, um den Freund zu suchen. Der Sand war bedeckt von den Leichen Erschlagener. Bulgaren, Awaren. Feind, Freund. Sie lagen auf der Erde wie Treibgut, angespült vom unendlichen Ozean. Andoro stand auf dem Schlachtfeld, starrte, total in sich versunken, auf einen der Toten hinunter. Nachdenklich ruhte Erichs Blick auf dem gesenkten Kopf des Freundes, auf dem gebeugten Rücken. Als er sich umwandte, um leise zum Dorf zurückzugehen, sagte Andoro plötzlich: »Vielleicht gibt es ihn wirklich, den strengen Weltenrichter.« Erich blieb stehen. »Ich wollte dich nicht stören, Andoro«, murmelte er.

Die gewohnte Lebendigkeit kehrte in Andoros Gesten zurück. Aber da war noch etwas anderes. Erich empfand es stärker als je zuvor. Hinter seiner nach außen gerichteten Weltzugewandtheit verbarg Andoro eine erstickende, klägliche Einsamkeit. Plötzlich hatte Erich die Empfindung, er müsse dem Freund tröstend den Arm um die Schulter legen. Nur schwer gelang es ihm, diesem Drang zu widerstehen. »Es gibt ihn, Andoro«, sagte Erich. »Es gibt den Weltenrichter. Aber es ist ein Gott der Liebe. Ein Gott der Milde.«

»Liebe? Milde?« Heftig stieß Andoro es hervor. »Nicht für die, die morden. Nicht für die, die seine Schöpfung vernichten.«

Konnte es möglich sein, daß der goldene Kriegsgott der Awaren anfing nachzudenken, während er tötete? Eine bohrende Frage drängte sich in Erichs Gedanken. Wenn ein Bauer einen Baum entwurzelt, so pflanzt er ihn doch in eine bessere Erde, um erneut Fuß zu fassen. Welche bessere Erde konnte er dem Awarenfürsten anbieten? »Du hast nicht gemordet, Andoro. Du hast dein Volk von einer Bedrohung befreit.«

Zweifel war in Andoros Miene, als er Erich ins Gesicht sah. »Das sagst du? Hast du nicht vor kurzem noch behauptet, ich sei Meister im Überfallen, Morden und Blutvergießen? Sieh hier, Erich. Dieser Krieger. Er sieht nicht aus wie wir. Aber dennoch, er hatte sicher eine Frau. Kinder. Freunde. Er liebte seine Heimat. Er hatte Gedanken, Träume, Wünsche. Sein Hals wurde aufgeschlitzt vom Dolch eines Awaren. Und hier, dieser Feind. Er ist noch sehr jung, wie du bemerkst. Sein Haar hat die helle Farbe von Weizen, wenn er reif ist. Aber sein Gesicht – sein Gesicht ist nicht mehr da. Da ist nur mehr eine verquollene Masse, bedeckt von gestocktem Blut.«

Verzweiflung brannte in den schwarzen Augen Andoros. »Weißt du, wie viele ich heute getötet habe? Ich habe sie gezählt. Es waren dreißig. Ich habe zwei Becher Schnaps getrunken vorher. Ich habe den Gedanken an meinen Tod vergessen. Aber nicht den Gedanken an den Tod der anderen.« Als Erich nicht antwortete, fuhr Andoro fort: »Ich glaube nicht, daß er sich um uns kümmert, dein Gott. Wir sind es einfach nicht wert. Was sollte ihm das Blut bedeuten, das wir vergießen? Was unsere ungeweinten Tränen? Er kümmert sich nicht um uns, solange wir leben. Er kümmert sich erst um uns, wenn wir tot sind und wenn er über uns urteilt.«

»Du glaubst an einen Gott, Andoro?« Erich fragte es seltsam berührt.

Andoro lächelte freudlos. Dann warf er den Kopf zurück, richtete sich auf. »Du vergißt, daß meine Mutter eine fränkische Königstochter war. Ich kenne die Religion der Franken. Doch für mich wäre es wohl besser, an gar keinen Gott zu glauben. Denn sonst – sonst müßte ich seine Rache fürchten.«

Erich hatte plötzlich das Gefühl, daß der Freund innerlich verbrannte. War es gottgewollt, daß der Prozeß der Läuterung die Menschen hilflos versengte? Ihre Seelen auflodern ließ in einem Feuer, das nicht gelöscht werden konnte? »Gott ist barmherzig gegen die, die an ihn glauben.« Erich sagte es schwer, verhalten. Als sei er sich seiner eigenen Worte nicht sicher.

Die Maske seines Hochmutes schob sich wieder über Andoros Züge. »Barmherzig? Ich gestatte ihm nicht, barmherzig zu sein, wenn ich selbst mich verurteile!« rief er aus. Seltsam mild fuhr er fort. »Du siehst, er muß dem Menschen nicht drohen mit der Hölle nach dem Tod, dein Gott. Manche von uns tragen die Hölle bereits in sich, wenn sie noch leben.« Erich legte ihm die Hand auf die Schulter. Plötzlich war keine Mauer mehr da, die ihn von einer solchen Geste zurückhielt. »Sie warten auf dich im Dorf«, sagte er weich.

Die Leute tanzten. Sie tanzten in den Gassen zwischen ihren Holzhütten. Sie tanzten im Staub des Schlachtfeldes. Jubel brandete auf, als der Yugrus mit seinem Freund ins Dorf zurückkehrte. Hände streckten sich Andoro entgegen, berührten seine Arme, seinen Körper. Frauen hielten ihre Kinder in die Höhe, weinend vor Glück. Wie sehr sich doch die Heldenverehrung überall in der Welt glich. Solange der Feldherr siegreich ist, wird er von seinem Volk als Gott gefeiert, mußte Erich denken. Doch wie schnell schüttet der Staub des Schlachtfeldes die Erinnerung an den Führer zu, der einen Kampf verloren hat. Wenn man ihm überhaupt die Ehre zuteil werden läßt, seine Leiche zu begraben. Es kann auch sein, daß man sein blutiges Haupt auf eine Lanze spießt, im Siegeszug durch das Lager trägt, wie er es eben erlebt hatte bei seinen Freunden, den Awaren.

Andoro ließ sich die Begeisterung der Dorfbewohner gefallen wie die Liebesbezeugungen junger Hunde. Er beschleunigte nur etwas seinen Schritt, als wolle er dem Menschengewirr so schnell wie möglich entkommen. Die führenden Krieger von Andoros Kampftruppe hatten sich vor der Hütte des Dorfältesten versammelt, bildeten eine schweigende Menschenmauer inmitten des trunkenen Freudentaumels. Andoro blieb vor dem Eingang stehen, legte den goldenen Brustpanzer und seine Waffen ab. Mit einer Handbewegung gebot er dem Volk, zu schweigen. Das Jauchzen verebbte. Andoros Krieger hockten sich auf dem nackten Boden nieder. Die Dorfbevölkerung tat es ihnen gleich. »Heute haben wir gesiegt«, begann Andoro zu sprechen. »Heute haben wir den Feind geschlagen. Doch ihr, die ihr hier in diesem Dorf lebt, wißt, daß die Bulgaren wiederkommen werden. Ihr Feldherr ist tot. Der Khan der Bulgaren wird einen neuen Feldherrn ernennen. Ein neuer Angriff auf euer Dorf wird erfolgen.

Und vielleicht wird es eines Tages kein kleines Scharmützel mehr sein. Vielleicht wird eines Tages Krieg sein zwischen Bulgaren und Awaren. Ein Krieg, den die Tusseja für euch führen werden.«

Er ließ seine Stimme anschwellen, bis das Stakkato seiner Worte über den Platz hallte. »Denn während ihr sorglos schlaft in euren Zelten, wachen die Soldaten des Yugrus über euer Wohl. Euer Yugrus hat tausend Augen, die den Feind erspähen in der Nacht. Euer Yugrus hat tausend Arme, die das schleichende Unheil ans Tageslicht zerren, das euch bedroht. Euer Yugrus hat tausend Schwerter, die sich dem ins Fleisch bohren, der euren Frieden stört. Es sind die Augen seiner nie ermüdenden Krieger. Es sind die Arme seines unbesiegbaren Heeres. Es sind die Schwerter seiner tapferen Freunde, die zu kämpfen und zu sterben bereit sind für euch, den Yugrus und den Khagan der Awaren! Nun könnt ihr weiterfeiern.«

Der Tanz, das Lachen setzte wieder ein. Am Spieß gebratenes Fleisch wurde herumgereicht, Krüge machten die Runde. Fackeln wurden entzündet, glommen auf in der Dämmerung gleich den glühenden Augen von Dämonen.

Das angekohlte, harte Rindfleisch schmeckte Erich nicht. Der kühle Steppenwind, der den roten Sand zwischen den Hütten herumwirbelte, machte ihn frösteln. Auch Andoro schien keinen Appetit zu haben. In sich versunken saß er da, wies die Fleischspieße zurück, die ihm gereicht wurden. »Zu sterben bereit für den Yugrus und für den Khagan der Awaren!« stieß Andoro plötzlich hervor. »Soll ich ihnen sagen, wie es in Wirklichkeit aussieht? Soll ich ihnen sagen, daß die tapferen, unbesiegbaren Tusseja nur kämpfen, weil sie dafür bezahlt werden? Soll ich ihnen sagen, daß eine Kiste mit Gold ins Lager der Tusseja unterwegs ist, der Sold, den der Khagan meinen Kriegern zahlt für den heutigen Kampf? Und daß der Mann, den die Bevölkerung wie einen Gott verehrt, daß ihr Yugrus einen Hauptteil des Lohnes abbekommt? Daß er keinen Finger für ihr Dorf gerührt hätte, wenn man ihm nicht die Handflächen vergolden würde dafür?«

Einer von Andoros Kriegern trat vor seinen Häuptling hin. Eine eigenartige, weißschimmernde Schale hielt er in Händen. Erich schluckte, als er erkannte, daß es der blankpolierte Schädelknochen eines Menschen war. Der Krieger beugte vor seinem Fürsten das Knie. »Der Schädel des Anführers der Feinde«, sprach er feierlich. »Möge jeder Tropfen Wein, den du daraus trinkst, deine Kraft und deine Tapferkeit mehren.«

Andoro erhob sich. »Steh auf, mein Freund«, sagte er zu Erich. Die Blicke der Soldaten, der Männer und Frauen des Dorfes ruhten auf den beiden Kriegern. Andoro ergriff mit der Rechten Erichs linke Hand, hielt den Arm des Freundes hoch. »Meine Krieger!« begann der Awarenfürst. »Männer und Frauen des Dorfes Nikopoi! Mein Blutsbruder hat mir in der heutigen Schlacht zum zweiten Mal das Leben gerettet. Er hat voll Tapferkeit für die Awaren gekämpft. Er hat mir seinen unbezahlbaren Rat gewährt. Er hat meine Krieger in fränkischer Kampftechnik unterrichtet, um sie unbesiegbar zu machen. Er soll für seine Treue belohnt werden. Von dieser Stunde an gilt das Wort des Markgrafen von Friaul ebenso, als hätte der Yugrus selbst es gesprochen. Den Gehorsam, den ihr mir schuldig seid, schuldet ihr auch ihm. So, wie die doppelköpfige Schlangengöttin Tes unüberwindbar ist durch die Weisheit zweier Gehirne, haben zwei Männer ihre Klugheit vereinigt, um euch von Sieg zu Sieg zu führen.«

Er griff nach der Knochenschale. Der Awarenkrieger füllte roten Wein in das gespenstische Gefäß. Andoro setzte die Lippen an das glattgeschliffene menschliche Gebein, trank die Schale halb leer, reichte sie Erich hinüber. »Leider kann ich dir die barbarische Zeremonie nicht ersparen«, erklärte er. Ein ungewohnter Funken von Ironie glitzerte in seinen Augen. »Es heißt, alles, was wiederverwertbar ist an der Persönlichkeit des getöteten Feindes, so zum Beispiel Kraft, Klugheit, Mut und derartiges mehr, gehe durch das Trinken aus dem Schädel auf den Sieger über.«

Erich starrte auf das gruselige Gefäß in der Hand des Freundes. Er wußte, das Volk wartete darauf, daß er aus der Knochenschale trank. Er wußte, der Freund forderte es von ihm. Was unterscheidet einen christlichen fränkischen Soldaten von den Wilden, wenn er so schnell bereit ist, ihre grausamen Gebräuche zu übernehmen? Nur deshalb, weil man ihm eine Führungsrolle im Barbarenheer versprochen hat? Der Markgraf von Friaul griff mit beiden Händen nach der Schale aus Menschenknochen, führte sie zum Mund und trank den blutroten Wein auf einen Zug aus.

»Du entwickelst dich zu einem guten Taktiker«, bemerkte Erich, als sie sich wieder niedergesetzt hatten und dem Festtreiben zusahen.

»Wie meinst du das?« fragte Andoro, betrachtete angeregt seine Fingernägel dabei, als interessiere ihn das Thema nicht besonders.

Erich schwieg so lange, bis der Awarenfürst den Blick hob, ihm trotzig in die Augen sah. Dann fuhr er fort: »Du weißt genau, was ich meine. Du hast bemerkt, daß dein Gold mir nichts bedeutet hat. Du hast erkannt, daß mir mein Leben nicht so wertvoll ist, um mich aus Dankbarkeit dafür, daß du mich hier aufgenommen hast, für ewig an dich zu ketten. Nun versuchst du, mich durch dein Vertrauen zu binden. Ich gebe zu, diese Fesseln sind stark geknüpft. Sie schneiden sogar schmerzhaft ins Fleisch.«

Er wunderte sich, daß der Awarenfürst nicht aufbrauste wie früher. »Ach ja, sind sie stark, meine neuen Fesseln?« fragte Andoro. »So stark wie die Fesseln der Pflicht gegen deinen Frankenkönig? Welche Ketten werden früher zerreißen? Die der Freundestreue oder die der Untertanenpflicht?«

»Ich will dich nicht betrügen, Andoro«, sagte Erich langsam. »Ich bin nicht aus eigenem Willen hier.«

»Das weiß ich«, antwortete der Freund erregt. »Ich weiß, daß meine Heimat für dich immer nur ein Gefängnis sein wird, in dem du nicht eingeschlossen bist, sondern ausgeschlossen aus deinem Frankenreich. Dennoch bin ich stolz, dich bei mir zu haben. Ich bin stolz, daß du zu den Anführern meiner Awarenkrieger zählst. Ich bin stolz, daß du mein Blutsbruder geworden bist. Und da mir der Zugang zu deinem Herzen verwehrt zu sein scheint, werde ich auch weiterhin versuchen, dich an mich zu ketten, mit jeder Art von Fessel, die mir in den Sinn kommt.« Erich starrte in die Ferne. Der Rauch des glimmenden Lagerfeuers brannte in seinen Augen. Er schloß die Lider, sann über Andoros Worte nach. Wie sollte eine Freundschaft gedeihen auf dem kargen Boden des Zwanges? Erich stand auf, ging hinaus in die Stille der Steppennacht. Er fühlte, daß Andoro ihm nachblickte, aber er drehte sich nicht um.

8. Kapitel

Im Schatten des Krieges

Immer mehr liebte Erich die Einsamkeit. Nach der Niederschlagung des Bulgarenangriffes waren Andoros Steppenkrieger in ihr Stammlager im Land der Koe Wan zurückgekehrt. Die Routine des Lagerlebens überdeckte bald die Erinnerung an die Gefallenen. Andoro sorgte jedoch dafür, daß Erich nicht vergaß, daß er einer der Anführer im Söldnerheer der Awaren geworden war. Der Yugrus wiederholte und erweiterte die Ehrung seines fränkischen Freundes vor den Männern der Tusseja. Tarkhan der Awaren! Nun konnte sich der Markgraf von Friaul offiziell mit diesem Titel schmücken. Wie Andoro ihm erklärt hatte, war der Titel Tarkhan eine Auszeichnung für Abkömmlinge aus Fürstengeschlechtern, die sich besonders bewährt hatten. Die Aufgabe des Tarkhan entsprach der eines westlichen Heerführers. Der Tarkhan unterstand ausschließlich den awarischen Herrschern, dem Khagan und dem Yugrus. Andoro umgürtete seinen Freund mit dem metallbeschlagenen, runenverzierten Ledergürtel der awarischen Würdenträger.

Der Gürtel war weltliches Machtsymbol, aber auch Nachweis hoher Geburt und außergewöhnlichen Heldentums als Eintrittsausweis in eine jenseitige Welt, falls sein Träger im Kampf fiel. Awarische Fürsten und Heerführer wurden mit ihren Waffen und den Gürteln der Würde bestattet. Schwer lag der Gürtel des awarischen Würdenträgers um Erichs Hüften. Es würde wohl einige Zeit dauern, bis er sich an die Belastung gewöhnt hatte, mit der die Metallspange seinen Magen einengte. Der dumpfe Druck verursachte ihm Übelkeit, jeden Morgen, wenn er den Gürtel anlegte. Und jeden Morgen stellte er sich die gleiche Frage: Waren seine Magenschmerzen eine reale körperliche Empfindung? Oder bestrafte er sich selbst dafür, daß er seine neue Position als Anführer im Söldnerheer der Awaren widerspruchslos akzeptiert hatte? Daß er den Feinden seines Volkes Unterricht in Kriegstechnik erteilt hatte? Daß er Andoros Freundschaft hinnahm, ohne ihn über den Spionageauftrag des Frankenkönigs zu informieren?

Erich hatte es sich angewöhnt, allein weite Ausritte zu unternehmen und die Gegend rund um das Lager der Tusseja zu erkunden. Er wußte, daß Andoro diese seine neue Gewohnheit nicht billigte. Aber es hätte Andoro wenig geholfen, zu protestieren. Erich war fest entschlossen, seine neuerworbene Führungsrolle zu nutzen, um seinen persönlichen Handlungsfreiraum zu erweitern. Eines Vormittags war Erich wieder allein ausgeritten. Gegen Mittag kehrte er ins Lager zurück, lieferte seine Jagdbeute, drei Wachteln, ein Wildschwein und fünf Hasen, im Küchenzelt ab und betrat seine Jurte. Erstaunt blieb er stehen. Auf dem Hokker vor seinem Schachspiel saß ein Mann, den er noch nie im Lager gesehen hatte. »Wenn Ihr den weißen Königsbauern opfert, ist Schwarz in drei Zügen matt«, redete ihn der Fremde in der Sprache der Franken an. »Es wäre eine der Varianten, in denen das Opfer einer unbedeutenden Figur den Feldherrn zum Siege führt. Im übrigen sollte man nicht gegen sich selbst spielen.«

Der Fremde stand auf. Er hatte eine gewisse Ähnlichkeit mit Andoro Tej, doch so, wie die gezähmte Hauskatze der wilden Raubkatze gleicht. Während Andoros Haltung Trotz und Angriffslust ausdrückte, schien der Fremde von friedlicherer Gemütsart zu sein. Sein Profil war weicher, sein Körper weniger muskulös als bei dem Kriegshäuptling der Awaren. »Nachdem Ihr mich so eingehend studiert habt, Markgraf von Friaul, erlaubt, daß ich mich vorstelle. Ich bin Ödön Tej, der Stammesfürst der Koe Wan.«

»Ihr kennt mich?« fragte Erich.

»Wir alle kennen Euch. Der Konserr, die Ratsversammlung der awarischen Stammesfürsten, weiß, daß Ihr bei den Tusseja lebt. Dies ist der Grund meines Kommens.«

Erich nahm seinen Jagdbogen und den Köcher mit den Pfeilen von der Schulter, warf beides aufs Bett. »Es überrascht mich, daß Ihr über das Schachspiel Bescheid wißt«, sagte er.

»Weil ich in Euren Augen ein Wilder bin?« war die Antwort. »Mein Volk ist seßhaft und betreibt Handel mit seinen Nachbarn. Handel auch mit geistigen Gütern. Das Schachspiel ist vom persischen Raum zu uns gekommen, über die Handelsstadt Nisibis.«

Ein seßhafter Awarenstamm! Andoro hatte die Stammesfürstentümer zwar erwähnt. Aber es war Erich nicht bewußt geworden, daß die Awaren offensichtlich dabei waren, ihr Nomadentum aufzugeben und ein Staatswesen zu gründen.

»Ihr sagtet, Ihr wärt um meinetwillen gekommen, Fürst Ödön Tej?« fragte Erich.

»Ja«, sagte Erichs Besucher ernst. »Es wird Krieg geben. Zwischen den Koe Wan und den Tusseja. Wir möchten nicht, daß Euch etwas zustößt.«

»Krieg? Warum?«

»Vor drei Tagen wurde das Hauptdorf der Koe Wan überfallen. Wir wissen nicht, wer die zwanzig Männer waren, die unsere Vorräte raubten. Sie waren vermummt. Aber ich habe eine Vermutung.«

»Ist ein Überfall wirklich Grund genug für einen Krieg zwischen Brudervölkern?« Erichs Frage klang wie eine Anklage.

»Es wurde jemand bei dem Überfall getötet«, erwiderte sein Besucher.

Die Zeltbahn wurde zurückgeschlagen, Andoro trat ein. Als er den Fremden erblickte, fuhr seine Hand zum Dolch. Die beiden Männer starrten sich feindselig an. »Was willst du hier, Ödön?« fragte Andoro kühl.

»Nun, ich habe in deinem Revier gejagt, lieber Vetter«, antwortete Ödön mit samtweicher Stimme. »Ich habe versucht, dir deinen Freund abzuwerben.«

Andoro blickte Erich an, runzelte die Stirn. Ödön beobachtete mit leichtem Lächeln die Wirkung seiner Worte. »Ich habe ihm angeboten, seine Freundschaft zu dir gegen die Sicherheit seines Lebens einzutauschen.«

»Sein Leben ist nicht in Gefahr«, erwiderte Andoro barsch.

»Meinst du? Welche Sicherheit kannst du ihm bieten, du, der du Dörfer überfällst, Vorräte stiehlst und Kinder ermordest?«

Andoros Augen flammten auf. »Du hast mich herausgefordert, Ödön!« rief er. »Ein Gottesurteil soll entscheiden, ob deine Vorwürfe berechtigt sind.«

»Vermutlich wirst du keinen Gott als Beistand nötig haben, um mich zu besiegen«, murmelte Ödön. »Welche Waffe wählst du, Andoro?«

»Ich brauche keine Waffe gegen dich«, antwortete der Kriegshäuptling kalt und verließ das Zelt.

Erichs Blick begegnete dem seines Besuchers. Mit gespielter Lässigkeit sagte Ödön Tej: »Nun ja. Dann werde ich mich wohl für den Kampf bereitmachen müssen. Andoro wird mich wie immer furchtbar zusammenschlagen. Er läßt keine Gelegenheit aus, mir zu zeigen, daß er der Stärkere ist.« Ödön legte sein Obergewand ab. »Ihr habt auf mein Angebot noch nicht geantwortet, Markgraf. Werdet Ihr ihn verlassen?« erkundigte er sich. Erich verneinte. Ödön seufzte. »Der Yugrus hat eine eigenwillige Auffassung von dem, was man Besitz nennt. Er besitzt viele Pferde, doch nur eines, das er liebt. Er könnte sich, wie alle Awarenfürsten, viele Frauen nehmen, doch er hat nur eine einzige. Vermutlich könnte er auch viele Freunde haben. Offensichtlich gibt es aber nur einen einzigen, dem sein Herz gehört.«

»Wie kommt es, daß Ihr Euren Vetter so gut kennt – wo Ihr ihn doch haßt?« fragte Erich.

Eiskalte Härte war plötzlich in Ödöns Augen. Gnadenlosigkeit. »Ich glaube nicht, daß ich ihn hasse. Manchmal bedaure ich ihn sogar. Der große Kriegshäuptling der Awaren ist Getriebener, nicht Treiber. Er ist Amboß, nicht Hammer. Er sträubt sich dagegen, aber er geht auf seine Vernichtung zu. Schritt für Schritt. Sehenden Auges. Andoro Tej kennt das Ende, das Kämpfer nehmen in einer Zeit, die den Kampf verachten lernt. Schon beginnt Furcht an seiner Selbstgerechtigkeit zu nagen. Er ist nicht mehr so stark, wie er einst war. Der Sieger beginnt zu wanken. Ein gerechtes Schicksal, meint Ihr nicht auch? Ein Mörder, der schließlich im Blut der von ihm Gemordeten erstickt.«

Zu Anfang war noch eine gewisse Ästhetik in dem Faustkampf der beiden Männer. Kraftvoll und geschmeidig zugleich waren Andoros Bewegungen, wenn er zum Angriff ansetzte. Er tänzelte um seinen Gegner herum, stieß dann vor gleich dem Falken, der die Beute packt. Ödön wehrte ihn zunächst noch mit einer gewissen Leichtigkeit ab. Er beschränkte sich auf die Verteidigung. Einem Fuchs glich er, der, gestellt von der Hundemeute, in Würde untergeht. Ein Fausthieb Andoros traf Ödöns rechtes Auge, ließ die Gesichtshaut aufplatzen. Ödön taumelte. Seine Bewegungen wurden eckiger, kraftloser. Ein zweiter Hieb knallte auf seine Lippen. Ödön spie Blut aus, wischte sich über den Mund. Er hob beide Arme vor das Gesicht im schwachen Versuch, sich vor Andoros Fäusten zu retten. Ein eisenharter Schlag traf seinen Magen. Er ging zu Boden. Andoro hielt inne. »Gibst du auf?« fragte er. Ödön stemmte sich vom Boden hoch, schüttelte den Kopf. Die Fußkante seines Gegners schnellte an sein Kinn. Er fiel zurück in den Sand.

Der Kampf hatte jegliche Würde verloren. Ödön kroch auf dem Boden umher, als wage er nicht, nochmals aufzustehen. Andoro beobachtete ihn wie ein Schakal eine sterbende Beute. »Komm hoch«, flüsterte er schließlich. Ödön stand auf. Und nahm einen Regen von Schlägen in Empfang, die auf seinen schutzlosen Körper niederprasselten. Er seufzte leise, beinahe erleichtert, und ging wieder zu Boden. Andoro spuckte neben ihm aus. Jegliche Weichheit, jegliche menschliche Regung war aus seinem Gesicht gewichen. Er hatte sich in einen seelenlosen Gott des Kampfes verwandelt.

Es schien, als wolle Andoro auf den besiegten Gegner erneut einschlagen. Erich sprang vor, hielt seinen Arm schützend über Ödön. »Laß es genug sein, Andoro«, rief er. Fremde, starre Augen blickten ihn an und durch ihn hindurch. Andoro schien ihn nicht zu erkennen. »Andoro«, sagte Erich. »Wenn du weiterkämpfen willst, wirst du gegen mich kämpfen müssen.«

Andoro strich sich über die Stirn. »Was geht dich mein Kampf an?« fragte er voll Trotz.

»Kampf? Du schlägst ihn ja tot, Andoro.« Erich reichte Ödön Tej seinc Hand, half ihm auf die Beine.

Andoro starrte seinen Gegner an. »Du kannst dich waschen«, sagte er. »Und mein Wundheiler soll deine Verletzungen versorgen.«

Ödöns Lippen waren angeschwollen, die Haut aufgeplatzt. Mühsam stieß er zwischen den Zähnen hervor: »Ich erkenne das Gottesurteil nicht an.«

Andoro lachte auf. »Dann solltest du deine Männer für den Kampf vorbereiten. Falls sie noch imstande sind, eine Waffe zu führen mit ihren schwieligen Bauernhänden.« Ödön gab keine Antwort. Er ließ seine Wunden versorgen, band seinen Hund, den er vor Erichs Zelt angekettet hatte, los.

Erich hielt den Awarenfürsten zurück, als er das Dorf verlassen wollte. »Ihr solltet nicht allein gehen, Fürst Ödön Tej. Ihr seid verletzt«, riet er.

»Meine Verletzungen sind nur körperlich«, antwortete der Awarenfürst. »Es würde meinen Stolz verletzen, bäte ich den Yugrus um Geleitschutz.«

Ein grellklagendes Winseln unterbrach plötzlich das Gespräch der beiden Männer. Irritiert blickte Erich auf den Hund des Awarenfürsten hinab. Ein großer, dunkelgezeichneter Wolfshund war es, ein schönes, kraftvolles Tier. Der Hund starrte zu dem fremden Menschen empor. Dann, plötzlich, ließ er sich zu Boden fallen, rollte sich wie ein Welpe auf den Rücken. Sein Körper versteifte sich. Die Beine hochgereckt lag er da, drehte den Kopf zur Seite, bot Erich seine empfindliche Stelle, den Halsbereich, dar.

Seltsam, daß Ödön Tej ohne sein Pferd gekommen war, nur mit seinem Wolfshund. Wohl deswegen, weil er Aufsehen vermeiden wollte. Erich bückte sich zu dem Hund nieder. Das Tier bleckte kurz die oberen Zähne in der dem menschlichen Lächeln abgeschauten Mimik des dressierten Hundes. Erich streckte die Hand aus, um den Hund zu streicheln. Der Hund schnellte hoch, machte drei steifbeinige, ungelenke Schritte nach hinten, weg aus Erichs Reichweite. Flach an den Kopf angelegt waren seine Ohren, gesträubt seine Rückenhaare. Wovor hatte das Tier Angst? Erich richtete sich auf. Ödön Tej schien an dem Verhalten seines Hundes nichts Besonderes zu finden. Erich wandte sich Ödön Tej zu. »Mit Eurem Hund stimmt etwas nicht«, erklärte er.

Belustigung zuckte in Ödöns Gesicht auf. »Mit Dscherjan? Er ist seit Jahren mein treuester Freund. Treuer, als es Menschen oft sind.«

Erich ließ sich von seiner Meinung nicht abbringen. »Das Tier zeigt eine Verhaltensweise zwischen Angst und Angriffslust, die bei gesunden Haustieren niemals vorkommt. Ich kenne mich mit Hunden aus. Einst habe ich selbst zwei Wolfshunde besessen.«

Als wolle er Erichs Worte bestätigen, ließ der Hund ein drohendes, langanhaltendes Knurren hören. Ödön warf ihm einen schnellen Blick zu. »Das Verhalten meines Hundes spiegelt nur die Empfindungen seines Herrn wider. Eine Mischung aus Angst und Angriffslust. Die Gefühle, die ich meinem geliebten Vetter, dieser fleischgewordenen Kampfmaschine, entgegenbringe.«

Der Hund hatte sich beruhigt. Er lag auf dem Boden, die Schnauze zwischen die Vorderbeine geklemmt. »Dscherjan, steh auf, wie müssen weiter!« rief sein Herr ihm zu. Der Schweif des Hundes peitschte kurz den Boden. Das Tier bewegte sich nicht. »Die Stimmung im Lager des menschenschlächterischen Söldnerheeres, das der Yugrus der Awaren befehligt, behagt nicht einmal meinem Hund«, stellte Ödön trocken fest. »Außerdem hatte er vor fünf Tagen eine schwere Nacht. Er scheint mit einem anderen Hund gerauft zu haben. Als er zu mir zurückkam, mußte ich eine tiefe Bißwunde hinter seinem Ohr verarzten.« Ödön sah Erich in die Augen. »Danke, daß Ihr Euch um meinetwillen Sorgen macht, Markgraf. Aber es ist unnötig. Ich habe keinen weiten Weg.« Er hob grüßend die Hand, ging mit raumgreifenden Schritten in die Steppe hinaus. Erich sah ihm nach. Kleiner und kleiner wurde die Gestalt des einsamen Wanderers und seines Hundes.

Er hatte keinen weiten Weg. Keinen weiten Weg? Hatte Andoro ihm nicht erklärt, das Dorf der Koe Wan wäre fast einen Tagesritt vom Lager der Tusseja entfernt? Zu Fuß könnte man diese Distanz wohl nur in drei Tagen bewältigen. Wenn Ödön Tej nicht zu seinem Dorf zurückkehrte, wohin wollte er dann? Erich holte seinen Kampfbogen aus dem Zelt, sattelte Onaris und stieg auf. Sisslan, einer von Andoros bevorzugten Kriegern und Vertrauten, stand plötzlich neben Erichs Pferd. »Was Ihr zu Ödön Tej sagtet, gilt auch für Euch selbst, Markgraf. Reitet nicht allein. Ihr kennt die Gegend nicht. Wenn da draußen eine Gefahr lauert, sehen vier Augen sie eher als zwei.«

Sisslan hatte offensichtlich seinem Gespräch mit Ödön zugehört, die beiden Männer aus respektvoll höflicher Distanz beobachtet. Spürte der Awarenkrieger ebenso wie Erich den Atem eines gesichtslosen Unheils, das drohend über dem Volk der Tusseja und ihrem Anführer lauerte? »Wollt Ihr mich begleiten?« fragte Erich. Der Steppenkrieger nickte.

Erich hielt es nicht für nötig, Andoro Nachricht zu geben, als er mit Sisslan das Lager verließ. Der Yugrus würde ihn nur spöttisch ansehen, wenn Erich ihm berichtete, daß er in Ödön Tej und seinem Stamm eine Gefahr für die beste Kampftruppe der Awaren sah. Vielleicht würde Andoro die langersehnte Gelegenheit benützen und seinem fränkischen Freund die Ausritte untersagen, die Erich so sehr liebte. Mit der Begründung, das Leben seines Blutsbruders keinem Risiko aussetzen zu wollen. Einer geheimnisvollen Bedrohung, lauernd in der Sommerglut der Steppe. Oder aber im Gehirn eines Frankenkriegers, dem seine Einsamkeit Schatten vorgaukelte, wo nur Sonne war.

Der Schatten einer unsichtbaren Gefahr sollte sich allerdings bald zu tagklarer Realität verdichten. Durch ein schmales Walddickicht vor Blicken geschützt, hatten Erich und Sisslan den Wanderer in der Steppe bald überholt. Der Wald wurde unwirtlicher, düsterer. Kahle Felsen ragten aus der braunen Erde auf wie Trümmer eines Gemäuers, zerbrochen von der Hand eines Riesen. Der schmale Pfad, der sich durch die Wildnis wand, wurde von gezackten Steinwänden eingesäumt. Die Reiter stiegen ab, um die Pferdehufe zu entlasten. Sorgfältig geleiteten sie ihre Tiere über den von Gesteinssplittern übersäten Boden. Am Ende der Schlucht, als der Fels hohem, weichem Steppengras Platz machte, saßen sie wieder auf und jagten im Galopp über die waldumsäumte Ebene. Nach einstündigem Ritt stießen die beiden Krieger so unvermutet auf das Hauptlager der Koe Wan, daß es ihnen fast nicht mehr gelang, in Deckung zu gehen. Erich nutzte die Fertigkeiten, die Andoro ihn gelehrt hatte. Er drang bis in das feindliche Lager vor, belauschte die Anführer bei ihrem Kriegsrat. Und erfuhr, daß die Koe Wan auf Verstärkung durch Truppen anderer Awarenstämme warteten. Morgen planten sie, das Basislager der Tusseja zu überfallen.

Erich kehrte zu Sisslan zurück, der mit den Pferden in der Deckung des Waldes verharrt war. Diesmal gab es keine Schonung für die Beine der Tiere. Im Galopp wurde die Schlucht durchquert. »Die Schlucht bedeutet die Rettung für die Tusseja!« rief Erich zu. »Wenn es dem Yugrus gelingt, seine Krieger unbemerkt in den Felswänden zu postieren, sitzen die Koe Wan in der Falle. Die Pfeile unserer Krieger könnten die gesamte feindliche Streitmacht niedermähen, ohne daß die Tusseja ihre Deckung verlassen müßten.«

»Erst müssen wir die Tusseja unbeschadet erreichen«, erinnerte Sisslan ihn an die Aufgabe, die noch vor ihnen lag. Die beiden hielten in ihrem halsbrecherischen Tempo erst inne, als ein langgezogenes, wildes Heulen messerscharf die Steppenstille durchschnitt. Ödön Tej war im Blickwinkel der beiden Tussejakrieger aufgetaucht. Das Heulen kam von seinem Hund. Das Aussehen des Hundes war erschreckend verändert. Sogar auf zweihundert Fuß Distanz war vom Waldrand aus zu erkennen, daß Dscherjan nicht mehr der zahme Freund des Menschen war, den sein Herr immer noch in ihm sah. Eine wilde, reißende Bestie, geleitet von mörderischen Instinkten, lauerte darauf, zu töten. Der Häuptling der Koe Wan redete auf seinen Hund ein, streckte die Hand aus, um ihn zu streicheln. Dscherjan knurrte wie ein in die Enge getriebener Steppenwolf. Noch schienen die andressierten Verhaltensweisen des Haushundes mit dem Gift zu kämpfen, das sein Blut zersetzte. Erschrocken beobachtete Sisslan die Szene. »Der Hund ist wutkrank«, konstatierte Erich. »Ich habe Fürst Ödön Tej darauf hingewiesen. Er wollte mir nicht glauben. Wie Ihr seht, ist er immer noch unbelehrbar.«

Erich nahm den schweren awarischen Kampfbogen von der Schulter, zog einen Pfeil aus dem Köcher. Sisslan blickte ihn ernst an. »Ihr übernehmt eine große Verantwortung, Markgraf. Ödön steht in Eurer Schußrichtung. Ihr könntet den Mann treffen, nicht das Tier. Wenn Ihr fehlt, wird der Hund seinen Herrn anfallen. Der Biß eines tollwütigen Hundes kann tödlich sein.«

»Habt Ihr mir eine weniger blutrünstige Alternative anzubieten?« fragte Erich. Sisslan verneinte. »Viel Glück«, murmelte er.

Draußen in der Steppe suchte Ödön immer noch, seinen Hund zu beruhigen. Das Knurren des Tieres schwoll an zu unüberhörbarer Drohung, endete in einem Klagelaut. Der Fürst wandte seinem Hund den Rücken zu. »Nun gut, Dscherjan, wenn du nicht mitkommen willst, bleib eben hier«, rief er aus. Er ging ein paar Schritte weg. Die Beine des Hundes scharrten im Sand. Speichel troff aus seinen Lefzen. Still war er plötzlich, lauerte reglos. Erich legte den Pfeil auf, zog die Sehne nach hinten. Der Hund sprang hoch. Ödön drehte sich überrascht herum, schlug die Arme vors Gesicht, um sich zu schützen. Erichs Pfeil durchbohrte den Hundekörper noch in der Luft. Der Aufprall des tödlich getroffenen Tieres warf Ödön Tej zu Boden.

Erich setzte den Bogen ab, wandte sich zu Sisslan um. Und erstarrte. Er und sein Begleiter waren eingekreist von einer Mauer schwerbewaffneter Awarenkrieger. Einer von ihnen deutete mit dem Kinn auf den Dolch in Erichs Gürtel, streckte die Hand aus. Erich zog die Waffe, die Andoro ihm einst geschenkt hatte, heraus, reichte sie dem Krieger. »Ich will auch den Bogen«, befahl der Awarenkrieger.

»Ich könnte mich nicht zur Wehr setzen mit meinem Bogen. Er ist nutzlos im Nahkampf«, warf Erich ein.

»Das weiß man nicht so genau bei einem derart phänomenalen Schützen, wie du einer bist, Franke«, stieß der Aware hervor. »Außerdem brauchen Kriegsgefangene keine Waffen mehr.«

»So? Kriegsgefangene sind eines Tages wieder frei.«

»Nicht alle Kriegsgefangenen. Manche sterben in Fesseln. Oder als Sklaven. Würde dir das gefallen, Franke? Die Drecksarbeit tun zu müssen bei einem Barbarenvolk?« Erich blickte seinem Häscher belustigt ins Gesicht. Für einen wilden Barbarenkrieger waren seine Gesichtszüge zu weich. Viel zu weit oben hielt er das Messer, mit dem er Erich bedrohte, berührte den Griff nur mit den Fingerspitzen gleich einer Hausfrau, die Gurken schneidet. Ein gezielter Handkantenschlag, und das Messer flöge in den Staub. Ein Fausthieb gegen das Kinn des unkriegerischen Awarenkriegers, und der Mann würde neben seinem Messer landen. Ein Sprung nach vorne, ein schneller Lauf, und der Gefangene entschwände auf Nimmerwiedersehen im Dickicht. Aber vielleicht würde man Sisslan töten, wenn Erich entfloh. Erich seufzte. Der Markgraf von Friaul gab sich geschlagen. Man opferte keinen Läufer beim Schachspiel. Der Läufer war eine zu nützliche Figur.

Mühsam, noch sichtlich geschockt durch den Angriff seines Hundes war Ödön mittlerweile aufgestanden und zur Gruppe der Koe Wan herübergekommen. Er neigte leicht den Kopf vor Erich, was wohl als stumme Geste des Dankes für den verwegenen Pfeilschuß zu verstehen war. Dann unterhielt er sich flüsternd mit seinen Kriegern.

In seiner Stimme schwang ein Unterton der Verlegenheit mit, als er sich Erich zuwandte. Offensichtlich war der Häuptling der Koe Wan mit der Aufgabe nicht einverstanden, die er nun durchführen mußte. »Leider habt Ihr etwas beobachtet, das nicht für Eure

Augen bestimmt war, Markgraf. Meine Krieger haben die Spuren eurer Pferde nahe dem Lager der Koe Wan entdeckt. Ich muß Euch daher einladen, in unser Lager mitzukommen, wo Ihr bleiben werdet, bis unsere Auseinandersetzung mit den Tusseja beendet ist.«

Erich blickte ihm ins Gesicht. Ödöns rechtes Auge schwoll immer mehr an. Seine Gesichtshaut war von blutigen Schrammen entstellt. Sicherlich hatte er Schmerzen. »Ihr wißt, daß ich fliehen werde, um Euren Vetter zu warnen, Fürst Ödön Tej«, sagte Erich sanft.

Ödön nickte. »Diese Antwort habe ich von Euch erwartet, Markgraf. Die Koe Wan sind ein friedliches Volk. Aber so, wie die Schlange sich wehrt, der man den Fuß auf den Hinterkopf stellt, können auch wir aggressive Handlungen gegen unser Volk nicht tatenlos hinnehmen. Wir müssen zurückschlagen. Ich bedauere den Schritt, den ich nun zu tun gezwungen bin dem Mann gegenüber, der mir soeben das Leben gerettet hat. Fesselt sie beide!« befahl er seinen Leuten.

Der Tag ging zur Neige. Die Schatten, die durch den Eingang ins Innere des Zeltes krochen, wurden länger und länger. Immer noch hielten die Koe Wan Kriegsrat. Gedämpftes Stimmengemurmel drang an Erichs Ohr. Man hatte ihn und Sisslan an einem Pfahl in der Mitte eines der kleinen, tragbaren Zelte, die als Notunterschlupf bei kriegerischen Handlungen dienten, festgebunden. Rücken an Rücken. Erich konnte Sisslans Finger spüren, ganz dicht bei seinen eigenen, nach hinten geschnürten Händen. »Vielleicht gelingt es Euch, meine Handfesseln aufzuknüpfen«, flüsterte Sisslan. »Ich habe ein Messer im Stiefel. Wir könnten es benützen, um die Stricke an unseren Füßen durchzuschneiden, und es auch als Waffe einsetzen, falls man uns angreift.«

»Ja«, erwiderte Erich leise. »Wenn ich es nicht schaffe, müssen wir die Wachen ablenken und täuschen, um fliehen zu können. Sisslan, ich nehme zwar nicht an, daß sie uns töten wollen, aber es könnte doch sein, daß einer von uns den Fluchtversuch nicht überlebt. Falls ich das bin, schwört Ihr mir, daß Ihr alles tun werdet, um den Yugrus zu warnen?« »Ich schwöre es.«

Erich versuchte, mit seinen Fingern Sisslans Handgelenke zu erreichen. Mühsam rang er dem Hanfseil, das ihn fesselte, Raum ab. Da trat Ödön ins Zelt. Erich hielt in seinen Befreiungsbemühungen inne. Ödön lächelte ein wenig, soweit es seine aufgesprungenen Lippen zuließen. Er zog seinen Dolch aus dem Gürtel. »Ihr gebt niemals auf, Markgraf, wenn Ihr Euch etwas in den Kopf gesetzt habt, nicht wahr?« fragte er.

»Es ist schwer, mich auf Dauer festzuhalten«, antwortete Erich.

»Andoro scheint das Mittel dafür gefunden zu haben«, sprach Ödön weiter. »Und ich weiß nicht, ob ich ihn beneiden oder bemitleiden soll.«

»Bemitleiden? Warum?«

»Weil ich glaube, daß seine Freundschaft zu einem Frankenkrieger ihn mehr bindet als Euch. Weil ich ahne, daß Ihr ihn eines Tages im Stich lassen werdet. Weil ich vermute, daß Andoro zu viel Kraft in seine eigenartige Liebesbeziehung zu Euch investiert hat, um das überwinden zu können. Mein Vetter wird auf irgendeine Weise Selbstmord begehen, wenn er Euch nicht mehr hat.« Erich schwieg betroffen.

»Was würdet Ihr tun, wenn ich Euch freiließe?« fragte Ödön.

»Das wißt Ihr«, gab Erich barsch zurück. »Ich würde Andoro vom Aufmarsch der Koe Wan nahe dem Lager der Tusseja berichten. Ich würde gemeinsam mit ihm eine Verteidigungsstrategie ausarbeiten.«

»Und weiter?« forschte der Häuptling. »Was würdet Ihr weiter tun?«

Erich hob den Kopf. »Ich würde versuchen, diesen wahnsinnigen Bruderkrieg zu verhindern«, verkündete er feierlich.

Ödön streckte den Arm mit dem Messer aus. »Ihr seid ein zu tapferer Mann, um Euch bei einem Fluchtversuch ums Leben kommen zu lassen«, sagte er schmunzelnd. »Außerdem hätte Andoro dann wirklich einen Grund für seine Aggression gegen die Koe Wan.« Er befreite seine beiden Gefangenen von ihren Fesseln. »Geht, Markgraf«, sagte er. »Startet Eure Friedensmission. Ich hoffe, daß wir nicht Feinde sind, wenn wir uns wiedersehen.«

Erich massierte seine Handgelenke, um die Blutzirkulation wieder in Gang zu bringen. Er nickte Ödön zum Abschied zu. Es ist alles zu leicht gegangen, dachte er. Dinge, die kampflos beginnen, enden in Blutvergießen. Auf diesem Gesetz war die griechische Tragödie aufgebaut. Und das menschliche Leben.

9. Kapitel

Verrat

Andoro stand vor dem Eingang zu Erichs Jurte. »Es ist fast Abend. Wo bist du die ganze Zeit über gewesen?« herrschte er den Markgrafen an, in einem Ton, wie er auf Burg Görz nicht einmal Leibeigenen gegenüber angewandt wurde.

Erich lächelte bitter. Seine Friedensmission fing ja gut an. Mit Krieg im eigenen Lager. »Ich bin es nicht gewohnt, über meine Schritte Rechenschaft abzulegen«, sagte er sanft.

»Dann wirst du dich daran gewöhnen müssen!« Andoro stieß es zwischen den Zähnen hervor. Ganz nahe trat er an Erich heran, starrte ihm ins Gesicht. »Ich warne dich. Die Bestrafung für Verrat ist streng bei den Awaren. Ich kann dich töten lassen, wenn du mit meinen Feinden konspirierst.«

Plötzlich hatte Erich die Empfindung, als ob die Stricke, von denen Ödön Tej ihn soeben befreit hatte, immer noch an seinen Handgelenken hafteten. Schlimmer noch: Als ob Andoro versuchte, sie durch Ketten, schwerer als Eisen, zu ersetzen. Er warf den Kopf zurück, straffte die Schultern und sagte kalt: »Es steht Euch frei, zu tun, was Euch beliebt, mit den Menschen, die Euch ausgeliefert sind. Laßt mich vorbei, Fürst Tej.«

Andoros Augen zogen sich zusammen. Wie eine Raubkatze wirkte er, die sich zum Sprung bereit macht. Plötzlich wurde Erich bewußt, daß er keine Waffe trug. Auch Andoro schien dies bemerkt zu haben. Seine Hand fuhr an den Gürtel, berührte seinen Dolch. Doch dann zog Andoro die Finger zurück, trat zur Seite. Erich ging an ihm vorbei, ohne ihn noch einmal anzusehen.

Vielleicht war es nicht richtig, daß er Andoro nichts von den schwer bewaffneten Awaren erzählte, die sich in der Nähe des Lagers der Tusseja in offensichtlich feindlicher Absicht zusammenrotteten. Aber es war Erich unmöglich, mit Andoro in diesem Augenblick zu sprechen.

Wie so oft wartete Rinja auch diesmal im Zelt auf Erich. Sie hatte Essen vorbereitet, reichte es ihm wortlos, mit einem Lächeln. Erichs Blick blieb an Rinjas Gesicht haften. Bernsteinfarbige Augen waren träumerisch auf ihn gerichtet, volle rote Lippen halb geöffnet. Oft schon war sie so vor ihm gestanden, hatte ihn mit dieser eigenartigen Mischung aus Stolz und Herausforderung betrachtet. Er hatte immer nur Andoros Frau in ihr gesehen. Diesmal war es anders. Als Erich sie in die Arme nahm, als seine Lippen mit den ihren verschmolzen, als er die Lebensgefährtin des Yugrus auf sein Bett niederzog, war es eine Kampfansage. Eine Kampfansage an Andoro Tej.

Es war am späten Vormittag des nächsten Tages. Erich hatte lange geruht. Irgendwann mußte Rinja aus dem Zelt gehuscht sein. Als Erich erwachte, war sie nicht mehr da. Umso klarer stand Erich aber die Erinnerung vor Augen im kalten, nüchternen Licht des Morgens. Die Erinnerung an das, was in dieser Nacht geschehen war.

Das Trampeln von Pferdehufen, Kommandorufe, laute Stimmen hatten Erich geweckt. Er zog sich an und trat aus seinem Zelt. Mit dem Arm schirmte er die Sonne ab, die seine Augen blendete. Es war eine streitbare Mannschaft, die der Awarenfürst aufgeboten hatte. Eines mußte man Andoro lassen: Er verstand sich auf spektakuläre Inszenierungen. Andoros Krieger hatten am Eingang des Dorfes Aufstellung genommen. Pferd reihte sich an Pferd, Mann an Mann. Dreihundert Mann waren es, der harte Kern von Andoros Kampftruppe, die sich in der Steppe versammelt hatten an diesem Februartag. Vor Andoros Zelt waren die Pferde der Awarenführer angebunden. Andoro hatte seine Häuptlinge zum Kriegsrat versammelt, schon in den frühen Morgenstunden. Es war das erste Mal, daß er Erich zu einer Ratsversammlung der Tusseja nicht eingeladen hatte.

Eine Bewegung entstand beim Prunkzelt des Yugrus. Die Awarenhäuptlinge traten auf den Platz hinaus, schritten zu ihren Pferden. Andoro kam aus seinem Zelt, ging schnell auf Erich zu. Er blieb vor dem Freund stehen, lächelte ein wenig, als sein Blick über Erichs Gestalt glitt. »Es sieht fast so aus, als wärst du einer von uns«, bemerkte er.

Auch Erich lächelte. Er wußte, was Andoro meinte. Sein Kettenhemd, seinen Helm, seine Sporen hatte er nur ein einziges Mal mehr getragen, seit er bei den Awaren lebte, beim Kampf gegen die Bulgaren. In seinem braunen Lederwams, das ihm Andoro einst geschenkt hatte, den schwarzen, kniekurzen Pluderhosen, den weichen, aus Hirschleder gegerbten Stiefeln, die viel Bewegungsfreiheit ließen, glich er wohl tatsächlich eher einem Awaren als einem fränkischen Heerführer. Seine Haut war von Wind und Wetter schon ebenso gebräunt wie die der Awarenkrieger. Sogar sein Haar trug er lang, hatte es zu einem Pferdeschwanz zusammengebunden. »Gelegentlich passe ich mich meiner Umgebung an. Für kurze Zeit«, antwortete er dem Freund.

»Erich, ich muß dir etwas sagen«, begann Andoro. »Ich habe dir Unrecht getan. Vermutlich habe ich es verdient, daß ich von Sisslan erfahren mußte, was geschehen ist, und nicht von dir. Hätte ich es früher gewußt, hätte ich anders gehandelt.«

»Ich war im Lager der Koe Wan«, sagte Erich bitter. »Wenn das Verrat ist, bin ich ein Verräter.«

Andoro schüttelte den Kopf. »Ich habe mich noch nie bei jemandem entschuldigt. Ich tue es nun.«

Erich vermied es, dem Freund in die Augen zu sehen. »Wir sind alle nicht ohne Schuld, Andoro«, sagte er leise.

»Du mußt nicht mitziehen in den Kampf!« Hastig warf es Andoro ein.

»Warum nicht?« Andoro senkte den Blick. »Was verbirgst du vor mir, Andoro?«

Andoro schwieg lange. Dann sagte er in aufflammender Heftigkeit: »Vielleicht wollte ich nicht, daß du mich siehst, wie ich wirklich bin. Ödön hat recht. Ich bin schuld an der Fehde mit den Koe Wan. Vor zwei Wochen, als ich dir sagte, ich wollte zur Jagd reiten mit zwanzig meiner Männer, als ich dich bat, die Aufsicht im Lager zu übernehmen, da ... Wir sind nicht zur Jagd geritten. Nicht zur Jagd auf Tiere. Es war eine andere Jagd. Du kannst es Jagd auf Menschen nennen. Wir haben das Dorf der Koe Wan überfallen.«

»Du hast das Dorf überfallen?«

»Ja. Mit zwanzig meiner besten Krieger. Wir hatten uns maskiert, uns Tücher über das Gesicht gebunden, um nicht erkannt zu werden, und auch fremde Pferde benützt. Wir glaubten, leichtes Spiel zu haben, da sich zu diesem Zeitpunkt nur Frauen und Kinder im Dorf aufhielten. Die Krieger waren alle auf der Jagd, wie wir erfahren hatten. Wir stürmten das Dorf, wie es die wilden Awarenstämme immer wieder tun, rafften an uns, was wir brauchen konnten, Lebensmittel, Waffen, Kleidung, Lederwaren. Die Dorfbewohner flohen vor uns, rannten um ihr Leben, in die Steppe hinaus wie aufgescheuchtes Sikawild. Wenn ich gewollt hätte, hätte ich hinter ihnen herreiten können, hätte sie einfangen können mit dem Seil.«

Verbitterung war plötzlich in den Zügen des Yugrus. »Sieh mich nicht mit diesem Blick an, Erich. Vorwurf in deinen Augen könnte ich ertragen. Aber nicht diese wissende Milde, dieses Verzeihen. Ein Verzeihen, wie man es instinktgeleiteten Tieren entgegenbringt. Oder Kleinkindern.«

Erich wandte den Blick ab, sah zu Andoros Kriegern hin, zu dieser stahlharten Mauer menschlicher Muskelkraft. »Ich habe dir nichts zu verzeihen, Andoro. Du hast nicht mich angegriffen. Es waren deine Brüder.«

»Kannst du es verstehen«, rief Andoro aus. »Ich habe darüber nachgedacht, habe versucht, mich zu erinnern, was ich beim Angriff auf das Dorf empfand. Es war Macht über Menschen. Ich war Gott, der mit dem Schwert der Rache über sie herfiel. Ich habe mich an ihrem Schreien, ihrer Angst berauscht. Aber ich wollte nicht töten, Erich. Das mußt du mir glauben.«

»Aber du mußtest mit der Möglichkeit rechnen, daß jemand dabei umkommen würde?«

»Ja.« Andoro nickte. »Ich mußte mit der Möglichkeit rechnen. Und ich werde die Verantwortung dafür zu tragen haben.«

Erich sah ihm ins Gesicht. Nein, feige war der Awarenfürst ganz bestimmt nicht. Er versuchte gar nicht, sich herauszureden. »Wer war es?«

»Der gestorben ist? Ich habe gegen zwei junge Männer gekämpft. Einer davon war mein Neffe, Ödöns Sohn Rewal. Er war erst etwas über zwanzig Jahre alt. Er ist seiner Verletzung erlegen. Du verachtest mich nun?«

»Ich glaube nicht, daß du ihn ermordet hast, Andoro.«

»Ich habe ihn nicht ermordet. Die beiden Burschen stellten sich uns am Eingang des Dorfes in den Weg, als wir uns mit unserem

Raub davonmachen wollten. Zwei Jünglinge, Erich. Träumer, die glaubten, es genüge, für eine gute Sache zu kämpfen, und zwanzig schwerbewaffnete feindliche Krieger fielen um wie Pergamentblätter. Meine Krieger lachten nur, sprengten davon. Ich war der letzte im Zug, hatte die Aufgabe übernommen, meinen Männern den Rücken zu decken. Rewal und sein Freund Axon versuchten, mich mit ihren Pfeilen zu treffen.« Etwas verächtlich fügte Andoro hinzu: »Gegen Pfeile aus Holz und Metall gibt es für einen guten Reiter eine Abwehrmöglichkeit, wie du weißt, Erich. Man muß sich nur aus dem Sattel zur Seite schwingen, tief hinter den Pferdeleib ducken und im gestreckten Galopp davonziehen. Nur durch die Mißgunst des Gottes, den man Zufall nennt, kann unter diesen Umständen ein Pfeil deinen Körper erreichen. Mir war Gott Zufall hold gesinnt. Die Pfeile schwirrten an mir vorbei wie Bremsen um ein Stück Fleisch, trafen aber nicht. Daher probierten die beiden jungen Helden andere Pfeile an mir aus, nichtmaterielle Pfeile. Sie schrien mir Schimpfworte nach.«

Andoro zog die Stirn in Falten. »Ich habe später darüber nachgedacht, warum ich zurückkehrte, vom Pferd stieg, mich ihnen zum Kampf stellte. Es war wohl deswegen, weil kein Krieger das Wort Feigling ertragen kann.« Er seufzte. »Kindisch, nicht war? Eines Heerführers unwürdig. Der Yugrus der Awaren läßt sich provozieren von zwei Frischlingen, die kaum ins Leben hineingerochen haben. Sie griffen mich beide zugleich an. Sie mußten wissen, wie gefährlich das war. Für sie, nicht für mich. Ich habe ihnen eine Vorgabe gewährt. Ich stieß mein Schwert in die Scheide, verteidigte mich nur mit dem Dolch. Konnte ich ahnen, daß Rewal einen unglücklichen Ausfall machen, sich mein Messer in den Leib rennen würde? Es war ein Unfall. Ich wollte nicht kämpfen. Doch wer für den Kampf geboren ist, dem gelingt es wohl nicht, dem Kampf zu widerstehen.«

»Du hättest aber dem Kampf ausweichen können«, warf Erich ein.

»Ich hätte dem Kampf ausweichen können«, bejahte Andoro.

»Was wird nun geschehen?« fragte Erich schwer.

»Ich werde mich den Koe Wan stellen. Am Eingang der Schlucht. Du hast die Möglichkeit ausgekundschaftet, wie sie zu besiegen sind. Sisslan hat mir auch das berichtet. Meine Männer werden oben in den Felsen warten.«

»Du wirst kämpfen?«

»Nur, wenn die Koe Wan mich dazu zwingen.«

Erich seufzte. »Sie sind ein unkriegerisches Volk. Ich glaube, du wirst ein leichtes Spiel mit ihnen haben.«

»Du willst nicht, daß ich sie angreife?« Andoros Worte waren keine Frage, sondern eine Feststellung.

»Es ist nicht wichtig, was ich will«, antwortete Erich.

»Was soll ich also tun?«

»Was dir richtig erscheint, Andoro.«

»Was mir richtig erscheint«, wiederholte Andoro nachdenklich. Der Yugrus band sein Pferd los, stieg auf. Dann setzte er sich an die Spitze seines Heeres und gab das Zeichen zum Aufbruch.

Hunderte von Pfeilen prasselten auf die Koe Wan herunter. Sie prallten an den Schilden ab oder schwirrten vier Ellen vor den Reitern zu Boden. Keiner der Pfeile traf. Der Zug der Koe Wan stockte. Die Reiter sprangen von ihren Pferden, zogen die Tiere zu Boden, gingen dahinter in Deckung. Die Koe Wan verharrten verunsichert. Als wüßten sie, daß der schmale Talkessel eine Falle war.

Andoro gab seinen Männern, die sich auf den Hängen der Schlucht verborgen hatten, mit der Hand ein Zeichen, sich nicht einzumischen. Er stieg auf sein Pferd. »Du bleibst hier in Dekkung«, sagte er zu Erich.

»Was willst du tun?«

Andoro zog sein Schwert und seinen Dolch aus der Scheide, reichte beide Waffen dem Freund. »Den Kampf vermeiden. Auf meine Weise«, antwortete er. Sein linker Fuß berührte ganz zart den Bauch seines Pferdes. Wie ein Pfeil schoß Ilhiz davon.

Die Koe Wan starrten den einsamen Reiter auf dem schwarzen Pferd, der am Eingang der Schlucht aufgetaucht war, an wie ein Gespenst. Zwanzig Fuß vor der Kampflinie der Koe Wan brachte Andoro sein Pferd zum Stehen. »Ödön Tej, ich bin gekommen, um mit dir zu reden!« rief er. »Ich trage keine Waffen.« Zum Beweis hob er die Hände ein wenig an, so daß man die leere Schwertscheide erkennen konnte. Die gespannten Bogen, die Pfeile, die auf ihn angelegt waren, beachtete er nicht.

Eine Bewegung entstand in den Reihen der Gegner. Langsam ritt der Häuptling der Koe Wan vor, hielt sein Pferd Andoro gegenüber an. »Ich muß dich warnen, Andoro. Ich trage meine Waffen«, erklärte er.

Andoro machte ein Zeichen in Richtung der Felsen. Es schien, als wären seine Krieger aus dem Erdboden hervorgewachsen gleich einer übermenschlichen Kampftruppe. Mann an Mann standen sie plötzlich da, die Pfeile abschußbereit vor den gespannten Bogen. »Dies nur für den Fall, daß du daran denkst, mich anzugreifen, weil ich waffenlos bin«, sagte Andoro.

»Dann wären die Fronten ja geklärt«, murmelte Ödön. »Was willst du von mir, mein lieber Vetter?«

»Mich stellen«, antwortete Andoro leichthin. »Ich war es, der euer Dorf überfallen hat.«

»Also doch.« Ödön sagte es ohne Bitterkeit, als nüchterne Feststellung. »Du unterwirfst dich dem Kortass?«

Andoro nickte. Dann stieg er vom Pferd, ging auf den Häuptling der Koe Wan zu. »Ödön, ich habe deinen Sohn im Kampf getötet. Das hat jetzt nichts mit dem Kortass zu tun. Ich möchte, daß du mir vergibst. Ich biete dir meine Hand.« Er blieb vor Ödöns Pferd stehen, streckte die Rechte aus.

Keine Regung zeigte sich auf dem Gesicht seines Vetters. Er machte keine Geste der Versöhnung. Düster blickte er auf Andoro hinunter. »Es macht mein Kind nicht mehr lebendig, wenn ich dir vergebe«, sagte er. »Daher sollst du wissen, daß ich es nicht tue. Heute nicht und niemals, großer Kriegshäuptling der Awaren. Denn du bist ein Mörder.«

Andoro zuckte zusammen. Dann hatte er sich wieder in der Gewalt. Er straffte die Schultern, sah zu seinem Widerpart auf. Bewegungslos verharrte er, als habe er sich entschlossen, auf den Angriff nicht zu reagieren. Ödön sprach weiter, ließ seine Worte gleich einem Steinregen auf den ungeschützten Gegner niederprasseln. »Du verachtest die Koe Wan, weil sie friedlich sind, Ackerbau und Viehzucht betreiben, dem Kampf ausweichen. Du verachtest mich, weil du mich noch in jedem Duell mit Leichtigkeit besiegt hast, mit jeder Waffe, sogar ohne Waffen. Aber du bist dir über die Rolle nicht im klaren, die du zu spielen hast.« Er hielt inne. Es schien, als bereite es ihm Vergnügen,

Andoro zu quälen. »Hast du wirklich noch niemals darüber nachgedacht, was du für uns bist, großer Yugrus?« fuhr er fort. »Wir alle, der Rat der Awaren, die vielen Stämme, in die wir aufgegliedert sind, und auch mein Vater, der Khagan – wir halten uns dich, wie man sich einen Hund hält, einen bissigen Wachthund an der Kette.«

Ödön lachte bitter auf. »Oh ja, du bist ein ausgezeichneter Kämpfer. Das Geschäft des Tötens hast du gelernt. Zerstören statt aufbauen, morden statt Leben schenken.« Voll samtener Weichheit war seine Stimme, als er weitersprach: »Wir nützen das aus, Andoro. Ist es dir nie aufgefallen? Wir benützen dich und deine Leidenschaft für den Kampf. Noch benützen wir dich.« Ödöns Stimme wurde lauter, schallte über den Platz. »Du bist eine Puppe für uns. Ein lächerlicher Popanz des Krieges. Ein Popanz, den wir wegwerfen werden, wenn wir ihn nicht mehr benötigen.«

Andoro stand immer noch reglos, die Arme vor der Brust verschränkt. Erich trat hinter den Felsen hervor. »Nun ist es genug, Häuptling Ödön Tej«, rief er. »Hört auf.«

Ödön griff nach seinem Dolch, warf ihn Andoro zu. »Hier, deine Lieblingswaffe. Damit du weiter töten kannst. Ich brauche diese Waffe nicht. Meine Waffe ist das Leben.«

Andoro bewegte sich nicht. Der Dolch fiel in den Sand. Ödön wendete sein Pferd. Ohne ein weiteres Wort ritt er zu seinen Männern zurück. Andoro blickte um sich, als sei er aus einem Traum erwacht. Dann glitt er auf sein Pferd. Er setzte Ilhiz in Galopp und jagte in Richtung auf das Lager davon, als hetze ein unsichtbarer Feind hinter ihm her.

Andoro lag auf seinem Bett, starrte ins Leere. Als Erich eintrat, setzte er sich auf. Erich blieb vor ihm stehen, blickte auf ihn herab. »Andoro, was ist ein Kortass?« fragte er.

Andoro verschränkte seine Hände auf dem Hinterkopf. »Eine Art Bestrafung«, antwortete er leise. »Es kommt immer wieder vor, daß die seßhaften Awarenstämme von den wilden angegriffen werden. Solange dabei kein Blut fließt, wird es auch nicht geahndet. Die seßhaften Awarenstämme haben sich an diese Art Mundraub gewöhnt.«

»Dann hast du ja gar kein Verbrechen begangen?«

Andoro schnellte zu Erich herum. Wildheit war in seinen Augen. »Für den Kriegshäuptling der Awaren gelten andere Gesetze«, erklärte er. »Es wird für unwahrscheinlich gehalten, daß ein Angriff der besten Kampftruppe der Awaren unblutig ausgeht. Daher wird uns Tribut gezahlt, von allen Awarenstämmen. In Form von Lebensmitteln, Kleidung, Waffen. Man bezahlt uns, um uns vom Raub abzuhalten. Man hält sich uns, wie Ödön sagte.«

»Warum hast du die Koe Wan überfallen?« forschte Erich.

»Ich glaubte, im Recht zu sein. Sie hatten ihren Tribut seit drei Monaten nicht mehr bezahlt. Es war ein harter Winter. Unsere Vorräte sind erschöpft. Ich bin auf die Nahrungsmittellieferungen angewiesen.«

»Aber du warst nicht im Recht?« Erich fragte es drängend.

»Ich war nicht im Recht«, sagte Andoro schwer. »Ich hätte den Fall vor die Ratsversammlung des Khagan bringen müssen. Und ich hätte mich nicht auf den Zweikampf mit den beiden Kindern einlassen dürfen.«

»Andoro, du hast mir noch nicht gesagt, was bei dem Kortass geschieht«, fragte Erich.

»Man wird gebrandmarkt. Mit rotglühendem Eisen wird eine Markung auf die Brust gebrannt als Zeichen, daß man das Gesetz in schwerster Weise übertreten hat. Du kannst zweimal gebrandmarkt sein. Wenn der Kriegshäuptling ein drittes Mal ein Awarendorf überfällt, wird er vom Khagan abgesetzt. Und getötet.«

Erich schwieg einen Moment. Dann fragte er: »Diese Brandmarkung – sie ist wohl sehr schmerzhaft?«

»Das ist es nicht allein«, antwortete Andoro. »Sie ist demütigend. Das ist der Sinn dieser Strafe.«

»Ein Kriegshäuptling, der gebrandmarkt wurde, verliert wohl die Achtung seiner Männer? Nicht wahr, Andoro?«

Andoro nickte. »Es wird schwerer für ihn, sich bei seinen Leuten durchzusetzen«, gab er zur Antwort.

»Du weißt viel über diese Strafe«, sagte Erich.

»Ja«, antwortete Andoro. »Ich weiß viel darüber. Die Wunde, die ich auf der Brust habe – du hast mich einmal danach gefragt – stammt nicht von einer Lanze. Es ist das Siegel des Kortass.«

»Du hast dich freiwillig gestellt, obwohl du wußtest, daß dies bereits deine zweite Brandmarkung bedeuten würde?«

Andoro ging auf diese Frage nicht ein. »Unabhängig davon muß ich die Forderungen der Familie des Gefallenen erfüllen. Man weiß, daß Ödöns Sohn mich herausgefordert hat und daß ich daher vor unserem Gesetz für seinen Tod nicht zur Verantwortung gezogen werden kann. Aber um den Frieden in unserer Sippe aufrecht zu erhalten, werde ich viel von meinem Gold opfern müssen. Das Räubergold, wie du es einmal genannt hast. Und meine Pferde. Ich hoffe nur, daß sie mir Ilhiz nicht wegnehmen. Sie werden das Gold gut verwenden. Sie tauschen es. Gegen Saatgut und Ackergeräte.«

»Es sieht so aus, als würdest du anfangen, Verständnis für deine seßhaften, unkriegerischen Brüder zu entwickeln«, bemerkte Erich.

»Oh ja«, sagte Andoro, und für einen Moment kehrte die alte Lebhaftigkeit in seine Gesten zurück. »Ich verstehe sie. Sie haben sich der neuen Zeit angepaßt. Sie haben eine Zukunft.«

»Dieser Weg steht auch dir offen«, warf Erich ein.

»Meinst du?« Andoro fragte es mit leichter Ironie. »Ich bin für den Kampf erzogen worden. Man bezahlt mich dafür, daß ich töte. Ich kann nichts anderes.« Er biß sich auf die Lippen. Dann sah er Erich ins Gesicht, und ein beinahe schalkhaftes Schimmern war in seinen dunklen Augen. »Und – Erich, sei ehrlich: Kannst du dir mich vorstellen, hinter einen Pflug gespannt?«

Erich schmunzelte. Er erinnerte sich daran, wie er dem goldenen Kriegsgott der Awaren zum ersten Mal im Kampf gegenübergestanden war. Nein, er konnte sich nicht vorstellen, daß Andoro im Schweiße seines Angesichts einen Acker bebaute.

Die Trommeln riefen zum Kortass. Alle waren gekommen. Die Awarenhäuptlinge. Die führenden Krieger. Es war ein farbenfrohes, kämpferisches Bild. Die Ratsversammlung, die der Stammesfürst der Koe Wan einberufen hatte, war von kurzer Dauer gewesen, da der Fall klar war und ein Geständnis des Beschuldigten vorlag. Es war gekommen, wie Andoro es vorausgesagt hatte. Packpferde der Koe Wan hatten einen großen Teil seines privaten Goldschatzes abtransportiert. Alle Pferde seines Gestüts bis auf Ilhiz waren der Familie des getöteten Neffen zugesprochen worden.

Man hatte Andoro mit ausgestreckten Armen und Beinen und nacktem Oberkörper zwischen zwei Pfählen festgebunden. Nur kurz, mit einem eigenartig weichen Lächeln, hatte der Verurteilte aufgesehen, als seine Güter abtransportiert wurden. Die Frage nach seiner Schuld hatte er bejaht, zu seiner Verteidigung hatte er nichts vorgebracht. Seither hielt Andoro die Augen zu Boden gesenkt. Ihm gegenüber wurde an einem hochlodernden Feuer das Eisen zur Brandmarkung erhitzt. Die Spitze des Eisenstückes das mit Zangen in die Flammen gehalten wurde, fing an, rot zu glühen. Die Trommeln setzten aus. Ganz still war es plötzlich auf dem Platz.

Aus den verschlossenen Gesichtern von Andoros Kriegern war keine Gefühlsregung abzulesen. Umso mehr sprachen die Mienen der Stammesfürsten der Awaren. Befriedigte Rachsucht konnte man darin ebenso lesen wie Bestürzung, Schadenfreude ebenso wie Mitgefühl. Als oberster Kriegsherr war Andoro wohl für viele eine Symbolfigur geworden, der man menschliche Eigenschaften, gute wie schlechte, absprach. Plötzlich wurde Erich bewußt, daß er anfing, Achtung zu empfinden vor einer Rechtsprechung, die vor den führenden Männern eines Volkes nicht Halt machte. In Schuld und Strafe wurden alle Mitglieder dieses Staatswesens gleich beurteilt. Mehr noch. Der Häuptling wurde für eine Gesetzesübertretung härter bestraft als seine Untertanen. Konnte es eine glaubwürdigere Form der Rechtsprechung geben?

Als das glühende Eisen aus dem Feuer genommen wurde, blickte Andoro kurz auf. Für einen Moment sah er Erich in die Augen, preßte die Lippen fest aufeinander. Dann schloß er die Lider. Zwei Krieger waren an Andoro herangetreten, hielten den Gefesselten noch zusätzlich fest. Mit häßlichem Zischen traf das glühende Eisen auf Andoros Körper. Es roch nach verbranntem Fleisch. Erich sah zur Seite. Dann drehte er sich um. Langsam, in Gedanken versunken, ging der Markgraf von Friaul zu seinem Zelt zurück.

10. Kapitel

Eine Nacht im Zelt

Es war schwül im Zelt. Die Luft glich einer trägen, breiigen Masse, die das Atmen fast unmöglich machte. Von draußen klangen Trommeln dumpf herein, in pochendem Stakkato, vermischt mit schrillem Gesang. Das Fest zu Ehren der Jagdgöttin Imurz war in vollem Gange. Fratzenhafte Tiermasken, hell auflodernde Feuer, symbolhafte Tänze. Der süßliche Saft der Jokura-Frucht, der das Denken verwirrte und bizarre Träume bescherte. Immer gleich verliefen die Feste der Awaren. Nur die Namen der Götter wechselten. Einst war Erich von diesen barbarischen Feiern fasziniert gewesen. Nun langweilten sie ihn.

Irgendwann im Laufe dieser Nacht würde der Awarenhäuptling seinen großen Auftritt haben. Gehüllt in seinen goldbestickten Mantel würde er, König und Priester zugleich, die Schlachtung des Opfertieres vornehmen. Ein Böcklein würde es sein oder ein Kalb, ein armes Tier, dem ein schneller Tod verwehrt war. Mit halbgeschlossenen Augen, ein entrücktes Lächeln auf den Lippen würde der Awarenfürst mit dem geweihten Dolch immer und immer wieder auf das sich windende Tier einstechen, als genösse er es, zu morden. So lange, bis sein Mantel, sein Gesicht, seine Arme über und über mit Blut besudelt waren. Dann würde Andoro das Tierblut in einer goldenen Schale auffangen, während das Opfer endlich verendete. Davor war Erich geflohen. Geflohen vor dem Bild des gequälten Tieres. Geflohen vor dem Anblick des blutbeschmierten Freundes, der ihm in diesen Augenblicken fremd wurde.

Im Feuerschein vollführten wogende Schatten an der Zeltwand einen wirren Tanz. Erichs Hand tastete hinüber zu dem warmen Körper an seiner Seite. »Miwan te«, flüsterte Rinja. Miwan te. Ich liebe dich. Erich vergrub sein Gesicht in ihrem Haar. Er wußte, daß sie ihn liebte. Er kannte das Risiko, das sie seit drei Monden einging, jedesmal, wenn sie ihn besuchte. Und er fragte sich, warum er Rinja nicht wiederlieben konnte, dieses Mädchen aus dem Osten, das seine Sprache nicht sprach, das seine Gedanken nicht kannte.

Erich fühlte, wie sich Rinja über ihn beugte. Sie bedeckte seine Haut mit Küssen, seinen Hals, seinen nackten Oberkörper. Tiefer und tiefer glitt ihr Mund. Erich zog sie an sich. Sie stöhnte auf, als er in sie eindrang. Er mußte an das Kind denken, das in ihrem Körper wuchs. Ein Kind, das er nicht gewollt hatte. Ein Kind, das er dennoch jetzt schon liebte.

Jäh flammte greller Feuerschein auf, blendete seine Augen. Andoro stand am Eingang des Zeltes, in der Linken eine lodernde Fackel, in der Rechten den geweihten Dolch des Awarenpriesters. Rinja schrie auf. Andoro steckte die Fackel in die Verankerung an der Zeltverstrebung. Er nahm Rinjas Kleid vom Stuhl und schmiß es ihr ins Gesicht. »Verschwinde«, zischte er. Rinja schlüpfte in ihr Kleid. Sie warf Erich einen Blick zu, der dem eines verwundeten Rehs glich. Dann lief sie aus dem Zelt.

Erich war aus dem Bett gesprungen. Andoros Augen streiften den nackten Körper des Freundes. »Ich wollte, ich könnte über deinen Anblick lachen«, sagte er.

»Andoro, wir wollten es dir bereits sagen«, begann Erich. »Ich ... wir ...«

Andoro griff nach Erichs Mantel. »Zieh dich an«, sagte er düster. Ohne Wärme war seine Stimme. Ohne Leben. »Glaubst du, ich habe es nicht gewußt? Ich habe es gewußt. Von Anfang an. Aber weiß Rinja, daß du nicht nur mich verraten hast? Weiß sie, daß du sie betrügst, wenn du ihr Liebe vorheuchelst, die du nicht fühlst?« Unwillkürlich blickte Erich zu Boden.

»Die Frau des Yugrus anzurühren bedeutet den Tod nach unseren Gesetzen. War dir das nicht klar, Erich?« Keine Anklage war in Andoros Worten. Keine Drohung. Nur Trauer.

Langsam hob Erich den Blick, sah Andoro voll Trotz in die Augen. »Mach mit mir, was du willst!« stieß er hervor.

Andoros linke Hand glitt spielerisch über den blanken Dolch in seiner Rechten. »Ich weiß, daß dir dein Leben nicht mehr viel bedeutet, seit dich dein König verbannt hat. Daher macht es dir wohl nichts aus, zu hören, was mit dem Delinquenten geschieht? Ich will es dir erzählen.«

Seine Augen ließen Erichs Gesicht nicht los. »Die jungen, biegsamen Stämme von zwei Hidalgobäumen werden halbkreisförmig nach unten gebogen und auf dem Boden befestigt. Der Verurteilte wird daran festgebunden, dort, wo die beiden Bäume sich treffen. Er schwitzt aus allen Poren. Nicht nur wegen der Mittagssonne. Sie tanzen um den Verurteilten herum, die Krieger, die Frauen. Dann muß er zusehen, wie das Mädchen bestraft wird, seine Buhlerin. Die Tanzenden verhöhnen währenddessen den Verurteilten, schlagen ihn mit ihren Fäusten, mit ihren Reitpeitschen. Sie beschmutzen ihn mit ihren Körpersäften. Doch sein Leben wird geschont. Noch geschont. Drei Stunden lang. Wie mag es wohl in seinem Kopf aussehen, wenn die drei Stunden um sind?«

Als Erich nicht antwortete, sprach Andoro weiter: »Manchmal fangen die Verurteilten zu winseln an wie Hunde, die man mit Füßen tritt. Die Furcht vor dem, was kommt, raubt ihnen ihr Menschsein. Sie sterben tausend Tode in Gedanken. Schließlich – schließlich, nach drei Stunden, wird der Strick losgetrennt, mit dem die Bäume zusammengeschnürt sind. Die Bäume schnellen in ihre ursprüngliche Lage zurück, jeder in eine andere Richtung. Der Verurteilte wird in zwei Hälften zertrennt.«

Immer noch war nichts als Wehmut in Andoros Blick. »Weißt du, wie der Schrei des Verurteilten klingt, bevor er stirbt? Als würde er von einem Rudel Wölfe zerrissen. Er schwillt an, der Schrei, bis du glaubst, du kannst es nicht mehr ertragen, bis du die Fingerknöchel in deine Ohren bohrst und das Brüllen noch immer hörst. Dann reißt es ab, das Brüllen. Totenstille herrscht plötzlich. Es macht keinen Lärm, wenn ein Mensch zerfleischt wird. Nur das Geräusch der Bäume ist da, die sich bewegen. Ein schnalzendes Geräusch. Fast lustig klingt es. Auch das Blut sieht lustig aus, wenn es über den Richtplatz spritzt aus den zerschnittenen Adern und Venen. Wie rote Fontänen sprudelt der Lebenssaft aus dem Leib heraus. Was von dem Mann kleben bleibt auf den Bäumen, sieht aus wie eine riesengroße nackte Wegschnecke, die man mit einem Stein zertrümmert hat. Muskelgewebe, Sehnen, Fleisch, rosa und weiß gemischt. Ein ausgefranster Fetzen Mensch. Ich ahne, du wirst mir die Genugtuung nicht gönnen, deine Angst zuzugeben.«

Erich schluckte. »Jeder Mensch hat Angst vor dem Tod, Andoro«, antwortete er.

Der Awarenfürst warf den Dolch auf den Tisch, legte die Fingerspitzen aneinander, führte die Daumen ans Kinn, als dächte er angestrengt über etwas nach. »Rinja. Die einzige Frau des Yugrus. Ich rede nicht viel mit ihr. Frauen sind für einen Mann keine Vertrauten des Herzens, wie es ein Freund ist. Auch keine Vertrauten des Verstandes, wie es ein Feind sein kann. Sie sind Vertraute des Körpers. Ich habe meine Frau aber immer geachtet. Und immer beschützt. Du hingegen hast nur die Annehmlichkeiten genossen, nie die Pflichten auf dich genommen. Nicht in der Ehe. Nicht in der Freundschaft.«

Andoro blickte an den grauen, nackten Wänden von Erichs Jurte hoch. »Dennoch muß da etwas sein, was dich mir überlegen macht. Deine Kälte vielleicht? Die Kälte eines Gefangenen, der andere gefangennimmt? Eines Mannes, dessen Hände gebunden sind und der dennoch andere fesselt? Meinst du, ich würde in der Achtung meiner Leute steigen, wenn ich nichts gegen den Verführer meiner Frau unternähme? Wenn ich sogar mein Ehebett besudeln ließe von meinem Blutsbruder? Wenn der Yugrus der Tusseja zum Hanswurst eines ausgestoßenen fränkischen Soldaten geworden ist?« Erich starrte den Awarenfürsten an. »Manchmal frage ich mich, ob du überhaupt lieben kannst«, sagte Andoro sinnend, kniff die Augen zusammen. »Vielleicht gibt es etwas, das du mehr liebst als dein Leben. Vielleicht kann ich es dir wegnehmen.« Er öffnete die Augen. »Rinja wird morgen Mittag ausgepeitscht. Zwanzig Hiebe. Eine milde Strafe für eine Ehebrecherin.«

Erich zuckte zusammen. »Das kannst du nicht tun, Andoro«, warf er ein.

»Nicht?« fragte Andoro mit Hohn. »Es gibt nichts, was ich nicht tun kann. Du vergißt, daß ich der oberste Richter der Tusseja bin.«

»Bitte, Andoro, tue es nicht.« Erich legte in einer demütigen Geste die Hände aneinander. »Ich habe dich nie um etwas gebeten. Ich tue es jetzt.«

»Bedeutet dir Rinja so viel? Oder ...« Andoro legte die Stirn in Falten. »Oder gibt es da etwas anderes?« Erich schwieg. Ein fiebriger Glanz war plötzlich in Andoros schwarzen Augen. »Die Bestrafung der Ehebrecherin wird morgen vollzogen«, bestimmte er.

»Ist deine Entscheidung unabänderlich?« fragte Erich.

»Unabänderlich«, sagte Andoro gedehnt, beobachtete den Markgrafen aus schmalen Augenschlitzen. »Sollte es mir nun doch gelungen sein, dich ins Herz zu treffen?« Erich wandte sich ab.

»Rinja pflegt die Kinder nicht zu bekommen, die sie unter ihrem Herzen trägt«, fuhr Andoro mit samtweicher Stimme fort. »Ihr erstes Kind hat sie voll Haß empfangen von dem Mann, der ihren Vater ermordete. Vier Monde hat sie es getragen. Dann, eines Nachts, beschloß sie, es zu töten, durch ein Elixier teuflischer Kräuter, gebraut von zarter Frauenhand. Nun hat sie wohl ein Kind der Liebe empfangen und drei Monde getragen. Dieses Kind werde ich morgen vielleicht umbringen. Durch die Peitsche eines meiner Soldaten.«

Mit einem Sprung schnellte Erich an den Tisch, faßte nach Andoros edelsteinbesetztem Dolch, hob den Arm. Andoros Miene veränderte sich nicht. »Nun hast du die Möglichkeit, die Bestrafung der Ehebrecherin zu verhindern«, sagte er sanft. »Indem du mich tötest.« Der Awarenfürst trat zurück, bis die Wand des Zeltes in seinem Rücken war. Er lächelte in müdem Triumph, breitete in träger, satter Hingabe die Arme aus, bot Erich seine ungeschützte Brust dar. »Nur zehn Fuß Abstand. Ich verspreche dir, daß dein Ziel sich nicht bewegen wird. Ein fester, sicherer Wurf. Ein schneller, gnädiger Tod für das königliche Wild, das der fränkische Jäger gestellt hat.«

Erich faßte den Dolch an der Spitze, wie Andoro es ihm beigebracht hatte. Hunderte Male hatten sie den Messerwurf geübt. Auf ruhende Ziele, schließlich auf bewegliche Ziele. Mit offenen Augen. Schlußendlich mit verbundenen Augen. Eine leichte Drehbewegung des Handgelenks, fast spielerisch anmutend, schickte den Tod auf die Reise. Bald hatte Erich bei jedem Wurf sein Ziel getroffen.

»Das ist wohl der Moment, wo man dem Opfer die Augen verbindet, nicht dem Jäger«, sagte Andoro mit kühler Ironie. »Ich hätte eine schwarze Augenbinde mitgebracht, hätte ich gewußt, was mir bevorsteht. Nun, worauf wartest du noch? Du mußt mir nicht Zeit lassen für ein letztes Gebet. Ich bin Heide.«

Erich hob den Arm, winkelte ihn an. Es würde ein Wurf von oben nach unten sein. Andoro war kleiner als er. Er durfte das Handgelenk nur ganz sachte bewegen, nur eine winzige Spur drehen. Der Unterarm mußte steif bleiben. Die Flugrichtung des Dolches wäre dann leicht nach links unten gekrümmt. Links unten war Andoros Herz.

»Ein seltsames Ende unserer Freundschaft, nicht wahr, Erich?« Wie Samt war Andoros Stimme. »Drei Nächte nach der Schlacht vor Burg Görz hast du mir mein Leben geliehen, heute, in der Nacht des Festes der Jagdgöttin Imurz, nimmst du die Leihgabe zurück. Nun bringst du das Schlachtopfer dar mit dem geweihten Dolch, nicht ich. Du wirst wohl milder verfahren mit dem hilflosen Tier? Du wirst es nicht ausbluten lassen? Du wirst es fällen, wie Tängri es tut, von oben, Auge in Auge, mit der Kraft des Blitzes, nicht wie die Erdschlange es tut, von unten her, in unerwarteter, schleichender Hinterlist?« Andoro blickte Erich aus starren, dunklen Augen an. »Nun bist du Gott, Erich«, höhnte er. »Du hast Leben gegeben. Nun nimmst du Leben. Zeige mir, daß du tun kannst, was nur Gott tun darf. Und dein geliebter Frankenkönig. Nimm Leben. Tu es. Jetzt!«

Erich zuckte zusammen, als Andoro ihm die Worte entgegenzischte. Er bog den rechten Unterarm hinunter, preßte den Ellbogen schmerzhaft auf den Oberarmmuskel, schleuderte den Dolch mit völlig steifem Handgelenk. Einen Fingerbreit über Andoros Kopf fuhr das Messer in die Zeltwand. »Ich bin kein Mörder!« Wie ein Aufschluchzen klang Erichs Ruf.

Andoro zog verächtlich die Mundwinkel herab. »Ach ja«, stellte er fest. »Ein Frankensoldat mordet nur auf Befehl seines Herrschers. Ich bin dir gegenüber im Vorteil. Ich bin der Yugrus. Ich darf aus eigenem Antrieb morden.« Er richtete sich auf, zog das Messer aus der Plache, ging hinüber zu der schweren hölzernen Truhe, auf der Erich seine Waffen und den Gürtel des awarischen Würdenträgers abgelegt hatte, nahm das Schwert und den Dolch des Frankenkriegers an sich. »Ihr könnt bis zur Urteilsvollstrekkung in Eurem Zelt bleiben, Markgraf von Friaul«, sagte er. Dann rief er fünf seiner Männer herein. »Bewacht ihn«, ordnete er an. Die Männer zogen ihre Dolche hervor, postierten sich beim Zelteingang. Erich hockte sich auf seiner Bettstatt nieder, bedeckte sein Gesicht mit den Händen. Ohne sich noch einmal umzuwenden, trat Andoro hinaus in die Nacht.

Die Peitsche sauste durch die Luft. Das häßliche Klatschen, mit dem das Leder in die Haut der Verurteilten eindrang, war nicht zu überhören. Rinja schrie nicht. Sie stöhnte nicht einmal. Fest zusammengepreßt waren ihre Lippen, wie aus Stein gemeißelt ihre Züge. Sie hatte den Kopf leicht gehoben, starrte Andoro unentwegt an, und in ihren Augen war Haß.

Man hatte das Mädchen auf einem Holztisch festgebunden. Auf ihrem bloßen Körper zeichneten sich blutige Striemen ab. Der Exekutor, ein halbnackter, dicker Awarenkrieger mit derben Gesichtszügen, ließ sich Zeit zwischen den einzelnen Hieben. Zielstrebig hob er immer wieder den Arm, als genösse er, was er tat. Andoro stand seitlich hinter ihm. Es schien ihn nicht zu befriedigen, daß die Verurteilte keine Reaktion zeigte. Erich mußte an die Opfertiere denken, die von dem Fürsten niedergemetzelt worden waren. Und daran, daß der Aware sich an ihren Schmerzen zu berauschen schien.

Zehn, elf, zwölf! Erich zählte die Schläge mit. Nahm die Grausamkeit denn kein Ende? Da bemerkte er, daß Andoro ihn beobachtete. Erich hob den Kopf. Nein, er würde sich keine Blöße geben. Er würde seine Empfindungen nicht zeigen. Auch wenn er vermeinte, jeden Peitschenhieb am eigenen Leib zu spüren. Seine Zunge fuhr über die aufgeplatzten Lippen. Hitze versengte sein Gehirn. Dreizehn, vierzehn, fünfzehn. Mit einem panthergleichen Satz schnellte Andoro nach vor, riß dem Exekutor die Peitsche aus der Hand. Hoch sauste das Leder durch die Luft. Wie gebannt starrte Rinja auf die Waffe in der Hand ihres Mannes. Es schien, als habe der Awarenfürst all seine Enttäuschung, sein Leid, seine Rachegedanken in diesen Schlag gelegt. Die Peitsche explodierte auf Rinjas Haut. Gleich einem tödlich getroffenen Tier schrie das Mädchen auf. Dann wurde es ohnmächtig. Andoro warf die Peitsche in den Staub. »Bringt sie weg«, befahl er und blickte zu Erich hinüber.

Erich spürte, wie ihm der Schweiß von der Stirn in die Augen rann. Er konnte den Schweiß nicht abwischen. Wieder und wieder bäumte er sich gegen seine Fesseln auf. Vergebens. Schmerzhaft gruben sich die Stricke in seine Handgelenke, rissen die wundgescheuerte Haut noch mehr auf.

Vor drei Stunden hatten sie ihn auf den Richtplatz geführt, hatten ihn an den heruntergebogenen Stämmen der beiden Hidalgobäume festgebunden. Der Angeklagte war gezwungen, sich die Gerichtsverhandlung anzuhören, die mit seinem Tod enden würde. Eigentlich war es keine Gerichtsverhandlung. Die Ehe des Yugrus war seine Privatangelegenheit. Um den Mann zu verurteilen, der ihm seine Frau geraubt hatte, mußte ein Awarenfürst keine Ratsversammlung einberufen. Es schien aber, als wolle Andoro sich rechtfertigen, als bäte der oberste Richter der Tusseja sein Volk um Verständnis dafür, daß er seinen fränkischen Freund tötete.

Andoros Krieger bedachten Erich mit scheuen, verlegenen Blicken, hielten sich in respektvollem Abstand von der Hinrichtungsstätte. Einige Kinder, die in spielerischer Tradition um den Verurteilten herumgetanzt waren, mit fauligem Obst nach seinem Gesicht geworfen hatten, waren von ihren Müttern schnell weggezogen worden. Niemand tastete den Frankenkrieger an. Niemand tat ihm etwas zuleide. Es brachte einen gewissen Vorteil mit sich, daß Erich Tarkhan der Awaren geworden war. Wer von den Tusseja geachtet wurde, durfte eleganter sterben.

Andoro kam zum Richtplatz herüber. Traurig war sein Blick. Ohne eine Spur von Härte. Die verhaltene Wildheit in seinem Wesen, die eben noch seine Peitsche Narben auf Rinjas Körper zeichnen ließ, war erloschen. In einer sanften, fast zärtlichen Bewegung wischte er mit einem Lappen Schweiß und Schmutz aus Erichs Gesicht. Er ließ sich einen Krug mit Wasser reichen, setzte ihn Erich an die Lippen. Erich schluckte die Flüssigkeit hinunter. Schal schmeckte das Wasser. Faulig. Waren es seine überreizten Sinne, die ihm den Geschmack der Verwesung vorgaukelten?

Andoro stellte den Krug neben Erich auf dem Boden nieder, wandte sich seinen Männern zu, die sich rund um den Richtplatz aufgestellt hatten. Mit einer Armbewegung gebot er Ruhe. »Meine Krieger!« setzte er zu sprechen an. »Ihr wißt, warum der Markgraf von Friaul sterben muß. Sein Verbrechen, das er nun mit dem Tod sühnen wird, war ein Verbrechen, begangen an seinem Herrscher. Es war ein Verbrechen, begangen an seinem Kameraden. Es war ein Verbrechen, begangen an seinem Blutsbruder und Freund. Doch seine Tat betrifft nur ihn und mich. Sie hat nichts zu tun mit euch. Ich möchte, daß die Achtung, die ihr ihm entgegengebracht habt, die er tausendfach verdient hat wegen seiner Tapferkeit und Treue im Kampf für die Tusseja, nicht aufhört mit seinem Tod. Ich habe ihm einst den Gürtel des awarischen Würdenträgers verliehen. Der Markgraf von Friaul wird mit diesem Gürtel bestattet werden, als Tarkhan der Awaren, dem ihr Respekt schuldet über den Tod hinaus.«

Andoro drehte sich zu Erich um, zog den Dolch aus der Scheide. Ja. Nun war es wohl soweit. Erich fühlte, wie ihm das Wasser in die Augen stieg, wie sich zwei Tränen lösten, langsam seine Wangen herunterliefen. Mochten sie sich darüber wundern. Mochten sie darüber lachen, daß ein Frankenritter geweint hatte im Angesicht des Todes. Was ging es ihn an, was Wilde dachten? Was ging es ihn an, was Wilde fühlten? Was ging es ihn an, was Wilde sagen würden von einem fränkischen Heerführer, der ins Awarenland gezogen war, um hier zu sterben? Erich schloß die Augen. Er fühlte, wie der Strick durchtrennt wurde, mit dem seine Hände und Füße festgebunden waren. Jemand stieß ihn zu Boden, warf sich schützend über ihn. Mit einem Geräusch, als ob tausend Pfeile gleichzeitig von den Sehnen schwirrten, schnalzten die Hidalgobäume in die Höhe. Erichs Blick haftete gebannt auf den schmalen Stämmen, die den Himmel durchbohrten.

Andoro stand auf. »Geh!« rief er. »Du bist frei. Ich kann dir nichts antun.« Wie eine Mauer aus Eisen fiel der Vorhang seines Stolzes wieder über sein Gesicht. »Auch wenn Wilde deiner Meinung nach kein Ehrgefühl haben, so weiß ich doch, daß ich dir mein Leben schulde. Ich habe dir einst meine Goldschätze angeboten. Ich erweitere dieses Angebot nun um einen Schatz, den du bereits genossen hast, um Rinjas Liebe.« Erich erhob sich. Einen Augenblick lang schien es ihm, als schwanke der Boden unter seinen Füßen. Dann hatte er sich wieder in der Gewalt. In Andoros Stimme war eine herbeigezwungene Kälte, als er weitersprach. »Du kannst deinen Dolch und dein Schwert in meinem Zelt abholen. Obwohl du beides gar nicht benötigst. Du kämpfst mit viel stärkeren Waffen.« Erich vermied es, Andoro noch einmal anzusehen. Langsam ging er zum Zeltdorf der Tusseja zurück.

In der darauffolgenden Nacht verließ der Markgraf von Friaul ohne Abschied das Awarenlager. Lange Zeit war Erich unterwegs. Sobald er die Grenze des Frankenlandes überschritten hatte, machte er nachts in Gehöften, Schenken oder Burgen Rast. Man gewährte ihm Gastfreundschaft, aber es schien, als wären seine Quartiergeber froh, ihn am nächsten Tag wieder abreisen zu sehen. Der wortkarge, ungepflegte Mann, der von weither zu kommen schien, einen prächtigen Araberhengst ritt und eine weiße Stute als Packpferd am Zügel führte, war ihnen unheimlich.

Manchmal schlief Erich auch im Wald. Die Sonne hatte den Boden erwärmt, die Natur war erwacht. Blumen leuchteten wie helle, fröhliche Farbtupfen aus dem braunen, dürren Laub des Vorjahres auf. Waldtiere huschten emsig umher. Die Luft war vom süßlichen Duft des Frühlings erfüllt. Gelegentlich erlegte Erich eines der Tiere und briet es am offenen Feuer. Es war ihm gleichgültig, was er aß. Überall um ihn herum war Leben. Nur er fühlte sich wie tot. Eines Tages erreichte der Markgraf von Friaul die Tore der ehrwürdigen Königsstadt Aachen. Vor dem Eingang der Pfalzburg wurde er erkannt und festgenommen.

11. Kapitel

Rückkehr ins Leben

Gleich einem Gefangenen, flankiert von vier Wachen, betrat Erich das Arbeitszimmer des Frankenherrschers. Sein Schwert und sein Dolch, Andoros Geschenk, das ihm Ödön Tej am Tag des Kortass zurückgegeben hatte, waren ihm am Eingang abgenommen worden. Karl der Große saß an seinem prunkvollen, mit kunstfertigen Holzschnitzereien verzierten Schreibtisch. Bei Erichs Eintreten erhob er sich. Sein Blick glitt über Erichs durch wirren Bartwuchs entstelltes Gesicht, seine von Schmutz und Staub befleckte Kleidung hinweg. An der leeren Scheide, in der sonst Erichs Schwert steckte, blieb der Blick des Königs haften.

»Geht hinaus«, befahl er den Wachen. »Aber gebt dem Grafen vorher seine Waffen zurück.« Langsam ließ Erich die beiden Waffen in die Scheiden gleiten, ohne sich zu bedanken. Karl setzte sich wieder. Seinem Besucher bot er keinen Platz an. »Es ist nicht leicht, Euch wiederzuerkennen«, sagte er kühl. »Ihr gleicht eher einem Geächteten, der in den Wäldern lebt, als einem Markgrafen meines Reiches.«

»Ihr vergeßt, Majestät, daß ich ein Geächteter bin«, antwortete Erich.

Karl blickte Erich in die Augen und lächelte. »Ich habe Euch erwartet.«

»Erwartet?« fragte Erich höflich, aber ohne Neugier. Er musterte den König verstohlen. Auch Karl hatte sich verändert. Sein früher kraftvoller, drahtiger Körper war schwammiger geworden, der Bauchansatz trat stärker hervor denn je. Seine Gesichtszüge hatten ihre humorvolle Gelöstheit verloren. Falten hatten sich auf der Stirn und um die Mundwinkel eingegraben. Ungewohnte Müdigkeit und ein versteckter Hauch von Resignation waren in seinen Augen.

»Man hat Euch erkannt«, fuhr der König fort. »Als Ihr die Grenze zur Ostmark überschritten habt. Graf Neudegg hat mir Nachricht zukommen lassen. Darüber hinaus hat er das Gesetz, wie es Geächteten gegenüber anzuwenden ist, nicht eingehalten. Sonst ständet Ihr jetzt nicht hier. Habt Ihr keine Angst, daß ich Euch töten lasse?«

Ohne die Erlaubnis des Herrschers abzuwarten, warf sich Erich in einen der sechs samtgepolsterten Stühle vor dem Besuchertisch. »Vielleicht wäre mir der Tod ein erwünschter Tausch – gegen die Verbannung.«

Karl studierte seinen Besucher mit der Aufmerksamkeit, die ein Viehtreiber einem Tier entgegenbringt, das aus der Reihe tanzt. Schließlich sagte er langsam: »Euer Herrscher wünscht, um Christi Gnade willen, daß in seinem Reich jedem Friede und Schutz gewährt wird, der seine Milde sucht. Niemand soll wagen, so jemanden zu knechten oder sein Leben zu bedrohen. Ein Auszug aus meinem letzten Kapitulare vom Februar. Ihr könntet die Milde Eures Königs in Anspruch nehmen. Bittet Ihr um Gnade?« Erich schüttelte den Kopf. »Warum seid Ihr dann gekommen?« fragte Karl voll gewollter Kälte.

»Wohin sollte ich gehen, als ich das Awarenland verließ?« fragte Erich.

»Ihr habt bei den Awaren gelebt?« forschte Karl voll Neugier.

»Gelebt«, wiederholte Erich langsam, als sänne er über das Wort nach. »Ja, ich habe dort gelebt.«

»Und nun sitzt Ihr mir gegenüber«, sagte Karl sinnend. »Trotzig, etwas unehrerbietig, aber Ihr macht nicht den Eindruck, als ob Ihr wirklich Angst um Euer Leben hättet.«

Erich grinste. »Ich habe noch nie gehört, daß der Herrscher der Franken jemanden hinrichten läßt, der eine seiner königlichen Ideen verwirklicht hat und erfolgreich zurückgekehrt ist«, antwortete er.

Der König öffnete ein Klappfach an seinem Schreibtisch, nahm einen Krug mit rotem Wein und zwei Zinnbecher heraus. Er füllte die Becher achtsam, reichte Erich einen davon. »Hier«, sagte er. »Ein Willkommensgruß.«

»Bin ich willkommen?« fragte Erich.

Karl lächelte sein altes, warmes Lächeln. Seine Augen funkelten schalkhaft mit einem Mal. »Früher habt Ihr nicht daran gezweifelt. Wo ist Euer berühmtes Selbstvertrauen geblieben,

Erich Dalpozza? Kann es möglich sein, daß ein paar Wilde einen Markgrafen des Frankenreiches gebrochen haben?« Erich schwieg. In bedächtigen Schlucken trank er den Weinbecher leer. Dann wischte er sich mit dem Ärmel seines Wamses den Mund ab.

Karl blickte eine Zeitlang sinnend zu Boden. Plötzlich sprang er auf, mit beinahe jugendlicher Elastizität. »Ich werde dich wieder in deine Funktionen einsetzen, Erich«, erklärte er. »Du kannst in deine Heimat zurückkehren. Graf Andulf hat Friaul inzwischen verwaltet. Ich wollte keinen neuen Lehensherrn ernennen. – Aber vorher mußt du mir alles über die Awaren erzählen, alles, hörst du?« Drängend sagte es der König. »Manchmal habe ich das Gefühl, daß die Zeit mich überrollt. Als baute ich an einem Haus, das nie fertig wird. Das Material, mit dem ich baue, sind Menschen. Ich kann aber nicht alles formen, was in meinen Gedanken ist. Ich habe wohl die Kraft nicht mehr.«

Der Herrscher zuckte plötzlich zusammen, sank in den Stuhl. Seine Hand fuhr an die rechte Seite, als fühle er Schmerzen. Erich schnellte hoch. »Majestät, kann ich Euch helfen?« rief er.

Karl stöhnte. Dann hatte er sich wieder in der Gewalt. »Es ist nichts, Erich«, sagte er leise. »Ich habe nur zu gerne gelebt. Zu viel genossen. Gutes Essen, schöne Frauen. Meine Hofärzte haben mich immer gewarnt, man müsse eines Tages für Lebensfreude bezahlen. Es ist wohl die Rache Gottes an den Lebenden.« Er blickte seinem Gesprächspartner ins Gesicht. Ein Anflug von Traurigkeit war in seinen Augen. »Ja, der König des Frankenreiches ist gealtert. Früher habe ich mir vorgestellt, mein Leben sollte einer Kathedrale gleichen, zu Ehren Gottes errichtet. Eine Kathedrale ist wohl daraus geworden, aber eine, deren Türme sich in den Wolken verlieren. Dafür sind die Fundamente der Kathedrale deutlich sichtbar mit allen Sprüngen, Löchern, Rissen. Selbstherrlichkeit, Grausamkeit, rücksichtslose Machtausübung auf Kosten der Menschlichkeit. Wie Maden im Holz unterwühlen die dunklen Seiten meines Ichs das Fundament meiner Kathedrale. Und für jede Tat, die unentschuldbar ist, hat mich Gott geschlagen, mit seiner Hand, mitten ins Gesicht. Mein hartes Verhalten meinem Bruder Karlmann und seiner Familie gegenüber, Herzog Tassilos Ende, die Hinrichtung der Sachsen in Verden –

ich habe dafür bezahlen müssen. Mit dem Verlust meiner Frau Hildegard. Mit dem Schicksal meines Sohnes Karl. Und mit Pippins Krankheit.«

Plötzlich hatte Erich das Gefühl, ihm stocke der Atem. »Pippin lebt?« fragte er heiser.

»Ach ja, Ihr seid darüber gar nicht informiert«, antwortete der König. »Pippin hat seine schwere Verwundung in der Awarenschlacht vor Burg Görz überlebt. Er wäre mir als mein idealer Thronfolger erschienen. Aber er hat sich sehr verändert. Ihr werdet es, als sein Freund, sofort selbst erkennen. Die Ärzte nennen seine Krankheit Melancholia, akute Schwermut.« Eine steile Falte war auf Karls Stirn erschienen. »König Pippin von Italien hat es abgelehnt, meine Nachfolge als Herrscher des Frankenreiches anzutreten.«

Er hielt inne, sah Erich erneut in die Augen. »Ich habe Pippin immer geliebt, wie wir alle, wie mein ganzes Volk. Er hatte wohl nicht ganz meine Lebenskraft, aber dafür war ein Übermaß an Güte und Menschlichkeit in ihm. Ich habe davon geträumt, daß er mein Werk fortsetzen, mein Gottesreich des Friedens vervollkommnen würde. Ich hoffe, daß Gott nicht zu streng mit mir ins Gericht gehen wird, wenn ich dereinst vor seinem Thron stehe, weil er mich schon zu Lebzeiten so schwer gestraft hat. Aber vielleicht kommt ja noch ein Abschluß in meinem Leben.« Karls Stimme schwoll kraftvoll an, als versuche er, eine Vision in die Realität überzuführen. »Ein krönender Abschluß, der meine Schuld verblassen lässt. Ein Abschluß, der die Basis bildet für mein irdisches Gottesreich des Friedens.«

Lange blickte er Erich schweigend ins Gesicht, sprach dann: »Es wird nicht leicht für Euch sein, wieder Fuß zu fassen im Frankenreich. Ihr habt Feinde. Leider auch in meiner eigenen Familie.« Mit Autorität erklärte er: »Euer König kann und will Euch helfen. Macht Euch auf eine Überraschung gefaßt bei der morgigen Sitzung des Kronrates.«

Er erhob sich und stützte sich dabei auf Erichs Arm, als wolle er aus dem Zimmer gehen. Dann blickte er Erich von der Seite an und schmunzelte. »Eines kann ich dir aber nicht ersparen, mein Freund.«

»Was, Majestät?«

»Bevor ich dir deine Güter zurückgebe, wirst du einen Kniefall vor mir tun müssen. Offiziell, im Thronsaal, vor den Verwaltern meines Reiches, den Höflingen und Paladinen. Und beim darauffolgenden Bankett des Volkes wirst du die einfachen Leute bedienen müssen. Auch, wenn dir das nicht recht ist.« Die Stimme des Herrschers wurde streng, befehlend. »Seht dies als Teil Eurer Buße an, Erich Dalpozza«, sagte er. Er schob Erichs Arm von sich, rümpfte die Nase. »Und vielleicht wäre es von Vorteil, wenn Ihr vorher ein Bad nähmt, Markgraf von Friaul.«

Erich kannte das vorgeschriebene Ritual. Dennoch, der Herrscher ließ ihn am nächsten Tag sehr lange warten. Er saß in einem dunkelbraunen, mit Schnitzereien verzierten Armsessel im Hinterzimmer, das die Thronhalle von den privaten Gemächern des Königs abgrenzte. Müde stützte er den Kopf in die Hände. Er war allein. Drinnen, im Thronsaal, wurde heftig gestritten. Die Eisentür, die in die Halle führte, war zu dick, um die Worte verstehen zu können. Doch Erich konnte sich vorstellen, was die Gemüter so sehr erhitzte. Seine Rehabilitation. Er blickte um sich. Karl hatte das Zimmer ganz nach seinem persönlichen Geschmack einrichten lassen. Möbel aus dunklem Holz, Marmorfliesen mit Blumenornamenten in Dottergelb und Blau. An den Wänden, über den graurosa Seidentapeten, hatte Karl einige Prunkstücke seiner Waffensammlung montieren lassen: drei breite Hiebschwerter mit rhombischem Knauf aus der Völkerwanderungszeit, zwei römische Doppelschwerter, eine griechische Streitaxt sowie Lanzen, die mit Goufanons und Pennons geschmückt waren, und zwei Parierdolche mit Klingenbecher. Ein Damaszenersäbel mit gebogener Klinge und asymmetrischem, edelsteinverziertem Griff war das Prunkstück der Sammlung, die auf Kontakte mit anderen Kulturen verwies. Leider nur Kontakte kriegerischer Art.

Endlich wurde es im Thronsaal ruhig. Zwei Herolde öffneten die Tür. Erich erhob sich, legte den aquamarinblauen, pelzverbrämten Samtmantel der Markgrafen von Friaul um seine Schultern und schloß die Halsspange aus schwerem Gold. Fünf Jahre waren vergangen, seit er die Thronhalle als Geächteter verlassen hatte. Nun trat er den Rückweg an. Wieder schritt er durch die

Reihen der Höflinge, Paladine und Würdenträger im Reich Karls des Großen. Wieder starrten sie ihn an, mit frostigen Mienen, mit abweisender Haltung.

Vor den Stufen zum Thron blieb Erich stehen, sah dem Herrscher in die Augen. Dann warf er sich zu Boden. Karl blickte sinnend auf den Hinterkopf des Markgrafen herab. »Wir haben in der heutigen Ratsversammlung einige Anliegen von größter Wichtigkeit zu behandeln«, sagte er. »Unter anderem einen Fall, der aufgrund der Uneinigkeit unserer Ratgeber in alter Tradition vom König selbst entschieden zu werden hat.« Er klopfte mit dem Zepter dreimal auf den Thronsessel. »Wir, Karl, König von Gottes Gnaden, eröffnen somit nach einstündiger Vorbesprechung mit unseren engsten Vertrauten die Versammlung des Kronrates.«

Wenn Erich geglaubt hatte, man würde seinen Fall auf Grund seiner Wichtigkeit vorrangig behandeln, hatte er sich geirrt. Als erstes wurde eine Grundstücksstreiterei zwischen Nachbarn ausgehandelt, die Karl beinahe salomonisch löste: Er erklärte den umstrittenen Grund unter Hinweis auf eine Urkunde aus der Römerzeit zum Staatseigentum und beide Streitparteien hatten das Nachsehen. Dann wurde lange über eine sächsische Söldnergruppe verhandelt, die bei der Truppenausbildung eingesetzt worden war und sich um ihren Lohn geprellt fühlte. Karl wies den Söldnern nach, daß sie ihre Arbeit schlecht gemacht hätten, da die Jungmänner nach vollendeter Ausbildung nicht imstande waren, einen Bihänder von einem normannischen Kurzschwert zu unterscheiden, und eine Armbrust für einen Teil der Ritterrüstung hielten. Die sächsischen Söldner waren von der Argumentation des Herrschers so getroffen, dass sie schließlich dankbar waren, den halben Lohn für ihre halbe Arbeit zu bekommen. Einige Fälle von Betrug beim Pferdekauf, Streit unter Marktfrauen sowie Lieferung schlechten Materials beim Kirchenbau in Aachen rundeten die Ratssitzung ab. Erich lag immer noch auf dem Boden. Einige Male hob er den Kopf, versuchte, einen Blick des Königs zu erhaschen, aber Karl sah durch ihn hindurch, als wäre er Luft.

Endlich, nach zweieinhalb quälend langen Stunden, schickte der Herrscher sich an, die Ratssitzung zu schließen. Wieder klopfte er mit dem Zepter auf die oberste Stufe zu seinem Thron. »Wir beenden hiermit die heutige Sitzung und danken unseren Gefolgsleuten für ihren wertvollen Beistand.« Er erhob sich aus dem Thronsessel. Sein Blick fiel auf Erich. Er schmunzelte. »So, Markgraf, ich denke, Ihr habt nun lange genug den Boden geküßt. Steht auf.« Erich tat, wie ihm geheißen. »Ihr habt mir nun bewiesen, daß Ihr die Demut vor Eurem Herrscher nicht verlernt habt«, sagte Karl deutlich vernehmbar. »Trotz der neuartigen Einflüsse, denen Ihr außerhalb meines Reiches ausgesetzt wart.«

Karl der Große wandte sich den Menschen im Thronsaal zu, hob die Rechte. Still wurde es in der riesigen Halle. Kraftvoll und stark klang des Königs Stimme, als er verkündete: »Erich Dalpozza hat alle seine Handlungen mit unserem Einverständnis unternommen. Er hatte den gefährlichen Auftrag, den Feind aus nächster Nähe zu erkunden. Er bringt uns unschätzbares Wissen, das uns helfen wird, die Bedrohung durch die Awaren ein für alle Mal aus unserem Land zu bannen. Wir sind unserem tapferen Berater zu höchstem Dank und Achtung verpflichtet.« Der König zog sein langes Schwert aus der goldenen Scheide, trat vor Erich hin. »Kniet nieder«, befahl er. Mit der Schwertspitze berührte er die Schultern Erichs, erst links, dann rechts. »Markgraf von Friaul«, sprach er. »Wir nehmen hiermit den Bann von Euch. Ihr erhaltet Eure Güter zurück und werdet wieder in Eure früheren Ämter eingesetzt.«

»Vater!« Ludwig hatte es geschrien, des Frankenherrschers jüngster Sohn und seit Pippins Verzicht Thronerbe. Ludwig trat vor, streifte Erich mit finsterem Blick. »Du darfst ihn doch nicht wieder einsetzen. Ich glaube nicht, daß du ihm trauen kannst. Ich glaube, daß er dich verraten hat.«

Der König musterte seinen Sohn. In seinen Augen lag etwas wie Verachtung. Dann wandte Karl sich Erich zu, als sei sein Sohn nicht vorhanden. »Erich Dalpozza, ich hoffe, Ihr werdet Eurem Vaterland in alter Treue dienen. Wir brauchen Männer, wie Ihr es seid. Die Kraft zur Erneuerung eines Staatswesens wächst in den Köpfen derer, die althergebrachte Verhaltensweisen hinterfragen. Und nun kommt mit mir, wir haben viel zu arbeiten, Markgraf«, sagte der König, kehrte der Versammlung den Rücken zu und verließ Seite an Seite mit Erich die Thronhalle.

Wie immer, wenn Erich mit seinem Pferd arbeitete, hatten sich einige fachkundige Zuschauer auf dem weiten Übungsfeld vor den Stallungen der Aachener Burg versammelt. Sie schauten, staunten, kommentierten. Es war ein kühler Oktoberabend. Verschwommen, wie von einem milchig trüben Schleier überdeckt, blinkten vereinzelte Sterne im Schwarz des Nachthimmels auf. Das Oval des Reitplatzes wurde durch Fackeln erhellt. Warm flakkerte der dunkelgelbe Feuerschein im Herbstwind, verwandelte die Zuschauer in gestaltlose Schemen, deren Schatten sich riesengroß auf der hölzernen Wand der Stallungen abzeichneten.

Erich hatte Rotraud unter den Zusehern erkannt. Er lächelte, als er an den Tag seiner Heimkehr nach Aachen dachte. Seltsam, daß die fränkische Königsstadt ihm als Heimat erschienen war nach all den Jahren in der Steppe. Auch Rotraud war ihm damals, vor einem halben Jahr, als ein Stück seiner Heimat erschienen. Als ein Stück seiner Jugend. Seiner Jugend, die am Tag seiner Verurteilung durch den Frankenkönig gestorben war. Seiner Jugend, die er in der Tiefebene des Awarenlandes begraben hatte. Mit selbstverständlicher, warmer Freundschaft hatte Rotraud ihm beim Gastmahl des Volkes geholfen, die Gäste betreut, die Tafel arrangiert. Ihrer Güte war es zu verdanken, daß das Fest am Abend nach seiner Rückkehr zu einer harmonischen Erinnerung werden konnte.

Erichs Gedanken wandten sich wieder dem Reitplatz zu. Heute sollte sein Hengst Onaris einen Sprungparcours kennenlernen. Erich hielt die Zügel ganz locker in der Hand, ließ Onaris gehen, wie das Pferd wollte. Mißtrauisch beäugte Onaris die weißschwarzgestreiften Sprungstangen, beschnupperte die glatte Steinmauer, die bis zu einer Höhe von fast vier Ellen emporragte. Vor dem Wassergraben scheute er zunächst ein wenig, als habe sein eigenes blankes Spiegelbild ihn erschreckt. Dann, ganz sanft, befühlte der schwarze Hengst das Wasser mit dem Vorderfuß. Das Wasser schlug nicht. Es biß auch nicht, brannte nicht, schmerzte nicht. Es war einfach da. Glänzte friedlich, silbrig, glatt. Onaris tappte mit beiden Vorderbeinen hinein. Die Wellen kräuselten sich, der Boden gab nach. Das Pferd wich zurück.

Erich nahm die Zügel auf. Nun würde es sich erweisen, ob sein Pferd ihm vertraute. Durch Schenkeldruck gab er Onaris den

Startbefehl. Der Hengst reagierte nicht sofort. Es schien, als kämpfe die Urangst des von Raubtieren umlauerten Fluchtwildes mit dem tiefen Vertrauen, das Haustiere für ihren Herrn empfinden. Erich wiederholte den Schenkeldruck. »Los, Onaris«, sprach er beruhigend auf das Tier ein. »Es geschieht dir ja nichts. Du wirst nicht einmal naß dabei.« Er ließ das Pferd einige Schritte rückwärts gehen, merkte, wie willig Onaris die Trense im Maul annahm. Da wußte er, das er gewonnen hatte.

Erich setzte Onaris in Galopp und hob sich im Sattel, um den Pferderücken von seinem Gewicht zu entlasten. Er stand aufrecht in den Steigbügeln, schmiegte sich an den Hals des Hengstes. Der Wassergraben leuchtete in der Dunkelheit auf. Mit einem weiten, eleganten Sprung setzte das Pferd darüber hinweg. Als habe Onaris Freude gefunden an dem neuen Spiel, galoppierte er dahin. Plötzlich hielt er inne, schlug mit den Hinterbeinen spielerisch aus wie ein fröhliches Fohlen. Dann raste er weiter. Eine Sprungstange versperrte ihm den Weg. Es schien, als schwebe Onaris über das Hindernis hinweg. Zwei weitere Einzelhindernisse nahm Onaris problemlos. Bei einer Dreierkombination streifte sein linker Vorderhuf leicht an der hölzernen Stange, doch die Latte blieb liegen. Dann ragte die kahle, glatte Mauer vor Reiter und Pferd auf. Die schwerste Prüfung.

Erich setzte sich in den Sattel zurück, tätschelte den Hals seines Pferdes. Er mußt seinen kostbaren Hengst nicht dieser Gefahr aussetzen. Wie leicht konnte ein Bein des Tieres beim Sprung verletzt werden. Aber war es nicht so, das man den wahren Wert von Dingen, von Tieren, von Menschen erst erkannte, wenn sie durchs Feuer gegangen waren? Mit dem Gesäß trieb Erich das Pferd voran. Ganz flach legte er seinen Oberkörper auf den Hals des Tieres. Unerstürmbar ragte die braune Steinmauer vor Pferd und Reiter hoch. Onaris hob ab. Steil, beinahe senkrecht stieg er hoch. Die Mauer war immer noch über ihm. Wir schaffen es nicht, dachte Erich. Habe ich mein Pferd getötet, weil ich meine Macht über ein Tier beweisen wollte?

Langsam und gleichmäßig schraubte Onaris sich an der Steinmauer hoch. Ein unbeugsamer Überlebenswille schien in dem Hengst zu stecken. Dann, plötzlich, lag die Mauer unter ihnen. Der Reitplatz breitete sich vor Erichs Augen aus. Onaris glitt in halbelliptischem Bogen durch die Luft, landete sanft, als wolle er seinen Herrn schonen, im tiefen roten Sand. Beifall klang auf, Hochrufe und Händeklatschen, als Erich sein Pferd abritt.

Rotraud legte ihre Hand auf Onaris Hals, als Erich neben ihr anhielt. Scherzhaft sagte sie: »Meinst du, daß du ein solches Pferd verdient hast, Erich?« Erich wußte, wie sehr sie Pferde liebte. Er sah auf sie hinunter. Biegsamer denn je erschien ihm ihre Gestalt in dem schlichten grauen Leinenkleid. Ihre rotgoldene Haarflut war wohl unter der grauen Haube verborgen, von der aus ein Schleier über das Gesicht fiel. »Wenn du willst, Rotraud, bringe ich es dir auch bei in den nächsten Tagen, das Springen mit Onaris«, sagte er in plötzlicher Vergnügtheit.

Sie schlug den Schleier zurück. Ihre grünen Augen ruhten auf ihm. Weich und verträumt. »So lange werde ich nicht hier sein«, sagte sie langsam. »In Aachen bin ich jetzt und in Zukunft nur auf der Durchreise.«

»Wir haben alle Zeit der Welt«, antwortete Erich schmunzelnd. »Wie ich erfahren habe, ist deine Hochzeit mit dem rhomäischen Thronerben schließlich doch nicht zustande gekommen.«

»Soll das heißen, daß du mir verziehen hast?« fragte sie. Verziehen! Machte es einen Unterschied, ob Menschen verzeihen oder ob die Zeit über Unverzeihliches hinwegwalzt, als sei es nie geschehen? Er stieg vom Pferd. Rotraud griff nach Onaris Zügeln. Dabei berührte ihre Hand leicht die seine. »Weißt du, wie sehr du dich verändert hast, mein Freund?« fragte sie.

Erich befühlte mit der linken Hand den Bart an seiner Oberlippe und an seinem Kinn, die Narbe aus seinem Kampf mit Andoro, die Falten unter seinen Augen, den an den Schläfen gelichteten Haaransatz. »Die Jahre haben vor meinem Gesicht nicht haltgemacht«, sagte er.

»Das meine ich nicht.« Fast erbost war Rotraud, daß er sie nicht verstand. »Ich erinnere mich noch an eine Zeit, in der du verletzbar warst. Nun ist eine geschmeidige, zähe Härte in dir.« Sie seufzte auf. »Ich würde mir wünschen, daß dich nichts mehr treffen kann.«

»Warum?« fragte er.

»Weil mein Vater sagte, daß du glaubst, alles Schwere im Leben bereits hinter dir zu haben. Dies sei aber nicht wahr. Das Schwerste stünde dir noch bevor.« Erich schluckte. Für einen Moment, er wußte nicht warum, vermeinte er in der Dunkelheit Andoros Augen vor sich zu sehen. Mit einem Kopfschütteln vertrieb er die Erinnerung. In scherzhaftem Pathos rezitierte er: »Wenn du in meiner Nähe bist, Rotraud, was soll mich treffen?«

»Deine Seele mag ja nun aus Eisen sein«, murmelte Rotraud. »Aber da ist immer noch dieses rührende, kindliche Gemisch aus Hoffnung und Zweifel in deinen Augen.« Sie hob die rechte Hand, führte ihren Zeigefinger an seinen Mund. »Deine Lippen sind schmäler geworden. Ihre Konturen verfließen, seit du einen Bart trägst. Doch da ist immer noch die Trauer in deinen Mundwinkeln, dieses stille Leiden an einer viel zu lauten, viel zu grellen Welt. Und da sind immer noch der Trotz und das kämpferische Auflehnen gegen das Schicksal, die deine Oberlippe anspannen. Weißt du, daß ich diese Stelle hier einst besonders geliebt habe? Wo die Nasenfurche deinen Mund küßt.« Sie zog ihren Zeigefinger zurück. »Ich werde nicht in deiner Nähe sein, Erich. Du wirst bald nach Friaul zurückkehren. Und ich werde morgen nach Chelles zurückreisen.«

»Chelles? Wo ist das? Was machst du dort?«

Sie lächelte, ein wenig traurig, wie ihm vorkam. »Chelles ist eine kleine Ortschaft im Westen des Frankenreiches. Es gibt dort Bauern, Handwerker, einen Priester. Und Nonnen. Ich gehöre zu ihnen.« Rotraud richtete sich auf. Stolz sah sie ihn an. »Ich bin als nächste Äbtissin des Frauenklosters Chelles vorgesehen.« Sie wandte sich ab und ging langsam über den Hof davon.

Erich blieb stehen und lehnte einen Augenblick lang seinen Kopf an den schlanken Hals seines Pferdes. Ganz ruhig stand der Hengst da, ließ sich die Liebkosung willig gefallen. Erichs Gedanken wanderten zurück. Ja, es waren harte Monde gewesen, die nun zu Ende gingen. Der Wissensdurst des Herrschers war unstillbar gewesen. Tage- und nächtelang hatten die drei Männer zusammengesessen, Karl, sein Hofschreiber Einhard und er. Alles, jedes noch so unwichtig scheinende Detail über Erichs Leben bei den Awaren hatte der König gierig in sich aufgesogen, hatte darüber sogar die Regierungsgeschäfte vernachlässigt. Seinem Sohn Ludwig war dies gar nicht so unrecht, gab es ihm doch Gelegenheit, seine Macht auszubauen. Ludwig! Der fromme, asketische

Ludwig mit seinen hageren Gesichtszügen, den eingefallenen Wangen, dem krummen Rücken. Ludwig, der niemals Fleisch aß. Ludwig, der jeden Arbeitstag mit einer zweistündigen Messe in der Hofkapelle einleitete. Ludwig, der Frauen verachtete und Männer zu manipulieren versuchte. Ludwig, der seinem Vater auf den Thron folgen würde.

Erich hatte nie einen Hehl aus seiner Abneigung gegen den jüngsten Königssohn gemacht. Er hatte nie verschwiegen, daß er Ludwig für unfähig hielt, das Erbe des Frankenkönigs anzutreten. Der König hatte Völker geeint in seinem christlichen Reich des Friedens. Würde das Reich Karls des Großen unter einem schwachen Herrscher wie Ludwig zersplittern? Würden die Raubvögel, die jeden Thron umlauern, gierig die Brocken eines zerfallenden Riesenreiches verschlingen? Erich seufzte. Das Leben in der Pfalz war freudlos geworden.

Erich ging in den Stall und begann in langsamen, kräftigen Strichen mit der Kartätsche den Hals seines Pferdes zu striegeln, den Widerrist, den Rücken. Die Stalltür quietschte in den Angeln. Jemand fing an, mit einer zweiten Bürste Onaris zu striegeln. Erich sah zu seinem Besucher auf. Er schmunzelte. Karl tat so, als sei es gar nichts Besonderes für einen König, Pferde zu reinigen. Er griff nach dem Kamm aus Schildpatt und entwirrte sorgfältig die Mähne des Hengstes. Erich bückte sich, klopfte an das rechte Vorderbein seines Pferdes. »Fuß, Onaris«, befahl er. Mit Bedacht entfernte er Schmutz und verkrusteten Lehm aus dem Huf des Tieres.

Karl legte seine Hand auf den schmalen Kopf des Pferdes, oberhalb der weißen Blesse. »Ich habe noch nie einen so wundervollen Hengst gesehen«, sagte er.

»Er heißt Onaris, Stern des Ostens.« Erichs Stimme war beinahe verträumt. »Sein Vater war Ilhiz, Steppensturm, der Streithengst des Awarenfürsten.« Erich wunderte sich, daß ihn Wehmut überkam, als er sich der Zeit in der Steppe erinnerte.

»Dennoch ist es außergewöhnlich, daß meine Markgrafen ihre Pferde selbst striegeln«, bemerkte der Herrscher.

Erich blickte Karl in die Augen. »Habe ich nicht bewiesen, daß meine Wege von dem, was man gewöhnt ist, abweichen?«

Karl lachte herb auf. »Ja, das habt Ihr wohl bewiesen. Aber Ihr leidet darunter. Eure Seele ist zerrissen. Ein Baum, der nirgends wurzelt, muß absterben.« Erich antwortete nicht. Er fuhr fort, die Hufe seines Pferdes zu reinigen. »Was haben die Awaren getan, das Euch so aus dem Gleichgewicht gebracht hat?« fragte Karl.

»Es ist nicht, was sie getan haben«, gab Erich zurück. »Es ist, was sie sind.«

»Was sie sind«, murmelte der Herrscher. »Nun gut, und was sind sie, Eure Awaren, Erich von Friaul?«

»Menschen«, sagte Erich weich.

12. Kapitel

Der Befehl

»Die Städte und Völker haben keine Gefahr zu fürchten. Alle Länder genießen den Frieden. Die Küsten kennen keine feindlichen Schiffe. Überall gibt es Handelsverkehr. Unsere gute Zeit kennt keine Not mehr. Die Welt der Menschen ist voller Reichtümer und Liebeswerke. Die Armut verläßt die Erde und verschwindet in der Unterwelt.«

Diese salbungsvollen Worte über das Leben im Karolingerreich, mit denen sich der Ire Modoin in Hirn und Herz von Karls Untertanen sang, waren dick aufgetragen, schönfärberisch und wahr. Karl der Große hatte es tatsächlich geschafft, sein Land zu befrieden. Die Bevölkerung begann, die Situation zu genießen. Der Wohlstand blühte im weiten Reich König Karls, das sich über das Stammland der Franken, über Austrien, Neustrien, das Land an Maas, Mosel und Niederrhein, das Gebiet um die Rhone und Aquitanien bis hin zur Adria erstreckte. Quer durch das Reich wurden Güter transportiert, die den Alltag erleichterten, Lebensmittel und Baustoffe, aber auch Luxuswaren, Brokate und Samte, Edelsteine. Und Gold. Gold, das den Franken unter anderem als Zahlungsmittel diente. Gold, das zu Schmuck, Ziergegenständen und Tafelgeschirr verarbeitet wurde. Gold, das auch die Awaren liebten. Wie den Kampf, hatte Andoro einmal gesagt.

Sechs Jahre sollten vergehen, bis Erich Dalpozza dem Awarenfürsten wieder begegnete. Während der Zeit des Friedens hatten die Menschen beinahe auf die drohende Gefahr an den Grenzen des Frankenreiches vergessen. Man munkelte, das Reitervolk der Awaren sei einer Seuche zum Opfer gefallen oder habe sich weiter nach Osten zurückgezogen. Erich hatte seine Stellung als Landesherr wieder eingenommen. Ganz plötzlich hatte Karl der Große seine Studien in Awarenkunde abgebrochen, hatte Erich die Erlaubnis zur Heimkehr nach Friaul erteilt. Auf Erichs verwunderte Frage nach dem Grund hatte der Herrscher seltsam ausweichend geantwortet, dies sei eine politische Entscheidung. Erich hatte nicht weiter nachgeforscht. Er war froh gewesen, den nächtlichen Arbeitssitzungen mit dem ewig schwitzenden Einhard entkommen zu sein, dessen fast viereckiger Kopf, der halslos auf seinem Rücken aufsaß, an einen wohlgefütterten, trägen Specht erinnerte, dessen ungepflegtes Haar in gelben Borsten vom Kopf abstand und dessen schlabbriger weißer Bauch unappetitlich zwischen den Verschnürungen seines viel zu engen Wamses hervorlugte.

In Friaul sollte Erich eine kurze Ruhe finden. Als Arbeitgeber, Richter und Erzieher suchte er den Kontakt mit den einfachen, bäuerlichen Menschen seines Landes, lernte ihre Sitten und Gebräuche verstehen. Erich wußte, daß sein Volk ihn achtete, ihm vertraute. Das machte ihn stolz. Dennoch war er einsam. Außerhalb seiner Pflichten als Landesherr mied er die Menschen. In seiner Freizeit vergrub er sich in seine Bücher. Selbst mit dem Dienstpersonal auf Burg Görz pflegte er, abgesehen von kurzen Anweisungen, nicht zu sprechen. Der einsame Wolf von Friaul wurde er genannt, und man munkelte, er sei wunderlich geworden seit der Zeit, die er im Awarenland verbracht hatte.

Pippin hatte er, außerhalb seiner öffentlichen Verpflichtungen, privat nur ein einziges Mal in der italienischen Königsstadt Pavia besucht. Der in sich gekehrte, wortkarge Mann mit maskenstarrem Gesicht und leblosen eisblauen Augen weckte nicht einmal eine Erinnerung an den einstigen Volksprinzen und charismatischen Verführer der Massen. Pippin hatte sich den Kurzbericht über die Erlebnisse im Awarenland geduldig und ohne Einwände angehört, hatte nur einmal aufgesehen und Erich tief in die Augen geblickt: als die Rede zum ersten Mal auf Andoro Tej kam. Als Erich, ehrlich und ohne sich selbst zu schonen, das Ende seiner Freundschaft zu dem Awarenfürsten schilderte, hatte Pippin den Blick gesenkt und schwer geseufzt. Bald darauf war Erich nach Görz zurückgekehrt.

Der Aufforderung, an den Königshof nach Aachen zu kommen, hatte Erich Folge leisten müssen. Während seines langen Rittes durch das Frankenland hatte er sich auf die Schönheit der Pfalzstadt Aachen gefreut. Und auf das Wiedersehen mit Karl dem Großen. Doch als er in der Stadt ankam, war alles anders.

Menschenleer dehnten sich die Straßen vor Erichs Augen. Es war später Nachmittag. Sonst hatte hier um diese Zeit immer rege Geschäftigkeit geherrscht. Wo waren all die Handwerksburschen, Taglöhner, Bauern, Marktfrauen geblieben, die das bunte Bild der Hauptstadt immer geprägt hatten? Aachen, das pulsende Herz des Frankenlandes, schien sich mitten im Hochsommer in eine Gespensterstadt verwandelt zu haben.

Ein kühler Windhauch streifte Erichs Gesicht, wirbelte den trockenen Staub der Straße auf. Still, düster, lauernd wuchsen die Häuserfassaden am Wegrand in die Höhe, schienen Erich aus tausend Augen zu beobachten. Risse zerschnitten die steinernen Fassaden, abgebrochene Mauerteile lagen zersplittert auf dem Gehsteig. Niemand schien die Gesteinstrümmer wegzuschaffen. Es schien sich niemand darum zu kümmern, daß Unrat aus den Fenstern auf die Straße geworfen wurde. Essensreste, Obst und Mist bedeckten die Gehwege. Kloaken hatten ihre Trennwände durchbrochen, waren ausgeflossen, stanken erbärmlich. Wo waren die Nachtmeister, die purgatores privete, geblieben, deren Aufgabe es war, den Aushub mittels Pferdekarren in der Dunkelheit zu den Pfahlgruben außerhalb der Stadtmauern zu transportieren? Erfüllten die Mistrichter und deren Knechte ihr Amt nicht mehr? Hatte sich etwas am Führungsstil des Herrschers, an der Verwaltung der Stadt geändert? In plötzlicher Besorgnis trieb Erich sein Pferd zu größerer Eile an.

Endlich erreichte er die Pfalzburg. Und erfuhr, daß der Herrscher seit Wochen erkrankt war und sein Sohn Ludwig die Regierungsgeschäfte übernommen hatte. Für den nächsten Tag hatte Ludwig eine Sitzung des Kronrates einberufen. Die Adeligen aus den weiter entfernten Teilen des Reiches hatten sich bereits in der Pfalzburg einquartiert. Die huschenden Schritte, die flüsternden Stimmen, das gedämpfte Licht in den Gängen erinnerten Erich an eine Totenwache. Stand es so schlimm um den König? Niemand durfte zu ihm, die Ärzte gaben Außenstehenden keine Auskunft.

Als es Abend wurde, floh Erich aus der düsteren Stimmung in der Burg. Ziellos irrte er durch die Straßen der Pfalz. Immer wieder blieb er stehen, weil er vermeinte, Schritte hinter sich zu hören. Vielleicht war es ein Freund von früher, der ihm nachgekommen war. Aber niemand ging hinter ihm. Der Widerhall seiner eigenen Füße hatte ihn genarrt. Er war allein.

Schließlich stand er vor einem windschiefen Gebäude mit rußgeschwärzten Mauern, das er sofort wiedererkannte. Das einzige Gebäude, dessen Fassade sich nicht verändert hatte. Genauso häßlich war sie wie vor all den Jahren, die Außenmauer der Herberge von Aachen. Hier war Pippin einst zu Hause gewesen. Seltsam, daß die Zeit Menschen so sehr verändern kann, aber die Dinge, die sie berührt, besessen, geliebt haben, weiter da sind, als sei nichts geschehen.

Ein Gefühl wehmütiger Wärme war in Erichs Herz, als er die Kneipe betrat. Alles war wie früher. Die einfachen Holztische, an denen das Landvolk sein Essen hinunterschlang. Der erhöhte Ehrentisch in der Ecke des Raumes. Der offene Kamin. Es war nicht alles wie früher. Eine hagere, bleiche, abgezehrt wirkende Frau bediente die Gäste, in der Erich erst auf den zweiten Blick das hübsche Wirtstöchterlein wiedererkannte. Drei lärmende Kinder hüpften um sie herum. Der dicke Gastwirt, der sich an einem Ecktisch ausruhte, gelegentlich träge in den Raum spähte, ganz selten nur widerwillig aufstand, um einen besonderen Gast zu begrüßen, hatte gar nichts von der sprudelnden Lebendigkeit des früheren Kneipenbesitzers an sich.

Ein Sänger saß in einem Armstuhl neben dem Feuer, die Laute in der Hand. Er hatte seinen Kopf zur anderen Seite des Saales gewandt. Erich konnte sein Profil nicht erkennen. Das Haar des Sängers war von hellem Blond. Erich trat schnell zu dem Lautenspieler hin, legte ihm die Hand auf die Schulter. »Ja, bitte?« sagte der Sänger. Ein fremdes Gesicht wandte sich Erich zu, fremde Augen blickten ihn an. Erich zog seine Hand zurück. »Es ist nichts«, murmelte er. »Entschuldigt.« Er setzte sich an einen Einzeltisch in der Nähe des Feuers. Der große, erhöhte Ehrentisch neben der Fensterluke war besetzt. Fünf Bauern saßen dort beim Würfelspiel. Diesmal vertrieb sie niemand von ihrem Platz. Erich bestellte einen Becher Rotwein. Der Wein schmeckte ihm nicht.

Gedrückt war die Stimmung im Raum. Unsicherheit schien von den Menschen der Hauptstadt Besitz ergriffen zu haben. Die Anwesenheit eines Fremden irritierte offensichtlich die Leute. Sie flüsterten miteinander, warfen Erich mißtrauische Blicke zu. Wo waren die Freiheit, die Offenheit, die Fröhlichkeit geblieben, die des Königs Stadt früher gekennzeichnet hatten? Einige Gesprächsfetzen konnte Erich verstehen. Alles drehte sich um die Erkrankung des Herrschers. Wie der Stachel eines giftigen Reptils schien die Krankheit den König gelähmt zu haben. Und mit ihm seine Stadt, seine Bürger, sein Reich. Eine düstere Bedrohung lauerte über den Köpfen der Bürger von Aachen, eine Bedrohung, aus Zukunftsangst geboren.

Der Sänger schlug die Saiten an und begann zu singen:

Siehst du sie tanzen im silbernen Kleid,
unter den Füßen die Welt,
blind ist sie gegen der Menschen Leid,
sie sieht nur, was ihr gefällt.
Sie ist die Göttin der Nacht,
die Menschen zu Narren macht. Jesabel.

Erich zahlte und verließ die Kneipe. Als er in die Pfalzburg zurückgekehrt war, rief man ihn dringend zu einer vertraulichen Unterredung. Der Knappe, der ihm die Nachricht überbrachte, konnte oder durfte ihm den Auftraggeber nicht nennen. Durch düstere, menschenleere Gänge schritt Erich, vorbei an unzähligen Türen bis zu einem versteckten Zimmer in einem kaum genutzten Seitenflügel des Palastes, das man ihm genannt hatte. Der kleine Raum war von drei Fackeln spärlich erhellt. Erich blieb an der Tür stehen, blickte von einem der achtzehn Männer, die sich ihm gegenüber aufgestellt hatten, zum anderen, neigte leicht den Kopf zur Begrüßung. Die geheime Kampftruppe des Königs, zu der sich einst die führenden Köpfe im Rat Karls des Großen zusammengefunden hatten, war in dem Zimmer versammelt. Das heißt, was noch übrig war von der Kampftruppe. Die Königssöhne fehlten. »Wir haben Euch hierhergerufen, Erich Dalpozza, weil die Zukunft des Frankenreiches auf dem Spiel steht«, eröffnete Alkuin, der englische Mönch, das Gespräch.

Erich blickte dem Leiter der Palastschule in die Augen. Früher, als er selbst noch Schüler des Mönches gewesen war, hatte er Alkuin für einen verweichlichten, etwas hochnäsigen, vom Bewußtsein seiner göttlichen Sendung durchdrungenen Weltfremdling gehalten. Seit Erich seinen Treueid auf Kronprinz Karls Schwert geleistet hatte, damals in der Höhle im Wald von Aachen, waren ihm andere Wesenszüge an Alkuin aufgefallen. Zuverlässigkeit und durch nichts zu erschütternde Pflichterfüllung dem Herrscher gegenüber, Härte und Ausdauer, wie sie einem Ritter angestanden wären, und unermüdlicher, über die Kraft eines gewöhnlichen Menschen hinausgehender Arbeitseinsatz. Die Güte und Toleranz des Klerikers rundeten das Bild einer achtenswerten Persönlichkeit ab, deren innere Stärke groß genug war, um auf andere Menschen auszustrahlen.

Äußerlich war Alkuin in den langen Jahren kaum gealtert, da Erich ihn nicht gesehen hatte. Es hatte jedoch den Anschein, als hielte er es nicht mehr für nötig, seine männliche Kraft hinter der weichen Maske des Geistlichen zu verbergen. Sein hochgewachsener Körper schien wie geschaffen zu sein für eine Ritterrüstung. Seine sehnigen Arme hätten wohl ebenso gut ein Schwert schwingen können wie die Bibel. Alkuins Ausstrahlung beherrschte den Raum. »Ich glaube nicht, daß ich der richtige Mann bin, um Eurer Beratung beigezogen zu werden, Exzellenz«, antwortete Erich. »Der verachtenswerte Geruch des Landesverräters haftet nach wie vor an mir in den Augen der Höflinge trotz des Königs Bemühungen, mich reinzuwaschen.«

»Das ist Auffassungssache«, antwortete Alkuin kühl. »Und meint Ihr, die geistige Elite des Frankenreiches passe sich der Gedankenwelt des hochgeborenen Pöbels an, der speichelleckerisch die Knie eines Herrschers umkriecht? Wir haben Euch nicht entlassen aus des Königs Kampftruppe. Der Eid, den Ihr auf Prinz Karls Schwert geleistet habt, bindet Euch heute noch.« Erich schwieg, senkte den Kopf. Alkuin sprach weiter: »Der König ist krank, wie Euch wohl aufgefallen ist. Nach dem Tod des Thronfolgers Karl und der Erkrankung Prinz Pippins heißt die Zukunft für Frankenland Ludwig. Und wir alle kennen Ludwig den Frommen zu gut, um glücklich darüber zu sein.«

Alkuin machte eine Pause, ließ seine hellgrauen Augen über die Gesichter der Anwesenden schweifen. »Karl der Große war immer ein Kämpfer«, sprach der Mönch weiter. »Ein Kämpfer, der seinem Heer voranritt in die Schlacht, der Seite an Seite mit seinen Soldaten für das Frankenreich focht und siegte. Ein einfacher

Mann in einfacher Rüstung, der sich als Streiter Gottes sah, auserwählt von seinem Volk, Führer der Franken zu sein. Sein schlichtes Wesen hat sich bis heute nicht verändert. Er ist nie hochfahrend geworden, hat die Verbindung nie verloren. Er hielt sich nur etwas öfter in seiner Lieblingsstadt Aachen auf, ließ seine Heerführer für das Frankenreich kämpfen.« Alkuins Miene umdüsterte sich. »Einer von denen, die er in den Kampf für das Frankenreich schickte, war sein jüngster Sohn Ludwig. Wißt Ihr, daß man dem Königssohn mehrmals das Kommando über die Truppen entziehen mußte? Weil er feige war. Zu feige zu kämpfen. Er zitterte vor jeder Schlacht so stark, daß er nicht einmal imstande war, auf sein Pferd zu steigen. Wenn das feindliche Heer den Franken gegenüberstand und Ludwig den Angriffsbefehl geben sollte, brachte er nur sinnloses Gestammel hervor. Die Sachsen, die wieder einmal einen ihrer üblichen Tumulte entfacht hatten, weil sie immer noch Rachegedanken hegen nach dem Strafgericht des Herrschers in Verden an der Aller, haben sich über Ludwigs Eingreifen halbtot gelacht. Zugleich mit ihrer Bitte um Frieden hat ihre Delegation dem König in Aachen ein Spottgedicht überreicht, das seither jeder Bürger des Frankenlandes auswendig hersagen kann.« »Ihr kennt die Zeilen wohl auch«, fügte Alkuin hinzu. »Sie lauten:

Söhnchen Ludwig, fromm und lahm,
ins Sachsenland gezogen kam,
um uns zu zeigen den Herrn.
Er kam als ein Herr,
er ging als ein Knecht.
Sein Schwert bracht' er nicht aus der Scheide,
doch wir taten ihm nichts zuleide,
denn solch einen Herrn,
den haben wir gern.
Es kitzelt die Eingeweide,
es macht unsrem Volk so viel Freude,
zu lachen über den Herrn
aus dem Frankenland, fremd uns und fern.«

Erich kannte das Gedicht. Und nach anfänglicher Belustigung über die Pleite seines Widersachers Prinz Ludwig war ihm wohl aufgefallen, daß nicht nur der Sohn des Herrschers in dem Gedicht diffamiert wurde, sondern mit ihm das ganze Frankenreich. Wie jede öffentliche Persönlichkeit repräsentierte Prinz Ludwig sein Land. Es war nicht gut, daß die besiegten Völker über die Sieger zu lachen anfingen. »Warum erzählt Ihr mir das alles?« fragte Erich sanft. »Mein gespanntes Verhältnis zu Prinz Ludwig ist stadtbekannt. Doch über sein Scheitern kann ich mich nicht freuen.«

»Weil Ihr Euch der Verantwortung, welche die führenden Köpfe eines Reiches für ihr Volk tragen, mehr bewußt seid als der Versager, der den fränkischen Thron erben wird«, ergänzte Alkuin trocken. »Und damit sind wir beim springenden Punkt dieser Unterredung: dem Pactus legis salicae.«

Erich runzelte die Stirn. Er wußte, was Alkuin meinte. Und es gefiel ihm nicht. Eine juridische Klausel, im fränkischen Grundgesetz verankert, war eingeführt worden, um eine dynastische Mißwirtschaft für die zukünftigen Herrscher des Frankenreiches zu vermeiden. Die Klausel im Pactus legis salicae sollte es dem Volk ermöglichen, seinen König selbst zu wählen. Dieses Gesetz behauptete schlicht und einfach, daß weder dem erstgeborenen Sohn noch einem anderen der Kinder eines Herrschers automatisch das Recht auf den Thron und damit die Herrschaft über das gesamte Frankenreich zustehe. In letzter Konsequenz konnte die Anwendung des Pactus legis salicae das Erlöschen einer Herrscherdynastie bedeuten.

»Der König selbst verachtet seinen jüngsten Sohn«, sprach Alkuin weiter. »Er gewährt Ludwig kaum Einblick in die Regierungsgeschäfte. Und in der kurzen Zeit, in der Ludwig nun die Regierung führen mußte seit der Erkrankung des Herrschers, hat der Thronfolger es geschafft, sich fast den ganzen Hof zum Feind zu machen. Er hat sich als Despot erwiesen, der keinen Widerspruch duldet, der intelligente Männer seiner Führungselite abkanzelt, während er Speichellecker emporhebt. Noch vor seiner Erkrankung hat der Herrscher selbst Überlegungen angestellt, die den Pactus legis salicae betrafen. Und er hat beschlossen, den Sohn König Pippins von Italien, Bernhard, an den Aachener Hof zu holen. Man sagt, er könnte die Eigenschaft, Menschen zu führen, von seinem Großvater geerbt haben.«

Die rhetorische Pause, die Alkuin nun machte, war gezielt. Seine kühlen, grauen Augen schienen in Erichs Gesichtszügen zu lesen wie in einem Buch. »Ebenso wie Karl der Große kennt sicher auch Ihr den Spruch: Wehe dem Reich, dessen Herrscher ein Kind. Falls der König sich von seiner Erkrankung nicht mehr für lange Zeit erholt, wird er daher seinen Sohn Ludwig zu seinem Nachfolger bestimmen.«

Alkuin trat an den Tisch in der Mitte des Raumes. Erst jetzt bemerkte Erich die schwarzen und weißen Würfel, die auf der Tischplatte lagen, fein säuberlich nach Farben sortiert und in zwei Trapezoiden aufgeschichtet. Alkuins Augen waren Erichs Blick gefolgt. »Wir haben abgestimmt«, erklärte er. »Der weiße Würfel bedeutet, den Nachfolger, den der Herrscher wünscht, zu akzeptieren, auch wenn er Ludwig der Fromme heißt. Der schwarze Würfel bedeutet, den Kampf aufzunehmen um das Recht der Franken, ihren König selbst zu wählen. Jeder einzelne von uns, wie wir hier stehen, verkörpert eine große Macht. Wir haben die akademische Führungsschicht hinter uns. Die Miliz. Die Studenten. Auch das einfache Volk, wenn wir wollen. Wir könnten die Anwendung des Pactus legis salicae durchsetzen.« Alkuin blickte zu Boden. »Das Stimmenverhältnis ist neun zu neun. Eure Stimme, Markgraf, gibt den Ausschlag. Wir werden Eure Entscheidung akzeptieren.« Der Mönch sah Erich geradewegs in die Augen. »Mein Würfel war schwarz«, sagte er schlicht.

Erich seufzte. Langsam wanderte sein Blick über die Gesichter seiner ehemaligen Kampfgefährten hinweg. Die geistige Elite von König Karls Hof. Mit welcher Begeisterung, mit welchem Stolz hatten diese Männer sich einst verschworen, dem König in ewiger Treue zu dienen. Nun waren sie hier versammelt, um seinen Sohn vom Thron zu stürzen. Wie schnell schaffte es doch ein schwacher Nachfolger, die Leistungen eines großen Mannes in den Staub zu treten. »Folgte ich meinen persönlichen Interessen, müßte ich die Gelegenheit benützen, für Ludwigs Abdankung zu stimmen«, sagte er ehrlich. »Ich weiß nicht, was Ludwig mit mir tun wird, wenn er an die Regierung kommt. Er war mit der Entscheidung seines Vaters, mich in meine Funktionen wieder einzusetzen, nicht einverstanden.« Erich richtete sich auf, hob die Stimme. »Aber ich achte den Herrscher viel zu sehr, um gegen seine Wünsche zu opponieren. Ich gebe zu, daß ich dem alternden Mann den Schock der Erkenntnis ersparen will, daß seine Ratgeber beginnen, sein Lebenswerk auszuhöhlen. Und ich halte das Geschlecht der Karolinger für so stark, daß es immer wieder Führungspersönlichkeiten hervorbringen wird. Frankenreich wird einen einzigen schwachen Karolingerherrscher aushalten können. Und wenn nicht, wird das Gesetz der natürlichen Ablöse in Kraft treten. Ist das Starke mächtig genug, wird es das Schwache verdrängen, auch ohne Einmischung von außen. Mein Würfel ist weiß.«

Er griff nach dem letzten weißen Würfel auf der Tischplatte, legte ihn zu dem auf der rechten Seite aufgeschichteten Haufen. Alkuin reichte ihm wortlos die Hand, die anderen Anwesenden ebenfalls. »Ihr wißt, daß Ihr eine historische Entscheidung getroffen habt, Markgraf«, sagte Alkuin ernst. »Ich hoffe, ich werde meine Entscheidung nicht bereuen«, murmelte Erich.

Am nächsten Tag begann die Sitzung des Kronrates mit einem Knalleffekt. Erich lehnte etwas abseits von den anderen an einer der hohen weißen Säulen der Aachener Pfalz, als des Königs Sohn Ludwig schnellen Schrittes den Saal betrat und, statt im Thronsessel Platz zu nehmen, aufrecht stehenblieb und die Arme ausbreitete. Die Gespräche im Saal verebbten. Ludwigs Stimme klang laut und getragen, wie von einem der Schauspieler im königlichen Hoftheater, wenn er in entsprechender Pose ein dramatisches Geschehen zu verkünden hat: »Der König ruft den Heerbann aus. Die führenden, waffentragenden Männer seines Reiches haben sich binnen zwei Monaten in Bayern einzufinden. Zu einem Heerzug ins Awarenland.«

Erich schrak hoch. Das also war es! Das Awarengold stach den Karolingern in die Augen! Darum hatte Karl die Sitzungen mit Einhard abgebrochen. Darum hatte er Erichs verständnisvolle Passagen über das Nachbarvolk aus den Reichsannalen streichen lassen. Wohl zu Recht hatte Erich damals überlegt, ob er den unermeßlichen Goldschatz des Awarenkhagans überhaupt in seiner Erzählung erwähnen sollte. Treue zu seinem Herrscher, unbedingte Pflichterfüllung hatten Erich damals zu einer lückenlosen

Berichtererstattung veranlaßt, die er nun zu bereuen anfing. Denn es wurde ihm plötzlich klar: Ein heimtückischer Raubzug der Franken sollte in den Gehirnen der Nachwelt zur verdienten Strafsanktion gegen einen sogenannten barbarischen Aggressor gewandelt werden.

Ludwig hatte nach seiner Ankündigung im Thronsessel Platz genommen. Im Bewußtsein seiner historischen Bedeutung musterte er langsam die Gesichter seiner Höflinge, als studiere er die Reaktion auf seine Kriegsankündigung. An Erichs Gesicht krallten sich seine Augen fest. Seine dünnen Lippen verzogen sich zu einem Grinsen: »Mit dem Oberbefehl über unsere Truppen auf diesem Feldzug beauftragen wir den Markgrafen von Friaul«, fügte er hinzu, und seine sonst so schnarrende Stimme klang plötzlich seidenweich. »Mein Bruder Pippin wird Euch ins Awarenland begleiten. Die Luft, die ein großes christliches Heer auf seinem Siegeszug durch Heidenland umweht, wird seinen in jenseitigen Gefilden weilenden Verstand vielleicht in die Realität zurückführen.« Erichs geballte rechte Faust fuhr ohne sein Zutun in die Höhe. Ludwig bemerkte dies offensichtlich mit Befriedigung. »So hat es der Herrscher entschieden«, setzte er fort.

Erich senkte den Arm wieder. »Ich tauge nicht für diese Aufgabe. Nehmt einen anderen«, sagte er barsch in die erwartungsvolle Stille hinein.

»Ihr seid der einzige, der das Land der Awaren aus eigener Anschauung kennt. Es kommt Eurem Vaterlande jetzt zugute, daß der Herrscher Euch einst auf Studienreise dorthin schickte.« Ludwigs Stimme troff von hohndurchtränkter Schmeichelei.

»Man muß ein Land nicht kennen, um es zu berauben«, antwortete Erich. Er hatte erwartet, daß die Umstehenden erbleichen und von ihm abrücken würden, als hätte er die Pest. Nichts dergleichen geschah. Es blieb ruhig in der Halle. Die Blicke, die Erich trafen, drückten sogar Anerkennung aus. Achtung. Bewunderung.

Erich trat ein paar Schritte vor, blieb Ludwig gegenüber stehen. Ludwigs bleiche Hand krallte sich auf der Armlehne des Thronstuhles fest wie die Klaue eines Greifes. Der Kronprinz beugte sich lauernd vor. Langsam sagte er: »Man beraubt eine

Ratte nicht, wenn man ihr den Goldschatz wegzieht, auf dem sie durch die Gunst des Schicksals thront.«

»Ratten gibt es nicht nur im Awarenland«, antwortete Erich. »Und sie thronen nicht nur auf Goldschätzen. Manchmal werden sie durch die Gunst des Schicksals auch auf Königsstühle gesetzt.«

Ludwig schnellte aus dem Marmorstuhl hoch, als habe ihn eine giftige Spinne gestochen. »Markgraf von Friaul! Euch ist hoffentlich klar, daß dies der erste Dienst ist, den Euer Herrscher von Euch fordert, seit er Euch wieder aufgenommen hat in seinem Land. Euch, der Ihr ihm die Treue gebrochen habt. Euch, der Ihr Euer Vaterland verraten habt. Euch, der Ihr den Tod verdient habt, nicht des Herrschers Gnade.«

»Kommt der Befehl für mich wirklich vom König?« fragte Erich ruhig.

Ludwigs Hand fuhr zum Schwert. Plötzlich schien es Erich, als wären all die vielen Menschen im Thronsaal verschwunden. Plötzlich standen sie sich ganz allein gegenüber wie damals im Hof der Aachener Burg, Erich Dalpozza und der Mann, den er haßte.

Ludwig schien sich gewaltsam zur Ruhe zu zwingen. Er ließ sich in den Marmorstuhl zurücksinken. »Ihr wagt es, unsere Worte anzuzweifeln,« sagte er heiser. »Ihr wagt es, die Befehlsgewalt des Thronfolgers in Zweifel zu ziehen?« Erich antwortete nicht. Die Unterstützung, die ihm durch die stummen Blicke der Umstehenden vermittelt wurde, hatte ihn für kurze Zeit gelabt. Doch er wußte, daß er den Frankenherrscher herausgefordert hatte. Auch, wenn ihm nur das jämmerliche Spiegelbild König Karls, sein Sohn Ludwig, gegenübersaß.

»Ihr werdet Euch sofort entschuldigen, demütig und kniefällig«, kreischte Ludwigs schriller Diskant in Erichs Überlegungen. »Sonst, bei Gott, werden wir die Geschenke zurückfordern, die der König Euch verliehen hat. Ihr verdankt alles, was Ihr besitzt, der Güte Eures Herrn, Erich Dalpozza. Vergeßt das nicht.« Erichs Augen wanderten die Gesichter der Höflinge entlang. Verlegen starrten sie anderswohin, als sein Blick sie traf. Auf einmal fühlte sich Erich als Fremdkörper, als grellschwarzer Schmutzfleck, der die marmorweiße Fassade des Karolingerhofes verunstaltete. »Ich warte auf Euren Kniefall«, schrie Ludwig.

Erich wandte sich zum Eingang. »Ihr könnt vor dem Befehl Eures Herrschers nicht davonlaufen«, gellte Ludwigs Stimme an sein Ohr. »Der Befehl Eures Herrschers wird Euch verfolgen, bis er erfüllt ist.« Erich straffte die Schultern, ging auf das Tor zu. »Erich Dalpozza, Ihr spielt mit Eurem Leben!« Ludwigs Stimme bohrte sich in Erichs Rücken gleich einem scharfen Dolch.

Die Höflinge wichen zurück, als Erich zwischen ihnen hindurchging. Die Stimme Ludwigs wechselte abrupt von schrillem Befehlston zu verständnisvoll freundschaftlicher Sanftheit. »Der König wußte, daß es Euch schwerfallen würde, seinen Auftrag anzunehmen. Er sagte zu mir: Du mußt meinen Freund nicht dazu zwingen. Er wird bereitwillig tun, was seine Pflicht ist.«

Erich blieb stehen. Das Wort Pflicht stak in der Luft fest wie ein unverdaulicher Fleischbrocken. Erich drehte sich um, ging ein paar Schritte zurück, beugte das Knie vor dem Thronfolger. Dann zog er seinen Samtmantel enger um sich, schritt zum Ausgang. »Wir erwarten von Euch, daß Ihr den Heerbann anführt in acht Wochen«, schrie Ludwig ihm nach. »Und wir erwarten von Euch, daß Ihr sie vernichtet, Eure Freunde, die Awaren.«

13. Kapitel

Das Geschenk des Feindes

Erich hockte auf der einfachen, mit Tierfellen bedeckten Liegestatt in seinem Reisezelt. Müde stützte er den Kopf in die Hände. Fünf Tage schon währte die Belagerung. Fünf Tage. Und es war kein Ende abzusehen. Die Franken hatten den Ring, die befestigte Stadt des Awarenkhagans im Zwischenstromland an Donau und Theiß, nach wochenlangem, anstrengendem Marsch erreicht. Pippin mußte einen Großteil der Zeit in einer sogenannten Roßbahre, einer von zwei Pferden gezogenen Sänfte, transportiert werden, da er nach seiner schweren Verletzung immer noch an starken Narbenschmerzen litt und nur kurze Strecken reiten konnte. Er hatte während der Reise kaum ein Wort gesprochen, weder mit Erich noch mit sonst irgendjemandem. In den Nächten pflegte der König von Italien am Lagerfeuer sitzend auf seiner Laute vor sich hin zu musizieren. Stundenlang schickte er rauhe, wilde, dissonante Tonfolgen zum bleichen Mond empor, die den Frankenkriegern in den Ohren gellten wie die Angriffsmusik gesichtsloser Geister aus der Unterwelt. Dazwischen streute er gelegentlich sanftere Melodien ein, klagende Nachtgesänge einer zerfetzten Seele, eingeschweißt im Eis der Ewigkeit. Die Frankenkrieger empfanden die nächtlichen Kunstdarbietungen des zweitältesten Sohnes ihres großen Herrschers als Folter. Aber Erich hatte ihnen jede Beschwerde darüber verboten.

Seit sie die Grenzen des Feindeslandes überschritten hatten, waren eilig verlassene Dörfer, verbrannte Felder, verödete Weideplätze, notgeschlachtetes Vieh ihr gewohnter Anblick gewesen. Nun begegneten sie zum ersten Mal Menschen. Der Wall, der die Awarenstadt einrahmte, aus Holzstämmen in mehreren Schichten errichtet und durch Steine aufgefüllt, war gespickt mit feindlichen Kriegern. Kopf an Kopf standen sie da, Wurfspeere und gespannte Bögen in Händen. Düster starrten sie hinab auf das zwölftausendköpfige Frankenheer aus metallbedeckten und lederverhüllten Menschenleibern. Erich hatte den Befehl zum Sturmangriff noch nicht gegeben. Nach der Ankunft hatte er den Feinden durch einen Herold mit weißer Fahne und Sprechtrichter die Forderungen des Frankenkönigs verkünden lassen: Gebietsabtretungen zur Errichtung der pannonischen Mark als vorgeschobene Militärprovinz des Karolingerreiches. Annahme des christlichen Glaubens und demonstrative Taufe des Khagans, seiner Familie und der führenden Offiziere im Awarenheer vor den Augen des Volkes. Leistung einer kleinen Geldbuße zur Friedenssicherung. Daß Erich den Auftrag hatte, den sagenhaften Awarenschatz nach Frankenland zu bringen, verschwieg er wohlweislich. Die Antwort bestand in einem Hagel von Pfeilen, der den Herold einhüllte, vor, hinter, neben seinem Pferd in den Boden einschlug. Einige Pfeile trafen. Sie prallten an den Sprechtrichter des Frankensoldaten. Der Sprechtrichter drehte sich in wirren Kreisen in der Luft, polterte dann zu Boden. Die Tusseja waren also in der Stadt. Solche Kunststücke brachte nur Andoros Kampftruppe zustande. Der Herold hatte schreckzerzaust die Flucht ergriffen, begleitet von Gelächter, das den Wall herabdröhnte, und dem Ausruf: »Haut ab, Frankenhunde!« Auf Fränkisch.

Seither marschierten die Franken Tag für Tag vor den Toren der Awarenstadt auf, protzten mit ihrer Mannstärke, ließen ihre Rüstungen, ihre Waffen in der Sonne glänzen, zogen sich abends wieder in ihre Zelte zurück. Der Feind reagierte nicht. Er war nur da. Die Awarenkrieger wachten weiterhin auf der Mauer. Die Tore der Stadt blieben weiterhin geschlossen.

Erich fühlte plötzlich, wie sich seine Muskeln verkrampften, als erahne sein Körper eine unsichtbare Gefahr im abendlichen Halbdunkel des Zeltes. Er hob den Kopf. Und zuckte zusammen. Da war ein Schatten am Eingang. Aus dem Schatten wuchs ein Mensch. Ein Mensch, den er kannte. »Was willst du hier, Häuptling Reftan Derr?« fragte Erich in der Sprache der Awaren. Der Awarenführer, einer von Andoros bevorzugten Kriegern, schlich näher. »Wie bist du durch unsere Linien gekommen?«

Der Aware grinste. »Ihr habt bei uns gelebt, Markgraf. Fragt Ihr das im Ernst?« antwortete er in der fränkischen Amtssprache.

Erichs Hand fuhr nach der Waffe. Plötzlich hielt er bei der Bewegung inne. Sein Schwert hing auf der anderen Seite des Zeltes. Erich hatte nicht damit gerechnet, es zu benötigen. Er stand auf. Sein Blick haftete auf dem Dolch in der Faust des Awaren. Er verschränkte die Arme über der Brust. »Bist du gekommen, um mich zu ermorden?«

Das Grinsen im Gesicht des Awaren vertiefte sich. »Kein schlechter Einfall«, stellte er fest. »Aber auch Wilde haben so etwas wie Ehrgefühl. Wir ermorden nicht, wen wir einst achteten. Fürst Tej will Euch sprechen. Ihr könnt mich als Geisel hierbehalten, wenn Ihr hinübergeht. An der kleinen Pforte neben dem Haupttor werdet Ihr erwartet.«

Der Knappe, den Erich herbeirief, starrte den Awaren aus kugelrunden Augen an. »Hole Graf Andulf, aber schnell«, befahl Erich. Der Knabe lief eilig aus dem Zelt, als sei er froh, der unheimlichen Nachbarschaft zu entkommen. Auch der Reichskommissar schien überrascht zu sein über Erichs eigenartigen Besucher. Aber er ließ sich nichts anmerken. Nur seine linke Augenbraue hob sich etwas in die Höhe. »Ich brauche einen Dienst von Euch, Andulf«, bat Erich, ohne lange Erklärungen abzugeben. »Dies ist Häuptling Reftan Derr. Könntet Ihr ihn bewachen, bis ich wieder zurück bin? Seine Anwesenheit hier soll nicht allzu sehr bekannt werden. Er ist mein Gast.«

Der Reichskommissar trat auf den Awaren zu. »Euren Dolch bitte, Häuptling Derr.« Der Aware zögerte, reichte dann aber Graf Andulf die Waffe.

»Sollte ich nicht zurückkommen, könnt Ihr den Häuptling töten lassen«, sagte Erich.

»Wohin geht Ihr, Markgraf?«

»Ich bin in die Awarenstadt gerufen worden.«

»So will ich Eure Rüstung holen lassen. Und eine Begleitmannschaft zusammenstellen.«

»Nein, Andulf. Keine Waffen. Und keine Begleitmannschaft.« Erich strich sich das Haar aus der Stirn. Er lächelte etwas wehmütig. »Würdet Ihr in Waffen und mit Leibwache hingehen, um einen Freund zu besuchen?«

Sie starrten ihn an. Aus dunklen Augen, in denen kein Haß war. Eher eine seltsam unbeteiligte Neugier. Die Awarenstadt glich einem Flüchtlingslager. Überall waren Menschen. Sie hockten in den Türen der strohüberdachten Holzbauten. Sie drängten sich an den Fensteröffnungen. Sie lagerten in Zelten rund um den von Wagenrädern niedergewalzten Hauptpfad, der zur Burg führte. Sie schliefen auf Decken über bloßer Erde.

Zehn Wachen hatten Erich am Tor abgeholt. Tussejakrieger, die Schwerter in den Händen. Bei ihrem Anblick hatte Erich ein Frösteln überkommen. Sein Unbehagen verstärkte sich, als er über die Leiber schlafender Kinder hinwegturnen mußte auf dem Weg zur Residenz des Khagans. Die awarische Hochburg war ein düsterer Steinhaufen, der über der Stadt thronte gleich dem Riesenmaul eines Ungeheuers, das fränkische Besucher zum Abendessen verspeist. Kein Mensch war zu sehen in dem dunklen Gang. Aus einem der Zimmer drang Lichtschein. »Dort hinein«, befahl einer der Awarenkrieger. Erich trat in den Raum. Und hatte schlagartig wieder die Empfindung von Einsamkeit, Ausgesetztsein in einer fremden Welt.

Es war, als habe Andoro sein Heimatzelt hierher verlegt, in die Stadt des Khagans. Schwere orientalische Teppiche waren auf dem nackten Steinboden ausgebreitet und zierten auch die weiche Liegestatt. In großen, goldenen Leuchtern steckten Fackeln und Dufthölzer. Im Hintergrund, beim rötlich flackernden Schein zweier dicker Kerzen, saß der Yugrus an einem mit Schnitzereien verzierten Tisch aus glänzenddunklem, feingemasertem Holz und las. Er bewegte sich nicht, als sein Besucher hereingeführt wurde. Auch die Wachen standen nun reglos da. Erich vertrieb sich die Zeit, indem er den Yugrus betrachtete. Er hatte Andoros Vorliebe für prunkvolles Gewand und glänzendes Äußeres noch in Erinnerung. Nun war er überrascht vom Aussehen des Freundes. Andoro war sehr einfach gekleidet. In seinem weißen Leinenhemd mit breiten, herabhängenden Armlappen, der braunen Bruoch und den schwarzledernen Schnabelschuhen glich er eher einem fränkischen Landjunker als dem Anführer eines feindlichen Barbarenstammes. Sein langes, glänzendschwarzes Haar hatte er schlicht zurückgebunden, was die schmale Silhouette seines Gesichtes hervorhob.

Erich räusperte sich. Als dieser Verständigungsversuch erfolglos blieb, beschloß er, das Gespräch zu eröffnen. »Im Frankenland ist es üblich, einem Gast Gottes Gruß zu entbieten. Man lädt ihn an seinen Tisch ein. Man reicht ihm Brot und Salz. Man läßt ihn nicht an der Tür stehen, flankiert von befehlsstarren Wachsoldaten gleich einem Gefangenen.«

Andoro sah immer noch nicht auf. Er deutete mit der Hand zu den Speisen auf dem Tisch. »Brot. Salz. Den Gruß deines Christengottes kann ich dir nicht entbieten. Ich bin Heide. Und meine Hand zur Begrüßung muß ich dir verweigern. Du bist als Eroberer nach Awarenland zurückgekehrt.«

»Wir sind gekommen, um euch das Christentum zu bringen«, sagte Erich. Schal wie abgestandenes Wasser kamen ihm seine Worte vor.

Andoro klappte das Buch zu, blickte an Erich hoch, lächelte bitter. »Haben sie dir nun sogar das Lügen beigebracht in deinem geliebten Frankenland? Ihr seid nicht wegen Gott gekommen, sondern wegen Gold.«

Erich erwiderte nichts. Was hätte er darauf auch sagen sollen? Er sah zu, wie Andoro aufstand und mit einer herrischen Handbewegung die Wachen verscheuchte. Lange ruhten die Blicke der beiden Männer ineinander. Wie hager Andoro doch geworden war. Die bernsteinfarbige Haut seines Gesichtes spannte sich über den Backenknochen, als befände sich kein Fleisch dazwischen. Erichs Blick wanderte zum Tisch hinüber, blieb an dem mit goldenen, verschnörkelten Lettern beschriebenen Deckel des Buches haften. »Ihr habt Euch sehr verändert, Fürst Tej«, entfuhr es ihm.

Andoro lächelte leicht. »Warum?« fragte er leise, belustigt.

Auch Erich mußte schmunzeln. »Nun«, antwortete er, »unter anderem, weil Ihr die Bibel lest. In lateinischer Sprache.«

»Ach«, sagte Andoro gedehnt, und ein wenig von seiner alten Überheblichkeit war in seiner Stimme. »Du hast das wohl für ein Vorrecht der Franken gehalten, Erich? Stört es dich, euer heiliges Buch in der Hand eines Wilden zu sehen?« Wider Willen lachte Erich auf. Er schüttelte den Kopf.

Andoro behielt seinen heiteren, ironischen Unterton bei. »Die Kirche hat bereits versucht, mich mit ihrer Heilslehre zu beglükken. Sie hat mir einen Gottesmann zukommen lassen. Er hat mir Latein beigebracht.« Andoro sah zu Boden. »Ein seltsamer alter Bursche. Wollte mich immer bekehren.«

»Er ist wohl später in sein Kloster zurückgekehrt?« fragte Erich.

»Das konnte er nicht mehr«, sagte Andoro leichthin.

»Konnte er nicht mehr?« Erich forschte im Gesicht des Freundes.

Andoro schürzte die Lippen. »Das kannst du dir wohl nicht vorstellen«, stieß er plötzlich hervor. »Daß man für einen anderen Menschen stirbt. Für einen wilden Barbaren. Pater Siverius ist für mich gestorben, als man eines Tages versuchte, mich zu ermorden. Siverius und ich saßen gerade bei Tisch und studierten, als der Tod kam, um mich in meinem Zelt zu überraschen. Kannst du verstehen, Erich, daß jemand direkt in einen ausgestreckten Dolch hineinläuft? Der Pater gab mir einen Stoß, um mich aus der Reichweite der Waffe zu bringen, und fing den Stich vom Messer meines Feindes mit seinem Herzen auf.« Andoros schmale Hand ruhte auf dem Einband des Buches. »Was war der Grund?« fragte er. »Was war der Grund für ihn, so zu sterben?«

»Liebe?« Erich sagte es zögernd, leise.

Das spöttische Lächeln kehrte in Andoros Gesicht zurück. »Liebe. Die Liebe, die in der Bibel beschrieben wird. Jesus starb am Kreuz, weil er die Menschen liebte. Die Christen Roms starben, weil sie Jesus liebten. Scheint eine große Macht zu haben, deine Liebe. Aber sie besiegt den Tod nicht. Und nur ein Narr kann glauben, daß sie ihm einen Sinn verleiht. Wofür würdest du wohl sterben, Erich?«

Als könne er dem Feuer in Andoros Augen nicht mehr standhalten, wandte Erich sich ab. Die stickige Luft bereitete ihm Übelkeit. »Wer hat versucht, Euch zu ermorden, Fürst Tej?« fragte er.

Andoro sah Erich in die Augen. »Mir wurde ein Gruß zugesandt. Ein tödlicher Gruß. In Gestalt eines meiner Freunde. Eines Freundes mit einem scharfen Dolch in seiner Hand. Den Mordauftrag hatte ihm ein Mitglied der fränkischen Königsfamilie gegeben.« Erich konnte sein Erschrecken nicht verbergen. Andoros Stimme blieb weich, fast gleichgültig. Immer noch lag seine rechte Hand auf der Bibel. »Ich weiß, daß du damit nichts zu tun hattest, Erich. Dies ist nicht deine Art zu kämpfen. Ich glaube nicht einmal, daß König Karl davon wußte. Dennoch warst du der Auslöser für das, was geschah.«

Erich schluckte die Frage hinunter, die ihm auf der Zunge brannte. Andoro schien ihn ohne Worte verstanden zu haben.

»Du hast dem Frankenkönig viel von uns berichtet. Du hast ihn auch über meine Abstammung informiert. Statt Verständnis für mein Volk zu erwecken, hast du Angst geweckt. Die Angst von Karls Nachfolger vor einem möglichen Konkurrenten um den Königsthron der Franken. Die Antwort Ludwigs war ein scharfes Messer. Ein Messer in der Hand eines meiner Späher, den die Frankensoldaten im Grenzland gefangen genommen hatten. Man hatte ihm einen Großteil meines Goldschatzes versprochen für seine Tat.« Andoro lächelte schwermütig. »Eines Schatzes, den ich gar nicht mehr besitze, wie du weißt. Man hatte ihm auch eine Führungsposition im unterworfenen Volk der Awaren versprochen, denn die Franken rechneten damit, das Awarenland ohne Schwierigkeiten zu überrennen nach dem Tod des Kriegshäuptlings.«

»Ich möchte nicht, daß Ihr die Franken nach der Handlungsweise ihres Thronfolgers beurteilt, Fürst Tej«, bemerkte Erich.

Andoros Miene blieb unbewegt. »Oh, verstehe mich bitte nicht falsch, Erich. Ich mache eurem kommenden Regenten nicht einmal einen Vorwurf wegen seines Planes. Anführer eines Volkes müssen damit rechnen, daß man versucht, sie umzubringen. Wie du weißt, habe auch ich getötet. Habe meinen eigenen Bruder getötet. Und meinen Neffen. Es macht wenig realen Unterschied, daß ich beide im Kampf tötete, während Kronprinz Ludwigs Häscher sich von hinten anschleichen an einen Waffenlosen, der die Bibel liest. Piache hat mich über die Hintergründe des Mordplanes informiert, bevor er starb. Es scheint, als habe der Awarenkrieger, der seinen Yugrus verriet, sich selbst verurteilt, bevor ich ihn verurteilte. Ich habe sogar erwogen, ihn am Leben zu lassen, weil er mir im Grunde einen Gefallen erwiesen hat.«

»Einen Gefallen?« fragte Erich irritiert.

»Ja, Erich. Ich wußte nun, daß die Franken eines Tages ins Awarenland kommen würden, des Goldschatzes wegen. Ich wußte nun, daß du zu mir zurückkehren würdest.«

»Warum habt Ihr mich rufen lassen, Fürst Tej?« fragte Erich gepreßt.

Andoro nahm die Hand von der Bibel, deutete auf die schmale Bank vor dem Holztisch. »Ein Platz an meinem Tisch. Noch bemühe ich mich, das Gastrecht zu achten. Auch wenn es mir schwerfällt.« Erich setzte sich und wartete schweigend. Auch Andoro nahm Platz, füllte zwei Becher mit einer dicken, gelblichen Flüssigkeit. Auf Erichs überraschten Blick sagte er erklärend: »Javsa. Unser Honigmet. Du hast ihn früher gerne getrunken. Erinnerst du dich noch?« Erich griff nach dem Becher, führte ihn an die Lippen. Von herber Süße war der Geschmack des Weines, der aus dem Honig der wilden Bienen hergestellt wurde. Wie ein Herbsttag in der Steppe, wenn das Gras sich rötet und seidene Fäden die Luft durchziehen.

Andoros schmale Hände drehten spielerisch den Trinkbecher. »Überläufer werden hart bestraft nach awarischem Gesetz«, sagte er, und seine Stimme war wie Samt. »Der Yugrus hat das Recht, einen Überläufer sofort zu töten, wenn er seiner habhaft wird. Ohne den Konserr einzuberufen. Ein Tarkhan ist ohne Zweifel ein Aware. Er unterliegt awarischem Gesetz.«

Erich trank den Wein in einem Zug aus, knallte den Becher auf den Tisch. Das dumpfe Geräusch von Eisen, das auf Holz prallt, zerriß die Stille. »Ich habe den Gürtel des awarischen Würdenträgers zurückgelassen, als ich die Tusseja verließ«, sagte Erich mit Härte. »Und damit auch eine Identität, die nie die meine gewesen ist.«

Andoro nickte. »Ja. Eine Identität, die nie die deine gewesen ist. Trotz meiner Versuche, dich an das Awarenland zu binden. Es scheint eine stärkere Bindung zu geben als Freundschaft. Wohl die Bindung an die Heimat.«

»Wollt Ihr mich stolz machen, Fürst Tej?« fragte Erich. »Weil sich zwei Völker darum streiten, welchem ich angehöre? Es war ein verbannter Frankenkrieger, den Ihr zu Eurem Blutsbruder gemacht habt.«

»Und es ist der Heerführer der Franken, der nun von seinen Bindungen an das Awarenland nichts mehr wissen will«, fügte Andoro hinzu, blickte von der Tischplatte hoch. Erich biß sich auf die Unterlippe. Andoro ließ ihn nicht aus den Augen. »Es sind deine Schüler, gegen die du nun in den Krieg ziehst. Ein fränkischer Heerführer hat die Truppen des Yugrus der Awaren ausgebildet. Ich nehme an, du hast dies aus deinem Gedächtnis verdrängt. Wie die Erinnerung an eine Krankheit, die man überstanden hat.«

»Überstandene Krankheiten hinterlassen Narben«, konterte Erich. »Narben am Körper. Narben an der Seele. Narben, die auch Ihr kennt, Fürst Tej.«

»Ich habe meine Krankheit noch nicht überstanden«, sagte Andoro. »Die Wunde, die ein heimatvertriebener Frankensoldat aufgerissen hat in meinem Innersten, ist noch nicht vernarbt. Jahrelang war ich der Gefangene eines Phantoms. Eines Mannes, der meine wärmebedürftige Seele aus ihrem Versteck hervorgezerrt hatte, um sie in der Einsamkeit des Steppenwinters erfrieren zu lassen. Und der nun zurückgekehrt ist, um alle Gesetze menschlichen Zusammenlebens mit Füßen zu treten. Der sich einen Spaß daraus macht, die heilige Gastfreundschaft in den Schmutz zu ziehen.«

»Andoro, ich ...«

»Du stammelst mir etwas vor. Genauso wie damals, als ich dich nackt antraf in den Armen meiner Frau. Soll ich mich darüber freuen, in die kahle Seele eines Siegers blicken zu dürfen? Ein Eroberer hat kühn aufzutreten, nicht verlegen. Steht das nicht in deinen lateinischen Kriegslehrbüchern?«

»Meine Bücher handeln nicht vom Krieg, Andoro.«

»Ach ja. Das Kriegführen muß ein Verräter nicht aus Büchern lernen. Mord, Blut, Tod folgen ihm, wohin er seinen Fuß setzt.«

»Ich bin nicht hierhergekommen, um mich entehren zu lassen«, sagte Erich scharf.

»So?« fragte Andoro. »Und warum bist du nach Awarenland gekommen mit deinen zwölftausend fränkischen Bluthunden? Warum hast du mein Volk zur Flucht gezwungen, hast es durch die Steppe gehetzt bis in diese Stadt, wo sie auf dem nackten Boden lagern und zu mir um ein Wunder beten?«

»Ich hatte ...« Erich räusperte sich. »Ich hatte den Befehl dazu. Von meinem König.« Eine eigenartige Mischung aus Belustigung, Hohn und Verachtung war in Andoros Gesicht. Erich fühlte sich bemüßigt, sich zu verteidigen. »Neben Werten wie Tapferkeit, Freigebigkeit, höfischem Verhalten den Mitmenschen gegenüber und stolzer Gelassenheit vor dem Schicksal ist ein Ritter auch zur Vasallentreue verpflichtet.«

Andoro nickte. »Tapferkeit. Du hast geweint, als ich dich zum Tode verurteilte. Aber du hast mit keinem Wort um Gnade gebettelt. Freigebigkeit. Du hast uns dein Wissen, deine Fähigkeiten, deine Kenntnisse geschenkt. Höfisches Verhalten den Mitmenschen gegenüber. Seit du die Tusseja unterrichtet hast, erkenne ich meine wilde Kriegerhorde nicht wieder. Aus reißenden Steppenwölfen sind sanft blökende Lämmlein geworden. Gelassenheit dem Schicksal gegenüber. Du hast gelitten unter dem Bannspruch deines Herrschers, hast deine Verzweiflung in Schnaps ertränkt. Aber du hast nie geklagt. Doch wann, zum Teufel, hat dein Gottkönig dir die Vasallentreue ins Gehirn hineingebrannt? Als er dich wieder aufnahm in deinem geliebten Frankenreich? Als er dir dein Lehen zurückgab? Als er dich zu seinem Heerführer machte und in den Krieg schickte gegen deinen Blutsbruder? Womit hat er dich gekauft? Mit Besitz? Mit Rang? Mit Macht? Ist Besitz nun so wichtig geworden für den Mann, der einst das Gold des Yugrus ablehnte? Ist es nun so wichtig geworden für den Mann, der einst Tarkhan der Awaren war, eine Stufe höher zu klettern auf der Leiter der fränkischen Knechtschaft? Gibt der Mann, der sich einst das Recht nahm, Menschenleben zu retten nach seinem Willen, sich nun zufrieden mit dem wässrigtrüben Machtabklatsch, den der Frankenkönig denen verleiht, die ihm hörig sind?«

Erst jetzt wurde Erich bewußt, daß er den Blick zu Boden gesenkt hatte wie ein gemaßregelter Schüler vor seinem Lehrer. Er sah wieder hoch. Andoros Augen ruhten auf Erichs Gesicht. »Du bist alt geworden, seit du deine Ideale verloren hast«, redete er weiter. »Die Narbe aus dem Kampf mit mir ist noch da. Quer über die linke Wange. Aber da sind auch andere Runen, eingegraben von der Hand eines Gottes, der die Menschen kennzeichnet nach ihren Gedanken. Die senkrechte Stirnfalte, unduldsame Selbstherrlichkeit bekundend. Die Tränensäcke unter den Augen, schwer von gestauten Tränen, die du nun nicht mehr weinst. Die zusammengepreßten Lippen, die alle Worte nach ihrer Nützlichkeit filtern. Die Mundwinkel, eingegrenzt von den halbkreisförmigen Furchen der Menschenverachtung. Der Rücken, niedergebeugt, um die Befehle deines Herrschers zu empfangen wie ein lastentragendes Maultier. Ich kenne meinen stolzen Freund nicht wieder. Wie lautet der Befehl deines Königs jetzt? Mein Volk zu vernichten? Sie sind nicht alle hier. Wenn du die Stadt des Khagan erobert hast, mußt du die übrigen in der Zuflucht suchen. Du kennst den Weg dorthin.«

»Andoro«, rief Erich. »Die Frankensoldaten wissen nicht, daß es die Zuflucht gibt!«

»Ach, du hast es ihnen verschwiegen?« stellte Andoro höhnend fest. »Der Sklave hat Informationen zurückgehalten? Der karolingische Hofköter hat seinem Herrn doch nicht sein ganzes Wissen ins Ohr gebellt?«

»Ich kann deine Enttäuschung verstehen, Andoro«, murmelte Erich.

»Enttäuschung? Du bist gekommen, um mein Volk zu zerstören, und sprichst von Enttäuschung? Sie wollten es nicht glauben. Der Khagan, der in seiner Residenz geblieben ist, obwohl wir ihn drängten, zu gehen. Ödön, dein Freund, der sanfte Häuptling der Koe Wan, der seinen Leuten nun Dolche in die Bauernhände drücken mußte. Sie wollten nicht glauben, daß du es warst, der da protzerisch aufmarschierte in der Steppe, begleitet von Soldaten, Priestern und einem riesigen Belagerungstroß. Der Prediger des Friedens, gehüllt in den Panzer der Zerstörung.«

Erich hob die Schultern und breitete in einer etwas linkischen Geste der Versöhnung die Arme aus. »Nun trage ich keinen Panzer.«

»Ja!« schrie Andoro zornig. »Du mußt immer alles auf die Spitze treiben! Du gibst dich mit normalmenschlichem Maß nicht zufrieden! Wie kannst du es wagen, dich allein und waffenlos in meine Hand zu geben! Was gibt dir die Gewißheit, daß ich nicht das Leben Reftan Derrs eintausche gegen dein Leben? Was gibt dir die Sicherheit, daß deine fränkischen Brüder dich nicht opfern, wenn sie erfahren, was du verbrochen hast im Awarenland? Wenn ich ihnen den Verlust eines langobardischen Aufrührers entgelte? Durch die Erfüllung ihrer Forderungen und einen immerwährenden Nichtangriffspakt, unterzeichnet von einem Abkömmling der fränkischen Königsfamilie?« Andoros Stimme war heiser vor Erregung. »Hast du noch immer nicht gelernt, was Angst ist?« Erich lächelte. Herablassend. Selbstsicher. Er wußte, daß er Andoro provozierte mit diesem Lächeln. Er lächelte es trotzdem.

Andoro starrte ihn lauernd an, wie ein Jäger eine Wildkatze, der er das Fangnetz übergeworfen hat. »Was würden die Franken wohl tun, wenn ich ihnen ein dramatisches Schauspiel böte auf den Wällen der Awarenstadt? Ein Schauspiel für ihre Augen und für ihre Ohren? Wenn ich einen Mann an den Armen aufhängen ließe an einem hölzernen Querbalken, bis sich ihm die Schulterblätter auskegeln? Wenn mein junger Kriegernachwuchs den Befehl erhielte, auf ihn anzulegen, Pfeil um Pfeil in den Körper des Gemarterten zu jagen? Sie schießen fast niemals fehl, wie du weißt. Ihre Pfeile bohren sich in Haut, Muskeln und Eingeweide. Ihre Pfeile töten nicht. Ihre Pfeile brennen. Sie brennen dem Mann das Gehirn aus. Schließlich zerreißt der Schmerz seinen Stolz. Sein Schrei bricht aus seiner Kehle hervor wie Lava aus kaltem Gestein, grellbohrend, als stürbe ein Tier. Der Schrei quillt über die Awarenstadt. Der Schrei dringt in das Lager der Franken ein. Und zum Beweis, wer es ist, der die nächtliche Horrormusik verursacht, sende ich den Franken einen losgeschnittenen Körperteil meines Opfers zu. Die abgehackte Nase. Ein ausgerissenes Ohr. Ein herausgeschältes Auge. Oder einen Finger. Den Finger mit dem Ring der Karolinger.«

Erich deckte in schneller Bewegung Pippins Ring mit der Rechten zu, als versuche er, einen kostbaren Besitz zu bergen vor dem Zugriff von Räuberhänden. Andoro starrte ihm immer noch ins Gesicht. »Du hast kein Recht, auf meine Freundschaft zu bauen«, rief er plötzlich. »Ich bin kein Mensch! Ich bin einer der Anführer meines Volkes! Wenn ich mein Volk retten kann, indem ich eine Geisel foltere, muß ich es tun!«

»Es würde nichts nützen. Du würdest bloß den Leib eines Mannes vernichten. Und deine Seele«, sagte Erich. »Du überschätzt meine Bedeutung im Heer der Franken. Wir sind keine Einzelmenschen. Wir sind eine Kampfmaschine aus tausenden Körpern, tausenden Gehirnen. Eine Eisenkette, in der jedes Glied ersetzbar ist. Ich erklärte es dir bereits einmal.« Leblos waren Andoros Augen. Als wären sie gefroren in der Glut einer unsichtbaren Flamme. »Und wenn es mir persönlich Spaß machte?« höhnte er. »Wenn es mir Vergnügen bereitete, den Körper einer seelenlosen fränkischen Kampfmaschine im Feuer des Schmerzes zu zerschmelzen? Ich bin ein Barbar! Mich dürstet nach deinem Blut!«

Andoros Muskeln verhärteten sich unter dem Hemd, als balle sich eine Hand zur Faust. Erich hatte den Yugrus bereits einmal so erlebt, als er Ödön Tej fast totschlug. Er stand auf. »Der Fürst, der einst mein Freund war, wird seine Pflicht tun. Aber er wird nicht sinnlos morden«, sagte er langsam.

Die Verkrampfung wich aus Andoros Gesicht. »Du hast recht«, flüsterte er. »Der Barbarenfürst wird nicht sinnlos morden. Nun sind die Rollen vertauscht. Es sind die christlichen Franken, die morden.« Er rief seine Wachen herbei. »Bindet ihn am Wall an einem senkrechten Pfahl fest. So, daß man ihn sehen kann vom Frankenlager aus, sobald die Sonne aufgeht. Zehn Mann sollen ständig mit gespannten Bogen hinter ihm stehen, die Pfeile auf ihn gerichtet. Aber ihr haftet mir mit eurem Leben dafür, daß ihm kein Haar gekrümmt wird. Laßt ihn austreten, bevor ihr ihn fesselt.« Er blickte zu Erich hoch. »Ich muß meine Pflicht tun. Du hast es selbst gesagt. Du wirst untertags nichts zu essen und zu trinken bekommen außer ein paar Schluck Wasser. Dein Körper würde sonst nicht durchhalten. Ich kann dich nicht losbinden lassen zwischendurch. Und ich will dich nicht quälen.«

»Danke«, sagte Erich.

»Wofür?« fragte Andoro.

»Daß du den Querbalken zum Aufhängen von Menschen weggelassen hast. Die ausgekegelten Schultergelenke. Die Pfeile, die verwunden, ohne zu töten. Die abgetrennten Körperteile.«

Andoro lächelte matt. »Man muß sanft anfangen, wenn man sich steigern will«, antwortete er.

Quälend langsam verging die Zeit. Eine Stunde fraß die andere. Die Nacht wich dem Morgen. Der Morgen wich dem Mittag. Im Lager der Franken hatte man Erich längst entdeckt. Aufgeregte Jungsoldaten hatten beratschlagt, hatten die Führung herbeigeholt. Frankenaugen hatten den Gefangenen auf der Awarenmauer beäugt, Frankenmünder hatten die Information weitergetragen, Frankengehirne hatten zu arbeiten begonnen. Und waren zu dem Schluß gekommen, abzuwarten. Im Lager war wieder Ruhe eingekehrt. Erich konnte von seinem Hochstand aus nicht sehen, was in der Awarenstadt vor sich ging. Ein Lärmgewirr aus Menschenstimmen, Tierlauten, Waffengeklirr und Arbeitsgeräuschen drang an sein Ohr. Man bereitete sich wohl auf eine lange Belagerungszeit vor. Räder rollten knarrend durch den Sand, als würden Lasten zur Stadtmauer befördert. Fässer schepperten gegen Stein, wurden mit Flaschenzügen hochgezogen. Die Awaren beabsichtigten offensichtlich, die anstürmenden Franken an ihren Mauern mit siedendem Öl zu überschütten.

Der Mittag wich dem Nachmittag, der Nachmittag dem Abend. Ein kühler Wind kam auf. Erich fragte sich, ob der Yugrus ihn hier hängenlassen würde. Sein Magen knurrte bereits. Und seine gefesselten Arme und Beine waren wohl schon abgestorben. Als Andoro plötzlich vor ihm stand, schrak er aus dem kräftesparenden Dämmerzustand hoch, in den sich sein Geist geflüchtet hatte. Die samtweich liebkosende Geste, mit der Andoro das Gesicht seines Gefangenen sorgfältig reinigte, tat Erich wohl. Der rote Wein in dem Krug, den der Yugrus ihm an die Lippen setzte, erquickte ihn. »Waren wir nicht schon einmal so weit?« flüsterte Erich.

Andoro lächelte melancholisch. »Damals war der Lappen rauh, mit dem ich dir das Gesicht trocknete. Im Krug war abgestandenes Wasser. Und du dachtest, ich würde dich zerfetzen lassen von zwei Hidalgobäumen. Heute ist mein Tuch aus Seide. In meinem Krug ist Wein. Und du weißt, daß ich dir nichts antun kann.« Er winkte seine Wachen herbei. »Bindet ihn los. Und führt ihn in meine Gemächer. Ich will, daß er schlafen kann heute nacht. Morgen früh wird er wieder hier festgebunden.«

»Wie lange willst du das durchhalten, Andoro?« fragte Erich.

»Oh, unsere Vorräte an Nahrungsmitteln sind fast unbegrenzt. Wir sind für eine lange Belagerung gerüstet. Wenn die Franken nicht stürmen, sind wir nicht in Gefahr.«

»Eines Tages werden sie stürmen. Der Anblick deiner Geisel auf der Mauer wird für die Franken zur Gewohnheit werden. Man wird sich erinnern, daß der Soldat da oben kein Franke ist. Daß er einst das Frankenland verriet. Man wird sich fragen, ob er nicht absichtlich zum Feind übergelaufen ist. Man wird ihn vergessen. Deine Geisel stirbt im Gedächtnis der Franken, noch bevor du Hand an sie legst.«

»Ich könnte verhindern, daß sie dich vergessen«, warf Andoro ein. »Du selbst könntest eine Folterung nicht aushalten. Du selbst würdest den Franken den Befehl zum Rückzug geben.«

»Ich habe nun keine Befehlsgewalt mehr«, antwortete Erich. »Wenn ich zu den Franken zurückkehre, werde ich mich rechtfertigen müssen. Weil ich mich freiwillig in deine Hände gab.« Andoro starrte ihm wortlos ins Gesicht. Dann wandte er sich abrupt um, ging hocherhobenen Hauptes davon.

Die Franken hielten zwanzig Tage lang durch. Kein Angriff erfolgte. Die Soldaten patrouillierten vor dem Heerlager, blickten zu Erich empor, verschwanden wieder. Auch Erich hielt zwanzig Tage durch. Gelegentlich ging ihm durch den Kopf, daß Andoro sein Kräftemessen mit den Franken wohl sofort abbrechen würde, zeigte seine Geisel auch nur das kleinste Anzeichen von Schwäche. Dann lächelte er. Nachts schlief Erich in Andoros Gemach, in seidenen Laken auf Andoros goldenem Ruhebett. Die Tatsache, daß der Yugrus höchstpersönlich über seinen Schlaf wachte, nachdem er seinen Gefangenen zuvor mit köstlichen Speisen und erlesenen Weinen verwöhnt hatte, vermittelte Erich ein skurriles Geborgenheitsgefühl.

Wer nicht durchhielt, war Andoro. Am einundzwanzigsten Tag ertränkte ein Dauerregen die Morgenkonturen der Awarenstadt, als die Krieger Erich abholen wollten, um ihn zu seinem Platz auf der Mauer zu bringen. Andoro wehrte heftig ab, schnauzte seine Männer an: »Laßt das! Er friert doch so leicht!« Während die verwirrten Krieger den Raum achselzuckend verließen, bot Andoro Erich einen Platz an seinem Tisch an. »Setz dich. Wir wollen zusammen frühstücken.«

»Dein Spiel ist also zu Ende«, stellte Erich fest.

»Ja«, bestätigte Andoro. »Ich gebe meine Würfel an die Franken ab. Wer den ersten Wurf macht, gewinnt am Schluß fast nie. Ich habe ein Angebot für dich. Und ein Geschenk.«

Erich setzte sich. Andoro bediente ihn mit der Aufmerksamkeit einer Sklavin, legte ihm die Speisen vor, brach das Brot für ihn, füllte den Metbecher nach. Erich genoß die Stille, den Duft der Räucherstäbchen. Dann wurde ihm bewußt, daß sein Geist sich hineinsinken ließ in wohltuendes Vergessen. Gewaltsam durchbrach er das lähmende Gespinst der Melancholie. »Du sprachst von einem Angebot«, bemerkte er scharf.

Andoro stellte den Krug mit Honigmet beiseite, ohne einzuschenken. Er sagte mit gewohnter Kühle: »Mein Angebot lautet: Ein Gottesurteil möge entscheiden, ob die Forderungen des Frankenkönigs an den Khagan der Awaren berechtigt sind. Der Yugrus, oberster Kriegsherr und Mitregent im awarischen Reich, Abkömmling aus fränkischer Königsfamilie, läßt sich herab, gegen einen minderwertigen Frankensoldaten zum Zweikampf anzutreten. Einen awarischen Überläufer. Ein König stellt sich einem Sklaven zum Duell. Tängri fordert euren Christengott. Morgen Mittag, wenn die Sonne im Zenit steht. Vor den Toren der awarischen Königsstadt.« Seine Augen glänzten, als er Erich ansah, spöttisch die Lippen kräuselte. »Wie ich hörte, genießt in christlichen Ländern ein Gotteskämpfer hohes Ansehen. Man erfüllt ihm jeden Wunsch vor Beginn des Zweikampfes. Ich gebe dir die Gelegenheit, dich zu rechtfertigen, einen früher begangenen Fehler wieder gutzumachen.«

»Es war kein Fehler, dich freizulassen«, stieß Erich hervor.

»Verzeih, mein Freund«, beschwichtigte ihn Andoro. »Ich dachte, du sähst es nun anders, nach allem, was geschehen ist.«

Erich blickte Andoro fest in die Augen. »Andoro, ist dir nie der Gedanke gekommen, daß ich damals im Auftrag meines Herrschers gehandelt haben könnte?« fragte er. Andoros Gesichtszüge verzerrten sich zu einer Grimasse wilden, verzweifelten Hasses. Er sprang auf. In einer fast instinktiven Bewegung fuhr seine Hand zum Gürtel, zog den Dolch hervor.

Erich erhob sich langsam, stemmte die Arme in die Hüften. Andoro starrte ihn an, als sähe der Yugrus ihn zum ersten Mal, lange Zeit. Die Spitze seines Dolches war auf Erichs Brust gerichtet. Dann warf der Fürst sein Messer auf den Tisch. »Ich nehme an, über mein heutiges Angebot darf sogar ein fränkischer Meisterspion wie Ihr frei entscheiden, Markgraf von Friaul«, sagt er kalt. »Ihr solltet dabei etwas bedenken. Ihr Franken kämpft um viel. Euer König altert, sein Nachfolger ist unfähig. Die Zeit der Karolinger ist vorbei. Das fränkische Riesenreich wird zerfallen. Ein Eroberer, der jenseits der Grenze lauert, könnte Teile davon aufsammeln wie reife Früchte, die von Nachbars Baum herab in seine Hand fallen. Ihr könnt ihm die Hand abhacken, bevor sie nach den Früchten greift. Werdet Ihr es tun?«

Erich nickte wortlos. »Du mußt mich nicht zum Stadttor bringen, Andoro«, sagte er sanft. »Ich finde den Weg allein. Du möchtest sicher noch ein wenig lesen.«

Der Gefühlssturm in Andoros Gesicht war erloschen. »Ach«, sagte er leise. »In einer Nacht kann ich die Bibel wohl nicht auslesen. Wie bei vielen Dingen in meinem Leben bin ich auch hier zu spät gekommen.«

Erich blieb stehen. Voll Unruhe blickte er den Freund an. Die Miene des Awarenfürsten blieb ausdruckslos. Doch als Erich sich zum Gehen wandte, hörte er Andoros Stimme in seinem Rücken: »Wartet noch, Markgraf. Bevor wir uns morgen im Kampf gegenüberstehen, sollten wir reinen Tisch machen. Ich möchte Euch etwas zurückgeben, das Euch gehört. Es könnte sonst zerstört werden.« Auf den Befehl des Awarenfürsten führten die Wachen einen etwa fünfeinhalbjährigen Knaben in das Zelt. Das Kind hatte hellbraune Locken und grünblaue Augen.

Der Knabe trat vor Andoro hin, streckte ihm die Arme zur Begrüßung entgegen. Andoro hielt ihn einen Moment umfangen. Dann drehte der Awarenfürst das Kind langsam herum, so daß es Erich ansehen mußte. Sanft löste Andoro die Arme des Kindes von seinem Hals. »Nikkopan reji«, sagte er. »Ich habe dir immer gesagt, daß wir uns eines Tages trennen müssen. Der Tag ist gekommen.« Andoro sah zu Erich auf. »Markgraf von Friaul, darf ich Euch mit Andreas Dalpozza bekanntmachen«, sagte er kühl. »Andrasch, dies ist dein Vater.« Der Junge starrte Erich an.

»Rinja?« fragte Erich leise.

»Seine Mutter ist knapp nach seiner Geburt gestorben. Ich habe versucht, ihm alles Positive beizubringen, was ich kann. Er ist ein noch besserer Reiter als ich, spricht die Sprache der Franken perfekt und kann bereits einige Sätze Latein lesen. Aus der Bibel beispielsweise. Außerdem holt er mit dem Pfeil den Raubfalken auf zweihundert Schritt aus den Lüften, versteht es, aus den Krallen des Bären eine Kette zu fertigen, kann in kürzester Zeit ein kleines Nomadenzelt aufstellen und nur mit Hilfe eines Glassplitters und der Sonne in der Steppe Feuer machen. Ob er mit diesen Künsten im Westen etwas anfangen kann, ahne ich allerdings nicht.« Erich lachte auf. »Ich habe ihm auch ein wenig von eurer Religion beigebracht«, setzte Andoro fort. »So viel ich davon weiß. Er kann Gut und Böse unterscheiden, glaube ich.« Für einen Augenblick hielt Andoro inne, blickte sinnend vor sich hin. »Euer Sohn ist sehr mutig, Markgraf«, erklärte er dann. »Und er versteht es bereits jetzt, zu befehlen. Es bereitete ihm nie Schwierigkeiten, seinen Willen bei meinen Leuten durchzusetzen. Auch bei mir hat er seinen Willen immer durchgesetzt, auf andere Art«, schloß Andoro.

»Du nennst ihn Nikkopan reji, kleines Reh?« fragte Erich.

Andoro schmunzelte. »Ja. In letzter Zeit hat er aber gegen diesen Kosenamen rebelliert. War ihm wohl zu unmännlich.« Andoro wandte sich wieder dem Kind zu. »Dein Vater ist ein bedeutender Mann bei seinem Volk, Andrasch«, sagte er weich. »Du wirst in einer Burg wohnen und zum Ritter ausgebildet werden. Und eines Tages wirst du der dritte Markgraf von Friaul aus dem Geschlecht Dalpozza sein und dein Land vor den wilden nomadischen Reiterhorden aus dem Osten beschützen.«

»Kann ich nicht bei dir bleiben?« Fast unhörbar fragte es das Kind.

»Bei mir bleiben? Dein Vater hatte einst nur eines im Sinn, mich zu verlassen. Schön, daß sein Sohn anders denkt. Nein, Nikkopan reji, du kannst nun nicht mehr bei mir bleiben.«

Das Kind schluchzte auf. »Aber ich werde dich wiedersehen?«

Andoro bedeckte mit dem rechten Arm seine Augen. »Ihr solltet jetzt gehen«, sagte er. In plötzlicher Bewegung warf sich das Kind an seinen Hals. Lange hielt der Aware den kleinen Körper umfaßt. Dann schob er ihn weg. Der Knabe blickte zu dem hochgewachsenen Mann am Eingang des Zeltes auf, der sein Vater war. Mit einem Ruck warf er den Kopf in den Nacken. Dann ging er auf Erich von Friaul zu, und seine Hand legte sich wie schutzsuchend in Erichs Rechte.

Erich konnte nicht schlafen in dieser Nacht. Für seinen Sohn hatte man eilig ein kleines Bett im Zelt des Markgrafen aufgestellt. Erich hatte veranlaßt, daß eine große Eskorte morgen früh, noch vor dem Beginn des Zweikampfes, aufbrach, um das Kind zur Burg Görz zu bringen. Andreas Dalpozza sollte den Kampf zwischen seinem Vater und seinem Freund nicht mitansehen müssen. Und er sollte in Friaul erzogen werden, falls sein Vater fiel.

Erich erhob sich. Vor dem Bett seines Kindes blieb er kurz stehen, blickte auf seinen Sohn hinab. Die braunen Locken breiteten sich auf dem Kopfkissen aus, umrahmten das feine, helle Oval des Gesichtes. War Vaterstolz ein natürliches Gefühl, das zum Leben jedes Mannes gehörte? Bisher hatte Erich nicht darüber nachgedacht. Nun hatte das Schicksal ihm ein unerwartetes Geschenk gemacht. Das Schicksal. Oder Andoro Tej. Erich hüllte sich in eine der grauen Leinendecken, die auf seinem Bett lagen, trat hinaus in die Nacht. Wie tief die Sterne am Himmel standen. Gleich den Augen von Tieren im nächtlichen Wald glühten sie auf, blinkten, verloschen. Drüben ragten die dunklen Umrisse der Awarenstadt zum Himmel empor. Ob Andoro wohl schlafen konnte in dieser Nacht?

Die Wachen hockten vor einem Lagerfeuer. »Ein Becher Bier wäre jetzt nicht zu verachten«, murmelte einer von ihnen. Erich trat neben ihn, sah ihm ins Gesicht. Es war ein herbes Kämpfergesicht, von Narben zerfurcht. »Warum lassen sie uns immer fasten vor einer Schlacht?« fragte der Wachsoldat trotzig. »Sie behaupten, es sei aus religiösen Gründen.«

Sein Gefährte, ein Frankenkrieger mit jugendforschem Blick, hatte eine Antwort parat. »Damit wir nüchtern vor unseren Herrn treten, wenn wir fallen.«

Der andere lachte auf. »Dem lieben Gott dürfte es ziemlich gleichgültig sein, ob wir mit vollem oder leerem Bauch vor seiner Himmelstür erscheinen.«

Mit schlauem Grinsen wandte sein Gefährte ein: »Ich glaube ja auch, daß das Fasten vor einer Schlacht andere Gründe hat. Ganz irdische. Verwundete, die nüchtern sind, haben größere Überlebensaussichten, wenn die Ärzte sie wieder zusammenflicken.«

»Du meinst, sie rechnen damit, daß wir verletzt oder getötet werden? Warum sagen sie uns das nicht?«

»Würde dich das anspornen? Zu wissen, daß du in deinen Tod gehst?«

»Ich weiß nicht. Aber wenn ich es nicht ändern könnte, das mit dem Sterben, würde ich vorher schon noch gern ein gutes Bier trinken. Zum Abschied von der Welt«, erklärte der ältere Soldat. Nach Bestätigung heischend blickte er an Erich hoch. »Meinst du nicht auch, Kamerad?« Erich schob sich die graue Decke aus der Stirn. Im Feuerschein schien der Soldat ihn nun zu erkennen. Er sprang auf. »Entschuldigt, Markgraf. Wir haben nur ein wenig

Spaß gemacht.« Erich winkte ab, legte dem Mann für einen Augenblick die Hand auf die Schulter, lächelte ihm zu. Dann ging er weiter in die Nacht hinaus. Eine warme, sanfte Stille lag über dem Lager. Der Regen hatte aufgehört. Die Luft war erfüllt vom süßlichen Blütenduft des Sommers. Nichts gemahnte daran, daß morgen hier zwei Menschen zum Kampf auf Leben und Tod antreten würden. Zwischen den Zelten der Franken blinkten die Wachtfeuer wie einsame Irrlichter. Auch drüben, auf den Mauern der Awarenstadt, wurde Wache gehalten. Lange Zeit starrte Erich hinüber zu den fernen, rötlich glimmenden Flammen. Er fühlte sich Andoro so nahe wie nie zuvor. Dann, plötzlich, durchschnitt ein Gedanke die weihevolle Stimmung des Augenblicks. Morgen würde er den Freund töten müssen. Oder sterben.

Erich wandte sich ab, ging zu seinem Zelt zurück. Unterwegs befahl er der Verpflegungsmannschaft, an die Wachsoldaten je einen Becher Bier auszuschenken. »Sie müssen morgen nicht kämpfen«, erklärte er.

14. Kapitel

Tränen des Sieges

Erich schreckte hoch, starrte die Gestalt neben seinem Bett an wie einen Sendboten der Hölle. Erst gegen Morgen war er eingeschlafen, in einen unruhigen Schlummer hinabgetaucht, durchsetzt von Alpträumen. Es dauerte eine Weile, ehe er begriff, daß Pater Ignatius keine Vision seines schlafstarren Gehirnes war, die im Frühtau zerfließen würde, sondern ein Mensch aus Fleisch und Blut. »Es ist Zeit für die Beichte, Herr«, murmelte der Pater in besänftigendem Baß. Erich setzte sich auf, rieb die Müdigkeit aus seinen Augen, entzündete das Wachslicht neben seinem Bett. Die Beichte. Die Kirche war gekommen, um ihn von seinen bisherigen Sünden zu befreien. Damit Platz war in seiner Seele für die neue, große, unverzeihliche Schuld, die er heute auf sich laden würde.

Erich warf einen Blick in das pausbäckige Kindergesicht des Paters. Plötzlich war der Wunsch in ihm, die Selbstsicherheit des Priesters zu zerstören. Als der Priester das Bußsakrament einleitete mit den salbungsvollen Worten: »Gott ist überall«, unterbrach Erich ihn mit der scharfen Frage: »Also auch drüben? In der Stadt der Awaren?« Als der Priester nach seinen Sünden forschte, flüsterte Erich ihm zu: »Nur eine, heiliger Mann. Eine Sünde, die ich erst begehen werde. In welcher Abteilung der Hölle landet ein Mensch, der einen seiner besten Freunde erschlägt?« Als der Priester ihm die geweihte Reliquienkette um den Hals legte, klärte Erich ihn auf: »Es gibt diese heiligen Ketten auch bei den Wilden. Woher bezieht Ihr die Gewißheit, daß eine Kette aus den Knöchelchen christlicher Märtyrer besser schützt als die Runenkette Tängris?« Der Priester verließ fluchtartig Erichs Zelt.

Erich besuchte keine der Messen, die bis zur Mittagsstunde im Gebetszelt gelesen wurden. Der Weihrauchgeruch, der über dem Frankenlager lastete, verursachte ihm Brechreiz. Wohl hundertmal schärfte er sein Schwert, polierte seinen Helm und seine

Rüstung. Die stumpfsinnige Beschäftigung betäubte die grellschmerzenden Gedanken, die wieder und wieder in sein Gehirn schnitten. Wie unendlich weh hatte es ihm getan, daß Pippin, als Erich ihm gestern von dem bevorstehenden Zweikampf berichtete, nur müde aufblickte. »Ach ja«, hatte Pippin ohne jegliche Anteilnahme gesagt. »Du wirst siegen, glaube mir. Der berühmte Meisterspion des Frankenreiches kann sich um solche Lächerlichkeiten wie Freundschaft nicht kümmern, wenn er einen Auftrag erfüllt. Umso mehr, als es nur die Freundschaft zu einem Wilden ist.« Erich hatte nach einer Spur von Wärme in Pippins Augen geforscht, nach einem Hauch von Sorge, nach einem Splitter von Freundesliebe. Da war aber nichts dergleichen gewesen.

Als die Sonne den Zenit erreichte, holten sie ihn ab. Alle waren gekommen, Graf Andulf, der Reichskommissar, Gernot von Traun, sein Schulfreund aus den Aachener Studienjahren, die Grafen von Pöchlarn, von Metz, seine Kampfgefährten. In feierlicher Sprachlosigkeit umstanden sie Erichs Zelt. Der Priester tauchte auf, gehüllt in seinen Festtagsornat, eingerahmt von zwei Kaplänen. Als Erich vor ihm niederkniete, fing er einen verängstigten Blick des Gottesmannes auf. Er bedauerte nun, den frommen Diener seines Herrn aus der Fassung gebracht zu haben. Kein Mensch hat das Recht, seine Zweifel anderen Menschen ins Gesicht zu schleudern gleich einer Ohrfeige. In betonter Sanftmut senkte er den Kopf, um den Leib Christi zu empfangen. In widerspruchsloser Andacht lauschte er den Segenssprüchen des Priesters. »Du gehörst nun nicht mehr dieser Welt an. Du bist der erwählte Streiter Gottes. Wenn deine Sache gerecht ist, wirst du deinem Volk wiedergegeben werden.« Der Priester besprengte Erichs Rüstung mit Weihwasser. Erich faßte nach der Hand des Gottesmannes, küßte sie in einer Geste reumütiger Demut, handelte sich erneut einen verständnislos furchtsamen Blick aus unruhig flackernden Blauaugen ein. Psalmen singend entfernte sich die himmlische Delegation. Die Kirche zog ihre Hände von ihrem Streiter zurück. Sie würde erst wieder in Aktion treten, um seinen Leichnam zu segnen.

Die Freunde reichten Erich die Hand, einer nach dem anderen, hielten die Zügel fest, als er aufs Pferd stieg, nickten ihm noch einmal aufmunternd zu, gingen dann zu ihren Truppen hinüber.

Erich blieb allein. Mit sich selbst. Und mit Pater Ignatius unsichtbarem Gott. Sein Blick glitt hinweg über das Frankenheer. Die Rüstungen der Ritter, die Lanzen und Schilde, die Beschläge an den Zaumzeugen der Pferde glänzten metallisch in der Sonne. Wie bunte, fröhliche Farbtupfen wirkten die Wappen der Heerführer, all die Tiere, Sternensymbole, Burgen oder stilisierten Waffendarstellungen, die magische Zeichen sein sollten, um den Sieg zu beschwören.

Der Wall der Awarenstadt war im Mittagsdunst nur schemenhaft zu erkennen. Eine Bewegung entstand am Tor. Etwa zweihundert awarische Fußsoldaten nahmen vor den Palisaden Aufstellung. Die Krieger der Franken und der Awaren begannen, den Kampfplatz einzugrenzen. Wie eine glänzende Eisenmauer ragten die Schilde der Soldaten hoch, auf der einen Seite die großen, U-förmig gebogenen Schilde der Franken, auf der anderen Seite die zugespitzten Metallschilde der Awaren. Kopf an Kopf verharrten die Männer, abwartend, aber ohne Aufgabe. Die Entscheidung über Sieg oder Niederlage lag nun nicht mehr in ihren Händen.

Ein einzelner Reiter erschien beim Stadttor, ritt langsam vor bis zum Kampffeld. Erich gab Onaris den Startbefehl. Der Hengst reagierte nicht auf die sanfte Bewegung von Erichs linkem Unterschenkel. Zum ersten Mal wendete Erich die Sporen an bei seinem Hengst, rammte sie dem Tier etwas unsanft in den Bauch. Onaris wieherte laut auf, versuchte, sich der Trense zu entziehen, raste zum Kampfplatz vor. Erich lockerte den linken Zügel, zog den rechten straff an, um sein Pferd in eine Kurve zu zwingen. Endlich stand Onaris still, keuchend, mit verdrehten Augen.

Erich wartete auf die höhnische Bemerkung Andoros, ob er wohl nun auch das Reiten verlernt hätte in seinem geliebten Frankenland. Sie kam nicht. Andoro schmunzelte nicht einmal. Erich neigte grüßend den Kopf vor dem Awarenfürsten. Erinnerungen tauchten auf in seinen Gedanken, Erinnerungen an seine erste Begegnung mit Andoro Tej. Damals, in der Schlacht vor der Burg Friaul vor nunmehr dreizehn Jahren, war ihm sein Gegner übermenschlich erschienen. Wie die schöne Statue eines gnadenlosen barbarischen Kriegsgottes. Nun standen sie sich wieder im Kampf gegenüber. Hatte die Zeit sie verändert?

Andoro war gekleidet wie damals. Der leichte, goldene Brustpanzer, über die nackte Haut geschnallt und die Arme freilassend, ermöglichte Beweglichkeit, behinderte seinen Träger nicht im Kampf. Ansonsten war Andoros Körper ungeschützt. Auch heute noch war wohl Schnelligkeit die Waffe, auf die sich der Awarenkrieger verließ, nicht Unangreifbarkeit. Die kniekurzen Pluderhosen der Awaren, bei ihrem Anführer aus schwarzer Seide gefertigt, die schweren goldenen Armreifen über der bronzenen Haut, vor allem aber Andoros immer noch feuriger Rapphengst Ilhiz, Steppensturm, boten einen glanzvollen, wenn auch barbarischen Anblick.

Auf Erichs Gruß hin lächelte Andoro leicht, fast unmerklich. Aber seine Augen blieben ernst. Fast gleichzeitig stiegen die Freunde vom Pferd. Erich streifte den aquamarinblauen, pelzverbrämten Samtmantel der Markgrafen von Friaul von seinen Schultern, übergab ihn seinen Knappen. Während die Streitrosse weggeführt wurden, traten die Kämpfer in die Mitte des Kampfplatzes vor. In vorgeschriebener Zeremonie führte Erich den Knauf seines Schwertes an die Lippen. Er schloß seinen Helm, hob langsam, widerwillig fast, die Waffe. Der Zweikampf begann.

Schwert klirrte auf Schwert, glitt ab, suchte erneut sein Ziel. Angreifen, verteidigen, decken. Vor Hitze flimmernde Luft, Staub im Gesicht, Trockenheit auf der Zunge. Das Gambeson unter dem Kettenhemd des Markgrafen troff vor Nässe. Angreifen, verteidigen, decken. Keine Zeit, sich den beißenden Schweiß aus den Augen zu wischen. Angreifen, verteidigen ... Achtung! Dieser Hieb ist auf dein Herz gerichtet! Eine schnelle Drehung bannte die Gefahr, ließ Andoros Schwert wirkungslos abprallen. Angreifen, verteidigen, decken. Decken, decken ...

Andoro hatte seinen Kampfstil nicht geändert. Er machte den gleichen Fehler wie damals, bei ihrem ersten Zweikampf. Während er angriff, vernachlässigte er seine Deckung völlig. Als Erich dies erkannte, wußte er, daß er den Awaren besiegen konnte. Ohne es zu wollen, senkte Erich sein Schwert. Eisen prallte gegen Eisen. Mit kräftigem, schmerzhaftem Ruck wurde dem Frankenritter seine Waffe aus der Hand gerissen. Eine Zornesfalte war auf der Stirn seines Gegners erschienen. Während Andoro mit dem

Fuß Erich sein Schwert wieder zuschob, sagte er scharf: »Du kämpfst auf Leben und Tod, Erich. Vergiß das nicht.«

Erich bückte sich, hob die Waffe hoch. Als er sich aufrichtete, begegnete sein Blick dem des Freundes. Andoro war ungewöhnlich bleich. Unruhe, ja sogar etwas wie Furcht brannte in seinen dunklen Augen. Wo war der goldene Kriegsgott der Awaren geblieben, der siegessichere Eroberer? Wie hatte Andoro einst in der Burg Friaul zu seinem damaligen Kerkermeister gesagt? Er liebe den Kampf. Konnte man nicht mehr kämpfen, wenn der Gegner ein Gesicht bekam? Erich biß sich auf die Unterlippe. Für einen Augenblick sah es wohl so aus, als wolle er sein Schwert hinwerfen und fortlaufen vor diesem Zweikampf, fortlaufen oder den Freund in die Arme schließen. Schrill gellte die Stimme Prinz Ludwigs in seinen Gedanken auf. Wir erwarten von Euch, daß Ihr das Heer der Franken anführt bei seinem Zug ins Awarenland. Wir erwarten von Euch, daß Ihr sie vernichtet, Eure Freunde, die Awaren. Die Kampfmaschine, die einst der Mensch Erich Dalpozza gewesen war, würde tun, was Frankenland von ihm erwartete.

Wieder prallte Eisen auf Eisen. Mechanisch, ohne selbst anzugreifen, parierte Erich die Schläge des Gegners. Die Stationen seiner Freundschaft zu Andoro liefen wie Bilder vor seinen Augen ab. Der Spionageauftrag des Frankenkönigs, den ihm Pippin als düstere Botschaft am Tag der Treibjagd in Friaul überbrachte. Das seltsame Gespräch mit dem Awarenfürsten im Kerker der Burg Görz, das seine Lebensbahn verändern sollte. Die Verbannung. Eine weite Reise zu einem unsicheren Ziel. Eine vage Hoffnung auf eine ungewisse Freundschaft. Und plötzlich, wie ein klarblauer Blitz, war da ein Gedanke, ungewollt und doch nicht zu verdrängen: Wann wird der Aware seine Deckung wieder vernachlässigen?

Schrill schrammte Andoros Schwert über den Schild des Markgrafen. Wir haben gute Waffenschmiede, hatte Andoro gesagt, damals, bei ihrem Duell im Awarenlager. Erich vermeinte, die Einsamkeit wieder zu spüren, die sein Herz erstarren ließ. Die Fremde. Ein ausgestoßener Frankenkrieger. Und ein schwer berechenbarer Freund, der von ungezügelten Leidenschaften beherrscht wurde.

Ein schmerzhafter Schlag traf Erichs Schulter. Er taumelte. Seine Faust umklammerte den Schwertknauf. Wann wird Andoro seine Deckung wieder vernachlässigen, dachte Erich. Ein anderer Andoro war ihm zuletzt in der Awarenstadt begegnet. Der einfach gekleidete Mann, der bei Kerzenschein die Bibel las, hatte nichts gemein mit dem selbstsicheren, herrischen, prunksüchtigen Barbarenherrscher. Der Fürst, der die Aggression der Franken mit Sanftmut beantwortete, hatte nichts gemein mit dem verwegenen Eroberer, der einst die Brandfackel des Krieges ins Frankenland getragen hatte.

Ein greller Schmerz durchzuckte Erichs Schildarm. Er starrte herab auf den klaffenden Riß, der längs seines Unterarmes aufbrach, auf das dunkelrote Blut, auf die schockerstarrten Finger, bewegungsunfähig in den eisenbewehrten Lederhandschuhen. »Ich sagte dir doch, mich dürstet nach deinem Blut!« schrie Andoro. Verzweiflung war in seiner Stimme. Erich versuchte, die Finger zurückzuzwingen unter das Kommando seines Gehirnes. Langsam schloß sich seine linke Hand wieder um den Griff des Schildes. Da traf ein Schlag, mit fast tödlicher Wucht geführt, seinen Helm, trieb den Metallrand tief in seine Schläfen. Erich spürte, wie seine Haut aufplatzte, wie eine warme, klebrige Flüssigkeit über seine Stirn, seine Wangen tropfte. Schwarze kreisende Wirbel, durchsetzt von blitzenden Lichtpunkten, drehten sich vor seinen Augen. Er machte einen schwachen Versuch, den Schild hochzuheben mit seinem verwundeten Arm. Ein Hieb lähmte sein rechtes Schienbein, ließ ihn zu Boden stürzen. Beim Aufprall zerriß irgendetwas im Innersten seines Fußes, als habe jemand die Verbindungsschnur zum übrigen Körper durchgehauen.

Er blickte von der Erde hoch, langsam, als habe er alle Zeit der Welt, über Andoros ungeschützte Beine hinweg, seine Bruoch, den goldenen Brustpanzer, bis hin zu seinem Gesicht. »Wehre dich!« hörte er Andoro rufen. »Wehre dich doch endlich, du verdammter Narr!« Erich sah kurz zu Pippin hinüber. Der König von Italien stand, nur im Kettenhemd und ohne Waffen, mitten unter den Frankenkriegern. Er war zu weit entfernt, um seinen Gesichtsausdruck lesen zu können. Doch Erich vermeinte, starke Anspannung in Pippins vorgeneigter Körperhaltung zu erkennen.

Erich hob den Schild, streckte ihn dem Feind entgegen. In seinem Gehirn pochte gleich einem Pulsschlag nur die eine Frage: Wann würde ... Jetzt! Andoro hatte seine Deckung wieder vernachlässigt. Er schien seinen Fehler zu erkennen in der winzigen Ewigkeit, als sein Schwert Erichs emporgereckten Schild in zwei Teile spaltete. Entsetzen war in seinem Blick. Angst. Dann, plötzlich, tiefe Ruhe. Er machte keinen Versuch, seinen eigenen Schild einzusetzen. Er senkte nur den Kopf in einer Geste der Demut.

Mit eiskalter Treffsicherheit fand Erichs Schwert sein Ziel, bohrte sich von unten her in die linke Seite des Gegners. Das Eisen fand keinen Widerstand. Erich zog die Waffe heraus. Ein grellroter Blutstrahl schoß wie eine Fontäne hervor aus Andoros Leib, spritzte mitten in Erichs Gesicht. Erich rollte sich zur Seite, wischte mit dem Handrücken das fremde Blut ab. Weg, nur weg, hämmerte es in seinem Gehirn. Doch eine Macht, stärker als er selbst, zwang ihn, hinzusehen, als Andoro niederstürzte.

Andoros Schwert und Schild fielen neben Erich zu Boden. Der Aware preßte die Lippen aufeinander, als unterdrücke er gewaltsam einen Schmerzensschrei. Nur ein leichtes Stöhnen entrang sich seinem Mund. Er legte die Hand auf die Wunde an seiner Seite, als versuche er, das Leben zurückzuzwingen, das seinem Leib entweichen wollte. Erich fühlte, wie sein Körper zu zittern begann, immer stärker, bis seine Zähne vor Frost aneinanderschlugen. Er konnte die Muskelbewegung nicht beherrschen. Keuchend rang er nach Atem, versuchte, vom Boden hochzukommen, schaffte es nicht. Eine hilfreiche Hand streckte sich ihm entgegen. Erich klammerte sich daran fest. »Nur ruhig«, hörte er die Stimme Graf Andulfs. »Es ist ja vorbei. Das Frankenreich hat gesiegt.«

Andulf zerrte ihn in die Höhe, hinderte Erich daran, sich fallenzulassen in den schwarzgähnenden Schlund des Vergessens. »Ihr seid der Triumphator. Benehmt Euch danach. Ihr seid es Eurem Volk schuldig«, ordnete er an. Der Reichskommissar lokkerte die Spangen an Erichs Helm, legte ihm seinen Samtmantel, um die Schultern. »Wenn die Awaren uns nun wirklich kampflos die Stadttore öffnen, drücke ich Euch eigenhändig den Lorbeerkranz auf Eure Heldenstirn«, murmelte er dabei. »Kommt mit, wir müssen die Armwunde ausbrennen.« Erich ließ sich abführen wir ein geistestrüber Ziegenbock an der Leine seines Herrn. Doch plötzlich hielt ihn etwas zurück. Der flüchtige Schatten eines Gedankens. Ein Aufschrei vor dem Abgrund der Ewigkeit. Er blieb stehen.

»Markgraf! Was wollt Ihr noch dort drüben! Wißt Ihr nicht mehr, wohin Ihr gehört?« Die Wut in der Stimme des Reichskommissars war unüberhörbar. Vermutlich konnte Andulf, Graf des Taubergaus, das Leiden in Erichs Miene nicht verstehen. Wahrscheinlich konnte er die Selbstanklage in Erichs Augen nicht erkennen. Offensichtlich stolperte der Reichskommissar über die unsichtbare Mauer, die ihn von der Seele seines Schutzbefohlenen trennte.

Andulf stieß einen kurzen, deftigen Fluch aus. Erich kümmerte sich nicht mehr um ihn. Zielstrebig, mit der unbewußten Energie eines Schlafwandlers, trat er den Rückweg an. Er riß sich das Wappenhemd vom Leib, lächelte bitter bei der Beobachtung, daß von dem repräsentativen Obergewand nur noch ein zerstochener weißer Stoffetzen übriggeblieben war. Dann wickelte er das Leinen um seinen linken Arm, nahm die Zähne zu Hilfe beim Verknoten.

Die Wundheiler der Awaren traten zurück, als Erich den Kampfplatz erreichte. Die Steppenkrieger, die ihren Häuptling gegen alle Blicke abgeschirmt hatten, machten schweigend Platz, um Erich durchzulassen. Seltsam zwiespältig waren die Blicke, mit denen sie den Markgrafen bedachten. Trauer um ihren Anführer las Erich darin, aber auch Achtung vor dem Sieger, den sie in den Jahren im Awarenlager schätzen gelernt hatten.

Andoro lag auf dem Boden. Die Verbände, mit denen man versucht hatte, die Wunde abzubinden, waren von frischem Blut getränkt. Erich war sich nicht bewußt, daß er, wohl erschrocken, auf die pulsende Wunde gestarrt hatte, als Andoro sagte: »Ja, sie können die Blutung nicht stillen. Entschuldige also, daß ich mich nicht erheben kann, um den Sieger zu ehren.« Andoro sprach mühsam, aber bewußt leichthin. Seine Züge waren eingefallen. Tiefe Ringe lagen um seine Augen.

Erich ließ sich auf ein Knie nieder. Sein rechtes Bein schmerzte entsetzlich. Er wußte nicht, ob er jemals wieder hochkommen würde vom Boden. Aber er konnte nicht aufrecht stehen bleiben neben dem Körper des Freundes, einem Jäger gleich, der siegestrunken auf die Beute herabblickt.

»Ich habe dir sehr weh getan«, stellte Andoro fest. »Verzeih mir.« Es klang, als rechtfertige sich ein Kind dafür, daß es die Spielsachen zertrümmert hatte, die es liebte.

Erich schüttelte den Kopf. »Es wird heilen«, sagte er weich.

Andoro deutete mit dem Kinn nach unten. »Das dort, es heilt nicht mehr«, sagte er gespielt lässig. »Nun hast du es also getan. Du hast mit mir gekämpft, du hast gesiegt, und ich sterbe.«

Erich wollte abwehren, aber Andoro sprach weiter. »Nein, mein Freund. Machen wir uns nichts vor. Es ist die Stunde der Wahrheit.« Er versuchte zu lächeln. »Dabei hast du gar nicht gut gekämpft. Weißt du das, Erich?«

»Ich wollte es nicht«, murmelte Erich. »Ich wollte nicht mit dir kämpfen.« Schal klangen die Worte in seinen Ohren, diese Worte, die keine Lüge waren und doch nicht ganz die Wahrheit.

»Ich weiß, daß du es nicht wolltest, Erich. Du hast deine Pflicht getan, ich die meine.« Viel zu sanft war der Blick von Andoros Augen, die in Erichs Gesicht versanken. Erich vermochte sich nicht zu lösen aus diesem Blick. Der Schmerz hatte Furchen in das Gesicht des Yugrus eingraviert. Schwarzblau war die Haut rund um die Lider, schwarzblau und verquollen. Ganz deutlich konnte Erich jede Pore im Antlitz des Freundes erkennen.

Plötzlich wich die weiche Wehmut aus Andoros Zügen. Seine dunklen Augen zogen sich zu schmalen Schlitzen zusammen. »Du glaubst, du kannst sie nun vergessen, die Dämonen aus dem Osten?« flüsterte er, atemlos, hastig, als fürchte er, der Tod könnte ihn hindern, auszusprechen, was er sagen mußte. »Du glaubst, du hast dich von mir befreit?« Seine Wangen röteten sich, als sammle er die entfliehende Kraft seines Körpers zu einem letzten, gewaltigen Schlag gegen den Feind. »Ich habe veranlaßt, daß die Stadttore wieder geschlossen werden, sobald man mich zurückgebracht hat. Die Tusseja werden sich dir nicht kampflos ergeben. Es wird das Blut deiner awarischen Gefährten sein, über das du hinwegschreiten mußt auf dem Weg zum Sieg. Und Tängri, bei dem der Freund einst dem Freund ewige Treue schwor, wird meine Rache an dir vollziehen. Ruhelos wirst du sein, überall wird der Schatten des Blutsbruders dir auflauern, den du getötet hast. Du wirst verdammt sein, Verderben zu bringen über alle, die dir vertrauen. Du wirst verdammt sein, zu vernichten, was du liebst. Erich! Warum haßt du mich nicht? Ich habe dich verflucht!«

Erich wollte sich abwenden. Da durchlief ein krampfhaftes Schütteln den Körper des Freundes. Andoro stöhnte auf. Blut kam zwischen seinen Lippen hervor, floß die Mundwinkel herunter wie ein dicker, schwarzer Brei. »Geh! Geh doch!« Andoro schrie es fast. »Ich will nicht, daß du siehst, wie ich leide! Kannst du das denn nicht verstehen?«

Erich erhob sich. Ganz leicht ging es. Er fühlte keinen Schmerz mehr. Sein Körper war taub. Seine Seele brannte. Er löste den schweren aquamarinblauen Samtmantel der Markgrafen von Friaul von seinen Schultern, breitete ihn über den Freund. Noch einmal wandte er sich zu Andoro um. »Sag nichts«, flüsterte der Aware. »Wir haben uns alles gesagt, nicht wahr? Alles, was man mit Worten sagen kann. Leb wohl.«

Erich seufzte auf. Sein Blick hob sich, haftete kurz auf den ernsten, verschlossenen Gesichtern der Krieger, glitt dann weiter, zur Mauer der Awarenstadt hin, die nun bald ihm gehören würde. Lange stand er reglos da, in Gedanken versunken. Er beobachtete, wie die Awaren den Yugrus auf einer Bahre in die Stadt zurücktrugen, wie die Stadttore sich mit dumpfem Ächzen wieder verschlossen. Er starrte auf den dunkelroten Fleck im Sand, der wie ein leuchtendes Mal auf einem nackten gelben Totenleib immer noch die Stelle markierte, wo Andoro zu Boden gesunken war, tödlich getroffen vom Schwert seines fränkischen Freundes.

Mit dem linken Fuß verwischte Erich dann die Blutspur. Das Mal, das sich in den Staub eingegraben hatte, konnte er verwischen. Doch nicht die Runen, die sich mit feuriger Klinge in seine Seele geätzt hatten. Die grellglühenden Schriftzeichen, die sich zu dem Wort Mörder zusammensetzten.

Eine Hand umfaßte seine Schulter mit hartem Griff. »Kommt jetzt, Markgraf. Ihr seid verwundet. Das Brandeisen wartet.« In Andulfs Stimme war ein Unterton eiserner Autorität, die keinen Widerspruch mehr duldet.

Erich sah vom Boden hoch, wandte den Kopf zurück, suchte den Blick des Grafen. Er konnte nichts erkennen. Ein Nebelschleier war vor seinen Augen. Erst jetzt fiel ihm auf, daß er weinte. Er ließ die Tränen herunterrinnen, wie sie wollten, drehte sich um, folgte dem Reichskommissar, gehorsam wie ein willenloses Kind.

15. Kapitel

Weihnacht in Rom

Unter dem graugelben Halbrund zerbröckelnder Brücken,
zwischen still starrenden Bauten aus Mörtel und Stein,
neben den Straßen, verstopft von bunt lärmenden Pilgern,
hinter den Ufern mit Hütten voll Armut und Schmutz,
unter dem Himmel, der bleischwer das Wasser berührt,
bahnt sich der Tiber den Weg, und er nur ist ewig.

Die poetischen Worte, mit denen der langobardische Mönch Paulus, Lehrer an der Aachener Palastschule und ein Freund Erichs von Friaul, seinen ersten Eindruck von Rom geschildert hatte, waren zutreffend. Rom war voll von Lärm, Dreck und Gestank, bis zum Bersten angefüllt mit Menschen, Tieren und Fahrzeugen. Doch sobald die Franken die engen Gassen durchquert, die Vororte und das Zentrum hinter sich gelassen hatten, ergab sich ein anderes Bild. Vom erhöhten Standpunkt des Stadthügels aus gesehen bot die Metropole die Vision pulsenden, lockenden Lebens.

Die Paläste auf dem Palatin, einem der sieben Hügel des antiken Rom, waren von bewundernswerter Schönheit. Einer Schönheit, die wehmütig stimmte. Leerstehend und halb verfallen schienen sie sich dennoch anzustemmen gegen das Vergessenwerden. Zierlich und trübweiß ragten ionische und dorische Säulen zum dunklen Winterhimmel empor. Zwischen dem düsterbraunen Gestrüpp verwilderter Gartenanlagen kündeten Götterstatuen aus glänzendem Marmor von der vergangenen Ewigkeit des römischen Weltreiches.

Am Tag des Einzuges der Franken, am 24. November des Jahres 800, war es eisig kalt gewesen im sonst so sonnigen, südlichen Rom. An der Spitze eines Heeres von sechstausend Mann war Karl der Große nach dem Hilferuf von Papst Leo dem Dritten in die Lateranstadt gekommen. Der Papst hatte es sich nicht nehmen lassen, den fränkischen Gottkönig vor den Toren seiner Stadt zu begrüßen. In den Straßen Roms hatte eine beachtliche Menschenmenge die Frankenritter bejubelt. Mit feinem Gespür für historische Bedeutsamkeiten hatte Karl als passenden Wohnort die nunmehr verwaisten kaiserlichen Palastanlagen erwählt.

Dreieinhalb Wochen später, am 22. Dezember, hatte sich das Wetter zwar gebessert, die Regennässe wurde aber nur selten von einigen milchweißen Sonnenstrahlen durchbrochen. Die mühsam von den Franken in den kalten Sälen mit Außenkaminen errichteten offenen Feuerstellen warfen gespenstisch bewegte Riesenschatten auf die ornamentverzierten Wände. Den halbzerrissenen Teppichen entströmte muffiger Verwesungsgeruch.

»Die berühmten römischen Fußbodenheizungen und Badeanlagen funktionieren wohl schon lange nicht mehr«, bemerkte Gernot von Traun.

»Hast du erwartet, hier im Luxus schwelgen zu können wie einst Kaiser Nero und dich in den Thermen des Caracalla zu suhlen?« fragte Erich den Freund. Die beiden Männer saßen in einem kleinen Nebenraum beim Schachspiel, kauten zwischendurch lustlos an der ihnen zugeteilten Ration aus dem mitgebrachten fränkischen Proviant. Schal, kalt und ledrig schmeckte das eingepökelte Essen.

»Deine Begeisterung für unser römisches Abenteuer läßt sichtlich zu wünschen übrig«, sagte Gernot lachend.

»Der einzige, der wirklich erfreut zu sein scheint, ist der Herrscher selbst«, murmelte Erich mit vollem Mund und fügte hinzu: »Ich habe ihn nach seiner schweren Erkrankung nicht mehr so fröhlich und ausgelassen erlebt. Als hätte er eine Schachpartie vor, mit der er die ganze Welt mattsetzt.«

»Er hatte in letzter Zeit auch wenig Grund zur Fröhlichkeit. Schließlich hat er ja beschlossen, seinen jüngsten Sohn, den von uns allen heißgeliebten Prinz Ludwig, zum Mitregenten heranzubilden.« Das unartige Grinsen, mit dem Gernot sein immer noch hübsches Jungengesicht verzog, in dem nur der gelichtete Haaransatz und einige Lachfalten rund um die Augen sein reiferes Alter andeuteten, erstarb ihm auf den Lippen. Denn die Tür ging auf. und Karl der Große betrat in gewohnter Zielstrebigkeit den Raum. Während Gernot aufsprang und sich verneigte, bemühte sich Erich, seinen Bissen harten Rindfleisches hinunterzuschlukken, ohne daran zu ersticken. Der Herrscher beachtete ihn zunächst nicht. »Ich muß Euch bitten, den Raum zu verlassen«, sagte er zu Gernot. »Ich habe mit dem Markgrafen von Friaul zu reden.«

Erich wischte mit dem Handrücken über seinen Mund und erhob sich langsam. Karl beobachtete ihn amüsiert. Dann wich die Heiterkeit in seiner Miene plötzlichem Ernst. »Ich habe immer wieder das Gefühl, mich bei Euch entschuldigen zu müssen, Erich Dalpozza. Ich habe den fröhlichen Jährling, der einst aus Friaul in die Aachener Pfalz kam, zu einem stolzen, tapferen Schlachtroß erzogen, das mir gegenüber stets seine Pflicht erfüllte. Aber Ihr seid einsam. Und verbittert. Ihr habt das Lachen verlernt. Ihr sondert Euch ab. Ihr sprecht kaum mehr mit Euren Kameraden.«

»Ihr habt soeben mein Schachspiel mit Gernot von Traun unterbrochen«, warf Erich ein.

»Ja, Euer Strategiespiel liebt Ihr immer noch, wie man mir erzählte«, stellte Karl fest. »Ihr versteht Euch auf Schachzüge. Daher will ich Euch von einem weltpolitischen Schachzug berichten, dessen Zeuge ihr sein werdet.« Erich blickte Karl offen ins Gesicht, fragte aber nichts. »Ihr versteht es, Eure Neugier zu verbergen«, sagte der König leise und spöttisch. »Nun, dann kann ich ja wieder gehen.«

Erich schmunzelte. »Unser Besuch in Italien ist also mehr als eine Weihnachtsaudienz beim Papst«, bemerkte er.

»Ihr habt Euch dies wohl schon gedacht«, gab Karl zurück. »Das Frankenheer ist nun schon lange in Rom. Ihr habt den Empfang miterlebt, den Papst Leo der Dritte uns zwölf Meilen von der Stadt entfernt, bei Mentana, bereitete. Ihr wißt, was Euren Herrscher seither beschäftigte: die Untersuchung der Verbrechen, die dem Papst von seinem Nomenclator Paschalis, von seinem Schatzmeister Campulus und vielen anderen der vornehmsten Bürger der Stadt Rom zur Last gelegt werden. Die Anklagepunkte lauten: simonistische Ketzerei, also auf gut fränkisch Amtsmißbrauch, lockerer Lebenswandel bis hin zum Ehebruch mit verheirateten Frauen, Eidbruch, Gefälligkeitsurteile zu Gunsten seiner Familie und Völlerei. Das Volk von Rom fügt noch einige drükkende Vorwürfe hinzu, wie Überfrachtung mit Steuern und Abgaben für des Papstes eigene Tasche. All diese nicht bewiesenen Tatbestände waren noch lange kein Grund, den Papst anläßlich der jährlichen Reiterprozession zur Kirche von Sankt Laurentius zu überfallen, vom Pferd zu reißen, zusammenzuschlagen und im Kloster Sankt Erasmus gefangenzuhalten. Außerdem wurde er ja eigener Aussage nach geblendet und ihm die Zunge herausgeschnitten. Allerdings hat Gott diese beiden Verstümmelungen, verübt an seinem Stellvertreter auf Erden, wieder rückgängig gemacht und den Papst, wie Ihr sicher wißt, mit Hilfe seines Kämmerers Albinus und einer Strickleiter aus dem Kloster Sankt Erasmus befreit. Wie denkt Ihr darüber?«

»Es steht mir nicht zu, meine Meinung zu politischen Ereignissen außerhalb meines Tätigkeitsbereiches offen zu äußern«, warf Erich ein.

»Ach ja. Es spricht für Euch, daß Ihr immer noch eine eigene Meinung habt über Dinge außerhalb Eures Tätigkeitsbereiches«, sagte Karl versonnen. »Der Papst wird dank des Attentates schon zu Lebzeiten zu einem Märtyrer werden, an dem Gott ein Zeichen setzte. Zu einem heiligen Mann. Denn morgen wird der Papst vor versammeltem Volk den Reinigungseid schwören und dadurch seine Gegner entwaffnen. Der sogenannte Reinigungseid wurde als Gottesurteil für Päpste geschaffen, denen man ja kein Schwert für einen Zweikampf Mann gegen Mann in die Hand drücken kann. Da wir nicht damit rechnen, daß Leo der Dritte plötzlich vom Blitz getroffen niederstürzt während seines Schwures, wird er danach als nicht bescholtener, ungerecht verfolgter, weiß gewaschener Nachfolger Petri dastehen.«

»Überübermorgen, am Tag von Christi Geburt, wird sich ein Ereignis von völkerverbindender, historischer Bedeutung vor Euren Augen abspielen, Erich Dalpozza. Meine engsten Berater und natürlich meine beiden Söhne wissen davon. Ich wollte auch Euch informieren, zumal Ihr einen entscheidenden Beitrag dazu geleistet habt.«

Karl der Große trat zwei Schritte zurück, richtete sich auf. »Euer König wird vom Papst zum römischen Kaiser gekrönt werden«, sagte er mit Würde. »Die Karolinger werden die Kaiserdynastie der westlichen Welt begründen.«

»Do, ut des«, antwortete Erich.

Karl lächelte ein wenig. »Ich bemerke mit Freuden, daß Ihr anfangt, über Euren verantwortungsvollen Aufgabenbereich hinaus die Grundsätze der Weltpolitik in Euer Denken einzubeziehen. Ich gebe, damit du gibst. Ein übel beleumundeter Papst ist nicht unbedingt der ideale Abgesandte Gottes, von dem jeder christliche Herrscher mit Freuden vor vielen seiner Untertanen die Kaiserwürde empfängt. Daher werde ich mich zunächst sträuben, mit den Augen rollen und so tun, als wolle ich mir die Krone vom Kopf reißen. Damit niemand auf den Verdacht kommt, daß ich eine Absprache mit dem zwielichtigen Papst getroffen hätte. Danach werde ich seufzend und zähneknirschend die Wahl annehmen, da sie streng nach den in Diokletians Tagen aufgestellten Regeln erfolgt, die für eine römische Kaiserkrönung gelten. Mein offizieller Name wird sein: Carolus, von Gott gekrönter, großer und friedensbringender Kaiser der Römer. Dies ist der Titel eines römischen Imperators. Die Kurzfassung Augustus genügt auch als Anrede.«

Nach einer rhetorischen Pause sprach Karl langsam weiter: »Der zukünftige Kaiser Roms hat dem Papst eine Morgengabe überbracht zu dem hohen Fest: einen großen Teil des Awarengoldes.«

Das Awarengold! Schlagartig tauchte in Erich die Erinnerung wieder auf an den Zweikampf mit Andoro Tej. Am Tag danach hatten die Franken in Pippins Auftrag den Ring der Awaren gestürmt. Die Tusseja leisteten verzweifelte und kopflose Gegenwehr. Viele wurden niedergemacht. Erich hatte sich an der Metzelei nicht beteiligt, auch den Befehl dazu nicht gegeben. Die Schwere seiner Verletzungen hatte ihn auf sein Lager niedergestreckt. Erst vierundzwanzig Stunden später war er als siegreicher Feldherr in die Awarenstadt eingeritten. Der Anblick der verstümmelten Leichen seiner ehemaligen awarischen Kampfgefährten verfolgte ihn noch heute in seinen Träumen. Zum Glück hatten die Franken die Einwohner der Awarenstadt verschont. Der Khagan war getauft worden und hatte den christlichen Namen Antonius erhalten.

Die Frankensoldaten hatten nach ihrer Rückkehr dem König in Aachen einen Schatz zu Füßen gelegt, der die Staatskasse des Karolingerreiches, die bisher nach Aussage Karls des Großen einem löchrigen Strumpf geglichen hatte, auffüllte. Sechzehn hochbeladene Ochsenwagen waren zum Abtransport des Awarengoldes nach Frankenland notwendig gewesen. Kein Krieg, schwärmte Einhard in den Reichsannalen, hatte den Franken, die bisher beinahe arm zu nennen waren, mehr Reichtum eingebracht. Einen Teil des Goldes hatte Karl der Große freigebig unter seine Anhänger gestreut und seine getreuen Vasallen, die Heerführer, Grafen und Markgrafen, damit beglückt. Der größte Teil des Schatzes war, wie Erich nun erfuhr, für die Kirche bestimmt. Er diente wohl als Unterpfand für den krönenden Abschluß, nach dem Karl für sein Leben gesucht hatte. Das fränkische Gottesreich des Friedens wurzelte auch im blutgetränkten Boden des Awarenlandes.

»Somit habe ich den Schatz, den mir mein entsandter Heerführer aus der Awarenschlacht mitbrachte, gewinnbringend angelegt«, sagte Karl leichthin. »Ein Drittel als Sold für meine Krieger. Ein Drittel für die kaiserliche Hofhaltung. Das größte Drittel für Gott. Bei dieser Aufstellung habe ich den Teil nicht eingerechnet, über den ich nicht verfügen kann, da ihn der Markgraf von Friaul an sich gerissen hat.« Erich straffte die Schultern und preßte die Lippen aufeinander.

»Wollt Ihr die Wunde mit Gold bestreichen, die der Tod Eures awarischen Freundes in Eure Seele gebrannt hat?« Karls Stimme hatte einen eisenharten Unterton. »Lernt Ihr plötzlich, das Geld zu lieben, jetzt, da ihr nicht mehr jung seid? Dachtet Ihr, Euren Herrscher hintergehen zu können? Ich weiß schon lange von Eurem Goldraub. Ich weiß nur nicht genau, wieviel Ihr wirklich einbehalten habt. Einhard wollte sogar eine Anmerkung darüber in den Reichsannalen machen, was ich ihm aber untersagte.«

»Majestät, ich ...«, setzte Erich zu sprechen an.

Der König unterbrach ihn mit einer herrischen Handbewegung. »Laßt das. Ihr braucht mir nichts zu erklären. Ihr braucht mir nichts von den ungefähr zwei Wagenladungen Gold zurückzugeben. Nehmt es als Prämie für Eure Tapferkeit und Treue.« Er reichte Erich die Hand. »Ich möchte aber heute ein Abkommen mit einem meiner besten Freunde treffen«, setzte der König fort, sah Erich tief in die Augen. »Sollte es je nötig sein, das Gold zur Rettung von Menschen zu verwenden, die ich geliebt habe und die mein Werk fortführen können, dann setzt es dafür ein.«

Sein Blick glitt über Erichs Gesicht hinweg in die Ferne. »Manchmal verkehren sich gute Dinge in ihr Gegenteil im Laufe der Zeit. Manchmal spült die Geschichte negative Zerrbilder an die Macht, die zerstören, statt aufzubauen. Die Königin im Schachspiel hat die stärkste Kraft. Ich möchte, daß Ihr die schwarze Königin seid in meinem Schachspiel mit der Zukunft, Erich Dalpozza. Ihr seid nun reich genug, um in die Geschichte einzugreifen.«

»Übrigens, mein Freund: Ihr habt mir noch etwas verschwiegen, die Existenz des Knaben Andreas Dalpozza, der in Eurer Burg Görz aufwächst«, setzte der König nach einer Pause fort.

Erich schluckte. »Ich ...«, sagte er verlegen. Dann entschloß er sich zur Offenheit. »Er ist der Sohn von Rinja, der Ehefrau des Yugrus der Awaren. Ich wurde dafür zum Tode verurteilt. Deshalb bin ich ins Frankenreich zurückgekehrt. Im Grunde war es eine Flucht.«

Karl nickte voll Verständnis. »Ich dachte mir schon, daß es nicht allein Treue zu Eurem Herrscher war, die Euch damals motivierte. Andreas Dalpozza wird mir und dem Thronfolger willkommen sein, als Schüler der königlichen Akademie in Aachen ebenso wie als Euer Erbe und Nachfolger, so Ihr dies wünscht.« Der König lächelte Erich kurz an, wandte sich ab und verließ das Zimmer.

Am 25. Dezember 800 begab sich Karl der Große zum Weihnachtsgottesdienst in die Basilika von Sankt Peter in Rom. Das vor der Kirche versammelte Volk empfing den Frankenherrscher mit ehrfürchtigem Schweigen. Der sonst eher schlicht gekleidete Franke trug zur Überraschung vieler die zeremoniellen königlichen Gewänder, den goldbestickten Krönungsmantel in gedämpftem Rot und sogar prunkvolle, mit Juwelen besetzte rote Schuhe, wie sie in den vergangenen Jahrhunderten nur von römischen Kaisern getragen wurden. Karl kniete vor dem Altar nieder, nahm die fränkische Königskrone ab und legte sie auf die steinerne Bodenplatte, neigte den Kopf zum Gebet.

Nach der Kommunion sprach der Papst die letzte Fürbitte: »Wir bitten dich, allmächtiger Gott, befiehl, daß der heute geborene

Heiland der Welt, der für uns Urheber der Gotteskindschaft ist, auch Spender der Unsterblichkeit sei. Qui tecum vivit.«

»Der mit dir lebt«, sprach Karl die lateinischen Worte des Papstes auf Fränkisch nach.

In diesem Augenblick bückte sich der Papst, hob die Krone des Frankenkönigs vom Boden auf, hielt sie hoch und setzte sie dann langsam Karl dem Großen auf das Haupt.

Mit überraschtem, ja sogar zornigem Gesichtsausdruck sprang Karl auf, streckte seine Arme abwehrend dem Papst entgegen, hob dann beide Hände, als wolle er sich die Krone vom Kopf reißen. Als Papst Leo der Dritte vor ihm niederkniete, seufzte Karl resignierend auf, als sei ihm erst jetzt klar geworden, daß an seiner rechtsgültigen Krönung zum römischen Kaiser nicht mehr zu rütteln sei. Er neigte den Kopf ein wenig, als wolle er zum Ausdruck bringen, daß er die Wahl vor dem Altar der Peterskirche in Rom von Gott annehme, nicht von dessen Stellvertreter auf Erden. Als der Kaiser dem Portal zuschritt, sagte er leise, aber dennoch hörbar zu seinem Gefolge: »Wenn ich gewußt hätte, was der Papst plant, hätte ich die Kirche trotz des hohen Feiertages nicht betreten.« Dabei blickte er Erich von Friaul in die Augen, und ein mutwilliges, spöttisches Lächeln spielte um seine Lippen.

Die vor der Peterskirche versammelte Menschenmenge war mittlerweile auf ein Vielfaches angewachsen. Als Karl aus dem Kircheninneren trat, durchbrach die langersehnte, kraftvolle Sonne des Südens die Wolken und hüllte den Petersplatz in gleißendes Licht. »Carolo Augusto, a Deo coronato magno et pacifico imperatori Romanorum, vita et victoria«, rief die versammelte Menge und brach in lauten Jubel aus. Dem erhabenen Karl, dem von Gott gekrönten großen und friedensbringenden Kaiser der Römer, Leben und Sieg. Erich sann über die Worte nach. Und wunderte sich, daß nach allem, was er erlebt hatte im Dienst Karls des Großen, nach allem, was er erlitten hatte im Konflikt zwischen Pflicht und Neigung, nach allem, was er ergründet hatte über das Ränkespiel der Politik, ihn dennoch Stolz überkam. Stolz, ein Würdenträger des Frankenreiches zu sein. Dann, ohne daß er es gewollt hätte, kam ihm plötzlich die dritte Strophe von Paulus' Romgedicht in den Sinn:

Hin zu dem Kaiser, der itzo des Abendlands Herr ist,
hin zu den Franken, die Hände verschränkt zum Gebet,
hinein in die Herzen der Römer, die Fremdherrschaft
huldgen,
hinaus aus den Gassen, erfüllt mit des Jubels
vielsprachgem Geschrei,
hin über Dome und Häuser und Städte und Felder
und Berge,
blicket der Herrgott und lächelt, und er nur ist ewig.

Nachwort:

Franken und Awaren

Geschichtliche Daten

Das sagenhafte Awarengold, der unermeßliche Schatz, den das nomadische Reitervolk in der Steppe gehortet hatte, bildet das sogenannte »Dingsymbol« in diesem Roman. Nach der Zerschlagung des Ringes, der Verteidigungsanlagen rund um die awarische Königsstadt, waren zum Abtransport des Schatzes durch die Franken insgesamt achtzehn hochbeladene Ochsenwagen nötig. Hofschreiber Einhard schwärmt in den Annales Regni Francorum: »Kein Krieg brachte den Franken, die bis dahin geradezu als arm anzusehen waren, so viel Reichtum und Macht.« Einen wesentlichen Teil dieses Schatzes verwendete Karl der Große gleichsam als »Morgengabe« für den Papst, um seine Krönung zum ersten römischen Kaiser des westlichen Europa zu untermauern.

Mit dem Kampf um das Awarengold im Jahr 796 traten zwei historische Persönlichkeiten in die Weltgeschichtsschreibung ein: Karl des Großen zweitältester Sohn Pippin und der Markgraf Erich von Friaul. Von Pippin, dem blonden Prinzen, wie er von seinen Anhängern genannt wurde, ist überliefert, daß er den Befehl zum Sturm auf die Stadt des Awarenkhagans gab. Der König von Italien erfreute sich größter Beliebtheit, sowohl beim Volk der Franken wie auch bei seinen langobardischen Untertanen. Sein Tod im Jahr 810 in Pavia ist ungeklärt geblieben. Über Erich von Friaul wird von Einhard, abgesehen von seinem Einsatz bei der Eroberung des Awarenschatzes und seinem dramatischen Sterben bei der Seestadt Tersatto in Liburnien, fast nichts berichtet. Bei geschichtlich so wenig bekannten Romanfiguren bleibt dem Autor viel schöpferischer Spielraum, den er braucht, da er Spannung erzeugen will, das menschliche Leben im Romanverlauf verdichten muß und eine Aufsplitterung in allzuviele handelnde Personen zu vermeiden hat. Daher setzt sich die Gestalt meines Helden Erich Dalpozza aus vier historischen Persönlichkeiten zusammen: dem Markgrafen Erich von Friaul, der aus Hessen stammte und ein Freund Karls des Großen war, dem langobardischen Grafen Aio, der jahrelang im Awarenland lebte und danach als Berater des Frankenkönigs fungierte, dem Grafen Rorico von Mans, der eine Zeitlang als Verlobter von Prinzessin Rotraud galt, und dem Pfalzgrafen Reginher, einem der Anführer einer Revolution gegen Kaiser Ludwig den Frommen. Dies ist aber Thema eines anderen Romans. Der Spannung wegen kann über das Ende des historischen Awarenkämpfers Erich von Friaul hier noch nichts verraten werden.

Fiktionen

Als Held meines Romans »Der Awarenfürst« nimmt Erich Dalpozza eine Zwitterstellung zwischen Gut und Böse ein, oder, wie es Racine einst in anderem Zusammenhang formulierte: Er ist nicht ganz unschuldig und nicht ganz schuldig. Dies widerspricht zwar den dramaturgischen Regeln von der Notwendigkeit einer eindeutigen, geradezu naiven Malerei von Lastern und Tugenden bei der Charakterzeichnung, wie sie von Pierre Corneille erwähnt wird, entspricht jedoch voll und ganz den Anforderungen an die Persönlichkeit eines Meisterspions.

Bei der Beurteilung des diffizilen Charakters meines Romanhelden darf man nicht übersehen, daß das höchste Werturteil über einen Ritter durch die vier Rittertugenden definiert war. Erstens: Tapferkeit. Die hat Erich von Friaul, gepaart mit Ehrgeiz und Kühle, immer an den Tag gelegt. Zweitens: Gelassenheit vor dem Schicksal. Dazu kam bei meinem Helden sogar eine gewisse todesverachtende Verwegenheit, wenn es galt, sich mit einem gering geschätzten, aber mächtigen Gegenspieler anzulegen. Drittens: Freigebigkeit. Erich war anfangs sogar bereit, den Awaren Unterricht in fränkischer Kampftechnik zu erteilen, und erwarb sich dadurch Achtung und Vertrauen der Steppenkrieger. Viertens: absolute Lehenstreue seinem Herrscher gegenüber. Erich opferte sogar seine persönliche Freundschaft zu dem Yugrus der Awaren auf, um Karl dem Großen zu dienen. Der ambitionierte junge Mann, anfangs voll hochfliegender Pläne, war zum getreuen Vasallen und Befehlsempfänger mutiert, allerdings nur, wenn die Befehle von seinem Idol, dem großen Frankenherrscher, erteilt wurden. Erich hat somit die hohe Schule der fränkischen Ritterschaft, die Aachener Akademie, mit Auszeichnung bestanden.

Erichs Antagonist Ludwig der Fromme würde wohl an dieser Stelle als historische Gestalt ebenfalls Aufmerksamkeit verdienen. Da er aber im Nachfolgeroman endgültig zum gefährlichsten Gegner meines Helden avanciert, müssen zu seiner Person Erklärungen vorläufig unterbleiben.

Abgesehen von der Persönlichkeit des großen Frankenkaisers Karl bestand bei allen anderen Nebenfiguren die Möglichkeit, karge historische Fakten durch Fiktion anzureichern. So auch beim Thronfolger Prinz Karl. Ein fundierter Zusammenhang zwischen ihm und der verlorenen Schlacht am Süntel ist nicht herstellbar. Der älteste Sohn Karl des Großen starb, wie berichtet, an Gehirnhautentzündung, aber erst im Jahr 811. Daß das Schicksal des Kronprinzen bereits in diesem Roman abgeschlossen wurde, möge als verständliche kleine Abweichung von der Überlieferung der Autorin nachträglich gestattet werden. Daß Gisela, die Schwester Karls des Großen, der Liebe wegen ins Awarenland zog, ist historisch nicht belegbar, ebensowenig beispielsweise wie das Gerücht, daß der berühmte fränkische Held Roland, der in Spanien bei einem Maurenfeldzug fiel, ein Sohn Karls des Großen mit Gisela gewesen sein soll. Daß es in der karolingischen Königsfamilie inzestuöse Verhaltensweisen gab, wurde in Einhards Annalen natürlich nie erwähnt, wenn man von einigen unklaren Andeutungen absieht. Wohl aber hielten und halten sich Hinweise darauf beharrlich in anderen Quellen. Abgesehen von Gisela und Prinzessin Rotraud sind die übrigen Frauengestalten Fiktion: die sächsische Widerstandkämpferin Gerlind mit geradezu feministischen Zügen ebenso wie Rinja, Gemahlin, aber eher Opfer und Geisel des Awarenfürsten Andoro Tej.

Ein Volk im Dunklen

Obwohl die Awaren in der Übergangsepoche zwischen Antike und Mittelalter ein Vierteljahrtausend lang (567 bis 796 n.C.), ausgehend von der ungarischen Tiefebene, große Teile Osteuropas und Gebiete in Mitteleuropa beherrschten, sind sie in der europäischen Geschichte Fremde geblieben. Denn sie hinterließen, abgesehen von einigen spärlichen Runen, keine schriftlichen Aufzeichnungen. Eine Handvoll fremdartiger Titel und Würden wie Iugurrus, Kapkhan, Canizauci und ein halbes Dutzend Namen wie etwa der des Awarenkhagans Bajan im sechsten Jahrhundert genügten nicht, dem Steppenvolk ein Gesicht zu geben. Die Charakterisierung der Awaren oblag also ihren Feinden. Der fränkische Dichter Theodulf beschreibt den Triumph der Karolinger in einem weltumspannenden Wortspiel: »Avares, Arabes Nomadesque beugten vor Karl den Nacken.« Die Byzantiner, die unter ihren wilden Nachbarn am meisten zu leiden hatten, verliehen ihnen Züge, die dem typischen, von Ammianus Marcellinus im vierten Jahrhundert aufgestellten Barbarenklischee entsprachen: Zügellosigkeit, Wut, übersteigerte Tapferkeit, Überheblichkeit, Verschlagenheit, Unberechenbarkeit, Gier. Dazu kam noch ein den zivilisierten westlichen Völkern als häßlich erscheinendes Äußeres: ungepflegte Kleidung, sonnenverbrannte dunkle Gesichter, geflochtene, mit bunten Bändern verzierte lange schwarze Zöpfe, als Textes Crines bezeichnet.

Wenngleich das Heer des Khagan eine hochspezialisierte Kriegsmaschinerie darstellte, erlebte Osteuropa unter der Herrschaft der Awaren eine relativ friedliche Zeit. Denn die awarische »Ökonomie der Gewalt«, ein geschicktes Wechselspiel von Drohung, Angriff und Verhandlung, hielt den Zufluß von Reichtümern in Form von Friedenshonoraren an das Steppenvolk in Gang. Dieser Goldschatz war es, der schließlich das Awarenreich vernichtete. Denn das christliche Khaganat, das die letzten Awaren nach der Eroberung und Ausplünderung ihres Landes durch die Franken östlich des Neusiedlersees errichteten, war nur mehr eine Karikatur vergangener Größe.

Der tragische zweite Held meines Romans, Awarenfürst Andoro Tej, ist zwar reine Fiktion. In seiner schließlichen Resignation, seiner Abkehr vom Willen zum Leben, spiegelt sich jedoch das Schicksal seines Volkes.

Dietlinde Schumy

Maria Enzersdorf bei Wien, September 2006

Literaturhinweise

Boockmann, Hartmut, Schilling, Heinz, Schulze, Hagen, Stürmer, Michael: Mitten in Europa. Deutsche Geschichte. Berlin, 1984

Brochard, Philippe: So lebten sie in den Burgen des Mittelalters. Burgen und Festungen in Europa. Paris, 1980

Brodmann, Peter: Die Giftschlangen Europas und die Gattung Vipera in Afrika und Asien. Bern, 1987

Chronik des Christentums, München 1997

Dahn, Felix: Die Völkerwanderung. Germanisch romanische Frühgeschichte Europas. Berlin, 1977

Delperrie de Bayac, Jaques: Karl der Große. Leben und Zeit. Wien-Berlin, 1976

Dhondt, Jan: Fischer Weltgeschichte Band 10, Das frühe Mittelalter, Frankfurt am Main, 1968

Du Fouilloux, Jakob: Neu Jägerbuch. Straßburg, 1590.

Einhard, Die Reichsannalen: Leben Karls des Großen. In: Quellen zur Karolingischen Reichsgeschichte, erster Teil, neu bearbeitet von Reinhold Rau unter Benützung der Übersetzungen von O. Abel und J.v. Jasmund, in: Ausgewählte Quellen zur deutschen Geschichte des Mittelalters, begründet von Rudolf Buchner und fortgeführt von Franz-Josef Schmale, Darmstadt 1955

Fischer-Fabian, S.: Die deutschen Cäsaren. Triumph und Tragödie der Kaiser des Mittelalters. Locarno 1977

Forbis, Judith: Das klassische arabische Pferd. Deutsche Ausgabe Berlin-Hamburg, 1980

Gurjewitsch, Aaron J.: Das Individuum im europäischen Mittelalter. München, 1994

Herm, Gerhard: Karl der Große. Düsseldorf-Wien-New York, 1988

Kalckhoff, Andreas: Karl der Große. Profile eines Herrschers. München, 1987

Keen, Maurice: Das Rittertum. München-Zürich, 1987

Kerner, Max: Karl der Große. Entschleierung eines Mythos. Köln, 2000

Le Goff, Jacques (Herausgeber): Der Mensch des Mittelalters. Frankfurt am Main-New York, 1989

Le Goff, Jacques: Die Geburt Europas im Mittelalter. München, 2004

Libal, Dobroslav: Burgen und Festungen in Europa. Prag, 1993

MENGHIN, Wilfried: Die Langobarden. Archäologie und Geschichte. Stuttgart, 1985

MIELKE, Thomas R.P.: Karl der Große. München, 1992

POHL, Walter: Die Awaren: Ein Steppenvolk in Mitteleuropa. München, 1988

RICHE, Pierre: Die Welt der Karolinger. Paris, 1973

SCHNITH, Karl (Herausgeber): Mittelalterliche Herrscher in Lebensbildern. Graz-Wien-Köln, 1990

SCHREIBER, Hermann: Wie die Deutschen Christen wurden. Bergisch-Gladbach, 1984

SELTMANN, Ingeborg: Zepter und Zügel. Unterwegs im Troß der mittelalterlichen Kaiser. Augsburg, 1999

SKELTON, Betty: Pferde. Alles über Reiten, Zucht und Pflege. Maidenhead, 1977

ULMER, Christoph: Burgen im Friaul. Udine 1997

VASOLD, Manfred: Pest, Not und schwere Plagen. München, 1991

VON KEUDELL, Romay: Geschichte zum Nachschlagen. München, 2002

WAGNER, Eduard: Hieb- und Stichwaffen. Prag, 1975

ZIMEN, Erik: Der Hund. Abstammung – Verhalten – Mensch und Hund. München, 1988

Danksagung

Danken möchte ich meinem Mann Diplom-HTL-Ingenieur Guido Schumy, der sich in außergewöhnlicher Weise um dieses Buch bemüht hat, meinem Computer-Sachverständigen Markus Althoff, Frau Hannelore Baumgartl, die das Manuskript des Romans computertechnisch verarbeitete, sowie für ihren wichtigen Beistand mit Rat und Tat den Herren und Damen Diplomkaufmann Herbert und Brigitte Assler, Ingenieur Walter Dietl, Architekt Diplomingenieur Eberhard Jodlbauer, meinen leider bereits verstorbenen Eltern Karl Skuhrovec-Würdinger und Doktor der Germanistik Helene Skuhrovec-Hopp und der Reitschule des gerichtlich beeideten Sachverständigen Michael Seletzky in Himberg bei Wien.

Dietlinde Schumy

Thomas Einfeldt

Störtebekers Gold

Ein Roman aus der Hanse-Zeit. 461 Seiten. Serie Piper

Klaus Störtebeker ist der berüchtigte Anführer der Freibeuterschar, die um 1400 die Nordmeere unsicher macht. Zu ihr verschlägt es den reichen Kaufmannssohn Martin Damme, der aber bald wieder flieht, entsetzt über die Brutalität der Seeräuber. Wieder ehrbar geworden, weiß er freilich, wo Störtebeker und seine »Vitalienbrüder« ihre Beute versteckt haben. – Ein Roman über das Alltagsleben in der Hanse-Zeit, ein facettenreiches Bild des Mittelalters und eine eindrucksvolle Abenteuergeschichte, bei der auch die Liebe nicht zu kurz kommt.

»Thomas Einfeldt verknüpft in seinem Buch spannendes Abenteuer mit historischen Fakten – ein Vergnügen!«
Welt am Sonntag

05/1384/02/L

Andrea Paluch, Robert Habeck

Hauke Haiens Tod

Roman. 256 Seiten. Serie Piper

Der Deich bricht: In einer Jahrhundertsturmflut an der friesischen Nordseeküste kommt es 1962 zur Katastrophe. Fünfzehn Jahre später versucht ein ehemaliger Knecht, Iven Johns, der bis zur Sturmflut auf dem Hof der Haiens angestellt war und damals ein Kind rettete, Licht in das Dunkel jener Nacht zu bringen. Aber niemand will etwas davon wissen. Außer einer jungen Frau: Wienke, eine Waise auf der Suche nach ihren Wurzeln. Gemeinsam kehren sie in das Schicksalsdorf zurück und stellen sich der verdrängten Vergangenheit …
Mit suggestiver Sprachkraft schreiben Andrea Paluch und Robert Habeck die Geschichte des Schimmelreiters fort.

»Ein Roman, der mit minimalen Mitteln große Effekte erzielt.«
Frankfurter Allgemeine Zeitung

05/2049/01/R

Martina Kempff

Die Königsmacherin

Roman über die Mutter Karls des Großen. 464 Seiten. Serie Piper

Sommer 741: Ein prunkvoller Reisezug begleitet Bertrada auf dem Weg nach Saint Denis, wo Pippin, der Sohn Karl Martells, sie zur Hochzeit erwartet – doch er heiratet die falsche Frau. Jahre später wird diese Grafentochter dennoch zu einer der mächtigsten Frauen des Frühmittelalters. Dank ihres Muts und ihres diplomatischen Geschicks wird sie zur Königin und ihrem Sohn Karl eine kluge Ratgeberin. Doch verbirgt sich hinter »Berta mit dem großen Fuß« auch eine leidenschaftliche Frau, die sich für schwere Demütigungen fürchterlich rächt – und dabei mitunter auf die unkontrollierbaren Mächte der Magie zurückgreift.

»Ein pralles Stück Historie, das ein ganzes Zeitalter zum Leben erweckt.«
Aachener Zeitung

05/2003/01/L

Katja Doubek

Katharina Kepler

Die Hexenjagd auf die Mutter des großen Astronomen. 416 Seiten mit 22 Abbildungen. Serie Piper

Johannes Kepler gilt als einer der größten Naturwissenschaftler aller Zeiten. Mit seinen bis heute gültigen Forschungen beginnt die wissenschaftliche Neuzeit. Ausgerechnet seine Mutter, eine erfolgreiche Heilerin, entging nur knapp dem Feuertod auf dem Scheiterhaufen. Nur mit Hilfe ihres berühmten Sohnes und des Kaisers selbst gelingt es ihr, den Hexenprozeß zu überleben. Katja Doubek entfaltet das lebendige Porträt einer ungewöhnlichen Frau in der dramatischen, schicksalhaften Zeit des Umbruchs zur Neuzeit.

»Ein ausgezeichnet recherchierter Roman, in dem Realität und Fiktion schön miteinander verbunden werden.«
Lesen und Leute

05/2004/01/R

SERIE PIPER

Stefan Jäger

Der Silberkessel

Historischer Roman aus der Zeit der Völkerwanderung. 320 Seiten. Serie Piper

120 vor Christus: Mehr als 100 000 Kimbern, Teutonen und Ambronen verlassen ihre unwirtliche Heimat Dänemark in Richtung Süden. In den Alpen treffen sie auf die gewaltigen Heere des Römischen Imperiums. Schändungen, blutige Schlachten und Raubzüge sind an der Tagesordnung. Eine gefährliche, rauhe Kulisse für die Liebe zwischen dem Römer Timaios und der Kimberin Svanhild …

Mit seinem historischen Roman zur Zeit der Völkerwanderung, als die ersten germanischen Volksstämme auf die wehrhaften Römer trafen, erhellt Stefan Jäger das Dunkel zwischen Antike und Mittelalter in der Mitte Europas.

05/2054/01/L

Sabrina Capitani

Das Buch der Gifte

Historischer Roman. 400 Seiten. Serie Piper

Die Schriftstellerin Christine de Pizan setzt sich nach dem Tod ihres geliebten Mannes gegen alle Widerstände durch: gegen die Frauenfeindlichkeit der Kirche, gegen betrügerische Anwälte und gewalttätige Verehrer. Doch als sie den jungen Franziskanermönch Thomas kennen lernt, steht die Liebe zu ihrem verstorbenen Ehemann, dem sie Treue bis über den Tod hinaus geschworen hat, auf dem Prüfstand. Gemeinsam mit Thomas gelingt es ihr, einen rätselhaften Todesfall aufzuklären, der auf verschlungenen Wegen die wahre Vergangenheit des Mönchs offenbart …
Lebendig und mit Einfühlungsvermögen erzählt Sabrina Capitani aus dem Leben der Christine de Pizan (1364–1430), einer der bekanntesten und frühesten Schriftstellerinnen Europas.

05/2053/01/R